ପ୍ରିୟ ବିଦୂଷକ

ପ୍ରିୟ ବିଦୂଷକ

ଜଗନ୍ନାଥ ପ୍ରସାଦ ଦାସ

BLACK EAGLE BOOKS

2019

BLACK EAGLE BOOKS

7464 Wisdom Lane
Dublin, OH 43016
E-mail: info@blackeaglebooks.org
Website: www.blackeaglebooks.org

First International Edition Published by
BLACK EAGLE BOOKS, 2019

Priya Bidusaka
by Jagannath Prasad Das

Copyright © **Jagannath Prasad Das**

Cover & Interior Design: Ezy's Publication

ISBN- 978-1-64560-048-0 (Paperback)

Printed in United States of America

ସୂଚୀପତ୍ର

ସବୁ ଅଛି କିଛି ନାହିଁ

ପ୍ରତିଥର ତାରାପଦ ଭାବେ ଯେ ସେ ଆଉ ଏଭଳି ସଭାସମିତିକୁ ଆସିବ ନାହିଁ; କିନ୍ତୁ ତା' ପାଖକୁ ନିମନ୍ତ୍ରଣ ଗଲେ ସେ ପୁଣି ହଁ ଭରିଦିଏ। ବର୍ତ୍ତମାନ ଖାଲି ମଞ୍ଚ ଉପରେ ବସି, ସାମନାର ଧାଡ଼ି ଧାଡ଼ି ଖାଲି ଚଉକି ଆଡ଼କୁ ଅନାଇ ମନେ ମନେ ବିରକ୍ତ ହେଲା ତାରାପଦ। ଏଇ ସମୟରେ ବିଜୁଳିବାଲା ତା' ମୁଣ୍ଡ ଉପରେ ଜଳୁଥିବା ଗୋଟିଏ ବଲ୍‌ବକୁ ଛାଡ଼ି ବାକି ସବୁ ଆଲୁଅକୁ ଲିଭାଇ ଦେଲା। କାଳେ ଏଇ ଅନ୍ଧାର ଭିତରେ ପାଖରେ ଠିଆ ହୋଇଥିବା ପଣବନ୍ଦୀ ପିଲାଟି ତାକୁ ଏକା ଛାଡ଼ିଦେଇ କୁଆଡ଼େ ପଳାଇ ଯିବ, ସେଥିପାଇଁ ତାରାପଦ ତାକୁ ବସିବାକୁ କହିଲା ଏବଂ ନିଜେ ନିଜର ଅସ୍ୱସ୍ତିକର କାଠ ଚଉକିଟି ଉପରୁ ଉଠିଯାଇ ସଭାପତିଙ୍କ ପାଇଁ ପଡ଼ିଥିବା ସିଂହାସନ ଭଳି ଚଉକିଟି ଉପରେ ଯାଇ ବସିଲା। ସଭା ଭାଙ୍ଗିବାର ଅଧଘଣ୍ଟାଏ ପରେ ବି ଗାଡ଼ି ଆସି ନଥିଲା ତା'ପାଇଁ।

ପ୍ରତିଥର ଏଇପରି ହୋଇଥାଏ। ମଫସଲ କଲେଜର ବାର୍ଷିକ ଉତ୍ସବ ପାଇଁ ତାକୁ ଯେଉଁ ପିଲାମାନେ ଡାକିବାକୁ ଆସନ୍ତି, ସେମାନେ ଏତେ ତୋଷାମଦପୂର୍ଣ୍ଣ ମିଠା ମିଠାକଥା କହନ୍ତି ଯେ ତାରାପଦ ମାନିଯାଏ। ସଭାକୁ କେତେ ଲୋକ ଏବଂ ଆଉ କେଉଁ କେଉଁ ବିଶିଷ୍ଟ ବ୍ୟକ୍ତି ଆସିବେ, ତାର ଯିବା ଆସିବାର କି ପ୍ରକାର ବ୍ୟବସ୍ଥା କରାଯିବ ଇତ୍ୟାଦି ବିଷୟରେ ସେମାନଙ୍କ କଥାରେ ଯେ ଅତିରଞ୍ଜନ ଥାଏ, ତା' ତାରାପଦକୁ ଭଲ ଭାବେ ଜଣା। ତେବେ ପିଲାମାନେ ଯେତେବେଳେ କହନ୍ତି ଯେ ସେ ଅଞ୍ଚଳର ଲୋକମାନେ ତା' ଭଳି ଜଣେ ବରେଣ୍ୟ ସାହିତ୍ୟିକଙ୍କ ଭାଷଣ ଶୁଣିବା ପାଇଁ ବ୍ୟଗ୍ରତାର ସହିତ ଅପେକ୍ଷା କରୁଛନ୍ତି, ତାରାପଦ ସାଙ୍ଗେ ସାଙ୍ଗେ ରାଜି ହୋଇଯାଏ। ଥରେ ହଁ କରିବା ପରେ ନିମନ୍ତ୍ରଣ ପତ୍ରରେ ନାଁ ଛପା ହୋଇଗଲେ ତା'ପରେ ବିଚରା

ଅତିଥିର କୌଣସି ନିୟନ୍ତ୍ରଣ ରହେନାହିଁ ପରିସ୍ଥିତି ଉପରେ। ସବୁବେଳେ ପରିଣତି ପ୍ରାୟ ଏକାଭଳି ହୁଏ; ଏଥରକ ତାର କୌଣସି ବ୍ୟତିକ୍ରମ ନଥିଲା।

ଯୋଉ ସମୟରେ ତା' ପାଖକୁ ଗାଡ଼ି ଆସିବ ବୋଲି କୁହାହୋଇଥିଲା, ଭଙ୍ଗା ଟ୍ୟାକ୍‌ସିଟି ତା'ଘରେ ପହଞ୍ଚିଲା ତାର ଘଣ୍ଟାଏ ପରେ। ପୋଷାକପତ୍ର ପିନ୍ଧି ତାରାପଦ ଅନେକ ବେଳୁ ଗାଡ଼ି ଅପେକ୍ଷାରେ ବସି ବିରକ୍ତ ହେଉଥିଲା; ଡେରିରେ ଆସିଥିବାରୁ କ୍ଷମା ମାଗିବା ବଦଳରେ ଟ୍ୟାକସି ଡ୍ରାଇଭର ତାକୁ ଓଲଟା କହିଲା, ସାର ଆଉ ଡେରି କରନ୍ତୁନି, ରାସ୍ତା ବହୁତ ଖରାପ। ତାରାପଦ ଭାବିଥିଲା ତାକୁ ସାଙ୍ଗରେ ନେବା ପାଇଁ କିଏ କଲେଜ ପିଲା ଆସିବେ, କିନ୍ତୁ ଡ୍ରାଇଭର ତାକୁ ଯେଉଁ ଚିଠିଟି ଦେଲା ସେଥିରେ ଲେଖାଥିଲା ଯେ ସମସ୍ତେ ସଭାର ଆୟୋଜନରେ ବ୍ୟସ୍ତ ଥିବାରୁ ତାଙ୍କୁ ନେବା ପାଇଁ କେହି ଆସିପାରୁ ନାହାନ୍ତି, ତେବେ ସେ ଯେପରି ଠିକ୍ ସମୟରେ ଆସି ପହଞ୍ଚନ୍ତି। ଏଇ ତିନିଧାଡ଼ିର ଚିଠିରେ ତାରାପଦ ତିନୋଟି ବନାନ ଅଶୁଦ୍ଧି ଲକ୍ଷ୍ୟ କଲା ଏବଂ କାଗଜଟିକୁ ଗୁଳାକରି ଫିଙ୍ଗିଦେଇ ଗାଡ଼ିରେ ବସିଲା।

ରାସ୍ତା ପ୍ରକୃତରେ ଖରାପ ଥିଲା ଏବଂ କିଛି ବାଟ ଯିବା ପରେ ନିୟମ ମୁତାବକ ଗାଡ଼ିଟି ଖରାପ ହୋଇଗଲା। ନିଜର ଅଭିଜ୍ଞତାରୁ ତାରାପଦ ଗାଡ଼ି ଖରାପ ହେବାର ଆଉ ଗୋଟିଏ ଅନିବାର୍ଯ୍ୟ ବିଧି ବିଷୟରେ ମଧ୍ୟ ସଚେତନ ଥିଲା। ଗାଡ଼ି ବନ୍ଦ ହେବାର ନିଷ୍ପତ୍ତି ନିଏ ସବୁଠାରୁ ଟାଣ ଖରାବେଳେ ଏବଂ ରାସ୍ତାର ଯେଉଁ ଜାଗାରେ ଆଖପାଖରେ ଗଛବୃକ୍ଷ ନଥାଏ ଠିକ୍ ସେଇ ଜାଗାରେ। ଏଭଳି ପରିସ୍ଥିତିରେ ତାରାପଦ ପ୍ରଥମେ ପ୍ରଥମେ ବିରକ୍ତ ହେଉଥିଲା, କିନ୍ତୁ ଆଜିକାଲି ସେ ଏହାକୁ ଗ୍ରହଣ କରି ନେଉଥିଲା ଦାର୍ଶନିକତାର ସହିତ। ଖବରକାଗଜରେ ବିଞ୍ଚି ହୋଇ, ମୁଣ୍ଡରେ ରୁମାଲ ବାନ୍ଧି ସେ ତଳକୁ ଓହ୍ଲାଇ ଆସିଲା ଏବଂ ଅତ୍ୟନ୍ତ ଅନାସକ୍ତିର ସହ ଅପେକ୍ଷା କଲା ପରବର୍ତ୍ତୀ କାର୍ଯ୍ୟକ୍ରମମାନଙ୍କର। ଗାଡ଼ି ଓ ତାର ମାଲିକଙ୍କୁ ବିଭିନ୍ନ ଶ୍ଳୀଳ ଅଶ୍ଳୀଳ ଆଖ୍ୟାମାନ ଦେଇସାରି ଡ୍ରାଇଭର ଗାଡ଼ିର ସମସ୍ୟା ପ୍ରତି ଧ୍ୟାନ ଦେଲା ଓ ରାସ୍ତାରେ କାଁ ଭାଁ ଯାଉଥିବା ଅନ୍ୟ ଗାଡ଼ିର ଡ୍ରାଇଭର ମଧ୍ୟ ତାର ଉଦ୍ୟମରେ ଯୋଗଦେଲେ। ବେଶ୍ କିଛି ସମୟ ପରେ ଦୁଷ୍ଟ ପ୍ରକୃତିର ଗାଡ଼ିଟି ଏମାନଙ୍କ ସହିତ ବିଭିନ୍ନ ପ୍ରକାରର ଖେଳ ଖେଳି ଶେଷରେ ଥକିଯାଇ ପୁଣି ଚାଲିବା ପାଇଁ ରାଜି ହୋଇଗଲା।

ସଭାସ୍ଥଳରେ ଡେରିରେ ପହଞ୍ଚିବ,ସେଥିପାଇଁ ଚିନ୍ତିତ ନଥିଲା ତାରାପଦ, କାରଣ ଏଭଳି ସବୁ ସଭା ଆରମ୍ଭ ହେବାର କୌଣସି ସଠିକ ସମୟ ନଥିଲା। ସେଦିନ ସେ କଲେଜ ପାଖରେ ପହଞ୍ଚିବା ବେଳକୁ ଅଳ୍ପ କେତେଜଣ ଲୋକ ମାତ୍ର ସଭାସ୍ଥଳରେ ଥିଲେ। ଆହୁରି କିଛି ଲୋକ କୁଆଡ଼େ ମନ୍ତ୍ରୀଙ୍କୁ ଆଣିବା ପାଇଁ ଯାଇ ରାସ୍ତା ପାଖରେ

ଠିଆ ହୋଇଥିଲେ। ତାକୁ ନିମନ୍ତ୍ରଣ କରିବାକୁ ଯାଇଥିବା ପିଲାଟିକୁ ଦେଖିବା ମାତ୍ରେ ସେ ତାକୁ ଅଲଗା ଡାକି ନେଇ ଦୁଇଟି ଜରୁରୀ ଜିନିଷ ବିଷୟରେ ଖବର ନେଲା, ସଭା ପାଖରେ ମୁତ୍ରାଳୟ ବା ଅନ୍ଧାରୁଆ ଜାଗା କେଉଁଠି ଅଛି, ଏବଂ ବକ୍ତୃତା ଦେବା ଆଗରୁ ପିଇବା ପାଣି କିପରି ମିଳିବ। ଏକଥା ନିଶ୍ଚୟ କରିସାରିବା ପରେ ସେ ଚେତାବନୀ ଦେଇଦେଲା ଯେ ତାର ଫେରିବା ସମୟରେ ଯେପରି ଗୋଟିଏ ଭଲ ଗାଡ଼ିର ବନ୍ଦୋବସ୍ତ କରାଯାଏ।

କାହିଁକି ସେ ଏଭଳି ସଭାମାନଙ୍କୁ ଆସେ, ନିଜକୁ ପ୍ରଶ୍ନ କଲା ତାରାପଦ। ନିଜର ସ୍ୱର ଶୁଣିବାର ଇଚ୍ଛା? ନିଜର ପ୍ରତିଷ୍ଠା ଓ ଲୋକପ୍ରିୟତା ବ୍ୟାହତ ହୋଇ ନଥିବାର ଆଶ୍ୱାସନା? କଥାର ଜାଲରେ ଗୋଟିଏ ଶ୍ରୋତାମଣ୍ଡଳୀକୁ ବାନ୍ଧି ରଖିଥିବାର ସନ୍ତୋଷ? ବହୁ ପ୍ରସ୍ତୁତି ଓ ପୂର୍ବାଭ୍ୟାସ ପ୍ରସୂତ କୌଣସି ମହତ୍ତ୍ୱପୂର୍ଣ୍ଣ ବକ୍ତବ୍ୟ ପାଇଁ ମିଳୁଥିବା ହାତ ତାଳିର ଶ୍ରୁତିମଧୁର ଧ୍ୱନି? କିମ୍ବା ଏସବୁ ଏବଂ ଆହୁରି କିଛି?

କୌଣସି ସନ୍ଦେହ ନଥିଲା ସାହିତ୍ୟ ଜଗତରେ ତାର ପ୍ରସିଦ୍ଧି ଏବଂ ପ୍ରତିପତ୍ତି ବିଷୟରେ। କେହି କେହି ତାକୁ ବ୍ୟଙ୍ଗକରି ସାହିତ୍ୟ ମଠର ମଠାଧୀଶ ବୋଲି ମଧ୍ୟ କହୁଥିଲେ ଏବଂ ଏଭଳି ଉପନାମ ସବୁ ସେ ଆନନ୍ଦର ସହିତ ଗ୍ରହଣ କରି ନେଇଥିଲା। ସେ ବିଭିନ୍ନ ପ୍ରକାରର ପୁରସ୍କାର ପାଇ ସାରିଥିଲା, ତାର ସମାଲୋଚନା ପ୍ରବନ୍ଧ ତଥା ସୃଜନଶୀଳ ସାହିତ୍ୟର ବହି ସବୁ ଆଦୃତ ହୋଇଥିଲା, ସେ ବିଭିନ୍ନ ସାହିତ୍ୟ ସଂସ୍ଥାର କର୍ତ୍ତା ଥିଲା। ଦେଶ ବିଦେଶରୁ ତା'ପାଖକୁ ନିମନ୍ତ୍ରଣ ଆସୁଥିଲା ଏବଂ ବିଭିନ୍ନ ଅନୁଷ୍ଠାନ ତାକୁ ସମ୍ବର୍ଦ୍ଧନା ଜଣାଇବା ପାଇଁ ଆଗଭର ଥିଲେ। ଏସବୁ ସତ୍ତ୍ୱେ ସେ କାହିଁକି ଆସୁଥିଲା ଏଭଳି ଅନାମଧେୟ ଗୋଷ୍ଠୀମାନଙ୍କୁ?

ସେଦିନର ସଭାଟିରେ ତାର ବକ୍ତୃତା ବିଷୟରେ ସେ ସନ୍ତୁଷ୍ଟ ଥିଲା। ସଭା ଆରମ୍ଭରେ ତାର ଯେଉଁ ପରିଚୟ ଦିଆଯାଇଥିଲା ଅତ୍ୟନ୍ତ ପ୍ରୀତିକର ଥିଲା। ଅନେକ ଦିନ ଆଗେ ତାର ପରିଚୟ ଦେବା ବେଳେ ସେ ଲେଖିଥିବା ବହିମାନଙ୍କର ଭୁଲ ନାଁ, ତାର ଶିକ୍ଷାଗତ ଯୋଗ୍ୟତା ଓ ଅନ୍ୟାନ୍ୟ କୃତିତ୍ୱର ଭୁଲ୍ ବିବରଣୀ ଇତ୍ୟାଦି ଶୁଣିବା ପରେ ସେ ସତର୍କ ହୋଇଯାଇଥିଲା। ତାକୁ କେହି କୌଣସି ସଭାକୁ ଡାକିଲେ ସେ ଆଜିକାଲି ସେମାନଙ୍କୁ ନିଜ ବିଷୟରେ ଏକ ଛପା କାଗଜ ଦେଇଦେଉଥିଲା, ଯେଉଁଥିରେ ତାର କୃତି ଓ କୃତିତ୍ୱର ସଠିକ ଓ ସୁଦୀର୍ଘ ତାଲିକା ଥିଲା। ଆଜିକାଲି ସଭାରେ ଉଦ୍ୟୋକ୍ତାମାନେ ଏହି କାଗଜର ବିବରଣୀମାନ ଅତିରଞ୍ଜନ କରି କହି ତାରାପଦକୁ ସନ୍ତୁଷ୍ଟ ଓ ପୁଲକିତ କରୁଥିଲେ।

ଆଜିର ସଭାରେ ଏକ ବିଶେଷ ଘଟଣା ଥିଲା ଶିକ୍ଷାମନ୍ତ୍ରୀଙ୍କର ଯୋଗଦାନ।

ନିଜେ ଜଣେ ଅଧ୍ୟାପକ ଥିବାରୁ କେବେ ହୁଏତ ତାରାପଦ ଶିକ୍ଷାମନ୍ତ୍ରୀଙ୍କୁ ସାମାନ୍ୟ ସମ୍ଭ୍ରମର ସହିତ ଦେଖୁଥିଲା, କିନ୍ତୁ ବର୍ତ୍ତମାନ ନିଜର ପ୍ରତିଷ୍ଠା ଓ ସାହିତ୍ୟିକ ପ୍ରତିପତ୍ତି ଯୋଗୁ ସେ ନିଜକୁ ସେମାନଙ୍କର ଉର୍ଦ୍ଧ୍ୱରେ ନ ହେଲେ ମଧ୍ୟ ସମକକ୍ଷ ବୋଲି ଭାବୁଥିଲା। ତା'ବ୍ୟତୀତ ବର୍ତ୍ତମାନ ଯେ ମନ୍ତ୍ରୀ ଥିଲେ, ଏକଦା ସେ ତାରାପଦର ସହପାଠିନୀ ଥିଲେ। ତେଣୁ ସଭାରେ ହଠାତ୍ ତାଙ୍କ ସହିତ ଦେଖା ହୋଇଯିବା ପରେ ତାରାପଦ ନିଜକୁ ତାଙ୍କ ପାଖକୁ ଅଲଗା ରଖିଲା। କଲେଜ ବେଳେ ସୁଖଦା ଗମ୍ଭୀର ପ୍ରକୃତିର ଝିଅ ଥିଲା, କାହାରି ସହିତ ମିଶୁ ନଥିଲା, ଏବଂ କଲେଜର ଚାରିବର୍ଷ ଭିତରେ ତାରାପଦର ତା' ସହିତ ଦୁଇ ଚାରିଥର କଥାବାର୍ତ୍ତା ହୋଇଥିଲା କି ନାହିଁ ସନ୍ଦେହ। କଲେଜ ପରେ ମଧ୍ୟ ସୁଖଦା ସହିତ କେବେ ସାକ୍ଷାତ ହେବାର ଅବକାଶ ହୋଇନଥିଲା, ଯଦିଓ ତାରାପଦ ସୁଖଦାର ରାଜନୈତିକ ଜୀବନରେ ଅଗ୍ରଗତିର ଖବର ରଖିଥିଲା। ତେଣୁ ଏଇ ସଭାରେ ତାରାପଦ ସୁଖଦାକୁ ହଠାତ୍ ଦେଖି ତା' ସହିତ ନିଜର ପୂର୍ବ ପରିଚୟର କୌଣସି ସୂଚନା ଦେଇ ନ ଥିଲା।

ବର୍ତ୍ତମାନ ତାରାପଦ ନିଜର ଏହି ବ୍ୟବହାର ପାଇଁ ଅନୁତପ୍ତ ଥିଲା, କାରଣ ସଭାର ସର୍ବସାଧାରଣଙ୍କୁ ତାରାପଦ ସହିତ ନିଜର ପୂର୍ବ ପରିଚୟର ସୂଚନା ଦେଲା ସୁଖଦା ନିଜେ। ସେଦିନ ସଭାରେ ଆଲୋଚନାର ବିଷୟ ସାହିତ୍ୟରେ ସାମାଜିକ ନ୍ୟାୟ ଉପରେ ଭାଷଣ ଆରମ୍ଭ କରି ସୁଖଦା କହିଲା, ଯଦି ସମାଜରେ ନ୍ୟାୟ ହେଉଥାନ୍ତା, ତେବେ ଶିକ୍ଷା ବିଭାଗର ମନ୍ତ୍ରୀ ହୋଇଥାନ୍ତେ ସେ ନିଜେ, ପ୍ରବୀଣ ଶିକ୍ଷାଗତ ଓ ପ୍ରତିଷ୍ଠିତ ସାହିତ୍ୟିକ, ଏବଂ ଆଉ ଗୋଟିଏ ପରିଚୟ ଯାହା କହିବାକୁ ସେ ଗର୍ବିତ, ତାର ସହପାଠୀ ତାରାପଦ!

ନିଜକୁ ଅନେକ ଛୋଟ ମନେ ହୋଇଥିଲା ତାରାପଦର ଏ କଥା ଶୁଣିବା ପରେ। ସେ ଚାହୁଁଥିଲା ନିଜର ଭୁଲର କ୍ଷତିପୂରଣ ସ୍ୱରୂପ ସଭା ପରେ ସୁଖଦାକୁ ଦେଖା କରି ଅନ୍ତତଃ ସୌଜନ୍ୟସୂଚକ କିଛି କଥାବାର୍ତ୍ତା କରିବ। କିନ୍ତୁ ସଭା ସରିବା ସାଙ୍ଗେସାଙ୍ଗେ ମନ୍ତ୍ରୀଙ୍କ ଚାରିପାଖେ ଅନେକ ଲୋକ ଘେରିଗଲେ ଏବଂ ସୁଖଦା ଲୋକଙ୍କ ଗହଳିରେ ଗାଡ଼ି ପାଖକୁ ଯିବା ପର୍ଯ୍ୟନ୍ତ ତାରାପଦ ଆଉ ତା' ସହିତ ଯୋଗାଯୋଗ କରିବାର ସୁଯୋଗ ପାଇଲା ନାହିଁ। ତା'ପରେ ପରେ ପିଲାଟି ଆସି ଖବର ଦେଲା ଯେ ସେ ଯେଉଁ ଗାଡ଼ିରେ ଆସିଥିଲା, ସେଇଟି ମରାମତି ହେଉଛି।

ତାରାପଦ ହାତଘଡ଼ିକୁ ଦେଖିଲା ଏବଂ ନିଜର କ୍ରୋଧ ଓ ବିରକ୍ତିକୁ ଯଥାସମ୍ଭବ ସମ୍ବରଣ କରି ପାଖରେ ବସିଥିବା ପିଲାଟିକୁ କହିଲା, ଆଉ କେତେ ସମୟ ଲାଗିବ ? ପିଲାଟି କହିଲା, ଆପଣ ବସିଥାନ୍ତୁ, ମୁଁ ଯାଇ ଦେଖି ଆସୁଛି। ତାରାପଦ ଜାଣିଲା ଯେ ପିଲାଟି ଚାଲିଗଲେ ସେ ଏକା ପଡ଼ିଯିବ ଏବଂ ତାକୁ ଅନିର୍ଦ୍ଦିଷ୍ଟ ସମୟ ପାଇଁ ଅପେକ୍ଷା

କରିବାକୁ ପଡ଼ିବ। ସେ ଏଥିପାଇଁ ନିଜେ ପିଲାଟି ସହିତ ବାହାରିଲା ଗାଡ଼ି କାମ ଦେଖିବା ପାଇଁ।

ଗାଡ଼ିଟି ମରାମତି ହେଉଥିଲା କଲେଜରୁ କିଛି ଦୂରରେ ଥିବା ଡାକବଙ୍ଗଳା ପାଖରେ। ବଙ୍ଗଳାରେ ମନ୍ତ୍ରୀ ରହୁଥିବାରୁ ଭିଡ଼ ଜମିଥିଲା ଏବଂ ଫାଟକ ବାହାରେ ଯେଉଁ କେତୋଟି ଗାଡ଼ି ଥିଲା ତାର ଡ୍ରାଇଭରମାନେ ମିଶି ଗାଡିଟିକୁ ଠିକ୍ କରିବାର ଚେଷ୍ଟା କରୁଥିଲେ। ତାରାପଦକୁ ଦେଖି ଛାତ୍ରନେତା ଜଣକ କହିଲା, ଗାଡ଼ି ଏଇ ଠିକ୍ ହୋଇଗଲା ବୋଲି ଜାଣନ୍ତୁ ସାର। ତାରାପଦ ନିଜ ହାତଘଡ଼ିକୁ ଅନାଇଁ ତାକୁ କିଛି କହିବା ପୂର୍ବରୁ ଛାତ୍ରନେତା ତାକୁ ଓଲଟା କହିଲା, ଆପଣ ଯିବାକୁ ଯେତେ ବ୍ୟସ୍ତ ହେଲେ ବି ଗାଡ଼ି ଠିକ୍ ନ ହେଲେ ଆମେ ଆପଣଙ୍କୁ ରାତିରେ ଯିବାକୁ ଦେବୁ ନାହିଁ। ଚାଲନ୍ତୁ, ଡାକବଙ୍ଗଳାରେ ଟିକିଏ ବିଶ୍ରାମ ନେଇ ନେବେ। ତାରାପଦ ଚାହୁଁ ନଥିଲା ଭିତରକୁ ଯାଇ ମନ୍ତ୍ରୀଙ୍କ କୃପାପ୍ରାର୍ଥୀଙ୍କ ଭିଡ଼ ଭିତରେ ସାମିଲ ହେବ। ତଥାପି ସେ ଭିତରକୁ ଗଲା, କିନ୍ତୁ ବସିଲା ଯାଇ ମନ୍ତ୍ରୀ ବାରଣ୍ଡାର ଯେଉଁ ପାଖରେ ବସିଥିଲେ ତାର ଅନ୍ୟ ଦିଗରେ। ଏଇ ସମୟରେ ସୁଖଦା ବୋଧହୁଏ ଦୂରରୁ ତାକୁ ଦେଖିଲା, କାରଣ ମନ୍ତ୍ରୀଙ୍କ ବ୍ୟକ୍ତିଗତ ସେକ୍ରେଟେରୀ ଯୁବକ ଅଫିସରଟି ଆସି ତାରାପଦକୁ ଡାକିଲା ସେପାଖକୁ ଯିବା ପାଇଁ। ତାରାପଦ ଯାଇ ସୁଖଦା ସାମନାରେ ପଡିଥିବା ଚଉକିରେ ବସିଲା, କିନ୍ତୁ ଘେରି ରହିଥିବା ଲୋକମାନଙ୍କର ଏତେ ଆପତ୍ତି ଅଭିଯୋଗ ସୁପାରିଶ ଅନୁରୋଧ ଲାଗି ରହିଥିଲା ଯେ, ସୁଖଦା ତା' ସହିତ କଥାବାର୍ତ୍ତା କରି ପାରୁ ନଥିଲା। ଶେଷରେ ସୁଖଦା ଉଠି ଠିଆ ହେଲା, ସମସ୍ତଙ୍କୁ କହିଲା, ଆପଣମାନେ କାଲି ସକାଳେ ଆସିବେ। ମୋର ବର୍ତ୍ତମାନ ଜରୁରୀ କାମ ଅଛି। ଯୁବକ ଅଫିସରଟି ଅନେକ କଷ୍ଟରେ ଲୋକମାନଙ୍କୁ ସେଠାରୁ ହଟାଇଲା, କିନ୍ତୁ ସେମାନେ ବାରଣ୍ଡାରୁ ତଳକୁ ଓହ୍ଲାଇ ସେଠାରୁ ଆଉ ଦୂରକୁ ନଯାଇ ଭିଡ଼ କରି ରହିଲେ।

ସୁଖଦା କହିଲା, ମୁଁ ସଭାପରେ ଆପଣଙ୍କ ସହିତ କଥାବାର୍ତ୍ତା କରିବାକୁ ଚାହୁଁ ଥିଲି, କିନ୍ତୁ ଏମିତି ଭିଡ଼ ଭିତରେ ସମ୍ଭବ ହେଲାନାହିଁ। ଯାହା ହେଉ ଆପଣ ଏବେ ଆସିଲେ ଭଲ ହେଲା। ପାଞ୍ଚ ମିନିଟ୍ ଅନ୍ତତଃ ଏକାନ୍ତରେ କଥା କହି ହେବ। ଏକାନ୍ତ କିନ୍ତୁ ସମ୍ଭବ ନଥିଲା, କାରଣ ସେକ୍ରେଟେରୀ ଏଇ ସମୟରେ ଅନେକ କାଗଜପତ୍ର ଫାଇଲ ଧରି ଆସି ପହଞ୍ଚିଲା। ସୁଖଦା ଯେତେବେଳେ ତାକୁ କହିଲା ଯେ ସେ ପରେ ସେସବୁକୁ ଦେଖିବ, ସେକ୍ରେଟେରୀ କହିଲା, ମାଡ଼ାମ, ଅନ୍ତତଃ ଏଇ ଗୋଟିଏ ଫାଇଲ ଦେଖିନିଅନ୍ତୁ, କାରଣ ତାକୁ ଫେରାଇ ନେବା ପାଇଁ ଲୋକ ଠିଆହୋଇଛି। ଅଗତ୍ୟା ସୁଖଦାକୁ ସେଇ ଫାଇଲଟି ଦେଖିବାକୁ ହେଲା।

ଚୁପ୍‌ଚାପ ବସି ସୁଖଦା ଆଡ଼କୁ ଅନାଇ ତାରାପଦ ଭାବିଲା, ଅଦ୍ଭୁତ ଜୀବନ ଏମାନଙ୍କର। କୌଣସି ସୁଯୋଗ ନାହିଁ ମୁହୂର୍ତ୍ତେ ନିଜ ପାଇଁ ଏକୁଟିଆ ହେବାର। ଏତେ ମାନସମ୍ମାନ କ୍ଷମତା ବଦଳରେ ଶେଷରେ ସ୍ୱୀକାର କରିନେବାକୁ ହୁଏ କାଚଘର ଭିତରେ ରହିଥିବାରୁ ଅସ୍ୱସ୍ତିକୁ। ଫାଇଲ୍ ଉପରୁ ମୁହଁ ଉଠାଇ ସୁଖଦା କହିଲା, 'ମୁଁ ଦିମିନିଟରେ ଏଇ କାଗଜଟା ଦେଖିନଉଛି, ତା' ପରେ କଥାବାର୍ତ୍ତା ହେବା। ସେକ୍ରେଟେରୀକୁ ଚା ଆଣିବା ପାଇଁ ପଠାଇ ତାରାପଦର ଚିନ୍ତାକୁ ପ୍ରତିନିଧିତ୍ୱ କରି ସୁଖଦା କହିଲା, ମଣିଷର ଉପାୟ ନାହିଁ ମୁହୂର୍ତ୍ତେ କେମିତି ଏକୁଟିଆ ରହିବ।

ଚା' ଆସି ପହଞ୍ଚିଲା। ଫାଇଲରେ ଦସ୍ତଖତ କରି ସୁଖଦା ସେକ୍ରେଟେରୀକୁ କହିଲା, ତମେ ଫାଇଲଟା ପଠାଇ ଦେଇଯାଅ, ମୁଁ ଆଜି ଆଉ କିଛି କାଗଜପତ୍ର ଦେଖିବି ନାହିଁ। ଅତି କୁଣ୍ଠିତ ହୋଇ ସେକ୍ରେଟେରୀ ତାର କାଗଜପତ୍ର ନେଇ ସେଠାରୁ ଗଲା। ବର୍ତ୍ତମାନ ସୁଖଦା ଓ ତାରାପଦ ସାମନାସାମନି ବସିଥିଲେ ହାତରେ ଚା' କପ୍ ଧରି। ତିରିଶ ବର୍ଷର ଦୂରତ୍ୱକୁ ସଂକୁଚିତ କରି ସୁଖଦା କହିଲା, ଆପଣଙ୍କ ସାଙ୍ଗରେ ଅନେକ ଦିନ ପରେ ଦେଖାଦେଲା, ନା?

ଏତେ ସମୟ ପରେ ତାରାପଦ ସୁଖଦାର ମୁହଁକୁ ନିଜସ୍ୱ ଦୃଷ୍ଟିରେ ଅନାଇଲା। ସଭା ମଞ୍ଚରେ ଏବଂ ଲୋକ ଗହଳିରେ ତା' ପାଇଁ ସୁଖଦା ଥିଲା ଆସନ୍ନ ଏବଂ ପ୍ରତିପତ୍ତିର ଏକ ନିର୍ବୈକ୍ତିକ ପ୍ରତିନିଧି। ବର୍ତ୍ତମାନ ସହରଠାରୁ ଦୂରରେ, ବାହାରେ ଜମିଯାଇଥିବା ଅନ୍ଧାରର ଆଶ୍ରୟରେ ଡାକବଙ୍ଗଳା ବାରଣ୍ଡାରେ ବସିଥିବା ସୁଖଦା ଥିଲା ତିରିଶ ବର୍ଷ ପଛରେ ଛାଡ଼ିଦେଇ ଆସିଥିବା ଝିଅଟି। ଧଳାହୋଇ ଆସୁଥିବା ବାଳ, ରେଖା ପଡି ଆସୁଥିବା ମୁହଁ ଭିତରୁ ତାରାପଦ ଆବିଷ୍କାର କଲା କଲେଜ ଜୀବନର ଶାନ୍ତ ସଲଜ୍ଜ ସତେଜ ସହପାଠିନୀକୁ। ଏତେ ବୟସ ସତ୍ତ୍ୱେ ସୁନ୍ଦର ଦିଶୁଥିଲା ସୁଖଦା। ସମୟ ଯେମିତି ତା' ମୁହଁରେ ଆଣିଦେଇଥିଲା ଆତ୍ମ ପ୍ରତ୍ୟୟର ଏକ ସ୍ୱଚ୍ଛନ୍ଦ ଓ ସାବଲୀଳ ସୌନ୍ଦର୍ଯ୍ୟ। ତାରାପଦ ହଠାତ୍ ସଚେତନ ହେଲା ଯେ ସୁଖଦା ତା' ଆଡ଼କୁ ଅନାଇ ନିଜ ପ୍ରଶ୍ନର ଉତ୍ତର ଚାହୁଁଥିଲା। ଅପ୍ରତିଭ ହୋଇ ସେ କହିଲା, ଏ ସାକ୍ଷାତ ପୁଣି ଏଭଳି ଅଦ୍ଭୁତ ଜାଗାରେ ହେବାର ଥିଲା।

ଦୁହେଁ ମୁହୂର୍ତ୍ତେ ଚୁପ୍ ରହିଲେ। ତାରାପଦର ମୁଣ୍ଡ ଭିତରେ ଅନେକ ରୋମାଞ୍ଚକର କଳ୍ପନା ଖେଳିଗଲା। ପରିସ୍ଥିତିକୁ ପୂରାପୂରି ହାତକୁ ନେବା ଉଦ୍ଦେଶ୍ୟରେ ସେ ଆଉ ଇତସ୍ତତଃ ନ ହୋଇ କହିଲା, ସୁଖଦା ତମର ମନେ ଅଛି—। ସେ କିନ୍ତୁ ଆଉ କିଛି କହିବାର ସୁଯୋଗ ପାଇଲା ନାହିଁ କାରଣ ଏଇ ସମୟରେ ଛାତ୍ରନେତାଟି ହାତରେ ଚା' କପ ଧରି ସେଠାରେ ଉଭା ହେଲା ଏବଂ ଖୁସିରେ ଖୁସିରେ କହିଲା,

ସାର ଗାଡ଼ି ପୂରା ଠିକ୍ ହୋଇଗଲା । ଏଥରକ ଛାତ୍ରନେତା ଗୋଟିଏ ଚଉକି ଟାଣିଆଣି ସୁଖଦା ପାଖରେ ବସିଲା ଏବଂ ତା'ସହିତ ଆଞ୍ଚଳିକ ରାଜନୀତି ବିଷୟରେ ଆଲୋଚନା ଆରମ୍ଭ କରିଦେଲା । ପରବର୍ତ୍ତୀ ଚା' ଢୋକଟି ତାରାପଦକୁ ବିସ୍ୱାଦ ଲାଗିଲା ଏବଂ ସେ କପଟିକୁ ତଳେ ରଖିଦେଲା ।

ଏଥର ଉଠିବାକୁ ହେବ । ପୁଣି ସବୁକିଛି ମପାଚୁପା ଯଥାନିୟମ ଔପଚାରିକ । ତାରାପଦ କହିଲା, ମତେ ଅନେକ ବାଟ ଯିବାକୁ ହେବ । ପୁଣି ଦେଖା ହେବ । ସୁଖଦା କହିଲା, ଆପଣମାନେ ବ୍ୟସ୍ତ ଲୋକ, ଆପଣଙ୍କୁ ପାଇବା କଷ୍ଟ । ଛାତ୍ରନେତା କହିଲା, ଆଜ୍ଞା ମତେ ଯେତେବେଳେ କହିବେ ମୁଁ ସାର୍‌ଙ୍କୁ ଆଣି ଆପଣଙ୍କ ପାଖରେ ପହଞ୍ଚାଇ ଦେବି । ନମସ୍କାର ପର୍ବ ପରେ ତାରାପଦ ସୁଖଦାକୁ ଓ ନିଜର କଳ୍ପନା ସବୁକୁ ଡାକବଙ୍ଗଳା ବାରଣ୍ଡାରେ ଛାଡ଼ିଦେଇ ତଳକୁ ଓହ୍ଲାଇଲା ।

ଏଇ ସମୟରେ କେଜାଣି କେଉଁଠାରୁ ଆସି ଆରମ୍ଭ ହେଲା ଅପ୍ରତ୍ୟାଶିତ ଝଡ଼ । ହଠାତ୍ ଆଖପାଖ ଶୁଖିଲାପତ୍ର ଧୂଳିରେ ଭରିଗଲା ଏବଂ ପବନରେ ଗଛସବୁ ଦୋହଲିବାରେ ଲାଗିଲେ । ବଙ୍ଗଳା ଚାରିପାଖେ ଛିଡ଼ା ହୋଇଥିବା ଲୋକମାନେ ସେଠାରୁ ଦଉଡ଼ି ଚାଲିଗଲେ । ସେକ୍ରେଟେରୀ ତାର ଉଡ଼ିଯାଉଥିବା କାଗଜପତ୍ରକୁ ସମ୍ଭାଳିବାରେ ମନ ଦେଲା । କାଳେ ତାକୁ ଆହୁରି କିଛି ସମୟ ତାରାପଦର ଦାୟିତ୍ୱ ସମ୍ଭାଳିବାକୁ ପଡ଼ିବ, ସେଥିପାଇଁ ଛାତ୍ରନେତା କହିଲା, ସାର, ଶୀଘ୍ର ଗାଡ଼ି ଭିତରେ ପଶିଯାନ୍ତୁ । ଏ କଥା କିନ୍ତୁ ସମ୍ଭବ ହେଲାନାହିଁ, କାରଣ ସେଇ ମୁହୂର୍ତ୍ତରେ ଝଡ଼ ସହିତ ମୂଷଳଧାର ବର୍ଷା ଆରମ୍ଭ ହୋଇଗଲା । ବାଧ୍ୟ ହୋଇ ତାରାପଦକୁ ପୁଣି ଡାକବଙ୍ଗଳା ବାରଣ୍ଡାକୁ ଉଠି ଆସିବାକୁ ହେଲା । ଛାତ୍ରନେତା ଓ ସେ ପୁଣି ଯାଇ ସୁଖଦା ପାଖରେ ପଡିଥିବା ଚଉକିରେ ବସିଲେ । ସୁଖଦା କହିଲା, ସମୟରେ ଘରେ ପହଞ୍ଚିବା ଆଜି ଆପଣଙ୍କ ଭାଗ୍ୟରେ ନାହିଁ ।

ତା' ପରେ ଅନେକ ସମୟ ଚୁପଚାପରେ କଟିଗଲା । ସମସ୍ତେ ବର୍ତ୍ତମାନ ବର୍ଷା ଆଡ଼କୁ ଅନାଇ ନିଜ ନିଜ ଚିନ୍ତାରେ ବ୍ୟସ୍ତଥିଲେ । ତାରାପଦର ମନେହେଲା ଯେପରି ଏଇ ଅସମୟ ଝଡ଼ବର୍ଷା ତା' ପାଇଁ ବିଧିନିର୍ଦ୍ଦିଷ୍ଟ ଥିଲା, ତାକୁ ସୁଖଦା ସହିତ ଆଉ କିଛିକ୍ଷଣ କଥାବାର୍ତ୍ତା କରିବାର ସୁଯୋଗ ଦେବା ପାଇଁ । କିନ୍ତୁ ସମୟଟି ବର୍ତ୍ତମାନ ଥିଲା ସଂପୂର୍ଣ୍ଣଭାବେ ପ୍ରକୃତି ପାଖରେ ସମର୍ପିତ, ଏତେବେଳେ କୌଣସି ଶବ୍ଦୋଚ୍ଚାରଣ ଯେପରି ଭାଙ୍ଗି ଦେଇଥାନ୍ତା ଏକ ପ୍ରକୃତିସିଦ୍ଧ ନୈସର୍ଗିକ ଛନ୍ଦକୁ । ତାରାପଦର ମନ ଭିତରେ ଏକ ଅପୂର୍ବ ପ୍ରଶାନ୍ତିର ସଂବେଦନା ସଂଚରିଗଲା । ସୁଖଦା ଆଡ଼କୁ ଅନାଇ ତାର ମନେ ହେଲା ଏଇ ସ୍ତ୍ରୀ ଲୋକଟିକୁ ସେ ଯେପରି ଅତି ଅନ୍ତରଙ୍ଗ ଭାବରେ

ଜାଣେ। ତାରାପଦ ନିଜ ମନ ଭିତରେ ତା' ସହିତ ଏକ ସମୟାତିକ୍ରମ ସଂପର୍କର କଳ୍ପନା କଲା, ଯାହା କେବେବି ଘଟି ନଥିଲା। କେବଳ ସମୟ ହିଁ ଆଣିଦେଇ ପାରେ ମଣିଷର ମନରେ ଏଭଳି ଅଘଟିତ ଆତ୍ମୀୟତାର ଅତୀନ୍ଦ୍ରିୟ ସୁଖଦ ସ୍ମରଣ। ତାରାପଦ ନିଜକୁ ସମର୍ପଣ କରିଦେଲା ଏହି କଳ୍ପନା ପ୍ରବଣ ସ୍ମୃତିଚାରଣରେ।

ପରିବେଶକୁ ଆସି ନିର୍ମମଭାବରେ ଭାଙ୍ଗିଦେଲା ଫାଇଲ ସର୍ବସ୍ୱ ସେକ୍ରେଟେରୀ। ହାତରେ ପୁଣି ଥାକେ କାଗଜ ଧରି ମନ୍ତ୍ରୀଙ୍କ ଚଉକି ଧାରରେ ଠିଆହୋଇ ସେ କହିଲା, ମାଡାମ, ଆହୁରି, ଅନେକ ଜରୁରୀ କାଗଜ ଥିଲା। ସୁଖଦା ତା' ଆଡ଼କୁ ପରିହାସର ସହିତ ଅନାଇ କହିଲା, ଭେଙ୍କଟ, ଦିମିନିଟ ବସିଯାଇ ବର୍ଷା ଆଡ଼କୁ ଅନାଅ। ଭେଙ୍କଟ ବସିଲା, ନିଜ କାଗଜପତ୍ରରେ ମନୋନିବେଶ କଲା ଏବଂ ମନ୍ତ୍ରୀଙ୍କୁ ଶୁଭିବା ଭଳି ସ୍ୱଗତୋକ୍ତି କରି କହିଲା, ଏ ବର୍ଷା ଫସଲ ପାଇଁ ଭଲ ହେଲା। କିଛି ସମୟ ପୁଣି ଚୁପ୍‌ଚାପ କରିଗଲା। ବର୍ଷା ଆଉ ବନ୍ଦ ହେବାର ଆଶା ନ ଦେଖି ଛାତ୍ରନେତା ଯିବାପାଇଁ ଉଠି ଠିଆହେଲା; କହିଲା, ମୁଁ ଡ୍ରାଇଭରକୁ ଠିକ ଭାବେ ବୁଝାଇ ଦେଇଯାଉଛି, ଆପଣଙ୍କର କୌଣସି ଅସୁବିଧା ହେବନାହିଁ। ଗୋଟାଏ ମୁହୂର୍ତ୍ତ ତାରାପଦର ମନେ ହେଲା ସେ ନିରାପଦରେ ଗାଡ଼ି ଭିତରେ ବସିବା ପର୍ଯ୍ୟନ୍ତ ଏଇ ପିଲାଟିକୁ ଅଟକାଇ ରଖିବ, କିନ୍ତୁ ପର ମୁହୂର୍ତ୍ତରେ ସେ ସ୍ଥିରକଲା ଯେ ସେ ବର୍ତ୍ତମାନ ନିଜକୁ ପୂରାପୂରି ସମର୍ପଣ କରିଦେବ ସୁଖଦା ପାଖରେ।

ତାରାପଦ ଅନେକ କିଛି କହିବାକୁ ଚାହୁଁଥିଲା, ହୁଏତ ସୁଖଦା ବି, କିନ୍ତୁ ଏଇ ମୂର୍ତ୍ତିମାନ କାଗଜପତ୍ର ଫାଇଲର ଲୋକଟି ସେମାନଙ୍କ ଭିତରେ କାନ୍ଥଟିଏ ଭଳି ବସି ରହିଥିଲା। ଶେଷକୁ ସୁଖଦା ହିଁ ସମାଧାନ କଲା ଏ ସମସ୍ୟାର। କହିଲା, ଭେଙ୍କଟ, ଆଜି ମୁଁ ଆଉ କୌଣସି କାମ କରିବି ନାହିଁ। ବାକି କାଗଜସବୁ କାଲି ସକାଳେ ଦେଖିବି। ଏ କଥା ସତ୍ତ୍ୱେ ଭେଙ୍କଟକୁ ସେଠାରୁ ଉଠୁ ନଥିବାର ଦେଖି ସୁଖଦା ଯୋଗକଲା, ତମେ ଏଥର ଯାଇ ବିଶ୍ରାମ ନିଅ। ଅତି ଅନିଚ୍ଛାସତ୍ତ୍ୱେ ସେ ସେଠାରୁ ଉଠିଲା, କିନ୍ତୁ ଯାଇ ବାରଣ୍ଡାରେ ଅନ୍ୟ ଦିଗରେ ବସିଲା ଯେଉଁଠାରୁ ସେ ଏମାନଙ୍କ ଉପରେ ନଜର ରଖିପାରିବ ଏବଂ ହୁଏତ ପ୍ରୟାସ କଲେ କଥାବାର୍ତ୍ତାରୁ ବି କିଛି ଶୁଣିପାରିବ।

କିଛି ସମୟ ତଳର ଭାବଦଶାକୁ ସଂପୂର୍ଣ୍ଣ ବଦଳାଇ ଦେଇଥିଲା ଅସମୟ ବର୍ଷା। ପୁଣିଥରେ 'ସୁଖଦା ତମର ମନେ ଅଛି' ଭଳି କଥା କହିବା ଆଉ ସମ୍ଭବ ନଥିଲା ତାରାପଦ ପକ୍ଷରେ। ବର୍ତ୍ତମାନ ଆଉ ଯେପରି ବ୍ୟକ୍ତିଗତ କଥା କିଛି କହି ହେବନାହିଁ, କଥାବାର୍ତ୍ତା ସୀମିତ ହୋଇଯିବ ବର୍ଷା ବିଷୟରେ। ଏ କଥାର ବି ନିର୍ଣ୍ଣୟ

କଲା ସୁଖଦା ହିଁ। କହିଲା, ମୁଁ ତମର ସବୁ ବହି ପଢ଼ିଛି। ତାର ବହି କେହି ପଢ଼ିଛି, ଲେଖକ ପାଇଁ ଏହାଠାରୁ ଅଧିକ ପ୍ରୀତିକର କଥା କିଛି ନାହିଁ। ତାରାପଦ ଭାବିଥିଲା ସୁଖଦା ଏଥରକ ତାର କୌଣସି ନିର୍ଦ୍ଦିଷ୍ଟ ବହି ବିଷୟରେ ଅଥବା ତାର ଲେଖା ବିଷୟରେ କିଛି କହିବ। ସୁଖଦା କିନ୍ତୁ କହିଲା, ତମେ ବର୍ତ୍ତମାନ ସବୁଠାରୁ ବେଶି ସ୍ୱୀକୃତ ଲେଖକ, ନା? ସ୍ୱୀକୃତିର କୌଣସି ସମ୍ପର୍କ ନାହିଁ, ତାରାପଦ କହିଲା, ଲେଖାର ଗୁଣ ସହିତ। କିନ୍ତୁ ତମକୁ କେମିତି ଲାଗିଲା ମୋର ଲେଖା ସବୁ?

ମୁଁ ଯଦି କହେ ଭଲ ଲାଗିଲା, ତାର କଣ କୌଣସି ମାନେ ହେବ? ଅବଶ୍ୟ ଏକଥା ସତ ଯେ ମତେ ଯଦି ସେସବୁ ଭଲ ଲାଗି ନଥାନ୍ତା, ମୁଁ କ'ଣ ପଢ଼ିଥାନ୍ତି ତାକୁ? ନା ତଥାପି ପଢିଥାନ୍ତି ଲେଖକ ମୋର ଏକଦା ସହପାଠୀ ବୋଲି? ତମେ କଣ ଭାବୁଛ?

ଅନ୍ୟ ସମୟ ହୋଇଥିଲେ ଅଥବା ଭିନ୍ନ ପରିସ୍ଥିତିରେ ଏଭଳି କଥାରେ ରୁଷ୍ଟ ହୋଇଥାନ୍ତା ତାରାପଦ। କିନ୍ତୁ ପ୍ରବଳ ବର୍ଷାର ଘେର ଭିତରେ ଅତୀତରୁ ବାହାରି ଆସି ଏଭଳି ରୋକଠୋକ କହୁଥିବା ବାନ୍ଧବୀ ଆଗରେ ବସି ଯେପରି ତାରାପଦର ମନ ବି ପ୍ରସାରିତ ହୋଇଥିଲା। ଏ ସମୟରେ କେବଳ ଆତ୍ମସମୀକ୍ଷା ହିଁ ସମ୍ଭବ।

ତମେ ଠିକ କହିଛ। ମୋ ଲେଖା କେମିତି, ଏଇଭଳି ହଠାତ୍ ପ୍ରଶ୍ନର କଣ ଉତ୍ତର ଦିଆଯାଇପାରେ 'ଭଲ ଲାଗିଲା' ଭଳି ଅତି ନଗଣ୍ୟ ପ୍ରତ୍ୟୁକ୍ତି ବ୍ୟତୀତ? ପ୍ରକୃତରେ ଏଭଳି ପ୍ରଶ୍ନ ହିଁ ଅର୍ଥହୀନ। କାରଣ ଜଣକ ଲେଖା ବିଷୟରେ କହିବାକୁ ଗଲେ ତାକୁ କେଉଁ ମାନରେ ତଉଲିବାକୁ ହେବ, ପ୍ରଥମେ ସେ କଥା ସ୍ଥିର କରିବାକୁ ହେବ।

ତମେ ନିଜେ କଣ ଭାବୁଛ ତମ ଲେଖା ବିଷୟରେ?

ମତେ ତମେ ବର୍ତ୍ତମାନ ଏକ ଜଟିଳ ସମସ୍ୟାରେ ପକାଇ ଦେଲ, କହିଲା ତାରାପଦ। ଏ ବିଷୟରେ ଗମ୍ଭୀର ଭାବରେ ଭାବିବାକୁ ପଡ଼ିବ। ସୁଖଦା ଆଡ଼କୁ ଅନାଇ ତାରାପଦ ଦେଖିଲା ଯେ ସେ ହସୁଥିଲା। ତାରାପଦର ମନେ ହେଲା ଯେ ତାର ସାହିତ୍ୟିକ କୃତି ସବୁ ସମ୍ପୂର୍ଣ୍ଣ ଅଳୀକ। ସବୁ ମିଛ ତାର ପୁରସ୍କାର ମାନପତ୍ର ସମ୍ବର୍ଦ୍ଧନା ଫୁଲମାଳ ହାତତାଳି। ଏକମାତ୍ର ସତ୍ୟ ହେଉଛି ବାହାରେ ବର୍ଷା ଏବଂ ସୁଖଦା ସାମନାରେ ସେ ବସିରହିଥିବା।

ହଠାତ୍ ବିଜୁଳି ଚାଲିଗଲା। ତାରାପଦର ମନେ ହେଲା ହାତ ବଢ଼ାଇ ସୁଖଦାକୁ ଛୁଇଁପାରିବ ଏବଂ ଚାଲିଯାଇ ପାରିବ ଏପରି ଏକ ଅପାର୍ଥିବ ଲୋକକୁ, ଯେଉଁଠାରେ ସାହାଯ୍ୟ ନାହିଁ, ମନ୍ତ୍ରୀତ୍ୱ ନାହିଁ, କିଛି ନାହିଁ କେବଳ ବର୍ଷା ବ୍ୟତୀତ ଅନ୍ଧାରରେ ସେ

କାହାର ସ୍ପର୍ଶ ଅନୁଭବ କଲା । ତାର ଚଉକି ପାଖରେ ଠିଆ ହୋଇ ଦାସତ୍ୱ ଓ ଖୋସାମତି ମିଶା ଗଳାରେ ଭେଙ୍କଟ କହୁଥିଲା, ମାଡ଼ାମ, ଗୋଟାଏ ମିନିଟରେ ମୁଁ ପେଟ୍ରୋମାକ୍ସ ଲାଇଟର ବ୍ୟବସ୍ଥା କରୁଛି ।

ପେଟ୍ରୋମାକ୍ସ ଲାଇଟ୍ ଆସିଲା । ଭେଙ୍କଟ ପୁଣି ଅଯାଚିତ ଆସି ସେମାନଙ୍କ କଥାବାର୍ତ୍ତାରେ ଯୋଗ ଦେଲା ଏବଂ ଆଲୋଚନା ଫେରିଗଲା ଅକିଞ୍ଚିତକର ବିଷୟକୁ । ସ୍ଥିରହେଲା ଯେ ତାରାପଦ ରାତିରେ ଖାଇସାରି ବର୍ଷା ବନ୍ଦ ହେଲେ ଯାଇ ସେଠାରୁ ଯିବ । ଭେଙ୍କଟ ଯେତେବେଳେ ଏ ବନ୍ଦୋବସ୍ତ କରିବାକୁ ଗଲା, ତାରାପଦ କହିଲା, ସେକ୍ରେଟେରୀ ତମର ପାଖ ଛାଡ଼ିବାକୁ ନାରାଜ । ସୁଖଦା କହିଲା, ମୁଁ ଜାଣେ । ସେକ୍ରେଟେରୀମାନେ ହେଲେ ଈର୍ଷାପରାୟଣା ସ୍ତ୍ରୀଭଳି; ସ୍ୱାମୀକୁ ପାଦେ ପାଦେ ଜଗି ରହିବା ଏମାନଙ୍କର କାମ । ମୋ ସହିତ କିଏ କଥା କହିଲା, କଣ କହିଲା, ମୋର ଘର, ପରିବାରରେ କିଏ କଣ କାହିଁକି ସବୁ ଯେମିତି ତାର ଜାଣିବା ଦରକାର ।

ଏ କଥାକୁ ପ୍ରମାଣିତ କରିବା ଭଳି ମୁହୂର୍ତ୍ତକରେ ଭେଙ୍କଟ ଫେରି ଆସିଲା, ଯେପରିକି ତାର ଅବର୍ତ୍ତମାନରେ ଅନେକ କିଛି ବିଶେଷ ଘଟଣା ଘଟିଯାଇପାରେ । କହିଲା, ମାଡ଼ାମ, ସବୁ ବ୍ୟବସ୍ଥା ହୋଇଯାଇଛି । ମନ୍ତ୍ରୀଙ୍କୁ ପୁଣି ଥରେ ଠିକ୍ ଅଛି, ତମେ ଯାଅ ବୋଲି କହିବାକୁ ହେଲା ଏବଂ ତା'ଆଡ଼କୁ ଚାହିଁ ସୁଖଦା ଓ ତାରାପଦ ଯେ ନିଜ ନିଜ ଭିତରେ ଏକ ମନ୍ତ୍ରଣା କରିବା ଭଳି ହସ ହସୁଥିଲେ, ଭେଙ୍କଟ ତା' ମଧ୍ୟ ବୁଝିପାରିଲା ନାହିଁ ।

ସୁଖଦା କହିଲା, ଆମେ ତମର ଲେଖା ବିଷୟରେ କଥା ହେଉଥିଲେ । ଆଜି ତମେ ଯେଉଁ ବକ୍ତୃତା ଦେଲ, ତା'ଖୁବ ସାରଗର୍ଭ ଥିଲା । ଅନେକ ନୂଆ କଥା ଶିଖିଲି ମୁଁ ସେଥିରୁ ମୋର ଆଉ ଗୋଟିଏ ସୁବିଧା ହେଲା ଯେ ମୁଁ ସେ କଥାରୁ କିଛି ବ୍ୟବହାର କରି ପାରିବି ମୋର କୌଣସି ଭବିଷ୍ୟତ ବକ୍ତୃତାରେ । ତାରାପଦ କହିଲା, ତମର ବକ୍ତୃତା ବି ତ ବେଶ୍ ଜ୍ଞାନସାପେକ୍ଷ ଥିଲା । ରାଜନୈତିକ ନେତାମାନଙ୍କ ପାଖରୁ ସଚରାଚର ଆଶା କରାଯାଇ ନଥାଏ ଏ ପ୍ରକାର ବକ୍ତୃତା । ସୁଖଦା ହସିଲା; କହିଲା, ଓଃ, ମୋର ବକ୍ତୃତା ! ତମେ ଯଦି ଆଗରୁ କେବେ ମୋର ବକ୍ତୃତା ଶୁଣିଥାନ୍ତ, ଜାଣିଥାନ୍ତ ଯେ ଏଭଳି ଏକା କଥାକୁ ସାମାନ୍ୟ ପରିବର୍ତ୍ତନ କରି ମୁଁ ସବୁ ସାହିତ୍ୟ ସଭାରେ କହିଥାଏ । ମୋର ସମୟ କାହିଁ ବହି ପଢ଼ି, ତାକୁ ତର୍ଜମା କରି ନୂଆ କଥା କହିବା ପାଇଁ ? କିନ୍ତୁ ତମ କଥା ତ ଅଲଗା ।

ତାରାପଦ ଭାବିଲା, କହିବ ହଁ, ଏଇ ଗୋଟିଏ ବକ୍ତୃତା ପାଇଁ ମତେ ଅନେକ ଦେଶୀ ବିଦେଶୀ ବହି ପଢ଼ି କେତେ ନୋଟ କରିବାକୁ ହୁଏ । ଅନ୍ୟ ପରିସ୍ଥିତିରେ ସେ

ଏଭଳି ମିଛ କହିଥାନ୍ତା। କିନ୍ତୁ ସିଧାସଳଖ କଥା କହୁଥିବା ବାନ୍ଧବୀ ଆଗରେ ବସି ବର୍ଷା ଆଡ଼କୁ ଅନାଇ କିପରି କହିହେବ ଏଭଳି ଅନାବଶ୍ୟକ ମିଛ? ସେ କହିଲା, ତମର ଭାବିବା ଭୁଲ୍। ଆମେମାନେ ବି ସେଇ ଗୋଟିଏ ବକ୍ତୃତାକୁ ବାରମ୍ବାର ଏପାଖ ସେପାଖ କରି କହିଥାଉ। ଆଉ ରହିଲା ବହି ପଢ଼ିବା କଥା। ଆମ ପାଖରେ ସମୟ ଅଛି ସତ, କିନ୍ତୁ ଏତେ ବହି ପଢୁଛି କିଏ? କୌଣସି ବିଦେଶୀ ପତ୍ରିକାରୁ ଗୋଟାଏ ପ୍ରବନ୍ଧ ପଢ଼ି ତାକୁ ଅବଲମ୍ବନ କରି କିଛି ଲେଖିଦେଲେ କିମ୍ବା ସଭାସମିତିରେ ବକ୍ତୃତା ଦେଇ ଦେଲେ ସେଇ ହେଲା ଆମର ଜ୍ଞାନର ଚୂଡ଼ାନ୍ତ ନିଦର୍ଶନ। ଆଜି ମୁଁ ସଭାରେ ଯାହାକହିଲି କିଏହୁଏତ ଭାବିବ ମୋର ଅନେକ ଦିନର ଗବେଷଣା ପ୍ରସୂତ। କିନ୍ତୁ ଏଇ ବକ୍ତୃତାଟି ପ୍ରସ୍ତୁତ କରିବାକୁ ମୁଁ ପାଞ୍ଚ ମିନିଟ୍ ସମୟ ବି ଦେଇନାହିଁ। କେବେ କଣ ପଢ଼ିଥିଲି, କେବେ କେଉଁଠି କ'ଣ କହିଥିଲି ବା ଲେଖିଥିଲି, ଏଇଟି ଥିଲା ତାର ଚର୍ବିତଚର୍ବଣ।

ସୁଖଦା କହିଲା, କିନ୍ତୁ ତମର ସୃଜନଶୀଳ ଲେଖା ସବୁ ତ ତମର ନିଜର। ତାରାପଦ ଶୂନ୍ୟ ଦୃଷ୍ଟିରେ ସୁଖଦା ଆଡ଼କୁ ଅନାଇଲା। ସେ ଯେପରି ଆଜି ତାକୁ ଅନାବୃତ କରିବା ପାଇଁ ବଦ୍ଧପରିକର। କିନ୍ତୁ କିପରି ତାରାପଦ ଏତେ ସହଜରେ ଭାଙ୍ଗି ଦେଇ ପାରିବ ଏତେ ବର୍ଷ ଧରି, ଏତେ ଶ୍ରମ ସାଧନା ଛଳନା ଚକ୍ରାନ୍ତରେ ଗଢ଼ିଥିବା ନିଜର ସାହିତ୍ୟିକ ପ୍ରାସାଦକୁ? ବର୍ଷା ପାଣିରେ ଭସାଇ ଦେବ ତାର ସମ୍ମାନ, ସ୍ୱୀକୃତି ଏବଂ ସ୍ୱୟଂ ସଂପୂର୍ଣ୍ଣ ଅବଲମ୍ବନ? କାହିଁକି ସେ ସୁଖଦାକୁ ମିଛ କହିବାକୁ ବାଧ୍ୟ ହେବ କିମ୍ବା ତା'ଆଗରେ ଛିଡ଼ା ହେବ ସଂପୂର୍ଣ୍ଣ ଶ୍ରୀହୀନ ହୋଇ? ତାର ଆତ୍ମରକ୍ଷାର ଏକମାତ୍ର ଉପାୟ ଥିଲା ସୁଖଦାକୁ ଓଲଟା ପ୍ରଶ୍ନ କରିବା। ତାରାପଦ କହିଲା, ତମେ ଆଗେ ତମ ନିଜ ବିଷୟରେ କହ।

କଣ ଜାଣିବାକୁ ଚାହିଁଚ ତମେ ମୋ ବିଷୟରେ? ଯଦି ସେଇ କଲେଜ ସମୟରୁ କଣ ହେଲା ବୋଲି ପଚାର, ସଂକ୍ଷେପରେ କହି ହେବ, ଫାଇନାଲ ଇୟରରେ ବାହାହୋଇ ପାଠ ବନ୍ଦ କଲି, ଦଶବର୍ଷ ଘର ସଂସାର କରି ପିଲାମାନଙ୍କୁ ବଡ଼ କଲି, ତା'ପରେ ରାଜନୀତିରେ ମିଶିଲି, ବିଧାନ ସଭାକୁ ଆସିଲି ଏବଂ କିଛି ଦିନ ଉପମନ୍ତ୍ରୀ ରହି ବର୍ତ୍ତମାନ ମନ୍ତ୍ରୀ। ବାହାରୁ ଦେଖିଲେ ଏକ ସରଳ ସହଜ ଏବଂ ସଫଳ କ୍ରମବିବର୍ତ୍ତନ!

ମନ୍ତ୍ରୀ ଭାବରେ ତମର ଭଲ ନାଁ ଅଛି, ତାରାପଦ କହିଲା।

ସୁଖଦା କହିଲା, ମୁଁ ଜାଣେ। ରାଜନୀତିରେ ଟିକ୍ଷିବାକୁ ହେଲେ ଏତିକି ଅନ୍ତତଃ ବୁଝିବାକୁ ପଡ଼େ। ନିଜର ଶକ୍ତି ସାମର୍ଥ୍ୟ ସମର୍ଥନ କେତେ ନ ଜାଣିଲେ ରାଜନୀତି

କରି ହୁଏନାହିଁ। ତମେ କଣ ଭାବୁଛ ମୁଖ୍ୟମନ୍ତ୍ରୀ ମତେ ଯେତେବେଳେ ଅଳ୍ପ କେତେ ଦିନ ଭିତରେ ଉପମନ୍ତ୍ରୀରୁ ମନ୍ତ୍ରୀ ପଦ ଦେଲେ, ମୋ ଉପରେ ଦୟା କରି ? ଏକଥା ବ୍ୟତୀତ ତାଙ୍କର ଅନ୍ୟ ଉପାୟ ନଥିଲା, କାରଣ ସେତେବେଳେ— ଦେଖ, ମୁଁ ତମକୁ ଆମ ଦଳ ରାଜନୀତିର ଚକ୍ରାନ୍ତ କଥା କହିବାକୁ ଯାଉଥିଲି !

ତାରାପଦ କହିଲା, ଆମର ସମସାମୟିକ ବନ୍ଧୁମାନଙ୍କ ଭିତରେ ତମେ ହିଁ ସବୁଠାରୁ ଉଚ୍ଚ ଆସନର ଅଧିକାରୀ।

ମୁଁ ଯେତେ ଡେରିରେ ରାଜନୀତିରେ ଯୋଗଦେଲି, ସେ ଦୃଷ୍ଟିରୁ ମୋର ଦୁଃଖ କରିବାର କିଛି ନାହିଁ ମୁଁ ଯାହା ପାଇଛି ସେଥିରେ। ଅବଶ୍ୟ ରାଜନୀତିରେ ସବୁ ସମ୍ଭବ, ତେବେ ମୁଁ ଏହାଠାରୁ ଆଉ ବେଶି କିଛି ପାଇବା ପାଇଁ ଚେଷ୍ଟା କରିବାକୁ ପ୍ରସ୍ତୁତ ନୁହେଁ।

ତମେ ତ ବହୁତ କିଛି ପାଇଛ।

ହଁ, ମୋର ସେ କଥା ସ୍ୱୀକାର କରିବା ଉଚିତ। କ୍ଷମତା, ପ୍ରତିପତ୍ତି, ସାମାଜିକ ପ୍ରତିଷ୍ଠା, ପାରିବାରିକ ସୁଖ, ଆର୍ଥିକ ସ୍ୱାଚ୍ଛନ୍ଦ୍ୟ। ମୋର ଘର ଆଗେ ସବୁବେଳେ ଭିଡ଼। ଲୋକମାନେ ସବୁବେଳେ ମୋର ପାଖରେ କୃପାପ୍ରାର୍ଥୀ। ମତେ ଦେଖିବାକୁ, ମୋ କଥା ଶୁଣିବାକୁ ଲୋକେ ବ୍ୟଗ୍ର। କେତେ ଅନୁଷ୍ଠାନ, କେତେ ଯୋଜନା, କେତେ ଲୋକ ମୋ ଉପରେ ନିର୍ଭରଶୀଳ। ମୁଁ ଯେତେବେଳେ ସେମାନଙ୍କୁ ଦେଖେ, ଭାବେ ବିଚରା ଲୋକମାନେ! ଏମାନଙ୍କ ତୁଳନାରେ ମୋର କେତେ ସୌଭାଗ୍ୟ।ମୋର ତ ସବୁ କିଛି ଅଛି।

ଦୁହେଁ କିଛି ସମୟ ଚୁପ୍‌ଚାପ ରହିଲେ। ଏ ପର୍ଯ୍ୟନ୍ତ ବିଜୁଳି ଆସି ନଥିଲା। ଲିଭି ଆସୁଥିଲା ଲାଇଟ୍‌କୁ କିଏ ପୁଣି ଆସି ଜଳାଇ ଦେଇଗଲା। ବର୍ଷା ଏପର୍ଯ୍ୟନ୍ତ ବର୍ଷୁଛି ଅବିରାମ ଗତିରେ। ଡାକବଙ୍ଗଳା ଭିତରେ ସବୁ କିଛି ଶାନ୍ତ ଓ ସ୍ତବ୍ଧ। ଏପରିକି ଭେଙ୍କଟ ମଧ୍ୟ ବସି ଅନାଇ ରହିଛି ବର୍ଷା ପାଣିର ଛିଟିକା ପଡ଼ିବାରେ ଲାଗିଲା। କାହାରିକୁ କିଛି କହିବା ଆଗରୁ ଭେଙ୍କଟ ଆସି ପେଟ୍ରୋମାକସ ଲାଇଟକୁ ବର୍ଷାପାଣିରୁ ଘୁଞ୍ଚାଇ ରଖିଲା। ଏଇ ସୁଯୋଗରେ ସୁଖଦା କହିଲା, ଲାଇଟ୍‌କୁ ଘର ଭିତରେ ରଖି ଦିଅ; ଆମେ ଯାଇ ଭିତରେ ବସିବୁ। ଅତି କୁଣ୍ଠିତ ଭାବରେ ଭେଙ୍କଟ ସେମାନଙ୍କୁ ଘର ଭିତରେ ବସାଇ ବାହାରକୁ ଗଲା ଏଥରକ ସେମାନେ ଭେଙ୍କଟର ବସିବା ଜାଗାରୁ ପୂରାପୂରି ଦୃଷ୍ଟି ଅଗୋଚର ଥିଲେ। ତା'ଆଡ଼କୁ ଅନାଇ ତାରାପଦ କହିଲା, ବିରହୋତ୍କଣ୍ଠିତ ଅବସ୍ଥାରେ ପଡିଗଲା ବିଚରା !

ତା' କଥାର କୌଣସି ଜବାବ ଦେଲାନାହିଁ ସୁଖଦା। ଏପରିକି ତା'ମୁହଁରେ

ସାମାନ୍ୟ ହସ ବି ଦେଖାଗଲା ନାହିଁ। ସେ ବର୍ତ୍ତମାନ ଗମ୍ଭୀର ଥିଲା। ପୁରୁଣା କଥାର ଖିଅ ଧରି ସୁଖଦା କହିଲା, ପୁଣିକେବେ କେବେ ମୋର ମନେ ହୁଏ, ମୁଁ ଯେତେ ଯାହା ଭାବୁଛି ମୋର ଅଛି ବୋଲି, ସବୁ ଅର୍ଥହୀନ। ତମର କେବେ ଏମିତି ମନେ ହୋଇଛି ?

ମନେ ପକାଇବାକୁ ଚେଷ୍ଟା କଲା ତାରାପଦ। ଯଦିଓ କେବେ ଇଚ୍ଛା କରି ସେ ଏ କଥା ଚିନ୍ତା କରିନାହିଁ, ସମୟ ଅସମୟରେ ଯେ ଏପରି ଭାବନା ସବୁ ତା' ମୁଣ୍ଡକୁ ଆସିନାହିଁ, ତା ନୁହେଁ। ସେ ଅନେକ ବହି ଲେଖିଛି ସତ, କିନ୍ତୁ କେତେ ସ୍ଥାୟୀ ମୂଲ୍ୟ ସେ ସବୁ ଲେଖାର ? କଣ ଏଭଳି ମୌଳିକ କଥା ଅଛି ତାର ଲେଖାରେ, ଯାହା ସମୟରୁ ଉର୍ଦ୍ଧ୍ୱରେ ବଞ୍ଚି ରହି ପାରିବ ? ଯଦିଓ ଅନ୍ୟ କେହି ଏ କଥା ଜାଣନ୍ତି ନାହିଁ, ତାର ଅନେକ ଲେଖା ତ ବିଦେଶୀ ଲେଖାର ଚତୁର ଅନୁସରଣ ମାତ୍ର। ତାର ତଥାକଥିତ ବୌଦ୍ଧିକ ରଚନାମାନ ଅଜ୍ଞାତ ମନୀଷୀମାନଙ୍କ ଲେଖାର ସାରାନୁବାଦ। ତାର ସଂପୂର୍ଣ୍ଣ କୃତି ହେଉଛି ବିଭିନ୍ନ ସ୍ରୋତରୁ ଏକାଠି କରି ଆଣିଥିବା ଛୋଟ ଛୋଟ ଅଂଶକୁ କତୁରି ଓ ଅଠାଦେଇ ଯୋଡ଼ା ଯାଇଥିବା ନବଗୁଞ୍ଜର। ତାର ପାଠକ ଓ ସମାଲୋଚକମାନଙ୍କୁ ଏ କଥା ଅଜଣା। କିନ୍ତୁ ସେ ନିଜେ କିପରି ଅସ୍ୱୀକାର କିରପାରିବ ନିଜ ପାଖରେ ନିଜର କୃତକର୍ମକୁ ? ଏବଂ ବର୍ତ୍ତମାନ ଏଇ ମୁହୂର୍ତ୍ତରେ ସେ ଯଦି ତାର ସ୍ୱୀକାରୋକ୍ତି ନ କରେ, ଆଉ କେବେ ଏଭଳି ସୁଯୋଗ ଆସିବ ତା' ପାଖକୁ ଅକପଟ ସତ୍ୟକୁ ଅଙ୍ଗୀକାର କରିବାର ? ତଥାପି ତାର ସାହସ ହେଲାନାହିଁ ନିଜର ଦୁର୍ବଳତାକୁ ପ୍ରକାଶ କରିବା ପାଇଁ, ସେ ହେଉନା କାହିଁକି ସ୍ୱଳ୍ପ ପରିଚିତ ଆଉ ପୁଣି ଭବିଷ୍ୟତରେ କେବେ କେଉଁଠି ଦେଖା ହେବ ନ ହେବା ଭଳି ଜଣକ ଆଗରେ। ସୁଖଦା କଥାର ଉତ୍ତର ନ ଦେଇ ତାରାପଦ ତାକୁ ଓଲଟ ପ୍ରଶ୍ନ କଲା, କାହିଁକି ତମର ଏପରି କେବେ କେବେ ମନେହୁଏ ଯେ ତମର କିଛି ନାହିଁ ?

ଏ କଥାର ଉତ୍ତର ତ ଅତି ସହଜ, ସୁଖଦା କହିଲା। ପ୍ରକୃତ ସତ୍ୟ ହେଉଛି ଯେ ମୋର କିଛି ନାହିଁ, କିନ୍ତୁ ମୁଁ ମିଛରେ ଭାବୁଛି ଯେ ମୋର ସବୁଅଛି। ମୁଁ କଣ ଚାହିଁଥିଲି ଏଇଭଳି ଜୀବନ ? କେହି ଜାଣନ୍ତି ନାହିଁ ମୁଁ କେମିତି କାହିଁକି ରାଜନୀତିରେ ପଶିଲି। ମୋର ସ୍ୱାମୀ ସେତେବେଳକୁ ଚାକିରି କରୁଥିଲେ ଏବଂ ତାଙ୍କର ଚାକିରିରେ କଣ ସବୁ ସମସ୍ୟା ହେଉଥିଲା। ସେ ଠିକ୍ କଲେ ଯେ ମୁଁ ଯଦି ସେତେବେଳେ କ୍ଷମତାରେ ଥିବା ରାଜନୀତିଜ୍ଞମାନଙ୍କ ପାଖରେ ପହଞ୍ଚିପାରେ, ତାଙ୍କର ଚାକିରିରେ ସୁବିଧାହେବ। ମୋର ଆଦୌ ଇଚ୍ଛା ନଥିଲା ଏଥିରେ। ମୋର ବୟସ ବି କମ୍ ଥିଲା ଏବଂ ରାଜନୀତିର ନେତାମାନଙ୍କୁ ମୁଁ ଯେତିକି ଦେଖିଥିଲି, ଜାଣିଥିଲି ସେମାନେ କଣ

ଚାହାନ୍ତି। ତଥାପି ମୋର ସ୍ୱାମୀଙ୍କ ପ୍ରରୋଚନାରେ ମତେ ଧାଇଁବାକୁ ହେଲା ସେମାନଙ୍କ ପଛରେ। କ୍ରମେ କ୍ରମେ ମୋର ଭଲମନ୍ଦର ଅଭିଜ୍ଞତା ହେଲା, ଆତ୍ମବିଶ୍ୱାସ ବଢ଼ିଲା, ମୁଁ ଜାଣିପାରିଲି କାହାକୁ କେତେ ପାଖକୁ ଆସିବାକୁ ଦିଆଯାଇପାରେ ଏବଂ କିପରି କାହାକୁ ଦୂରରେ ରଖାଯାଇ ପାରେ, କେଉଁଥିପାଇଁ ନିଜକୁ କେତେ ପରିମାଣରେ ସମର୍ପଣ କରାଯାଇପାରେ ଇତ୍ୟାଦି। ଏକଥା ମୋ ପାଇଁ ଗୋଟିଏ ଖେଳ ଭଳି ଥିଲା ଏବଂ ମୁଁ ଏହାକୁ ଉପଭୋଗ କରିବାରେ ଲାଗିଲି। ରାଜନୈତିକ ପାହାଚରେ ମୋର କ୍ରମୋନ୍ନତି ହେଲା। ଶେଷରେ ଏପରି ଅବସ୍ଥା ପହଞ୍ଚିଲା ଯେ ମୋର ସ୍ୱାମୀ ଯେ କି ମତେ ରାଜନୀତିରେ ବାଧକରି ପୂରାଇଥିଲେ, ସେ ମୋର ରାଜନୀତି କରିବାକୁ ନାପସନ୍ଦ କଲେ ଏବଂ ଯୋଉ ଚାକିରି ପାଇଁ ଏତେ କଥା, ସେ ସେଇ ଚାକିରିଟିକୁ ବି ଛାଡ଼ିଦେଲେ। କଣ ନୀତିଶିକ୍ଷା ବାହାରୁଛି ଏକଥାରୁ ?

ଟିକିଏ ସମୟ ଚୁପ ରହି ନିଜେ ନିଜର ପ୍ରଶ୍ନର ଉତ୍ତରଦେଲା ସୁଖଦା। ମୁଁ ଚାହୁଁଥାଏ ନ ଚାହୁଁଥାଏ, ସୁଖଦା କହିଲା, ମୋର ଜୀବନ ଯେଭଳି ଯେତେ ମୋଡ଼ ନେଇ ଏଇ ଅବସ୍ଥାରେ ପହଞ୍ଚିଛି, ସେଇଟା ମୋର ହିଁ ଜୀବନ ଏବଂ ମତେ ହିଁ ତାକୁ ବଞ୍ଚିବାକୁ ହେବ। ମୁଁ ଏଭଳି ଜୀବନ ଚାହିଁ ନଥିଲି, ଏକଥା ବର୍ତ୍ତମାନ କହିଲେ କି ଲାଭ ? ମୁଁ ଯେଉଁଭଳି ଜୀବନ ଚାହିଁଥିଲି, ସେଭଳି ଜୀବନ ମତେ ମିଳିଥାନ୍ତା, ତାର ବି କେଉଁ ପ୍ରତିଶ୍ରୁତି ଥିଲା ? ଅନ୍ୟ ପକ୍ଷରେ, ମୁଁ କ'ଣ ନିର୍ଦ୍ଦିଷ୍ଟ ଭାବରେ ଜାଣିଥିଲି ସେତେବେଳେ ମୋର କି ପ୍ରକାରର ଜୀବନ ଦରକାର ଥିଲା ? ବର୍ତ୍ତମାନ ଅତୀତକୁ ଅନାଇ ଭାବିବା ସହଜ, କିନ୍ତୁ ସେତେବେଳେ କଣ ମୁଁ ଭାବିପାରିଥାନ୍ତି ଏଭଳି ସବୁ କଥା ଭବିଷ୍ୟତ ବିଷୟରେ ?

ତା କଥା ଶୁଣୁ ଶୁଣୁ ତାରାପଦ ଭାବିଲା ସେ ବି ନିଜର ପ୍ରାପ୍ତି ଅପ୍ରାପ୍ତି କଥା ସୁଖଦାକୁ ଶୁଣାଇ ହାଲୁକା କରିଦେବ ନିଜର ମନର ଭାରକୁ; ଖୋଲି ରଖିଦେବ ଏତେଦିନ ଧରି ତାର ମନ ଭିତରେ ଜଟିଳ ହୋଇଯାଇଥିବା ଅଡୁଆ ସୂତାର ଖିଅକୁ। ସେ ସୁଖଦା ଆଡ଼କୁ ଅନାଇଲା। ତାର ମୁହଁକୁ ଦେଖି ମନେହେଲା ସୁଖଦା ଯେପରି ଅନ୍ୟ କେଉଁ ପୃଥିବୀରେ ଥିଲା ଏବଂ ଏତେ କଥା ଯାହା ନିଜ ବିଷୟରେ କହିଗଲା, ସେ ସବୁ ତାରାପଦ ପାଇଁ ଉଦ୍ଦିଷ୍ଟ ନଥିଲା, ସେ ସବୁ ଥିଲା ନିଜ ପାଇଁ ସ୍ୱଗତୋକ୍ତି। ଏଥର ତାରାପଦର ଆଖିକୁ ଅନାଇ ସୁଖଦା ତାକୁ ଚିହ୍ନିଲା, ସାମାନ୍ୟ ହସିଲା ଏବଂ କହିଲା, ଏଥର ତମର ସ୍ୱୀକାରୋକ୍ତି ଶୁଣିବା। କଥାଟି ଠିକ୍ କିପରି ଆରମ୍ଭ କରିବ ତାରାପଦ ଏ କଥା ଭାବୁଛି, ବିଜୁଳି ଆସିଗଲା। ଏତେ ସମୟଧରି ଉଜ୍ଜ୍ୱଳ ଆଲୁଅ ବିକିରଣ କରୁଥିବା ପେଟ୍ରୋମାକସ ଲାଇଟଟି ହଠାତ୍ ନିଷ୍ପ୍ରଭ ହୋଇ ଫେରିଗଲା

ସେମାନଙ୍କ ଦୃଷ୍ଟିର ପୃଷ୍ଠଭୂମିକୁ। ସେମାନଙ୍କ ଦୃଷ୍ଟି ଓ ଚେତନାରୁ ଅଗୋଚର ହୋଇଯାଇଥିବା ଡାକବଙ୍ଗଳାର କୋଠରୀ ବାରଣ୍ଡା, ଲୋକବାକ, ଭେଙ୍କଟସ୍ୱାମୀ ପୁଣି ମୂର୍ତ୍ତିମାନ ହୋଇଗଲେ ନିଜ ନିଜ ଜାଗାରେ। ତାରାପଦ କିଛି ନ କହି ଚୁପ୍ ରହିଲା ଏବଂ ଭେଙ୍କଟ ଆସି ଘୋଷଣା କଲା ଯେ ଖାଇବା ପ୍ରସ୍ତୁତ।

ଭୋଜନ ପର୍ବଟି ଥିଲା ଅତି ଔପଚାରିକ, ପ୍ରୀତିକର ତଥା ଭେଙ୍କଟର ଉପସ୍ଥିତି ଯୋଗୁ ଆମୋଦଦାୟକ ମଧ୍ୟ; ସୁଖଦାର ବ୍ୟବହାର ଅତି ସହଜ ଓ ମନ୍ତ୍ରୀସୁଲଭ। କୌଣସି ସୂଚନା ନଥିଲା ତାର କଥାବାର୍ତ୍ତା ଭାବଭଙ୍ଗୀରେ ଅଳ୍ପ ସମୟ ପୂର୍ବରୁ ହୋଇଥିବା ବ୍ୟକ୍ତିଗତ ଭାବସମ୍ପୂର୍ଣ୍ଣ ମାର୍ମିକ ଆଲୋଚନାର। ତାରାପଦ ଭାବିଲା ଖାଇସାରିବା ପରେ ପୁଣି ଡାକବଙ୍ଗଳାର ନିଭୃତ ବାରଣ୍ଡାରେ ବସି ସେ ଓ ସୁଖଦା ପୁଣି ଫେରିଯିବେ ଅଧା ରହିଯାଇଥିବା କଥୋପକଥନର ଗଭୀରତମ କେନ୍ଦ୍ରକୁ ଏବଂ ତାରାପଦ ନିଜକୁ ମୁକ୍ତ କରିଦେବ ବର୍ଷ ବର୍ଷ ଧରି କାହାକୁ କହିପାରୁ ନଥିବା ଅନ୍ତରଂଗ ଚିନ୍ତାର ଉତ୍ପୀଡ଼ନରୁ। କିନ୍ତୁ ଏପରି କିଛି ହେଲାନାହିଁ। ସେମାନେ ଖାଇସାରି ବାରଣ୍ଡା ଉପରକୁ ଆସିବା ବେଳକୁ ବର୍ଷା ପୂରାପୂରି ଛାଡ଼ିଯାଇ ସାମାନ୍ୟ ଜହ୍ନ ଆଲୁଅ ଦିଶୁଥିଲା। ଡ୍ରାଇଭର ଗାଡ଼ି ନେଇ ଯିବାପାଇଁ ପ୍ରସ୍ତୁତ ଥିଲା। ଭେଙ୍କଟ ତାର ଟିପାଖାତାରୁ ପଢ଼ି ମନ୍ତ୍ରୀଙ୍କୁ ଶୁଣାଉଥିଲା କାଲି ସକାଳେ କି କି ଜରୁରୀ କାର୍ଯ୍ୟକ୍ରମ ସବୁ ରହିଛି।

ସୁଖଦା ପାଖରୁ ବିଦାୟ ନେଇ ତାରାପଦ ଗାଡ଼ିରେ ଆସି ବସିଲା। ଅନେକ କଥା ଅକୁହା ରହିଗଲା ତାରାପଦର। ବିଦାୟ ପର୍ବଟି ଆଉ ଟିକିଏ ବ୍ୟକ୍ତିଗତ ହୋଇଥିଲେ ସେ ଖୁସି ହୋଇଥାନ୍ତା। ସବୁ ଯେପରି ଅପୂର୍ଣ୍ଣ ରିହଗଲା ଆଜି। ଗାଡ଼ି ଠିକ ହୋଇଯାଇଥିଲା ଏବଂ ଖାଇପିଇ ସାରି ଡ୍ରାଇଭର ସୁଖମିଜାଜ ଥିଲା। ସେ ତାରାପଦ ସହିତ ଆଳାପ କରିବା ଉଦ୍ଦେଶ୍ୟରେ କଥା ଆରମ୍ଭ କଲା, ସାର, ଗାଡ଼ି ଏଥରକ ଫାଷ୍ଟକ୍ଲାସ ଚାଲିବ। ଡ୍ରାଇଭରକୁ ପ୍ରଶ୍ରୟ ନ ଦେବା ପାଇଁ ତାରାପଦ ଚୁପ୍ ରହିଲା ଏବଂ ସଂଧ୍ୟାର ଘଟଣାବଳୀକୁ ରୋମନ୍ଥନ କରିବାରେ ନିଜକୁ ନିମଜ୍ଜିତ କରିଦେଲା। ସୁଖଦା ସହିତ ଆଜିର ଆକସ୍ମିକ ସାକ୍ଷାତକାର ପ୍ରତିଶ୍ରୁତିପୂର୍ଣ୍ଣ ଥିଲା। ତାରାପଦ ଶୀଘ୍ର ତା ସହିତ ଆଜିର ଆକସ୍ମିକ ସାକ୍ଷାତକାର ପ୍ରତିଶ୍ରୁତିପୂର୍ଣ୍ଣ ଥିଲା। ତାରାପଦ ଶୀଘ୍ର ତା ସହିତ ପୁଣି ସାକ୍ଷାତର ବ୍ୟବସ୍ଥା କରିବ ଏବଂ ଦ୍ୱିତୀୟ ଥର ଦେଖାହେବା ବେଳେ ପରସ୍ପରର ସଂପର୍କରେ ରୋମାନ୍ସର ସାମାନ୍ୟ ଆଙ୍ଗିକ ଦେବାପାଇଁ ଚେଷ୍ଟା କରିବ। ସେ ନିଜର କଳ୍ପନାକୁ ଆହୁରି ଅନିୟମିତ ଭାବେ ପ୍ରସାରିତ ହେବାକୁ ଦେଲା। ତାର ଓ ସୁଖଦାର ରୋମାଞ୍ଚକର ସଂପର୍କ ବର୍ତ୍ତମାନ ସହରର ନବୀନତମ ଅପବାଦ ଥିଲା। ଜଣେ ଜଣାଶୁଣା ଲେଖକ ଓ ଜଣେ ମନ୍ତ୍ରୀଙ୍କୁ ନେଇ କୁତ୍ସା ତାରାପଦକୁ ବିଶେଷ ଅପ୍ରିୟ ମନେ ହେଲା

ନାହିଁ। ତାରାପଦକୁ ବିଶେଷ ଅପ୍ରିୟ ମନେ ହେଲାନାହିଁ। ତାରାପଦର ଉପଲବ୍ଧି ହେଲା ଯେ ଏ ସବୁ କିଛି ବି ଘଟିବ ନାହିଁ। ତାର ଆଉ ଦେଖାହେବ ନାହିଁ ସୁଖଦା ସହିତ, ଯେପରି ହୋଇ ନଥିଲା ଏତେ ବର୍ଷଧରି। ଯଦି ବି ଦଶବର୍ଷ ପରେ ପୁଣି ଦେଖା ହୁଏ ଏପରି କୌଣସି ଅନୁଷ୍ଠାନରେ, ଦୁହେଁଯାକ ଆହୁରି ଦଶବର୍ଷ ବୟସ୍କ ହୋଇ ଜରାବସ୍ଥାରେ ପହଞ୍ଚି ସାରିଥିବେ। ସେଥରକ ହୁଏତ ତାର ଗାଡ଼ି ଖରାପ ହେବନାହିଁ। ପାଖରେ ଡାକବଙ୍ଗଳା ନଥିବ, ପାଗ ଭଲ ଥିବ ଏବଂ ଜଣେ ଆହୁରି କୁତୂହଳୀ ପ୍ରକୃତିର ଭେଙ୍କଟସ୍ୱାମୀ ଥିବ। ଏଭଳି ବିସ୍ୱାଦକର ଚିନ୍ତାକୁ ଇଚ୍ଛାକରି ତାରାପଦ ନିଜ ମନ ଭିତରୁ ଦୂର କରିଦେଲା ଏବଂ ଶୋଇବାକୁ ଚେଷ୍ଟା କରି ନିଜର ମନକୁ ନିବେଶ କଲା ସାହିତ୍ୟିକ ସଫଳତା ବିଷୟରେ। ସେ ପାଇ ନଥିବା ବିଭିନ୍ନ ପୁରସ୍କାର ତାକୁ ଆଖି ଆଗରେ ଦେଖାଦେଲେ। ସେ ଯେଉଁ ଶ୍ରେଷ୍ଠତମ ଗ୍ରନ୍ଥଟିକୁ ଲେଖିବାକୁ ଭାବୁଥିଲା ତାର ସଂଯୋଜନା ସବୁ ମନେ ପଡ଼ିଲା। ସେ ଭାବିନେଲା ତାର ଷଷ୍ଠି ପୂର୍ତ୍ତିରେ ପ୍ରକାଶ ପାଇବାକୁ ଯାଉଥିବା ଅଭିନନ୍ଦନ ଗ୍ରନ୍ଥ କେଉଁଭଳି ହେବ। ଏ ସବୁ କଥା ସହିତ ତାର ମନେ ପଡିଲା ସାହିତ୍ୟ ଜଗତରେ ତାର ପ୍ରତିବନ୍ଧ ଶତ୍ରୁମାନଙ୍କ କଥା। ସେ ଦେଖିଲା ଯେ କେହି ଜଣେ ଚତୁର ସମାଲୋଚକ ଅତି ନିଷ୍ଠାର ସହିତ ତାର ସମସ୍ତ ସାହିତ୍ୟିକ ଚୌର୍ଯ୍ୟର ବିବରଣୀ ପ୍ରକାଶ କରିଦେଇଛି ଏବଂ ଜଣେ ଗଣ୍ୟମାନ୍ୟ ସାହିତ୍ୟକାରରୁ ସେ ଖସି ଆସିଛି ଏକ ତୁଚ୍ଛ ସାମାନ୍ୟ ଲେଖକର ସ୍ତରକୁ। ଗୋଟିଏ ଉଚ୍ଚ ମଞ୍ଚ ଉପରୁ ଯେପରି କିଏ ତାକୁ ଓଟାରି ନେଇ ପିଙ୍ଗିଦେଲା ତଳେ ନର୍ଦ୍ଦମା ଭିତରକୁ।

ଏପରି ଅପ୍ରୀତିପଦ ଚିନ୍ତା କରୁଥିବାରୁ ନିଜକୁ ନିଜେ ଶାସନ କଲା ତାରାପଦ ଏବଂ ଏଭଳି ଛୋଟ ଗାଉଁଲି କଲେଜକୁ ବକ୍ତୃତା ଦେବାକୁ ଆସିଥିବାରୁ ନିଜକୁ ଗାଳିଦେଲା। ସେ ନିଷ୍ପତ୍ତି କଲା, ଯଦିଓ ସେ ଜାଣିଥିଲା ଯେ ଏ ନିଷ୍ପତ୍ତିଟି ଅତି କ୍ଷଣସ୍ଥାୟୀ, ଯେ ସେ ଆଉ କେବେହେଲେ ଏଭଳି ନିମନ୍ତ୍ରଣ ରକ୍ଷା କରିବ ନାହିଁ। ଏଥରକ ସେ ଆବୁଡ଼ା ଖାବୁଡ଼ା ରାସ୍ତାରେ ତଳ ଉପରେ ହୋଇ ଯାଉଥିବା ଗାଡ଼ି ପାଖରେ ନିଜକୁ ସମର୍ପଣ କରିଦେଲା।

■

ଝିଅ ସୁଖୀ

ସକାଳୁ ସକାଳୁ ଅମରେଶ ସ୍ତ୍ରୀକୁ କହିଲା, ବୁଝିଲ, ଏବେ ବୁଢ଼ା ଟେଲିଫୋନ୍ କରିଥିଲା। ନନ୍ଦିନୀ ଠିକ୍ ବୁଝିଥିଲା ସେ କାହାକୁ ଲକ୍ଷ୍ୟ କରି କହୁଛି, ତଥାପି କହିଲା, କୋଉ ବୁଢ଼ା ? ଅମରେଶ କହିଲା, ସେଇ ରାୟବାବୁ, ଆଉ କିଏ ? ଏତେ ସକାଳୁ ନ ହେଲେ କିଏ ଫୋନ୍ କରି ନିଦ ଭାଙ୍ଗିବ ? ନନ୍ଦିନୀ କହିଲା, ତମେ କାହିଁକି ସବୁବେଳେ ବିଚରା ଭଦ୍ରବ୍ୟକ୍ତିଙ୍କ ଉପରେ ଚିଡ଼ିଚିଡ଼ି ହଉଛ ? ଭାଗ୍ୟରେ ଥିଲେ ଏଭଳି ଭଲଲୋକ ବନ୍ଧୁ ମିଳନ୍ତି। ଆଉ ତମେ ଯୋଉ ତାଙ୍କୁ ବୁଢ଼ା ବୁଢ଼ା କହୁଚ, ତମେ ନିଜେ କଣ ? ହୋଇ ହୋଇ ସେ ତମଠାରୁ ଚାରି ପାଞ୍ଚ ବର୍ଷ ବଡ଼ ହେବେ, ଆଉ କେତେ ! ସେ କାହିଁକି ଫୋନ କରିଥିଲେ ?

ନନ୍ଦିନୀର ସବୁ କଥା ସତ ଥିଲା। ରାୟବାବୁ ଅମରେଶଠାରୁ ପାଞ୍ଚ ସାତ ବର୍ଷ, ଚାରି ପାଞ୍ଚ ବର୍ଷ ବି ହୋଇପାରେ, ବଡ଼ ଥିଲେ ବୟସରେ, ତେବେ ଅମରେଶ ଭାବୁଥିଲା ଯେ ସେ ନିଜେ ପ୍ରୌଢ଼ ଭଳି ଦେଖାଯାଉଥିବାବେଳେ ରାୟବାବୁ ବୃଦ୍ଧ ଦେଖାଯାଉଥିଲେ। ଅମରେଶ ଅବଶ୍ୟ ଏକଥା ବୁଝୁଥିଲା ଯେ ତାର ଏଭଳି ଏକ ମୂଲ୍ୟାଙ୍କନ ନିତାନ୍ତ ପକ୍ଷପାତୀ ମଧ୍ୟ ହୋଇପାରେ। ଆଉ ରାୟବାବୁଙ୍କର ଜଣେ ଅତି ଭଲଲୋକ ହୋଇଥିବା ବିଷୟରେ କାହାରି ହେଲେ ମତାନୈକ୍ୟ ନଥିଲା। ଅମରେଶର ବନ୍ଧୁବାନ୍ଧବ ପଡ଼ାପଡ଼ୋଶୀ ସମସ୍ତେ ରାୟବାବୁଙ୍କର ଶାନ୍ତଶିଷ୍ଟ ଉଦାରମନା ଶିଷ୍ଟ ଶାଳୀନ ଓ ନମ୍ର ଅମାୟିକ ପ୍ରକୃତିର ପ୍ରଶଂସାରେ ଶତମୁଖ ଥିଲେ। ଅମରେଶର ମଧ୍ୟ ଏ ବିବେଚନାରେ ଅମତ ହେବାର କୌଣସି କାରଣ ନଥିଲା, ତେବେ ତା ମନ ଭିତରେ ରାୟବାବୁଙ୍କର ଚରିତ୍ର ବିଷୟରେ କୋଉଠି କିଛି ଗୋଟାଏ ସନ୍ଦେହ ରହିଯାଇଥିଲା। ସେ ମନକୁ ମନ କହୁଥିଲା, ଏଭଳି ଜଣେ ମହାତ୍ମା ଗାନ୍ଧୀ ଆଉ ସମ୍ଭବ ନୁହେଁ।

ତାଠାରୁ କୌଣସି ଜବାବ ନ ପାଇ ନନ୍ଦିନୀ ପୁଣି ପ୍ରଶ୍ନ କଲା ରାୟବାବୁ କାହିଁକି ଫୋନ୍ କରିଥିଲେ? ଅମରେଶ କହିଲା, ସେ କହୁଥିଲେ ଆଜି ଖରାବେଳେ ଆମ ଘରକୁ ଆସିବେ।

ତମେ ତାଙ୍କୁ ଏଠି ଖାଇ ଦେଇ ଯିବା ପାଇଁ କହିଲ?

ନା, ସେ ଓଲଟା ଆମକୁ ଡାକୁଥିଲେ ତାଙ୍କ ଘରେ ଯାଇ ଖାଇବା ପାଇଁ; ମୁଁ କିନ୍ତୁ ମନା କରିଦେଲି। କେତେ ଆଉ ଯାଇ ତାଙ୍କ ଘରେ ଖାଇବା? ଯାହା ହେଉ, ସେ କିନ୍ତୁ ଖରାବେଳେ ଆସିବେ ବୋଲି କହିଲେ।

ଅମରେଶ ଜାଣିଲା ଯେ ନନ୍ଦିନୀ ବର୍ତ୍ତମାନ ରାୟବାବୁଙ୍କର ଗୁଣଗ୍ରାମର ପ୍ରଶସ୍ତି ଆରମ୍ଭ କରିଦେବ ଏବଂ ତାକୁ ଶେଷ କରିବା ପାଇଁ ଅନ୍ୟୁନ ପାଞ୍ଚମିନିଟ ସମୟ ଲାଗିବ। ସେଥିପାଇଁ ସେ ସେଠାରୁ ଚାଲିଯାଇ ନିଜ କାମରେ ମନଦେଲା। ଅବଶ୍ୟ ରିଟାୟାରମେଣ୍ଟ ପରେ ତା'ର ନିଜକାମ ବୋଲି କିଛି ନଥିଲା, ତେବେ ସେ ଭାବୁଥିଲା ଯେ ଭଦ୍ରବ୍ୟକ୍ତିଙ୍କର ବହୁବର୍ଣ୍ଣିତ ପ୍ରଶଂସା, ଯେଉଁଥିରେ ନିଶ୍ଚୟ ତାର ନିଜର ନିନ୍ଦା ମଧ୍ୟ ଉହ୍ୟ ରହୁଥିଲା, ଶୁଣିବା ଅପେକ୍ଷା ବରଂ ସେଦିନର ଖବରକାଗଜର ନୀରସ ସମ୍ବାଦମାନଙ୍କୁ ଆଉଥରେ ପଢ଼ିବା ଶ୍ରେୟସ୍କର।

ନା, ରାୟବାବୁଙ୍କ ପ୍ରତି ବିମୁଖ ବା ଉଦାସୀନ ହେବାର କୌଣସି କାରଣ ନଥିଲା ଅମରେଶର। ଅପରପକ୍ଷରେ ତାର ବରଂ ଭଦ୍ରବ୍ୟକ୍ତିଙ୍କ ପ୍ରତି କୃତଜ୍ଞ ହେବା କଥା। ତାଙ୍କ ପୁଅ ଦେବାଶିଷ ସହିତ ବିନିର ବାହାଘର ପାଇଁ ସେ ଯେ କେବଳ କୌଣସି ଯୌତୁକ ମାଗି ନଥିଲେ ତା ନୁହେଁ, ଅମରେଶକୁ ସେ ଅନ୍ୟ ଅନେକ ପ୍ରକାର ଖର୍ଚ୍ଚରୁ ମଧ୍ୟ ବଞ୍ଚାଇଥିଲେ। ବାହାଘର ସମୟରେ ଏପରି ଗୋଟିଏ ଅବସ୍ଥା ଆସିଯାଇଥିଲା ଯେ ରାୟବାବୁ ହିଁ ତା ଘରର ସମସ୍ତ ଦାୟିତ୍ୱ ନେଇ ଯାଇଥିଲେ। କେଉଁଠାରେ କିଭଳି ଶସ୍ତାରେ ଖାଇବାର ବନ୍ଦୋବସ୍ତ ହୋଇପାରିବ, ଅତିଥି ତାଲିକାକୁ କିଭଳି ଛୋଟକରି ଦିଆଯାଇ ପାରିବ ଇତ୍ୟାଦି ଖର୍ଚ୍ଚକାଟ ବ୍ୟବସ୍ଥାକୁ ଅମରେଶ ଖୁସିରେ ମାନି ନେଇଥିଲା, ଯଦିଓ ସେ ତାର ଆୟୋଜନରେ ରାୟବାବୁଙ୍କର ମୁଣ୍ଡ ପୂରାଇବା କଥାକୁ ପସନ୍ଦ କରୁ ନଥିଲା। ରାୟବାବୁଙ୍କ ସହାୟତାରେ ବିନିର ବାହାଘର ହୋଇଯାଇଥିଲା ଅତି ସୁବିଧାରେ ଏବଂ ଅତି ଶସ୍ତାରେ।

ଏ କଥା ଅବଶ୍ୟ ଠିକ୍ ନୁହେଁ ଯେ, ଅମରେଶ ଚାହୁଁଥିଲା ବିନିର ବାହାଘର ଶସ୍ତାରେ ହୋଇଯାଉ ବୋଲି। ବିନି ସେମାନଙ୍କର ଏକମାତ୍ର ସନ୍ତାନ ଥିଲା ଏବଂ ନନ୍ଦିନୀ ଓ ଅମରେଶ ପରସ୍ପରକୁ ବାରମ୍ବାର କହୁଥିଲେ, ଆମର ଆଉ କିଏ ଅଛି ବିନି ଛଡ଼ା? ଏ ଘରଦ୍ୱାର ସମ୍ପତ୍ତି କାହାପାଇଁ? ବିନି ସୁଖରେ ରହିଲେ ହେଲା। ବିନି ଛୋଟ

ଥିବା ଦିନୁ ହିଁ ସ୍ୱାମୀ ସ୍ତ୍ରୀ ଲାଗି ରହିଥିଲେ ବିନି କିପରି ସୁଖରେ ରହିବ ସେଥିପାଇଁ। ତେବେ ବିନି ପାଇଁ ସେମାନଙ୍କର ସୁଖର ଧାରଣା ସମ୍ପୂର୍ଣ୍ଣ ଭିନ୍ନ ଥିଲା ସୁଖ ବିଷୟରେ ବିନିର ନିଜର ଧାରଣାଠାରୁ। ବିନିପାଇଁ କୋଉ ପୋଷାକ ଭଲ, ବିନିକୁ କେଉଁ ଖେଳନା ଭଲ ଲାଗିବା ଉଚିତ ଏବଂ ବିନି ପାଇଁ କି ଖାଦ୍ୟ ସୁସ୍ୱାଦୁ ଏସବୁ ତାର ବାପା ମା ସ୍ଥିର କରୁଥିଲେ, ବିନି ସେ ବିଷୟରେ ଯାହା ଭାବୁଥାଉ ନା କାହିଁକି। ପିଲାଦିନେ ସବୁ ଚଳି ଯାଉଥିଲା, ଯଦିଓ ବିନି ଲୁଗାପଟା, ଖେଳନା ଓ ଖାଇବା ବିଷୟରେ ମଝିରେ ମଝିରେ କନ୍ଦକଟା କରୁଥିଲା। ବିନି ଆଉ ଟିକିଏ ବଡ଼ ହେବାପରେ ଏ ବିଷୟରେ ବାପମାଙ୍କ ସାଙ୍ଗରେ ଯୁକ୍ତି କଲା, କିନ୍ତୁ ସେମାନଙ୍କର ଏକ ଅମୋଘ ଅସ୍ତ୍ର ଥିଲା ସବୁ ସମୟରେ; ତୁ ପିଲା ଲୋକ, ବୁଝିପାରୁ ନାହୁଁ। ଆମେ ଯାହା କରୁଛୁ, ତୋରି ଭଲ ପାଇଁ।

ତା ସୁଖପାଇଁ ଦିନରାତି ଲାଗି ରହିଥିବା ବାପାମାଙ୍କର ଅଦ୍ଭୁତ ଆଦର ଯତ୍ନ ଭିତରେ ବଢ଼ି ବିନି ମାଟ୍ରିକ୍ ପାସ କଲା। ତାର ଇଚ୍ଛା ଥିଲା ସେ ଆର୍ଟସ ପଢ଼ିବ; ତା ଭଲ ପାଇଁ କିନ୍ତୁ ତା ବାପା ମା ତାକୁ ସାଏନସ ପଢ଼ିବା ପାଇଁ ବାଧ୍ୟ କଲେ। ଏ ବିଷୟରେ ଅବଶ୍ୟ ଅମରେଶ ଓ ନନ୍ଦିନୀ ଅନ୍ତତଃ ନିଜ ଆଗରେ ମାନୁଥିଲେ ଯେ ଏଥିରେ ସେମାନଙ୍କର ସାମାନ୍ୟ ସ୍ୱାର୍ଥ ନିହିତ ଥିଲା। ଦୁହେଁ ଅଧିକାଂଶ ସମୟରେ ବେମାର ରହୁଥିଲେ ଏବଂ ବିନିତାକୁ ପାଠ ପଢ଼ି ଡାକ୍ତରାଣୀ ହେବାକୁ ଚାହୁଁଥିଲେ। ଘର ଭିତରେ ଚବିଶ ଘଣ୍ଟା ଗୋଟିଏ ଡାକ୍ତରଖାନାର ସୁବିଧା କେତେଜଣଙ୍କୁ ମିଳିପାରେ ? ବିନିକୁ ବୁଝାଇଲାବେଳେ ଅବଶ୍ୟ ସେମାନେ ଏକଥା କହୁ ନ ଥିଲେ, ତେବେ କଥାଟି ବିନିକୁ ପୂରାପୂରି ଅଜଣା ନଥିଲା। ବାଧ୍ୟ ହୋଇ ବିନି କଳା ବଦଳରେ ବିଜ୍ଞାନ ପଢ଼ିଲା, କିନ୍ତୁ ତାର ସୌଭାଗ୍ୟକୁ ସେ ପରୀକ୍ଷାରେ ଏତେ କମ୍ ନମ୍ବର ରଖିଲା ଯେ ତାକୁ କୌଣସି ମେଡ଼ିକାଲ କଲେଜରେ ସିଟ୍ ମିଳିଲା ନାହିଁ। ଏ ବିଷୟରେ ତାକୁ ବାପାମା ଅନେକ ଗାଳିମନ୍ଦ କଲେ, ତାକୁ ସୁଖଶାନ୍ତିରେ ରହିବା ପାଇଁ ସେମାନେ ଯେ ଏତେ ଚେଷ୍ଟା ଚରିତ୍ର ଆତ୍ମତ୍ୟାଗ କରିଥିଲେ ତାର ଦୁହାଇ ଦେଲେ ଏବଂ କହିଲେ ଯେ ଏଥର ସେ ନିଜ କଥା ନିଜେ ବୁଝୁ।

ବିନି ବିଜ୍ଞାନ ଛାଡ଼ି ପୁଣି କଳା ଶ୍ରେଣୀରେ ନାଁ ଲେଖାଇଲା, କିନ୍ତୁ ଝିଅକୁ ସୁଖୀ ରଖିବା ପ୍ରଚେଷ୍ଟାକୁ ବାପମା ମିଶି ଯଥାପୂର୍ବ ବଜାୟ ରଖିଲେ। ବର୍ତ୍ତମାନ ସେମାନଙ୍କର ଚିନ୍ତାର ବିଷୟ ଥିଲା, ହେଲା ପଛେ ଡାକ୍ତରୀ ପଢ଼ି ଝିଅ ସେମାନଙ୍କର କାମରେ ନ ଆସିଲା, ବାହା ହୋଇ ସେ କିପରି ସୁଖରେ ରହୁ। ସେମାନଙ୍କର ଗୋଟିଏ ଦୁଃଖ ଥିଲା ଯେ ଝିଅ ଆଜିକାଲି ଆଉ ଆଗଭଳି ତାଙ୍କ ସାଙ୍ଗରେ ମିଳାମିଶା କରୁ ନ ଥିଲା, ନିଜ

ସାଙ୍ଗମାନଙ୍କ ସହିତ ସମୟ କଟାଉଥିଲା, ନ ହେଲେ ତାର ବହିପତ୍ର ସଙ୍ଗୀତ ନେଇ ବ୍ୟସ୍ତ ରହୁଥିଲା। ବିନି ଅନ୍ୟ ମଣିଷ ହୋଇଯାଇଥିଲା ଯେପରି। ଦିନ ଥିଲା ଯେତେବେଳେ ବିନି ଥିଲା ପୂରାପୂରି ବାପମାଙ୍କର। ଯେତେବେଳେ ସେମାନଙ୍କର ଖେଳିବାକୁ ଇଚ୍ଛା ହେଉଥିଲା ବିନିକୁ ଡାକୁଥିଲେ ଏବଂ ସେମାନେ ନିଜେ ବିରକ୍ତ ହୋଇଯିବା ପର୍ଯ୍ୟନ୍ତ ତା ସହିତ ଖେଳୁଥିଲେ। ଘରକୁ କେହି ଅତିଥି ଅଭ୍ୟାଗତ ଆସିଲେ ସେମାନେ ବିନିକୁ ଡାକୁଥିଲେ ତାଙ୍କ ଆଗରେ ନିଜର ପାଠପଢ଼ା ଓ ଗୀତ ବୋଲିବାର ନିଦର୍ଶନ ଦେବାପାଇଁ। ବିନି ସାଙ୍ଗରେ ସେମାନେ ଖେଳୁଥିଲା ବେଳେ ହଠାତ୍ କେହି ଆସି ପହଞ୍ଚିଲେ ସେମାନେ ବିନିକୁ ଭିତରକୁ ଯିବାକୁ କହୁଥିଲେ ଏବଂ ବିନି ଚୁପଚାପ ଭିତରକୁ ଚାଲିଯାଉଥିଲା। ବିନି ବଡ଼ ହେବା ସଙ୍ଗେ ସଙ୍ଗେ ଏସବୁ ଆଉ ସମ୍ଭବ ନ ଥିଲା। ଅମରେଶ ଓ ନନ୍ଦିନୀ ସେଥିପାଇଁ ସବୁବେଳେ ବିନିର ପିଲାଦିନ କଥା ମନେ ପକାଉଥିଲେ ଯେତେବେଳେ ସେ ଗୋଟିଏ ଆଦର୍ଶ ସନ୍ତାନ ଥିଲା, ତାଙ୍କର ସବୁ କଥା ମାନୁଥିଲା, ଯୁକ୍ତିତର୍କ କରୁନଥିଲା ତଥା ସେମାନଙ୍କ ଉପରେ ସମ୍ପୂର୍ଣ୍ଣ ରୂପେ ନିର୍ଭରଶୀଳ ଥିଲା।

ବିନିର ବିବାହ ବିଷୟରେ ସେମାନେ ଭାବୁଥିଲେ ଯେ, ତାର ଅନ୍ୟ ସାଙ୍ଗମାନଙ୍କ ଭଳି ବିନି ନିଜେ ଠିକ୍ କରି ବାହାହେବ। ଏ କଥା ସେମାନଙ୍କର ଉଦାର ମନୋବୃତ୍ତିର ଯେତିକି ପରିଚାୟକ ନଥିଲା, ସେତିକି ପ୍ରମାଣ ଥିଲା ଏ ସବୁ ବିଷୟରେ ଅମରେଶର ଅକ୍ଷମତାର। ଏତଦ୍‌ବ୍ୟତୀତ ସେମାନେ ଏ କଥା ମଧ୍ୟ ଭାବୁଥିଲେ ଯେ ଏପରି ହେଲେ ସେମାନେ ଯୌତୁକ ଦାୟରୁ ମଧ୍ୟ ରକ୍ଷା ପାଇଯିବେ। ଯଦିଓ ସେମାନେ ବିନି ସହିତ ଏସବୁ ବିଷୟରେ କୌଣସି ଆଲୋଚନା କରି ନଥିଲେ, ସେମାନଙ୍କର ମନେ ହେଉଥିଲା ଯେ ବିନି ସେମାନଙ୍କ ମନ ବୁଝି ଅତି ଶୀଘ୍ର ଗୋଟିଏ ପିଲାକୁ ଭଲ ପାଇ ବସିବ। ଶେଷକୁ ଏପରି ହେଲା ମଧ୍ୟ। ବିନିର ଘରେ ଚୁପଚାପ ବସି ରହିବା, ଅନ୍ୟ କୌଣସି ବିଷୟରେ ମନ ନ ଦେବା, କେବେ କେବେ ଖୁବ ଖୁସି ରହିବା ଏବଂ କେବେ କେବେ ଅତି ବିମର୍ଷ ହୋଇଯିବା ଇତ୍ୟାଦିରୁ ନନ୍ଦିନୀ ବିନିର ଭଲପାଇବାର ଆଭାସ ପାଇଥିଲା, ତେବେ ପିଲାଟି କିଏ ସେମାନେ ସେ କଥା ଜାଣିପାରି ନ ଥିଲେ।

ଯେଉଁ ବର୍ଷ ଅମରେଶ ଚାକିରିରୁ ଅବସର ନେଲା, ସେଇ ବର୍ଷ ବିନି ଏମ୍.ଏ. ପାସ୍ କଲା। ଏଥର ଅମରେଶ ଓ ନନ୍ଦିନୀ ବିନିର ବିବାହ ବିଷୟରେ ଚିନ୍ତିତ ହୋଇଗଲେ ଏବଂ ବିନି ସେମାନଙ୍କୁ ନିଜେ ଠିକ୍ କରିଥିବା ପିଲାଟି କଥା କହିବାକୁ ବାଧ୍ୟ ହେଲା। ଯଦି ଏ କଥା ସମ୍ଭବ ହେଉଥାନ୍ତା, ତା'ର ବାପମା ବିନିକୁ କହିଥାନ୍ତେ କେଉଁ ଜାତି ଗୋତ୍ର, କି ପ୍ରକାର ପରିବାର ପିଲାକୁ ଦେଖି ସେ ତାକୁ ଭଲପାଇବ। କିନ୍ତୁ ପ୍ରେମରେ

ଏଭଳି ହେଉ ନଥିବାରୁ ବିନି ଯେଉଁ ପିଲାଟିକୁ ଭଲପାଇ ବସିଲା, ସେ ପିଲାଟି ତାଙ୍କ ଜାତିର ନଥିଲା, ଦରିଦ୍ର ପରିବାରର ଥିଲା ତଥା କଳାରଙ୍ଗର ଥିଲା। ପିଲାଟିକୁ ସେ ଘରେ ଆଣି ପରିଚିତ କରାଇବା ପରଠାରୁ ବିନିର ଘରେ କାନ୍ଦ ବୋବାଳି ପଡ଼ିଗଲା। କାହା କାହା ଝିଅ କେଉଁଠି କିପରି ଉପଯୁକ୍ତ ଉଚ୍ଚ ଜାତିର ସୁଦର୍ଶନ ଯୁବକଙ୍କୁ ପ୍ରେମ କରି ବାହା ହୋଇଥିବା ସ୍ଥଳେ ବିନି କାହିଁକି ଏପରି ପିଲାକୁ ଭଲପାଇ ବସିଲା ସେ ବିଷୟରେ ବିନିର କଟୁ ସମାଲୋଚନା ହେଲା। ତାକୁ କାଣ୍ଡଜ୍ଞାନହୀନ, ବୁଦ୍ଧିବୃତ୍ତିଶୂନ୍ୟ, ବୋକୀ, ଓଲି ଇତ୍ୟାଦି ଅନେକ ଶୁଦ୍ଧ ଓ ଗ୍ରାମ୍ୟ ଉପନାମ ଦିଆଗଲା। ବିନି କିନ୍ତୁ ନିଜ ନିଷ୍ପତ୍ତିରେ ଅଟଳ ରହିଲା ଏବଂ ସେ ପିଲାଟିକୁ ଛାଡ଼ିଦେବାପାଇଁ ରାଜି ହେଲା ନାହିଁ।

ଏଥର ବାପମା' ଗାଳି ଧମକରେ କାମ ହେଉ ନଥିବା ଦେଖି କାନ୍ଦାକଟାର ଆଶ୍ରୟ ନେଲେ। ନନ୍ଦିନୀ ବିନିକୁ ନ ମାସ ପେଟରେ ଧରିଥିବା କଥା ମନେ ପକାଇଦେଲା ଏବଂ ଅମରେଶ ତା ପାଇଁ କେତେ କଷ୍ଟ ସହିଛି ଏବଂ କେତେ ତ୍ୟାଗ ବରଣ କରିଛି, ବିନିକୁ ତା'ର ଏକ ବିବରଣୀ ଦେଲା। ପିଲାଦିନେ କେବେ ଥରେ ବିନିର ଦେହି ଖରାପ ଥିଲାବେଳେ ନନ୍ଦିନୀ କେତେ ରାତି ଅନିଦ୍ରା ଥିଲା, ବିନିର ସ୍କୁଲରେ ନାଁ ଲେଖା ବେଳେ ଅମରେଶ କେତେ ଲୋକଙ୍କ ଦ୍ୱାରସ୍ଥ ହୋଇଥିଲା, ବାରଣ୍ଡା ଉପର ପଡ଼ି ତା'ର ହାତ ଭାଙ୍ଗିଯାଇଥିବା ବେଳେ ସେମାନେ କେତେ କାନ୍ଦିଥିଲେ ସେସବୁର ହିସାବ ଫର୍ଦ୍ଦ ବିନି ଆଗରେ ଉପସ୍ଥାପନ କରାହେଲା। ଏ ପ୍ରତିଟି ହିସାବ ସହିତ ଗୋଟିଏ ଅକାଟ୍ୟ ତର୍କ ରହୁଥିଲା ଯେ, ପିଲା ପାଇଁ କ'ଣ ଭଲ ବାପମା ହିଁ ଜାଣନ୍ତି ଏବଂ ସେମାନେ ଯାହା କରୁଛନ୍ତି ପିଲାର ସୁଖ ପାଇଁ।

ବିନି ହିଁ ହାରିଗଲା ଶେଷରେ। ବାପାମା'ଙ୍କ କଥା ମାନିବ ବୋଲି ସେ ଯେତେବେଳେ ହଁ ଭରିଲା, ତା'ର ମାନସିକ ଅବସ୍ଥା ସେତେବେଳେ ଯାହା ହୋଇଥାଉ ନା କାହିଁକି, ଅମରେଶ ନନ୍ଦିନୀଙ୍କ ମୁହଁକୁ ପୁଣି ହସ ଫେରି ଆସିଲା। ନନ୍ଦିନୀ ବିନିକୁ ଆଶ୍ୱାସନା ଦେବା ଭଳି କହିଲା, ଜୀବନ ସାରା ଦୁଃଖରୁ ତୁ ରକ୍ଷା ପାଇଗଲୁ। ଆମେ ତୋ ପାଇଁ କେମିତି ଜାଗାରେ ବାହାଘର ଠିକ୍ କରୁଛୁ, ଦେଖ।

କହିବା ସହଜ ଥିଲା, କିନ୍ତୁ ଝିଅ ପାଇଁ ବର ଠିକ୍ କରିବା ଏତେ ସହଜ କାମ ନଥିଲା। ସେମାନେ ବନ୍ଧୁବାନ୍ଧବଙ୍କର ସାହାଯ୍ୟ ଲୋଡ଼ିଲେ, କିନ୍ତୁ ସେମାନେ ଆଉ ଧରାଛୁଆଁ ଦେଲେ ନାହିଁ। ବିନିର ପ୍ରେମଜନିତ ସମସ୍ୟା ଚାଲିଥିବା ବେଳେ ଯେଉଁ ବାନ୍ଧବମାନେ ନିଜ ଆଡୁ ଆସି ବିନିକୁ ସମାଲୋଚନା କରିବା ସହିତ ବିଭିନ୍ନ ପ୍ରକାରର ପରାମର୍ଶ ଦେଉଥିଲେ, ସେମାନେ ବର୍ତ୍ତମାନ ଚୁପ୍ ରହିଲେ। ଅମରେଶଙ୍କୁ ଓଲଟା କହିଲେ ଯେ ବିନିର ଘଟଣାଟା ଜଣାଶୁଣା ହୋଇଯାଇଥିବାରୁ ତା ପାଇଁ ପାତ୍ର ମିଳିବା

କଷ୍ଟ। କେହି କେହି ଅଧିକ ଆତ୍ମୀୟତାର ଛଳନା କରି କହିଲେ, ଯାହା ହେଲେ ବି ଆମର ଝିଅ ତ ଏମିତି ଟିକିଏ ରଙ୍ଗରେ କଳା! ଇତ୍ୟାଦି। ଏଭଳି ନୈରାଶ୍ୟଜନକ ଅବସ୍ଥାରେ ଥିବାବେଳେ କିଏ ଜଣେ ପରାମର୍ଶ ଦେଲା ଯେ, ସେ ଝିଅର ବିବାହ ପାଇଁ ଖବରକାଗଜରେ ବିଜ୍ଞପ୍ତି ଦେଇ ଦେଉ।

ଶହେ ପଞ୍ଚାବନ ସେଣ୍ଟିମିଟର ଉଜ୍ଜ୍ୱଳ, ଶ୍ୟାମବର୍ଣ୍ଣା, କୃଶାଙ୍ଗୀ କାୟସ୍ଥ ମାହିଷ୍ୟ ଗୋତ୍ର ଏମ୍.ଏ. ପାସ୍ କରିଥିବା ଇତ୍ୟାଦି ତାଙ୍କର ଝିଅ ପାଇଁ ସତରଟି ପ୍ରସ୍ତାବ ଆସିଲା ଖବରକାଗଜର ପୋଷ୍ଟ ବକ୍ସ ଜରିଆରେ। ଅତି ଉତ୍ସାହର ସହିତ ଅମରେଶ ଓ ନନ୍ଦିନୀ ଏହି ପ୍ରସ୍ତାବମାନଙ୍କୁ ପରୀକ୍ଷା ନିରୀକ୍ଷା କରିବାରେ ଲାଗିଗଲେ। ଏଥିରୁ ଆଠଟି ପିଲାଙ୍କ ନାଁ ଥିଲା ଦେବାଶିଷ! ସବୁ ଚିଠିକୁ ପଢ଼ି ତର୍ଜମା କରି ଚିଠିର ହସ୍ତାକ୍ଷର, ବ୍ୟାକରଣଗତ ଶୁଦ୍ଧତା, ଦୈର୍ଘ୍ୟ ଇତ୍ୟାଦି ବିବେଚନାରେ ଅମରେଶ ସେଥିରୁ ଚାରୋଟି ଦରଖାସ୍ତକୁ ସରାସରି ନାକଚ କରିଦେଲା ଏବଂ ବାକି ଦରଖାସ୍ତରେ ଦିଆଯାଇଥିବା ପାତ୍ରମାନଙ୍କର ଅତି ସଂକ୍ଷିପ୍ତ ଓ ଛକାପଞ୍ଝା ବିବରଣୀର ତୁଳନାତ୍ମକ ଅଧ୍ୟୟନ କଲା। କାମଟି ଦୁଷ୍କର ଥିଲା। କାରଣ ମାସିକ ଦରମା, ଉଚ୍ଚତା, ଚାକିରି ଜାଗା, ପରିବାରର ସଭ୍ୟ ସଂଖ୍ୟା ଇତ୍ୟାଦି ନାନା ବିଷମ ଗୁଣମାନଙ୍କୁ ଏକାଠି କରି ନିଷ୍ପତ୍ତି ନେବାର ଥିଲା। କେତେବେଳେ ତାକୁ ଆମେରିକାରେ ଥିବା ବୈଜ୍ଞାନିକ ଭଲ ଲାଗୁଥିବା ସ୍ଥଳେ, ଆଉ କେତେବେଳେ ଜଣାପଡୁଥିଲା ଯେ ବମ୍ବେରେ ବ୍ୟାଙ୍କ ଚାକିରି କରୁଥିବା ପିଲାଟି ତା'ଠାରୁ ଭଲ। ଅମରେଶ ଓ ନନ୍ଦିନୀ ଏଇପରି ଦ୍ୱିଧାଗ୍ରସ୍ତ ଅବସ୍ଥାରେ ଥିବାବେଳେ ହଠାତ ଆବିର୍ଭୂତ ହୋଇ ତାଙ୍କର ସମସ୍ୟାର ସମାଧାନ କଲେ ରାୟବାବୁ।

ଦିନେ ସକାଳୁ ସକାଳୁ 'ଅମରେଶବାବୁ ଘରେ ଅଛନ୍ତି' ବୋଲି ବଡ଼ ପାଟି କରି ଅତି ସଫାସୁତୁରା ପୋଷାକ ପିନ୍ଧିଥିବା ବୃଦ୍ଧ ଭଦ୍ରବ୍ୟକ୍ତି ଜଣକ ବସିବା ଘରେ ପଶିଲେ ଏବଂ ଅମରେଶ କିଛି କହିବା ଆଗରୁ ସୋଫା ଉପରେ ବସିଯାଇ କହିଲେ, ଆଜ୍ଞା ଏମିତି ଅଯାଚିତ ଆସି ସକାଳୁ ଆପଣଙ୍କୁ ବିରକ୍ତ କରୁଚି ବୋଲି କ୍ଷମା କରିବେ। ତେବେ ଆପଣଙ୍କ ପଡ଼ୋଶୀ ଭାବରେ ମୁଁ ଏତିକି ଅଧିକାର ନେଉଛି। ଅମରେଶ ଖାଲି ଦେହରେ ଥିଲା ଏବଂ ଚାହୁଁଥିଲା ଭିତରକୁ ଯାଇ ଜାମା ପିନ୍ଧିନେବ। ତା'ର ଅସମଞ୍ଜସତା ଦେଖି ଭଦ୍ରବ୍ୟକ୍ତି କହିଲେ, ଆପଣ ସେମିତି ବସିଯାନ୍ତୁ, ମୁଁ ଚା କପେ ପିଇ ଦି ମିନିଟରେ ଚାଲିଯିବି। ସାମାନ୍ୟ ବିରକ୍ତ ହୋଇ ଅମରେଶ ବସିବାରୁ ଭଦ୍ରବ୍ୟବକ୍ତି କହିଲେ, ମୋ ନାଁ ଟି.କେ. ରାୟ। ମୁଁ ଆପଣଙ୍କର ଏ ପାଖ ପଡ଼ାରେ ରହେ। ପାଞ୍ଚବର୍ଷ ହେଲା ପ୍ରଫେସର ଚାକିରିରୁ ରିଟାୟାର କରିଛି। ମୁଁ ଶୁଣିଲି ଯେ ଆପଣ ଏଇ ଭିତରେ ରିଟାୟାର

କରିଛନ୍ତି। ଭାବିଲି, ଏମିତି ସମୟ କଟାଇବା ପାଇଁ ଆପଣଙ୍କ ସାଙ୍ଗରେ ଆଳାପ କଲେ କ୍ଷତି କ'ଣ ?

ତା ପରେ ରାୟବାବୁ ସେଦିନ ସକାଳ କାଗଜରେ ବାହାରିଥିବା ଖବରମାନଙ୍କ ବିଷୟରେ ଆଲୋଚନା ଆରମ୍ଭ କରିଦେଲେ। ଭଦ୍ରବ୍ୟକ୍ତିଙ୍କର ଅନଧିକାର ପ୍ରବେଶ ଓ ଅପ୍ରାସଙ୍ଗିକ ଚର୍ଚ୍ଚା ତାକୁ ଅତିଷ୍ଠ ଲାଗୁଥିଲେ ମଧ୍ୟ ଭଦ୍ରତା ଖାତିରରେ ଅମରେଶ ତାଙ୍କ ପାଇଁ ଚା ବରାଦ କରିବାକୁ ଗଲା। ନନ୍ଦିନୀ, ଯେ କି ଭିତରେ ଥାଇ ସେମାନଙ୍କ କଥାବାର୍ତ୍ତା ଶୁଣୁଥିଲା, କହିଲା, ଜଣାନାହିଁ ଶୁଣାନାହିଁ, ଲୋକଟାକୁ ଘର ଭିତରେ ପୂରାଇ କାହିଁକି ଅତିଥି ଅଭ୍ୟର୍ଥନା ଚାଲିଛି ? ଦି ମିନିଟ୍ ବସିବା ପାଇଁ ଆସିଥିବା ଭଦ୍ରବ୍ୟକ୍ତି ବସିଲେ ପଇଁଚାଳିଶ ମିନିଟ। ଅମରେଶ ଯଦିଓ ରାୟବାବୁଙ୍କ ବିଷୟରେ ବିଶେଷ କିଛି ଜାଣିପାରି ନଥିଲା, ରାୟବାବୁ ତନ୍ନତନ୍ନ ତୀକ୍ଷ୍ଣ ପ୍ରଶ୍ନମାନ କରି ତା ବିଷୟରେ ସବୁ ଖୋଜ ଖବର ନେଇ ସାରିଥିଲେ ଏଇ ସମୟ ଭିତରେ। ରାୟବାବୁ ସେଦିନ ଯିବା ପରେ ବି ଅମରେଶ ଠିକ୍ ବୁଝିପାରିଲା ନାହିଁ କେଉଁ ଉଦ୍ଦେଶ୍ୟରେ ଭଦ୍ରବ୍ୟକ୍ତି ଆସିଥିଲେ ତା ଘରକୁ। ଏଥିପାଇଁ ତାକୁ ନନ୍ଦିନୀ ପାଖରୁ ଗାଳି ବି ଶୁଣିବାକୁ ପଡ଼ିଲା। ଲୋକଟା ଠକ କି ବଦମାସ, ଚୋର କି ଡକାୟତ କିଏ ଜାଣେ ? ଅମରେଶ ଯେତେ କହିଲା ଯେ ଭଦ୍ରବ୍ୟକ୍ତି ଏଇ ପାଖ ପଡ଼ାର, ତାଙ୍କର ପୂରା ଠିକଣା, ଟେଲିଫୋନ ନମ୍ବର ସବୁ ଦେଇ ଯାଇଛନ୍ତି, ନନ୍ଦିନୀ ଶୁଣିବାକୁ ନାରାଜ। ଲୋକଟା ଆସିଥିଲା କାହିଁକି, ଏ ପ୍ରଶ୍ନର ଉତ୍ତର ପାଇ ପାରୁ ନଥିଲା ଅମରେଶ। ସେ ଭାବିଲା ଭଦ୍ରବ୍ୟକ୍ତିଙ୍କୁ ଫୋନ୍ କରି ସେ ରୋକଠୋକ ଏ କଥା ପଚାରିବ।

ଏ ବିଷୟରେ ମନ ସ୍ଥିର କରି ଫୋନ୍ କରିବା ଆଗରୁ ତା ପାଖକୁ ଫୋନ ଆସିଲା ରାୟବାବୁଙ୍କର। ଅତି ନରମ ଗଳାରେ ରାୟବାବୁ କହିଲେ, ଆଜି ସକାଳେ ମୋର ମସ୍ତବଡ଼ ଭୁଲ ହୋଇଗଲା। ମୁଁ ଗପୁଡ଼ା ଲୋକ ତ, ଆପଣଙ୍କ ପାଖକୁ ଯୋଉ କାମରେ ଯାଇଥିଲି ସେକଥା କହିପାରିଲି ନାହିଁ। ଟିକିଏ ରୁକ୍ଷ ଗଳାରେ ଅମରେଶ କହିଲା, କୋଉ କାମ ? ରାୟବାବୁ କହିଲେ, ସେକଥା ତ ଟେଲିଫୋନ୍‌ରେ କହି ହେବ ନାହିଁ, ପୁଣିଥରେ ଆସିବାକୁ ହେବ ଆପଣଙ୍କ ଘରକୁ ସେଥିପାଇଁ। ଆପଣ ଆଜି ସଞ୍ଜବେଳେ ଘରେ ଥିବେ ? ଅମରେଶ କହିଲା, ଠିକ୍ ନାହିଁ, ତେବେ ଆପଣଙ୍କର କାମ କ'ଣ କୁହନ୍ତୁ ତ। ରାୟବାବୁ କହିଲେ, ମୁଁ ଆପଣଙ୍କ ଝିଅକୁ ଦେଖିବାକୁ ଯାଇଥିଲି, କିନ୍ତୁ ତାକୁ ନଦେଖି ଚାଲିଆସିଲି। ପାଖରେ ଛିଡ଼ା ହୋଇଥିବା ନନ୍ଦନୀକୁ ଏ ଖବର ଦେବାରେ ନନ୍ଦିନୀ କହିଲା, ଚୁପ୍ ରହିଚ କ'ଣ, ତାଙ୍କୁ ଆସିବାକୁ କୁହ ସନ୍ଧ୍ୟାବେଳେ। ଅମରେଶ ଟେଲିଫୋନ୍ ରଖିବା ପରେ ନନ୍ଦିନୀ କହିଲା, ତମେ ଏତିକି ଜାଣିପାରିଲ

ନାହିଁ, ଭଦ୍ରବ୍ୟକ୍ତି ତାଙ୍କ ପୁଅ ପାଇଁ ବିନିକୁ ଦେଖିବାକୁ ଆସୁଛନ୍ତି। ଏହାପରେ ନନ୍ଦିନୀ ଲାଗିଗଲା ସନ୍ଧ୍ୟାବେଳେ ଭଦ୍ରବ୍ୟକ୍ତିଙ୍କର କିଭଳି ଅତିଥି ସତ୍କାର ହେବ, ତା'ର ବ୍ୟବସ୍ଥା କରିବାରେ।

ରାୟବାବୁ ଅମରେଶ ଘରକୁ ଦ୍ୱିତୀୟ ଥର ଆସିବାବେଳେ ବସିବା କୋଠରି ସୁସଜ୍ଜିତ ହୋଇ ଫୁଲଦାନୀରେ ସଜଫୁଲ ରହିଥିଲା, ଅମରେଶ ଦେହରେ ଜାମା ଥିଲା ଏବଂ ବାହାରକୁ ବୁଲିଯିବା ଭଙ୍ଗୀରେ ନନ୍ଦିନୀ ନିଜକୁ ସଜାଇଥିଲା। ରନ୍ଧା ଘରେ ଚା ସରଞ୍ଜାମ ଠିକ୍ ଜାଗାରେ ରହିଥିଲା ଏବଂ ବିନିକୁ ନିର୍ଦ୍ଦେଶ ଦିଆଯାଇଥିଲା ଯେ ସେ କେତେବେଳେ ଆସି କ'ଣ କରିବ। ଭଦ୍ରବ୍ୟକ୍ତି ଠିକ୍ ସମୟରେ ଆସି ପହଞ୍ଚିଲେ ଏବଂ ଆଦର ଅଭ୍ୟର୍ଥନା ପରେ ଅମାୟିକ ସ୍ୱରରେ କହିଲେ, ମୋର ସକାଳେ ଆସିଥିବା ପାଇଁ ଆପଣମାନେ ମତେ କ୍ଷମା କରିବେ। ମୋର ଏପରି ଆସିବା ଉଚିତ ନ ଥିଲା ଏବଂ ଯଦି ଆସିଲି, ସାଙ୍ଗେ ସାଙ୍ଗେ ଆପଣଙ୍କୁ ପ୍ରକୃତ କଥାଟି ସିଧାସଳଖ କହିଦେବା ଉଚିତ ଥିଲା। ଏତିକି ମୁଖଚନ୍ଦ୍ରିକା ଦେବା ପରେ ସେ ପ୍ରକୃତ କଥାଟି କହିଲେ। ଅମରେଶ ଯେଉଁ କାଗଜରେ ବିଜ୍ଞାପନ ଦେଇଥିଲା, ସେ କାଗଜର ସର୍କୁଲେସନ ମ୍ୟାନେଜର ତାଙ୍କର ବନ୍ଧୁ। ତା ପାଖରୁ ବକ୍ସ ନମ୍ବରର ଠିକଣା ଆଣି ରାୟବାବୁ ଖୋଜି ଖୋଜି ଅମରେଶ ପାଖରେ ପହଞ୍ଚିଥିଲେ। କଥାଟା ଅମରେଶକୁ ଭଲ ଲାଗିଲା ନାହିଁ ଏବଂ ସେ ନିଜର ମୁଖଭଙ୍ଗୀରେ ଏକଥା ଜଣାଇ ଦେଲା। ନନ୍ଦିନୀ କିନ୍ତୁ କହିଲା, ଆପଣ ଭଲ କଲେ। ଚିଠିପତ୍ର ଦେବା ନେବାରେ ଆଉ ଯେଉଁ କେତେ ଦିନ ଲାଗିଥାନ୍ତା ଆପଣ ତାକୁ ବଞ୍ଚାଇ ଦେଲେ।

ଅଳ୍ପ ସମୟ ଭିତରେ ପରିସ୍ଥିତି ଅତି ସହଜ ହୋଇଗଲା ଏବଂ ନନ୍ଦିନୀର ସକ୍ରିୟ ସହଯୋଗରେ ରାୟବାବୁ ତାଙ୍କ ପରିବାରର ଜଣେ ଅତି ପୁରୁଣା ବନ୍ଧୁ ଭଳି ବ୍ୟବହାର କରିବାରେ ଲାଗିଲେ। ଅମରେଶ ଭାବିଥିଲା ଯେ ବିନିକୁ ଆଣି ଭଦ୍ରବ୍ୟକ୍ତିଙ୍କ ଆଗରେ ହାଜର କରାଇଲେ ବିନି ଅସନ୍ତୁଷ୍ଟ ହେବ। ବିନିକୁ କିନ୍ତୁ ରାୟବାବୁ ଦି ମିନିଟରେ ନିଜର କରିନେଲେ ଏବଂ ବିନି ତାଙ୍କ ସାଙ୍ଗରେ ହସଖୁସିରେ କଥାବାର୍ତ୍ତା କରିବାରେ ଲାଗିଲେ। ଏ ବିଷୟରେ ଅମରେଶ ସାମାନ୍ୟ ବିରସ ଓ କ୍ଷୁବ୍ଧ ହେଲା, କାରଣ ବିନି ଆଜିକାଲି ଆଉ ତା ସହିତ ଭଲରେ କଥାବାର୍ତ୍ତା କରୁ ନ ଥିଲା। କିଛି ସମୟ ପରେ ଯେତେବେଳେ ବିନି ଉଠିବାକୁ ହେଲା, ନନ୍ଦିନୀ ତାକୁ ଆଖି ଦେଖାଇ କହିଲା, ବସ, ଭିତରକୁ ଯାଇ କ'ଣ କରିବୁ? ରାୟବାବୁ କିନ୍ତୁ କହିଲେ, ଓହୋ, କାହିଁକି ଝିଅକୁ ବାଧ୍ୟ କରୁଛନ୍ତି? ପିଲା ଲୋକ, ସେ ଯାଇ ନିଜ କାମ କରୁ। ଆମମାନଙ୍କ ପାଖରେ ବସି କାହିଁକି ବୋର୍ ହେବ?

ରାୟବାବୁ ଯିବାପରେ ଅମରେଶ ଓ ନନ୍ଦିନୀ ଆଲୋଚନାରେ ଲାଗିଗଲେ। ନନ୍ଦିନୀ କହିଲା, ଆଉ ସମୟ ନଷ୍ଟ କରି ଲାଭ ନାହିଁ, ତମେ ତାଙ୍କୁ ହଁ କରିଦିଅ। ଅମରେଶ ବିରକ୍ତ ହେଲା। ନନ୍ଦିନୀର ସ୍ୱଭାବ ସବୁବେଳେ ଏଇପରି। କୌଣସି ଜିନିଷ କିଣିବାକୁ ଗଲେ ପ୍ରଥମେ ଯେଉଁ ଜିନିଷଟିକୁ ଦେଖିବ, କହିବ ଏଇଟି ସବୁଠାରୁ ଭଲ, ଏଇଟିକୁ କିଣିବା। ଅମରେଶ କହିଲା, ଆହୁରି ଯୋଉସବୁ ଚିଠି ଆସିଛି, ତାକୁ ତ ପ୍ରଥମେ ଦେଖିବା। ନନ୍ଦିନୀ କହିଲା, ତମେ ସେଇସବୁ ଚିଠି ଦେଖୁ ଦେଖୁ ଏଣେ ଏତେ ଭଲ ପାତ୍ର ହାତରୁ ଖସି ଚାଲିଯିବ।

ଭଲ ପାତ୍ର ବୋଲି କେମିତି ଜାଣିଲ ?

ରାୟବାବୁ ତ ଏତେ ଭଲ ଲୋକ; ତାଙ୍କ ପୁଅ ନିଶ୍ଚେ ଭଲ ପ୍ରକୃତିର ହୋଇଥିବ। ଆମର ତାଙ୍କ ପାଖକୁ ଯିବା ସ୍ଥଳେ ସେ କଷ୍ଟକରି ଆମ ପାଖକୁ ଆସିଛନ୍ତି। କେତେ ଲୋକ ଆସିବେ ଏଭଳି ? ତା ଛଡ଼ା ଜଣାପଡୁଛି ତାଙ୍କର ଯୌତୁକ ଇତ୍ୟାଦି ଦାବି ରହିବ ନାହିଁ। ଆମେରିକାରେ ଚାକିରି କରୁଥିବା ପିଲା କୋଉଠି ମିଳିବେ ଆଉ ବିନା ଯୌତୁକରେ ?

ଅମରେଶ କହିଲା, ଏ ବିଷୟରେ ଏତେ ତରତର ହେବା ଉଚିତ ନୁହେଁ। ପ୍ରଥମରୁ ତ କାହିଁକି ମୋର ଏଇ ରାୟବାବୁଙ୍କ ଉପରେ ସନ୍ଦେହ ହେଉଛି। ଖବରକାଗଜ ଅଫିସରୁ ଚୋରାରେ ସନ୍ଧାନ ନେଇ ପୁଅର ବାପ ଝିଅ ଘରକୁ କନ୍ୟା ଦେଖିବାକୁ ଯାଉଛି, ମୁଁ ଏ କଥା ପ୍ରଥମେ ଦେଖିଲି। ଯେଉଁମାନେ ଏତେ ଚିକ୍କଣ କଥା କହନ୍ତି ତାକୁ ବିଶ୍ୱାସ କରିବାର ନୁହେଁ। ତା' ଛଡ଼ା ଯୋଉ ପିଲା ଆମେରିକାରେ ଦଶବର୍ଷ ହେଲା ଅଛି, ତା ବିଷୟରେ କାହାକୁ କ'ଣ ଜଣା ? ତା'ର ବୟସ ତ ନିଶ୍ଚୟ ବେଶି ହୋଇଥିବ। ତା ଛଡ଼ା ସେ ଆମେରିକାରେ ଆଗରୁ ବାହା ହୋଇଛି କି ନାହିଁ ସେ କଥା କିଏ କହିପାରିବ ?

ଏଇ ଶେଷ କଥାଟିରେ ନନ୍ଦିନୀ ଚୁପ୍ ହୋଇଗଲା। ତାଙ୍କ ଜାଣିବାରେ ଏମିତି ଦୁଇ ତିନିଟି ଘଟଣା ହୋଇଥିଲା ଯେ ଆମେରିକାରୁ ପିଲା ଆସି ଏଠାରେ ବାହା ହୋଇ ଫେରିଯିବା ପରେ ଜଣାପଡ଼ିଲା ଯେ ତା'ର ସେଠାରେ ଆଗରୁ ଗୋଟିଏ ଗୋରୀ ସ୍ତ୍ରୀ ଥିଲା ! ଏଥିପାଇଁ ନନ୍ଦିନୀ କହିଲା, ତମେ ବରଂ କାହାକୁ ପଚାରି ରାୟବାବୁଙ୍କ ବିଷୟରେ ଖବର ନିଅ।

ତାଙ୍କ ବିଷୟରେ ପଚରା ଉଚରା କରି ଅମରେଶ ଜାଣିଲା ଯେ ତା ବ୍ୟତୀତ ଆଉ ସମସ୍ତେ ରାୟବାବୁଙ୍କୁ ଜାଣିଥିଲେ। ରାୟବାବୁ ଯେ ଜଣେ ଅତି ଭଲଲୋକ ଏ ବିଷୟରେ ମଧ୍ୟ ସମସ୍ତେ ଏକମତ ଥିଲେ। ବରଂ ତାକୁ ସମସ୍ତେ ଉପଦେଶ ଦେଲେ

ଯେ ସେ ଆଖିବୁଜି ଏ ପ୍ରସ୍ତାବରେ ହଁ କରିଦେଉ। ସେ ସମସ୍ତଙ୍କୁ ରାୟବାବୁଙ୍କୁ ପୁଅ ବିଷୟରେ ପଚାରିଲା। ରାୟବାବୁଙ୍କ ପରିବାର ବା ପିଲାମାନଙ୍କ ବିଷୟରେ କେହି ଜାଣି ନଥିଲେ। ତାଙ୍କର ପୁଅର ବୟସ କେତେ, ସେ କ'ଣ କରେ ଏସବୁ ବିଷୟରେ କାହାରି ଧାରଣା ନ ଥିଲା, କିନ୍ତୁ ସମସ୍ତେ କହୁଥିଲେ ଯେ ରାୟବାବୁଙ୍କ ଘରେ ବିନିର ବାହାଘର କରାଇଦିଅ।

ଏଣେ ରାୟବାବୁ ଅମରେଶ ଘରକୁ ଘନଘନ ଆସିବାରେ ଲାଗିଲେ ଏବଂ ବିନିର ବାହାଘର ଦାୟିତ୍ୱ ଚାଲିଗଲା ସେମାନଙ୍କ ହାତରୁ ରାୟବାବୁଙ୍କ ହାତକୁ। ରାୟବାବୁ ଆଜିକାଲି ବ୍ୟବହାର କରୁଥିଲେ ଯେମିତି ତାଙ୍କ ପୁଅ ସହିତ ବିନିର ବାହାଘର ନିଷ୍ପତ୍ତି ହୋଇସାରିଛି ଏବଂ ବର୍ତ୍ତମାନ କେବଳ ବନ୍ଦୋବସ୍ତ ସବୁ କରିବାର କଥା। ସମୟକ୍ରମେ ସେମାନେ ରାୟବାବୁଙ୍କ ବିଷୟରେ ମଧ୍ୟ କିଛି କିଛି ତଥ୍ୟ ପାଇଥିଲେ। ସେ ମୃତଦାର ଥିଲେ ଏବଂ ଟୁଟଲୁ ଅର୍ଥାତ୍ ଦେବାଶିଷ ଥିଲା ତାଙ୍କର ଏକମାତ୍ର ସନ୍ତାନ। ଟୁଟଲୁ ସର୍ବଗୁଣସମ୍ପନ୍ନ ଥିଲା, ଆମେରିକାରେ କ'ଣ ଗୋଟାଏ ବଡ଼ କାମକରି ବହୁତ ପଇସା ରୋଜଗାର କରୁଥିଲା ଏବଂ ତାକୁ ବାହାହେଲେ ବିନିର ଭାଗ୍ୟରେ ସୁଖହିଁ ସୁଖ ଲେଖା ଥିଲା। ଜଣେ ମୋଟା ମଧ୍ୟବୟସ୍କ ଗୁଣ୍ଡା ଭଳି ଦେଖାଯାଉଥିବା ଫଟୋଟି ଆଦୌ ପସନ୍ଦ ହୋଇ ନ ଥିଲା ଅମରେଶର। ନନ୍ଦିନୀ ମଧ୍ୟ ଫଟୋଟି ଦେଖି ଚମକି ପଡ଼ିଥିଲା, କିନ୍ତୁ କାଳେ ଏ ବିଷୟ ନେଇ ଅମରେଶ କିଛି ବିଘ୍ନ ଉଠାଇବ, ସେ କହିଲା, ଫଟୋରୁ କ'ର ଜାଣିହେବ ପ୍ରକୃତ ଚେହେରା ବିଯେରେ? ଅମରେଶ କ'ଣ କହିବାକୁ ଯାଉଥିଲା ନନ୍ଦିନୀ କହିଲା, ତା ଛଡ଼ା ଆମ ଝିଅ ବି କୋଉ ଅପ୍ସରା?

ଏଥରକ ଅମରେଶର ଘରେ ବସି ରାୟବାବୁ ବ୍ୟବସ୍ଥାର ପୁଙ୍ଖାନୁପୁଙ୍ଖ ତାଲିକା କଲେ। ପ୍ରଥମେ ପ୍ରଥମେ ଅମରେଶକୁ ଏ କଥା ଭଲ ଲାଗୁ ନଥିଲା, କିନ୍ତୁ ସେ ଯେତେବେଳେ ଦେଖିଲା ଯେ ରାୟବାବୁ ତା'ର ଅନେକ ଦାୟିତ୍ୱ ମୁଣ୍ଡାଇବା ପାଇଁ ପ୍ରସ୍ତୁତ ଏବଂ ତା'ର ଖର୍ଚ୍ଚ କିପରି କମିବ ସେ ବିଷୟରେ ଚିନ୍ତିତ, ସେ ନିଜକୁ ସମ୍ପୂର୍ଣ୍ଣ ଭାବେ ତାଙ୍କ ଉପରେ ଛାଡ଼ିଦେଲା। ଅଳ୍ପ କେତେଦିନ ଭିତରେ ରାୟବାବୁ ସବୁ ଠିକ୍‌ଠାକ୍ କରିଦେଲେ : କୋଉଦିନ ଟୁଟଲୁ ଆସି ପହଞ୍ଚିବ, ବାହାଘର କେଉଁ ଜାଗାରେ ହେବ, ଖାଇବା ପିଇବାକୁ କେତେଜଣ ଅତିଥିଙ୍କୁ ଡକାଯିବ, କିପରି ଖାଇବା ବ୍ୟବସ୍ଥା କଲେ କମ୍ ଖର୍ଚ୍ଚ ଲାଗିବ ଇତ୍ୟାଦି।

ଏ ସବୁ ସହିତ ଅମରେଶ ଓ ନନ୍ଦିନୀ ଆଉ ଯେଉଁ ଗୋଟିଏ ବିଷୟରେ ଖୁସି ଥିଲେ ସେଇଟି ହେଲା ଯେ ବିନି ଆଜିକାଲି ରାୟବାବୁଙ୍କୁ ଆଦରି ଯାଇଥିଲା। ସେମାନେ ନିଜକୁ ବାହାବା ଦେଉଥିଲେ ଯେ ଯାହାହେଉ ସେମାନେ ବିନିକୁ ଏକ ଅନିବାର୍ଯ୍ୟ

ଦୁର୍ଭାଗ୍ୟରୁ ଉଦ୍ଧାର କରିପାରିଥିଲେ। ନିଜେ ଠିକ୍ କରିଥିବା ପିଲାଟିକୁ ବାହା ହୋଇଥିଲେ ବିନିର କି କି ଦୁଃଖ ହୋଇଥାନ୍ତା ନନ୍ଦିନୀ ସେ ତାଲିକାଟିକୁ ବଢ଼ାଇ ଚାଲିଥିଲା ଏବଂ ତା ସହିତ ସେ ଭାବି ଚାଲିଥିଲା ଦେବାଶିଷକୁ ବାହା ହୋଇ ବିନି ଆମେରିକାରେ, ଯଦିଓ ଆମେରିକା ବିଷୟରେ ନନ୍ଦିନୀର କୌଣସି ଧାରଣା ନଥିଲା, କି ପ୍ରକାର ସୁଖମାନଙ୍କରେ ରହିବ। ତା'ର ଏଇ ନଭଶ୍ଚାରୀ ଚିନ୍ତାଧାରାରେ କେବେ କେବେ ହତୋତ୍ସାହ ଆଣି ଦେଉଥିଲା ଅମରେଶ। ଏତେ ଦିନ ପରେ ବି ଅମରେଶ ନିଜ ମନ ଭିତରୁ ରାୟବାବୁଙ୍କ ପ୍ରତି ପ୍ରଥମରୁ ସୃଷ୍ଟି ହୋଇଥିବା ସନ୍ଦେହ ଓ ବିଦ୍ୱେଷକୁ ଦୂର କରିପାରୁ ନ ଥିଲା। ତା'ର ମନେହେଉଥିଲା ଏଇ ଅତ୍ୟନ୍ତ ଭଲଲୋକର ମୁଖା ତଳେ ଆଉ ଗୋଟିଏ ଲୋକ ଅଛି ଯାହାକୁ ଖୋଜି ବାହାର କରିବା ତା'ର ଦରକାର, କିନ୍ତୁ ସେ ଏ କାମର ଅଯୋଗ୍ୟ ଥିଲା। ସେ ନିଜର କୌଣସି ବନ୍ଧୁଙ୍କୁ ଏ ବିଷୟରେ କହିପାରୁ ନଥିଲା କାରଣ ଏ ଭିତରେ ରାୟବାବୁ ନିଜର ବ୍ୟବହାରରେ ତା'ର ସବୁ ବନ୍ଧୁଙ୍କୁ କିଣି ନେଇଥିଲେ। କେବେ କେବେ ସେ ନିଜର ଦୁଶ୍ଚିନ୍ତା ଜଣାଉଥିଲା ନନ୍ଦିନୀକୁ। ସେମାନଙ୍କର ପ୍ରଥମରୁ ଜାଣିନେବା ଉଚିତ ଥିଲା ଦେବାଶିଷର ବୟସ କେତେ, ସେ କି ଚାକିରି କରୁଛି, କେତେ ଦରମା ପାଉଛି ଇତ୍ୟାଦି। ଏତେ ଦିନପରେ ଆଉ ସମ୍ଭବ ନଥିଲା ଏ ସବୁ ବିଷୟରେ ପ୍ରଶ୍ନ କରିବାର। ଆଜିକାଲି କୁଆଡ଼େ ବାହା ହେବା ପରେ ସ୍ତ୍ରୀକୁ ନେଇ ଆମେରିକା ଯିବାରେ ମଧ୍ୟ ସମସ୍ୟା ହେଉଥିଲା। ଏ ବିଷୟରେ କୌଣସି କଥାବାର୍ତ୍ତା ହୋଇନଥିଲା ରାୟବାବୁଙ୍କ ସାଙ୍ଗରେ। ଥରେ ଥରେ ହଠାତ ଅମରେଶ ନନ୍ଦିନୀକୁ ପଚାରୁଥିଲା, କ'ଣ ଅମେ ବିନିର ଯୋଉ ବାହାଘର କରୁଛେ ଠିକ୍ ହେଉଛି ତ? ଏଭଳି ଅପ୍ରତ୍ୟାଶିତ ପ୍ରଶ୍ନରେ ଚୁପ୍ ହୋଇଯାଇ ନନ୍ଦିନୀ ଶୂନ୍ୟ ଆଖିରେ ତା ଆଡ଼କୁ ଅନାଉଥିଲା କିନ୍ତୁ ଅତି ଶୀଘ୍ର ନିଜକୁ ସମ୍ଭରଣ କରିନେଇ କହୁଥିଲା, ତମର ମନ ଭିତରଟା ଖରାପ। ଯଦି ମତେ ବିଶ୍ୱାସ ନାହିଁ ତେବେ ତମ ସାଙ୍ଗମାନଙ୍କୁ ପଚାରି ଦେଖ। ନନ୍ଦିନୀର ଏଭଳି ଉତ୍ତରରେ ବିରକ୍ତ ହୋଇ ଅମରେଶ ବସିବା ଘରକୁ ଯାଇ ରାୟବାବୁଙ୍କ ସହିତ ଆଲୋଚନା କରୁଥିଲା ବାହାଘର ଭୋଜିରେ ମାଂସ ହେବକି ମାଛ ହେବ ସେ ସୂକ୍ଷ୍ମ ସମସ୍ୟାଟି ବିଷୟରେ।

ଦେଖୁ ଦେଖୁ ବାହାଘର ଦିନ ପାଖେଇ ଆସିଲା। ବର୍ତ୍ତମାନ ପୂରାପୂରି ବ୍ୟସ୍ତ ରହୁଥିଲା ଅମରେଶ। ତେବେ ରାୟବାବୁଙ୍କ ସହାୟତାରେ କାର୍ଡ଼ ଛପା, ଠିକଣା ଲେଖା ଏବଂ ତାକୁ ବାଣ୍ଟିବାକୁ ଆରମ୍ଭକରି କଲ୍ୟାଣ ମଣ୍ଡପ ଭଡ଼ା ନେବା, ରାନ୍ଧୁଣିଆ ଯୋଗାଡ଼ କରିବା ବ୍ୟବସ୍ଥା ସୁଚାରୁ ରୂପେ ହୋଇଗଲା। କୌଣସି ବିଷୟରେ ଯେପରି କିଛି ଅପବ୍ୟୟ ନ ହୁଏ ସେ କଥା ଉପରେ ସମ୍ପୂର୍ଣ୍ଣ ନିଘା ରଖିଥିଲେ ରାୟବାବୁ।

ସେଥିପାଇଁ ଅମରେଶ ବାହାଘରେ ଯେତେ ଖର୍ଚ୍ଚ ହୋଇଯିବ ବୋଲି ଆଶଙ୍କା କରିଥିଲା, ତା ହେଲା ନାହିଁ। ତା'ର ଚିନ୍ତା ବି ଅନେକ ଲାଘବ କରି ଦେଇଥିଲେ ରାୟବାବୁ, କାରଣ କୌଣସି ଜିନିଷର ଅଭାବ ପହଞ୍ଚିଲେ ତାକୁ ନିଜ ଘରୁ ଆଣିଦେଇ ପୂରଣ କରି ଦେଉଥିଲେ ସେ।

ଶେଷକୁ ଦେବାଶିଷର ଆସିବାର ଦିନ ବି ପହଞ୍ଚିଲା ଏବଂ ରାୟବାବୁଙ୍କ ସହିତ ଅମରେଶ ଏୟାରପୋର୍ଟ ଗଲା ତାକୁ ଆଣିବାକୁ। ତାକୁ ପ୍ରଥମ ଥର ଦେଖି ଅମରେଶ ସାମାନ୍ୟ ହତୋତ୍ସାହ ହେଲା କିନ୍ତୁ ମନକୁ ସାନ୍ତ୍ୱନା ଦେଲା ଯେ ଚେହେରାରେ କ'ଣ, ମଣିଷର ଚରିତ୍ର ହିଁ ବଡ଼ ଜିନିଷ। କିନ୍ତୁ ତା'ର ଚରିତ୍ର ବିଷୟରେ ବି କ'ଣ ଜାଣିଥିଲା ସେ ? ସେମାନଙ୍କୁ ଛାଡ଼ି ଅମରେଶ ଘରେ ପହଞ୍ଚିଲା ଅନେକ ରାତିରେ। ନନ୍ଦିନୀ ତାକୁ ଜଗି ବସିଥିଲା, ଆସିବା ମାତ୍ରେ ପଚାରିଲା, କେମିତି ଦେଖିଲ ପିଲାଟିକୁ ? ଟୁଟଲୁକୁ ପିଲାଟି କହିବା ନିତାନ୍ତ ବିସଦୃଶ ଥିଲା, ତେବେ ଆଉ ଏତେ ରାତିରେ ନନ୍ଦିନୀ ସହିତ ଉଚ୍ଚବାଚ୍ୟ କରିବାକୁ ପ୍ରସ୍ତୁତ ନଥିବାରୁ ଅମରେଶ ସଂକ୍ଷେପରେ ଉତ୍ତର ଦେଲା, ଭଲ; ତମେ ଯେମିତି ଭାବୁଥିଲ ଠିକ୍ ସେମିତି।

ନିଜର ସମସ୍ତ ପ୍ରତିକୂଳ ମନୋଭାବ ସତ୍ତ୍ୱେ ବାହାଘର ଦିନ ରାୟବାବୁଙ୍କର ବ୍ୟବହାର ଦେଖି ସତରେ ଅମରେଶର ତାଙ୍କ ପ୍ରତି ଶ୍ରଦ୍ଧା ଓ ଭକ୍ତି ହେଲା ଏବଂ ଏତେ ଦିନ ତାଙ୍କୁ ସନ୍ଦେହ ଚକ୍ଷୁରେ ଦେଖୁଥିବାରୁ ସେ ଲଜ୍ଜା ଅନୁଭବ କଲା। ନିଜଆଡୁ କୌଣସି ସମସ୍ୟା ସୃଷ୍ଟି କରିବା ତ ଦୂରର କଥା, ରାୟବାବୁ ବ୍ୟସ୍ତ ଥିଲେ ଦେଖିବା ପାଇଁ ଯେ ଅମରେଶ ପାଇଁ ଯେପରି କୌଣସିଆଡୁ ଅସୁବିଧା ନ ହୁଏ। ସେ ଯେମିତି ନିଜେ ଥିଲେ କନ୍ୟାପକ୍ଷର କର୍ତ୍ତା। ଅତିଥିମାନଙ୍କର ଅଭ୍ୟର୍ଥନା ପାଇଁ ସେ ଲାଗି ରହିଥିଲେ ଏବଂ ବାହାଘର ଅତି ସୁରୁଖୁରୁରେ ହୋଇଗଲା ଏବଂ ବିନି ରାୟବାବୁଙ୍କ ଘରକୁ ଚାଲିଗଲା।

ଘର ଭିତରେ ପ୍ରଥମଥର ପାଇଁ ଏକା ହୋଇଯିବା ପରେ ବିନିର ଅନୁପସ୍ଥିତିରେ ଅମରେଶ ଓ ନନ୍ଦିନୀ ବସି ଆଲୋଚନା କରୁଥିଲେ ବାହାଘର କଥା। ଦେବାଶିଷ ବାହାଘରର ମାତ୍ର ଦି ଦିନ ଆଗରୁ ଆସି ପହଞ୍ଚିଥିଲା ଏବଂ ତାକୁ ଭଲ ଭାବରେ ଦେଖିବାର ଜାଣିବାର ସୁଯୋଗ ପାଇ ନ ଥିଲେ ସେମାନେ। ବିନି କ'ଣ ଭାବୁଛି ଏହାହିଁ ଥିଲା ତାଙ୍କର ଚିନ୍ତାର କାରଣ। ସେମାନେ ଠିକ୍ କରିଥିଲେ ରାୟବାବୁଙ୍କ ଘରକୁ ଯାଇ ବିନିକୁ ଦେଖି ଆସିବେ ଏବଂ ସୁବିଧା ହେଲେ ତାକୁ ପଚାରି ବୁଝିବେ ସେ କେମିତି ଅଛି। କିନ୍ତୁ ସେମାନେ ଯିବା ପୂର୍ବରୁ ରାୟବାବୁ ନିଜେ ପୁଅବୋହୂଙ୍କୁ ଧରି ତାଙ୍କ ଘରେ ଆସି ପହଞ୍ଚିଲେ। ଏଥରକୁ ମଧ୍ୟ ରାୟବାବୁ କଥାବାର୍ତ୍ତାକୁ ସମ୍ପୂର୍ଣ୍ଣ

ଆୟତ୍ତରେ ରଖିଲେ ଏବଂ ଦୁଇଘଣ୍ଟା ପରେ ସେମାନେ ଯିବା ପର୍ଯ୍ୟନ୍ତ ଅମରେଶ ଓ ନନ୍ଦିନୀ ସୁଯୋଗ ପାଇଲେ ନାହିଁ ଏକାନ୍ତରେ ବିନିକୁ କୌଣସି କଥା ପଚାରିବା ପାଇଁ। ଏ କଥାର ଦି ଦିନ ପରେ ରାୟବାବୁ ଖବର ଦେଲେ ଯେ ଦେବାଶିଷ ସେଇ ସପ୍ତାହରେ ଆମେରିକା ଫେରିଯିବ କାରଣ ସେ ଆଉ ଛୁଟି ପାଇଲା ନାହିଁ ଏବଂ ପରେ ଭିସା ମିଳିଲେ ବିନି ତା ପାଖକୁ ଯିବ।

ଏ କଥା ପୁଣି ଅମରେଶର ମନ ଭିତରେ ଅଯଥା ସନ୍ଦେହ ସୃଷ୍ଟି କଲା। ସେ ନନ୍ଦିନୀକୁ କହିଲା, ତମେ କ'ଣ ଜାଣିଥିଲ ରାୟବାବୁ ବ୍ୟବସ୍ଥା କରୁଛନ୍ତି ଆଗେ ଦେବାଶିଷ ଚାଲିଯିବ ଏବଂ ପରେ ପୁଣି କେବେ ଭିସା ଯୋଗାଡ଼ ହେଲେ ବିନି ଆମେରିକା ଯିବ? ତା'ର ଏଇଭଳି ଅଭିଯୋଗ କଥା ଶୁଣି ନନ୍ଦିନୀ କହିଲା, ତମେ ପରା ନିଜେ କହୁଥିଲ ଆଜିକାଲି ଆମେରିକା ଯିବା ପାଇଁ ଭିସା ମିଳିବାରେ ଅସୁବିଧା ହେଉଛି, ଏବେ କାହିଁକି ରାୟବାବୁଙ୍କୁ ଦୋଷ ଦଉଛ? ଯଦି ତମର ଏତେ ଚିନ୍ତା ଥିଲା, ତେବେ ବାହାଘର ଆଗରୁ ତାଙ୍କ ସାଙ୍ଗରେ ଏ ବିଷୟ କଥାବାର୍ତ୍ତା ଭଲ ନାହିଁ?

ଟିକିଏ ପରେ ନନ୍ଦିନୀ ନରମ ହୋଇ କହିଲା, ଯାହା ହେଉ, ଦେବାଶିଷ ତ ଅତି ଭଲ ପିଲା; ସେ ନିଶ୍ଚୟ କେମିତି କ'ଣ ଚେଷ୍ଟା କରିବ ବିନିକୁ ଶୀଘ୍ର ନେଇଯିବା ପାଇଁ। ଅମରେଶ କିଛି ନ କହି ଚୁପ୍ ରହିବାକୁ ନନ୍ଦିନୀ କହିଲା, ତୁମକୁ କ'ଣ ଦେବାଶିଷ ପସନ୍ଦ ହେଲାନାହିଁ? ଅମରେଶ କହିଲା, ନା ନା, ଏଥିରେ ପସନ୍ଦ ନ କରିବାର କଥା କ'ଣ ଅଛି? ତାଭଳି ଭଲ ପାତ୍ର ଆମେ ଆଉ କୋଉଠୁ ପାଇଥାନ୍ତେ? ପ୍ରକୃତରେ ଦେବାଶିଷ ଶାନ୍ତ ଶିଷ୍ଟ ଭଦ୍ର ପ୍ରକୃତିର ଥିଲା ଏବଂ ରାୟବାବୁଙ୍କ ଭଳି ସେ ମଧ୍ୟ ସଦାଶୟ ଓ ମେଳାପୀ ଥିଲା ଏବଂ ତାକୁ କୌଣିସି ବିଷୟରେ ଦୋଷ ଦେବାର ନ ଥିଲା। ତଥାପି କାହିଁକି ଅମରେଶ ନିଜର ମନକୁ ବୁଝାଇ ପାରୁ ନ ଥିଲା କେଜାଣି?

ଦେବାଶିଷ ଚାଲିଯିବା ପରେ ରାୟବାବୁ ମଝିରେ ମଝିରେ ବିନିକୁ ନେଇ ତାଙ୍କ ଘରକୁ ଆସୁଥିଲେ, କିନ୍ତୁ ପ୍ରତିଟି ସାକ୍ଷାତ ବେଳେ ଅମରେଶ ଓ ନନ୍ଦିନୀ ବୁଝିପାରୁଥିଲେ ଯେ ବିନି ଆଉ ତାଙ୍କର ହୋଇ ନାହିଁ। ବିନି ଆଜିକାଲି ଆହୁରି ଗମ୍ଭୀର ହୋଇଯାଇଥିଲା, ବାପାମା'ଙ୍କ ସାଙ୍ଗରେ କୌଣସି ପୁରୁଣା ବିଷୟରେ କଥାବାର୍ତ୍ତା କରୁ ନଥିଲା, ବରଂ ରାୟବାବୁଙ୍କ ଘର ବିଷୟରେ ବିଭିନ୍ନ କଥା କହୁଥିଲା, ଯେଉଁଥିରେ ଆଦୌ ରୁଚି ନଥିଲା ଅମରେଶର। ବର୍ତ୍ତମାନ ବିନି ସାଙ୍ଗରେ ସେମାନଙ୍କର ସମ୍ପର୍କ ଏପରି ହୋଇଯାଇଥିଲା ଯେ ଅନେକ ଚେଷ୍ଟା କରି ମଧ୍ୟ ନନ୍ଦିନୀ ତାକୁ ସିଧାସଳଖ ପଚାରି ପାରୁନଥିଲା ସେ ବିବାହରେ ସୁଖୀ ଅଛି କି ନାହିଁ। ଯେଉଁଦିନ ଅମରେଶ

ଆଗରେ ବିନି ରାୟବାବୁଙ୍କୁ ବାପା ବୋଲି କହିଲା, ଅମରେଶ ମନ ପୂରା ଭାଙ୍ଗିଗଲା ଏବଂ ସେ ପୁଣି ରାୟବାବୁଙ୍କର ବିଦ୍ୱେଷୀ ହୋଇଗଲା।

ସେଦିନ ଫୋନ୍ କରି ଯେତେବେଳେ ରାୟବାବୁ ଖରାବେଳେ ଆସିବେ ବୋଲି କହିଲେ, ନନ୍ଦିନୀ ତାଙ୍କ ପାଇଁ ଖାଇବା ପିଇବା ତିଆରି କରିବାରେ ଲାଗିଗଲା। କିନ୍ତୁ ରାୟବାବୁ ବିନିକୁ ନେଇ ଆସି ପହଞ୍ଚିଲେ ଚାଇନିଜ୍ ହୋଟେଲରୁ ଖାଇବା ଜିନିଷ ଧରି। ଅମରେଶ ଭାବିଲା ତାକୁ ବିଭିନ୍ନ ପ୍ରକାର ଅନୁଗ୍ରହରେ ଋଣୀ କରି ରଖିବା ପାଇଁ ଏଇଟି ରାୟବାବୁଙ୍କର ଗୋଟିଏ ଫନ୍ଦି। ତେବେ ରାୟବାବୁ ସବୁ ସମୟ ଭଳି ଅତି ସ୍ନେହପୂର୍ଣ୍ଣ ମୁଦ୍ରାରେ ଥିଲେ ଏବଂ କିଛି ଘଣ୍ଟା ତାଙ୍କ ସହିତ ଆନନ୍ଦରେ କଟିଗଲା। ବିନିର ଭିସା ପାଇଁ କି କି ସମସ୍ୟା ହେଉଛି ସେ ତା'ର ଦୀର୍ଘ ବିବରଣୀ ଦେଲେ ଏବଂ ଆଶା କଲେ ଯେ ସେ ଯେତେ ଚେଷ୍ଟା କରୁଛନ୍ତି ନିଶ୍ଚୟ ଏ ଭିତରେ ଭିସା ମିଳିଯିବ।

ସେମାନେ ଚାଲିଯିବା ପରେ ପୁଣି ଚିନ୍ତାମଗ୍ନ ହୋଇଗଲେ ସ୍ୱାମୀ ସ୍ତ୍ରୀ। ବିନିର କଥାବାର୍ତ୍ତା ଚାଲିଚଳଣରୁ ସେମାନେ ଠଉରାଇବାକୁ ଚେଷ୍ଟା କଲେ ସେ କିପରି ଅଛି। ଯଦିଓ ତା'ର ବ୍ୟବହାରରେ କୌଣସି ତ୍ରୁଟି ନଥିଲା, ସେମାନଙ୍କର ମନେହେଉଥିଲା ବିନି ଯେପରି ନିଜକୁ ସେମାନଙ୍କଠାରୁ ଦୂରେଇ ନେଇଥିଲା ସେମାନେ ତାକୁ ଏପରି ବାହା କରାଇ ଦେଇଥିବାରେ ନୀରବ ଦୋଷାରୋପ ଓ ପ୍ରତିବାଦ କରି। ଏ କଥା ଅବଶ୍ୟ ଅମରେଶ ଓ ନନ୍ଦିନୀ କେବେହେଲେ ପରସ୍ପରକୁ କହି ନଥିଲେ ଅଥବା ନିଜ ଭିତରେ ଆଲୋଚନା କରି ନଥିଲେ, ତେବେ ଏ ଚିନ୍ତାଟି ଉଭୟଙ୍କ ମନକୁ ଅଲଗା ଅଲଗା ଆଲୋଡ଼ିତ କରୁଥିଲା। ସେଦିନ ବିନି ଚାଲିଯିବା ପରେ ନନ୍ଦିନୀକୁ ଚିନ୍ତାଶୀଳ ଦେଖି ଅମରେଶ ପଚାରିଲା, କ'ଣ ଭାବୁଛ ? ନନ୍ଦିନୀ ଶାଢ଼ି କାନିରେ ମୁହଁକୁ ପୋଛି ନିଜର ଚିନ୍ତା ଭାବକୁ ଦୂର କରିଦେଇ ଓଲଟା କହିଲା, କୋଉ ବିଷୟରେ ? ଅମରେଶ ଭାବିଲା ସେ କିଛି ନ କହି ଚୁପ୍ ରହିବ, କିନ୍ତୁ ସେ ମଧ୍ୟ ଚିନ୍ତିତ ଥିଲା ବିନି ପାଇଁ। କହିଲା, ବିନି ଆଉ ଏ ବୁଢ଼ା ପାଖରେ କେତେଦିନ ରହିବ ? ନନ୍ଦିନୀ ହୁଏତ ନିଜେ ରାୟବାବୁଙ୍କ ଉପରେ ଏତେ ବେଶୀ ପ୍ରୀତ ନଥିଲା କିନ୍ତୁ ଅମରେଶ ଏକଥା ଉଠାଇଲେ ସେ ରାୟବାବୁଙ୍କ ପକ୍ଷ ନେଇ ଅମରେଶକୁ ଏଣୁତେଣୁ କହୁଥିଲା। ସେ କହିଲା, ଭଦ୍ରବ୍ୟକ୍ତି ତ ପ୍ରାଣପଣେ ଚେଷ୍ଟା କରୁଛନ୍ତି, କ'ଣ ଆଉ କରାଯିବ ? ଅମରେଶ କହିଲା, ମୁଁ ବି ଟିକିଏ ଏ ବିଷୟରେ ଚେଷ୍ଟା କରି ଦେଖିବି ? ନନ୍ଦିନୀ ହସିଲା; କହିଲା, ତମ ହାତରେ ତ ଖଡ଼ା ସିଝିବ ନାହିଁ। ତମେ ଭିସା ବିଷୟରେ କ'ଣ ଜାଣିଛ ? ଯୋଉଠି ରାୟବାବୁଙ୍କ ଭଳି କରିତକର୍ମା ଲୋକ ପାରୁନାହାନ୍ତି, ତମେ ସେଠି ଯାଇ କ'ଣ କରିବ ?

ଅମରେଶ କହିଲା, ସେ ଯେ ମନ ଦେଇ ଏ କାମରେ ଲାଗିଛନ୍ତି କି ନାହିଁ କିଏ ଜାଣେ? ନନ୍ଦିନୀ କହିଲା, ତମର ମନ ଭିତରଟା ଖରାପ। ସବୁବେଳେ ସମସ୍ତଙ୍କୁ ସନ୍ଦେହ।

ପ୍ରକୃତରେ ଅମରେଶର ସନ୍ଦେହ ଅମୂଳକ ଥିଲା। ଦିନ କେତେଟାରେ ଦିନେ ସକାଳେ ଆସି ରାୟବାବୁ ବିନିର ପାସପୋର୍ଟରେ ଆମେରିକା ଦୂତାବାସର ଭିସା ମୋହର ଦେଖାଇଲେ ଏବଂ ଏକଥା ମଧ୍ୟ ଜଣାଇଲେ ଯେ ଦିନେ ଦି ଦିନରେ ଦେବାଶିଷ ପଠାଇଥିବା ଟିକେଟ ବି ଆସି ପହଞ୍ଚିଯିବ। ଯେଉଁ କାମଟି ପାଇଁ ସେମାନେ ବ୍ୟାକୁଳ ଥିଲେ ବର୍ତ୍ତମାନ ସେଇଟି ହୋଇଯିବା ପରେ ଅମରେଶ ଓ ନନ୍ଦିନୀ ଦୁଃଖ କରିବାରେ ଲାଗିଲେ କାରଣ ବିନି ଦୂର ଦେଶକୁ ଚାଲିଯିବ। ରାୟବାବୁ ନିଷ୍ଠାର ସହିତ ଲାଗିଗଲେ ବିନିର ଯିବାର ବ୍ୟବସ୍ଥା କରିବାରେ। ଟିକେଟ ଆସି ପହଞ୍ଚିଗଲା, ଦେବାଶିଷ ସହିତ ଟେଲିଫୋନ୍ କରି ଯିବାର ଦିନ ଠିକ୍ ହୋଇଗଲା। ବିନି ବି ବାପାମା'ଙ୍କଠାରୁ ଶେଷ ବିଦାୟ ନେବାର ମୁହୂର୍ତ୍ତ ଆସିଗଲା। ଏସବୁ ଏତେ ଶୀଘ୍ର ଶୀଘ୍ର ଘଟିବ ଏ କଥା କେହି ଭାବି ନଥିଲେ। ନନ୍ଦିନୀ ଅମରେଶକୁ କହିଲା, ତମେ ସବୁବେଳେ ଲାଗି ଲାଗି ଏମିତି ଜଲ୍‌ଦି କରାଇଲ। ନ ହେଲେ ଝିଅଟା ଏଠାରେ ଆଉ କିଛି ଦିନ ରହିଥାନ୍ତା।

ରାୟବାବୁଙ୍କ ସାଙ୍ଗରେ ଯାଇ ସେମାନେ ବିନିକୁ ଏୟାରପୋର୍ଟରେ ଛାଡ଼ି ଆସିଲେ। ସେମାନଙ୍କ ଆଖିରେ ଲୁହ ଥିଲା କିନ୍ତୁ ବିନି ପୂରାପୂରି ନିଜର ଆୟତ୍ତରେ ଥିଲା। ଅମରେଶ ନନ୍ଦିନୀଙ୍କର ମନେହେଲା ସେ ଯେମିତି ସେମାନଙ୍କର ସମ୍ପୂର୍ଣ୍ଣ ଅପରିଚିତ ହୋଇଯାଇଥିଲା। ବିଦାୟର କଥାବାର୍ତ୍ତାରେ କୌଣସି ଆତ୍ମୀୟତା ନ ଥିଲା ଯେପରି। ଟେଲିଫୋନ୍ କରିବୁ, ନିୟମିତ ଚିଠି ଦବୁ, ଥଣ୍ଡା ଔଷଧ ଖାଇବାକୁ ଭୁଲିବୁ ନାହିଁ ଇତ୍ୟାଦି ଅକିଞ୍ଚିତକର କଥାବାର୍ତ୍ତାରେ ପ୍ଲେନ୍ ସମୟ ହୋଇଗଲା ଓ ବିନି ଭିତରକୁ ଯାଇ ସେମାନଙ୍କର ଦୃଷ୍ଟି ଅଗୋଚର ହୋଇଗଲା।

ରାତି ଅଧରେ ଘରକୁ ଫେରି ଶୋଇବାକୁ ଯିବାବେଳେ ଅମରେଶ କହିଲା, ମୋର ମନଟା ଭଲ ଲାଗୁନାହିଁ। ନନ୍ଦିନୀ କହିଲା, ପିଲାଟାକୁ ଘରେ ଆଣି କିଛି ଦିନ ରଖିଥିଲେ ହୋଇଥାନ୍ତା। ଅମରେଶ କହିଲା, ସେଥିପାଇଁ ନୁହେଁ; ଏଇ ଦେବାଶିଷ, ରାୟବାବୁ, ତା'ର ଏଇ ବାହାଘର ଏସବୁ ବିଷୟରେ ବିନି ଖୁସି କି ନାହିଁ କିଏ ଜାଣେ? ନନ୍ଦିନୀ ତା କଥା ଶୁଣି ରାଗିଲା। କହିଲା, ତମର କୌଣସି ବିଷୟରେ ସନ୍ତୋଷ ନାହିଁ। ସେଇ ବାହାଘର ଦିନରୁ ତମ ମୁଣ୍ଡ ଭିତରେ ପଶିଛି ଯେ ରାୟବାବୁ ଭଲ ଲୋକ ନୁହନ୍ତି। ବିନିକୁ ଦେଖୁନାହିଁ କେମିତି ଖୁସି ଅଛି। ଦେବାଶିଷ ଭଳି ପିଲା

କୋଉଠୁ ମିଳିବେ ? ଟିକିଏ ଚୁପ୍ ରହି ନନ୍ଦିନୀ କହିଲା, ଯଦି ତା'ର କିଛି ଅସୁବିଧା ହୋଇଥାନ୍ତା, ବିନି କ'ଣ ଆମକୁ କହି ନଥାନ୍ତା ? ଏତେ ଭଲ ଜାଗାରେ ଆମେ ତାକୁ ବାହା ଦେଲେ, ବାପାମା' ହୋଇ ଆଉ ତା'ଠାରୁ ବେଶି କ'ଣ କରିଥାନ୍ତେ ? ମୁଁ ଜାଣେ ବିନି ନିଶ୍ଚେ ସୁଖରେ ରହିବ।

ସେମାନେ ଆଲୁଅ ଲିଭାଇ ଶୋଇବାକୁ ଗଲେ। ଦିନସାରାର କ୍ଲାନ୍ତି ପରେ ଅମରେଶ ଆଖିକୁ ସାମାନ୍ୟ ନିଦ ଲାଗି ଆସିଲା। ଏଇ ସମୟରେ ସେ ନନ୍ଦିନୀର ଚାପା କାନ୍ଦ ଶୁଣିଲା। ସେ କହୁଥିଲା, ଶୁଣୁଚ, ବିନି ସତରେ ସୁଖୀ ତ ? ଅମରେଶ ଶୋଇ ରହିଥିବାର ଛଳନା କଲା, ଯଦିଓ ସେ ଜାଣିଥିଲା ଯେ ଆଉ ତା'ର ନିଦ ହେବ ନାହିଁ।

■

ଭବିତବ୍ୟ

କଲେଜରେ ପାଠ ପଢ଼ାଇବା ବେଳେ ପ୍ରତ୍ୟେକ ଅଧ୍ୟାପକ ଏକ ନିଜସ୍ୱ ଅଙ୍ଗଭଙ୍ଗୀ, ସ୍ୱର ସଞ୍ଚାର ଓ ହସ୍ତମୁଦ୍ରା ଅବଲମ୍ବନ କରିଥାନ୍ତି। ନନ୍ଦନନ୍ଦନର ଅଧ୍ୟାପନା ପଦ୍ଧତି ଥିଲା ନିମ୍ନ ପ୍ରକାରର : କ୍ଲାସ୍ ଭିତରକୁ ଆସିବା ପରେ ସେ ଚଉକି ଉପରେ ଏକ ନିର୍ଦ୍ଦିଷ୍ଟ ଆସନରେ ବସିଯାଉଥିଲା ଏବଂ ତାର ଏହି ଭଙ୍ଗୀ ବଦଳୁ ନଥିଲା କ୍ଲାସ୍ ସରିବା ପର୍ଯ୍ୟନ୍ତ। ଉପସ୍ଥାନ ନେଇ ସାରିବା ପରେ ସେ ତୃତୀୟ ଧାଡ଼ିର ଠିକ୍ ମଝିରେ ବସିଥିବା ପିଲାଟି ଉପରେ ଆଖିକୁ ନିବଦ୍ଧ କରି ଦେଉଥିଲା ଏବଂ ନିଜର ଦୃଷ୍ଟିକୁ ସେଠାରୁ ଆଦୌ ବିଚଳିତ ହେବାକୁ ଦେଉ ନ ଥିଲା। ତାର ବକ୍ତବ୍ୟକୁ ସେ ଅତି ଧୀର ଗତିରେ ଓ ଏକସ୍ୱରରେ ବ୍ୟକ୍ତ କରୁଥିଲା ଏବଂ ସେ ସେକ୍ସପିଅର ପଢ଼ାଉ ଅଥବା ଇଲିଅଟ୍, ତାର କଣ୍ଠଧ୍ୱନି ଥିଲା ସମ୍ପୂର୍ଣ୍ଣ ଉତ୍‌ଥାନ-ପତନ ରହିତ। କ୍ଲାସ୍ ସମୟତକ ତାର ମୁଖମଣ୍ଡଳ ଦୁଃଖାଶ୍ରିତ ରହୁଥିଲା, ଯଦିଓ କ୍ଲାସ୍ ଶେଷରେ ଘଣ୍ଟି ବାଜିବା ମୁହୂର୍ତ୍ତରେ କ୍ଷଣିକ ପାଇଁ ତାର ମୁହଁରେ ସାମାନ୍ୟ ସ୍ୱସ୍ତି ଓ ଓଠରେ ହସର ଏକ କ୍ଷୀଣ ଆଭାସ ଦେଖାଯାଉଥିଲା। କହିବା ବାହୁଲ୍ୟ, ନନ୍ଦନନ୍ଦନର କ୍ଲାସ୍ ଥିଲା ଅତ୍ୟନ୍ତ ନୀରସ, ଶୁଷ୍କ ଏବଂ ସମ୍ବେଦନହୀନ। ପିଲାମାନେ ତାର କ୍ଲାସରେ ଆଦୌ ମନୋଯୋଗ ଦେଉନଥିଲେ ଏବଂ ନନ୍ଦନନ୍ଦନ ପାଠ ପଢ଼ାଇବା ସମୟରେ ସେମାନେ ନିଜ ନିଜ କାମରେ ଓ ନିଜ ଭିତରେ କଥୋପକଥନରେ ବ୍ୟସ୍ତ ରହୁଥିଲେ। ଏ କଥା ନନ୍ଦନନ୍ଦନକୁ ଅଜଣା ନଥିଲା, ତେବେ ଅନେକ ଦିନରୁ ସେ ଏ ବିଷୟରେ ଚିନ୍ତା କରିବା ଛାଡ଼ି ଦେଇଥିଲା।

ଅନେକ କଥା ପଛରେ ଛାଡ଼ି ଆସିଥିଲା ନନ୍ଦନନ୍ଦନ, ଯେପରିକି ନିଜର ବୈଚିତ୍ର୍ୟହୀନ ପିଲାଦିନ, ଅଭାବଗ୍ରସ୍ତ ଯୌବନ, ପ୍ରଥମ ଚାକିରି, ବିବାହର ସାମୟିକ ଉତ୍ତେଜନା ଓ ଉତ୍ତାପ, ଲେଖକ ଭାବରେ ସ୍ୱୀକୃତି ଓ ସୁନାମ, ପୁଣି ଚାକିରିର

ପୁନଃପୌନିକତା ଏବଂ ହଠାତ୍ ଦିନେ କରୁଣାର ମରିଯିବା। ବର୍ତ୍ତମାନ ତା ପାଇଁ ରହିଯାଇଥିଲା କେବଳ ବିନା କିଛି ଘଟୁଥିବା ଜୀବନର ଅସରନ୍ତି କ୍ରମ। ମନ ଭିତରେ ଦେଖାଯାଉଥିବା ନୈରାଶ୍ୟ ଓ ଶୂନ୍ୟବୋଧରୁ ନିଜକୁ ପୁଣି ସମ୍ଭାଳି ନେବାରୁ ଯେଉଁ ପ୍ରଚେଷ୍ଟା ସେ ଆଗରୁ କରୁଥିଲା, ସେ ସାହସ ବା ଇଚ୍ଛା ମଧ୍ୟ ଆଉ ନଥିଲା ତାର। ଏଥର କେବଳ ସହଜ ଗତିରେ, ଯାହା ମନ୍ଥର ନୁହେଁ ଚଞ୍ଚଳ ନୁହେଁ, ନିରଳସ କଟିଯାଉଥିବା ଗୋଟିଏ ପରେ ଗୋଟିଏ ଦିନ ମାସ ବର୍ଷ।

ଏଇ ସରଳ ଛନ୍ଦରେ ହଠାତ୍ ଏକ ପ୍ରତିବନ୍ଧ ପହଞ୍ଚିଲା, ଯେଉଁଦିନ ତୃତୀୟ ଧାଡ଼ିର ମଝି ମୁହଁଟି ଦିନେ ତାର କ୍ଲାସରେ ଜିଭ ବାହାର କରି ତାକୁ ଖତାଇ ହେଲା। ନିଜର ବକ୍ତବ୍ୟକୁ ବନ୍ଦ କରି ବିନୟ ଅନୁଧ୍ୟାନ କରିବା ସମ୍ଭବ ନଥିଲା ଏବଂ ନନ୍ଦନନ୍ଦନ ଭାବିଲା ଯେ ବୋଧହୁଏ ଏଇଟି ଥିଲା ତା'ର ଦେଖିବାର, ବୁଝିବାର ଭୁଲ। ତେବେ ସେ ଗୋଟିଏ କଥା ଆବିଷ୍କାର କଲା, ଯାହା ଏ ପର୍ଯ୍ୟନ୍ତ ତା'ର ଉପଲବ୍ଧ ହୋଇନଥିଲା, ଯେ ଜିଭ ବାହାର କରିଥିବା ମୁହଁଟି ଥିଲା ଗୋଟିଏ ଝିଅର। ତଥାପି ସେ ନିର୍ଦ୍ଦିଷ୍ଟ ବିନ୍ଦୁଟି ଆଡ଼କୁ ଅନାଇ ତାର ପାଠ ପଢ଼ାଇବା ଅବ୍ୟାହତ ରଖିଲା। କ୍ଲାସ ଶେଷର ଘଣ୍ଟି ବାଜିବା ପରେ ସେ ଯେତେବେଳେ ତାର ଖାତା ବନ୍ଦ କରି ଚଉକି ଉପରୁ ଉଠିଲା, ସେ ଏକଥା ମଧ୍ୟ ଲକ୍ଷ୍ୟ କଲା ଯେ ଝିଅଟି ନିଜର ଗୋଟିଏ ଆଖି ବନ୍ଦ କରି ତା ଆଡ଼କୁ ସଙ୍କେତ ଦେଲା। ଏତିକିରେ ନନ୍ଦନନ୍ଦନ ମୁହଁରେ ଫୁଟି ଉଠୁଥିବା କ୍ଲାସ ଶେଷରେ ସାମାନ୍ୟ ହସ ହଠାତ୍ ଉଭେଇଗଲା।

ସେଦିନ ଘରକୁ ଫେରି ଚିନ୍ତାରେ ପଡ଼ିଗଲା ନନ୍ଦନନ୍ଦନ। ପ୍ରଥମେ ସେ ଘଟଣାଟିକୁ ତାର ବିଚଳିତ ମନର ବିଭ୍ରାନ୍ତି ବୋଲି ଭାବି ଟାଳି ଦେବାକୁ ଚେଷ୍ଟା କଲା। କିନ୍ତୁ ଜିଭ ଦେଖାଇବା ଓ ଆଖି ଠାରିବା ଦୁଇ ଦୁଇଟି ଘଟଣା ତାର ବୁଝିବାର ଭୁଲ ହେବ କିପରି ? ଏ ଉପଲବ୍ଧି ହେବା ପରେ ତାର ମନ ଏକ ଶଙ୍କାକୁଳ ଅସ୍ୱସ୍ତିରୁ ଚାଲିଗଲା ରୋମାଞ୍ଚକର ଶିହରଣ ଆଡ଼କୁ। ଅନେକ ବର୍ଷ ପରେ ଯେପରି ଏକ ଅସମୟ ଫାଲ୍‌ଗୁନ ଆସି ଛୁଇଁଗଲା ତାର ନିଭୃତତମ ଅନ୍ତଃସ୍ଥଳକୁ। ସେ ଝିଅଟିର ମୁହଁକୁ ମନେପକାଇବାକୁ ଅନେକ ଚେଷ୍ଟା କଲା, କିନ୍ତୁ ଏଥିରେ ସଫଳ ହେଲାନାହିଁ ଏବଂ ଏ କଥାଟି ତାକୁ ବିମର୍ଷ କରିଦେଲା। ନିଜ ଚାରିଆଡ଼କୁ ଅନାଇ ସେ ଅନୁଭବ କଲା ତାର ସ୍ଥିତିର ତୁଚ୍ଛତା। ତାର ସଂସାର କହିଲେ ଥିଲା ତାର ତିନୋଟି ବାକ୍ସ ଓ ଚାକର ସମେତ ଭଡ଼ାଘରର ଦୁଇଟି କୋଠରି। ଏତେଦିନ ଧରି ସେ ଚଳପ୍ରଚଳ ହେଉଥିବା ତାର ନିଜସ୍ୱ ପୃଥିବୀ ତାକୁ ହଠାତ ଅନାତ୍ମୀୟ ଜଣାଗଲା ଏବଂ ଏଥିରୁ ନିବର୍ତ୍ତନ ପାଇଁ ସେ ଉଠିଯାଇ ତାର ପୁରୁଣା କାଗଜପତ୍ର ଘାଣ୍ଟିବାରେ ଲାଗିଲା।

କେବେ ଯୁବକ ଅବସ୍ଥାରେ ସେ କବିତା ଲେଖୁଥିଲା ଏବଂ କୋଡ଼ିଏ ବର୍ଷ ତଳେ ତାର ଗୋଟିଏ କବିତା ବହି ପ୍ରକାଶ ପାଇଥିଲା। ଏଇ ବହିଟି ବେଶ୍ ଆଲୋଡ଼ନ ସୃଷ୍ଟି କରିଥିଲା ସେତେବେଳେ ଏବଂ ଯଦିଓ ଏ ବହିର ଦ୍ୱିତୀୟ ସଂସ୍କରଣ ପ୍ରକାଶ ପାଇ ନଥିଲା, ତାର କବିତାମାନ ବିଭିନ୍ନ ସଙ୍କଳନରେ ପ୍ରକାଶ ପାଇ ଏ ପର୍ଯ୍ୟନ୍ତ ଲୋକପ୍ରିୟ ଥିଲା ଏବଂ ଆଲୋଚିତ ହେଉଥିଲା। ପୁରୁଣା କାଗଜ ଭିତରୁ କବିତା ବହିର ଗୋଟିଏ ଜୀର୍ଣ୍ଣ ବିଦୀର୍ଣ୍ଣ କପି ବାହାର କଲା ନନ୍ଦନନ୍ଦନ। ତା ପାଖରେ ପୁରୁଣା ଦିନର ସ୍ମାରକ ସ୍ୱରୂପ ଏଇ ଗୋଟିଏ ବହି ହିଁ ରହିଯାଇଥିଲା। ବହିଟିକୁ ଓଲଟାଉ ଓଲଟାଉ ତାର ମନେ ପଡ଼ିଲା କିପରି କବିତାଗୁଡ଼ିକ ବିଷୟରେ ଅନେକ ତର୍କବିତର୍କ, ବିଚାର ବିବେଚନା ହୋଇଥିଲା ସେତେବେଳେ। ବହିଟିର ଏକଚାଳିଶଟି କବିତା ଥିଲା ତାର ସ୍ୱଳ୍ପ ସମୟର କବିଜୀବନର ସମ୍ପୂର୍ଣ୍ଣ ସାହିତ୍ୟିକ କୃତୀ। ଏହି କବିତା ଲେଖିବା ପୂର୍ବରୁ ଓ ପରେ ସେ ଆଉ କିଛି ଲେଖି ନଥିଲା ଏବଂ ବେଶ୍ କିଛି ଦିନ ପର୍ଯ୍ୟନ୍ତ ଏହି ପ୍ରତଶ୍ରୁତି ପୂର୍ଣ୍ଣ କବିଙ୍କର ନୀରବତା ବିଷୟରେ ଆଲୋଚନା ହୋଇଥିଲା। ବର୍ତ୍ତମାନ କିନ୍ତୁ ରହିଯାଇଥିଲା ଏଇ କବିତାମାନଙ୍କର ଏକ ଐତିହାସିକ ମୂଲ୍ୟ ମାତ୍ର ଏବଂ ଆଜିକାଲି କେହି ଆଉ ଅଧ୍ୟାପକ ନନ୍ଦନନ୍ଦନଙ୍କୁ ଏ କବିତାମାନଙ୍କ ପରିପ୍ରେକ୍ଷୀରେ ଦେଖୁ ନଥିଲେ। ସେ ନିଜେ ମଧ୍ୟ ଅନେକ ଦିନୁ ମନ ଭିତରୁ ପରିତ୍ୟାଗ କରି ଦେଇଥିଲା କବିତାର ଲେଖକ ଭାବରେ କୌଣସି ଗୌରବ ନେବାର ଇଚ୍ଛାକୁ।

ଆଜି ସେଇ ପୁରୁଣା ବହିଟିକୁ ପଢ଼ିବା ବେଳେ ନନ୍ଦନନ୍ଦନ ଅନେକ ଦିନ ପରେ ପୁଣି ଥରେ ଅନୁଭବ କଲା କବିତାମାନଙ୍କ ସହିତ ନିଜର ଅନ୍ତରାତ୍ମାର ନିଗୂଢ଼ ସମ୍ପର୍କକୁ। ସେ ଗୋଟିଏ ପରେ ଗୋଟିଏ କବିତାକୁ ପଢ଼ିବାରେ ଲାଗିଲା ତନ୍ମୟ ହୋଇ। ପ୍ରତିଟି କବିତା ତାକୁ ପୁଣି ଟାଣି ନେଇଗଲେ ଯୌବନର ଏକ ସୁସମ ସୁସ୍ଥିତ ପର୍ବକୁ। ଯେତେବେଳେ ସେ ଶେଷ କବିତାଟି ପଢ଼ି ବହିଟିକୁ ତଳେ ରଖିଲା, ସେ ଥିଲା ଏକ ଅନ୍ୟ ଦେଶ ଏବଂ ଭିନ୍ନ ସମୟରେ। ତାର ସେ ସ୍ୱପ୍ନଟି ଭାଙ୍ଗିଗଲା ଯେତେବେଳେ ଚାକର ଆସି ତାକୁ ଖାଇବା ପାଇଁ ଡାକିଲା। ନିଜର ପୃଥିବୀକୁ ଫେରି ଆସିବା ପରେ ପୁଣି ଅସଙ୍ଗତିମାନ ଘେରି ନେଲେ ତାର ମନକୁ। ତାର ମନେହେଲା ସେ ଏଇ କିଛି ସମୟ ଯେଉଁ ପୃଥିବୀଟିକୁ ନିଜର ଭାବୁଥିଲା, ସେଇଟି ଥିଲା ଅନ୍ୟ କାହାର ଏବଂ ସେଥିରେ ତାର ଅନୁପ୍ରବେଶ ଥିଲା ଅନଧିକାର ଚର୍ଚ୍ଚା ମାତ୍ର। ସେ ଯେଉଁ କବିତା ସବୁ ପଢ଼ିଥିଲା ତାହା ଥିଲା ଅଜଣା କେଉଁ କବିଙ୍କର ଏବଂ ସେ ସବୁକୁ ଯଦି କ୍ଲାସରେ ପଢ଼ାଇବାକୁ ପଡ଼େ, ବୁଝାଇବା ପାଇଁ ତାକୁ ଅନେକ ଆୟାସ ସାଧନ କରିବାକୁ ପଡ଼ିବ। କ୍ଲାସ ଚିନ୍ତାରୁ ତାର ମନ ପୁଣି ଚାଲିଗଲା ସେଦିନର ବିକ୍ଷିପ୍ତ ଘଟଣା

ଆଡ଼କୁ। ଖାଇପିଇ ସାରି ଶୋଇଲାବେଳେ ମଧ୍ୟ ସେ ଏ କଥାଟିକୁ ମନରୁ ଦୂର କରିପାରିଲା ନାହିଁ। କିଛି ଆନନ୍ଦ ଓ କିଛି ଭୟ, ଏପରି ଉଭୟ ପ୍ରକାରର ଚିନ୍ତା ଗୋଟିଏ ପରେ ଗୋଟିଏ ପର୍ଯ୍ୟାୟକ୍ରମେ ଆସି ତାର ଉନ୍ନିଦ୍ର ରାତିଟିକୁ ଭରପୂର କରି ରଖିଲେ।

ପରଦିନ ଅନେକ ଆଶଙ୍କାର ସହିତ ସେ କ୍ଲାସ ଭିତରକୁ ଗଲା। ସେ ସ୍ଥିର କରିଥିଲା ଯେ ଆଜି ଯେପରି ହେଉ ସେ ଝିଅଟିର ମୁହଁକୁ ଭଲଭାବରେ ଦେଖି ତାକୁ ଚିହ୍ନିବାର ଚେଷ୍ଟା କରିବ। କିନ୍ତୁ ସେ ଯେତେବେଳେ ତାର ପ୍ରିୟ ଆସନଭଙ୍ଗୀ ନେଇ ନିର୍ଦ୍ଦିଷ୍ଟ ବିନ୍ଦୁଆଡ଼କୁ ଅନାଇଲା, ସେଠାରେ ସେ ଝିଅଟିର ମୁହଁକୁ ଦେଖି ପାରିଲା ସତ, କିନ୍ତୁ ଗୋଟିଏ ଅମୂର୍ତ୍ତ ପ୍ରତିଛବି ବ୍ୟତୀତ ଆଉ କିଛି ତା ମନ ଭିତରେ ଲିପିବଦ୍ଧ ହେଲା ନାହିଁ। ତାର ମନେହେଲା ଯେ କ୍ଲାସ ବାହାରକୁ ଗଲେ ସେ ଆଉ ଏ ଝିଅଟିକୁ ଚିହ୍ନିପାରିବ ନାହିଁ। ଏଇଭଳି ଚିନ୍ତାର ପ୍ରବାହ ସହିତ ସେ ତାର ସେଦିନର ପାଠପଢ଼ା ଶେଷ କଲା, ଯାହା ତାହାର ଅନ୍ୟ ଦିନର ପାଠ ଅପେକ୍ଷା କୌଣସି ଗୁଣରେ ଭିନ୍ନ ନଥିଲା। ସେଦିନ ତୃତୀୟ ଧାଡ଼ି ମଝି ମୁହଁଟିର ଆଖି ଓ ଜିଭ କୌଣସି ବାଚାଳତା କଲେ ନାହିଁ ଏବଂ ଏକଥା ନନ୍ଦନନ୍ଦନ ପାଇଁ ଯୁଗପତ୍ ସାନ୍ତ୍ୱନା ଓ ନୈରାଶ୍ୟର କାରଣ ହେଲା।

ଜୀବନ ପୁଣି ବୈଚିତ୍ର୍ୟହୀନ ଗତାନୁଗତିକତାକୁ ଫେରିଗଲା ଏବଂ ସମୟକ୍ରମେ ନନ୍ଦନନ୍ଦନର ମନେହେଲା ଯେ ସେ କେବେ ଦିନେ ଯେଉଁ ଅସଂଯତ ବ୍ୟତିକ୍ରମ ଦେଖିଥିଲା, ସେଇଟି ଥିଲା ତାର ନିଜର ସମ୍ପୂର୍ଣ୍ଣ କଳ୍ପନାପ୍ରସୂତ। ସେ ପୁଣି ଭୁଲିଗଲା ତାର କେତୋଟି ଦିନର ଉଚ୍ଚାଟ ଉତ୍ତେଜନା, ପୁରୁଣା କବିତା ପଢ଼ିବା ଓ ସାରାରାତି ଉନ୍ନିଦ୍ର ରହିବା। ସେ ସାହସ କରି ଆଜିକାଲି ତୃତୀୟ ଧାଡ଼ିରେ ଯେଉଁ ମୁହଁଟିକୁ ଆଉ ଟିକିଏ ଭଲଭାବରେ ଦେଖିବାକୁ ସମର୍ଥ ହୋଇଥିଲା, ସେଥିରେ ଅସଂବୃତ ଉଚ୍ଛୃଙ୍ଖଳତାର କୌଣସି ବି ସୂଚନା ନଥିଲା। ସେ କେବଳ ଏତିକି ନିର୍ଦ୍ଦିଷ୍ଟ ଭାବରେ ଜାଣିପାରିଥିଲା ଯେ ଝିଅଟିର ନାଁ କବିତା ଏବଂ ଏଇ ଶବ୍ଦଟିକୁ ମନେ ପକାଇ ସାମୟିକ ରୋମାଞ୍ଚିତ ହେବା ବ୍ୟତୀତ ଆଉ କିଛି ରହିଯାଇ ନଥିଲା ତା ପାଖରେ। ଏହିପରି ସମୟରେ ଦିନେ ସେ କମନରୁମରେ ଏକା ବସିଥିବା ବେଳେ ଦୁଇଟି ଝିଅ ତା ପାଖକୁ ଆସିଲେ ଏବଂ କବିତା ତା ହାତକୁ ଗୋଟିଏ ଖାତା ବଢ଼ାଇ ଦେଇ କହିଲା, ମୁଁ କିଛି କବିତା ଲେଖିଛି; ଆପଣ ତାକୁ ସଂଶୋଧନ କରିଦେବେ।

ନନ୍ଦନନ୍ଦନ କିପରି କବିତାକୁ ଭେଟିବ ତାର ଅନେକ ଯୋଜନା ମନ ଭିତରେ ରଖିଥିଲା, କିନ୍ତୁ ଏଇଟି ତା ଭିତରୁ ଗୋଟିଏ ନଥିଲା। ସେ ହତଚକିତ ହୋଇ ସେମାନଙ୍କ ଆଡ଼କୁ ଚାହିଁ ରହିଲା। ତାକୁ ଏପରି ଚୁପ ରହିବାର ଦେଖି ଝିଅ ଦୁହେଁ ସାମନା ଚଉକି

ଉପରେ ବସିଲେ ଏବଂ କବିତା କହିଲା, ମୋ ନାଁ କବିତା; ମୁଁ ଆପଣଙ୍କର ଛାତ୍ରୀ। ମୁଁ ଅନେକ ଦିନୁ କବିତା ଲେଖୁଛି, କିନ୍ତୁ ଭଲ ହେଉଛି କି ନା ଜାଣିପାରୁ ନଥିବାରୁ କେଉଁଠିକି ଛପାଇବାକୁ ଦେଇନାହିଁ। ଆପଣ ଏତେ ପ୍ରସିଦ୍ଧ କବି, ଭାବିଲି ଆପଣ ଯଦି ଏଗୁଡ଼ିକୁ ପଢ଼ି କିଛି ପରାମର୍ଶ ଦିଅନ୍ତେ, ମୁଁ ତାକୁ କୋଉଠିକି ଛପାଇବାକୁ ପଠାନ୍ତି। ନନ୍ଦନନ୍ଦନ ତା ହାତରୁ ଖାତାଟିକି ନେଇ ଓଲଟାଇ ଦେଖିଲା। ତା ଆଖି ଆଗରେ ପୃଷ୍ଠାର ପଂକ୍ତି ଓ ଅକ୍ଷର ସବୁ ଦ୍ରୁତ ଗତିରେ ଧାବମାନ ହେବାରେ ଲାଗିଲେ ଏବଂ ସେ କବିତା ପଢ଼ିବାରେ ସମ୍ପୂର୍ଣ୍ଣ ଅସମର୍ଥ ହେଲା। ସେ ଖାତା ଉପରୁ ଆଖି ଉଠାଇ ଯେତେବେଳେ ଝିଅ ଦି ଜଣଙ୍କ ଆଡ଼କୁ ଅନାଇଲା, ଅନ୍ୟ ଝିଅଟି କହିଲା, ମୁଁ କବିତା ସାଙ୍ଗ। ମୋ ନାଁ କବିତା। ନନ୍ଦନନ୍ଦନ ତାର ବ୍ୟଙ୍ଗକୁ ଧରି ପାରୁଛି ଦେଖି ଝିଅଟି ସାଙ୍ଗେ ସାଙ୍ଗେ କହିଲା, ଅବଶ୍ୟ ସେଇଟା ମୋର ଭଲ ନାଁ ନୁହେଁ, ଡାକ ନାଁ। ସାହସ ସଞ୍ଚୟ କରି ନନ୍ଦନନ୍ଦନ କହିଲା, ଖାତାଟି ମୋ ପାଖରେ ଛାଡ଼ି ଯାଅ; ମୁଁ ପଢ଼ିସାରି ମୋର ମତାମତ ଦେବି।

ସେଦିନ ରାତିରେ ଘରେ ବସି ଖାତାଟି ସହିତ ଦୀର୍ଘ ସମୟ କଟାଇଲା ନନ୍ଦନନ୍ଦନ। ସବୁକିଛି ଶ୍ରୀମଣ୍ଡିତ ଜଣାଗଲା ତାକୁ : ଅଶୋଭନ ଅକ୍ଷରର ବଙ୍କାଟଙ୍କା ଧାଡ଼ି, ବନାନ ଅଶୁଦ୍ଧ ଶବ୍ଦମାଳା, ଅର୍ଥହୀନ ପଂକ୍ତି ଓ ସମ୍ପୂର୍ଣ୍ଣ ଗୁଣ ରହିତ କବିତାମାନ। ସେ ମନ ଭିତରେ କବିତାର ନାଁକୁ ବାରମ୍ବାର ଉଚ୍ଚାରଣ କରି ସନ୍ତୋଷ ଲାଭ କଲା ଯଦିଓ ଏଥିରେ ତାକୁ ଗୋଟିଏ ବିଶେଷ ପ୍ରଚେଷ୍ଟା କରିବାକୁ ମଧ୍ୟ ହୋଇଥିଲା, ବବିତାର ନାଁକୁ ଦୂରେଇ ରଖିବା। ଆୟାସପାଠ୍ୟ କବିତାଗୁଡ଼ିକୁ ଦୁଇଥର ପଢ଼ିସାରିବା ପରେ ମଧ୍ୟ ସେ ଖାତାଟିକୁ ତଳେ ରଖି ପାରିଲା ନାହିଁ କାରଣ ପୃଷ୍ଠା ଭିତରୁ ଉଙ୍କିମାରୁଥିବା କବିତାର ମୁହଁକୁ ସେ ବାରମ୍ବାର ଦେଖିବାକୁ ଚାହୁଁଥିଲା ଏବଂ ଏଇ ପ୍ରତ୍ୟାଶାରେ ରହିଥିଲା କେତେବେଳେ ସେ ମୁହଁଟି ତାକୁ ଆଖି ଠାରିବ ଏବଂ ଜିଭ ଦେଖାଇବ।

ପରଦିନ କ୍ଲାସସାରି କମନରୁମରେ ବସି ସେ ଅପେକ୍ଷା କଲା କେତେବେଳେ କବିତା ଓ କବିତା - ସେ ଯେତେ ଚେଷ୍ଟା କଲେ ବି ମନ ଭିତରୁ ଏଇ ସଙ୍ଗିନୀଟିକୁ ବାଦ ଦେଇପାରୁ ନଥିଲା - ଆସି ତାକୁ ଦେଖା କରିବେ। ସେଦିନ କିନ୍ତୁ ସେମାନେ ଆସିଲେ ନାହିଁ ଏବଂ ନନ୍ଦନନ୍ଦନ ଘରକୁ ଫେରି ପୁଣି ଉତ୍କଣ୍ଠାରେ ରହିବାକୁ ଲାଗିଲା। ଏ ଭିତରେ ସେ ଆହୁରି ଅନେକଥର କବିତାଗୁଡ଼ିକ ପଢ଼ିନେଲା ଏବଂ ସେଥିରୁ ସ୍ୱୟଂ କବିର କଳ୍ପନା ବହିର୍ଭୂତ ଗୂଢ଼ ଅର୍ଥମାନ ବାହାର କରିବାକୁ ଚେଷ୍ଟା କଲା। ଅଧିକାଂଶ କବିତା ପ୍ରେମ ସମ୍ପର୍କିତ ଥିଲା ଏବଂ ଏକଥା ମଧ୍ୟ ନନ୍ଦନନ୍ଦନର ମାନସିକ ଭାରସାମ୍ୟକୁ ଅସ୍ତବ୍ୟସ୍ତ କରିବାରେ ସହାୟକ ହେଲା।

ପୁଣି ଅପ୍ରତ୍ୟାଶିତ ଭାବରେ କବିତା ଏବଂ କବିତା ତା ପାଖରେ ଆସି ପହଞ୍ଚିଲେ। ଏଥରକ କମନରୁମରେ ସେ ଏକା ନ ଥିଲା ଏବଂ ସହକର୍ମୀମାନଙ୍କ ଗହଣରେ ଝିଅ ଦୁହିଁଙ୍କୁ ଭେଟିବାରେ ଅସ୍ୱସ୍ତି ବୋଧ କରୁଥିଲା। କବିତା ପଚାରିଲା, ଆପଣ ପଢ଼ିଲେ ସବୁ କବିତା ? କେମିତି ଲାଗିଲା ଆପଣଙ୍କୁ ? ତା କଥାର ଜବାବ ନଦେଇ ନନ୍ଦନନ୍ଦନ ପ୍ରଥମେ ପାଖରେ ବସିଥିବା ସହକର୍ମୀଙ୍କ ଆଡ଼କୁ ଅନାଇଲା ଏବଂ ତାର ମନେହେଲା ସେମାନେ ନିଜର ଆଉ ସବୁ କାମ ଭୁଲିଯାଇ ସେମାନଙ୍କ କଥାବାର୍ତ୍ତା ଶୁଣୁଛନ୍ତି। ସେ କବିତାମାନଙ୍କ ବିଷୟରେ ଅନେକ କିଛି କହିବ ବୋଲି ମନସ୍ଥ କରି ଆସିଥିଲା, କିନ୍ତୁ ତା ପାଟିରୁ କେବଳ ଧୀର ସ୍ୱରରେ ବାହାରିଲା, ସୁନ୍ଦର, ଅତି ସୁନ୍ଦର। ଏ କଥାରେ ସନ୍ତୁଷ୍ଟ ନହୋଇ କବିତା ଯେତେବେଳେ ତା ଆଡ଼କୁ ପୁଣି ଥରେ ପ୍ରଶ୍ନବାଚୀ ଦୃଷ୍ଟିରେ ଅନାଇଲା, ନନ୍ଦନନ୍ଦନ ପୁଣି ଥରେ କହିଲା, ଅତି ସୁନ୍ଦର। କବିତା କହିଲା, ଠିକ ଅଛି; ଆମେ ଆପଣଙ୍କ ଘରକୁ ଆସିବୁ ଖାତା ନେବାପାଇଁ। ସେତେବେଳେ ଆପଣ ଆଉ ଯାହା କହିବା କଥା କହିବେ।

ଯଦିଓ ତା ଆରଦିନ ସକାଳେ ଆସି ପହଞ୍ଚିବାର କୌଣସି ସୂଚନା ଦେଇ ନଥିଲା କବିତା, ନନ୍ଦନନ୍ଦନ ସେଦିନ ରାତିସାରା ନିଜର ଘରକୁ ସଜାଇବାରେ ଲାଗିଲା। ବର୍ଷ ବର୍ଷ ଧରି ପଡ଼ିରହିଥିବା ପୁରୁଣା ଖବରକାଗଜ, କେବେ କିଏ ପକାଇ ଦେଇଥିବା ସିଗାରେଟ ଟୁକୁଡ଼ା, ଭଙ୍ଗା କଲମ ଛିଣ୍ଡା ଅଣ୍ଡରଓ୍ୱାର, କଳଙ୍କି ଲାଗିଯାଇଥିବା ପିନ କଣ୍ଟା ଇତ୍ୟାଦିକୁ ସେ ଏକାଠି କଲା ଏବଂ ରାତି ଅଧରେ ଚାକରକୁ ନିଦରୁ ଉଠାଇ ତାକୁ ସବୁ ବାହାରେ ଫିଙ୍ଗିଦେଇ ଆସିବାକୁ କହିଲା। ଘରେ ଆସବାବପତ୍ର ଯେଉଁଭଳି ପଡ଼ିଥିଲା ଏତେ ବର୍ଷ ପରେ ତାହା ନନ୍ଦନନ୍ଦନକୁ ବିସଦୃଶ ଲାଗିଲା ଏବଂ ସେ ତାକୁ ଘୁଞ୍ଚାଇ ସଜାଡ଼ିବାରେ ଲାଗିଲା। ସକାଳ ପହରକୁ ତାର ଏ ସବୁ କାମ ସରିଲା ଏବଂ ସେ ଶୋଇବାକୁ ଗଲା; କିନ୍ତୁ ନିଦ ନ ହେବାରୁ ସେ ବହୁପଠିତ କବିତାଗୁଡ଼ିକୁ ପୁଣି ଥରେ ପଢ଼ିବାରେ ମନ ଦେଲା।

ସକାଳୁ ଗାଧୋଇ ପାଧୋଇ ସଜ ହୋଇ ନନ୍ଦନନ୍ଦନ କବିତାର ଅପେକ୍ଷା କଲା। କିନ୍ତୁ ପୂର୍ବର ଅନେକ ଅପେକ୍ଷା ଭଳି ଆଜି ମଧ୍ୟ ତାକୁ ନିରାଶ ହେବାକୁ ହେଲା। ପରବର୍ତ୍ତୀ ଦିନମାନଙ୍କରେ ଘରକୁ ଝାଡ଼ପୋଛ କରି, ଆସବାବକୁ ଏପାଖ ସେପାଖ ସଜାଇ, ନିଜେ ବେଶପଟା ହୋଇ ଶେଷକୁ ସେ ଥକିଗଲା ଏବଂ ଯେଉଁଦିନ କବିତା ସତକୁ ସତ ତା ଘରକୁ ଆସିଲା, ଘରଟି ଅବ୍ୟବସ୍ଥିତ ଅବସ୍ଥାରେ ପଡ଼ିଥିଲା ଏବଂ ସେ ଲୁଙ୍ଗି ପିନ୍ଧି ଖାଲି ଦେହରେ ବସିଥିଲା। ତାକୁ ଦେଖି ବବିତା ଲୁଗା କାନିକୁ ମୁହଁରେ ଦେଇ ଚାପା ହାସକୁ ଲୁଚାଇବାକୁ ଚେଷ୍ଟା କଲା, କବିତା ତାକୁ ଆଖି ଦେଖାଇ

ସଂଯତ ହେବାକୁ କହିଲା ଏବଂ ଏଇ ଅବସରରେ ନନ୍ଦନନ୍ଦନ ନିଜକୁ ଯଥାସମ୍ଭବ ଆଚ୍ଛାଦିତ କରି ଆସି ସେମାନଙ୍କୁ ବସିବାକୁ କହିଲା। କବିତା ତାକୁ ପ୍ରଥମ ପ୍ରଶ୍ନ କଲା, ଆପଣ ସତରେ ମୋ କବିତା ସବୁ ପଢ଼ିଲେ? କିଛି ଉତ୍ତର ନ ଦେଇ ନନ୍ଦନନ୍ଦନ ଖାତାଟି ବାହାର କରି ପାପୁଲିରେ ତାର ମଲାଟକୁ ପୋଛିଲା ଏବଂ ପୃଷ୍ଠା ଖୋଲିଲା। କବିତା ସହିତ ତାର ଭାବୀ ସାକ୍ଷାତର ରିହର୍ସଲ କଲାବେଳେ ନନ୍ଦନନ୍ଦନ ଅନେକ ସାର୍ଥକ ସଂଳାପର ଆଶ୍ରୟ ନେଉଥିଲା, କିନ୍ତୁ ଏମିତି ସାମନାସାମନି ବସି ପ୍ରଶ୍ନର ଉତ୍ତର ଦେବା ବେଳେ ସେଇ ଅତି ସୁନ୍ଦର ବ୍ୟତୀତ ତା ମୁହଁରୁ ଆଉ କୌଣସି କଥା ବାହାରିଲା ନାହିଁ।

କବିତା କହିଲା, ମୁଁ ଆପଣଙ୍କର ସବୁ କବିତା ପଢ଼ିଛି ଏବଂ ତାରି ପ୍ରେରଣାରେ ମୋର କବିତାସବୁ ଲେଖିଛି। ତାର ସ୍ୱଳ୍ପ ଲେଖକ ଜୀବନରେ ଏଭଳି କଥା ତାକୁ କେହି କେବେ କହି ନଥିଲା। କବିତାର କଥାକୁ ପରିବର୍ଦ୍ଧିତ କରି ତାର ବାନ୍ଧବୀ କହିଲା, କବିତା ଆପଣଙ୍କର ସବୁ କବିତାକୁ ବହି ନଦେଖି ଆବୃତ୍ତି କରିପାରେ। ଏକଥା ନନ୍ଦନନ୍ଦନକୁ ଅତି ଆହ୍ଲାଦିତ କରିଥାନ୍ତା, କିନ୍ତୁ ଏଇ କବିତା ଝିଅଟି ଏଇମାତ୍ର ତାକୁ ଉପହାସ କରି ହସିଥିବାରୁ ସେ ମୁହଁକୁ ଗମ୍ଭୀର କରି ତା କଥାକୁ ଅଶୁଣା କରିଦେଲା ଏବଂ ଖାତାରୁ ଗୋଟିଏ କବିତାର ମେଳ ଖାଉ ନଥିବା ଧାଡ଼ିକୁ ପଢ଼ି ସପ୍ରଶଂସ ଆଖିରେ କବିତା ଆଡ଼କୁ ଚାହିଁଲା।

କବିତା କହିଲା, ଆପଣ କ'ଣ ଭାବୁଛନ୍ତି ମୁଁ ଯଦି ଏ କବିତାକୁ କୋଉ ପତ୍ରିକାକୁ ପଠାଏ, ସେମାନେ ତାକୁ ବାହାର କରିବେ? ନନ୍ଦନନ୍ଦନ କହିଲା, ଅବଶ୍ୟ, ନିଶ୍ଚୟ; ଏହାଠାରୁ ଅନେକ ନିକୃଷ୍ଟ କବିତା ତ ପତ୍ରପତ୍ରିକାରେ ପ୍ରକାଶ ପାଉଛି। ଏକଥା କହିସାରି ସେ ଉପଲବ୍ଧି କଲା ଯେ କଥାଟି ଠିକ୍ ପ୍ରୀତିକର ନଥିଲା। କବିତା କଥାଟିକୁ ଠିକ୍ ଧରି ପାରିଲା ଏବଂ କହିଲା, ତା ମାନେ କ'ଣ ଆପଣ କହୁଛନ୍ତି...। ଭାଗ୍ୟକୁ କବିତା ତାକୁ ଆଉ କିଛି କହିବାକୁ ନ ଦେଇ କହିଲା, ତୁ ଚୁପ୍ କର। ଏଇ ଅବସରରେ ନନ୍ଦନନ୍ଦନ ସେଥିରୁ ଆଉ ଦୁଇ ଧାଡ଼ି କବିତା ଆବୃତ୍ତି କରିଦେଲା।

କବିତା କହିଲା, ଯଦିଓ ନନ୍ଦନନ୍ଦନ ଠିକ୍ ଧରି ପାରିଲା ନାହିଁ ତା କଥାରେ ଶ୍ଳେଷ ଥିଲା କି ନାହିଁ, ଆପଣ ସୁନ୍ଦର ଆବୃତ୍ତି କରି ପାରୁଛନ୍ତି। ଆପଣଙ୍କ ନିଜ କବିତାରୁ କିଛି ପଢ଼ି ଆମକୁ ଶୁଣାନ୍ତୁ। ତା କଥାରେ କବିତା ମଧ୍ୟ ହଁ ହଁ ଭରିଲା ଏବଂ ସଲଜ୍ଜ ନା ନା କରୁଥିବା ସତ୍ତ୍ୱେ ନନ୍ଦନନ୍ଦନ ତାର କବିତା ବହିଟି ବାହାର କରି ପୃଷ୍ଠା ଖୋଲିଲା। ସେ ଆଶ୍ୱସ୍ତ ହେଉଥିଲା ଯେ ସୌଭାଗ୍ୟକୁ ସେ ସେଦିନ ଟ୍ରଙ୍କ ଭିତରୁ ବହିଟି ବାହାର କରି ରଖିଥିଲା। ନହେଲେ ତାକୁ ବର୍ତ୍ତମାନ ତଳେ ଆଣ୍ଠେଇ ପଡ଼ି ଟ୍ରଙ୍କରୁ ପୂଳା ପୂଳା

ଲୁଗାପଟା ଟାଣି ତା ଭିତରୁ ବହିଟିକୁ ବାହାର କରିବାକୁ ପଡ଼ିଥାନ୍ତା। ଯାହା ହେଉ, ବହିଟି ଖୋଲି ସେ ଗୋଟିଏ କବିତାର ଚାରିଧାଡ଼ି ପଢ଼ିଲା। ଏଇ ପଢ଼ା ଶେଷ ନ ହେଉଣୁ କବିତା ସେଇ କ୍ରମର ଆଉ ଚାରିଟି ଧାଡ଼ି ସ୍ମରଣରୁ ଆବୃତ୍ତି କଲା। କେବଳ ଗୋଟିଏ ଜାଗାରେ ଶବ୍ଦଟିଏ ଛାଡ଼ିଦେବା ବ୍ୟତୀତ କବିତା ପଂକ୍ତିଗୁଡ଼ିକ ସଠିକ ମନେରଖିଥିଲା।

କବିତା ପଚାରିଲା, ଆପଣଙ୍କ ସବୁ କବିତା କଣ ଗୋଟିଏ ଝିଅକୁ ଉଦ୍ଦେଶ୍ୟ କରି ଲେଖା ହୋଇଥିଲା? ପ୍ରଶ୍ନଟି ଗଭୀର ଚିନ୍ତାରେ ପକାଇଦେଲା ନନ୍ଦନନ୍ଦନକୁ। କବିତା କଣ କାହାରିକୁ ଉଦ୍ଦେଶ୍ୟ କରି ଲେଖା ହୁଏ? ହୁଏତ, କାରଣ ଅନେକ କବିତାରେ ତମେ ତମକୁ ତମ ପାଇଁର ବ୍ୟବହାର ଅଛି। ଯଦି କବିତାଟି ଏଭଳି ଭାବେ ନିବେଦିତ, ତା କଣ କେବଳ ଜଣକ ପାଇଁ? କବିତା କଣ ବ୍ୟକ୍ତିଗତ ସନ୍ଦେଶ, ନିର୍ଦ୍ଦିଷ୍ଟ ବ୍ୟକ୍ତିବିଶେଷ ପାଖକୁ ପଠାଯାଉଥିବା ଛନ୍ଦବଦ୍ଧ ବାର୍ତ୍ତା? କାଗଜର ମେଘଦୂତ, କାବ୍ୟିକ ପୋଷ୍ଟକାର୍ଡ଼? ଏଭଳି କବିତା ଲେଖିବା ବେଳେ କଣ ଗୋଟିଏ ମୁହଁକୁ ଆଖି ଆଗରେ ରଖାଯାଇଥାଏ? କିଏ ଥିଲା ନନ୍ଦନନ୍ଦନର ତମେ? ମୂର୍ତ୍ତିମତୀ ସହପାଠିନୀ, ପ୍ରତିବେଶିନୀ, ଦୂର ସମ୍ପର୍କୀୟା ଅଥବା ସ୍ୱପ୍ନରେ ଭେଟିଥିବା, ସିନେମାରେ ଦେଖିଥିବା, ବହିରେ ପଢ଼ିଥିବା ଅମୂର୍ତ୍ତ କଳ୍ପନାର ବରାଙ୍ଗନା? ନା ଏସବୁର ସମନ୍ୱୟରେ ଏକାକାର ହୋଇଯାଇଥିବା ତା ମନ ଭିତରର କୌଣସି ଅତ୍ୟାଶ୍ଚର୍ଯ୍ୟ? ବହିଟିର ଉତ୍ସର୍ଗ ପତ୍ରଟି ପଡ଼ିଲା ତା ଆଖିରେ ଏବଂ ନନ୍ଦନନ୍ଦନ ହଠାତ ଯେପରି ପ୍ରଶ୍ନଟିର ମର୍ମ ବୁଝିପାରିଲା। ସେ ଏତେବେଳ ଆଁ କରି ରହିଥିବା ପାଟି ବନ୍ଦ କରି କହିଲା, ନା, ଏସବୁ କବିତା କରୁଣା ପାଇଁ ଲେଖା ହୋଇନଥିଲା।

ଏ ଉତ୍ତରଟି କିନ୍ତୁ ସେମାନଙ୍କର ବୋଧଗମ୍ୟ ହେଲା ନାହିଁ। କାରଣ ସେମାନେ ବହିଟିର ଉତ୍ସର୍ଗ ଦେଖି ନଥିଲେ ଅଥବା କରୁଣା କିଏ ଜାଣି ନଥିଲେ। ଦୁହେଁ ପରସ୍ପରକୁ ଚାହିଁ ସାମାନ୍ୟ ହସିଲେ। କବିତା କହିଲା, ତା ହେଲେ କାହା ପାଇଁ ଆପଣ ଲେଖିଥିଲେ ଏ କବିତା ସବୁ? ପରିସ୍ଥିତିକୁ ଆୟତ୍ତରେ ନେବା ପାଇଁ ମନସ୍ଥ କରି ନନ୍ଦନନ୍ଦନ କହିଲା, କବିତା ସବୁ କୌଣସି ନିର୍ଦ୍ଦିଷ୍ଟ ବ୍ୟକ୍ତିବିଶେଷଙ୍କୁ ସମର୍ପିତ ହୋଇ ନଥାଏ। ଏହାପରେ ସେ ଯାହା ସବୁ କହିଲା ସେହି ଅସଙ୍ଗତ ଅସମ୍ପୂର୍ଣ୍ଣ ପୂର୍ବାପର ସଂହତି ରହିତ ବାକ୍ୟ ସବୁ ତାର କ୍ଲାସର ପାଠ ଭଳି ନୀରସ, ଅନିର୍ଦ୍ଦିଷ୍ଟ ଓ ଅର୍ଥହୀନ ଥିଲା। କିନ୍ତୁ ଏଇ କ୍ଷୁଦ୍ର ଭାଷଣଟି ପରେ କବିତା ଆଉ ପ୍ରଶ୍ନ କରିବାକୁ ସାହସ କଲା ନାହିଁ। ଏଥର ସେମାନେ ଉଠିବାକୁ ବସିଲେ ଏବଂ କବିତା କହିଲା, ମୋର କବିତାରେ କେଉଁଠି କଣ ଭୁଲ ତ ନିଶ୍ଚୟ ଥିବ। ଆପଣ ସଂଶୋଧନ କରି ରଖିଥିବେ। ମୁଁ, ମାନେ ଆମେ

ପୁଣି ଆସିବୁ। ସେମାନେ ଉଠି ଚାଲିଯିବା ପରେ ନନ୍ଦନନ୍ଦନର ମନେପଡ଼ିଲା ଯେ, କବିତାକୁ ଦେବ ବୋଲି ସେ ବଜାରରୁ ଯେଉଁ ସ୍ପେଶାଲ ଚା ଓ ବିସ୍କୁଟ ଆଣି ରଖିଥିଲା, ତାକୁ ଦେବାକୁ ଭୁଲିଯାଇଥିଲା। ସେଥିରୁ ଗୋଟିଏ ବିସ୍କୁଟ ଚୋବାଉ ଚୋବାଉ ସେ ଚାକରକୁ ଡାକି ଗାଳି ଦେଲା। କିନ୍ତୁ ବିଚରା ପିଲାଟି ତାର ଏତେ କ୍ରୋଧର କାରଣ କଣ ବୁଝିପାରିଲା ନାହିଁ।

ଏଥର ନନ୍ଦନନ୍ଦନ ମନପ୍ରାଣ ଦେଇ କବିତାଗୁଡ଼ିକ ସଂଶୋଧନ କରିବାରେ ଲାଗିଗଲା। ବର୍ତ୍ତମାନ ଜଣେ ସମାଲୋଚକର ଆଖିରେ ପଢ଼ିବାବେଳେ କବିତାର କୌଣସି ବି ଧାଡ଼ି ତାର ମନଃପୂତ ନଥିଲା, ତେବେ କବିତାର ହାତର ଲେଖାକୁ କାଟିବା ପାଇଁ ତାର ହାତ ଗଲାନାହିଁ। ତେଣୁ ସେ ଆଉ ଗୋଟିଏ କାଗଜରେ ନିଜର ପରାମର୍ଶ ସବୁ ଲେଖି ରଖିଲା କବିତା ସହିତ ଆଲୋଚନା କରିବ ବୋଲି। ସେ ଅତି ଗମ୍ଭୀରତାର ସହିତ କାମଟିରେ ଲାଗିପଡ଼ିଲା ଏବଂ କିଛି ଦିନରେ ସେ କବିତାର କବିତା ଉପରେ ବେଶ କିଛି ପୃଷ୍ଠା ଗୁରୁତ୍ୱପୂର୍ଣ୍ଣ ଟିପ୍ପଣୀ ଲେଖି ରଖିଲା।

ଯେତେବେଳେ ଯୋଡ଼ି ଯମକ ପୁଣି ତା ପାଖକୁ ଆସିଲେ, ନନ୍ଦନନ୍ଦନ ଅତି ଆଗ୍ରହରେ ସେମାନଙ୍କୁ ତାର ମନ୍ତବ୍ୟ ସବୁ ଦେଖାଇଲା। ସେ ଯେତେବେଳେ ଗୋଟିଏ ଧାଡ଼ିର ବିଶ୍ଳେଷଣ କରି ସେଥିରେ କେତୋଟି ଶବ୍ଦ କାହିଁକି ବଦଳାଇବା ଉଚିତ ସେ ବିଷୟରେ ଦୀର୍ଘ ମନ୍ତବ୍ୟ କଲା, କବିତା ଧୈର୍ଯ୍ୟ ହରାଇ କହିଲା, ମୁଁ ଆପଣଙ୍କୁ ସଂଶୋଧନ କରିବାକୁ କହିଥିଲି, ବକ୍ତୃତା ଦେବାକୁ କହି ନଥିଲି। ଆପଣଙ୍କର ଯଦି ସମୟ ନାହିଁ, ମୋ ଖାତା ମତେ ଫେରାଇ ଦିଅନ୍ତୁ। ନନ୍ଦନନ୍ଦନ ମୁହଁରୁ ରଙ୍ଗ ଉଡ଼ିଗଲା। ମ୍ରିୟମାଣ ହୋଇ କହିଲା, ଏତେ ସୁନ୍ଦର କବିତା, ମୁଁ ତାକୁ କାଟିବାକୁ ଚାହିଁଲି ନାହିଁ। ବିରକ୍ତ ହୋଇ କହିଲା, କାଟିଲେ ନାହିଁ କିନ୍ତୁ ପ୍ରତି ଧାଡ଼ିରେ ଆପଣ ଶହେଟି ଦୋଷ ବାଛୁଛନ୍ତି ! ଏ ବିଷୟରେ ଆଉ ଉଚ୍ଚବାଚ୍ୟ ନକରି ନନ୍ଦନନ୍ଦନ କହିଲା, ନା ନା, ବ୍ୟସ୍ତ ହୁଅ ନାହିଁ; ମୁଁ ତାକୁ ସଂଶୋଧନ କରିଦେବି। ଏକଥା ପରେ ସେମାନେ ଚା ପିଇଲେ ଓ ବିସ୍କୁଟ ଖାଇଲେ। କବିତା ପୁଣି ତା ସହିତ ଭଲରେ କଥା କହିଲା ଏବଂ ଏକ ଆପାତ ବିପତ୍ତିର ଦୁଃଖରୁ ନନ୍ଦନନ୍ଦନ ପୁଣି ଫେରିଗଲା ତାର ସଯତ୍ନ ପୋଷିତ ଆନନ୍ଦ ମଝିକୁ।

ତା ଆରଥର କବିତା ଏକା ଆସିଲା ତା ପାଖକୁ ଏବଂ ଏ ପରିବର୍ତ୍ତନରେ ନନ୍ଦନନ୍ଦନ ବିଶେଷ ଖୁସି ହେଲା। ତାକୁ ଚା ଦେଇସାରି ସେ କବିତାର ଖାତାଟି ବାହାର କଲା। ଅନେକ ପରିଶ୍ରମ କରି ନନ୍ଦନନ୍ଦନ କବିତାଗୁଡ଼ିକ ପରିଶୋଧିତ ଓ ପରିମାର୍ଜିତ କରିଥିଲା, ତେବେ ଅନେକ କଟାଛଟା ପରେ ପାଣ୍ଡୁଲିପିଟି ବର୍ତ୍ତମାନ

ଦିଶୁଥିଲା ତଳ ଶ୍ରେଣୀର ବନାନ ଭୁଲ କରୁଥିବା ପିଲାର ମାଷ୍ଟ୍ର ସଂଶୋଧନ କରିଥିବା ଖାତା ଭଳି। ଖାତାର ପୃଷ୍ଠା ଓଲଟାଉ ଓଲଟାଉ କବିତାର ମୁହଁ ଲାଲ ହେବାରେ ଲାଗିଲା, ସେ ଚା କପ ତଳେ ରଖିଦେଇ ଉଠି ଠିଆହେଲା ଏବଂ ଗମ୍ଭୀର ହୋଇ ନନ୍ଦନନ୍ଦନକୁ କହିଲା, ତା ମାନେ ଆପଣ କହିବାକୁ ଚାହାନ୍ତି ମୁଁ କବିତା ବିଷୟରେ କିଛି ଜାଣେନା। ମୋ ହାତରେ କବିତା ଲେଖା ହେବ ନାହିଁ। ଆପଣ କଣ ବୁଝି ମୋ କବିତାର ଏପରି ସଂଶୋଧନ କଲେ ? ମୁଁ କାହିଁକି କୋଉ ଶବ୍ଦ ବ୍ୟବହାର କରିଥିଲି ଆପଣଙ୍କୁ ତାର କଣ ଜଣା ? ଏତେ ପରିଶ୍ରମ କରିଥିବାରୁ ଆପଣଙ୍କୁ ଅନେକ ଧନ୍ୟବାଦ। ଏତିକି କହି କବିତା ତମତମ ହୋଇ ତା ପାଖରୁ ଉଠି ଚାଲିଗଲା ନନ୍ଦନନ୍ଦନକୁ କିଛି କହିବାକୁ ନଦେଇ। ନନ୍ଦନନ୍ଦନ ଜାଣିଲା ଯେ ତାର ଅଳ୍ପଦିନର ଏକ କଳ୍ପିତ ଦୁଃସାହସିକ ଅଧ୍ୟାୟର ହଠାତ ଶେଷ ହେଲା ଏହିଠାରେ।

କିନ୍ତୁ ଜୀବନ ଯେଉଁ କବିତା, ତାର ପୁଣି ଆରମ୍ଭ ଓ ଶେଷ କେଉଁପରି ? ଅତି ଅପ୍ରତ୍ୟାଶିତ ଭାବେ ନନ୍ଦନନ୍ଦନର ଜୀବନ ଓ ଘର ଭିତରକୁ ପୁଣି ଫେରି ଆସିଲେ କବିତା ଓ ତାର ଅନିବାର୍ଯ୍ୟ ସଙ୍ଗିନୀ। ଏଥରକ କବିତା କ୍ଷମା ପ୍ରାର୍ଥନା ମୁଦ୍ରାରେ ଥିଲା, କହିଲା, ଆପଣ ଯାହା ସବୁ ମନ୍ତବ୍ୟ କରିଥିଲେ ସବୁ ଠିକ୍। ମୁଁ ପଢ଼ି ଦେଖିଲି ଯେ ଆପଣଙ୍କ କରିଥିବା ସଂଶୋଧନ ଯୋଗୁ କବିତାଟି ଆହୁରି ସୁନ୍ଦର ହୋଇଯାଇଛି। ସେଦିନ ମୋର ରାଗିବା ଉଚିତ ନଥିଲା। ଖୁସିରେ ଗଦଗଦ ହୋଇ ନନ୍ଦନନ୍ଦନ କହିଲା, ନା ନା, ସେ ବିଷୟରେ କିଛି ଭାବ ନାହିଁ ତମେ। କବିତା ହେଲା ଲେଖକର ସନ୍ତାନ ଭଳି। ତାକୁ କିଏ ଛୁଇଁଲେ, କାଟଛାଟ କଲେ କବି ମନରେ ଦୁଃଖ ହେବା ସ୍ୱାଭାବିକ। ମୁଁ ଯଦି ତମ ଜାଗାରେ ଥାନ୍ତି ମୋର ବି ଠିକ୍ ସେଇଭଳି ପ୍ରତିକ୍ରିୟା ହୋଇଥାନ୍ତା। ଏଭଳି ମାନଭଞ୍ଜନ ପରେ କବିତା ନିଜେ ଚା ପିଇବାକୁ ମାଗିଲା। ଚା ପିଇସାରି ବବିତାକୁ କହିଲା, ତୁ କହୁଥିଲୁ ତୋର ଆଉ କୋଉଠି କାମ ଅଛି ବୋଲି, ତୁ ଯା। ମୁଁ ସାର୍‌ଙ୍କ ସଙ୍ଗରେ କବିତା ବିଷୟରେ କଥା ହେବି। କବିତା ଚାଲିଯିବା ପରେ ସେ କିନ୍ତୁ କବିତା ବିଷୟରେ ଆଲୋଚନା ନକରି ଏଣୁତେଣୁ କଥା ପକାଇଲା, ନନ୍ଦନନ୍ଦନକୁ ତାର ବ୍ୟକ୍ତିଗତ ଜୀବନ ବିଷୟରେ ପଚାରିଲା, ତା ସହିତ ସାମାନ୍ୟ ଚପଳତା କରି ସେ ବାଳକୁ ଭିନ୍ନ ଭାବେ କୁଣ୍ଡାଇଲେ ଯେ ଅଧିକ ସୁନ୍ଦର ଦେଖାଯିବ ସେକଥା କହିଲା। ଗଲାବେଳେ କହିଲା, ଆଜିକାଲି ଆପଣ ଆଉ କବିତା ଲେଖୁନାହାନ୍ତି କାହିଁକି ? ପୁଣି ଲେଖା ଆରମ୍ଭ କରନ୍ତୁ। ପ୍ରଥମ କବିତାଟି କିନ୍ତୁ ମୋ ପାଇଁ ଲେଖିବେ।

ଏଥରକ କବିତାର ତା ଘରକୁ ଯିବା ଆସବା ବଢ଼ିଗଲା। ପ୍ରଥମେ ପ୍ରଥମେ ନନ୍ଦନନ୍ଦନର ଭୟ ହେଉଥିଲା, କିଏ କଣ ଭାବିବ। କିନ୍ତୁ ଅନେକ ଭାବିଚିନ୍ତି ସେ

ମନକୁ ସାହସ ଦେଲା, ହେଉ, ଯିଏ ଯାହା ଭାବନ୍ତୁ ତାର କଣ ଅଛି ? ସେଦିନ ସେ ନୂଆ ପ୍ରକାରେ ବାଳକୁ କୁଣ୍ଡାଇ କବିତା ପାଇଁ ଅପେକ୍ଷା କରୁଥିଲା । କବିତା ଆସି ତା ମୁହଁକୁ ଦେଖି ପ୍ରଥମେ ପାଞ୍ଚମିନିଟ ହୋ ହୋ କରି ହସିଲା । ହସ ବନ୍ଦ ହେବାରୁ ନନ୍ଦନନ୍ଦନ ତା ଆଡ଼କୁ ବୋକା ଭଳି ଅନାଇ ରହିଥିବା ଦେଖି କହିଲା, ଆପଣଙ୍କ ମୁହଁ ଠିକ୍ ଗୋଟିଏ ପେଚା ଭଳି ଦିଶୁଛି । ନନ୍ଦନନ୍ଦନର ମୁହଁ ଶୁଖିଆସୁଥିବା ଦେଖି କବିତା କହିଲା, ପେଚା ତ ଦେଖିବାକୁ ଖୁବ ସୁନ୍ଦର । ଆମ ଘର ପାଖ ଗଛଡାଳରେ ପ୍ରତିଦିନ ସନ୍ଧ୍ୟାବେଳେ ଗୋଟିଏ ଛୋଟ ପେଚା ଆସି ବସୁଥିଲା । କେତେ କଉତୁକିଆ, ଡଉଲଡାଉଲ ଥିଲା ଆହା ମୋର ପେଚାଟି ! ନନ୍ଦନନ୍ଦନ ମୁହଁରେ ଏଥରକ ସାହାଯ୍ୟ ହସ ଦେଖାଗଲା । ଠିକ୍ କଥା ତ । ପେଚା ତ ଏମିତି କିଛି ମନ୍ଦ ନୁହେଁ ଦେଖିବାକୁ; ଜୀବଜନ୍ତୁଙ୍କ ଭିତରେ ପେଚକ ଗୋଟିଏ ପ୍ରାଣୀ ଯାହା ମୁହଁ ମଣିଷ ଭଳି । କବିତା କହିଲା, ମତେ ପାନିଆ ଦିଅନ୍ତୁ, ମୁଁ ଆପଣଙ୍କ ବାଳକୁ ଆହୁରି ଠିକ କରି କୁଣ୍ଡାଇ ଦେବି ।

ତାର ମୁହଁ ଉପରେ ଯେତେବେଳେ କବିତା ହାତ ଦେଲା, ନନ୍ଦନନ୍ଦନର ସାରା ଶରୀର ଅସ୍ଥି ମଜ୍ଜା ଭିତର ଦେଇ ଏକ ଅନନୁଭୂତ ପୁଲକର ଲହରୀ ଦୌଡ଼ିଗଲା । ଭୁଲି ଯାଇଥିବା ଅପାର ସୁଖାନୁଭୂତି ସବୁ ଏକା ସାଙ୍ଗରେ ତାର ମସ୍ତିଷ୍କକୁ ପଶି ଆସିଲେ । ଦର୍ପଣ ଭିତରେ ସେ କେବଳ ଏକ ନୂଆ କେଶ ବିନ୍ୟାସ ଦେଖିଲା ନାହିଁ, ସେ ଆବିଷ୍କାର କଲା ଏକ ପୁନର୍ଜନ୍ମ ପ୍ରାପ୍ତ ସ୍ୱୟଂକୁ । ସେ ସ୍ୱୀକାର କରିନେଲା ଯେ ସେ ଯଦି ଚଷମାଟିଏ ପିନ୍ଧିଦିଏ ତା ମୁହଁରେ ପେଚକ ସୁଲଭ ବିଜ୍ଞତା ମଧ୍ୟ ଫୁଟି ଉଠିବ ।

ସେଦିନ କବିତା ଉଠିଯିବାବେଳେ ସାହସ କରି ନନ୍ଦନନ୍ଦନ ତାର ହାତକୁ ନିଜ ଦି ହାତରେ ଧରିନେଲା । ସେ ଭାବିଥିଲା କବିତା ଆଉଜି ଆସିବ ତା ଉପରକୁ । କିନ୍ତୁ କବିତା ତା ହାତକୁ ଛିଞ୍ଚାଡ଼ି ଦେଇ ରଣଚଣ୍ଡୀ ମୂର୍ତ୍ତି ଧରି ଛିଡ଼ା ହୋଇଗଲା । ତାର ଆଖି ଜଳୁଥିଲା ଏବଂ ଓଠ ରାଗରେ ଥରୁଥିଲା । ସେ କହିଲା, ଆପଣ କ'ଣ ବୋଲି ଭାବିଛନ୍ତି ମତେ ? ମୁଁ ଆପଣଙ୍କୁ ଭଲରେ କଥା କହୁଛି, ଆପଣଙ୍କ ଘରକୁ ଆସୁଛି ବୋଲି ମତେ କଣ ଶସ୍ତା ପାଇଲେ ? ଆପଣ ମୋର ଶିକ୍ଷକ, ପୁଣି ବାପ ବୟସର, ଏଇ ଆପଣଙ୍କର ବୁଦ୍ଧିବୃତ୍ତି ? ମୁଁ ଏକଥା ନିଶ୍ଚେ ଯାଇ ପ୍ରିନସିପାଲଙ୍କ ପାଖରେ କହିବି ।

ଝଡ଼ ଭଳି ସେଠାରୁ ଉଠି ଚାଲିଗଲା କବିତା । ଭୟରେ ନନ୍ଦନନ୍ଦନ ତା ପରଦିନ କଲେଜ ଗଲା ନାହିଁ । ପୂରା ଦିନଟି ସେ ଦୁଃଖ ଲଜ୍ଜା ଭୟ ଆଶଙ୍କାରେ ବୁଡ଼ି ରହିଲା । ସେ ବିଶ୍ୱାସ କରିନେଲା ଯେ, ଏଇ ଘଟଣାକୁ ନେଇ କଲେଜରେ ଖୋଳତାଡ଼ ଆରମ୍ଭ ହୋଇଯାଇଛି ଏବଂ ତାର ମାନସମ୍ମାନ ସହିତ ଚାକିରିଟି ବି ଚାଲିଯାଇଛି । ତାର

ହୃତକମ୍ପ ହେଲା ଏବଂ ସେ ଏଥିସହିତ ନିଜର ନାନା ପ୍ରକାରର ବେମାରିର ମଧ୍ୟ କଳ୍ପନା କରିନେଲା । ସେ ଭାବିଲା ଯେ ସେ ଯଦି ମରିଯାନ୍ତା, ସବୁ କଥାରୁ ମୁକ୍ତି ପାଇଯାନ୍ତା । କବାଟ ବନ୍ଦ କରି ସେ ଘର ଭିତରେ ବସି ରହିଲା ଏବଂ ବାହାରେ ଶବ୍ଦ ହେଲେ ମନେକଲା ଯେ କଲେଜ ପିଅନ ତା ପାଖକୁ ପ୍ରିନସିପାଲଙ୍କର ନୋଟିସ ଧରି ଆସିଛି ।

ଏଭଳି ଦାରୁଣ ମନସ୍ତାପ ଓ ଦୁଶ୍ଚିନ୍ତାରୁ ତାକୁ ଶେଷରେ ରକ୍ଷା କଲା କବିତା ନିଜେ । ଦିନେ ସକାଳେ ଆସି ସେ ପହଞ୍ଚିଲା ଯେପରି କିଛି ହୋଇନାହିଁ ଏ ଭିତରେ । ତା ହାତରେ ନୂଆ କବିତା ଥିଲା । ସେଇଟିକୁ ନନ୍ଦନନ୍ଦନ ଆଡ଼କୁ ବଢ଼ାଇ ଦେଇ କହିଲା, ଏଇଟି କେମିତି ହୋଇଛି ? କବିତାଟିକୁ ଧରି ନନ୍ଦନନ୍ଦନ ଥତମତ ହୋଇ ବସି ରହିଲା କିଛି ସମୟ । କବିତା ଯେତେବେଳେ ତା ମୁହଁକୁ ଅନାଇ ହସିଲା ଏବଂ ତା ହାତ ଉପରେ ହାତ ରଖିଲା, ସବୁ କିଛି ଭୁଲିଗଲା ନନ୍ଦନନ୍ଦନ । ମନ ଭିତରୁ ଭୟ ଆଶଙ୍କା ଦୂରକରି ସେ କବିତାଟିକୁ ପଢ଼ିବାରେ ମନ ଦେଲା ।

କବିତା କହିଲା, ଆପଣଙ୍କୁ ଏତେ ପଚାରି ବି ଆପଣ କହିଲେ ନାହିଁ ଆପଣ କାହା ପାଇଁ କବିତା ସବୁ ଲେଖିଥିଲେ । ମତେ ପଚାରିଲେ ମୁଁ କିନ୍ତୁ କହିଦେବି ମୁଁ କାହା ପାଇଁ ଲେଖିଛି । ତଥାପି ନନ୍ଦନନ୍ଦନ ତାକୁ ଏ ବିଷୟରେ କିଛି ନ ପଚାରିବାରୁ କବିତା ତା ପାଖକୁ ଘୁଞ୍ଚି ଆସି ବସିଲା, ତା ଉପରକୁ ଆଉଜି କହିଲା, ମୋର ସବୁ କବିତା ତମରି ପାଇଁ ଲେଖା ।

ଏ ଘଟଣାର ପରବର୍ତ୍ତୀ ସବୁ କଥା ଯେପରି ନନ୍ଦନନ୍ଦନ ପାଇଁ ପୂର୍ବ ନିର୍ଦ୍ଧାରିତ ଥିଲା । କେତେବେଳେ ସେ ଆନନ୍ଦର ସପ୍ତଲୋକରେ ରହୁଥିଲା ତ କେତେବେଳେ ନର୍କର ନିମ୍ନତମ ଅତଳରେ । ତାର କୌଣସି ଧାରଣା ନଥିଲା କେତେବେଳେ କଣ ହେବାକୁ ଯାଉଛ । ତା ପାଇଁ ବର୍ତ୍ତମାନ ଅତି ସାଧାରଣ କଥା ଥିଲା ଚରମ ଆନନ୍ଦ ଓ ଉତ୍କଟ ଦୁଃଖ ଭିତରେ ଆଶା ଓ ଆଶଙ୍କା ନେଇ ଝୁଲୁଥିବା । ତାର ଜୀବନର ନିୟାମିକା ଥିଲା ତାଠାରୁ ବୟସରେ ତିରିଶ ବର୍ଷ ଛୋଟ ଝିଅଟି ଯାହାର ମନ ମୁହୂର୍ତ୍ତରୁ ମୁହୂର୍ତ୍ତ ବଦଳୁଥିଲା ସମ୍ବର୍ତ୍ତକ ମେଘର ଆକାର ଭଳି । ନନ୍ଦନନ୍ଦନ ବର୍ତ୍ତମାନ ବସି ଗୋଲ ଗୋଲ ଅକ୍ଷରରେ ଝିଅଟିର ଖାତାରୁ ସାଦା କାଗଜରେ କବିତା ଉତାରୁଥିଲା ଏବଂ ଭାବୁଥିଲା ନିଜର ଭବିଷ୍ୟତ କଥା । ଆଉ ତାର ମୁକ୍ତି ନାହିଁ । ସେ ଏଇଭଳି ଦୋଦୁଲ୍ୟମାନ ରହିଥିବ ଏଇ ଝିଅଟିର ହାତରେ ନିରୁପାୟ କ୍ରୀଡ଼ନକ ହୋଇ । ଯେ ପର୍ଯ୍ୟନ୍ତ ମୃତ୍ୟୁ ଆସି ତାକୁ ଏଥିରୁ ମୁକ୍ତି ନ ଦେଇଛି ।

■

ଜଣା ଅଜଣା

ଜଣେ ମଣିଷ ଆଉ ଜଣକୁ ଯେତେଦୂର ବୁଝିବା ସମ୍ଭବ, ସେମାନଙ୍କ ଭିତରେ ସେତେ ଭଲି ବୁଝାମଣା ଥିଲା ଏବଂ ଏ ବିଷୟରେ କେବେହେଲେ କୌଣସି ସନ୍ଦେହ ନଥିଲା ରମାନାଥର। ସେ ଓ ସୀମା କାହାରି ଜୀବନରେ ଏପରି କୌଣସି ଘଟଣା ନଥିଲା ଯାହା ଅନ୍ୟର ଅଜଣା ଥିଲା। ଦୁହେଁ ଯେପରି ନିଜ ନିଜକୁ ସମ୍ପୂର୍ଣ୍ଣ ଭାବେ ଖୋଲି ରଖି ଦେଇଥିଲେ ପରସ୍ପର ପାଖରେ; ଜଣେ ଜଣକର ସ୍ୱଚ୍ଛ ମନ ଭିତରକୁ ଉଙ୍କିମାରି ସହଜରେ ସବୁ ଗୋପନୀୟ କଥା ବୁଝିପାରୁଥିଲା ତା ବିଷୟରେ।

ଏଥିରେ ଅବଶ୍ୟ କେବେ କେବେ କ୍ଷତି ହେଉଥିଲା ରମାନାଥର ହିଁ। ଅକାଳେ ସକାଳେ ସାଙ୍ଗଙ୍କ ମେଳରେ ବସି ଘରକୁ ଡେରିରେ ଫେରି ମିଛ ସ୍ପଷ୍ଟୀକରଣ ଦେଲାବେଳେ ସେ ସହଜରେ ଧରାପଡ଼ି ଯାଉଥିଲା। ଅଫିସରେ କେଉଁ କାମରେ ବ୍ୟସ୍ତ ରହି ଠିକ୍ କେତେ ସମୟ ଅଧିକା ବସି ରହିଥିଲା ଇତ୍ୟାଦି ଇତ୍ୟାଦି ଅନେକ ବାହାନାକୁ ସେ ମନ ଭିତରେ ତିଆରି କରି ଆସିବା ସତ୍ତ୍ୱେ ସୀମା ତାର ଆଖିକୁ ଦେଖି ତାର ସବୁ ଛଳକୁ ଧରି ପାରୁଥିଲା ଏବଂ ସେ କୋଉ କୋଉ ବନ୍ଧୁଙ୍କ ସାଙ୍ଗରେ କେଉଁଠାରେ କଣ କରୁଥିଲା ତାର ମୁକାବିଲା କରି ତାକୁ ଅପଦସ୍ଥ କରିଦେଉଥିଲା।

କେବେ କେବେ ଏଭଳି ପରିସ୍ଥିତିରେ ରମାନାଥର ମନେହେଉଥିଲା ଯେ ହୁଏତ ସୀମାର କିଛି ଅତିଭୌତିକ ଶକ୍ତି ଅଛି। ଏକଥା ସେ ବିବାହର କିଛି ଦିନ ପରେ ହିଁ ଲକ୍ଷ୍ୟ କରିଥିଲା। ଥରେ ସୀମା ଶୋଇବା ଘରେ ଝରକା ବାହାରକୁ ଅନାଇ ବସିଥିବାବେଳେ ରମାନାଥ ପାଦ ଚିପି ଚିପି ଭିତରକୁ ପଶିଲା ତାକୁ ପଛରୁ ଧରିନେବ ବୋଲି। ଶେଷ ମୁହୂର୍ତ୍ତରେ କିନ୍ତୁ ସୀମା କହିଲା, କଣ କିଛି ଦରକାର ? କଥାଟାକୁ ସେ ଅନାୟାସ କହିଲା ଯେପରିକା ତା ଆଗରେ ଖୋଲା ଝରକା ନଥିଲା, ଥିଲା ଗୋଟିଏ

ଦର୍ପଣ। ଏ କଥାରେ ସେତେବେଳେ ଚମକି ପଡ଼ିଥିଲା ଏବଂ ସାମାନ୍ୟ ଭୟଭୀତ ହୋଇଯାଇଥିଲା ରମାନାଥ।

ଆଉ ଥରେ ତାଙ୍କ ଘରକୁ ଜଣେ ଦୂର ସମ୍ପର୍କୀୟ ଭଦ୍ରବ୍ୟକ୍ତି ଆସିଥିଲେ। ସେ ଯେଉଁ ଡୋରିଆ ଜାମାଟି ପିନ୍ଧିଥିଲେ, ତାକୁ ଦେଖି ରମାନାଥର ମନେପଡ଼ିଲା ଯେ ତାର ମଧ୍ୟ ଅନେକ ବର୍ଷ ତଳେ ଏଇଭଳି କନାର ଜାମାଟିଏ ଥିଲା। ତାକୁ ଏଇ କନାଟି ଦେଇଥିଲେ ସେତେବେଳେ ପାଞ୍ଚବର୍ଷ ବିଲାତରେ ରହି ଫେରିଥିବା ଜଣେ ମାମୁ। ତାର ସେଇ ଜାମାଟି ଅନେକ ଦିନରୁ ଛିଣ୍ଡି ଯାଇଥିଲା, କିନ୍ତୁ ଏଇ ଭଦ୍ରବ୍ୟକ୍ତି ପିନ୍ଧିଥିବା ଜାମାଟି ନୂଆ ଥିଲା। ତା ଅର୍ଥ, ତାର ମାମୁ ନିଶ୍ଚୟ ଶସ୍ତା ଦରରେ ଏଇ ଡୋରିଆ କନାର ଥାନ ନେଇ ଆସିଥିଲେ ଏବଂ ଏତେ ବର୍ଷ ଧରି ତା ଦେହରୁ ଖଣ୍ଡେ ଖଣ୍ଡେ କାଟି ନିଜର ବନ୍ଧୁବାନ୍ଧବଙ୍କୁ ଉପହାର ଦେଉଥିଲେ। ମନ ଭିତରକୁ ଏ ଚିନ୍ତା ଆସିବାମାତ୍ରେ ତା ମୁହଁରେ ସାମାନ୍ୟ ହସ ବି ଆସିଲା। ଏଇ ସମୟରେ ସେ ସୀମା ଆଡ଼କୁ ଅନାଇ ଦେଖିଲା ଯେ ସେ ବି ତାର ହସକୁ ଲୁଚାଇବାକୁ ଚେଷ୍ଟା କରୁଥିଲା। ସୀମା ମନ ଭିତରେ ବି ନିଶ୍ଚୟ ଠିକ୍ ଏଇ ସମୟରେ ମାମୁଙ୍କ ବିଷୟରେ ଠିକ୍ ଏଇ ଭାବନାକ୍ରମଟି ଉତ୍ପନ୍ନ ହୋଇଥିଲା।

କିଏ ଲେଖକ କେବେ କହିଥିଲା ଯେ, ପରସ୍ପରକୁ ସମ୍ପୂର୍ଣ୍ଣ ଭାବରେ ବୁଝିପାରିବା ହିଁ ହେଉଛି ପ୍ରେମର ପରିଭାଷା। ରମାନାଥ ଜାଣୁଥିଲା ଯେ ଏହି ସଂଜ୍ଞା ଅନୁସାରେ ସୀମା ଓ ତା ଭିତରେ ଥିଲା ଏକ ଅଖଣ୍ଡ ପରିପୂର୍ଣ୍ଣ ପ୍ରେମ। ଯେଉଁ ଜିନିଷଟି ଅନ୍ୟ କାହାକୁ ବୁଝାଇବାକୁ ସମୟ ଓ ଭାଷାର ପ୍ରୟୋଜନ, ସେମାନେ ପରସ୍ପର ଆଡ଼କୁ ଅନାଇ ମୁହୂର୍ତ୍ତକରେ କଥାଟିକୁ ହୃଦୟଙ୍ଗମ କରି ପାରୁଥିଲେ। ଖାଇବା ଟେବୁଲ ଉପରେ ବସି ଚାମଚେ ତରକାରି ପାଟିକୁ ନେଇ ସେ ଯେତେବେଳେ ସୀମା ମୁହଁକୁ ଅନାଉଥିଲା, ତାର ଅବ୍ୟକ୍ତ ପ୍ରଶ୍ନର ଉତ୍ତର ଦେଇ ସୀମା କହୁଥିଲା, ହଁ, ତରକାରିରେ ଆଜି ଟମାଟୋ ପଡ଼ିନାହିଁ। ୟୁରିକ ଏସିଡ୍ ବଢୁଚି ବୋଲି ଡାକ୍ତର ଖାଇବାକୁ ମନା କରିଛନ୍ତି।

ବ୍ୟବସ୍ଥିତ ବିବାହ ବିଷୟରେ ଯେ ଯାହା ଭଲମନ୍ଦ କହୁନା କାହିଁକି, ରମାନାଥର ଜୀବନରେ ସୀମା ଆସିଥିଲା ଏକ ବରାନ ଭଳି। ପ୍ରଥମ ଦର୍ଶନରେ ସେ ତାର ପ୍ରେମରେ ପଡ଼ିଥିଲା ଏବଂ ସେ ଯେତେବେଳେ ଏକଥା ଭାବୁଥିଲା, ଏଇ ନିଷ୍କର୍ଷରେ ପହଞ୍ଚୁଥିଲା ଯେ ଯଦି ସେ କେବେହେଲେ ସ୍ୱେଚ୍ଛାରେ କାହାକୁ ପ୍ରେମ କରି ବାହା ହୋଇଥାନ୍ତା, ତେବେ ସୀମାକୁ ହିଁ ବାହା ହୋଇଥାନ୍ତା, ଆଉ କାହାକୁ ନୁହେଁ। କେବେ କେବେ ଅବଶ୍ୟ ତାର ମନ ବିପଥଗାମୀ ହୋଇ ଅନ୍ୟ କେଉଁ ସ୍ତ୍ରୀ ବିଷୟରେ ଭାବୁଥିଲା ସେ

ତାର ସଙ୍ଗିନୀ ହୋଇଥିଲେ କିପରି ହୋଇଥାନ୍ତା । ଏକଥା ଚିନ୍ତା କରିବାମାତ୍ରେ ତା ମନ ଭିତରେ ହଠାତ ଏକ ଅଜଣା ପୁଲକ ଉପୁଜୁଥିଲା, କିନ୍ତୁ ସେ ଯେତେବେଳେ ସ୍ତ୍ରୀଲୋକଟିର ହାବଭାବ, ପ୍ରକୃତି, କଥାବର୍ତ୍ତା ଇତ୍ୟାଦି ପ୍ରତି ଧ୍ୟାନ ଦେଉଥିଲା, ଜାଣୁଥିଲା ଯେ ଏପରି ଜଣକ ସହିତ ସପ୍ତାହକରୁ ବେଶି ସଂସାର କରି ରହିବା ଅସମ୍ଭବ । ମନରୁ ପାପ ଚିନ୍ତାକୁ ଦୂର କରି ସେ ସଙ୍କଳ୍ପ କରୁଥିଲା ଯେ ମନ ଭିତରେ ଏପରି ମାନସିକ ପରକୀୟାକୁ ସେ ଆଉ ପ୍ରଶ୍ରୟ ଦେବନାହିଁ । ସୀମା ଏବଂ ଏକମାତ୍ର ସୀମା ହିଁ ତାର ଜୀବନମରଣ ଜନ୍ମଜନ୍ମାନ୍ତରର ସଙ୍ଗିନୀ । ସେ କ୍ଷମାଯାଚନା ଦୃଷ୍ଟିରେ ସୀମା ଆଡ଼କୁ ଅନାଉଥିଲା କାରଣ ସେ ଭୟ କରୁଥିଲା ଯେ ସୀମା ହୁଏତ ଏ ଭିତରେ ତାର ଦୁରାଗ୍ରହକୁ ଜାଣିନେଇ ପାରିଛି ।

ଏକଥା ଅବଶ୍ୟ ସତ ଯେ ରମାନାଥ ହିଁ ସୀମାକୁ ନିଜ ଜୀବନର ପ୍ରତ୍ୟେକଟି ଛୋଟ ବଡ଼ ଜିନିଷ ବିସ୍ତାରିତ ଭାବରେ କହୁଥିଲା । ଏହାର ଗୋଟିଏ କାରଣ ହୋଇପାରେ ଯେ ତାର ଆଉ କେହି ନିକଟ ବନ୍ଧୁ ନଥିଲେ । ରାସ୍ତାରେ ଅଫିସରେ ସହକର୍ମୀଙ୍କ ମେଳରେ ସାରାଦିନ ଯାହା ଯାହା ଘଟୁଥିଲା ତାର ଏକ ବିସ୍ତୃତ ଆଖିଦେଖା ବିବରଣୀ ସେ ଆଣି ପ୍ରତିଦିନ ସନ୍ଧ୍ୟାବେଳେ ଦେଉଥିଲା ସୀମାକୁ । ତାର ଅଧିକାଂଶ ବନ୍ଧୁଙ୍କୁ ଦେଖି ନଥିଲେ ମଧ୍ୟ ସୀମା ସେମାନଙ୍କ ବିଷୟରେ ପୂର୍ଣ୍ଣରୂପେ ଅବଗତ ଥିଲା । ଦିନେ ରମାନାଥ କହିଲା, ଷ୍ଟାଫ ମିଟିଂରେ ମ୍ୟାନେଜର ସମସ୍ତଙ୍କୁ ଗାଳିମନ୍ଦ କରୁଥିଲେ; ଆଜି ଯାହା ହେଉ ତାଙ୍କୁ କଡ଼ା କଡ଼ା ଜବାବ ମିଳିଗଲା ! ସୀମା କହିଲା, ତମର କାହାରି ତ ସାହସ ନାହିଁ, ସେଇ ସୁବୋଧବାବୁ ହିଁ ତାଙ୍କୁ ଦି ପଦ କହି ଦେଇଥିବେ । ଯଦିଓ ସୀମା ନା ମ୍ୟାନେଜର ନା ସୁବୋଧବାବୁଙ୍କୁ ଦେଖିଥିଲା, କଥାଟି ସତ ଥିଲା । ଆଉ ଥରେ ରମାନାଥ କେଉଁଠୁ କିଛି ନାହିଁ ଗୋଟିଏ ପୋଷ୍ଟକାର୍ଡ଼ ପାଇଲା : ମୋର ମଝିଆପୁଅ ଆଦିକନ୍ଦ ଇଣ୍ଟରଭିଉ ଦେବାକୁ ଯାଉଛି । ସେ ତୁମ୍ଭକୁ ଦେଖା କରିବ । ତୁମ୍ଭେ ତାହାକୁ ନିଶ୍ଚୟ ସାଧମତେ ସାହାଯ୍ୟ କରିବ । ମୁଁ ବର୍ତ୍ତମାନ ନିତାନ୍ତ ବ୍ୟସ୍ତରେ ଅଛି । ଇତି ତୁମର ବାଲ୍ୟବନ୍ଧୁ ବୁବୁନା । ଚିଠି ଉପରେ ଖାଲି ରଘୁନାଥପୁର ବୋଲି ଲେଖା ହୋଇଥିଲା । ଚିଠିଟିକୁ ଏପାଖ ସେପାଖ ଓଲଟାଇ ଯେତେ ଚେଷ୍ଟା କଲେ ବି କେହି ବୁବୁନା ତାର ମନେପଡ଼ିଲେ ନାହିଁ । ସୀମା କିନ୍ତୁ ମୁହୂର୍ତ୍ତକରେ ସମସ୍ୟାର ସମାଧାନ କରିଦେଲା, ଏ ନିଶ୍ଚେ ତମର ସେଇ ଚୈତନ୍ୟବାବୁ । ତମେ ଯୋଉ କହୁଥିଲ ଚାକିରି ଛାଡ଼ି ଦେଇ ଗାଁରେ ରହୁଛନ୍ତି ବୋଲି, ଏ ତାଙ୍କରି ପୁଅ ହୋଇଥିବ । ଏଭଳି କଥା ହୁଏତ ବହୁତ ଦିନତଳେ କେବେ ରମାନାଥ ତାକୁ କହିଥିବ, କାରଣ ତାର ବର୍ତ୍ତମାନ ଆଦୌ ମନେପଡୁନଥିଲା ଏ ବୁବୁନା ଓରଫ ଚୈତନ୍ୟବାବୁ କେବେ କେଉଁଠି ତାର

ବାଲ୍ୟବନ୍ଧୁ ଥିଲେ। ଏକଥା ନ ଉଠାଇ ସେ କହିଲା, ତମେ କେମିତି ଜାଣିଲ ତାଙ୍କ ନାଁ ବୁବୁନା ବୋଲି ? ସୀମା କହିଲା, ଚାରି ପାଞ୍ଚ ବର୍ଷ ତଳେ ଆଉ ଗୋଟିଏ ଟୋକା ଦେଖା କରିବାକୁ ଆସିଥିଲା ମକରନ୍ଦ ବୋଲି, ଇଏ ନିଶ୍ଚେ ତାର ଛୋଟ ଭାଇ।

ସେଦିନ ସକାଳେ ଅଫିସ ଯିବ ବୋଲି ସେ ଘର ବାରଣ୍ଡାରେ ପାଦ ଦେଇଛି, ସୀମା ଆସି ତା ଆଗରେ ଠିଆହେଲା, କହିଲା, ମୁଁ କହି ଦଉଚି, ତମେ କେବେହେଲେ ଆଜି ତମ ମ୍ୟାନେଜରଙ୍କ ପାଖକୁ ଯିବ ନାହିଁ। ରମାନାଥ ଚମକି ପଡ଼ିଲା ଏକଥା ଶୁଣି। ଦି ଦିନ ତଳେ ମ୍ୟାନେଜରଙ୍କ ସାଙ୍ଗରେ ତାର ଉଚ୍ଚବାଚ୍ୟ ହୋଇଯାଇଥିଲା, କିନ୍ତୁ ଏକଥା ସେ ସୀମାକୁ କହି ନଥିଲା। ପୂର୍ବଦିନ ଅନେକ ଭାବିଚିନ୍ତି ସେ ଠିକ୍ କରି ରଖିଥିଲା ଯେ ଆଜି ଯେମିତି ହେଉ ସେ ମ୍ୟାନେଜରଙ୍କୁ ଯାଇ ସିଧାସଳଖ ଶୁଣାଇ ଦେଇ ଆସିବ। ଅତି ସତର୍କତାର ସହିତ ନିଜର ଏଇ ସିଦ୍ଧାନ୍ତଟିକୁ ସେ ସୀମା ପାଖରୁ ଗୋପନ ରଖିଥିଲା, କିନ୍ତୁ କିଛି ଫଳ ହେଲାନାହିଁ। ଅବଶ୍ୟ ସେ ଆଉ ମ୍ୟାନେଜର ପାଖକୁ ଗଲା ନାହିଁ, କିନ୍ତୁ କିଛି ଫଳ ହେଲାନାହିଁ। ଅବଶ୍ୟ ସେ ଆଉ ମ୍ୟାନେଜରଙ୍କ ପାଖକୁ ଗଲା ନାହିଁ, କିନ୍ତୁ ସେଦିନ ଖରାବେଳେ ତା'ର ପାଖ କୋଠରିରେ ବସୁଥିବା ଭଦ୍ରବ୍ୟକ୍ତିଙ୍କ ପାଖକୁ ଗଲା। ବିହାରୀଲାଲ ବାବୁ ଶାନ୍ତଶିଷ୍ଟ ଗମ୍ଭୀର ପ୍ରକୃତିର ଏବଂ ପାଠୁଆ ଲୋକ ବୋଲି ଜଣାଶୁଣା ଥିଲେ। କିଛି ଭଲମନ୍ଦ ହେଲେ ରମାନାଥ ତାଙ୍କରି ପାଖକୁ ହିଁ ଯାଉଥିଲା କାରଣ ଅନ୍ୟମାନେ ସବୁ ବିଷୟକୁ ଛୋଟ କଥା ବୋଲି କହି ଉଡ଼ାଇ ଦେଉଥିବା ବେଳେ ବିହାରୀଲାଲ ଧୈର୍ଯ୍ୟ ଧରି ସବୁକଥା ଶୁଣୁଥିଲେ ଏବଂ ସୁଚିନ୍ତିତ ଉପଦେଶ ଦେଉଥିଲେ। ରମାନାଥ ତାଙ୍କୁ ସେଦିନର ଘଟଣା କହିବାରୁ ବିହାରୀଲାଲ କହିଲେ, ଆପଣ ତ ମ୍ୟନେଜରଙ୍କୁ ଭଲଭାବରେ ଜାଣିଛନ୍ତି। ଦି ଦିନ ପରେ ପୁଣି... । ରମାନାଥ କହିଲା, ନା ମୁଁ ମ୍ୟାନେଜରଙ୍କ କଥାରେ ବ୍ୟସ୍ତ ନାହିଁ; ତାଙ୍କ ସାଙ୍ଗରେ ତ ଏମିତି ଲାଗି ରହିଥିବ। ମୁଁ ଜାଣିବାକୁ ଚାହୁଁଛି ମୋ ସ୍ତ୍ରୀ କେମିତି ଏ କଥା ଜାଣିପାରିଲେ।

ଓଃ ଆପଣ ସେ କଥା ପଚାରୁଛନ୍ତି ? ଅନେକ ଦିନ ଏକାଠି ରହିବା ପରେ ସ୍ୱାମୀ ସ୍ତ୍ରୀ ପରସ୍ପର ବିଷୟରେ ଏତେ କଥା ଜାଣିପାରନ୍ତି ଯେ ସବୁ କଥା ମୁହଁରେ ଖୋଲି କହିବା ଆବଶ୍ୟକ ହୁଏନାହିଁ। ସତେ ଯେମିତି ଦି ଜଣଙ୍କର ଦେହ ମନ ଏକା ହୋଇଯାଇଛି। କେତେ ଜାଗାରେ ଏପରି ମଧ୍ୟ ଦେଖାଯାଉଛି ଯେ ସ୍ୱାମୀ ସ୍ତ୍ରୀ ଶେଷବେଳକୁ ଏକାଭଳି ଦିଶୁଛନ୍ତି।

ଏକଥା କେମିତି ସମ୍ଭବ, ପଚାରିଲା ରମାନାଥ। ବିହାରୀଲାଲ କହିଲେ, ଆପଣଙ୍କ ଗଳି ମୁଣ୍ଡରେ ଯେଉଁ ମହାନ୍ତିବାବୁ ରହୁଛନ୍ତି, ଆପଣ ତାଙ୍କୁ କେତେ ବର୍ଷ ହେଲା ଜାଣନ୍ତି ?

ସତେ ତ ! ବୁଢ଼ା ବୁଢ଼ୀ ଆଜିକାଲି ଭାଇ ଭଉଣୀ ଭଳି ଦିଶୁଛନ୍ତି। ଆଗେ ମହାନ୍ତିବାବୁ ରୋଗା ପତଳା ଥିଲେ, ତାଙ୍କ ସ୍ତ୍ରୀ ମୋଟୀ। ମହାନ୍ତିବାବୁଙ୍କ ଦେହରେ ମାଉଁସ ଲାଗି ଆଉ ତାଙ୍କ ସ୍ତ୍ରୀ ପତଳା ହୋଇ ଦେଖିବାକୁ ସମାନ ହୋଇଗଲେଣି। ତା ଛଡ଼ା ଦୁହେଁ ଆଜିକାଲି ପରସ୍ପରର କଥାବାର୍ତ୍ତା ଭାବଭଙ୍ଗୀକୁ ଅନୁକରଣ କରି କରି ଏକା ଭଳି ବ୍ୟବହାର କରୁଛନ୍ତି। ଦୁହେଁ ବର୍ତ୍ତମାନ ଏକ ମନ ଏକାଭଳି ଶରୀର। ଠିକ୍ କଥା କହୁଥିଲେ ବିହାରୀଲାଲ। ଭାଗ୍ୟରେ ଥିଲେ ରମାନାଥ ଓ ସୀମା ବି ଏଇ ମହାନ୍ତି ଦମ୍ପତିଙ୍କ ଭଳି ହୋଇଯିବେ ଦିନେ।

କିନ୍ତୁ ସେ ସୌଭାଗ୍ୟ ହେଲା ନାହିଁ। ମାତ୍ର ଅଣଚାଶ ବର୍ଷ ବୟସରେ ସୀମା ତାକୁ ଛାଡ଼ି ଚାଲିଗଲା। ରମାନାଥର ମନେହେଲା ଯେ ସୀମା ସବୁବେଳେ ଏକଥା ଜାଣିଥିଲା ଏବଂ କଥାଟିକୁ ତା ପାଖରୁ ଗୋପନ ରଖିଥିଲା। ଆଉ ସବୁକଥା ଜାଣିପାରୁଥିବା ବେଳେ ସୀମାର ସବୁଠାରୁ ଏଇ ମୂଲ୍ୟବାନ କଥାର କୌଣସି ସୂଚନା ପାଇ ନଥିଲା ରମାନାଥ। ପରେ କିନ୍ତୁ ଅନେକ ଛୋଟ ଛୋଟ ଘଟଣା ମନେପଡ଼ି ରମାନାଥର ଆଉ କୌଣସି ସନ୍ଦେହ ନ ଥିଲା ସୀମାର ଅନ୍ତର୍ଦ୍ଧାନ ବିଷୟରେ। ମରିବା ଆଗରୁ ସବୁକିଛି ସୁବିନ୍ୟସ୍ତ କରି ରଖିଯାଇଥିଲା ସୀମା। ଯଦିଓ ତା'ର ମୃତ୍ୟୁ ଅପ୍ରତ୍ୟାଶିତ ଥିଲା, କୌଣସି ଜିନିଷ ସେ ଅଧା ଛାଡ଼ି ଯାଇନଥିଲା। ତା'ର ନିଜର ଜିନିଷପତ୍ର, ପୁଅର ବିବାହ, କାହାକୁ କ'ଣ ଦେବାର ଅଛି, କାହାଠାରୁ କ'ଣ ପାଇବାର ଅଛି ଛୋଟ ବଡ଼ ସବୁ କଥାର ବ୍ୟବସ୍ଥା ଓ ସମାଧାନ କରି ଯାଇଥିଲା ସେ। ରମାନାଥକୁ କୌଣସି ଚିନ୍ତା କରିବାକୁ ହୋଇନଥିଲା ଘର ଚଳାଇବା ପାଇଁ ସୀମାର ଅବର୍ତ୍ତମାନରେ।

ରମାନାଥର ମନେପଡ଼ିଲା ଥରେ ହଠାତ କୋଉ କଥାରୁ ସୀମା କହିଲା, ଆମେମାନେ କେବେ ବିଧବା ହେବୁନାହିଁ। ସେ ଏକଥା ଏତେ ଗର୍ବ ଓ ଆତ୍ମବିଶ୍ୱାସର ସହିତ କହିଲା ଯେ ରମାନାଥ ବିଚଳିତ ହୋଇଗଲା। କ'ଣ ହୋଇପାରେ ଏ କଥାର ଅର୍ଥ ? ସେ ଭୟରେ ଭୟରେ ପଚାରିଲା, ତା ମାନେ ? ସୀମା କହିଲା, ତା ମାନେ ହେଲା ଯେ ମୁଁ କୋଳରେ ମୁଣ୍ଡ ରଖି ମରିଯିବି ସୁଭଗା ସୀମନ୍ତିନୀ ହୋଇ। ରମାନାଥ ଏ କଥା ଭୁଲିଯାଇଥିଲା, କିନ୍ତୁ ବିପ୍ରାତଟି ଘଟିଲା ଠିକ୍ ସୀମା କହିଥିବା ଭଳି। କେବେ ଦିନେ ହେଲେ ବେମାର ପଡ଼ି ନଥିବା ସୀମାକୁ ପ୍ରବଳ ଜର ହୋଇ ତାକୁ ହସପିଟାଲ ନେବାକୁ ହେଲା। ସେଠାରେ ମଧ୍ୟ ତାର ଅବସ୍ଥାର କୌଣସି ଉନ୍ନତି ହେଲାନାହିଁ। ଅନେକ ପ୍ରକାର ପରୀକ୍ଷା କରିବା ପରେ ବି ଡାକ୍ତର କହିପାରିଲେ ନାହିଁ ତାର କି ବେମାରି ହୋଇଛି। ଯାହାହେଉ, ଜର ନ କମିବା ସତ୍ତ୍ୱେ ବି ସୀମା ସବୁବେଳେ ନିଜକୁ ଖୁସି ରଖୁଥିଲା ଏବଂ ରମାନାଥ ବ୍ୟତିବ୍ୟସ୍ତ ହେଲେ ତାକୁ ବରଂ ଆଶ୍ୱାସନା

ଦେଉଥିଲା। ହସପିଟାଲ ବିଛଣାରେ ପଡ଼ିରହି ସୀମା ଘରର ସବୁ ଖବର ଅନ୍ତର ନେଉଥିଲା। ରମାନାଥ ଅଫିସରୁ ଛୁଟି ନେଇ ଅଧିକାଂଶ ସମୟ ତା ପାଖରେ ରହୁଥିଲା, କିନ୍ତୁ ସେ ଯେତେବେଳେ ପୁଅକୁ ଆସିବାକୁ ଖବର ଦେବାକଥା କହିଲା, ସୀମା ମନା କଲା। କହିଲା, ତାକୁ କାହିଁକି ହଇରାଣ କରୁଛ ? ସେ କାହିଁକି ଚାକିରିରୁ ଛୁଟି ନେଇ ଏତେଦୂର ଆସିବ ଏତେ ଟଙ୍କା ଖର୍ଚ୍ଚ କରି ?

ଦିନସାରା ଏପାଖ ସେପାଖ ହୋଇ ରମାନାଥ କ୍ଲାନ୍ତ ହୋଇ ଶୋଇଯାଇଥିଲା ଖଟ ପାଖରେ ପଡ଼ିଥିବା ଚଉକି ଉପରେ। କେତେ ରାତି ହେବ, ଔଷଧ ଦେବାକୁ ଆସି ନର୍ସ ଆଲୁଅ ଜଳାଇବାରୁ ତାର ନିଦ ଭାଙ୍ଗିଗଲା। ରମାନାଥ ଆଖି ଖୋଲି ଦେଖିଲା ବାହାରେ ବର୍ଷା ହେଉଛି। ସୀମା ଖଟ ଉପରେ ଅତି ଅନିୟମିତ ଭାବେ ନିଶ୍ୱାସ ନେଉଥିଲା ସେତେବେଳକୁ। ନର୍ସ ଯାଇ ସୀମାର କପାଳରେ ହାତ ଦେଇ ଦେଖିଲା, ରମାନାଥ କହିଲା, ଆପଣ ଟିକିଏ ତାଙ୍କୁ ଧରି ନିଅନ୍ତୁ, ଔଷଧ ଦେଇଦେବା। ରମାନାଥ ଚଉକିରୁ ଉଠି ସୀମା ପାଖକୁ ଗଲା; ଖଟ ଉପରେ ବସି ତାର ମୁଣ୍ଡକୁ ଉଠାଇ କୋଳରେ ରଖିଲା। ନର୍ସ ଯେତେବେଳେ ଔଷଧ ଖୁଆଇବା ପାଇଁ ସୀମା ମୁହଁରେ ପାଣି ଗ୍ଲାସ ଦେଲା, ସୀମା ପାଟରୁ ହିକ୍କା ଉଠିଲା। ଗ୍ଲାସକୁ ରଖିଦେଇ ନର୍ସ ବାହାରକୁ ଦଉଡ଼ିଗଲା ଡାକ୍ତରଙ୍କୁ ଡାକିବା ପାଇଁ। କଣ କରିବ ଜାଣିନପାରି ରମାନାଥ ସୀମାର ମଥାକୁ କୋଳରେ ଆହୁରି ଯତ୍ନରେ ରଖି ଝରକା ବାହାରକୁ ଅନାଇଲା। ବର୍ଷାର ଗତି ବଢ଼ିଯାଇଥିଲା ଓ ଘର ଭିତରକୁ ଥଣ୍ଡା ପବନର ଏକ ଝଲକା ଆସିଲା। ହାତ ଘଡ଼ିକୁ ଅନାଇ ରମାନାଥ ଦେଖିଲା ରାତି ଠିକ୍ ଦୁଇଟା।

ଏଇ ରାତି ଦୁଇଟା ବିଷୟରେ ବି ସୀମା କେବେ କଣ କହିଥିଲା ରମାନାଥକୁ, କିନ୍ତୁ ସେ କଥା ଆଉ ଠିକଭାବରେ ମନେ ନଥିଲା ତାର। ହୁଏତ ତାକୁ ସେ କହିଥିଲା ତାର ମୃତ୍ୟୁ ହେବ ଠିକ ଏଇ ସମୟରେ। ସୀମା ମରିଯିବା ପରେ ତାର ଅଭାବକୁ ମାନି ନେବା ପାଇଁ ଅନେକ ଦିନ ଲାଗିଯାଇଥିଲା ରମାନାଥକୁ। ପ୍ରଥମେ ତାର ମନେ ହୋଇଥିଲା ସୀମା ବିନା ବଞ୍ଚି ରହି ଲାଭ କଣ ? ସବୁବେଳେ ତାର ମନେପଡୁଥିଲା ସୀମା କଥା, ଜୀବନର ଛୋଟ ଛୋଟ ଘଟଣା, କେତେବେଳେ ତାକୁ ସେ କଣ କହିଥିଲା, କେତେବେଳେ ସେମାନେ କଣ କରିଥିଲେ। କ୍ରମେ କ୍ରମେ ସୀମାର ଅବର୍ତ୍ତମାନ ବି ଅଭ୍ୟାସରେ ପଡ଼ିଗଲା। ନିତ୍ୟନୈମିତ୍ତିକ ଜୀବନ ବେଷ୍ଟିତ କରିଦେଲା ତାକୁ।

ଚାକିରିରୁ ଅବସର ନେବା ପରେ ହାତରେ ଯେତେବେଳେ ଆଉ କିଛି କାମ ରହିଲା ନାହିଁ, ସୀମା ପୁଣି ଆସି ଅଧିକାର କରିନେଲା ରମାନାଥର ଖାଲି ସମୟ

ସବୁକୁ। ସୀମା ଯେମିତି ତାକୁ କହୁଥିଲା, ଏତେଦିନ ମତେ ଫାଙ୍କି ଦେଇ ରହିଲ, ଏବେ କିନ୍ତୁ ଯିବ କୁଆଡ଼େ ? କିମ୍ବା ସେ କେତେବେଳେ ଯଦି ଡାକ୍ତର ମନା କରିଥିବା କିଛି ଖାଇବାକୁ ଯାଉଥିଲା, ସୀମା କହୁଥିଲା, ଖବରଦାର ! ସେଥିରେ ଯେମିତି ହାତ ନଦିଅ। ଆଜିକାଲି ରମାନାଥକୁ ଠିକ୍‌ରେ ନିଦ ହେଉ ନଥିଲା; ଅଧରାତିରେ ବାରମ୍ବାର ନିଦ ଭାଙ୍ଗି ଆଉ ନିଦ ହେଉନଥିଲା ତାର। ଦିନେ ରାତିରେ ନିଦ ଭାଙ୍ଗିଯିବାରୁ ସେ ଉଠି ଦେଖିଲା ଯେ ବାହାରେ ଭୀଷଣ ବର୍ଷା ହେଉଥିଲା। ସେ ଯାଇ ଝରକା ବନ୍ଦ କରିଦେଲା, ପୁଣି ଶୋଇବାକୁ ଯିବା ଆଗରୁ ଘଣ୍ଟାରେ ଦେଖିଲା ଯେ ଦୁଇଟା ବାଜିଥିଲା। ଭୟର ଏକ ଶୀତଳ ଲହରୀ ଆସି ସଞ୍ଚରିଗଲା ତା ସାରା ଦେହର ଅସ୍ଥି ପଞ୍ଜରା ଶିରା ଉପଶିରା ଦେଇ।

ରମାନାଥ ଠିକ କଲା ଯେ ସେ ଏଥରକ ସୀମାର ଲୁଗାପଟା ଶାଢ଼ି ସବୁ ଆଉ କାହାକୁ ଦେଇଦେବ। ଏ ପର୍ଯ୍ୟନ୍ତ ସେ ସୀମାର ଜିନିଷରେ ହାତ ଦେଇନଥିଲା। ତା ମନ ଭିତରେ ହୁଏତ ଏଭଳି ଏକ ଅସଙ୍ଗତ ଭାବ ଥିଲା ଯେ ସୀମା ହଠାତ ଦିନେ ଘରକୁ ଫେରି ଏସବୁ ପୁଣି ବ୍ୟବହାର କରିବ। ସମୟ ବିତିବା ସହିତ ରମାନାଥ ଏକଥା ମଧ୍ୟ ଚୁକ୍ତି କରିନେଲା ଏବଂ ଆଲମାରି ଖୋଲି ସୀମାର ଜିନିଷ ଓଲଟାଇଲା। ତାର ଆଉ ସବୁ କାମ ଭଳି ଆଲମାରି ଭିତରେ ସୀମାର ଲୁଗାପଟା ଅତି ସୁବ୍ୟବସ୍ଥିତ ହୋଇ ରହିଥିଲା। ତାକୁ ଖେଳାଇ ଦେଖିବା ବେଳେ ରମାନାଥର ମନ ଭିତରେ ପୁଣି ପୁରୁଣା କଥା ସବୁ ଆସି ଅସ୍ତବ୍ୟସ୍ତ କରିବାରେ ଲାଗିଲେ। ନିଜ ମନକୁ ଦୃଢ଼ କରି ସେ ଗୋଟାଏ ଥାକ ଶାଢ଼ିକୁ ବାହାର କରି ଆଣିବା ବେଳେ ତା ଭିତରୁ ଗୋଟିଏ ଲଫାପା ତଳେ ଖସି ପଡ଼ିଲା।

ଲଫାପା ଉପରେ କାହାରି ନାଁ ଲେଖା ନଥିଲା ଏବଂ ସେଇଟି ବନ୍ଦ ଥିଲା। ତାକୁ ହାତରେ ଧରି କିଛିକ୍ଷଣ ବସି ରହିଲା ରମାନାଥ। କୌଣସି ଅଦରକାରୀ କାଗଜ ଚିଠିପତ୍ରକୁ ରଖୁନଥିଲା ସୀମା। ମରିବାର କିଛି ଦିନ ପୂର୍ବରୁ ସେ ତାର ପୁରୁଣା କାଗଜପତ୍ର ଖୋଲି ସବୁ ଚିରି ନଷ୍ଟ କରି ଦେଇଥିଲା। ଏଇ ଲଫାପାଟି ରହିଯିବାର ଅର୍ଥ ସୀମା ହୁଏତ ଏଇଟିକି ଭୁଲିଯାଇଛି, ନହେଲେ ଏଇଟିକୁ ଚିରି ଫିଙ୍ଗି ଦେବାକୁ ଚାହେଁ ନାହିଁ। ଲଫାପାଟି ରମାନାଥକୁ ଅନେକ ଚିନ୍ତାରେ ପକାଇଦେଲା। ଥରେ ତାର ମନେହେଲା ଯେ ଏଇଟିକୁ ଖୋଲିବାର ତାର କୌଣସି ଅଧିକାର ନାହିଁ, ବିଶେଷରେ ସୀମା ଯେତେବେଳେ ତାକୁ ଜାଣିଶୁଣି ବନ୍ଦ କରି ରଖିଛି। କିନ୍ତୁ ଶେଷରେ ତାର କୁତୂହଳର ଜୟ ହେଲା ଏବଂ ସେ ଛୁରୀରେ କାଟି ଲଫାପାଟିକୁ ଖୋଲିଲା। ଲଫାପାରେ ତିନୋଟି ଫଟୋ ଥିଲା ଏବଂ ଗୋଟିଏ ଛୋଟ ନୀଳ ରଙ୍ଗର କାଗଜ ଥିଲା।

କାଗଜଟିରେ ମାତ୍ର ଦୁଇ ଧାଡ଼ିର ଲେଖା ଥିଲା : ମୁଁ ଗୁରୁବାର ସାଢ଼େ ତିନିଟା ନୁହେଁ, ଚାରିଟା ବେଳେ ଆସିବି, ସେଇ ଜାଗାକୁ। ଏହାପରେ ତିନିଟି ଛକ ଚିହ୍ନ ଦିଆଯାଇ ତା ପାଖରେ କେବଳ 'ସୁ' ବୋଲି ଲେଖାଯାଇଥିଲା। ଏଇଟି ପଢ଼ିବା ପରେ ତା ଛାତି ଭିତରେ ଯେଉଁ ଆବେଗ ଆସୁଥିଲା ତାକୁ ସମ୍ବରଣ କରି ରମାନାଥ ଫଟୋଗୁଡ଼ିକୁ ଦେଖିଲା। ଏଇ କଳା ଧଳା ପ୍ରତିଟି ଫଟୋରେ ପାଞ୍ଚଜଣ ଝିଅ ଥିଲେ ସୀମାକୁ ମିଶାଇ। ସମସ୍ତଙ୍କ ବୟସ କୋଡ଼ିଏ ବାଇଶି ଭଳି ଥିଲା ଏବଂ ସମସ୍ତେ ଏକା ଭଳି ଶାଢ଼ି ପିନ୍ଧିଥିଲେ। ଗୋଟିଏ ଫଟୋରେ ପାଞ୍ଚଜଣଯାକ କ୍ୟାମେରା ଆଡ଼କୁ ଅନାଇ ହସୁଥିଲେ। ଆଉ ଗୋଟିଏ ଫଟୋରେ ସେମାନେ ବୃତ୍ତାକାରରେ ବସିଥିଲେ ପ୍ରତ୍ୟେକେ ବାହାର ଆଡ଼କୁ ଅନାଇ। ତୃତୀୟଟିରେ ସେମାନେ ହାତ ଧରାଧରି ହୋଇ ମଝିରେ ରଖା ହୋଇଥିବା କୌଣସି ଜିନିଷ ଆଡ଼କୁ ଅନାଇଥିଲେ; ଫଟୋରେ କିନ୍ତୁ ଜିନିଷଟି ଠିକ୍ ଭାବରେ ଦେଖାଯାଉ ନଥିଲା।

ଲୁଗାପଟାକୁ ଅଲଗା ରଖିବା କାମ ଛାଡ଼ି ଦେଇ ରମାନାଥ ଉଠି ଠିଆହେଲା। ଆଲମାରି ବନ୍ଦ କରି ସେ ଲଫାପାଟିକୁ ଧରି ନିଜ ଟେବୁଲ ପାଖକୁ ଆସିଲା ଏବଂ ପୁଣି ଥରେ ନୀଳ କାଗଜଟିର ଟୁକୁଡ଼ାଟିରେ ଧ୍ୟାନ ଦେଲା। ଗୋଲ ଗୋଲ ଅକ୍ଷରରେ ଲେଖା। ଏ ଅକ୍ଷର ଝିଅର ହୋଇପାରେ, ପୁଅର ବି। ନୀଳ କାଗଜର ପ୍ୟାଡ୍‌ଟି ନିଶ୍ଚୟ କେହି ସଉକ କରି କିଣିଥିବ; କିନ୍ତୁ ପ୍ରେମପତ୍ର ଲେଖିବାକୁ ନଥିଲେ କିଏ କାହିଁକି କିଣିବ ଏଭଳି କାଗଜ ? ଅବଶ୍ୟ କଲେଜ ପଢୁଆ ଝିଅମାନେ ସେ ସମୟରେ ସାଙ୍ଗମାନଙ୍କ ପାଖକୁ ମଧ୍ୟ ଏଭଳି କାଗଜରେ ଚିଠି ଲେଖିଥାନ୍ତି। ରମାନାଥ ଏଥରକ କାଗଜଟିର ନୀଳବର୍ଣ୍ଣର ଘନତ୍ୱକୁ ପ୍ରଣିଧାନ କଲା। ଗାଢ଼ ନୀଳ ରଙ୍ଗ ହୋଇଥିଲେ ସେ ତାକୁ ଅପରିଣତ ବୟସର ଅନଭ୍ୟସ୍ତ ପସନ୍ଦ ବୋଲି ଭାବିଥାନ୍ତା। କିନ୍ତୁ ଏଇଟି ଥିଲା ହାଲୁକା ଉଜ୍ଜ୍ୱଳ ନୀଳ ଯାହା ଆଦର ଓ ଅନୁରାଗର ରଙ୍ଗ। ଛୋଟ କାଗଜ ଟୁକୁରାରୁ ହିଁ ଉକୁଟି ଆସୁଥିଲା ଏକ ଅପ୍ରତିହତ ଅନୁଭବର ପଲ୍ଲବିତ ସନ୍ଦେଶ। ରମାନାଥର ଆଖି ଚାଲିଗଲା ଫଟୋ ଆଡ଼କୁ। ସୀମା ଅଦ୍ଭୁତ ସୁନ୍ଦର ଦେଖାଯାଉଥିଲା ଫଟୋରେ; ତାର ସବୁ ବାନ୍ଧବୀମାନଙ୍କ ଭିତରୁ ବାରି ହୋଇଯାଉଥିଲା ସେ। ବାହା ହେଲାବେଳେ ଠିକ୍ ଏଇଭଳି ଦିଶୁଥିଲା ସୀମା। ସୀମାର ସେତେବେଳର ଫଟୋମାନଙ୍କର ଅଲଗା ଆଲବମ୍ ଥିଲା। ରମାନାଥ ଠିକ୍ କଲା ଏ ତିନୋଟି ଫଟୋକୁ ସେଇ ଆଲବମରେ ଲଗାଇ ଦେବ।

ଦି ଧାଡ଼ିର ଚିଠିଟି କିନ୍ତୁ ତାକୁ ଚିନ୍ତିତ କରି ରଖିଲା। କିଏ ହୋଇପାରେ ଏ ସୁ ଜଣକ ? ଯେ କୁ ନୁହେଁ ? ସୁଜାତା ସୁନୀତା ସୁଖଦା ସୁମତି ସୁନନ୍ଦା ସୁଲତା ? ସୁଜଳା

ସୁଫଳା ମଳୟଜା ଶୀତଳା ? କିମ୍ବା ହୋଇପାରେ ସୁବୋଧ ସୁନନ୍ଦ ସୁରେଶ ସୁବିମଳ ସୁଦର୍ଶନ। ସୁ ଅକ୍ଷରରେ ପୁରୁଷଙ୍କର ନାଁ ପାଇବା କଷ୍ଟ। ପୂରା ନାଁଟି ନ ଲେଖିବାର ଉଦ୍ଦେଶ୍ୟ କଣ ? ଘନିଷ୍ଠତାର ଦାବି ନା ଅନୁସନ୍ଧାନୀ ଆଖିକୁ ଏଡ଼ି ଦେବାର ସହଜ ଉପାୟ ? ଯଦି ସେ ଏଇ କାଗଜର ଟୁକୁଡ଼ାଟିକୁ ସୀମାର ଅନ୍ୟ ଚିଠିପତ୍ର ଭିତରେ ଦେଖିଥାନ୍ତା, କିଛି ବି ଅସଙ୍ଗତ ଚନ୍ତା ଉପୁଜି ନଥାନ୍ତା ତା ମନରେ। କିନ୍ତୁ ଲଫାପା ଭିତରେ ବନ୍ଦ ସଯତ୍ନରେ ସୁରକ୍ଷିତ ଏହି ସଂକ୍ଷିପ୍ତ ବାର୍ତ୍ତାଟି ତାକୁ ଅସମଞ୍ଜସରେ ପକାଇ ଦେଇଥିଲା। ଚିଠିଟି ନିଶ୍ଚୟ ସୀମାକୁ ହିଁ ଉଦ୍ଦିଷ୍ଟ ଥିଲା। ଯଦି ଏଇଟି ଅନେକ ଦିନ ତଳର ଲେଖା, ସୀମା ଏଇଟିକୁ ଆଜି ପର୍ଯ୍ୟନ୍ତ ରଖିଥିଲା କାହିଁକି। କାଗଜଟିକୁ ଧରି ରମାନାଥ ତାର ବୟସ ନିରୂପଣ କରବାକୁ ଚେଷ୍ଟା କଲା। ଭଲ କାଗଜ ହୋଇଥିବାରୁ ନୂଆ ଭଳି ଥିଲା, ଦେଖିଲେ ହୁଏତ କେହି ମନେକରିବ ଏଇମାତ୍ର ଚିଠିଟି ଲେଖା ହୋଇଛି। ଏକଥା ତେବେ କଣ ସମ୍ଭବ ସୀମା ପାଖକୁ ଏଇଟି କିଏ ଲେଖିଥିଲା ନିକଟ ଅତୀତରେ, ସୀମାର ପରିଣତ ବୟସରେ ? ପୁଅ ବଡ଼ ହୋଇ ଘରୁ ଚାଲିଯିବା ପରେ ସେ ଯେତେବେଳେ ଅଫିସକୁ ବାହାରି ଯାଉଥିଲା କଣ କରୁଥିଲା ସୀମା ଏକା ଏକା ଘରେ ବସିରହି ଏତେ ସମୟ ? ତାଙ୍କ ଅଫିସର ସୁବୋଧର ଅନେକ ବଦନାମ ଥିଲା ଝିଅମାନଙ୍କୁ ନେଇ। ସେ ନାଁଟି ମଧ୍ୟ ସୁରେ ଆରମ୍ଭ। ସୁବୋଧର ହସ୍ତାକ୍ଷର କିନ୍ତୁ ରମାନାଥର ମନେପଡ଼ିଲା ନାହିଁ।

ଛି ଛି, ଏ କଣ ସବୁ ଭାବୁଛି ସେ। ଏକଥା କଣ ସମ୍ଭବ ନୁହେଁ ଯେ ସୀମାକୁ ତାର ସଙ୍ଗିନୀ କିଏ ଲେଖିଥିଲା ଶାଢ଼ି ଦୋକାନରେ ଭେଟିବା ପାଇଁ ? ସୀମାର ବାନ୍ଧବୀମାନଙ୍କର ନାଁ ମନେପକାଇବାକୁ ଚେଷ୍ଟା କଲା ରମାନାଥ କିନ୍ତୁ ସୁ ଅକ୍ଷରରେ ତାର କେହି ମନେପଡ଼ିଲେ ନାହିଁ। ସାଢ଼େ ତିନିଟାରୁ ଚାରିଟା ମାନେ ରମାନାଥ ଅଫିସରେ ଥିବା ସମୟ। ସବୁଠାରୁ ନିରାପଦ ବେଳ ଏଇଟି। ଇଉରୋପରେ ଏଇ ସମୟର ପରକୀୟା ପ୍ରୀତିକୁ କହନ୍ତି ଲଭ ଇନ ଦି ଆଫଟରନୁନ। କିନ୍ତୁ କୌଣସି ଅଭବ୍ୟତା ତ ନଥିଲା ଚିଠିଟିରେ। ସିଧାସଳଖ ବାର୍ତ୍ତାଟିଏ ମାତ୍ର। ତେବେ ତିନୋଟି ଛକିର ଉଦ୍ଦେଶ୍ୟ କଣ ? ତିନୋଟି ଆଗରୁ ସ୍ଥିର କରି ରଖିଥିବା ପ୍ରୀତି ସମ୍ଭାଷଣ, ନା ତିନୋଟି ଚୁମ୍ବନ ନା ତିନୋଟି ଆଉ କିଛି। ପୁଣି ରମାନାଥର ସନ୍ଦିଗ୍ଧ ମନ ଚାଲିଯାଉଛି କୁରୁଚିପୂର୍ଣ୍ଣ ନିର୍ଣ୍ଣୟ ଆଡ଼କୁ। ସେ ସୀମାକୁ ଦେଖୁଛି ବେଶଭୂଷା ହୋଇ ଶାଢ଼ି ଦୋକାନ ଆଗରେ ଠିଆହୋଇ କାହାକୁ ଅପେକ୍ଷା କରୁଥିବାର ମୁଦ୍ରାରେ।

ରମାନାଥ ଠିକ୍ କଲା ଆଉ ସେ ଚିଠିଟି କଥା ଭାବିବ ନାହିଁ। ସେ ଖାଇ ପିଇ ଶୋଇବାକୁ ଗଲା କିନ୍ତୁ ଆଖିକୁ ନିଦ ଆସିଲା ନାହିଁ। ତା ଆଖି ଆଗରେ ସେଇ ନୀଳ

କାଗଜର ଅକ୍ଷରଗୁଡ଼ିକ ପରିବର୍ଦ୍ଧିତ ହୋଇ ଦେଖାଗଲେ। ଆହୁରି ଦୁଶ୍ଚିନ୍ତାମାନ ଆସିଲେ ମନ ଭିତରକୁ। ସେ ଥରେ ଚାରିଦିନ ଘର ଛାଡ଼ି ବାହାରକୁ ଯାଇଥିବାବେଳେ ସୀମା କ'ଣ ସବୁ ଦୁଷ୍କୃତି କରି ଥାଇପାରେ ତାର କାଳ୍ପନିକ ତାଲିକା କଲା ରମାନାଥ। ଅନେକ ଦିନ ତଳର ଅତି ନଗଣ୍ୟ ଘଟଣାମାନ ମନେପଡ଼ି ସୀମାର ଚରିତ୍ର ସଂହାରର ଉପାଦାନ ଯୋଗାଇଲେ ତାକୁ। ଥରେ ଅତିଥିମାନଙ୍କ ଗହଣରେ ବସିଥିବାବେଳେ ସୀମାର ଛାତି ଉପରୁ ଶାଢ଼ି ଖସି ଯାଇଥିଲା। ଥରେ ସେ ବାଧ୍ୟକରି ସୀମାକୁ ଅଶ୍ଳୀଳ ଶବ୍ଦମାନ କୁହାଇଥିଲା ଏବଂ ପରେ ଯେତେବେଳେ ତାକୁ ପଚାରିଲା ସେ ଏସବୁ କୋଉଠୁ ଶିଖିଲା ବୋଲି, ସୀମା କେବଳ ହସି ଦେଇଥିଲା। ବିବାହର ପ୍ରଥମ ଦିନମାନଙ୍କରେ ସେ ଯେତେବେଳେ ତାକୁ ପଚାରୁଥିଲା ସେ ଆଗରୁ କାହାକୁ ଭଲ ପାଇଛି କି ନାହିଁ ବୋଲି, କଥାର ସିଧାସଳଖ ଜବାବ ନ ଦେଇ ସୀମା କହୁଥିଲା, ଛି, ଏସବୁ ଖରାପ କଥା କେମିତି ମୁହଁରେ ଧରୁଛ ?

ଅନିଦ୍ରା ରାତିଟି କଟାଇ ସେ ସକାଳୁ ଭାବିଲା ବିହାରୀଲାଲ ବାବୁଙ୍କୁ ଯାଇ ଏକଥା ପଚାରିବ। କିନ୍ତୁ କଣ ବୋଲି କହିବ ତାଙ୍କୁ ? ଚିଠିଟି ଦେଖାଇ ପଚାରିବ ମୋର ସ୍ୱର୍ଗତା ସ୍ତ୍ରୀଙ୍କର ପ୍ରେମିକ କିଏ ହୋଇପାରେ ବୋଲି ଭାବୁଛନ୍ତି ? କିମ୍ବା ପଚାରିବ, ଆପଣ ସୀମା ବିଷୟରେ କେବେ କୌଣସି ଅପବାଦ ଶୁଣିଛନ୍ତି କି ? ବିହାରୀଲାଲ ଅତ୍ୟନ୍ତ ଭଦ୍ରଲୋକ। ଯଦିବା ସେ ଏ ବିଷୟରେ କିଛି ଜାଣିଥିବେ, ତାକୁ କହିବେ, ଆପଣ କଣ ପାଗଳ ହୋଇଗଲେ ? ଦେବୀଭଳି ସ୍ତ୍ରୀଙ୍କ ବିଷୟରେ ଏପରି କଥା କହୁଛନ୍ତି ! ନା, ବିହାରୀଲାଲଙ୍କ ପାଖକୁ ଯିବାର ପ୍ରଶ୍ନ ଉଠୁନାହିଁ। ସେ ଭାବିଲା ଯଦି ସୀମା କିଛି ସମୟ ଫେରି ଆସନ୍ତା ତା ପାଖକୁ, ତାକୁ ହିଁ ସେ ପଚାରନ୍ତା ଏଇ ଚିଠିଟିର ରହସ୍ୟ। କିନ୍ତୁ ସତରେ ପଚାରି ପାରିଥାନ୍ତା କି ? କାହିଁକି ତାକୁ ସେ ସେତିକିବେଳେ ପଚାରି ପାରିନଥିଲା ସେ ଅଶ୍ଳୀଳ ଶବ୍ଦ ସବୁ କାହା ପାଖରୁ ଶିଖିଥିଲା ବୋଲି ? ହୁଏତ ସୀମା ତାକୁ ଏମିତି ଗୋଟିଏ ସହଜ ଉତ୍ତର ଦେଇଥାନ୍ତା ଯାହାକୁ ସେ ବିଶ୍ୱାସ କରିବାକୁ ବାଧ୍ୟ ହୋଇଥାନ୍ତା। ବରଂ ଏଇ ଛୋଟ କଥାଟି ପାଇଁ ତାକୁ ସନ୍ଦେହ ଚକ୍ଷୁରେ ଦେଖୁଥିବାରୁ ସୀମା ରମାନାଥର ମନ ଭିତରେ ଏକ ଦୋଷ କରିଥିବାର ଲାଞ୍ଛନା ଆଣି ଦେଇଥାନ୍ତା।

ଦିନ ପରେ ଦିନ ରମାନାଥ ଏଇ ଚିନ୍ତାରେ ଜଡ଼ି ରହିଲା। ପ୍ରଥମେ ପ୍ରଥମେ ଅନ୍ତତଃ କେବେକେବେ ସେ ମନେ କରୁଥିଲା ଯେ ଏଇଟି ସୀମା ପାଖକୁ ତାର କୌଣସି ବାନ୍ଧବୀର ଚପଳ ଚିଠିଟିଏ। କ୍ରମେ କ୍ରମେ ସେ ଆଉ ଏଭଳି ଭାବି ସୀମାକୁ ଦୋଷମୁକ୍ତ କଲାନାହିଁ, ବରଂ ତାର ଅପରାଧ ବିଷୟରେ ନିଃସନ୍ଦେହ

ହୋଇଗଲା। ସାରା ଜୀବନ ପ୍ରତାରିତ ହୋଇଥିବାର ଦୁଃଖ ଓ ଅପମାନରେ ତାର ମନ ଘାରି ରହିଲା।

ଏପରି ମନସ୍ଥିତିରେ ଆଉ ଗୋଟିଏ ଘଟଣା ଘଟିଲା ଯେଉଁଥିରେ ତାର ମାନସିକ ଭାରସାମ୍ୟ ହରାଇବାର ଅବସ୍ଥା ଆସି ପହଞ୍ଚିଲା। ଦିନେ ସେ କୌଣସି ପତ୍ରିକାରେ ଆଧୁନିକା ଡାକିନୀମାନଙ୍କ ସମ୍ପ୍ରଦାୟ ବିଷୟରେ ଲେଖାଟିଏ ପଢ଼ିଲା। ଏଇ ଲେଖା ସହିତ ଗୋଟିଏ ଚିତ୍ର ଥିଲା ଯେଉଁଥିରେ କେତେଜଣ ଝିଅ ବୃତ୍ତାକାରରେ ବସି ଡାହାଣୀ ହେବାର ପ୍ରାଥମିକ ଦୀକ୍ଷା ନେଉଥିଲେ। ଏ ଚିତ୍ରଟିକୁ ଦେଖିବାମାତ୍ରେ ରମାନାଥର ମନେପଡ଼ିଲା ସୀମାର ଶାଢ଼ି ଥାକ ଲଫାପାରୁ ବାହାରିଥିବା ଫଟୋ କଥା। ତାକୁ ଆଣି ଅଭିଭୂତ ହୋଇ ରମାନାଥ ଦେଖିବାରେ ଲାଗିଲା ତିନୋଟି ଚିତ୍ରକୁ।

ଫଟୋଗୁଡ଼ିକ ଜଣାଯାଉଥିଲା କୌଣସି ନିର୍ଜନ ଜାଗାରେ ଉଠାଯାଇଥିଲା କାରଣ ସେଥିରେ ଘାସ ପଡ଼ିଆ ଲଂଘି ଦୂରରେ ଜଙ୍ଗଲ ଦେଖାଯାଉଥିଲା। କୌଣସି ପିକନିକ କରିବା ଜାଗା ସମ୍ଭବତଃ। ଏଭଳି ଜାଗାକୁ ପାଞ୍ଚଟି ଝିଅ ଏକା ଯାଇଥିବେ କାହିଁକି ? ସେ ହଠାତ୍ ହୃଦୟଙ୍ଗମ କଲା ଯେ ଏମାନଙ୍କ ବ୍ୟତୀତ ଆଉଜଣେ ବି ନିଶ୍ଚୟ ଥିବ ସେଠାରେ, ଫଟୋ ଉଠାଇବା ଲୋକ। ଏ ପାଞ୍ଚଜଣ କଣ କୌଣସି ଗୁପ୍ତ ଗୋଷ୍ଠୀର ସଭ୍ୟା ଏବଂ ଏଇ ଅବସରଟି ଥିଲା ସେମାନଙ୍କର ଗୋପନୀୟ ଦୀକ୍ଷା ନେବାର ଶୁଭ ମୁହୂର୍ତ୍ତ ? କେଉଁ ତାନ୍ତ୍ରିକ ବିନ୍ୟାସର କେଉଁ ଶକ୍ତି ଚିହ୍ନକୁ ଘେରି ବସିଥିଲେ ସେମାନେ ? କିଭଳି ଦୈବୀ ମହିମାରେ ସେମାନଙ୍କୁ ମଣ୍ଡିତ କରିଥିଲା କେଉଁ ମାୟାବିନୀ ମନ୍ତ୍ରଟି ? କେଉଁ ତାନ୍ତ୍ରିକ ବିନ୍ୟାସର କେଉଁ ଶକ୍ତି ଚିହ୍ନକୁ ଘେରି ବସିଥିଲେ ସେମାନେ ? ରମାନାଥର ମନେପଡ଼ିଲା ସୀମା ତାକୁ ଚମତ୍କୃତ କରି ଦେଇଥିବାର ଅନେକ ଆଧିଦୈବିକ ଘଟଣା ଯାହା ସାଧାରଣ ମଣିଷ ପକ୍ଷରେ ସମ୍ଭବ ନୁହେଁ। ତାର ମନକଥା ସବୁବେଳେ ଠିକ୍ ଧରିପାରୁଥିଲା ସୀମା। ସେ ତା ପାଖକୁ ଯିବା ପୂର୍ବରୁ ସୀମା ଯେପରି ତାର ଉପସ୍ଥିତିକୁ ଉପଲବ୍ଧି କରି ତାର ଅପେକ୍ଷାରେ ରହୁଥିଲା। ନିଜର ଆସନ୍ନମୃତ୍ୟୁର ସଠିକ ସମୟ ମଧ୍ୟ ଜାଣି ରଖିଥିଲା ସୀମା। ସୀମାର ପ୍ରତିଟି ବ୍ୟବହାର ବର୍ତ୍ତମାନ ସନ୍ଦେହଜନ ଜଣାଗଲା ରମାନାଥକୁ। ବସିବା ଘରେ ସୀମା କାହାରି ସହିତ ଚୁପଚୁପ କଥା କହିବା କୌଣସି ଗୁପ୍ତମନ୍ତ୍ରର ବିନିମୟ ଥିଲା ହୁଏତ। କେବେ କେବେ ସୀମା ତାର ଯେଉଁ ବାନ୍ଧବୀମାନଙ୍କ ଘରକୁ ଯାଉଥିଲା, ସେମାନେ ହୁଏତ ଥିଲେ ତାର ଡାକିନୀ ମଣ୍ଡଳୀର ସଭ୍ୟା। ଏଇ ସଭ୍ୟାମାନଙ୍କ ପାଇଁ ବୋଧହୁଏ ବିହିତ ଥିଲା ଯେ ସେମାନେ କେବେହେଲେ ବିଧବା ହେବ ନାହିଁ।

ରମାନାଥ ଏକଥା ଯେତିକି ଭାବିଲା କ୍ରମେ କ୍ରମେ ସେତିକି ନିଃସନ୍ଦେହ

ହୋଇଗଲା ଯେ ସୀମା ତାଙ୍କର ଦାମ୍ପତ୍ୟ ଜୀବନ ବ୍ୟତୀତ ଏକ ସମାନ୍ତରାଳ ଜୀବନ ମଧ୍ୟ ଯାପନ କରୁଥିଲା । ଏହି ବିକଳ୍ପ ଜୀବନରେ ସୀମାର ପ୍ରେମିକ ଥିଲେ, ଗୋପନୀୟ ଗୋଷ୍ଠୀ ଥିଲା, ନିଭୃତ ମିଳନସ୍ଥଳୀ ଥିଲା ଏବଂ ସାଙ୍କେତିକ ଭାଷା ଥିଲା । ଯେତେ ସମୟ ସେ ସୀମା ପାଖରେ ରହୁନଥିଲା ସେ ସମୟତକ ସୀମାର ଜୀବନରେ ତାର କୌଣସି ସ୍ଥାନ ନଥିଲା । ଅନ୍ୟପକ୍ଷରେ ଦେଖିଲେ ସୀମାର ଭରପୂର ଜୀବନରେ ରମାନାଥ ଥିଲା ଜଣେ ଗୌଣ ଚରିତ୍ର ମାତ୍ର । ସୀମା ନିଜେ ଏକ ଏକାନ୍ତ ରହସ୍ୟମୟ ଜୀବନ ବିତାଇ ସେଥିରୁ କିଛିମାତ୍ର କ୍ଷଣ ଅଲଗା କରି ରଖିଦେଇଥିଲା ରମାନାଥ ପାଇଁ । ରମାନାଥର ମନ ସୀମା ବିରୁଦ୍ଧରେ ଆକ୍ରୋଶରେ ଭରିଥିଲା । ସୀମା ଥିଲା ସ୍ୱେଚ୍ଛାଚାରିଣୀ, ଭ୍ରଷ୍ଟା ଏବଂ ରମାନାଥ ତାକୁ ଦେଇ ଆସିଥିବା ସ୍ନେହ ମମତା ଶ୍ରଦ୍ଧାର ସମ୍ପୂର୍ଣ୍ଣ ଅଯୋଗ୍ୟା ।

ଏକଥା ଭାବିଲାବେଳେ ରମାନାଥର ମନ ଭିତରେ ଭୟ ମଧ୍ୟ ଉପୁଜିଲା । ସତେ ଯେପରି ସୀମାର ପ୍ରେତାତ୍ମା ଆସି ତା ଆଗରେ ଠିଆହୋଇ ପ୍ରଶ୍ନ କରିବ କାହିଁକି ରମାନାଥ ତା ବିଷୟରେ ଏତେ ମନ୍ଦ କଥା ସବୁ ଭାବୁଛି । ଗାଧୋଇ ସାରି ପଙ୍ଖାତଳେ ଓଦାବାଳ ଶୁଖାଉଥିବା ବେଳେ ସୀମାର ଯେଉଁ ମୂର୍ତ୍ତିଟି ରମାନାଥକୁ ପୂର୍ବେ ମନୋଲୋଭା ମନେ ହେଉଥିଲା, ବର୍ତ୍ତମାନ ସେଇ ରୂପଟି ଆଗକୁ ଆସି ତାକୁ ତ୍ରସ୍ତ, ଶିହରିତ କରିଦେଲା । ସେ ନ ଥିଲା ତିରିଶ ବର୍ଷ ଧରି ଏକାସାଙ୍ଗେ ଘରସଂସାର କରି ରହିଥିବା ତାର ସୀମା । ସେ ଥିଲା ଡାକିନୀ ସଭାର ସଦସ୍ୟା ସୀମା । ସେ ଥିଲା ବେଶଭୂଷା ହୋଇ ପ୍ରେମିକ ପାଇଁ ଅଭିସାରିକା ମୁଦ୍ରାରେ ଅପେକ୍ଷା କରୁଥିବା ସୀମା । ରମାନାଥର ମନେହେଲା ସେ ଆଦୌ ଜାଣେ ନାହିଁ, ଆଦୌ ଚିହ୍ନି ନାହିଁ ଏଇ ସ୍ତ୍ରୀ ଲୋକଟିକୁ ।

■

ଛୁଟି

ପରମାନନ୍ଦ ମାସକର ଛୁଟି ମାଗିଥିଲା କିନ୍ତୁ ତାକୁ ଶେଷରେ ଛୁଟି ମିଳିଲା ମାତ୍ର ସାତ ଦିନର, ତା ପୁଣି ପୂଜାବେଳେ ନୁହେଁ ପୂଜା ସରିବା ପରେ। ସେନାବାହିନୀରେ ଭର୍ତ୍ତି ହୋଇ ଚାକିରିରେ ଯୋଗଦେବା ପରଠାରୁ ସେ ଏଇ ଛୁଟି ବିଷୟରେ ଦିନରାତି ଚିନ୍ତା କରୁଥିଲା। ତିନି ବର୍ଷ ହେଲା ସେ ଛୁଟିରେ ଯିବ ଯିବ ବୋଲି ଶେଷକୁ କଣ ନା କଣ ବାଧା ଉପୁଜୁଥିଲା ଏବଂ ଥରେ ତାର ମଞ୍ଜୁର ହୋଇଥିବା ଛୁଟି ବି ଶେଷ ମୁହୂର୍ତ୍ତରେ ବାତିଲ ହୋଇଯାଇଥିଲା। ଏଥରକ ବି ସେ ଜାଣିପାରୁ ନଥିଲା ଶେଷ ପର୍ଯ୍ୟନ୍ତ ତାକୁ ଛୁଟି ମିଳିବ କି ନାହିଁ, କିନ୍ତୁ ଶେଷକୁ ତାକୁ ଛୁଟି ମିଳିଲା। ଆଗରୁ ସେ ଛୁଟିରେ ଘରକୁ ଗଲେ କାହା ପାଇଁ କଣ ନେଇ ଯିବ ତାର ହିସାବ କରୁଥିଲା, କିନ୍ତୁ ଦି ଦି ଥରର ନୈରାଶ୍ୟ ପରେ ସେ ଏଥିରୁ ବିରତ ହୋଇଥିଲା। ବର୍ତ୍ତମାନ ମନେ ମନେ ସେ ତାଲିକାଟି କରିବାରେ ଲାଗିଲା। ଘରର ସମସ୍ତଙ୍କ ପାଇଁ ବହୁତ କିଛି ନେବାକୁ ଚାହୁଁଥିଲା ସେ, ତେବେ ଏଥିରେ ଦୁଇଟି ଅସୁବିଧା ଥିଲା। ତା ପାଖରେ ଟଙ୍କା ପଇସା ଥିଲା କମ ଏବଂ ସେମାନେ ସୀମାନ୍ତର ଯେଉଁ ଅଞ୍ଚଳରେ ଡେରା ପକାଇଥିଲେ ସେଠାରେ ବଡ଼ ଦୋକାନ ବଜାର ବି ନଥିଲା। ତଥାପି ପରମାନନ୍ଦ ମୋଟାମୋଟି ଠିକ କରିନେଲା କି ଜିନିଷମାନ କିଣିବ।

ଘରକୁ ଗଲେ ସେ କଣ ସବୁ କରିବ ତାର ତାଲିକା ମଧ୍ୟ ମନେ ମନେ ତିଆରି କରୁଥିଲା ପରମାନନ୍ଦ। ଏ ତାଲିକାର ସବା ଉପରେ ଥିଲା ସୁଧା। ବାହାଘରର ମାତ୍ର କେତେମାସ ପରେ ସୁଧାକୁ ଛାଡ଼ି ଦେଇ ଆସିବାକୁ ପଡ଼ିଥିଲା ତାକୁ। ସେତେବେଳକୁ ସୁଧା ଗର୍ଭବତୀ ଥିଲା। ପ୍ରସବ ସମୟକୁ ସୁଧାର ଅନେକ କଣ ସବୁ ଅସୁବିଧା ହୋଇଥିଲା ବୋଲି ସେ ଚିଠି ପାଇଥିଲା, କିନ୍ତୁ ବ୍ୟସ୍ତ ହେବାଛଡ଼ା ଆଉ କିଛି ସମ୍ଭବ ନଥିଲା ତା

ପକ୍ଷରେ। ଯାହାହେଉ, ଶେଷକୁ ସୁଧା ଗୋଟିଏ ଗୋରା ରଙ୍ଗର ପୁଅ ଜନ୍ମ କରିଛି ଏବଂ ମା ପୁଅ ଭଲ ଅଛନ୍ତି ବୋଲି ଖବର ଆସିଲା ଏବଂ ପରମାନନ୍ଦ ସ୍ୱସ୍ତିର ନିଶ୍ୱାସ ନେଲା। ସମୟକ୍ରମେ ପୁଅ ବିଛଣା ଉପରେ ଲେଉଟିବା, ଚିହ୍ନା ଲୋକ ଦେଖିଲେ କିରିକିରି ହସିବା, ଗୁରୁଣ୍ଡିବା, ଛିଡ଼ା ହେବା, ମା ବୋଲି କହିବା, ଚାଲିବା ଇତ୍ୟାଦି ଅଗ୍ରଗତିର ସମ୍ବାଦମାନ ଯଥାସମୟରେ ପହଞ୍ଚି ତାର କୌତୂହଳ ଉଦ୍ରେକ କଲେ। ତା ପାଖରେ ପୁଅର ଫଟୋ ମଧ୍ୟ ଆସି ପହଞ୍ଚିଲା, ତେବେ ଏଇ ମୋଟା ଗୋଲଗାଲ ପିଲାଟି ସହିତ ପରମାନନ୍ଦ ମନ ଭିତରେ କୌଣସି ସମ୍ପର୍କ ବାନ୍ଧି ପାରିଲା ନାହିଁ। ବରଂ ସେ ମନେ ମନେ ବିରକ୍ତ ହେଉଥିଲା ଯେ ଆଜିକାଲି ସବୁ ଚିଠି କେବଳ ଏହି ପିଲାଟି ବିଷୟରେ ଥିଲା; କେହି କିଛି ଲେଖୁନଥିଲେ ସୁଧା ବିଷୟରେ।

ବାହାହୋଇ ତାଙ୍କ ଘରକୁ ଆସିବା ବେଳକୁ ସୁଧା ଅତି ଛୋଟ ଝିଅଟିଏ ଥିଲା। ତାର ମନକୁ ଦେହକୁ ମନାଇବାକୁ ବେଶ୍ ସମୟ ଲାଗିଥିଲା ପରମାନନ୍ଦକୁ। ଅଳ୍ପ ପାଠ ପଢ଼ିଥିବା ଏଇ ମଫସଲୀ ଝିଅଟି କିଛି ବି ଜାଣିନଥିଲା ସଂସାର, ଜୀବନ ସମ୍ପର୍କରେ। ଅତି ଧୈର୍ଯ୍ୟର ସହିତ ପରମାନନ୍ଦ ତାର ପ୍ରଶିକ୍ଷଣର ଦାୟିତ୍ୱ ନେଲା ଏବଂ ସୁଧାର ସଙ୍କୋଚକୁ ଭାଙ୍ଗିବାରେ ସଫଳ ହେଲା ଅନେକ ସାଧ୍ୟ ସାଧନା ପରେ। କ୍ରମେ ସୁଧା ତାର ବିଚକ୍ଷଣ ଛାତ୍ରୀ ହୋଇଗଲା ଏବଂ ପାଠ ସବୁକୁ ସହଯୋଗିତାର ସହିତ ଅଭ୍ୟାସ କଲା। ଏହି ସମୟଟି ପରମାନନ୍ଦ ପାଇଁ ସବୁଠାରୁ ଆନନ୍ଦର ସମୟ ଥିଲା। ସେତେବେଳେ ସୁଧା ସହିତ ପ୍ରତିଟି ରାତିର ଭେଟିବା ତା ପାଇଁ ଥିଲା ନୂଆ ନୂଆ ପରୀକ୍ଷା ନିରୀକ୍ଷାର ଅବସର। ରାତିରେ ଯଦିଓ ତାର ମନ ତୃପ୍ତିରେ ଭରପୂର ହୋଇଯାଉଥିଲା, ସକାଳେ ମନେହେଉଥିଲା ସତେ ଯେପରି ଆଉରି କିଛି କରାଯାଇ ପାରିଥାନ୍ତା ଯାହା ବାକି ରହିଗଲା। ସାରାଦିନ ତାର କଟୁଥିଲା ଏଇ ଅପ୍ରାପ୍ତିର ଚିନ୍ତାରେ ଏବଂ ସାରା ରାତି ତାକୁ ମନପ୍ରାଣ ଦେଇ ପରିପୂର୍ଣ୍ଣ କରିବାରେ।

ପ୍ରବାସରେ ଥାଇ ପ୍ରତି ରାତି ପ୍ରତିଟି ଶୂନ୍ୟ ସମୟରେ ସେ ସୁଧା କଥା ହିଁ ଭାବୁଥିଲା। ଆହୁରି ଯାହା ସବୁ ଅସଂପନ୍ନ ରହିଯାଇଥିଲା ସେ ସବୁର ବିସ୍ତାରିତ ଚିନ୍ତା କରି ସେ ଉଚ୍ଚାଟ ହୋଇଯାଉଥିଲା ଏବଂ କେବେ କେବେ ରାତିର ଘନିଷ୍ଠ ମୁହୂର୍ତ୍ତରେ ବିଛଣାରେ ପଡ଼ି ରହି ସେ ନିଜକୁ ଆଉ ନିୟନ୍ତ୍ରଣ କରିପାରୁ ନଥିଲା। ସୁଧାର ଦେହର ପ୍ରତିଟି ଅବୟବ ଅଙ୍ଗପ୍ରତ୍ୟଙ୍ଗ ଓ ସେମାନଙ୍କର ଉତ୍ତେଜିତ ପ୍ରତିକ୍ରିୟାକୁ ମନେପକାଇ ସେ ସମର୍ପଣ କରି ଦେଉଥିଲା ନିଜ ହାତରେ ନିଜକୁ।

କେବେ କେବେ ସେ ନିଜକୁ ଦୋଷୀ ମନେକରୁଥିଲା ଯେ ସେ ସବୁ ସମୟରେ ସୁଧା କଥା ହିଁ ଭାବୁଛି, ଘରର ଆଉ କାହା ବିଷୟରେ ନୁହେଁ। ନିଜର ପୁଅ ବିଷୟରେ

ସେ ଭାବଶୂନ୍ୟ ଥିଲା ଏବଂ ଆଦୌ କଳ୍ପନା କରିପାରୁ ନ ଥିଲା ପ୍ରଥମ ସାକ୍ଷାତରେ ତା ସହିତ କିପରି ବ୍ୟବହାର କରିବ। ତାର ବାପା ସବୁବେଳେ ତାକୁ ଏଇ ଛୁଆଟି କଥା ଲେଖୁଥିଲେ ଏବଂ ତା ବିଷୟରେ ଏତେ ଟିକିନିଖି ବର୍ଣ୍ଣନା ଅନେକ ସମୟରେ ପରମାନନ୍ଦକୁ ବିରକ୍ତ କରି ଦେଉଥିଲା। ଏଥିରେ ହୁଏତ ତାର ବାପା ମାଙ୍କର ଦୋଷ ନଥିଲା; ଛୁଆଟି ବର୍ତ୍ତମାନ ସମ୍ଭବତଃ ସେମାନଙ୍କ ପାଇଁ ସବୁଠାରୁ ନିକଟତମ ଆତ୍ମୀୟ। ତାର ନିଜର ଭଲ ପଡୁନଥିଲା ବାପା ମାଙ୍କ ସାଙ୍ଗରେ। ଆଗରୁ ଥିବା ଶୀତଳ ସମ୍ପର୍କର ଆହୁରି ଅଧୋଗତି ହୋଇଯାଇଥିଲା ଯେତେବେଳେ ପାଠପଢ଼ା ସାରି ବିନା ଚାକିରିରେ ଘରେ ବସି ରହିଥିଲା ପରମାନନ୍ଦ। ସେ ଜିଦ୍ କରିଥିଲା ଯେ ସେ ବାହା ହେବ ତା ଛୋଟ ଭଉଣୀ ବଡ଼ ହୋଇ ବାହା ହୋଇସାରିବା ପରେ, କିନ୍ତୁ ତାର ଜିଦ୍ ରହି ନଥିଲା। ତାର ଅନିଚ୍ଛା ସତ୍ତ୍ୱେ ତାକୁ ବାପ ମା ବିବାହ କରାଇ ଦେଇଥିଲେ ଏବଂ ବର୍ତ୍ତମାନ ତା ଉପରେ ପରୋକ୍ଷରେ ଓଲଟା ଦୋଷ ଦିଆଯାଉଥିଲା ଯେ ସଂସାର କରିବା ପରେ ବି ସେ ଘରେ ବସି ରହିଛି। ବାହା ହେବା ପରେ ତାର ସୁଧା ପ୍ରତି ସମ୍ପୂର୍ଣ୍ଣ ଆକର୍ଷିତ ହୋଇଯିବା ଏବଂ ତା ସହିତ ଅଧିକାଂଶ ସମୟ କଟାଇବା, ପରମାନନ୍ଦ ଜାଣିପାରୁଥିଲା, ତାର ବାପା ମାଙ୍କ ପାଇଁ ବିଶେଷ ପ୍ରୀତିକର ନଥିଲା। ସେମାନେ ଯେପରି ଖୁସି ହୋଇଥାନ୍ତେ ବାହା ହେବାକୁ ମନା କରୁଥିବା ପରମାନନ୍ଦ ଯଦି ବାହା ହେବା ପରେ ସୁଧାକୁ ପ୍ରତ୍ୟାଖ୍ୟାନ କରିଦେଇଥାନ୍ତା। ପ୍ରଥମେ ପ୍ରଥମେ ବାପା ମା ସୁଧାକୁ ଖୁବ ଆଦର ସ୍ନେହ କରୁଥିଲେ କିନ୍ତୁ ପରମାନନ୍ଦ ଲକ୍ଷ୍ୟ କଲା ଯେ ସେ ସୁଧାର ଯେତିକି ନିକଟତର ହେଉଥିଲା, ସୁଧା ପ୍ରତି ବାପା ମାଙ୍କର ବିଦ୍ୱେଷ ସେତିକି ବଢ଼ିଯାଉଥିଲା।

ଆହୁରି ବଡ଼ ସମସ୍ୟା ଥିଲା ସୁଧା ଓ ତାର ଭଉଣୀ ଉମା ଭିତରେ। କେବେ କେବେ ସେମାନେ ହସ ଖୁସିରେ ଏକାତ୍ମା ହୋଇଯାଉଥିଲେ ତ ପୁଣି କେବେ ସେମାନଙ୍କ ଭିତରେ କଥାବାର୍ତ୍ତା ବନ୍ଦ ହୋଇଯାଉଥିଲା ଦିନ ଦିନ ଧରି। ଏହାର କାରଣ ଥିଲା ଉଭୟଙ୍କର ଅପରିଣତ ବୟସର ଚଞ୍ଚଳ ମନ। କେବେ କେବେ ସେମାନଙ୍କ କଳହରେ ମଧ୍ୟସ୍ଥତା କରିବାକୁ ହେଉଥିଲା ପରମାନନ୍ଦକୁ ଏବଂ ଏ କାମଟି ସୁବିଧାର ନଥିଲା। ଅଧିକାଂଶ ସମୟରେ ସେମାନଙ୍କ ମନାନ୍ତରର ମୂଳ ଥିଲା କୌଣସି ନିତାନ୍ତ ତୁଚ୍ଛ ଘଟଣା। ଯେପରି ଥରେ ସୁଧାର ରୁମାଲକୁ ଉମା ଲୁଚାଇ ଦେଇଥିବା। ଯଦିଓ ଆଗରୁ ଅନେକ ଥର ଉମା ଏଭଳି ସୁଧାର ଜିନିଷକୁ ଲୁଚାଇ ତାକୁ ହଇରାଣ କରଇଥିଲା, ଏଥରକ ସେ ଶପଥ ଧରି କହିଲା ଯେ ଲୁଚାଇବା ତ ଦୂରର କଥା, ସୁଧାର ରୁମାଲ କେମିତି ସେ ତା ଆଖିରେ ମଧ୍ୟ ଦେଖିନାହିଁ। ସୁଧା କିନ୍ତୁ ନିଃସନ୍ଦେହ

ଥିଲା ଯେ ଏଇଟି ଉମାର କାମ। ଏ ବିଷୟରେ ମଧ୍ୟସ୍ଥତା କରି ବିଫଳ ହେବାର କିଛି ଦିନ ପରେ ପରମାନନ୍ଦ ଦେଖିଲା ଯେ ଦୁହେଁ ପୁଣି ଆଗଭଳି ଖୁସିରେ କଥାବାର୍ତ୍ତା କରୁଛନ୍ତି। ପରମାନନ୍ଦ ଯେତେବେଳେ ସୁଧାକୁ ପଚାରିଲା ରୁମାଲ କୋଉଠି ଥିଲା, ସୁଧା ଓଲଟି ତାକୁ ପ୍ରଶ୍ନ କଲା, କୋଉ ରୁମାଲ ?

ବର୍ତ୍ତମାନ ଦୂରରେ ଥାଇ ପରମାନନ୍ଦର ମନେ ହେଉଥିଲା ବାପା ମା ଭଉଣୀକୁ ଯେତେ ସ୍ନେହ ମମତା ଦେବାର କଥା ସେ ସେତିକି ଦେଇ ନଥିଲା। ତାର ବାପା ଦୂର ସହରରେ ଛୋଟ ସରକାରୀ ଚାକିରି କରୁଥିଲେ ଏବଂ ପିଲାଦିନେ ସେ ତାଙ୍କର ଆଦର ଆହ୍ଲାଦରୁ ବଞ୍ଚିତ ହୋଇଥିଲା। ବାପା ଯେଉଁ କେତେଦିନ ଛୁଟିରେ ଗାଁକୁ ଆସୁଥିଲେ, ତାକୁ ପାଠ ପଢ଼ାଇବାରେ ମନ ଦେଉଥିଲେ ଏବଂ ପରମାନନ୍ଦ ଏଇ ସମୟଟି କଟାଉଥିଲା ଭୟ ଓ ଉଦ୍‌ବେଗରେ, କାରଣ ସେ ପାଠରେ ଦୁର୍ବଳ ଥିଲା। ସେତେବେଳେ ଉମା ଛୋଟ ଥିବାରୁ ବାପାଙ୍କର ସବୁ ସ୍ନେହ ତାରି ପାଖକୁ ଯାଉଥିଲା ଏବଂ ଏକଥା ମଧ୍ୟ କାରଣ ଥିଲା ପରମାନନ୍ଦର ଅସୂୟାର। ପିଲାଦିନଟି ଏଇପରି ନିରାନନ୍ଦ ହୋଇଥିବାରୁ ସେ ସମୟର କଥା ସବୁ ସେ ଯେତେ ସମ୍ଭବ କମ୍ ମନେ ପକାଉଥିଲା। ତା ପରେ ସେମାନେ ଯେତେବେଳେ ଗାଁରୁ ଚାଲି ଆସି ଏଇ ଛୋଟ ସହରଟିରେ ରହିଲେ, ପରମାନନ୍ଦ ସ୍କୁଲର ଉପର କ୍ଲାସରେ ପଢୁଥିଲା ଏବଂ ସେ ଲୋଡୁଥିବା ଅନ୍ତରଙ୍ଗତା ଖୋଜି ପାଇଲା ସାଙ୍ଗସାଥୀଙ୍କ ମେଳରେ। ପରିବାର ଅପେକ୍ଷା ଏଇ ବନ୍ଧୁମାନେ ହୋଇଗଲେ ତାର ବେଶି ନିଜର। ସେ ବାପା ମା ଭଉଣୀ ପାଖରୁ ଦୂରେଇଗଲା ଆସ୍ତେ ଆସ୍ତେ।

ଏସବୁ କଥା ଭାବି ପରମାନନ୍ଦର ମନେପଡ଼ିଲା ସେ କେତେ କମ୍ କଥାବାର୍ତ୍ତା କରୁଥିଲା ଘରେ ଥିଲାବେଳେ। ଯେତେବେଳେ ପାଠପଢ଼ା ସାରି ଚାକିରି ନ ମିଳିବାରୁ ବସି ରହିଲା, ସେତେବେଳେ ସେ ଘରେ ଥିବାବେଳେ କାହାରି ସହିତ ଅତି ଦରକାର ନଥିଲେ କଥା କହୁନଥିଲା ଏବଂ ଘରଟି ସବୁବେଳେ ଦୁଃଖାଚ୍ଛନ୍ନ ରହୁଥିଲା। ସୁଧା ଆସିବା ପରେ ଘରକୁ ସାମାନ୍ୟ ଖୁସି ଆସିଥିଲା, କିନ୍ତୁ ତା ସହିତ ସୃଷ୍ଟି ହୋଇଥିଲା ସମସ୍ତଙ୍କ ଭିତରେ ଏକ ନୂଆ ଟଣାଟଣି। ଏଥିରେ ସବୁଠାରୁ ବେଶି ଅସ୍ୱସ୍ତି ବୋଧ କରୁଥିଲା ପରମାନନ୍ଦ କାରଣ ସୁଧା ସମେତ ଘରର ସମସ୍ତେ ତାକୁ ହିଁ ଦୋଷୀ ମାନୁଥିଲେ କିଛି ଗୋଟିଏ ପାରିବାରିକ ଚାପ ଉପୁଜିଲେ।

ପରମାନନ୍ଦର ଆଦୌ ଇଚ୍ଛା ନଥିଲା ସେନାବାହିନୀରେ ଯୋଗଦେବା ପାଇଁ। ଶେଷରେ ଯେତେବେଳେ ବହୁପ୍ରକାର ଚେଷ୍ଟା କରି କେଉଁଆଡୁ କିଛି ନହେଲା, ସେ ଏଇ ପରୀକ୍ଷାଟି ଦେଇଥିଲା। ସୌଭାଗ୍ୟକୁ, ଅଥବା ତାର ଦୁର୍ଭାଗ୍ୟକୁ, ସେ ଏଥିରେ

କୃତକାର୍ଯ୍ୟ ହୋଇଗଲା । ତାର ବାପା ସେତେବେଳକୁ ଚାକିରିରୁ ଅବସର ନେଇ ଆସି ଏଇ ଛୋଟ ସହରଟିରେ କିଛି ବର୍ଷ ଆଗରୁ ତିଆରି କରିଥିବା ଘରଟିରେ ରହୁଥିଲେ ଏବଂ ପରମାନନ୍ଦକୁ ବାହା କରାଇଦେବାର ବ୍ୟବସ୍ଥା କରୁଥିଲେ । ପରମାନ୍ଦର ଚାକିରି ମିଳିବା ଖବର ଆସିଲା ସେ ବାହା ହେବାର ଠିକ୍ ପରେ ପରେ । ସୁଧା ସହିତ ଆନନ୍ଦରେ ଦିନଗୁଡ଼ିକ ପରେ ପରମାନନ୍ଦ ଭାବିଲା ଯେ ସେ ଆଉ ସେ ଚାକିରିଟି ନେବ ନାହିଁ । ଏଇ ଉଦ୍ଦେଶ୍ୟରେ ସେ ମନପ୍ରାଣ ଦେଇ ଅନ୍ୟ ଚାକିରି ଖୋଜିବାରେ ଲାଗିଲା କିନ୍ତୁ ସଫଳ ହେଲା ନାହିଁ ଏବଂ ଶେଷ ପର୍ଯ୍ୟନ୍ତ ତାକୁ ଏଇ ଚାକରିରେ ଯୋଗଦେବାକୁ ହିଁ ହେଲା ।

ସେ ଘର ଛାଡ଼ି ଆସିବାର କିଛି ଦିନ ଆଗରୁ ଘରେ ସବୁବେଳେ କିଛି ନା କିଛି ଅଶାନ୍ତି ଲାଗିରହିଥିଲା; ତାର କାରଣ ବୋଧହୁଏ ସେ ନିଜେ ହିଁ ଥିଲା । ତାର ମନେ ହେଉଥିଲା ଯେପରି ତାର ସମ୍ପୂର୍ଣ୍ଣ ଅନିଚ୍ଛାସତ୍ତ୍ୱେ ତାର ଘରଲୋକେ ତାକୁ ବାଧ୍ୟକରି ବାହାରକୁ ପଠାଇ ଦେଉଛନ୍ତି । ଶେଷରେ ତାର ଆଦୌ ମନ ନଥିଲା ସୁଧାକୁ ଛାଡ଼ି ଯିବା ପାଇଁ । ସେ ଏଇ କେତେଦିନ ବାହାରେ ସାଙ୍ଗଙ୍କ ମେଳରେ ତାର ସମୟ କଟାଇଲା, ଘରେ ଖାଇବା ବନ୍ଦ କରିଦେଲା ଏବଂ ଶେଷକୁ ବାପା ମାଙ୍କ ସାଙ୍ଗରେ କଥାବାର୍ତ୍ତା ବି କଲାନାହିଁ । ବର୍ତ୍ତମାନ ସେଇ ବିଷାଦାଚ୍ଛନ୍ନ ଭାରାକ୍ରାନ୍ତ ଦିନମାନଙ୍କୁ ମନେ ପକାଇ ପରମାନନ୍ଦକୁ କାନ୍ଦ ମାଡ଼ିଲା । ତାର ବାପାଙ୍କୁ ବୟସ ହୋଇ ଆସୁଥିଲା । ସେ ଆଗରୁ ଯେଉଁଭଳି ଘରେ ଏକଚ୍ଛତ୍ର ବ୍ୟବହାର କରୁଥିଲେ, ଆଜିକାଲି ତାହା ଆଉ ନଥିଲା, କାରଣ ସେ ନିଜର ଶାରୀରିକ ଆର୍ଥିକ ଦୁର୍ବଳତା ଓ ଅସହାୟତା ବିଷୟରେ ସଚେତନ ହୋଇଯାଇଥିଲେ । ତାର ମା ସବୁବେଳେ ବେମାର ରହୁଥିଲେ । ଏଭଳି ପରିସ୍ଥିତିରେ ପରମାନନ୍ଦର ଉଚିତ ଥିଲା ସେମାନଙ୍କ ସହିତ ଭଲ ବ୍ୟବହାର କରି ସେମାନଙ୍କୁ କିଛି ସାନ୍ତ୍ୱନା ସମବେଦନା ଜଣାଇବା । କିନ୍ତୁ ତା ପରିବର୍ତ୍ତେ ନିଜର ଏପରି ରୁକ୍ଷ ରୁଷ୍ଟ ଆଚରଣରେ ସେ ସେମାନଙ୍କ ଦୁଃଖକୁ ଆହୁରି ବଢ଼ାଇ ଦେଇଥିଲା । ଯେଉଁଦିନ ସେ ଘର ଛାଡ଼ିଲା, ସମସ୍ତେ ଆସିଥିଲେ ତାକୁ ଷ୍ଟେସନରେ ବିଦାୟ ଦେବାକୁ । ସେତେବେଳେ ମଧ୍ୟ ପରମାନନ୍ଦ ଚୁପ ରହିଲା; ତା ମନଭିତରେ ଏପର୍ଯ୍ୟନ୍ତ ଯେପରି କେଉଁ ଅକାରଣ କ୍ରୋଧ ଜଳୁଥିଲା । ସେ ଚାହିଁଥିଲା ଏକାନ୍ତରେ ସୁଧା ପାଖରୁ ବିଦାୟ ନେବ ବୋଲି, କିନ୍ତୁ ତା ବି ସମ୍ଭବ ନଥିଲା । ଏଇ ସମୟରେ ଉମାର କୌଣସି ଚପଳ କଥା ମଧ୍ୟ ତାକୁ ଭଲ ଲାଗିଲା ନାହିଁ, ସେ ତାକୁ ଗାଳିଦେଲା ଏବଂ ତାର ମୁହଁ ଶୁଖିଗଲା । ଷ୍ଟେସନରେ ତା ମା ତାକୁ ଅନାଇ କାନ୍ଦୁଥିଲେ, ବାପାଙ୍କ ମୁହଁ ଅତି ବିଷଣ୍ଣ ଥିଲା ଏବଂ ସୁଧା ଜଣାପଡୁଥିଲା ଜାଣିପାରୁନାହିଁ ଏ ସମୟରେ ତାର କଣ କରିବା ଉଚିତ । ଟ୍ରେନ ଛାଡ଼ିବା ବେଳକୁ ଏଇଟି ଶେଷ ଦୃଶ୍ୟ ଥିଲା ତା ପାଇଁ ।

ବାରମ୍ବାର ଷ୍ଟେସନର ଏଇ ସ୍ଥିର ଚିତ୍ରଟି ମନ ଭିତରକୁ ଆସି ତାକୁ ବ୍ୟତିବ୍ୟସ୍ତ କରୁଥିଲା ଏବଂ ସେ ମନସ୍ଥ କରିଥିଲା ଯେ ଯେପରି ହେଉ ଏଥର ଘରକୁ ଯାଇ ସମସ୍ତଙ୍କ ସାଙ୍ଗରେ ପୁଣି ସଦ୍ଭାବ ତିଆରି କରିଦେଇ ଆସିବ। ସମସ୍ତଙ୍କ ପାଇଁ ଜିନିଷ କିଣିବା ବେଳେ ବି ଏଇ କଥାଟି ତାର ମନ ଭିତରେ ଥିଲା। ଜିନିଷପତ୍ର ସବୁ ଏତେ ଦୁର୍ମୂଲ୍ୟ ଥିଲା ଯେ ବାପାମାଙ୍କ ପାଇଁ ସେ ଯେଉଁ ମନମୁତାବକ ଜିନିଷ ନେବାକୁ ଚାହୁଁଥିଲା, କିଣିପାରିଲା ନାହିଁ। ସୁଧାପାଇଁ ଜିନିଷ କିଣିବା ବେଳେ ଉମାର ଅଭିମାନୀ ମୁହଁ ତାର ମନେପଡ଼ିଲା ଏବଂ ଦୁହିଁଙ୍କ ପାଇଁ ସେ ଶେଷକୁ ଏକାଭଳି ଦୁଇଟି ଭିନ୍ନ ରଙ୍ଗର ଶାଢ଼ି ନେଲା। ଅବଶ୍ୟ ସେ ଏକଥା ମଧ୍ୟ ଠିକ୍ କରି ନେଲା ଯେ ସେ ସୁଧା ପାଇଁ ଆଉ ଗୋଟିଏ କିଛି ଭଲ ଛୋଟ ଜିନିଷ ନେଇଯିବ, ଯା ସେ ଲୁଚାଇ କରି ତାକୁ ଦେଇଦେବ। ଛୁଆ ପାଇଁ ସେ କଣ ନେବ ଜାଣିପାରୁ ନଥିଲା, ତେବେ ଦୋକାନୀ ତାକୁ ଏଥିରେ ସାହାଯ୍ୟ କଲା ଏବଂ ସେ ତାକୁ ଯାହା ଦେଖାଇଲା ବିନା ମନ୍ତବ୍ୟରେ କିଣିନେଲା। ଘର ସଜାଇବାର କେତୋଟି ଛୋଟ ଛୋଟ ଜିନିଷ ତାକୁ ଭଲ ଲାଗିବାରୁ ସେ ତାକୁ ବି କିଣିଲା ଏବଂ ତାର ମନେପଡ଼ିଲା ଯେ ସାଙ୍ଗମାନଙ୍କ ପାଇଁ ବି ତ କିଛି ଜିନିଷ ନେବାକୁ ହେବ। ଏସବୁ କିଣିସାରି ସେ ଦେଖିଲା ଯେ ବାଟ ଖର୍ଚ୍ଚ ପାଇଁ ଆଉ ତା ପାଖରେ ପଇସା ନାହିଁ। ଶେଷକୁ ଏ ଟଙ୍କା ତାକୁ ଜଣକ ପାଖରୁ ଧାର କରିବାକୁ ପଡ଼ିଲା।

ଟ୍ରେନରେ ବସି ବାଟସାରା ତାର ଚିନ୍ତା ଥିଲା କାହାକୁ ସେ କିପରି ଭାବରେ ସନ୍ତୁଷ୍ଟ କରିବ। ତାକୁ ଘରେ ପହଞ୍ଚିବାକୁ ଟ୍ରେନ ବଦଳି କରି ପୂରା ଦି ଦିନ ସମୟ ଲାଗିବ ଏବଂ ଘରେ ତାକୁ ରହିବାର ସମୟ ମିଳିବ ମାତ୍ର ତିନିଦିନ। ଏଇ ତିନିଦିନ ଭିତରେ କେତେ କଣ କରିବାର ଥିଲା ତାର। ବାପା ଲେଖିଥିଲେ ଗାଁରେ କଣ ଜମିଜମାର ସମସ୍ୟା ଅଛି, ଯଦି ସେ ତାଙ୍କ ସାଙ୍ଗରେ ଯାଇପାରନ୍ତା ସେକଥା ବୁଝି ଆସିଥାନ୍ତେ। ଏଥରର ଛୁଟିରେ ଏକଥା ସମ୍ଭବ ନଥିଲା। ପୁଣି ଯଦି କେବେ ଆସେ ସେକଥା ବୁଝାଯିବ। ସହର ଛାଡ଼ିବା ଆଗରୁ ସେ ଅନେକ ପରିଚିତ ଲୋକଙ୍କ ପାଖରୁ ବିଦାୟ ନେଇ ପାରିନଥିଲା; ଏଥରକ ଯେମିତି ହେଲେ ସମସ୍ତଙ୍କୁ ଅନ୍ତତଃ କିଛି ସମୟ ପାଇଁ ଦେଖାକରି ଆସିବ। ଯିବା ଆଗରୁ ସେ ବ୍ୟାଙ୍କରେ ଯେଉଁ ଆକାଉଣ୍ଟ ଖୋଲିଥିଲା, ସେଥିରେ ତାର ଦସ୍ତଖତ ନେଇ କଣ ଆପତ୍ତି ହୋଇଥିଲା; ଚିଠି ଆସିଥିଲା ଯେ ସେ ଆସିଲେ ବ୍ୟାଙ୍କକୁ ଯାଇ ତାକୁ ଠିକଠାକ କରୁ। ଏ ବି ଗୋଟିଏ ଜରୁରୀ କାମ। ଏସବୁ ସାମାନ୍ୟ କିନ୍ତୁ ଦରକାରୀ କାମ ସହିତ ତାର ଯେଉଁ ବଡ଼ କାମଟି କରିବାର ଥିଲା, ସେଇଟି ହେଲା ଘରର ସମସ୍ତଙ୍କ ସାଙ୍ଗରେ ମିଳିମିଶି ସେ ପୁଣି ଘର ଛାଡ଼ିଲା ବେଳକୁ

ଯେମିତି ସମସ୍ତଙ୍କ ମୁହଁରେ ହସ ଥିବ। ଏକଥା ଭାବିବାବେଳେ ସୁଧାର ମୁହଁ ଆଗକୁ ଆସିଯାଉଥିଲା ଏବଂ ଘରେ ଯେଉଁ ତିନୋଟି ରାତି ମିଳିବ ତାକୁ ସେ କିପରି ପରିମିତ ଭାବରେ କଟାଇବ, ସେଇ ଆଶା ଓ ଚିନ୍ତା ତା ମନକୁ ଆଚ୍ଛନ୍ନ କରି ରଖୁଥିଲା।

ଟ୍ରେନରେ ଭୀଷଣ ଭିଡ଼ ଥିଲା ଏବଂ ସେ ଆଦୌ ଶୋଇପାରିଲା ନାହିଁ। ସେ ଠିକ କରିଥିଲା ଯେ ଓହ୍ଲାଇବା ବେଳକୁ ତାର ଫୌଜୀ ପୋଷାକ ବାହାର କରି ସାଧାରଣ ପୋଷାକ ପିନ୍ଧିବ। ଏ କଥା ସେ ଯାତ୍ରା ଆରମ୍ଭରୁ କରିପାରିଥାନ୍ତା କିନ୍ତୁ ଟ୍ରେନ୍‌ରେ ଯିବାବେଳେ ଫୌଜୀ ପୋଷାକର ସୁବିଧା ଅନେକ। ଏତେ ଭିଡ଼ ଭିତରେ କିନ୍ତୁ ଟ୍ରଙ୍କ ଖୋଲି ଆଉ ପୋଷାକ ବଦଳାଇବାକୁ ଇଚ୍ଛା ହେଲା ନାହିଁ। ସକାଳ ପହରକୁ ଆଖିରେ ଟିକିଏ ନିଦ ଲାଗି ଆସିଛି, ଗାଡ଼ି ଅଟକିଲା ଏବଂ ଷ୍ଟେସନର କୋଳାହଳରେ ପରମାନନ୍ଦର ନିଦ ଭାଙ୍ଗିଗଲା। ଘଡ଼ିକୁ ଦେଖି ସେ ଖୁସି ହେଲା ଯେ ଆଉ ଅଳ୍ପ ସମୟରେ ତାର ଷ୍ଟେସନ ଆସିଯିବ। କିନ୍ତୁ ବାହାରକୁ ଅନାଇ ସେ ଯେତେବେଳେ ଷ୍ଟେସନଟିର ନାଁ ପଢ଼ିଲା ଜାଣିଲା ଯେ ଟ୍ରେନ୍ ଲେଟ ଚାଲୁଥିଲା; ଅନେକ ଡେରି ହେବ ତା ଷ୍ଟେସନରେ ପହଞ୍ଚିବାକୁ। ଶେଷକୁ ସକାଳେ ପହଞ୍ଚିବା ଟ୍ରେନ୍ ଯାଇ ପହଞ୍ଚିଲା ଦିନ ଦେଢ଼ଟାରେ। ସେ ଭାବିଥିଲା ଯେ ଟ୍ରେନ ପହଞ୍ଚିବା ବେଳକୁ ଘରର ସମସ୍ତେ ଷ୍ଟେସନରେ ଆସି ତାକୁ ଅପେକ୍ଷା କରୁଥିବେ, କିନ୍ତୁ ଡବାରୁ ଓହ୍ଲାଇ ଦେଖିଲା ଯେ କେବଳ ତାଙ୍କର ନିକଟ ସମ୍ପର୍କୀୟ ଯୁବକଟିଏ ଆସିଥିଲା। ସେ ଖବର ଦେଲା ଯେ ପରମାନନ୍ଦର ମାଙ୍କ ଦେହ ଖରାପ ଥିବାରୁ ସେମାନେ କେହି ଆସି ପାରିଲେ ନାହିଁ। ଖବରଟି ପାଇ ପରମାନନ୍ଦର ମନ ହଠାତ ବିଷଣ୍ଣ ହୋଇଗଲା। ସେ ତିନିଦିନ ପାଇଁ ଯେତେ ଯାହା କଳନା କରି ଆସିଥିଲା, ଏଇ ପ୍ରଥମ ଦୁଃସମ୍ବାଦଟି ସତେ ଯେମିତି ସବୁକିଛି ନଷ୍ଟଭ୍ରଷ୍ଟ କରିଦେଲା। ଘରେ ପହଞ୍ଚିବାର ଖୁସି ସବୁ ତାର ମନରୁ ଲିଭିଗଲା ଏବଂ ସେ ଉଦାସ ହୋଇଗଲା।

ସେ ମନେ ମନେ ଠିକ୍ କରିଥିଲା ଯେ ଟ୍ରେନରୁ ଓହ୍ଲାଇ ସେ ପ୍ଲାଟଫର୍ମ ଉପରେ ବାପା ମାଙ୍କର ପାଦ ଛୁଇଁ ପ୍ରଣାମ କରିବ। ଏ କଥା ସେ ଆଗରୁ କେବେ କରି ନ ଥିବାରୁ ଜାଣିଥିଲା ଯେ ଏଇଟି ହେବ ତାର ପ୍ରାୟଶ୍ଚିତ୍ତର ପ୍ରଥମ ପର୍ବ ଏବଂ ଏଇ ଛୋଟ ସଙ୍କେତଟିର ମାଧ୍ୟମରେ ସେମାନଙ୍କର ସମ୍ପର୍କରେ ଏକ ନୂଆ ମୋଡ଼ ଆସିଯିବ। ଏ କାମଟି କରି ନ ପାରିବାରୁ ସେ ହତାଶ ହେଲା। ଘରେ ପହଞ୍ଚିବା ବେଳକୁ ଦୁଆର ପାଖରେ ଉମା ଓ ମୋଟାସୋଟା ପିଲାଟିକୁ କାଖରେ ଧରି ସୁଧା ଠିଆ ହୋଇଥିଲେ। ସେ ପିଲାଟିକୁ ଗେଲ କରିବା ବାହାନାରେ ସୁଧାକୁ ଟିକିଏ ଛୁଇଁଦେଲା। ସୁଧା ହସିଲା, କିନ୍ତୁ ପିଲାଟି ମୁହଁ ବୁଲାଇ ନେଇ ମା କାନ୍ଧ ଉପରେ ପୁଣି ଶୋଇଗଲା। ଭିତରେ ମାଙ୍କ

ଖଟ ପାଖରେ ବାପା ବସିଥିଲେ। ଦୁହେଁ ତାକୁ ଦେଖି ଖୁସି ହେଲେ। ତେବେ ଏ ସବୁ ଖୁସି ମାଙ୍କର ଅସୁସ୍ଥତା ଜନିତ ବିଷାଦକୁ ଦୂର କରିପାରିଲାନାହିଁ। ମାଙ୍କର ଦେହ ବହୁତ ଖରାପ ଥିଲା। ଯଦିଓ ସେ ମାସେ ହେଲା ବିଛଣାରେ ପଡ଼ିଥିଲେ, କେହି ଏକଥା ତାକୁ ଚିଠିରେ ଜଣାଇ ନଥିଲେ। ତାର ବାପା ଆହୁରି ଭାଙ୍ଗିପଡ଼ିବା ଭଳି ଜଣାପଡୁଥିଲେ, ଉମାର ଆଉ ଆଗ ଭଳି ଚପଳତା ନଥିଲା ଏବଂ ସୁଧା ଜଣାପଡୁଥିଲା ଯେପରି ସେ ପରିବାରର ସମସ୍ତ ଭାର ଏକା ନିଜ ମୁଣ୍ଡ ଉପରକୁ ନେଇଛି ଏଭଳି ପରିସ୍ଥିତିରେ। ଏ ଦାୟିତ୍ୱ ସୁଧାକୁ ପ୍ରାପ୍ତବୟସ୍କା କରି ଦେଇଥିବା ଭଳି ମନେ ହେଉଥିଲା। ସେ ଭାବିଥିଲା ଯେ ସେ ପହଞ୍ଚିବା ମାତ୍ରେ ସମସ୍ତେ ତାକୁ ଘେରି ବସିବେ, ତାକୁ ଫୌଜୀ ଜୀବନର ଟିକିନିଖି କଥା ସବୁ ପଚାରିବେ ଏବଂ ସେ ସେମାନଙ୍କୁ ସେଠାରେ ତାର ଦୈନନ୍ଦିନ ସୁବିଧା ଅସୁବିଧା କଥାମାନ କହି ସେମାନଙ୍କର ମନୋରଞ୍ଜନ କରିବ। ଏପରି କିଛି ହେଲା ନାହିଁ। ବର୍ତ୍ତମାନର ଏକମାତ୍ର କଥାବାର୍ତ୍ତା ଥିଲା ମାଙ୍କର ବେମାରି ବିଷୟରେ; କେବେ କେମିତି ଆରମ୍ଭ ହେଲା, ଏପର୍ଯ୍ୟନ୍ତ କି ପ୍ରକାର ଚିକିତ୍ସା ଚାଲିଛି, ଇତ୍ୟାଦି।

ସେ ଟ୍ରଙ୍କ ଖୋଲି ତାର ଲୁଗାପଟା ବାହାର କଲା ଏବଂ ତା ସହିତ ଉପହାରର ଜିନିଷସବୁ। ଏଇ ସମୟରେ ଉମା ଓ ସୁଧା ପାଖରେ ଠିଆହୋଇଥିଲେ। ପରମାନନ୍ଦ ଯେତେ ଚେଷ୍ଟା କଲା ବାପୁ ଆଦୌ ତା ପାଖକୁ ଆସିଲା ନାହିଁ, ଉମା ଓ ସୁଧାଙ୍କ ମଝିରେ ଠିଆ ହୋଇ ରହିଲା। ଦିନ ଦିନ ଧରି ଚିନ୍ତା କରି, ସାଧ୍ୟମତେ ପଇସା ଖର୍ଚ୍ଚ କରି ଓ ଅନେକ ସମୟ ଲଗାଇ ସେ ଯେଉଁ ଜିନିଷ ସବୁ କିଣିଥିଲା ସମସ୍ତଙ୍କ ପାଇଁ, ସେ ସବୁ ବର୍ତ୍ତମାନ ପରମାନନ୍ଦକୁ ଅତ୍ୟନ୍ତ ସାଧାରଣ ଓ ତୁଚ୍ଛ ଜଣାଗଲା। ସେଗୁଡ଼ିକୁ ସୁଧା ଓ ଉମାହାତରେ ଦେବାବେଳେ ସେ ଲଜ୍ଜିତ ବୋଧ କଲା ଏବଂ ନିଜକୁ କହିଲା ଯେ ପୁଣି ଆସିବାବେଳେ ସେ ନିଶ୍ଚୟ ଆହୁରି କିଛି ଭଲ ଜିନିଷ ନେଇ ଆସିବ। ସେ ପୁଅ ପାଇଁ ଯେଉଁ ଖେଳନା ନେଇ ଆସିଥିଲା ତାକୁ ପାଖକୁ ଆସି ତା ହାତରୁ ନେବାକୁ ମନା କରିଦେଲା ବାପୁ ଏବଂ ସୁଧା ତାକୁ ନେଇ ଦେବାରେ ସେ ତାକୁ ହାତରେ ଧରି ସେଠାରୁ ଦଉଡ଼ି ପଳାଇଗଲା। ସୁଧା କହିଲା, ନୂଆ ଦେଖି ଲାଜ କରୁଛି, ଦି ଚାରି ଦିନରେ ଚିହ୍ନିଗଲେ ବଳେ ବଳେ ପାଖକୁ ଆସିବ। ପରମାନନ୍ଦ କିଛି କହିଲା ନାହିଁ; ମନେ ମନେ ଭାବିଲା ସତରେ ଯଦି ସେ ଦି ଚାରି ଦିନ ରହିପାରିଥାନ୍ତା !

ପୋଷାକପତ୍ର ବଦଳାଇ ସେ ଭୋକ ନଥିଲେ ବି ବାଧ୍ୟ ହୋଇ ଖାଇଲା ଏବଂ ଖାଇସାରି ଷ୍ଟେସନକୁ ଯାଇଥିବା ପିଲାଟିକୁ ସାଙ୍ଗରେ ନେଇ ଡାକ୍ତରଙ୍କ ପାଖକୁ ଗଲା। ଡାକ୍ତର କହିଲେ ଯେ ସେ ସନ୍ଧ୍ୟାବେଳକୁ ଆସିବେ; ବ୍ୟସ୍ତ ହେବାର କିଛି ନାହିଁ। ଘରକୁ ଫେରି ମାଙ୍କୁ ଆଉ ଥରେ ଦେଖିସାରି ସେ ନିଜର ଶୋଇବା ଘରକୁ

ଗଲା । ସେ ଆଶା କରୁଥିଲା ଯେ ପିଲାଟିକୁ ଉମାକୁ ରଖିବାକୁ ଦେଇ ସୁଧା ତା ପାଖକୁ ଆସିବ ଏବଂ ଅନ୍ତତଃ ଅଳ୍ପ ସମୟ ପାଇଁ ସେମାନେ ଏକାନ୍ତ ହୋଇପାରିବେ । ସେ ଉଦ୍‌ବେଗର ସହିତ ସୁଧାକୁ ଅପେକ୍ଷା କଲା, କିନ୍ତୁ ସୁଧା ବୋଧହୁଏ ଘରକାମରେ ବ୍ୟସ୍ତଥିଲା । ଏଇଭଳି ଅପେକ୍ଷା କରୁ କରୁ ପରମାନନ୍ଦର ଆଖି ଲାଗିଗଲା ଏବଂ ଚେଇଁ ରହିବା ପାଇଁ ଯେତେ ଚେଷ୍ଟା କଲେ ବି ତାକୁ ନିଘୋଡ଼ ନିଦ ଲାଗିଗଲା । ତାର ଯେତେବେଳେ ଆଖି ଖୋଲିଲା, ସଞ୍ଜ ହୋଇଯାଇଥିଲା ଏବଂ ସେ ଉଠି ବସିଛି କି ନାହିଁ, ଏଇ ସମୟରେ ଡାକ୍ତର ଆସି ପହଞ୍ଚିଲେ । ଡାକ୍ତର ମାଙ୍କ ପରୀକ୍ଷା କରି ନିଜର ପେସକ୍ରିପସନକୁ ଦେଖି କହିଲେ ଯେ ଚିକିତ୍ସା ଯେମିତି ଚାଲୁଛି ଚାଲୁଥାଉ, ଭଲ ହେବାକୁ ଆଉ କିଛି ଦିନ ଲାଗିବ । ଡାକ୍ତର ଚାଲିଯିବା ପରେ ପରମାନନ୍ଦ ବାପାଙ୍କୁ କହିଲା, ଆମେ କଣ ଆଉ କୋଉ ବଡ଼ ଡାକ୍ତରଙ୍କୁ ପରାମର୍ଶ କରିବା ? ମା ଶୋଇଯାଇଥିଲେ ଏବଂ ପରମାନନ୍ଦ ଓ ବାପା ବାରଣ୍ଡାରେ ଠିଆ ହୋଇଥିଲେ । ସୁଧା ଓ ଉମା ରୋଷେଇଘରେ ଥିଲେ । ବାପୁ କେଉଁଠି ଦେଖା ଯାଉନଥିଲା । ପରମାନନ୍ଦ ଭାବିଲା ଏଇ ଅବସରରେ ସେ ବାପାଙ୍କ ସହିତ କିଛି ମନଖୋଲା କଥାବାର୍ତ୍ତା କରିବ । ବାପା କହିଲେ, ଯଦି ଆମେ କୋଉ ବଡ଼ ଡାକ୍ତରଙ୍କୁ ଆଣିବା, ଭବିଷ୍ୟତରେ ଏ ଡାକ୍ତର ଆଉ ଆସିବେ ନାହିଁ । ଯାହାହେଉ ଯେତେବେଳେ ଡାକିଲେ ଏ ଆସି ଯାଉଛନ୍ତି । ବଡ଼ ଡାକ୍ତରଙ୍କ ଖର୍ଚ୍ଚ ବି ତ ବେଶି, ପୁଣି ସବୁ ସମୟରେ ତାଙ୍କର ଦେଖାପାଇବା ବି କଷ୍ଟ । ଆଉ ଦି ଦିନ ଯାଉ, ଦେଖି ଯାହା କରିବା । ପୁଣି ସେଇ ଦିନେ ଦି ଦିନ, ଅର୍ଥାତ ପରମାନନ୍ଦ ଯେତେବେଳେ ଘରୁ ଚାଲିଯାଇଥିବ । ତାର ଯେମିତି ଆଉ ଏ ଘର ଭିତରେ, ଏ ପରିବାରର କୌଣସି ନିଷ୍ପତ୍ତି ନେବାରେ, କୌଣସି ଅଧିକାର ନାହିଁ । ସେ ମାତ୍ର ଦି ଦିନର ଅତିଥି, ଯେମିତି ଆସିଥିଲା ସେମିତି ଚାଲିଯିବ । ବାପାଙ୍କ କଥାରେ ସେ ଚୁପ ରହିଲା; ତାର ଏସବୁ କଥାରେ ହାତ ନ ଦେବା ହିଁ ଭଲ ।

ସେ ବାପାଙ୍କୁ ଗାଁର ଜମି ବିଷୟରେ ପଚାରିବାକୁ ଯାଉଛି, ତାର ଦି ଜଣ ସାଙ୍ଗ ଆସି ପହଞ୍ଚିଗଲେ । ସେମାନେ ତାର ଆସିବା ଖବର ଜାଣି ଆଗରୁ ଠିକ କରିଥିଲେ ସେ ତାକୁ ସାଙ୍ଗରେ ନେଇ ସେଦିନ ରାତିରେ ଏକାଠି ଖାଇବେ ପିଇବେ । ସେ କହିଲା ଯେ ସେ ଟିକିଏ ପରେ ଯିବ, କିନ୍ତୁ ସେମାନେ ଜିଦ କଲେ ଯେ ସେ ସାଙ୍ଗେ ସାଙ୍ଗେ ତାଙ୍କ ସହିତ ବାହାରି ଆସୁ । ମାଙ୍କୁ କହିଯିବ ବୋଲି ପରମାନନ୍ଦ ଯାଇ ଦେଖିଲା ଯେ ସେ ଶୋଇଯାଇଥିଲେ । ସେ ସୁଧାକୁ ଜଣାଇଦେଲା ଯେ ସେ ରାତିରେ ଘରେ ଖାଇବ ନାହିଁ । ଟ୍ରଙ୍କ ଖୋଲି ସେ ସାଙ୍ଗରେ ଆଣିଥିବା ଦୁଇ ବୋତଲ ରମ ବାହାର କଲା ଏବଂ ତାକୁ ଧରି ବନ୍ଧୁମାନଙ୍କ ସହିତ ଯୋଗଦେଲା । ସେମାନେ ସବୁ ବ୍ୟବସ୍ଥା

କରିଥିଲେ ଜଣେ ସାଙ୍ଗ ଘରେ, ଯେ କି ଏକା ରହୁଥିଲା । ଅତି ଆନନ୍ଦରେ ସେମାନେ ତାକୁ ଘେରି ବସିଲେ ଏବଂ ନିଜ ଘରର ଅଣନିଶ୍ୱାସୀ ବାତାବରଣ ପରେ ପ୍ରଥମ କରି ପରମାନନ୍ଦ ସେମାନଙ୍କ ସାଙ୍ଗରେ ହସଖୁସିରେ କଥାବାର୍ତ୍ତା କଲା । ରମ ପିଇବା ସହିତ ଅଳ୍ପ ସମୟ ଭିତରେ ସେମାନଙ୍କ ଗପ ବେଶ ଜମିଆସିଲା ଏବଂ ପରମାନନ୍ଦ ଯେତେବେଳେ ଉଠିବା କଥା ଭାବିଲା ରାତି ଦଶଟା ବାଜି ସାରିଥିଲା । ସେ ସାଙ୍ଗମାନଙ୍କୁ ଖାଇବା କଥା ମନେପକାଇଦେଲା କିନ୍ତୁ ସେମାନେ କେହି ଉଠିବାର ମନସ୍ଥିତିରେ ନଥିଲେ । ଏତେଦିନ ପରେ ଦେଖା ହୋଇଥିବାରୁ ଏଭିତରେ ଯାହାସବୁ ଘଟିଯାଇଥିଲା ତାକୁ ବର୍ଣ୍ଣନା କରି ଓ ପୁରୁଣା କଥାମାନ ମନେପକାଇ ସମସ୍ତେ ମସଗୁଲ ଥିଲେ । ପରମାନନ୍ଦ ତରବର କରିବାରୁ ସାଙ୍ଗ କହିଲା, ଏତେ ଜଲଦି କାହିଁକି ? ତିନିବର୍ଷର ଯାହା ସବୁ ବାକି ରହିଛି, ତାକୁ ସବୁ କଣ ଗୋଟିଏ ରାତିରେ ସାରି ହେବ ? ଏମିତି ସବୁ କଥା କହି ସେମାନେ ତାକୁ ବସାଇ ରଖିଲେ ଏବଂ ପରମାନନ୍ଦ ଘରକୁ ଫେରିଲା ରାତି ବାରଟାରେ ।

ଘରେ ସମସ୍ତେ ଶୋଇଯାଇଥିଲେ, କେବଳ ବାପା ତାକୁ ଜଗି ବସିଥିଲେ କବାଟ ଖୋଲିବା ପାଇଁ । ତାକୁ ଦେଖି ପଚାରିଲେ, କଣ ଖାଇକରି ଆସିଛୁ ତ ? ପରମାନନ୍ଦର ଇଚ୍ଛା ହେଲା ତାଙ୍କ ସାଙ୍ଗରେ ଟିକିଏ ଗପସପ କରିବ । କିନ୍ତୁ ରାତି ଅନେକ ହୋଇଯାଇଥିଲା ଏବଂ ସେ ଟିକିଏ ବେଶି ପିଇଥିବାରୁ ଠିକରେ କଥାବାର୍ତ୍ତା କରିପାରୁ ନଥିଲା । ସେଥିପାଇଁ ସେ ବାପାଙ୍କ ଆଗରେ ବେଶି ସମୟ ନ ରହି ତାଙ୍କୁ ହଁ କହିଦେଇ ଶୋଇବାକୁ ଚାଲିଗଲା । ଶୋଇବାଘରେ ଅନ୍ଧାର ଥିଲା, ଖାଲି ଯାହା ବାରଣ୍ଡାରୁ ଟିକିଏ ଆଲୁଅ ଯାଇ ସାମାନ୍ୟ କିଛି ଦେଖି ହେଉଥିଲା । କାନ୍ଥ ଆଡ଼କୁ ମୁହଁକରି ସୁଧା ଶୋଇଯାଇଥିଲା, ଖଟ ମଝିରେ ବାପୁ ଶୋଇଥିଲା । ସାମାନ୍ୟ ବିରକ୍ତି ହୋଇ ଅନ୍ଧାରରେ ପରମାନନ୍ଦ ଲୁଗା ବଦଳାଇଲା ଏବଂ କବାଟ ବନ୍ଦ କରି ଖଟ ଉପରକୁ ଆସିଲା । ବାପୁ ଦେହରେ ଯେପରି ହାତ ନ ବାଜେ ସାବଧାନରେ ସେ ସୁଧାକୁ ଦି ଚାରିଥର ହଲାଇଲା କିନ୍ତୁ ସୁଧା ବୋଧହୁଏ ଦିନସାରା କାମ କରି କ୍ଳାନ୍ତ ହୋଇ ଶୋଇଯାଇଥିଲା, ଉଠିଲା ନାହିଁ । ମଦ ନିଶାରେ ପରମାନନ୍ଦ ଭାବିଲା ଜୋରକରି ସୁଧାକୁ ନିଦରୁ ଉଠାଇବ । କିନ୍ତୁ ସେ ଯେତେବେଳେ ପୁଣି ଥରେ ସୁଧାର ନିଦ୍ରିତ ଦେହ ଉପରେ ହାତ ରଖିଲା, ତାକୁ ତାର ପରିଶ୍ରାନ୍ତ ମୁହଁଟି ମନେପଡ଼ିଲା । ସତରେ ଖୁବ ମ୍ରିୟମାଣ ଅବସନ୍ନ ଦିଶୁଥିଲା ସେ । ଏପରି ହତାଶା ଓ ନିଶା ଭିତରେ ତାକୁ ଅଳ୍ପ ସମୟ ଭିତରେ ନିଦ ଆସିଗଲା ।

ସକାଳ ପହରକୁ ସେ କଣ ସ୍ୱପ୍ନ ଦେଖୁଥିଲା, ସୁଧାର ହାତବାଜି ତାର ସ୍ୱପ୍ନ ଭାଙ୍ଗିଗଲା । ସୁଧା ଖଟ ମଝିରେ ଶୋଇଥିଲା ପୁଅକୁ କାନ୍ଥ ପାଖରେ ଶୁଆଇ । ସେ

ତାକୁ ଉଠାଇବାକୁ ଚେଷ୍ଟା କରୁଥିଲା। ପରମାନନ୍ଦର ନିଦ ଭାଙ୍ଗିଗଲା କିନ୍ତୁ ହଠାତ୍ ଗତରାତି କଥା ମନେପଡ଼ିବାରୁ ତା ମନରେ ରାଗ ହେଲା। ସେ ସ୍ୱପ୍ନରେ କଣ ଦେଖୁଥିଲା ତାର ମନେ ନଥିଲା, ତେବେ ତା ସୁଖକର ଥିଲା। ସେଇଟିକୁ ଭାଙ୍ଗି ଦେଇଥିବାରୁ ମଧ୍ୟ ସୁଧା ଉପରେ ବିରକ୍ତି ଆସିଲା। ଯଦିଓ ସେ କଡ଼ ଲେଉଟାଇ ସୁଧାକୁ କୋଳରେ ନେବାକୁ ଚାହୁଁଥିଲା, ଏଇ ଅଯଥା କ୍ରୋଧ ନେଇ ସେ ଶୋଇ ରହିଥିବାର ଛଳନା କଲା। ସୁଧା ଆଉ ଥରେ ଦି ଥର ତାକୁ ଉଠାଇବାକୁ ଚେଷ୍ଟା କରି ସେଥିରୁ ବିରତ ହେଲା। ପରମାନନ୍ଦ ପୁଣି ନିଦରେ ଶୋଇ ସେଇ ଅଧା ରହିଯାଇଥିବା ସ୍ୱପ୍ନଟିର ପରବର୍ତ୍ତୀ ଅଂଶଟିକୁ ଦେଖିବାକୁ ଚେଷ୍ଟା କଲା, କିନ୍ତୁ ତା ସମ୍ଭବ ହେଲା ନାହିଁ। ଅନେକ ସମୟ ଧରି ସେ ମନଭିତରେ ଦୋଦୋପାଞ୍ଚ ହେଲା କଡ଼ ଲେଉଟାଇବ କି ନାହିଁ। ଶେଷରେ ସେ ଯେତେବେଳେ ସୁଧାକୁ ପାଖକୁ ଆଣିବା ପାଇଁ କଡ଼ ଲେଉଟାଇଲା, ଠିକ୍ ସେଇ ସମୟରେ ବାପୁ ନିଦରୁ ଉଠି ତାର କାନ୍ଦ ଆରମ୍ଭ କରିଦେଲା।

ସୁଧା ଯେତେ ଚେଷ୍ଟା କଲା ବାପୁର କାନ୍ଦ ବନ୍ଦ କରି ତାକୁ ତାର ବାପା ସହିତ ମିଶାଇବ ବୋଲି, ପିଲା ସେତିକି ଜୋରରେ କାନ୍ଦିଲା। ବିରକ୍ତ ହୋଇ ପରମାନନ୍ଦ ଖଟ ଉପରେ ଉଠି ବସିଲା ଏବଂ ପିଲାଟିକୁ ବୁଝାଇବାକୁ ଚେଷ୍ଟା କଲା। କୌଣସି ଫଳ ନ ହେବାରୁ ସୁଧା ତାକୁ ଚାପୁଡ଼ା ମାରିଲା ଏବଂ କହିଲା, ଏ ପିଲା ମୋର ଜୀବନ ନେବ। ଏତିକି କହି ସେ ବାପୁକୁ ଟାଣି ଟାଣି ବାହାରକୁ ନେଇଗଲା। ପରମାନନ୍ଦ ଭାବିଲା ଯେ ସୁଧା ପିଲାଟିକି କାହା ପାଖରେ ଛାଡ଼ିଦେଇ ପୁଣି ଫେରି ଆସିବ। ସେ ଅନେକ ସମୟ ବିଛଣା ଉପରେ ପଡ଼ି ରହି ଅପେକ୍ଷା କଲା, କିନ୍ତୁ ସୁଧା ନ ଆସିବାରୁ ନିଜେ ଉଠି ଦିନଟି ପାଇଁ ତିଆରି ହେଲା।

ରାତିରେ ବେଶି ପିଇ ଦେଇଥିବାରୁ ତାର ମୁଣ୍ଡ ଧରିଥିଲା ଏବଂ ସେ ଭାବିଲା ତାର ଦେହ ଖରାପ ହୋଇଯିବ। ତା ମୁଣ୍ଡ ଭିତରକୁ ଆସିଲା ଯେ ଏଇ ଆଳରେ ସେ ଆଉ କିଛି ଦିନ ଛୁଟି ମାଗିବ। କିନ୍ତୁ ସେ ଜାଣିଥିଲା ଯେ ଏକଥା ସମ୍ଭବ ନୁହେଁ; ତାକୁ ବାରମ୍ବାର ଚେତାବନୀ ଦିଆଯାଇଥିଲା ସପ୍ତାହକ ଛୁଟି ପରେ ଫେରିଯିବା ପାଇଁ। ସେ ସେଦିନର କାମପାଇଁ ପ୍ରସ୍ତୁତ ହେଲା। ଆଜିର ଗୋଟିଏ ବଡ଼ କାମ ଥିଲା ଷ୍ଟେସନକୁ ଯାଇ ଫେରିବାର ବ୍ୟବସ୍ଥା କରିବା। ଏ କାମରେ ତାକୁ ଦୁଇ ଘଣ୍ଟାରୁ ବେଶି ସମୟ ଲାଗିଗଲା। ଷ୍ଟେସନରୁ ଘରକୁ ଫେରି ଦେଖିଲା ବାପା ବଜାରକୁ ବାହାରିଥିଲେ ଔଷଧ କିଣିବା ପାଇଁ। ତାଙ୍କ ପାଖରୁ କାଗଜଟି ନେଇ ସେ ନିଜେ ବାହାରିଲା ଔଷଧ ଦୋକାନକୁ। ସେଠାରୁ ଔଷଧ ନେଇ ଫେରିବା ବାଟରେ ଗୋଟିଏ ଚା ଦୋକାନ ପଡୁଥିଲା ଯେଉଁଠାରେ ତାର ବେକାର ଜୀବନର ଘଣ୍ଟା ଘଣ୍ଟା କଟାଇଥିଲା ପରମାନନ୍ଦ।

ଦୋକାନଟିକୁ ଦେଖି ପରମାନନ୍ଦ ତା ଭିତରକୁ ପଶିଲା ଏବଂ ସେଠାରେ ଚା ପିଉ ପିଉ ଚିହ୍ନା ପରିଚୟ ଲୋକଙ୍କ ସାଙ୍ଗରେ କିଛି ସମୟ କଟାଇଲା। ଏପରି ହୋଇ ଘରକୁ ଫେରିଲା ବେଳକୁ ଦିନ ଗୋଟାଏ।

ବାପୁ ବାହାର ଘରେ ପାଟି କରି ଖେଳୁଥିଲା, ତାକୁ ଦେଖି ଚୁପ ହୋଇଯାଇ ଭିତରକୁ ଦଉଡ଼ି ପଳାଇଗଲା, ଯେତେ ଡାକିଲେ ବି ତା ପାଖକୁ ଆସିଲା ନାହିଁ। ପରମାନନ୍ଦ ଭାବିଲା ଯିବା ଆଗରୁ ଯେମିତି ହେଲେ ସେ ତା ସହିତ ସନ୍ଧି ସ୍ଥାପନ କରି ବନ୍ଧୁତା କରିଯିବ। ସେ ତା ପଛେ ପଛେ ଯାଇ ତାକୁ ସୁଧା ପଛରେ ଲୁଚିଥିବାର ଦେଖିଲା। ସୁଧା କହିଲା, ଏ ପିଲା ବହୁତ ବଦମାସ ହୋଇଛି। ପରମାନନ୍ଦ କହିଲା, ମତେ ତ ଚିଠିରେ ଲେଖିଥିଲ ଖୁବ ଶାନ୍ତଶିଷ୍ଟ, ଯିଏ ଡାକିଲେ ଖୁସିରେ ପାଖକୁ ଚାଲିଯାଏ। ସୁଧା କିଛି ନକହି ଚୁପ ରହିଲା। ପରମାନନ୍ଦର ମନେପଡ଼ିଲା ଯେ ପୂର୍ବଦିନ ଯେତେବେଳେ ତାର ସାଙ୍ଗମାନେ ଆସିଥିଲେ, ତାର ଜଣେ ସାଙ୍ଗ ଡାକିବାରୁ ବାପୁ ତା କୋଳକୁ ଚାଲିଯାଇଥିଲା। ଏ କଥା ମନେପଡ଼ି ପରମାନନ୍ଦ ମନରେ ସାମାନ୍ୟ ଈର୍ଷା ହେଲା। ସୁଧା ପୁଣି ଧମକାଇଲା ବାପୁକୁ ବାପା ପାଖକୁ ଯିବା ପାଇଁ, କିନ୍ତୁ ବାପୁ ଆହୁରି ଜୋର୍‌ରେ ତାର କାନିକୁ ଟାଣିଧରି ମୁହଁ ଲୁଚାଇ ରହିଲା। ଏଇ ସମୟରେ ବାପା ଆସି କହିଲେ, ଥାଉ, ପିଲାକୁ ଆଉ ଜୋର ଜବରଦସ୍ତି କର ନାହିଁ। ଚିହ୍ନିଗଲେ ନିଜେ ପାଖକୁ ଆସିବ।

ଘର ଭିତରେ ପରମାନନ୍ଦ ଅନେକ ପରିବର୍ତ୍ତନ ଦେଖୁଥିଲା। ସୁଧା ଓ ଉମା ଭିତରେ ସେ ଆଗଭଳି ଆଉ ବାଳିକାସୁଲଭ କ୍ରମାନ୍ୱୟରେ ଗଭୀର ବନ୍ଧୁତା ଓ ଚପଳ ବୈରଭାବ ଦେଖୁ ନଥିଲା। ବୋଧହୁଏ ଦୁଇଜଣଯାକ ଟିକିଏ ବେଶୀ ଅଭିଜ୍ଞ ହୋଇଯାଇଥିଲେ। ମା ବାପା ସୁଧାକୁ ଆଉ ଟିକିଏ ନିଜର ଭଳି ଦେଖୁଥିବାର ମନେ ହେଲା। ଏହାର କାରଣ ହୋଇପାର ଯେ ସେମାନେ ବର୍ତ୍ତମାନ ସୁଧା ଉପରେ ଅଧିକ ନିର୍ଭରଶୀଳ ଥିଲେ ଏବଂ ପରମାନନ୍ଦ ବର୍ତ୍ତମାନ ଟଙ୍କା ପଠାଇ ଘର ଚଳାଇବାରେ ସାହାଯ୍ୟ କରୁଥିଲା। ଏପରିକି ଆଜି ତାର ମା ନିଜ ଆଡୁ କହିଲେ, ତୁ ସୁଧାକୁ ଟିକିଏ ସିନେମା ଦେଖାଇ ନେଇଯା; ମୋ ଦେହ ଖରାପ ହେଲାଦିନୁ ପିଲାଟା ଘରେ ବସି ରହିଛି, କୁଆଡ଼େ ବାହାରକୁ ଯାଇନାହିଁ। ଏ କଥା ଶୁଣି ପରମାନନ୍ଦ ଖୁସି ହେଲା; ସିନେମା ଦେଖିବାକୁ ଗଲାବେଳେ ହୁଏତ ସୁଧା ସାଙ୍ଗରେ ଏକାନ୍ତରେ ଟିକିଏ କଥାବାର୍ତ୍ତା କରିପାରିବ। ସୁଧା ପ୍ରଥମେ ନାହିଁ ନାହିଁ କଲା, କିନ୍ତୁ ଶେଷରେ ଠିକ୍ ହେଲା ଯେ ଦୁହେଁ ତିନିଟା ବେଳେ ମ୍ୟାଟିନୀ ସୋ ଦେଖି ସଞ୍ଜକୁ ଫେରି ଆସିବେ।

ଅନେକ କଷ୍ଟରେ ବାପୁ ପାଖରୁ ଲୁଚି, ଉମାକୁ ସେଦିନ ଉପରବେଳା ଓ

ରାତିର ଖାଇବା ବିଷୟରେ ଛୋଟ ଛୋଟ କଥା ସବୁ ବୁଝାଇ ସୁଧା ବାହାରିଲା ପରମାନନ୍ଦ ସାଙ୍ଗରେ। ଘରେ ପହଞ୍ଚିବା ପରେ ପ୍ରଥମ ଥର ପାଇଁ ଅନ୍ୟମାନଙ୍କଠାରୁ ଅଲଗା ହୋଇଥିଲେ ଦୁହେଁ। ପରମାନନ୍ଦ ମନରେ ଏ ପର୍ଯ୍ୟନ୍ତ ଗତ ରାତିର ସାମାନ୍ୟ ରାଗ ଥିଲା। ସିନେମାକୁ ଯିବା ରାସ୍ତାରେ ମୁହୂର୍ତ୍ତକ ପାଇଁ ସେ ଭାବିଲା ଯେ ସେକଥା ଉଠାଇବ, କିନ୍ତୁ ପୁଣି ବୁଝିଲା ଯେ ଏପରି ହେଲେ କଥା ଯାଇ ପହଞ୍ଚିବ ସେଇ ପୁରୁଣା ମନୋମାଳିନ୍ୟରେ। ନିଜକୁ ସମ୍ବରଣ କରି ପରମାନନ୍ଦ କହିଲା, ଏତେ ଦିନରେ ତମେ ମତେ ଗୋଟାଏ ବି ଚିଠି ଲେଖିପାରିଲ ନାହିଁ? ସୁଧା କହିଲା, ତମେ ମତେ କେତେଟା ଚିଠି ଲେଖିଥିଲ? ପରମାନନ୍ଦ କହିଲା, ଘରେ ଏତେ ଲୋକ ଥାଉ ଥାଉ ମୁଁ ତୁମ ଠିକଣାରେ ତମ ପାଇଁ କେମିତି ଚିଠି ପଠାନ୍ତି କହିଲ। ସୁଧା କହିଲା, ଆଉ ମୁଁ? ମୁଁ କୋଉଠୁ ଆଣିଥାନ୍ତି କାଗଜ କଲମ ଲଫାପା? କିଏ ମୋର ଚିଠି ନେଇ ଡାକଘରେ ପକାଇଥାନ୍ତା? ସୁଧା ଠିକ କଥା କହୁଥିଲା। ପରମାନନ୍ଦ କହିଲା, ହଉ, ଏଥର ଯିବା ଆଗରୁ ମୁଁ ତମକୁ ଲଫାପା କାଗଜ ଦେଇଯିବି।

ଟିକିଏ ସମୟ ପରେ ସୁଧା କହିଲା, ଆମେ ଏବେ ସିନେମା ନଯାଇ ଆଉ କୋଉଠି ବସିଲେ ହୁଅନ୍ତା ନାହିଁ? ପରମାନନ୍ଦର ଯେ ଏ ଇଚ୍ଛା ନଥିଲା ତା ନୁହେଁ। ସୁଧାର ଏ ଅନୁରୋଧଟି ତାକୁ ଆହୁରି ନିକଟତର କରିଦେଲା ସୁଧା ପାଖରେ। କିନ୍ତୁ ସେ କହିଲା, ଘରେ ସିନେମା ଦେଖିବାକୁ କହି ଆସିଛେ, ଆଉ କୁଆଡ଼େ ଗଲେ ସେମାନେ କଣ ଭାବିବେ? ସୁଧା କହିଲା, ମିଛ କହିଦବା। ସବୁଆଡ଼ୁ ଭାବି ପରମାନନ୍ଦ କହିଲା, ନା, ଆଜି ସିନେମା ଯିବା। କାଲି କଣ କିଛି ଉପାୟ କରି ଆଉ କୁଆଡ଼େ ଯିବା। ସିନେମାହଲରେ ପହଞ୍ଚିବା ପାଇଁ ଯୋଉ ଅଧଘଣ୍ଟା ଲାଗିଲା, ସୁଧା ତାକୁ ଘରର ଛୋଟ ବଡ଼ କଥାମାନ କହିଲା, ଶେଷରେ କହିଲା, ମୁଁ ଖାଲି କଥା କହୁଛି, ତମେ ତ ତମ କଥା କିଛି କହିଲ ନାହିଁ। ପରମାନନ୍ଦ କହିଲା, କାଲି ଯେମିତି ହେଲେ କୋଉଠିକି ଯାଇ ଘଣ୍ଟାଏ ବସି କଥା ହବା। ସେ ଭାବିଥିଲା ସିନେମାରେ ସୁଧା ଅନ୍ତତଃ ତା ଆଡ଼କୁ ଅନାଇବ, ତାକୁ ଚୁପ ଚୁପ କରି କଣ କହିବ, ନହେଲେ ତା ହାତକୁ ଛୁଇଁ ଦେବ। ପରମାନନ୍ଦକୁ ଚିତ୍ରଟି ଭଲ ଲାଗି ନଥିଲା, କିନ୍ତୁ ସୁଧା ସେଥିରେ ସମ୍ପୂର୍ଣ୍ଣ ମଜ୍ଜିତ ହୋଇଗଲା। ଚିତ୍ରର କାହାଣୀ ସହିତ ହସି, ଦୁଃଖ କରି, କାନ୍ଦି ସୁଧା ତା ସହିତ ସିନେମା ହଲରୁ ବାହାରିଲା। ସିନେମାଟି ଦୁଃଖାନ୍ତକ ଥିଲା ଏବଂ ଯେତେ ଚେଷ୍ଟା କଲେ ବି ପରମାନନ୍ଦ ସଫଳ ହେଲା ନାହିଁ ସୁଧା ସହିତ ଭଲରେ କଥାବାର୍ତ୍ତା କରିବା ପାଇଁ।

ରାତିରେ ପୁଣି ସମସ୍ୟା ହେଲା ବାପୁକୁ ନେଇ। ଶୋଇବାକୁ ଗଲାବେଳେ

ବାପୁ ଜିଦ୍ କଲା ଯେ ଖଟ ଉପରେ କେବଳ ସେ ଓ ସୁଧା ଶୋଇବେ, ପରମାନନ୍ଦ ନୁହେଁ। ବାପୁ ଏ ପର୍ଯ୍ୟନ୍ତ ପରମାନନ୍ଦକୁ ସ୍ୱୀକାର କରି ନଥିଲା, ତା ପାଖକୁ ଯାଉନଥିଲା ଏବଂ ଜୋର କରି ଧରିଲେ ହାତ ଗୋଡ଼ ଛିଞ୍ଚାଡ଼ି କାନ୍ଦୁଥିଲା। ପରମାନନ୍ଦ ସେଥିପାଇଁ ତାକୁ ଆଦର କରିବାକୁ ଚେଷ୍ଟା କରିବା ଛାଡ଼ି ଦେଇଥିଲା। ଶୋଇବା ସମସ୍ୟାକୁ ନେଇ ପୁଣି ଧମକାଧମକି, କନ୍ଦାକଟା ହେଲା। ସୁଧା ବାପୁକୁ ମାରିବାକୁ ଯାଉଥିଲା, ପରମାନନ୍ଦ କହିଲା, ଠିକ ଅଛି, ମୁଁ ତଳେ ଶୋଇଯାଉଛି। ପୁଣି ଚୁପ ଚୁପ ସୁଧାକୁ କହିଲା, ବାପୁ ଶୋଇଗଲେ ତମେ ତଳକୁ ଚାଲିଆସିବ। ଏ ସମସ୍ୟାଟି ଜଟିଳ ଥିଲା। ଅନ୍ଧାରରେ ପରମାନନ୍ଦ ଓ ସୁଧା ନିଦରେ ଶୋଇବାର ଛଳନା କଲେ ବି ବାପୁ ସେମାନଙ୍କୁ ଜଗି ରହି ଶୋଇଲା ନାହିଁ ଏବଂ ଅନେକ ସମୟ ପର୍ଯ୍ୟନ୍ତ ସୁଧା ସହିତ କଥାବାର୍ତ୍ତା କରିବାକୁ ଜିଦ କଲା। ଅନେକ ଡେରିରେ ସେ ଯେତେବେଳେ ଶୋଇଲା, ପରମାନନ୍ଦକୁ ସେତେବେଳକୁ ନିଦ ଲାଗି ଆସୁଥିଲା। ସୁଧା ଯେତେବେଳେ ତା ପାଖକୁ ଆସିଲା, ପରମାନନ୍ଦ ଉଠି ବସିଲା, କହିଲା, ବାପୁ ଠିକ ଶୋଇଯାଇଛି ତ? ସୁଧା ଚୁପ ଚୁପ କହିଲା, ତମେ ଆଉ କିଛି ପାଟି କର ନାହିଁ, ସେ ପୁଣି ଉଠିପଡ଼ିବ। ପରମାନନ୍ଦ ଖଟ ଉପରକୁ ଯାଇ ବାପୁ ଶୋଇଛି କି ନାହିଁ ଦେଖିଲା ଏବଂ ସୁଧା ପାଖକୁ ଆସିଲା।

ସୁଧା ସାଙ୍ଗରେ ସେ ଅନେକ କଥାବାର୍ତ୍ତା କରିବାକୁ ଚାହୁଁଥିଲା, କିନ୍ତୁ ବାପୁ ଉଠି ପଡ଼ିବା ଭୟରେ ଚୁପ ରହିଲା। ତେବେ ସୁଧାକୁ ପାଖରେ ପାଇ ସବୁ ଭୁଲିଗଲା ପରମାନନ୍ଦ : ଏତେ ଦିନ ତାକୁ ଦେଖି ନଥିବା, ଏତେ ଦିନ ତା ମୁହଁରୁ କଥା ଶୁଣି ନଥିବା ଏବଂ ଏତେ ଦିନ କେବଳ ତା କଥା ଭାବି ଭାବି ସମୟ କଟାଇଥିବା। ବର୍ତ୍ତମାନ ତା ପାଇଁ ସବୁଠାରୁ ବଡ଼ କଥା ଥିଲା ସୁଧାର ତା ପାଖରେ ଥିବା। ଏଭଳି ଭାବରେ ସେ ଯେତେବେଳେ ଆଉ ସବୁ କିଛି ଭୁଲିଯାଇ କେଉଁ ଐକାନ୍ତିକ ଆବେଶରେ ବୁଡି ଯାଉଥିଲା, ସୁଧା କହିଲା, ବାପୁ ଉଠିଲା! ଦୁହେଁ ନିର୍ଜୀବ ହୋଇଯାଇ ବାପୁ ଆଡ଼କୁ କାନ ଦେଲେ। ବାପୁ ନିଦରେ ଶୋଇଥିଲା, ତଥାପି ସୁଧା ଖଟ ଉପରକୁ ଯାଇ ତାକୁ ଦେଖିଲା, ତାକୁ ଆପୁଡ଼ାଇ ଦେଲା। ଦି ମିନିଟ ପରେ ସେ ଯେତେବେଳେ ତଳକୁ ଆସିଲା, ପରମାନନ୍ଦ କହିଲା, ଦେଖିଲ, ମୁଁ ଆଜି ବ୍ୟାଙ୍କ କାମଟା କରିବାକୁ ପୂରା ଭୁଲିଗଲି। କାଲି ଯେମିତି ହେଲେ ବ୍ୟାଙ୍କକୁ ଯିବାକୁ ହେବ।

ଘରେ ପରମାନନ୍ଦର ଶେଷ ଦିନଟି ଦେଖୁ ଦେଖୁ କଟିଗଲା ଛୋଟ ଛୋଟ କାମରେ। ତାଙ୍କ ଘରର ଗୋଟିଏ ଅଂଶ ଭାଙ୍ଗି ପଡୁଥିଲା, ଅନେକ ଚେଷ୍ଟା କରି ତାର ବାପା ଲୋକ ଠିକ କରି ତାକୁ ମରାମତି କରିପାରୁ ନଥିଲେ। ପରମାନନ୍ଦ ସକାଳୁ ତାର

ସାଙ୍ଗ ଜଣେ କଣ୍ଟ୍ରାକ୍ଟର ପାଖକୁ ଯାଇ ଏ ବିଷୟରେ କଥାବାର୍ତ୍ତା କରି ଆସିଲା। ବ୍ୟାଙ୍କ କାମ ଶୀଘ୍ର ସାରିଦେବ ବୋଲି ସେ ଠିକ ଦଶଟା ବେଳେ ଯାଇ ପହଞ୍ଚିଲା, କିନ୍ତୁ ସେଠାରେ କିରାନୀମାନେ ଅନେକ ଡେରିରେ ଆସିଲେ। ତାର ଚାକିରିରେ ଯେଉଁ ଭଦ୍ରଲୋକ ସାହାଯ୍ୟ କରିଥିଲେ ତାଙ୍କ ପାଖକୁ ସେ ଏ ପର୍ଯ୍ୟନ୍ତ ଯାଇନଥିଲା। ପରମାନନ୍ଦ ଭାବିଥିଲା ଯେ ଅଧଘଣ୍ଟାରେ ଏ କାମ ସରିଯିବ, କିନ୍ତୁ ଭଦ୍ରବ୍ୟକ୍ତି ତାକୁ ଆଦର ଯତ୍ନ କରି ଖୁଆଇ ପିଆଇ ଛାଡ଼ିଲେ ଦି ଘଣ୍ଟା ପରେ। ମାଙ୍କ ପାଇଁ ଆସିଥିବା ଭୁଲ ଔଷଧ ବଦଳାଇ ଆଣିବାରେ ବି ସମୟ ଲାଗିଲା। ଔଷଧ ଦୋକାନରୁ ଫେରିଲାବେଳେ ଚା ଦୋକାନରେ ତାକୁ ଦି ଜଣ ସାଙ୍ଗ ଅଟକାଇ ଦେଲେ। ଏପରି ଭାବରେ ସଞ୍ଜବେଳକୁ ତାର ମନେପଡ଼ିଲା ଯେ ସୁଧାକୁ ଯୋଡ଼ ଲଫାପା କିଣି ଦେଇଯିବ ବୋଲି ଭାବିଥିଲା, ତାର ସେଦିନ ପୋଷ୍ଟଅଫିସକୁ ଯିବା ହୋଇପାରିଲା ନାହିଁ।

ସେ ଯାଇ ମାଙ୍କ ବିଛଣା ପାଖରେ ବସିଲା ତାଙ୍କ ସାଙ୍ଗରେ କିଛି କଥା ହେବ ବୋଲି। ସେ କହିଲେ, ତୁ ଦିନସାରା ଏତେ ବୁଲାବୁଲି କରିଛୁ, କାଲି ସକାଳୁ ପୁଣି ଏତେ ଦୂରକୁ ଯିବାର ଅଛି, ଜଲଦି ଖାଇ ପିଇ ଶୋଇଯା। ଦି ମିନିଟ କଥାବାର୍ତ୍ତା କରି ତାଙ୍କ ପାଖରୁ ଉଠି ସେ ବାପୁକୁ ପାଖକୁ ନେବାକୁ ଚେଷ୍ଟା କଲା। କିନ୍ତୁ ତାକୁ ଦେଖିବାମାତ୍ରେ ହିଁ ବାପୁ ଭେଁ କରି ରଡ଼ି ଛାଡ଼ିଲା। ରାତିରେ ପୁଣି ତାର ଦି ଜଣ ସାଙ୍ଗ ଆସିଲେ, କିନ୍ତୁ ପରମାନନ୍ଦ ସେମାନଙ୍କୁ ବାହାରୁ ବାହାରୁ ବିଦାୟ କରିଦେଲା କୌଣସିମତେ। ରାତିରେ ଖାଇସାରି ଶୋଇବାକୁ ଆସିବା ବେଳକୁ ବାପୁ ଖଟ ଉପରେ କାନ୍ଦି କାନ୍ଦି ଶୋଇଯାଇଥିଲା। ତଳେ ବିଛଣା ପକାଇ ଶୋଇରହି ପରମାନନ୍ଦ ସୁଧାର ଅପେକ୍ଷା କଲା, କିନ୍ତୁ ସୁଧା ବ୍ୟସ୍ତ ଥିଲା ତା ସାଙ୍ଗେ ଦେବାପାଇଁ ପିଠା ତିଆରି କରିବାରେ। ଅନେକ ଡେରିରେ ସୁଧା ଆସି ପ୍ରଥମେ ବାପୁକୁ ଉଠାଇଲା ସେ ନ ଖାଇ ଶୋଇପଡ଼ିଥିଲା ବୋଲି। ସେ ଅନେକ କଷ୍ଟରେ ଖାଇଲା କିନ୍ତୁ ଆଉ ଶୋଇଲା ନାହିଁ।

ତାର ଟ୍ରେନର କବାଟ ପାଖରେ ଠିଆହୋଇ ପରମାନନ୍ଦ ପ୍ଲାଟଫର୍ମ ଉପରକୁ ଅନାଇଲା। ବାପା ମା ଷ୍ଟେସନକୁ ଆସିନଥିଲେ। ସେ ଯେତେ ବାପୁର ଦୃଷ୍ଟି ଆକର୍ଷଣ କରିବାକୁ ଚେଷ୍ଟା କରୁଥିଲେ ବି ବାପୁ ଜାଣିଶୁଣି ତା ଆଡ଼କୁ ଅନାଉ ନଥିଲା। ବେଲୁନ ଚକୋଲେଟ ଖେଳନା କିଛି ବି କାର୍ଯ୍ୟକାରୀ ହୋଇନଥିଲା ତା ସହିତ ବନ୍ଧୁତା କରିବାରେ। ଉମା ନିସ୍ପୃହ ଭାବରେ ଠିଆ ହୋଇଥିଲା ଗୋଟିଏ ଖୁଣ୍ଟକୁ ଆଉଜି। ସତରେ ସେ ଉମା ସହିତ ଆଦୌ କଥାବାର୍ତ୍ତା କରିନଥିଲା; ଭାଇ ଭଉଣୀ ଯେପରି ପରସ୍ପରଠାରୁ ଅନେକ ଦୂରକୁ ଚାଲିଯାଇଥିଲେ ଏ ଭିତରେ। ଯେଉଁ ପିଲାଟି ସେମାନଙ୍କୁ ସାଙ୍ଗରେ ନେଇ ଆସିଥିଲା, ସେ ବହି ଦୋକାନ ପାଖରେ ଯାଇ ଠିଆ ହୋଇଥିଲା।

କେବଳ ସୁଧା ହିଁ ତା ଆଡ଼କୁ ଚାହିଁ ରହିଥିଲା ଅପଲକ ଆଖିରେ। ତାକୁ ଅନାଇ ପରମାନନ୍ଦର ବିନା କାରଣରେ କ୍ରୋଧ ହେଉଥିଲା, ପୁଣି ମମତା ଆସୁଥିଲା। ସେ ସୁଧା ଆଡ଼କୁ ଅନାଇ ହସିଲା। ସୁଧା ମୁହଁରେ କିନ୍ତୁ ହସ କାନ୍ଦ ଆନନ୍ଦ ଦୁଃଖ କୌଣସ ଅଭିବ୍ୟକ୍ତି ନ ଥିଲା। ସେ ଯେପରି ଅନୁଭୂତିହୀନ ହତବାକ ହୋଇଯାଇଥିଲା। ଘଣ୍ଟି ବାଜିବାରୁ ପରମାନନ୍ଦ ଶେଷଥର ପାଇଁ ପ୍ଲାଟଫର୍ମର ଚାରିଆଡ଼କୁ ଆଖିବୁଲାଇଲା, କିନ୍ତୁ ସୁଧା ବ୍ୟତୀତ ତାକୁ ଆଉ କେହି ଦେଖାଗଲେ ନାହିଁ। ଏଇ ଶେଷ ଦୃଶ୍ୟଟିକୁ ତାକୁ ସମ୍ବଳ କରି ରଖିବାକୁ ହେବ। ପୁଣି କେତେ ବର୍ଷ କିଏ ଜାଣେ ?

∎

ବାହାର ଲୋକ

ସେମାନଙ୍କର ବସିବା ଘରେ ତାର ସାହିତ୍ୟିକ ବନ୍ଧୁମାନଙ୍କୁ ଆପ୍ୟାୟିତ କରିବା ବେଳେ ରମା ମନେମନେ ଭାବୁଥିଲା, ଆଜି ଦେବରାଜ ଡେରିରେ ଫେରନ୍ତା କି! ସେମାନଙ୍କର ଏଭଳି ଗୋଷ୍ଠୀ ଚାଲିଥିବାବେଳେ ଦେବରାଜ ହଠାତ ଆସି ପହଞ୍ଚିଲେ ତାକୁ ମଧ୍ୟ ଆଲୋଚନାରେ ମିଶାଇବାକୁ ପଡୁଥିଲା ଏବଂ ସେ ସାହିତ୍ୟରେ ଧାର ଧାରୁ ନଥିବାରୁ ତାର ମନ୍ତବ୍ୟମାନ ଅଧିକାଂଶ ସମୟରେ ରମାର ସଂଭ୍ରମର କାରଣ ହେଉଥିଲା। ରମା ଚାହୁଁଥିଲା ଯେ ଏଭଳି ସମୟରେ ଦେବରାଜ ନିଜକୁ କେବଳ ଅତିଥି ଆପ୍ୟାୟନରେ ସୀମିତ ରଖୁ, କିନ୍ତୁ ଘରର କର୍ତ୍ତା ଭାବରେ ଘରେ ଯେତେ ଯାହା ହେଉଥିଲା ସେ ସବୁରେ ଦେବରାଜ ସକ୍ରିୟ ଭାଗ ନେବାର ସ୍ପର୍ଦ୍ଧା ରଖୁଥିଲା। ଏ ବିଷୟରେ କେବଳ ରମା ନୁହେଁ, ସେମାନଙ୍କର ପୁଅ ଝିଅ ଦୁହେଁ ମଧ୍ୟ ଦେବରାଜର ଏଭଳି ଅଯାଚିତ ବ୍ୟବହାରକୁ ଅପସନ୍ଦ କରୁଥିଲେ, କିନ୍ତୁ ଦେବରାଜ ଏକଥା ବୁଝିପାରୁନଥିଲା। ପୁଅ ଏ ବିଷୟରେ ରୋକଠୋକ ଥିଲା। ସେ ତାର ସାଙ୍ଗମାନଙ୍କ ସହିତ କଥାବାର୍ତ୍ତା କରୁଥିବା ବେଳେ ଦେବରାଜ ସେଠାକୁ ଆସି କିଛି କହିଲେ ପୁଅ ତାକୁ ସିଧାସଳଖ କହୁଥିଲା, ବାପା, ତମେ ଆମମାନଙ୍କ କଥା ମୋଟେ ବୁଝିପାରିବ ନାହିଁ; ତମକୁ କିଏ କହୁଚି ଆସି ଉପରେପଡ଼ି କଥା କହିବାକୁ?

ରମା ପକ୍ଷରେ କିନ୍ତୁ ଏପରି କହିବା ସମ୍ଭବ ନଥିଲା। ସେ କେବଳ ତାର ସ୍ତ୍ରୀ ବୋଲି ନୁହେଁ, ନିଜର ସମସ୍ତ ସାହିତ୍ୟିକ ସଫଳତା ଦେବରାଜର ପ୍ରଦତ୍ତ, ସେଥିପାଇଁ। ଆଜି ରମା ଜଣେ ପ୍ରତିଷ୍ଠିତ ଲେଖିକା, କିନ୍ତୁ ଦିନେ ରମା ଥିଲା ଅଳ୍ପପାଠ ପଢ଼ିଥିବା ସାଧାରଣ ଗୃହିଣୀଟିଏ ମାତ୍ର। ସେତେବେଳେ ସେମାନେ ନୂଆ ନୂଆ ବାହା ହୋଇଥିଲେ, ଗଳି ଭିତରେ ଗୋଟିଏ ଛୋଟ ଭଡ଼ା ଘରେ ରହୁଥିଲେ। ଦେବରାଜ ଜଣେ କଣ୍ଟ୍ରାକ୍ଟର

ପାଖରେ କାମ କରୁଥିଲା ଏବଂ ସକାଳୁ ସକାଳୁ ଟିଫିନ୍ ଡବାରେ ତାର ଦିପହରର ଖାଇବା ନେଇ ସାଇକେଲରେ ବାହାରିଯାଉଥିଲା; ଫେରୁଥିଲା ଯାଇ ରାତିରେ। ମାସକୁ ସେ ଯାହା ଦରମା ପାଉଥିଲା, ସେଥିରେ ଘର ଚଳାଇବା କଷ୍ଟ ହେଉଥିଲା ରମାକୁ। ତାପରେ ଯେତେବେଳେ ଲାଗି ଲାଗି ଦିଓଟି ପିଲା ଜନ୍ମ ହେଲେ, ସମସ୍ୟା ଆହୁରି ବଢ଼ିଗଲା ସେମାନଙ୍କ ପାଇଁ। ଏତେ ଛୋଟ ଘରେ ଦି ଦିଟା ପିଲାଙ୍କୁ ସମ୍ଭାଳି ଘରକରଣା କରିବାରେ ରମା ଭାଙ୍ଗିପଡ଼ିଲା। ତାର ଦେହ ଭଲ ରହିଲାନାହିଁ। ଏଭଳି ପରିସ୍ଥିତିରେ କେବଳ ରମା କିପରି ଭଲରେ ରହିବ ସେଥିପାଇଁ ଗୋଟିଏ ବଡ଼ ନିର୍ଣ୍ଣୟକ ନେବାକୁ ପଡ଼ିଲା ଦେବରାଜକୁ। ସେ ଠିକ୍ କଲା ଯେ ସେ କଣ୍ଟ୍ରାକ୍ଟରର ଚାକିରି ଛାଡ଼ିଦେଇ ନିଜେ କିଛି କାମ ଆରମ୍ଭ କରିବ। ଏ ବିଷୟରେ ସ୍ୱାମୀ ସ୍ତ୍ରୀ ଅନେକ ଦିନ ଧରି ବିଚାରବିମର୍ଶ କଲେ। ରମାର ମତ ଥିଲା ଯେ କମ୍ ପଇସା ମିଳିଲେ ବି ଧରାବନ୍ଧା କାମ; ମାସ ଶେଷକୁ ଦରମା ମିଳିଯାଉଛି। ଚାକିରି ଛାଡ଼ି ନିଜେ କିଛି ଚେଷ୍ଟା କଲେ ଯଦି କୁଆଡୁ କିଛି ନହେଲା, ମାସ ଶେଷରେ କରିବେ କଣ? ଦେବରାଜ କହିଲା, ସମସ୍ତେ ତ ଆଉ ଚାକିରି କରି ଚଳୁନାହାନ୍ତି; ଅନେକ ଲୋକ ନିଜ ନିଜର ଛୋଟ ବଡ଼ ଧନ୍ଦା କରୁଛନ୍ତି। ଏଥିରେ ଅବଶ୍ୟ ମହରଗରୁ ଯାଇ କାନ୍ତାରରେ ପଡ଼ିବାର ସମ୍ଭାବନା ଅଛି, କିନ୍ତୁ ବର୍ତ୍ତମାନ ଚାକିରି ଛାଡ଼ି ଗୋଟାଏ କିଛି ଆରମ୍ଭ ନକଲେ ଆଉ ଭବିଷ୍ୟତରେ କିଛି ବଡ଼ ରକମର କରିବାର ନାହିଁ। ଯଦି ଏଇ ବୟସରେ ନକରି ପାରିଲି, ଆଗକୁ ଆଗକୁ ଏମିତି ଅଭାବର ଜୀବନ ଲାଗି ରହିଥିବ। ଶେଷ ପର୍ଯ୍ୟନ୍ତ ରମାର ନାନା ବାରଣ ସତ୍ତ୍ୱେ ଦେବରାଜ ତାର ଚାକିରିଟି ଛାଡ଼ିଦେଲା ଏବଂ ନିଜେ ଛୋଟ ଛୋଟ କାମ ହାତକୁ ନେବାକୁ ଚେଷ୍ଟା କଲା।

ଏଇ ପ୍ରଥମ କେତୋଟି ବର୍ଷ ଥିଲା ସେମାନଙ୍କ ପାଇଁ କଷ୍ଟ ଓ ଧୈର୍ଯ୍ୟ ପରୀକ୍ଷାର ସମୟ। ପ୍ରଥମେ ପ୍ରଥମେ କାମ ମିଳୁ ନଥିଲା; ତେବେ କାମ ମିଳିଲେ ଦି' ପଇସା ମିଳିବାରେ ଡେରି ହେଉଥିଲା। ଦୋକାନ ବଜାର, ଘର ମାଲିକ, ସାଙ୍ଗସାଥୀ ସମସ୍ତଙ୍କ ପାଖରେ ଧାର ଉଧାର ହେଉଥିଲା। ଛୋଟ ଛୋଟ ପିଲା ଦିହିଙ୍କି ଧରି ଅନେକ ହଇରାଣ ହେବାକୁ ପଡୁଥିଲା ରମାକୁ। ତଥାପି ଦେବରାଜ ସକାଳ ସଞ୍ଜ ନିଜ କାମରେ ଲାଗି ରହୁଥିଲା ଆଉ କେଉଁଠି ଚାକିରି ନ ଖୋଜି। ଆଜିକାଲି ସେ ପିଲାଏ ନିଦରୁ ଉଠିବା ଆଗରୁ ସାଇକେଲ ନେଇ ବାହାରି ଯାଉଥିଲା, ଫେରୁଥିଲା ଯାଇ ରାତି ଅଧରେ। ରମା କହୁଥିଲା ପିଲା ଟିକିଏ ବଡ଼ ହୋଇ ସ୍କୁଲକୁ ଗଲେ ସେ ବରଂ କୋଉଠି କାମ କରି ଘର ଖର୍ଚ୍ଚରେ ସାହାଯ୍ୟ କରିବ, କିନ୍ତୁ ଏମିତି କହିଲେ ଦେବରାଜ ରାଗୁଥିଲା। ମଝିରେ ମଝିରେ ପଇସାପତ୍ରର ଅଭାବ ନେଇ ଦିଜଣଙ୍କ ଭିତରେ ମନୋମାଳିନ୍ୟ

ହେଉଥିଲା, ରମା ରାଗରୋଷ କରୁଥିଲା, କିନ୍ତୁ ଶେଷ ପର୍ଯ୍ୟନ୍ତ ଦେବରାଜ ରମାକୁ ଭରସା ଦେଇ ମନାଇ ନେଉଥିଲା ।

ହଠାତ ଅପ୍ରତ୍ୟାଶିତ ଭାବରେ ଦେବରାଜ ହାତକୁ ପଇସା ଆସିବାରେ ଲାଗିଲା । ବଜାରର ସବୁ ଧାର ଶୁଝିଗଲା । ରୋଷେଇ ଘରକୁ ଭଲ ଖାଇବା ଜିନିଷ ଆସିଲା । ପିଲାମାନେ ଭଲ ଜାମାପଟା ପିନ୍ଧିଲେ । ଦେବରାଜ କହିଲା, ଏଥର ଆମେ ବଡ଼ ଘର ଭଡ଼ା ନେବା । ରମାର କିନ୍ତୁ ସବୁବେଳେ ଭୟ ହେଉଥିଲା ଯେ ଏଇ ଅଧିକା ଖର୍ଚ୍ଚ ଭିତରେ ପୁଣି ସେମାନେ ସେଇ ପୁରୁଣା ଦାରିଦ୍ର୍ୟ ଭିତରକୁ ଫେରିଯିବେ । ଦେବରାଜ ତାକୁ ବୁଝାଇଲା କିପରି ହାତରେ ଟଙ୍କା ଥିଲେ ପୁଣି ଟଙ୍କା ଆସେ; ବେଶି ଟଙ୍କାରୁ ଆହୁରି ବେଶି ଟଙ୍କା ତିଆରି ହୁଏ । ରମାର ଅନେକ ମନା କରିବା ସତ୍ତ୍ୱେ ସେମାନେ ଏତେ ବର୍ଷର ପୁରୁଣା ଛୋଟ ଘରକୁ ଛାଡ଼ି ସହର ଭିତରେ ବଡ଼ ଘର ଭଡ଼ାନେଲେ । ଜିଦ କରି ଦେବରାଜ ପିଲା ଦୁହିଁଙ୍କୁ ପଠାଇଲା ସହରର ସବୁଠାରୁ ଦାମୀ ସ୍କୁଲକୁ । ସେ ବର୍ତ୍ତମାନ ମଟର ସାଇକେଲରେ ଯିବାଆସିବା କରୁଥିଲା ଏବଂ ତାଙ୍କ ଘରେ କାମ କରିବା ପାଇଁ ଚାକର ଥିଲା ।

ଏଇ ସମୟଟି ରମା ପାଇଁ ଆନନ୍ଦର ଦିନ ଥିଲା । ବିବାହ ପରେ ପ୍ରଥମ ଥର ପାଇଁ ସେ କଟାଉଥିଲା ସୁଖସ୍ୱାଚ୍ଛନ୍ଦ୍ୟର ଦିନ । ତାକୁ ଆଜିକାଲି ଘର କାମ କରିବାକୁ ପଡୁ ନଥିଲା, ପିଲାଙ୍କ ପଛରେ ଲାଗିବାକୁ ପଡୁ ନଥିଲା । ଦେବରାଜ ଯଦିଓ ଅଧିକାଂଶ ସମୟ କାମରେ ଲାଗି ରହୁଥିଲା, ଆଗ ଭଳି ଆଉ ଘରେ ସବୁ ସମୟରେ ଚିନ୍ତିତ ରହୁ ନଥିଲା ଅଥବା କଥା କଥାକେ ଚିଡୁ ନଥିଲା । ଆର୍ଥିକ ସ୍ୱଚ୍ଛଳତା ସେମାନଙ୍କ ପରିବାରରେ ଆଣି ଦେଇଥିଲା ଏକ ଶାନ୍ତ ପରିବେଶ । ଏଥିପାଇଁ ଦେବରାଜ ପ୍ରତି କୃତଜ୍ଞ ଥିଲା ରମା । ବର୍ତ୍ତମାନ ସେ ଯେଉଁ ଜୀବନ ଯାପନ କରୁଥିଲା, ତା କେବେହେଲେ ତାର କଳ୍ପନାରେ ନଥିଲା । ସେ ଦେବରାଜ ସହିତ କଳିତକରାଳ ବନ୍ଦ କରି ତା ସହିତ ହସଖୁସିରେ କଥାବାର୍ତ୍ତା କଲା ଏବଂ ତାର ଭଲମନ୍ଦ ପ୍ରତି ଆଉ ଟିକିଏ ଦୃଷ୍ଟି ଦେଲା । ଏସବୁ ଭିତରେ ତାର ଏକମାତ୍ର ଅଶାନ୍ତି ରହିଯାଉଥିଲା ଘରେ ବିନା କାମରେ ବସି ରହିବା । ଏ ବିଷୟରେ ସେ କଣ କରିବ ଭାବିପାରୁନଥିବା ବେଳେ ତାର ସମସ୍ୟାର ସମାଧାନ କଲା ନିଜେ ଦେବରାଜ । ରମା ସ୍ୱାମୀଠାରୁ ବେଶି ପାଠ ପଢ଼ିଥିବା କଥା କେହି କେବେ ଉଠାଉ ନଥିଲେ, ସେଥିରେ ଦେବରାଜ ଆଘାତ ପାଇପାରେ ବୋଲି । ଏତେ ବର୍ଷ ପରେ ଦେବରାଜ ନିଜେ କହିଲା, ଏଇ ଭଳି ବୋର ହୋଇ ବସି ରହିବା ଅପେକ୍ଷା ତମେ ବରଂ ତମର ଯୋଉ ଏମ୍.ଏ.ଟା ଅଧାରୁ ଛାଡ଼ି ଦେଇଥିଲ, ବର୍ତ୍ତମାନ ଘରେ ପଢ଼ି ପରୀକ୍ଷା ଦେଇ ଦିଅ । ରମାର ନା ନା କରିବା ସତ୍ତ୍ୱେ ଦେବରାଜ ନିଜେ

ଯାଇ ତା ପାଇଁ ବହି ସବୁ କିଣି ଆଣିଲା ଏବଂ ରମା ଆଶ୍ଚର୍ଯ୍ୟ ହେଲା ଯେ ତାର ମଧ୍ୟ ଏସବୁ ବହି ପଢ଼ିବାକୁ ଇଚ୍ଛା ହେଉଛି। ପାଠପଢ଼ା ଆରମ୍ଭ କରିବାକୁ ଯାଇ ସେ ଆବିଷ୍କାର କଲା ଯେ ଘରେ ବସି ପଢ଼ା ଲେଖା କରିବାର କୌଣସି ବ୍ୟବସ୍ଥା ନାହିଁ। ଦେବରାଜ ଚଉକି, ଟେବୁଲ ବି ଆଣିଦେଲା ତା ପାଇଁ।

ଦେବରାଜ ତାର ମ୍ୟାନେଜରକୁ ନିଜର ମଟର ସାଇକେଲଟି ଦେଇ ଦେଲା, ନିଜ ପାଇଁ ଗାଡ଼ି କିଣିଲା ଏବଂ ସେମାନେ ଆହୁରି ବଡ଼ ଘରକୁ ଗଲେ। ଏ ଘରେ ପିଲାଙ୍କ ପଢ଼ିବା ଘର ସହିତ ରମା ନିଜ ପାଇଁ ମଧ୍ୟ ଗୋଟିଏ ପଢ଼ା ଘର ଠିକ୍ କରି ନେଲା। ଯେତେବେଳେ ନିଜର ଘର ତିଆରି କରିବା ପାଇଁ ଦେବରାଜ ଜମି କିଣି ନକ୍ସା ତିଆରି କରାଇଲା, ସେଥିରେ ମଧ୍ୟ ଗୋଟିଏ ବଡ଼ ପଢ଼ାଘର ରହିଲା ରମା ପାଇଁ। ରମାକୁ ଆଜିକାଲି ପଢ଼ାରେ ବେଶି ସମୟ ଦେବାରେ କିଛି ଅସୁବିଧା ନଥିଲା। କାରଣ ପିଲାମାନେ ବଡ଼ ହୋଇ ନିଜ ନିଜ କଥା ବୁଝୁଥିଲେ ଏବଂ ଘରକୁ ଚଳାଉଥିଲେ ଚାକରବାକରମାନେ। ଦେବରାଜର କାମ ଭଲରେ ଚାଲୁଥିଲା, ସେ ବିଶ୍ୱାସୀ ମ୍ୟାନେଜର ରଖିଥିଲା ଏବଂ ଆଜିକାଲି ଶୀଘ୍ର ଘରକୁ ଫେରି ଆସୁଥିଲା। ତେବେ ଆଗେ ଯେଉଁଭଳି ଘରକୁ ଫେରିଲେ ରମା ଓ ସେ ସେଦିନ ହୋଇଯାଇଥିବା ଛୋଟ ଛୋଟ ଘଟଣା ଓ ଅନୁଭୂତିର ବିନିମୟ କରି ସୁଖଦୁଃଖ ହେଉଥିଲେ, ତା ଆଉ ସମ୍ଭବ ନଥିଲା ଆଜିକାଲି। ପିଲାମାନେ ଓ ରମା ପଢ଼ିବାରେ ବ୍ୟସ୍ତ ରହୁଥିଲେ ଏବଂ ଦେବରାଜ ସେମାନଙ୍କୁ ପଢ଼ାରେ ବ୍ୟାଘାତ କରିବାକୁ ଚାହୁଁ ନଥିଲା। ତେଣୁ ବିଶେଷ କାମ ନଥିଲେ ବି ସେ ବାହାରେ ବେଶି ସମୟ ରହି ଡେରିରେ ଘରକୁ ଫେରିଲା। ସେ ବିଭିନ୍ନ କ୍ଲବରେ ଯୋଗ ଦେଇ ସାଙ୍ଗ ତିଆରି କଲା ଏବଂ ମଦ ପିଇବା ଅଭ୍ୟାସ କଲା। ସେ ବର୍ଷଟି ଶେଷରେ ଖୁବ ଭଲରେ ଗଲା ଦେବରାଜର। ପିଲା ଦୁହେଁ ଭଲ ନମ୍ବର ରଖି ଉପର କ୍ଲାସକୁ ଗଲେ। ତାର ନୂଆ ଘର ତିଆରି କାମ ଶେଷ ହୋଇ ସେମାନେ ଏତେ ବର୍ଷ ପରେ ନିଜ ଘରକୁ ଗଲେ ଏବଂ ଯାହା ଦେବରାଜ ପାଇଁ ସବୁଠାରୁ ଖୁସିର ବିଷୟ ଥିଲା, ରମା ପ୍ରଥମ ଶ୍ରେଣୀରେ ଏମ୍.ଏ. ପାସ କଲା।

ସେମାନେ ନୂଆ ଘରକୁ ଯିବାର କିଛି ଦିନ ପରେ ଦେବରାଜର ସାଙ୍ଗମାନେ ଧରି ବସିଲେ ଯେ, ସେ ତାର ଏତେ ସବୁ ସଫଳତା ପାଇଁ ଗୋଟିଏ ବଡ଼ ପାର୍ଟି ଦେଉ। ସତରେ ଦେବରାଜ ବର୍ତ୍ତମାନ ଥିଲା ସାଫଲ୍ୟର ଉଚ୍ଚ ସୋପାନରେ। ରମା ଓ ସେ ମିଶି ନୂଆ ପୁରୁଣା ବନ୍ଧୁବାନ୍ଧବଙ୍କର ଏକ ଅତିଥି ତାଲିକା ତିଆରି କଲେ। ସେମାନେ ଦି ଦିନ ଧରି ଏ ନାଁ ସବୁକୁ ବାରମ୍ବାର ଦେଖିଲେ ଯେପରି କେହି ବାଦ ପଡ଼ିନଯାନ୍ତି। ଏଇ ସମୟମାନଙ୍କରେ ସ୍ୱାମୀ ସ୍ତ୍ରୀ ପୁଣି ସାମାନ୍ୟ ନିକଟତର ହେବାର ସୁଯୋଗ ପାଇଲେ

ଏବଂ ଉଭୟଙ୍କର ମନେହେଲା ଯେପରି ଏତେଦିନ ପରେ ସେମାନେ ପୁଣି ସେଇ ପୁରୁଣା ଦିନମାନଙ୍କୁ ଫେରିଯାଉଛନ୍ତି, ଯେତେବେଳେ ସେମାନଙ୍କର ଆର୍ଥିକ ଦୁର୍ଗତି ଥିଲା ସତ କିନ୍ତୁ ଏକାଠି ହୋଇ ତାର ସାମନା କରିବାକୁ ଚେଷ୍ଟା କରୁଥିଲେ। ଦୃଷ୍ଟିରୁ ସେମାନଙ୍କର ପାର୍ଟିଟା ସଫଳ ଥିଲା। ଦେବରାଜ ସବୁଠାରୁ ଉତ୍କୃଷ୍ଟ ପାନୀୟ ବ୍ୟବସ୍ଥା କରିଥିଲା ଏବଂ ଖାଇବା ପିଇବା ଅତି ରୁଚିକର ଥିଲା। ସହରର ଅନେକ ଗଣ୍ୟମାନ୍ୟ ବ୍ୟକ୍ତି ଆସିଥିଲେ। ରମା ଓ ଦେବରରାଜଙ୍କର ଅନେକ ପୁରୁଣା ବନ୍ଧୁଙ୍କ ସଙ୍ଗରେ ପୁଣି ଦେଖାହେଲା ଏଇ ଅବସରରେ। ଯିବା ବେଳେ ସମସ୍ତେ ସେମାନଙ୍କର ପ୍ରଶଂସା କଲେ; ରମାର ପାଠପଢ଼ା ଓ ଦେବରାଜର ସଫଳତା ପାଇଁ ବଧାଇ ଦେଲେ। ଅଧିକାଂଶ ଲୋକ ଚାଲିଯିବା ପରେ ଦେବରାଜ ଓ ଶେଷ ରହିଯାଇଥିବା ଅଳ୍ପ କିଛି ଅତିଥିଙ୍କୁ ଛାଡ଼ି ଦେଇ ରମା ଘର ଭିତରକୁ ଚାଲିଗଲା।

ପିଲାମାନେ ସେତେବେଳକୁ ଶୋଇଯାଇଥିଲେ। ରମା କ୍ଳାନ୍ତ ହୋଇଯାଇଥିଲେ ବି ଶୋଇବାକୁ ନ ଯାଇ ବସିଲା ତାର ଉପରମହଲା ପଢ଼ା ଘରେ। ଘର ଭିତରେ ଏଇଟି ତାର ପ୍ରିୟ କୋଠରି ଥିଲା। ଘରର ଆଉ ସବୁ ଅଂଶ ସମସ୍ତଙ୍କ ପାଇଁ ଉଦ୍ଦିଷ୍ଟ ଥିବା ବେଳେ ଏଇ ଛୋଟ ଜାଗାଟି ଥିଲା ତାର ସମ୍ପୂର୍ଣ୍ଣ ନିଜସ୍ୱ। ଏହା ଭିତରକୁ ପଶିଗଲେ ବହିମାନଙ୍କୁ ଅନାଇ ରମା ହଜିଯାଉଥିଲା ଏକ ଅନ୍ୟ ରାଜ୍ୟରେ। ଏଇ ସମୟମାନଙ୍କରେ ସେ ଦେବରାଜ ପ୍ରତି ପ୍ରଗାଢ଼ କୃତଜ୍ଞତା ବୋଧ କରୁଥିଲା, କାରଣ ସେ ହିଁ ଥିଲା ତାର ଏଇ ନୂଆ ଜୀବନର ସ୍ରଷ୍ଟା। ସେ ଝରକା ଦେଇ ତଳକୁ ଅନାଇଲା। ଏଠାରୁ ତଳେ ଲନଟି ଦେଖାଯାଉଥିଲା, ଯେଉଁଠାରେ ଏପର୍ଯ୍ୟନ୍ତ ଦେବରାଜ ଓ ତାର କେତେ ଜଣ ବନ୍ଧୁ ବସିଥିଲେ। ସେମାନଙ୍କ ହାତରେ ଗ୍ଲାସ୍ ଥିଲା ଏବଂ ପିଉ ପିଉ ଉଚ୍ଚ ସ୍ୱରରେ କଥାବାର୍ତ୍ତା କରୁଥିଲେ ସେମାନେ। ସେମାନଙ୍କ କଥାବାର୍ତ୍ତା ମଧ୍ୟ ସ୍ପଷ୍ଟ ଭାବରେ ଶୁଣାଯାଉଥିଲା ଏଠାରୁ। ଦେବରାଜ ଆଡ଼କୁ କୃତଜ୍ଞତା ଓ କିଛି ଗର୍ବର ସହିତ ଅନାଇଲା ରମା। ସେ ସେତେବେଳକୁ ତାର ବନ୍ଧୁମାନଙ୍କୁ କହୁଥିଲା କେତେ କଷ୍ଟରେ ଏବଂ କେତେ ବେଶି ଦାମ ଦେଇ କିପରି ସେ ପାର୍ଟି ପାଇଁ ବିଦେଶୀ ମଦ ସଂଗ୍ରହ କରିଥିଲା। ତାର ବନ୍ଧୁମାନେ ତାକୁ ଏ ବିଷୟରେ ବିଭିନ୍ନ ପ୍ରକାର ଉପଦେଶ ଦେଲେ, କିପରି କଣ କଲେ ସୁବିଧାରେ ଏବଂ ଶସ୍ତାରେ ଶୁଦ୍ଧ ବିଲାତି ମଦ କେଉଁଠାରୁ କିଣି ହେବ। ତା ପରେ ସେମାନଙ୍କର ଆଲୋଚନା ଚାଲିଗଲା ବିଭିନ୍ନ ମଦର ଗୁଣ ଏବଂ ପାନାନ୍ତର ପରିଣାମ ବିଷୟରେ। ସେମାନଙ୍କ ଭିତରୁ କାହାକୁ ଗୋଟିଏ ମାର୍କା ଭଲ ଲାଗୁଥିଲା ତ କାହାକୁ ଅନ୍ୟ କେଉଁଟି। କେଉଁ ମାର୍କାର ମଦରେ ସାଙ୍ଗେ ସାଙ୍ଗେ ତାର ପ୍ରତିକ୍ରିୟା ହୁଏ ଏବଂ କେଉଁଥିରେ ପ୍ରଥମେ ଜଣାପଡ଼େ ନାହିଁ ଅଥଚ ପରେ ମୁଣ୍ଡ ଧରିନିଏ, ସେ

ବିଷୟରେ ବିଶେଷଜ୍ଞ ଭଳି ମତ ଦେଲେ ବନ୍ଧୁମାନେ। ଏସବୁ କଥାରେ ମନ ନ ଲାଗିବାରୁ ରମା ତାର ବହି ଥାକରୁ ଗୋଟିଏ ବହି ଉଠାଇ ନେଇ ତାର ପୃଷ୍ଠାରେ ନିଜକୁ ବୁଡାଇ ଦେଲା। କିଛି ସମୟ ପରେ ସେ ଯେତେବେଳେ ପୁଣି ତଳକୁ ଅନାଇଲା, ଦେଖିଲା ଯେ ଦେବରାଜ ଓ ତାର ବନ୍ଧୁମାନେ ସେ ପର୍ଯ୍ୟନ୍ତ ସେଇଭଳି କଥାବାର୍ତ୍ତାରେ ବ୍ୟସ୍ତ ଥିଲେ। ସେମାନେ ବର୍ତ୍ତମାନ ଆଲୋଚନା କରୁଥିଲେ, ସହରର କେଉଁ ଇଞ୍ଜିନିୟରକୁ କିଭଳି ଭାବରେ ବଶ କରାଯାଇ ପାରିବ। ଜଣେ ଇଞ୍ଜିନିୟର ସବୁବେଳେ କଣ୍ଟ୍ରାକ୍ଟରମାନଙ୍କର ବିଲ ପାସ କରିବାରେ ଡେରି କରୁଥିଲା ଏବଂ ତାର କଣ ଦୁର୍ବଳତା ଅଛି ସେ ବିଷୟରେ ମତାନ୍ତର ହେଲା। ଟଙ୍କା ଓ ମଦ ଦ୍ୱାରା ତାଠାରୁ କାମ ନିଆଯାଇପାରେ ବୋଲି ସମସ୍ତେ ଭାବୁଥିଲାବେଳେ, ଜଣେ ବନ୍ଧୁ ମତଦେଲା ଯେ ସ୍ତ୍ରୀଲୋକ ହିଁ ସେ ଇଞ୍ଜିନିୟରର ଏକମାତ୍ର ଦୁର୍ବଳତା। ରମା ହାତରେ ଧରିଥିବା ବହିଟିକୁ ବନ୍ଦ କରି ସେଠାରୁ ଉଠିଲା ଏବଂ ଶୋଇବାକୁ ଗଲା।

ଦେବରାଜକୁ ଅପେକ୍ଷା କରି କରି ରମାର ନିଦ ହେଲା ନାହିଁ। ରମା ଭାବିଥିଲା ଯେ ଆଜିର ଆନନ୍ଦ ମୁଖରିତ ପାର୍ଟି ପରେ ସେମାନେ ଏକାନ୍ତରେ କିଛି ସମୟ କଟାଇବେ, କିନ୍ତୁ ସେ ବର୍ତ୍ତମାନ ସେ ଆଶା ଛାଡ଼ି ଦେଇଥିଲା। ବିଛଣାରେ ପଡ଼ି ତାର ପରିବର୍ତ୍ତିତ ଜୀବନ କଥା ଭାବିଲା ରମା। ଜୀବନ ଠିକ୍ ଚାଲିଥିଲା ଦେବରାଜର କାରବାର, ପିଲାଙ୍କ ପାଠପଢ଼ା, ଘରକାମକୁ ନେଇ। ତାର ପାଠ ପଢ଼ିବା ବଦଳାଇ ଦେଲା ସବୁ କିଛି। ବହି ଖୋଲିଦେଲା ତା ଆଗରେ ଆଉ ଏକ ବିକଳ୍ପ ପୃଥିବୀର ପ୍ରବେଶ ପଥ। ନିଜକୁ ଅନୁଶୀଳନ କରିବାକୁ ଶିଖିଲା ସେ, ତାକୁ ନିଜର ଜୀବନ, ନିଜର ପରିବେଶ ତୁଚ୍ଛରୁ ତୁଚ୍ଛତର ମନେହେଲା କ୍ରମେ। ଦେବରାଜ, ଯାହାକୁ ସେ ଈଶ୍ୱର ଭଳି ଶ୍ରଦ୍ଧା କରୁଥିଲା, ସମ୍ମାନ ଦେଉଥିଲା। ବର୍ତ୍ତମାନ ମନେହେଲା ଅଶାଳୀନ, ଅଶିଷ୍ଟ, ଅମାର୍ଜିତ। ଏଭଳି କଥା ମନକୁ ଆଣୁଥିବାରୁ ରମା ନିଜକୁ ଭର୍ତ୍ସନା କଲା, କିନ୍ତୁ ଏଇ ଅଳ୍ପ ସମୟ ପୂର୍ବେ ସେ ଦେବରାଜ ଓ ତାର ବନ୍ଧୁମାନଙ୍କର ଯେଉଁ କଥୋପକଥନ ଶୁଣିଥିଲା ତାକୁ ମନେ ପକାଇ ନିଜକୁ ବୋଧ ଦେଇ ପାରିଲା ନାହିଁ। ସେ ଜାଣୁଥିଲା ଯେ ଦେବରାଜ ତା ପାଇଁ ଯାହା ସବୁ କରିଛି, ସେଥିପାଇଁ ତାର ନିଜକୁ କୃତାର୍ଥ ମନେ କରିବା କଥା। କେତେଜଣ ସ୍ତ୍ରୀ ଏଭଳି ସୁବିଧା ସୁଯୋଗ ପାନ୍ତି ? ସେ ଠିକ୍ କଲା ଯେ ଦେବରାଜ ତା ପାଖକୁ ଆସିଲେ ସେ ତାକୁ ନିଶ୍ଚୟ ଭଲରେ କଥା କହି ନିଜର କୃତଜ୍ଞତା ଜଣାଇବ। କିନ୍ତୁ ଅନେକ ଡେରିରେ ଦେବରାଜ ବିଛଣାକୁ ଆସି ଯେତେବେଳେ ତା ଉପରେ ହାତ ପକାଇଲା, ରମା ଶୋଇପଡ଼ିଥିବାର ଛଳନା କଲା। ଦେବରାଜ ସବୁବେଳେ ରମାର ସୁବିଧା ପ୍ରତି

ଧ୍ୟାନ ରଖୁଥିଲା; ତେଣୁ ସେ ଆଉ ତାକୁ ହଇରାଣ ନକରି ନିଜେ କଡ଼ ଲେଉଟାଇ ଶୋଇଗଲା।

ରମା ଯେ ପୁଣି ଘରେ ବସି ବସି ବିରକ୍ତିରେ ଦିନ କାଟୁଛି, ଏକଥା ଲକ୍ଷ୍ୟ କଲା ଦେବରାଜ ହିଁ। ସେ ସାହିତ୍ୟରେ ରୁଚି ରଖୁ ନଥିଲେ ମଧ୍ୟ ପତ୍ରପତ୍ରିକା ନିୟମିତ ପଢୁଥିଲା, ରାଜନୀତି ତଥା ଅନ୍ୟାନ୍ୟ ସାଧାରଣ ବିଷୟରେ ଭଲ ଧାରଣା ଥିଲା ଏବଂ ଅନ୍ତତଃ ତାର ବନ୍ଧୁମାନଙ୍କଠାରୁ ଥିଲା ଅଧିକ ଭଦ୍ର ଓ ଅମାୟିକ। ଦିନେ ସନ୍ଧ୍ୟାବେଳେ ଘରକୁ ଫେରି ରମାକୁ ଗୋଟିଏ ଜରି କାଗଜର ପ୍ୟାକେଟ ଦେଲା, କହିଲା, ତମେ ଏତେ ପାଠ ପଢ଼ି କଣ ଲାଭ ହେଲା, ଯଦି ଖାଲି ଘରେ ବସି ରହିଲ ? ସେ ବିଦ୍ୟାକୁ ତ କାମରେ ଲଗାଇବା କଥା। ତମଠାରୁ କମ୍ ପାଠ ପଢ଼ିଥିବା ଲୋକ କେତେ କଣ ଲେଖି ଯାଉଛନ୍ତି। ତମେ ଏଥରକ ଲେଖାଲେଖି କର। ପ୍ୟାକେଟଟିକୁ ଖୋଲି ରମା ଦେଖିଲା ସେଥିରେ ଥିଲା ଚମଡ଼ା ବନ୍ଧେଇ ସାଦା କାଗଜର ମୋଟା ଖାତାଟିଏ। ରମା ଦେବରାଜକୁ ଥଟ୍ଟା କରି କହିଲା, ଲେଖା ପାଇଁ କଲମ ବି ତ ଦରକାର ! ତା ପରଦିନ ଦେବରାଜ ବଜାରରେ ମିଳୁଥିବା ସବୁଠାରୁ ଦାମୀ କଲମ କିଣି ଆଣି ରମାକୁ ଦେଲା।

ସେ ନିଜେ ଯଦିଓ ଏକଥା ଜାଣି ନଥିଲା, କାଗଜ କଲମ ବ୍ୟତୀତ ରମା ପାଖରେ ପ୍ରକୃତରେ ଥିଲା ଲେଖିବାର ପ୍ରତିଭା। ଖାତାର ପ୍ରଥମ ପୃଷ୍ଠାରେ ଗୋଟିଏ କବିତା ଆରମ୍ଭ କରି ତାକୁ ସେ ସେଇଦିନ ରାତିରେ ହିଁ ଲେଖା ସାରିଦେଲା। ସକାଳୁ ଉଠି ଆଉ କିଛି କାମ କରିବା ଆଗରୁ ରମା ସିଧା ପଢ଼ାଘରକୁ ଯାଇ ନିଜ କବିତାଟିକୁ ପଢ଼ିଲା, ସେଥିରେ ସେ ତିନୋଟି ଶବ୍ଦ ପରିବର୍ତ୍ତନ କଲା ଏବଂ ଦୁଇଟି ଧାଡ଼ିକୁ ଏପାଖ ସେପାଖ କଲା। ତା ପରେ ସେ ଯେତେବେଳେ କବିତାଟିକୁ ପୁଣି ଥରେ ପଢ଼ିଲା, ତା ମୁହଁରେ ହସ ଦେଖାଗଲା। ଲେଖାଟି ମନ୍ଦ ହୋଇ ନଥିଲା। ଏଇଟି କୌଣସି ପତ୍ରିକାରେ ପ୍ରକାଶ ପାଇ ପାରିବ। ଅତି ବିଶ୍ୱାସର ସହିତ ସେ ସେଇଦିନ କବିତାଟିକୁ ପଠାଇ ଦେଲା ଏବଂ ଦ୍ୱିତୀୟ କବିତା ଲେଖିବାରେ ମନଦେଲା। ସେ ଭାବିଥିଲା ତାର ପ୍ରଥମ କବିତାଟିକୁ ପଢ଼ି ଶୁଣାଇବ ଦେବରାଜକୁ। କିନ୍ତୁ ଦେବରାଜର ଆଜିକାଲି ଆସିବାରେ ଡେରି ହେଉଥିଲା ନହେଲେ ଅନ୍ୟ କିଛି ନା କିଛି ଅସୁବିଧା ହୋଇ ଏକଥା ସମ୍ଭବ ହୋଇ ନଥିଲା। ଦିନେ ଏ ସୁଯୋଗ ଆସିବାରୁ ଶୋଇବା ଆଗରୁ ରମା ଖାତାଟି ନେଇ ଦେବରାଜକୁ ଦେଖାଇଲା। ଦେବରାଜ ପାଣି ପିଉଥିଲା; ଗ୍ଲାସଟି ରଖି ସେ ପ୍ରଥମେ ହାତକୁ ଭଲଭାବେ ପୋଛି ରମା ହାତରୁ ଖାତାଟି ନେଲା ଓ ଅତି ଯତ୍ନର ସହିତ ପୃଷ୍ଠା ଖୋଲିଲା। ସେ କବିତାର କିଛି ବୁଝୁନଥିଲେ ହେଁ, ଧୈର୍ଯ୍ୟର ସହିତ ଏପର୍ଯ୍ୟନ୍ତ ରମା ଲେଖିଥିବା ସବୁ କବିତାକୁ ମନ ଦେଇ ପଢ଼ିଲା। ରମା ଭାବିଥିଲା ଦେବରାଜ କବିତା ବିଷୟରେ କିଛି ଭଲମନ୍ଦ କହିବ।

ଟିକିଏ ଚୁପ ରହି ଦେବରାଜ କହିଲା, ଆଉ କିଛି କବିତା ହୋଇଗଲେ ଏଇଟି ଗୋଟିଏ ବହି ହୋଇଯାଇ ପାରିବ। ରମାର କିନ୍ତୁ ମନ ଖରାପ ହୋଇଗଲା, ଦେବରାଜ କବିତା ବିଷୟରେ କିଛି କହିନଥିଲା ବୋଲି।

ଯୋଉଦିନ ପ୍ରଥମ କବିତା ବାହାରିଥିବା ପତ୍ରିକାର କପିଟି ଡାକରେ ଆସି ରମା ପାଖରେ ପହଞ୍ଚିଲା, ତାର ଆନନ୍ଦର ସୀମା ରହିଲା ନାହିଁ। ସେ ଯାଇ ତାର ପିଲା ଦୁହିଁଙ୍କୁ ପତ୍ରିକାଟି ଦେଖାଇଲା। ସେମାନେ ଇଂରେଜୀ ସ୍କୁଲରେ ପାଠ ପଢୁଥିଲେ ଏବଂ ଦେଶୀ ଭାଷାର ପତ୍ରିକାରେ ସେମାନଙ୍କର କୌଣସି ଆଗ୍ରହ ନଥିଲା। ତଥାପି ମାର ଲେଖା ବାହାରିଛି ବୋଲି ସୌଜନ୍ୟ ଦୃଷ୍ଟିରୁ ପତ୍ରିକାରେ ଆଖି ବୁଲାଇ ଦେଇ ତାକୁ ମାକୁ ଫେରାଇ ଦେଲେ। ରମା ଅପେକ୍ଷା କରି ବସି ରହିଲା କେତେବେଳେ ଦେବରାଜ ଫେରିଲେ ସେ ତାକୁ ପତ୍ରିକାଟି ଦେଖାଇବ। ପତ୍ରିକାକୁ ଦେଖି ରମା ଯେତିକି ଖୁସି ହୋଇନଥିଲା ତାଠାରୁ ବେଶି ଖୁସି ହେଲା ଦେବରାଜ। ସେ ଅତିଶୀଘ୍ର ତାର ବନ୍ଧୁମାନଙ୍କୁ ଏ ଖବରଟି ଦେଇଦେଲା ଏବଂ ବଜାରରୁ ପତ୍ରିକାର ଆଉ ଦଶଟି କପି କିଣି ନେଇ ଆସିଲା।

ଦିନକୁ ଦିନ ସେ ଯେତିକି ତାର ସାହିତ୍ୟରେ ମଜ୍ଜିତ ହୋଇଗଲା, ଘର ପରିବାରରୁ ସେତିକି ଦୂରକୁ ଚାଲିଗଲା ରମା। ଏଥିରେ ତାକୁ ସମ୍ପୂର୍ଣ୍ଣ ସମର୍ଥନ ଦେଲା ଦେବରାଜ। ସେ ଆଉ ରମାକୁ ଘରକାମର କୌଣସି ଦାୟିତ୍ୱ ଦେଲାନାହିଁ, ବରଂ ନିଜେ ଯେତେ ସମ୍ଭବ ବେଶି ସମୟ କଟାଇଲା ଘରେ। ପିଲାଦୁହେଁ ବର୍ତ୍ତମାନ କଲେଜରେ ପଢୁଥିଲେ, ତାଙ୍କର ନିଜର ବନ୍ଧୁ ପରିବେଷ୍ଟିତ ଜୀବନ ଥିଲା ଏବଂ ସେମାନେ କାହାରି ଅନୁପ୍ରବେଶ ଚାହୁଁ ନଥିଲେ ସେମାନଙ୍କର କାର୍ଯ୍ୟକଳାପରେ। ମା ସାହିତ୍ୟ ନେଇ ବ୍ୟସ୍ତ ରହିବାରେ ବରଂ ଖୁସି ଥିଲେ ସେମାନେ। ଦେବରାଜ ମଧ୍ୟ ସେମାନଙ୍କୁ କୌଣସି ବିଷୟରେ କିଛି କହିବା ଛାଡ଼ି ଦେଇଥିଲେ। ସେ ଯାହା କହିଲେ ବି ତା ପିଲାଙ୍କର ଶ୍ରୁତିକଟୁ ହେଉଥିଲା ଏବଂ ସେମାନେ ଆଜିକାଲି ତାକୁ ମୁହେଁ ମୁହେଁ ଜବାବ ବି ଦେଉଥିଲେ। କେବେ କେବେ ଏକଥା ନେଇ ଦେବରାଜର ଦୁଃଖ ହେଉଥିଲା, କିନ୍ତୁ ସେ ଏକଥା କେବେ ରମା ଆଗକୁ ନେଉନଥିଲା। ସେ ଚାହୁଁଥିଲା ରମା ମନପ୍ରାଣ ଦେଇ ତାର ସାହିତ୍ୟ ସାଧନାରେ ଲାଗିଥାଉ ଏବଂ ଜଣେ ପ୍ରସିଦ୍ଧ ଲେଖକ ହେଉ। ନିଜର ଅଧ୍ୟବସାୟ ବଳରେ ରମା ମଧ୍ୟ କ୍ରମେ କ୍ରମେ ତାର ଲେଖାଦ୍ୱାରା ସାହିତ୍ୟିକ ମହଲରେ ପରିଚିତ ହେବାକୁ ଆରମ୍ଭ କଲା ଏବଂ ଦିନେ ଦେବରାଜ ଦେଇଥିବା ଖାତାଟି ତାର କବିତାରେ ଭର୍ତ୍ତି ହୋଇଗଲା।

ରମା ଭାବିଲା ଯେ ସତରେ ସେ ଦେବରାଜକୁ ଏତେଦିନ ହତାଦର କରି ଆସିଛି। ତାର ଅବଶ୍ୟ ଅଭିଯୋଗ ଥିଲା ଯେ ସେ ଯାହାସବୁ ଲେଖୁଥିଲା, ଦେବରାଜ

ତା ଉପରେ ଆଖି ବୁଲାଇ ନେଉଥିଲା ସତ, କିନ୍ତୁ ସେ ବିଷୟରେ କୌଣସି ମତ ଦେଉନଥିଲା। ନିୟମିତ ଭାବରେ ରମା ଯେତେ ଯାହା ଲେଖୁଥିଲା ଦେବରାଜକୁ ନିଶ୍ଚୟ ଦେଖାଉଥିଲା ଏବଂ ପତ୍ରପତ୍ରିକାରେ ଲେଖା ପ୍ରକାଶ ପାଇଲେ ସାଙ୍ଗେ ସାଙ୍ଗେ ତାକୁ ଜଣାଉଥିଲା। ଥରେ ଦେବରାଜ ସକାଳେ କାମକୁ ବାହାରିବା ବେଳେ ରମା କହିଲା, ଦେଖ, ମୁଁ ଏ କବିତାଟି ଏଇ ଗୋଟାଏ ମିନିଟ ତଳେ ଲେଖା ଶେଷ କଲି; ତମେ ଯଦି ଦେଖିନିଅନ୍ତ, ମୁଁ ଆଜି ଡାକରେ ପୂଜାସଂଖ୍ୟା ପାଇଁ ପଠାଇ ଦିଅନ୍ତି। ଦେବରାଜ ଘଡ଼ି ଦେଖିଲା। ସମୟ ଥିଲେ ସେ ନିଶ୍ଚୟ ପାଞ୍ଚମିନିଟ ବସିଯାଇଥାନ୍ତା, କିନ୍ତୁ ତାକୁ ଠିକ୍ ଦଶଟାବେଳେ ଯାଇ ଇଞ୍ଜିନିୟରଙ୍କୁ ଦେଖାକରି ବିଲ ଆଣିବାର ଥିଲା। ଏଇ ବଡ଼ ବିଲଟି ବହୁତ ଦିନରୁ ଅଟକି ଯାଇଥିଲା ଏବଂ ସମୟରେ ନ ପହଞ୍ଚିଲେ ପୁଣି ଟଙ୍କା ମିଳିବାର ଅନେକ ଡେରି ହେବାର ଭୟ ଥିଲା। ସେ ରମାକୁ କହିଲା, ମୁଁ ଆଜି ଶୀଘ୍ର ଘରକୁ ଫେରି ଆସି ଦେଖିବି; ତମେ ପତ୍ରିକାକୁ ପଠାଇ ଦିଅ।

ସତକୁ ସତ ଦେବରାଜ ସେଦିନ ଶୀଘ୍ର ଘରକୁ ଫେରିଲା, କିନ୍ତୁ ସେ ଯେତେବେଳେ ରମାକୁ କବିତାଟି କଥା ପଚାରିଲା, ରମା ରାଗିଯାଇ କହିଲା, ତମେ କେବେହେଲେ ଚାହଁନାହିଁ ମୁଁ ଲେଖେ ବୋଲି; ଖାଲି ଉପରେ କହୁଛ, କିନ୍ତୁ ଲେଖକ ଭାବରେ ମୋର ନାଁ ହଉଚି ବୋଲି ତମେ ସହିପାରୁନାହଁ। ଏ ଆକ୍ଷେପଟି ଅତ୍ୟନ୍ତ ଅମୂଳକ ଥିଲା, କିନ୍ତୁ ତଥାପି କିଛି ମନେ କଲାନାହିଁ ଦେବରାଜ। ବରଂ ସକାଳେ ରମାର କବିତାଟିକୁ ପଢ଼ିନପାରି ଥିବାରୁ ଦୁଃଖ ପ୍ରକାଶ କଲା। ସେ ରମାର ହାତଧରି ତାକୁ ସାମ୍ନାରେ ବସାଇଲା, କହିଲା, ତମର ରାଗିବାର କାରଣ ଅଛି, ମୁଁ ଜାଣୁଛି। ତେବେ ମତେ ଘର ତ ଚଳାଇବାକୁ ହେବ। ତା ବ୍ୟତୀତ ତମେ ଯାହା ସବୁ ଲେଖୁଛ ପ୍ରଥମେ ଆଣି ମତେ ଦେଖାଉଛ। କିନ୍ତୁ ମୁଁ ସେ ସବୁ ଲେଖା ବୁଝିବାକୁ କିଏ? ତମେ ତ ମୋର ବିଦ୍ୟାବୁଦ୍ଧି କଥା ଜାଣ; ମୁଁ କଣ କହିପାରିବି ତମ କବିତା ବିଷୟରେ? ଏତେଦିନ ଧରି ତମେ ମତେ ତମର କବିତା ଦେଖାଇ ଆସୁଛ ଏବଂ ତମର ମନ ରଖିବା ପାଇଁ ମୁଁ ବି ତାକୁ ପଢୁଛି। କିନ୍ତୁ ସେ ପଢ଼ିବାର କଣ ଅର୍ଥ ଅଛି? ରମାର ରାଗ ତଥାପି ଯାଇନଥିଲା। କହିଲା, ତମେ ତ ସବୁ ପତ୍ରପତ୍ରିକା କିଣି ପଢୁଛ, ଆଉ ମୋର ଏଇ ଛୋଟ କବିତାଟି ପଢ଼ି ବୁଝିପାରିଲ ନାହିଁ? ଦେବରାଜ କହିଲା, ମୁଁ ତ ଏମିତି ପତ୍ରିକା କିଣିଆଣି ଆଖି ବୁଲାଇ ନିଏ ସମୟ କଟାଇବା ପାଇଁ, କିନ୍ତୁ ତମେ କଣ ମୋଭଳି ଲୋକଙ୍କ ପାଇଁ ଲେଖୁଛ? ତମେ ତ ଲେଖିବା କଥା ଯେଉଁମାନେ ସାହିତ୍ୟ ବୁଝନ୍ତି ସେମାନଙ୍କ ପାଇଁ। ତଥାପି ରମାର ରାଗ ଶାନ୍ତ ହେଲାନାହିଁ ବୋଲି ସେ ଉଠି ଯାଇ ରମା ପାଖରେ ବସିଲା। କହିଲା, ତମେ ଯଦି ସାହିତ୍ୟ ନପଢ଼ି ପଦାର୍ଥ ବିଜ୍ଞାନ

ପଢ଼ିଥାନ୍ତ ଏବଂ ବୈଜ୍ଞାନିକ ପ୍ରବନ୍ଧ ଲେଖିଥାନ୍ତ, ମୁଁ କଣ ତାକୁ ପଢ଼ିପାରିଥାନ୍ତି ? କିନ୍ତୁ ମୋର କଣ ତଥାପି ଗର୍ବ ହୋଇନଥାନ୍ତା ମୋ ରମା ପଦାର୍ଥବିଜ୍ଞାନୀଙ୍କ ଭିତରେ ପ୍ରସିଦ୍ଧ ହୋଇଯାଇଛି ବୋଲି ? ରମାର ରାଗ ଟିକିଏ ଉଣା ପଡ଼ିବାରୁ ଦେବରାଜ କହିଲା, ତମେ ଲେଖାଟିକୁ ଆଜି ପଠାଇ ଦେଇଛ ତ ? ରମା କହିଲା, ନା, ତମେ ଦେଖିନଥିଲ ବୋଲି ମୁଁ ପଠାଇଲି ନାହିଁ। ଦେବରାଜ କହିଲା, ଠିକ୍ ଅଛି; ପୂଜା ସଂଖ୍ୟାରେ ନ ବାହାରିଲେ ନାହିଁ। ମୁଁ ଭାବୁଛି ତମର ତ ଏତେ କବିତା ହୋଇଗଲାଣି, ଏଥର ବହି ବାହାରିବା ଦରକାର। ତାର ବହି ବାହାରିବ ଏଇ କଥାରେ ହଠାତ ରମାର ମନ ଆନନ୍ଦ ବିହ୍ୱଳ ହୋଇଗଲା, ତାର ଶୁଖିଲା ମୁହଁରେ ଉଲ୍ଲାସର ଚମକ ଆସିଗଲା, ସେ ଦେବରାଜକୁ ଜଡ଼ାଇ ଧରି କହିଲା, ସତ କହୁଛ ?

ଅତି ନିଷ୍ଠାର ସହିତ ଦେବରାଜ ଲାଗିଗଲା ରମାର ବହି କିଭଳି ଛପା ହେବ ସେ ଆୟୋଜନରେ। ନିଜର ଆଉ ସବୁ କାମଧନ୍ଦା ଛାଡ଼ି ସେ ଖବର ନେଲା କେଉ ପ୍ରେସରେ ଛପାକାମ ଭଲ, କେତେ ଗ୍ରାମ ଓଜନର କାଗଜରେ ବହିଟି ସୁନ୍ଦର ଦିଶିବ, ପ୍ରଚ୍ଛଦପଟ ତିଆରି କରିବାରେ କେଉଁ ଚିତ୍ରକରଙ୍କର ନାଁ ଅଛି, ଇତ୍ୟାଦି। ରମା ଯେ ଆଗରୁ ଦେବରାଜ ପାଖରୁ ଦୂରରେ ଦୂରରେ ରହୁଥିଲା, ଏଥରକ ତା ପାଖକୁ ଲାଗିଆସିଲା ଏବଂ ଅନେକ ଦିନ ପରେ ଶୋଇବାବେଳେ ନିଜ ଆଡୁ ଦେବରାଜ ଉପରେ ହାତ ରଖିଲା। ଦେବରାଜ ଦ୍ୱିଗୁଣ ଉତ୍ସାହରେ ରମାର ବହି ଛପାଇବାରେ ମନଦେଲା ଏବଂ ଅବିଳମ୍ବରେ ରମାର କବିତା ବହିଟି ସୁନ୍ଦର କାଗଜ, ପ୍ରଚ୍ଛଦ, ବନ୍ଧାଇ ନେଇ ପ୍ରେସରୁ ଆସିଲା। ଯେଉଁଦିନ ଖରାବେଳେ ବହିର ପ୍ରଥମ କପିଟି ଧରି ଦେବରାଜ ଝାଳନାଳ ହୋଇ ଘରେ ପହଞ୍ଚିଲା, ରମା ବହି ସହିତ ଦେବରାଜକୁ କୁଣ୍ଢାଇ ଧରିଲା ଏବଂ ସେଦିନ ଆଉ ତାକୁ ପୁଣି ବାହାରକୁ ଯିବାକୁ ଦେଲାନାହିଁ। ବହିଟିକୁ ବାରମ୍ବାର ଖୋଲି ତାର ପ୍ରଥମ ପୃଷ୍ଠାରେ ଲେଖା ଥିବା 'ମୋର ସମସ୍ତ କବିତାର ପ୍ରେରଣା ଦେବରାଜଙ୍କୁ' ଉତ୍ସର୍ଗ ପତ୍ରଟି ବାରମ୍ବାର ପଢ଼ି ଖୁସି ହେଉଥିଲା ଦେବରାଜ। ଅତିଶୀଘ୍ର ସେ ସମାନ ଉତ୍ସାହରେ ଲାଗିଗଲା ବହିଟିର ଉଦ୍‌ଘାଟନ ଉତ୍ସବର ବ୍ୟବସ୍ଥା କରିବାରେ। ତାର ଏକାଗ୍ର ଚେଷ୍ଟା ଫଳରେ ଏ ଉତ୍ସବଟି ମଧ୍ୟ ସଂସ୍କୃତି ମନ୍ତ୍ରୀ, ବରେଣ୍ୟ ଲେଖକ ଓ ହଲ ଭର୍ତ୍ତି ଲୋକ ନେଇ ଅତି ସଫଳତାର ସହିତ ସମ୍ପାଦିତ ହୋଇଗଲା। ସଭାରେ ବହିଟି ସମ୍ପର୍କରେ ଯେଉଁ ବକ୍ତୃତା ଓ ଆଲୋଚନାମାନ ହେଲା ସେଥିରୁ ଉଭୟ ରମା ଓ ଦେବରାଜ ଆଶ୍ୱସ୍ତ ହେଲେ ଯେ ସାହିତ୍ୟ ଜଗତରେ ରମା ସ୍ୱୀକୃତି ପାଇ ସାରିଛି।

ବହିଟି ପାଠକ ଓ ସମାଲୋଚକଙ୍କ ଦ୍ୱାରା ଆଦୃତ ହେଲା ଏବଂ ରମା ବର୍ତ୍ତମାନ ସାହିତ୍ୟ ସାଧନାରେ ନିଜକୁ ପୂରାପୂରି ଉତ୍ସର୍ଗ କରିଦେଲା। ସେ କବିତା ସହିତ ଗଳ୍ପ

ଲେଖିବାରେ ମଧ୍ୟ ହାତ ଦେଲା। ପତ୍ରପତ୍ରିକାର ସମ୍ପାଦକମାନଙ୍କ ପାଖରୁ ତାକୁ ଲେଖା ପଠାଇବା ପାଇଁ ପତ୍ରମାନ ଆସିବାରେ ଲାଗିଲା। ଏସବୁ ସହିତ ଦେବରାଜ ତାଗିଦ ମଧ୍ୟ ଥିଲା, ଆମେ ଏଥର ଆଉ ଗୋଟିଏ ବହି ଛପାଇବା, ଆହୁରି ସୁନ୍ଦର କରି; ଯାହା ପଛେ ଟଙ୍କା ଖର୍ଚ୍ଚ ହେବ ହେଉ। ରମା ବର୍ତ୍ତମାନ ଜଣେ ଜଣାଶୁଣା ଲେଖକ ହୋଇସାରିଥିଲା। ଲେଖକକୁ ଲେଖିବା ବ୍ୟତୀତ ଜଣେ ଲେଖକ ହୋଇଥିବାର ଭୂମିକା ମଧ୍ୟ ନିର୍ବାହ କରିବାକୁ ପଡ଼ିଥାଏ। ଏ ଭୂମିକାର ନିମିତ୍ତମାନ ହେଲା ଲେଖକସୁଲଭ ପୋଷାକ ପିନ୍ଧିବା, ସାହିତ୍ୟିକ ଗୋଷ୍ଠୀରେ ଦେଖାଯିବା, ହାତରେ ଗୋଟିଏ ସଦ୍ୟପ୍ରକାଶିତ ପ୍ରସିଦ୍ଧ ବିଦେଶୀ ବହି ଧରିଥିବା, ସାଙ୍ଗସାଥୀଙ୍କ ମେଳରେ ବିନା କାରଣରେ ମଝିରେ ମଝିରେ ହଠାତ ଅନ୍ୟମନସ୍କ ହୋଇଯିବା ଇତ୍ୟାଦି ଇତ୍ୟାଦି। ରମା ମଧ୍ୟ ଅବିଳମ୍ବରେ ଏସବୁ ଆଚରଣମାନ ଅଭ୍ୟାସ କରିନେଇ ସମ୍ପୂର୍ଣ୍ଣ ଲେଖିକା ହୋଇଗଲା। ବର୍ତ୍ତମାନ ସହରର ଛୋଟ ବଡ଼ ଅନେକ ଲେଖକ ତାର ଜଣାଶୁଣା ହୋଇଯାଇଥିଲେ ଏବଂ ତାଙ୍କର ବସିବା ଘରଟିର ବୃହଦାୟତନ ଏବଂ ଚାକରବାକର ନେଇ ତା ଘରେ ଚା ପାନର ବ୍ୟାପକ ବ୍ୟବସ୍ଥା ଦୃଷ୍ଟିରୁ ରମା ସହରର ସାହିତ୍ୟ ଗୋଷ୍ଠୀର କେନ୍ଦ୍ରସ୍ଥଳ ହୋଇଯାଇଥିଲା। ଦେବରାଜ ମଧ୍ୟ ଏ ବିଷୟରେ ଖୁସି ଥିଲା କାରଣ ରମାର ସାହିତ୍ୟିକ ଏବଂ ତା ଘର ଏକ ସାଂସ୍କୃତିକ ଆକର୍ଷଣ ହେବା ତାର ସାମାଜିକ ପ୍ରତିଷ୍ଠାକୁ ସୁଦୃଢ଼ କରୁଥିଲା ଏଥିରେ ସନ୍ଦେହ ନାହିଁ। ଏତଦ୍‌ବ୍ୟତୀତ ସେ ଚାହୁଁଥିଲା ଯେ ଭଲ ସାହିତ୍ୟିକ ହେବାପାଇଁ ଯାହା ସବୁ ସାହାଯ୍ୟ ସୁଯୋଗ ଦରକାର ସେସବୁ ସେ ରମାକୁ ଯୋଗାଇବ। ସେ ବର୍ତ୍ତମାନ ନିଜକୁ ଦେଖିଥିଲା ଯେତେ ରମାର ସ୍ୱାମୀ ଭାବରେ ନୁହେଁ ସେତିକି ଜଣେ ଲେଖକର ପୃଷ୍ଠପୋଷକ ଭାବରେ।

ପ୍ରଥମେ ପ୍ରଥମେ ତା ଘରକୁ କେହି ଲେଖକ ଆସିଲେ ରମା ବାଧ୍ୟ କରୁଥିଲା ଯେମିତି ସେଦିନ ଶୀଘ୍ର ଫେରିଆସି ସେମାନଙ୍କ ସହିତ ଯୋଗଦେଉ। ଅନେକଥର ଦେବରାଜ ଆଗ୍ରହର ସହିତ ଏ ଦାୟିତ୍ୱ ତୁଲାଇଲା, କିନ୍ତୁ ଆସ୍ତେ ଆସ୍ତେ ସେ ଏମାନଙ୍କର କଥାବାର୍ତ୍ତାରେ ବିରକ୍ତିବୋଧ କରିବାରେ ଲାଗିଲା। ସେମାନେ ସମସ୍ତେ କେବଳ ସାହିତ୍ୟ ବିଷୟରେ କଥାବାର୍ତ୍ତା କରୁଥିଲେ ଯେପରି ପୃଥିବୀରେ ଆଲୋଚନା କରିବା ପାଇଁ ଆଉ କୌଣସି ବିଷୟ ନାହିଁ। ଥରେ ଘରକୁ ଆସିବା ବେଳେ ଦେବରାଜ ସହରର ଗୋଟିଏ ବଡ଼ ସାମ୍ପ୍ରଦାୟିକ ଦଙ୍ଗା ଭିତରେ ପଡ଼ିଗଲା ଯାହାକୁ ନେଇ ପରେ ତଦନ୍ତ କମିଶନ ଇତ୍ୟାଦି ମଧ୍ୟ ବସିଥିଲା। କିନ୍ତୁ ସେଦିନ ସେ ଯେତେବେଳେ ରମାର ବନ୍ଧୁମାନଙ୍କ ଆଗରେ ଉତ୍ତେଜିତ ହୋଇ ଏକଥା କହିଲା, କେହି ଏ ବିଷୟରେ ଆଗ୍ରହୀ ଜଣାପଡ଼ିଲେ ନାହିଁ, ବରଂ ଜଣେ ସାହିତ୍ୟିକ ବିଶ୍ଳେଷଣ ଆରମ୍ଭ କରିଦେଲେ ଦଙ୍ଗା

ବିଷୟରେ କିଏ କିପରି କବିତାମାନ ଲେଖିଛନ୍ତି ! ଯଦି ଆଲୋଚନାମାନ ସାଧାରଣ ଭାବରେ ସାହିତ୍ୟ ବିଷୟରେ ହୋଇଥାନ୍ତା, ତାହେଲେ ହୁଏତ ଦେବରାଜ ସେଥିରେ କିଛି ଅଂଶଗ୍ରହଣ କରିପାରୁଥାନ୍ତା । କିନ୍ତୁ ସେମାନଙ୍କ ଭିତରେ ଆଳାପ ଆଲୋଚନା ହେଉଥିଲା ସାହିତ୍ୟର ସୂକ୍ଷ୍ମାତିସୂକ୍ଷ୍ମ ବିଭାବମାନଙ୍କୁ ନେଇ, ଯଥା, କେଉଁ ଲେଖକ କାହିଁକି କେଉଁ ଦଳକୁ ଛାଡ଼ି ଅନ୍ୟ ଦଳରେ ମିଶିଲେ, ଆଗାମୀ ସାହିତ୍ୟ ପୁରସ୍କାରଟି କାହାକୁ ମିଳିବ ଏବଂ ଏ ବିଷୟରେ କିଏ କାହାର ସହାୟତା ବା ଅନିଷ୍ଟାଚରଣ କରୁଛନ୍ତି, କେଉଁ ଲେଖକଙ୍କ ନାଁରେ ପ୍ରକାଶିତ ବହିଟି କିପରି ସେ ଲେଖକଙ୍କର ଆଦୌ ନୁହେଁ ଏବଂ ଅନ୍ୟ କାହାଦ୍ୱାରା ଲିଖିତ ଇତ୍ୟାଦି । ଏଇପରି ଦିନେ ଶେଷ ବିଷୟଟି ସମ୍ପର୍କରେ ଆଲୋଚନା ହେଉଥିବା ବେଳେ ଦେବରାଜ କହିଲା, ସେକ୍‌ସପିଅରଙ୍କ ନାଟକ ଯେ ଲେଖିଥାଉ ନା କାହିଁକି, ସେକ୍‌ସପିଅରଙ୍କ ନାଟକ ତ ସେକ୍‌ସପିଅରଙ୍କ ନାଟକ ! ସେ ଏକଥା କହିବାକୁ ସାହସ କଲା କାରଣ ସେ ସେଇଦିନ ସକାଳେ କେଉଁ ପତ୍ରିକାରେ ଏ ସଂକ୍ରାନ୍ତରେ ଲେଖାଟିଏ ପଢ଼ିଥିଲା । କିନ୍ତୁ ସେ ଏକଥା ଜାଣିନଥିଲା ଯେ ସାହିତ୍ୟିକ ଗୋଷ୍ଠୀର ଗୋଟିଏ କଠୋର ନିୟମ ଅଛି ଯେ ସେ ଯେତେ ଜ୍ଞାନୀ ହୋଇଥାଉ ପଛେ, ଅସାହିତ୍ୟିକର କୌଣସି ଅଧିକାର ନାହିଁ ସାହିତ୍ୟ ବିଷୟରେ କିଛି କହିବା । ଦେବରାଜ ମୁହଁରୁ ଏ କଥାଟି ବାହାରିବା ସଙ୍ଗେ ସଙ୍ଗେ ସମସ୍ତେ ହଠାତ ଚୁପ ହୋଇଗଲେ ଏବଂ ରମା ତା ଆଡ଼କୁ କଟମଟ କରି ଅନାଇଲା ।

ଆଜିକାଲି ଦେବରାଜ ଭାବୁଥିଲା ଯେ ତାକୁ ଯଦି ଏଇ ଗୋଷ୍ଠୀ ଭିତରେ ବସିବାକୁ ନ ପଡ଼ନ୍ତା, ତେବେ ଭଲ ହୁଅନ୍ତା । କିନ୍ତୁ ଏକଥା ବି ସମ୍ଭବ ନଥିଲା, କାରଣ ସେଇ ଲେଖକମାନେ ହିଁ ତାକୁ ବାଧ୍ୟ କରୁଥିଲେ ତାଙ୍କ ସାଙ୍ଗରେ ଯୋଗଦେବାକୁ । ଏହାର କାରଣ ଥିଲା ସମ୍ପୂର୍ଣ୍ଣ ସ୍ଥୂଳ । ରମା ଏକୁଟିଆ ଥିଲାବେଳେ କେବଳ ଚା ଦ୍ୱାରା ଅତିଥି ଅପ୍ୟାୟନ ହେଉଥିବା ସ୍ଥଳେ ଦେବରାଜର ଉପସ୍ଥିତିରେ ସେମାନଙ୍କୁ ମଦ ପିଇବା ପାଇଁ ମିଳୁଥିଲା । ମଦ ସହିତ ଯେପରି ସାହିତ୍ୟର କୌଣସି ଅତି ଘନିଷ୍ଠ ସମ୍ବନ୍ଧ ଥିଲା, କାରଣ ଗୋଟିଏ ଦୁଇଟି ପେଗ୍ ପରେ ଆଲୋଚନା ଅତି ମାର୍ମିକ ହୋଇଯାଉଥିଲା ଏବଂ ସବୁବେଳେ ଗୋଟିଏ କଣରେ ଚୁପ ହୋଇ ବସି ରହୁଥିବା କବି ମଧ୍ୟ ବାଚାଳତା କରୁଥିଲା । ଏଥିପାଇଁ, ରମା ଦେବରାଜ ଶୀଘ୍ର ଘରକୁ ନ ଫେରୁ ବୋଲି ଚାହୁଁଥିବାସ୍ଥଳେ ଅନ୍ୟମାନେ ସମସ୍ତେ ଚାହୁଁଥିଲେ ଯେପରି ଦେବରାଜ ଶୀଘ୍ର ଆସି ସେମାନଙ୍କ ସହିତ ଯୋଗଦେଉ । ଥରେ ଦେବରାଜ ଆସି ଆଲୋଚନା ପ୍ରସଙ୍ଗରେ କହିଲା, ଦୁଃଖର ବିଷୟ ଏ ପର୍ଯ୍ୟନ୍ତ ଏତେବର୍ଷ ଭିତରେ ଭାରତବର୍ଷରେ ଆଉ ରବୀନ୍ଦ୍ରନାଥଙ୍କ ସ୍ତରର ଲେଖକ ବାହାରିଲେ ନାହିଁ । ସାମନାରେ ବସିଥିବା ଜଣେ ବୟୋବୃଦ୍ଧ ଉପନ୍ୟାସକାର

ଏ କଥାକୁ ତାଙ୍କର ବ୍ୟକ୍ତିଗତ ଅପମାନ ବୋଲି ଭାବିଲେ କି କ'ଣ କଡ଼ା କଥାରେ ଏ କଥାର ପ୍ରତିବାଦ କଲେ ଦେବରାଜର ସାହିତ୍ୟ ଜ୍ଞାନ ଇତ୍ୟାଦିକୁ ଆକ୍ଷେପ କରି। ରମାର ମୁହଁ ଆଡ଼କୁ ଅନାଇ ଦେବରାଜ ଚୁପ ରହିଲା ଏବଂ ଦିମିନିଟ ସବୁ ସବୁ ଏଭଳି ଚୁପଚାପ ପଡ଼ିଯିବାରୁ ସମସ୍ତଙ୍କର ଭୟ ହେଲା ଯେ ଦେବରାଜ ଆଜି ଆଉ ସେମାନଙ୍କୁ ପିଇବାକୁ ଦେବନାହିଁ। ଉପନ୍ୟାସକାର ପୁଣି ନିଜ କଥାର ମୋଡ଼ ବଦଳାଇ ଦେବରାଜର କଥାକୁ ସମର୍ଥନ କଲେ ଏବଂ ସମସ୍ତେ ଦେବରାଜର ମନ୍ତବ୍ୟର ଭୂରି ପ୍ରଶଂସା କଲେ।

ଦେବରାଜ ସାହିତ୍ୟ ବିଷୟରେ ବୁଝୁ ନ ଥିଲେ କଣ ହେଲା, ଏଇ ସାହିତ୍ୟିକମାନଙ୍କୁ ଭଲଭାବେ ଚିହ୍ନିଥିଲା। ସେମାନଙ୍କର ହଠାତ ନିଜର ଆଭିମୁଖ୍ୟ ବଦଳାଇ ପୁଣି ତା ସହିତ ଏକମତ ହେବାର କାରଣ ତାକୁ ଅଛପା ରହିଲା ନାହିଁ। ସେ ସାଙ୍ଗେ ସାଙ୍ଗେ ସେମାନଙ୍କର ପିଇବାର ବ୍ୟବସ୍ଥା କରିଦେଲା, କିନ୍ତୁ ସେଦିନ ସେମାନଙ୍କ ପାଖରେ ଅଳ୍ପ ସମୟ ବସି କାମ ଥିବାର ଆଳରେ ଭିତରକୁ ଚାଲିଗଲା।

ସଞ୍ଜବେଳେ ଘର ସାମନାରେ ଗାଡ଼ିରୁ ଓହ୍ଲାଇ ଦେବରାଜ ଦୂରରୁ ଦେଖିଲା ଯେ ଆଜି ବି ବସିବା ଘରେ ସାହିତ୍ୟିକ ଗୋଷ୍ଠୀ ବସିଛି ଏବଂ କଥାବାର୍ତ୍ତା ସରଗରମ ସ୍ତରରେ। ଦିନଟି ଭଲ ଯାଇନଥିଲା ଏବଂ ସେ କ୍ଲାନ୍ତ ଅନୁଭବ କରୁଥିଲା। ଫାଟକ ପାଖରେ ସେ ମୁହୂର୍ତ୍ତେ ଅଟକିଲା, କିନ୍ତୁ ବସିବା ଘର ଭିତରକୁ ପଶିବାକୁ ତାର ଆଦୌ ଇଚ୍ଛା ହେଲାନାହିଁ। ଫାଟକ ବନ୍ଦକରି ସେ ଘର ପଛ ପାଖକୁ ଗଲା ଏବଂ ପଛ କବାଟ ଦେଇ ଘର ଭିତରେ ପଶିଲା। ପୁଅର ଘର ଭିତରୁ ଜୋର ମ୍ୟୁଜିକର ଆବାଜ ଆସୁଥିଲା; ଝିଅ ଘରର କବାଟ ବନ୍ଦ ଥିଲା, ସେ ବୋଧହୁଏ ଭିତରେ ସାଙ୍ଗମାନଙ୍କୁ ନେଇ ବସିଥିଲା। ସେମାନଙ୍କୁ ବିରକ୍ତ ନ କରି ଦେବରାଜ ନିଜର ବ୍ରିଫକେସ ରଖିଦେଇ ଖାଇବା ଘରେ ଯାଇ ନିଜ ପାଇଁ ପାନୀୟ ତିଆରି କଲା। ଗ୍ଲାସଟିକୁ ଉପରକୁ ଉଠାଇ ସେ ତାର ରଙ୍ଗ ଦେଖିଲା। ଅତି ଅବସନ୍ନ ଓ ବିଷଣ୍ଣ ବୋଧ କରୁଥିଲା ସେ। ତାକୁ କଟାଇବା ପାଇଁ ସେ ଗ୍ଲାସରେ ଆଉ କିଛି ହୁଇସ୍କି ଢାଳିଲା ଓ ତାକୁ ନେଇ ଶୋଇବା ଘରକୁ ଗଲା। ବିଛଣା ଉପରେ ବସି ସେ ଗ୍ଲାସ୍‌କୁ ଓଠକୁ ନେଇଛି, ତା ଆଖିରେ ପଡ଼ିଲା ରମାର କବିତା ଖାତା। ତାର ମନ ହଠାତ ରମା ପ୍ରତି କୋମଳ ମମତାରେ ଆର୍ଦ୍ର ହୋଇ ଆସିଲା। ଗ୍ଲାସରୁ ଧୀରେ ଧୀରେ ପିଉ ପିଉ ସେ ଠିକ କଲା ଯେ ରମାର ପରବର୍ତ୍ତୀ ବହିଟି ସେ ଆହୁରି ସୁନ୍ଦର ଓ ଶୋଭନୀୟ କରି ବାହାର କରିବ।

■

ଅନିକେତ

ଚା ପିଇସାରି ବିଭୁ ମାଟି ସରାଟିକୁ ଆବଶ୍ୟକତାରୁ ବେଶି ଜୋରରେ ବାହାରକୁ ଫିଙ୍ଗିଦେଲା ଏବଂ ଝୋଲାକୁ ଧରି ଉଠି ଠିଆହେଲା। ହାତରେ ଥାକେ ବହି ଧରି ସେ କରିଡ଼ର ଉପରକୁ ପାଦ ଦେଇଛି, ଟ୍ରେନ ଜୋର ଝାଙ୍କ ଖାଇଲା। କିନ୍ତୁ ରେଳଗାଡ଼ିର ଏପରି ବିଲକ୍ଷଣ ବିକାର ସହିତ ଅତି ପରିଚିତ ଥିଲା ବିଭୁ। ଅବିଚଳିତ ପଦକ୍ଷେପରେ ଗଳିଟି ପାରି ହୋଇ ସେ ପାଖ କମ୍ପାର୍ଟମେଣ୍ଟରେ ପଶିଲା। ଡବାଟି ଅସମ୍ଭବ ଭାବରେ ଖାଲି ଥିଲା। ଲୋକେ କହନ୍ତି ଯେ କୌଣସି ବି ଟ୍ରେନ୍ ଯେତେବେଳେ ଯୁଆଡ଼ୁ ଯୁଆଡ଼ୁକୁ ଯାଉଥାଉ ନା କାହିଁକି, ଭିଡ଼ ହିଁ ଭିଡ଼ ଥାଏ। କିନ୍ତୁ ବିଭୁ ଦେଖିଚି, କେବେ କେବେ ଏ କଥାର ଅଦ୍ଭୁତ ବ୍ୟତିକ୍ରମ ହୋଇ ସିଟ ସବୁ ଖାଲି ପଡ଼ିଥାଏ। ଏ ସମୟରେ ଅନ୍ୟ ବୁଲାବିକାଳିଙ୍କ ବ୍ୟବସାୟ ମନ୍ଦା ହେଉଥିବ କି କଣ ବିଭୁର କିନ୍ତୁ ବହି ଭଲ ବିକ୍ରି ହୁଏ। ଯାତ୍ରୀମାନେ ବୋଧହୁଏ ଖୋଲାରେ ବସି ବହିଗୁଡ଼ିକୁ ଓଲଟାଇ ଦେଖିବାର ସୁଯୋଗ ପାନ୍ତି ଏବଂ ବିଭୁକୁ ବି ସେମାନଙ୍କ ସାଙ୍ଗରେ କଥାବାର୍ତ୍ତା କରିବାକୁ ସୁବିଧା ହୁଏ। ବିଭୁ ଥରେ ସାରା ଡବା ଉପରେ ଆଖି ପକାଇ ନେଇ ଯାଇ ବସିଲା ଜଣେ ବଙ୍ଗାଳୀ ଦମ୍ପତି ଯେଉଁଠାରେ ବସିଥିଲେ ତାଙ୍କ ସାମନାର ଖାଲି ସିଟରେ। ଝୋଲା ଭିତରୁ ଗୋଟିଏ ମୋଟା ବଙ୍ଗଳା ବହି ବାହାର କରି ସେ ସେମାନଙ୍କୁ ଦେଇ କହିଲା, ଆପଣମାନେ ଏ ଲେଖକଙ୍କ ବିଷୟରେ ବିଶେଷ ଜାଣିନଥାଇ ପାରନ୍ତି, କିନ୍ତୁ ଏଇ ବହିଟି ନିଶ୍ଚୟ ବହୁତ ନାଁ କରିବ। ଭଦ୍ରବ୍ୟକ୍ତି ବହିଟିକୁ ଓଲଟାଇ ଦେଖି ସ୍ତ୍ରୀଙ୍କ ହାତକୁ ବଢ଼ାଇ ଦେଲେ। ବିଭୁ ତାଙ୍କ ମୁହଁକୁ ଅନାଇ ଜାଣିନେଲା ମୋନେ କି ପ୍ରକାର ବହି ଚାହାନ୍ତି। ସେ ଝୋଲା ଭିତରୁ ଜଣେ ଲୋକପ୍ରିୟ ଲେଖକଙ୍କର ସଦ୍ୟ ପ୍ରକାଶିତ ବହିଟି ବାହାର କଲା ଏବଂ ଯେପରି ସେ ଆଶା କରିଥିଲା, ଭଦ୍ରବ୍ୟକ୍ତି ବହିଟିକୁ କିଣିଲେ।

ତାଙ୍କଠାରୁ ପଇସା ନେଇ ବିଭୁ ଭାବିନେଲା ସେ ସେମାନଙ୍କ ପାଖରେ ବସି ଗପ କରିବ ନା ପାଖ ଡବାକୁ ଯିବ। ଭଦ୍ରମହିଳା ସୁନ୍ଦରୀ ଥିଲେ, ଦାମୀ ଶାଢ଼ି ଓ ଅଳଙ୍କାର ପିନ୍ଧିଥିଲେ, କିନ୍ତୁ ତାଙ୍କ ମୁହଁରେ ବିଦଗ୍ଧତାର କୌଣସି ଛାପ ନ ଥିଲା। ବିଭୁ ଉଠି ଠିଆହେଲା।

ବିଭୁର ସାଙ୍ଗମାନେ ତାକୁ ପଚାରନ୍ତି, ତୁ ଏମିତି ରୋଜ ରୋଜ ସେଇ ଟ୍ରେନ ଭିତରେ ବୁଲି ବୁଲି ବିରକ୍ତ ହୋଇଯାଉନୁ? ସେମାନେ କଣ ଜାଣନ୍ତି ଟ୍ରେନ କିଭଳି ଏକ ବିଶ୍ୱ ବ୍ରହ୍ମାଣ୍ଡ। ଅଫିସ, ଘର, ବଜାର ପ୍ରତିବେଶୀଙ୍କୁ ନେଇ ଜୀବନ କାଟି ଦେଉଥିବା ଲୋକ କିଭଳି ଜାଣିପାରିବ ଅନାଗତ ଅପରିଚିତ ଲୋକଙ୍କୁ ନେଇ କିପରି ନିଜସ୍ୱ ସଂସାର ସୃଷ୍ଟି କରି ହୁଏ! ବିଭୁ ପାଇଁ ପ୍ରତିଟି ସକାଳ ତ ଏକ ନୂଆ ଆଶ୍ଚର୍ଯ୍ୟ। ସେଇ ଏକା ଟ୍ରେନଟି କଣ ପରଦିନ ସକାଳକୁ ଆଉ ସେଇ ପୁରୁଣା ଟ୍ରେନଟି ହୋଇ ରହିଥାଏ? ସେଇଟି ତ ସେତେବେଳେ କେବଳ ଏକ ନୂଆ ଭୂଖଣ୍ଡ ନୂଆ ପରିବେଶ ମଧ୍ୟରେ ନଥାଏ, ଯେମିତି ଏକ ନୂଆ ଆଭିମୁଖ୍ୟ ମଧ୍ୟ ନେଇଥାଏ। ଟ୍ରେନ ଭିତରେ ରାତିରେ ବସିଥିବା ଲୋକ ବି କଣ ଆଉ ସକାଳକୁ ଆଉ ସେଇ ପୁରୁଣା ଟ୍ରେନଟି ହୋଇ ରହିଥାଏ? ସେଇଟି ତ ସେତେବେଳେ କେବଳ ଏକ ନୂଆ ଭୂଖଣ୍ଡ ନୂଆ ପରିବେଶ ମଧ୍ୟରେ ନଥାଏ, ଯେମିତି ଏକ ନୂଆ ଆଭିମୁଖ୍ୟ ମଧ୍ୟ ନେଇ ନେଇଥାଏ। ଟ୍ରେନ ଭିତରେ ରାତିରେ ବସିଥିବା ଲୋକ ବି କଣ ଆଉ ସକାଳକୁ ସେଇ ଏକା ଲୋକ ହୋଇ ରହିଥାନ୍ତି? ତେବେ ବିଭୁ ଏତେ କଥା କହେ ନାହିଁ ତାର ସାଙ୍ଗମାନଙ୍କୁ; ହସି ଦେଇ କହେ, ତମେମାନେ ଯେମିତି ଗୋଟିଏ ସହର ଭିତରେ ରହୁଚ, ଏଇ ଟ୍ରେନଟା ହିଁ ମୋର ସହର।

ସତରେ ଟ୍ରେନର କଣ ନହୁଏ ଯାହା ବାହାରେ ହୁଏ? ଏଇ ଦଶବର୍ଷର ଯାଯାବର ଜୀବରେ-ନା ନା, ଯାଯାବର ଜୀବନ କାହିଁକି ହେବ, ଟ୍ରେନ ତାରଦ୍ୱାର - ସେ ଯାହା ସବୁ ଦେଖିଛି, ତାର ତ ତୁଳନା ନାହିଁ। ପୂର୍ବରାଗ, ପ୍ରେମ, ମନାନ୍ତର, ମାନଭଞ୍ଜନରୁ ନେଇ ବଣିଜ ବେପାର, ଚୋରି, ବଳାତ୍କାର, ହତ୍ୟା। ସବୁ ଦେଖିବାର ସୁଯୋଗ ବା ଦୁର୍ଯୋଗ ହୋଇଛି ବିଭୁର। ଏଇ ସେଦିନର କଥା ମନେ ପଡ଼ିଲେ ତା ଦେହ ଶୀତେଇ ଯାଉଛି। ବଡ଼ ଜଙ୍କସନ ପରେ ସମସ୍ତେ ଖାଇ ପିଇ ଶୋଇବା ପାଇଁ ପ୍ରସ୍ତୁତ ହେଉଥିବା ବେଳେ, ବିଭୁ ଭାବିଲା ଶେଷଥର ପାଇଁ ଥରେ ବୁଲି ଦେଇ ଆସିବ। ଗୋଟିଏ ଡବା ଟପି ସେ ପାଖର ଚେୟାର କାର ଭିତରକୁ ଯିବା ବେଳକୁ କବାଟ ପାଖରେ ଜଣେ ମଧ୍ୟବୟସ୍କା ଭଦ୍ରମହିଳା ଠିଆ ହୋଇଥିଲେ। ସେ ବାଁ ହାତରେ ଗୋଟିଏ କାଚ ବୋତଲ ଧରିଥିଲେ, ବିଭୁକୁ ଦେଖି ତା ଭିତରୁ ଗୋଟିଏ ଚକୋଲେଟ

ବାହାର କରି ତାକୁ ଖାଇବାକୁ ଦେଲେ। ବିଭୁ ତାକୁ ପାଟିରେ ପକାଇଲା। ଭଦ୍ରମହିଳା ଡବାରୁ ଆଉ ଗୋଟିଏ ଚକୋଲେଟ ବାହା କରି ହାତ ବଢ଼ାଇଲେ ବିଭୁ ପଛରେ ଠିଆ ହୋଇଥିବା ଲୋକଟିକୁ ଦେବା ପାଇଁ। ବିଭୁ ପଛକୁ ମୁହଁ ବୁଲାଇଲା କିଏ ଦେଖିବା ପାଇଁ। ପଛରେ କେହି ନଥିଲା। ବିଭୁ ମୁହଁ ବୁଲାଇ ଦେଖିଲା ତା ଆଗରେ ସେ ଭଦ୍ରମହିଳା ବି ନଥିଲେ ଆଉ। ତା ରୁମ ଟାଙ୍କୁରି ଉଠିଲା। ଚେୟାର କାର ଭିତରକୁ ପଶି ଦେଖିଲା ଯେ ସମସ୍ତେ ଯେ ଯାହା ଜାଗରେ ବସିଛନ୍ତି, କିନ୍ତୁ ଭଦ୍ରମହିଳା କେଉଁଠି ନଥିଲେ। ସେ ପାଖ କମ୍ପାର୍ଟମେଣ୍ଟରେ ବି ଯାଇ ଖୋଜିଲା, କିନ୍ତୁ ସେଠାରେ ବି ନଥିଲେ ସେ। ଏକ ରୋମାଞ୍ଚିତ ଭୟ ନେଇ ସେ ଆଟେଣ୍ଡାଣ୍ଟ ବସୁଥିବା ଜାଗାକୁ ଫେରି ଆସି ତାର ରେଳବାଇ ବନ୍ଧୁଟିକୁ ଏ କଥା କହିଲା। ବନ୍ଧୁ କହିଲା, ମଧ୍ୟବୟସ୍କା ମହିଳା ଚେୟାର କାରରେ। ପକେଟରୁ ଗୋଟିଏ ତାଲିକା ବାହାର କରି ସେ ବିଭୁକୁ ଦେଲା, ଯେଉଁଥିରେ ଯାତ୍ରୀମାନଙ୍କର ନାଁ ଲେଖା ଥିଲା। ଏଥିରେ ଚାଳିଶ ବର୍ଷରୁ ଉର୍ଦ୍ଧ୍ୱ ତିନିଜଣ ମହିଳାଙ୍କର ନାଁ ଥିଲା। ସେମାନଙ୍କର ସିଟ ନମ୍ବରକୁ ମନେ ରଖି ବିଭୁ ପୁଣି ଥରେ ସେ ଡବାକୁ ଗଲା ଏବଂ ତିନିଜଣଯାକ ସ୍ତ୍ରୀଙ୍କୁ ଦେଖିଲା ତାକୁ ଚକୋଲେଟ ଦେଇଥିବା ଭଦ୍ରମହିଳା କିନ୍ତୁ ସେ ଭିତରେ ନଥିଲେ। ବିଭୁର ମନେହେଲା ସେ ଯେପରି ଏ କଥାଟିକୁ କଳ୍ପନା କରିଥିଲା, କିନ୍ତୁ ତା ମୁହଁରେ ଏପର୍ଯ୍ୟନ୍ତ ଚକୋଲେଟର ସ୍ୱାଦ ଥିଲା। ସେ ଫେରିଆସି ପୁଣି ଥରେ ତାର ସାଙ୍ଗକୁ ଏକଥା କହିବାରୁ ସେ କହିଲା, ଆଜି ରାତିରେ ଶୋଇଯା; କାଲି ସକାଳେ ସେକଥା ବୁଝିବା।

ରେଳ ବିଭାଗର ଅନେକ କର୍ମଚାରୀଙ୍କୁ ସାଙ୍ଗ କରି ନେଇଥିଲା ବିଭୁ ଏଇ କେତେ ବର୍ଷ ଭିତରେ। ସେମାନେ ତାକୁ ସ୍ୱଚ୍ଛନ୍ଦରେ ଯିବାଆସିବାକୁ ଦେଉଥିଲେ, ତା'ର ବହିକୁ ସମ୍ଭାଳି ରଖୁଥିଲେ ଏବଂ ଦରକାର ହେଲେ ତାକୁ ପଇସା ଧାର ଦେଉଥିଲେ। କହିବାକୁ ଗଲେ ଏଇମାନେ ହିଁ ଥିଲେ ବିଭୁର ପରିବାର। କେବେ କୋଉଠି ସନ୍ଧ୍ୟାବେଳେ ଏଭଳି ସାଙ୍ଗମାନଙ୍କ ଭିତରୁ କାହାର ଡିଉଟି ସରିଗଲେ ତାକୁ ଟାଣୁଥିଲା ଷ୍ଟେସନରେ ତା ସାଙ୍ଗରେ ଓହ୍ଲାଇ ରାତି କଟାଇବା ପାଇଁ। ବେଳେବେଳେ ବିଭୁ ମାନି ଯାଉଥିଲା। ସାଙ୍ଗ ଘରକୁ ଯିବା ଆଗରୁ ବଜାର ଖୋଲା ଥିଲେ ସେ ଗୋଟିଏ ଛୋଟ ବୋତଲ ମଦ କିଣି ଆଣୁଥିଲା ଏବଂ ରେଳ କଲୋନୀର ଛୋଟ ଘରଟିରେ ବସି ଅନେକ ରାତି ପର୍ଯ୍ୟନ୍ତ ଗପସପ କରୁଥିଲା। ଏଇ ସମୟଟି ମଧ୍ୟ ବିଭୁ ପାଇଁ ତାର ଟ୍ରେନ ଜୀବନର ବ୍ୟାପ୍ତି ମାତ୍ର ଥିଲା, କାରଣ ଘରଟି ରେଳ ଲାଇନ ପାଖରେ ଥିବାରୁ ତାର ସାରା ରାତିର ନିଦ ଭିତରେ ଟ୍ରେନମାନେ ଯିବାଆସିବା କରୁଥିଲେ ଏବଂ ସେ ଯେପରି ତାର ବିଛଣାରେ ମଧ୍ୟ ରେଳ ଡବାରେ ଶୋଇଥିବାର କମ୍ପନ ଅନୁଭବ କରୁଥିଲା।

ଏଇ ଜୀବନରୁ କ୍ୱଚିତ କେବେ ବ୍ୟତିକ୍ରମ ଥିଲା ସେ ଯେତେବେଳେ ତାର ଭଉଣୀର ଗାଁକୁ ଯାଉଥିଲା। ତାର ପ୍ରିୟ ପରିଜନ ଜ୍ଞାତି ଭିତରେ ଆଉ କେହି ନଥିଲେ ଏଇ ଭଉଣୀଟି ବ୍ୟତୀତ। ସେ ଗୋଟିଏ ଦୂର ଗାଁରେ ରହୁଥିଲା ଏବଂ ବିଭୁ ସବୁବେଳେ ଅଭିଯୋଗ କରୁଥିଲା ସେମାନେ କାହିଁକି ଷ୍ଟେସନ ପାଖରେ ଘର କଲେ ନାହିଁ ବୋଲି। ଭଉଣୀର ପିଲାମାନେ ତାକୁ ଭଲ ପାଉଥିଲେ ଏବଂ ତାକୁ ଥଟ୍ଟା କରି ଡାକୁଥିଲେ ବାରବୁଲା ନହେଲେ ଖାଲି ବୁଲା ମାମୁ। ସେ ଯେଉଁ କେତୋଟି ଦିନ ତାଙ୍କ ପାଖରେ ରହୁଥିଲା ସେମାନଙ୍କ ସଙ୍ଗରେ ମିଳିମିଶି ଯାଉଥିଲା, ଘର କାମରେ ଭାଗ ନେଉଥିଲା, ଗାଁରେ ସମସ୍ତଙ୍କ ସହିତ ହସଖୁସିରେ ମିଶୁଥିଲା; କିନ୍ତୁ ଦିନ ସାତ ଆଠଟି ଯାଇଥିବ କି ନାହିଁ ପୁଣି ଛଟପଟ ହେଉଥିଲା ପଳେଇଯିବା ପାଇଁ। ଏଇ ସମୟରେ ସେ ପୁଣି ଚୁପଚାପ ରହୁଥିଲା, ଆଉ ପିଲାଙ୍କ ସାଙ୍ଗରେ ଖେଳୁ ନଥିଲା ଏବଂ ସମସ୍ତେ ଜାଣୁଥିଲେ ଯେ ବିଭୁର ଯିବା ବେଳ ହୋଇଗଲା। ଭଉଣୀର ପିଲାମାନେ କହୁଥିଲେ, ମାମୁଙ୍କୁ ପୁଣି ବିଛା କାମୁଡ଼ିଲାଣି। ସେ ଥରେ ଚାଲିଗଲେ ଆଉ କୌଣସି ଠିକଣା ନଥିଲା ତାର; ନା ଚିଠିପତ୍ର ନା କୌଣସି ଖବର। ଅନେକ ଥର ତାକୁ କହିବା ପରେ ବି ଯେତେବେଳେ ସେ କୌଣସି ଯୋଗାଯୋଗ ରଖିଲା ନାହିଁ, ସେମାନେ ତା ବିଷୟରେ ଭାବିବା ବି ଛାଡ଼ିଦେଲେ। ତେବେ ସେମାନେ ଜାଣିଥିଲେ ଯେ ଏମିତି ହଠାତ କେଉଁଦିନ ସକାଳେ ସେ ଆସି ପହଞ୍ଚିଯିବ ଏବଂ ଅନ୍ତତଃ ଚାରି ଛ ଦିନ ରହିଯିବ।

ଘରେ ଥିଲାବେଳେ ବିଭୁ ତାର ଭଉଣୀର ପିଲାମାନଙ୍କୁ ପାଠ ପଢ଼ାଇ ଦେଉଥିଲା। ଥରେ ତାର ଭଉଣୀ କହିଲା, ତୁ ଏଥର ଆଉ କିଛିଦିନ ରହିଯା, ଦୀପୁର ପରୀକ୍ଷା ସରିଗଲେ ଯିବୁ। କଥା ଶୁଣି ବିଭୁ ସତର୍କ ହୋଇଗଲା। ଏ ତାକୁ ଅଟକାଇ ରଖିବାର ଗୋଟାଏ ଫନ୍ଦି। ସେ କହିଲା, ନା, ଦିନକ ପାଇଁ ଆସି ମୁଁ ସାତଦନ ରହିଗଲିଣି; ମୋର ବହୁତ କାମ ଅଛି। ଭିଣୋଇ କହିଲେ, ତୋର ପୁଣି ଗୋଟାଏ କାମ କଣ? ବିଭୁ ଗମ୍ଭୀର ହୋଇ କହିଲା, ଭାଇ, ତମେ ଜାଣିନା କେତେ କଷ୍ଟ ମୋ ଧନ୍ଦାରେ। ବହି ଦୋକାନରୁ ଦୋକାନକୁ ଯାଇ ସମସ୍ତଙ୍କର ହିସାବ ତୁଟାଇବାକୁ ହବ। ତାଙ୍କର ପଇସା ନ ଛିଣ୍ଡାଇଲେ ଆଉ ଆଗକୁ ବହି ଦେବ କିଏ? ତା ଛଡ଼ା କୋଉ ଟ୍ରେନର କୋଉ ଗାର୍ଡ଼ କୋଉ କଣ୍ଡକ୍ଟର ପାଖରେ ମୋର ଜନିଷ ସବୁ ରହିଛି। ତାକୁ ବି ତ ନଜର ଦେବାକୁ ହେବ। ଭଉଣୀ କହିଲା, ତତେ କିଏ କହୁଚି ଏମିତି ବାରବୁଲା ହୋଇ ବୁଲିବାକୁ? ଏଇଟାକୁ ତୋର ନିଜର ଘର ବୋଲି ଭାବି ରହିଯା। ନହେଲେ ଆମର ପାଖରେ ତୋର ଯୋଉ ଟଙ୍କା ଅଛି, ସେଥିରେ କହିଲେ ଆମେ ତୋ ପାଇଁ ଗୋଟାଏ ବଖରା ଘର କରିଦବୁ ଏଇ ପାଖରେ। ଯଦି ବିନା କାମରେ ବସି ରହିବାକୁ

ଲାଜ ଲାଗୁଛି, ତେବେ ଭାଇଙ୍କୁ ଚାଷ କାମରେ ସାହାଯ୍ୟ କର। ତାଙ୍କର ବି ତ କାହାର ସାହାଯ୍ୟ ଲୋଡ଼ା। ବିଭୁ ହସି ଦେଇ କଥାଟାକୁ ଉଡ଼ାଇ ଦେଲା। କହିଲା, ମୁଁ ପୁଣି ଏ ବୟସରେ କୋଉ ନୂଆ କାମ କରିବି! ମୋ ହାତରେ ଖଡ଼ା ସିଝିବ ବୋଲି ଭାବୁଛ? ମୋ ବହି ବିକା ଭଲ ତ ମୁଁ ଭଲ। ଭଉଣୀ ରାଗିଯାଇ କହିଲା, କାହିଁକି ସିଧା କହୁନୁ ଯେ ତତେ ସେଇ ରେଳଗାଡ଼ି ଡବା ଆଉ ଷ୍ଟେସନର ବରା ଦୋକାନର ଖାଇବା ଭଲ ଲାଗୁଚି ବୋଲି। ବିଭୁ କହିଲା, ସତ କଥା କହିଲୁ। ଶୋଇବା ବେଳେ ଯଦି ବିଛଣା ନ ଦୋହଲିଲା, ଭଲା ମଣିଷର ନିଦ ହେବ କେମିତି? ଆଉ ଷ୍ଟେସନର ଖାଇବା ଦୋକାନ। କେମିତି କହିବି କେତେ ସୁଆଦ। ହେଲା, ଆରଥର ଆସିବା ବେଳେ ନେଇ ଆସିବି।

ଏମିତି କଥା ସବୁ କହି ଟାଳି ଦେଉଥିଲା ବିଭୁ। ଭିଣୋଇ କହୁଥିଲେ, ଜଣେ ମାଈଁ ଆସିଲେ ଏକା ବାରବୁଲା ମାମୁଙ୍କ ମନ ଘର ଧରିବ। ଏ ବି ଅନେକ ବର୍ଷ ତଳର କଥା। ବାହା ହେବା ପାଇଁ କେହି ରାଜି କରାଇ ପାରି ନଥିଲେ ତାକୁ। ବର୍ତ୍ତମାନ ତା ପାଇଁ କନ୍ୟା ବି କୋଉଠି ମିଳିଥାନ୍ତେ? ଖାଲି ଥରେ ଝିଅ ଠିକ କରିବା ଯାଏ କଥା ଯାଇଥିଲା। ତାଙ୍କ ଗାଁର ଝିଅଟିଏ ବିବାହର ଅଳ୍ପଦିନ ଭିତରେ ବିଧବା ହୋଇଯାଇ ଆସି ଘରେ ରହୁଥିଲା। ଝିଅଟି ଅତି ଶାନ୍ତ ଶିଷ୍ଟ ଥିଲା ଏବଂ ସମସ୍ତେ ତାର ରୂପ ଗୁଣ ବର୍ଣ୍ଣନାରେ ଶତମୁଖ ଥିଲେ। ଭଉଣୀ ଭିଣୋଇ ଜିଦ ଧରି ବସିଲେ ଯେ ବିଭୁ ଅନ୍ତତଃ ଯାଇ ସେ ଝିଅଟିକୁ ଦେଖୁ। ଅନିଚ୍ଛା ସତ୍ତ୍ୱେ ତାକୁ ସେମାନେ ଟାଣି ଟାଣି ଝିଅ ଘରକୁ ନେଲେ। ପ୍ରକୃତରେ ଝିଅଟି ସୁନ୍ଦରୀ ଏବଂ ଅତି ଭଲ ସ୍ୱଭାବର ଥିଲା। ସେ ତାଙ୍କ ଆଗରେ ବସି ନମ୍ର ଅଥଚ ସ୍ପଷ୍ଟ ଭାବରେ କଥାବାର୍ତ୍ତା କଲା; କେମିତି ତାର ସ୍ୱାମୀ ମାରିବା ପରେ ଶଶୁର ଘରେ ତାର କଣ ସୁବିଧା ଅସୁବିଧା ହେଲା ଅକପଟରେ ବର୍ଣ୍ଣନା କଲା। ଝିଅଟି ବିଭୁର ପସନ୍ଦ ହେଲା ସବୁ ଦୃଷ୍ଟିରୁ। ଘରକୁ ଫେରିଆସି ଭିଣୋଇ କହିଲେ, ଆଖିବୁଜି ହଁ କରିଦେ। ଆମେ ତ ତାକୁ ପିଲାଟି ଦିନରୁ ଦେଖିଆସିଛୁ; ଭାଗ୍ୟରେ ଥିଲେ ଏପରି ସ୍ତ୍ରୀ ମିଳିବ। ବିଭୁ ମନେ ମନେ ଭାବିଲା କଣ ହଁ କରିଦେବି କି? ଝିଅଟିର ଶାନ୍ତ ସରଳ ମୁହଁଟି ତାର ମନେପଡ଼ିଲା। ତାର କି ଅଧିକାର ଅଛି ଏଭଳି ଗୋଟିଏ ଭଲ ପ୍ରକୃତିର ଅଳ୍ପବୟସର ଝିଅ ସହିତ ନିଜର ବାରବୁଲା ଜୀବନକୁ ଛନ୍ଦି ଦେବାକୁ? ଏ କଥା କିନ୍ତୁ ଉପରଠାଉରିଆ କଥା ଥିଲା। ପ୍ରକୃତରେ ସେ ନିଜେ ଭୟ କରୁଥିଲା ବାନ୍ଧି ହୋଇଯିବାକୁ। ଏଭଳି ଝିଅ ପାଖରେ ସେ ପୂରା ବନ୍ଧା ପଡ଼ିଯିବ। ବାହା ହେବା ପରେ କେମିତି ସେ ଘର ବାହାରକୁ ଯାଇ ପାରିବ ତାକୁ ଛାଡ଼ି? ସେତେବେଳେ କଣ ହେବ ତାର ରେଳଲାଇନ ଉପରେ ସିଟି ଦେଇ ଦଉଡୁଥିବା

ବାହାର ପୃଥିବୀର ? ସେ ଆଦୌ କଳ୍ପନା କରିପାରିଲା ନାହିଁ ନିଜର ଘର ଭିତରେ ବନ୍ଦ ହୋଇ ରହିଥିବା ଅବସ୍ଥା। ସେ ସେତେବେଳେ ହଁ ନାହିଁ କିଛି କହିଲା ନାହିଁ, କିନ୍ତୁ ଚାଲିଯାଇ ଚିଠି ଲେଖିଦେଲା ଯେ ସେ ବାହା ହେବନାହିଁ। ଏ କଥା ପରେ ଆଉ କେହି ତାର ବାହାହେବା କଥା ଉଠାଇ ନଥିଲେ।

ଅବଶ୍ୟ ଏ କଥା ନୁହେଁ ଯେ ତାକୁ ସ୍ତ୍ରୀ ସଙ୍ଗ ଭଲ ଲାଗୁ ନଥିଲା। ସାଙ୍ଗମାନଙ୍କ ସାଥିରେ ସେ କେବେ କେବେ ଯାଇ ସୋନାଗାଛିରେ ରାତି କଟାଉଥିଲା। ସେମାନେ ଯେଉଁ କୋଠାକୁ ଯାଉଥିଲେ ତାର କର୍ତ୍ତ୍ରୀ ଥିଲେ ଜଣେ ଅତି ଭଦ୍ର ଓ ଧର୍ମପରାୟଣା ବୃଦ୍ଧା। ତାଙ୍କ ପାଖରେ ଥିବା ଝିଅମାନେ ମଧ୍ୟ ସରଳ ଓ ନମ୍ର ପ୍ରକୃତିର ଥିଲେ। ସେଠାରେ ଯେ ଗୁଣ୍ଡା ମଦ୍ୟପ ଲୋକଙ୍କ ଯିବାଆସିବାରେ ଗୋଳମାଳ ହେଉ ନଥିଲା ତା ନୁହେଁ, ତେବେ ବିଭୁ ପାଇଁ ଏଇଟି ଗୋଟିଏ ଭଲ ଜାଗା ଥିଲା ଅବସର ବିନୋଦନର। ଅଳ୍ପ ପଇସାରେ ବାହାରୁ ମଦ ଓ ଖାଇବା ଜନିଷ ଆସିଯାଉଥିଲା ରାତି ପାଇଁ। ଅଧାରାତି ପରେ ଲୋକଙ୍କର ଚଳପ୍ରଚଳ କମିଗଲେ ପଡ଼ାଟି ନିସ୍ତବ୍ଧ ହୋଇଯାଉଥିଲା ଏବଂ ସେ ଶାନ୍ତିର ନିଦ ଶୋଇ ଯାଉଥିଲା। ସକାଳକୁ ଗାଧୋଇ ପାଧୋଇ ସେ ପୁଣି ଯାଇ ଟ୍ରେନ ଧରୁଥିଲା। କିଛି ବର୍ଷ ତଳେ ଜଣେ ସାଙ୍ଗର ପ୍ରରୋଚନାରେ ସେ ଅତି ନିୟମିତ ଆସିବାରେ ଲାଗିଥିଲା ଏଠାକୁ। ତାର ସାଙ୍ଗ ସେଠାରେ ଥିବା ମୀନା ବୋଲି ଗୋଟିଏ ଝିଅକୁ ଭଲପାଇବାରେ ଲାଗିଥିଲା ଏବଂ ବିଭୁକୁ ସାଙ୍ଗ କରୁଥିଲା ସେଠାକୁ ଯିବାଆସିବା ପାଇଁ। ସେ ବିଭୁକୁ ଯୋଡ଼ି କରି ଦେଇଥିଲା ମୀନାର ଜଣେ ବାନ୍ଧବୀ ଆରତି ସାଙ୍ଗରେ। ଅନେକ ଥର ଯିବାଆସିବାରେ ବିଭୁ ବର୍ତ୍ତମାନ ଆରତିର ସବୁ ଭଲମନ୍ଦ ଜାଣୁଥିଲା ଏବଂ ଆରତି ମଧ୍ୟ ତାକୁ ନିଜର ସବୁ ସୁଖ ଦୁଃଖରେ ଭାଗୀ କରୁଥିଲା। ଥରେ ଗାଁରେ ରହୁଥିବା ଆରତିର ସାତ ଆଠ ବର୍ଷର ପୁଅଟିକୁ ସହରକୁ ଆଣି ବିଭୁ ସେମାନଙ୍କୁ ବୁଲାଇ ନେଇଥିଲା ଦିନସାରା। ଏଇପରି ଭାବରେ ଚାଲିଥିବା ବେଳେ ଥରେ ତାର ଦି ଚାରି ଦିନ ଡେରି ହୋଇଗଲା ଆରତି ପାଖକୁ ଯିବାରେ। ତାକୁ ଦେଖିଲା ମାତ୍ରେ ଆରତି କନ୍ଦାକଟା କଲା, ତାକୁ ଆସି ମାରିଲା, ଯେତେ କହିଲେ ବି ବୁଝିଲା ନାହିଁ। ଶେଷରେ ସେ ତୁନି ପଡ଼ିଲା ଯେତେବେଳେ ବିଭୁ ତାକୁ ରାଣଦେଇ କହିଲା ଯେ ସେ ଦିନେ ଛାଡ଼ି ଦିନେ ନିଶ୍ଚୟ ତା ପାଖକୁ ଆସିବ। ସେଦିନ ଆରତି ପାଖରୁ ଫେରିବା ପରେ ବିଭୁ ଆଉ ସେ କୋଠାର ପାଖ ମାଡ଼ିଲା ନାହିଁ।

ତାକୁ ତାର ଭଉଣୀ ସବୁବେଳେ ଭୟ ଦେଖାଇ କହେ, ଠିକ ଅଛି, ଏବେ ସିନା ବଳବୟସ ଅଛି ବୋଲି ଚଳିଯାଉଛୁ, ଯେତେବେଳେ ଦେହପା ଖରାପ ହୋଇ

ବିଛଣାରେ ପଡ଼ିବୁ କଣ କରିବୁ? କିଏ ତୋର ଦେଖା ରଖା କରିବ? କିଏ ତୋ କଥା ବୁଝିବ? ବିଭୁର ଯେ ଏ ଭୟ ନଥିଲା ତା ନୁହେଁ। ଥରେ ତାର ଦେହ ଖରାପ ହୋଇ ପ୍ଲାଟଫର୍ମରେ ଦିନେ ପଡ଼ିରହିବା ପରେ ତାକୁ ଜଣେ ରେଳବାଇର ଲୋକ ଘରକୁ ନେଇଯାଇ ଚାରିଦିନ ସେବା ଶୁଶ୍ରୂଷା କରିଥିଲା। ସେଇଦିନଠାରୁ ବିଭୁ ଠିକ କରିଥିଲା, ଆଉ ନୁହେଁ; ଏଥରକୁ ଦେହ ବେଶି ଖରାପ ହେଲେ ସେ ଯାଇ କୋଉ ଅଜଣା ଜାଗାରେ ପଡ଼ିରହିବ। କୌଣସି ଚିହ୍ନା ଲୋକକୁ କଷ୍ଟ ଦେବ ନାହିଁ। ରେଳଯାତ୍ରାରେ ତାର ଏଭଳି ଅଭିଜ୍ଞତା ଅନେକ ଥିଲା। ମଝିରେ ମଝିରେ ଟ୍ରେନ ଭିତରୁ ମରଣମୁଖୀ ଯାତ୍ରୀ ମିଳୁଥିଲେ ଯାହାଙ୍କର କୌଣସି ପରିଚୟ ନଥିଲା। ସେମାନଙ୍କ ବି କିଛି ନା କିଛି ବ୍ୟବସ୍ଥା ହୋଇଯାଉଥିଲା। କେବେ କେବେ ଗାଡ଼ି ଭିତରୁ ଶବ ବି ମିଳୁଥିଲା। ଥରେ ଗୋଟିଏ ଛୋଟ ଷ୍ଟେସନ ପ୍ଲାଟଫର୍ମରେ ମଲାଲୋକଟିଏ ଚିହ୍ନଟ ଅଭାବରେ ପଡ଼ିରହିଥିଲା ଦି ଦିନ ଧରି। ବିଭୁର ଅଭିଳାଷ ଥିଲା ସେ ଏମିତି ଦିନେ ରାତିରେ ଶୋଇଯିବ ଏବଂ ଅଜଣା ଷ୍ଟେସନରେ ଓହ୍ଲାଇଯିବ ଶବ ହୋଇ। କୌଣସି ସମସ୍ୟା ନ ଉପୁଯାଇ, କାହାରିକୁ କିଛି କଷ୍ଟ ନ ଦେଇ।

ନା, ଏସବୁ ଅମଙ୍ଗଳ କଥା ଭାବିବା ଉଚିତ ନୁହେଁ, ବିଶେଷରେ ଯେତେବେଳେ ଦେହ ମନ ଭଲ ନଥାଏ। ବେଶ୍ ତ ଚଳିଯାଉଛି ତାର। ଆଜି ସକାଳୁ ସକାଳୁ ଦିଟା ବହି ବିକ୍ରି ହୋଇସାରିଲାଣି। ସେ ପାଖ କମ୍ପାର୍ଟମେଣ୍ଟକୁ ଯାଇ ବହି ପଢୁଥିବା ଜଣେ ଭଦ୍ରବ୍ୟକ୍ତିଙ୍କ ପାଖରେ ଠିଆ ହେଲା। ଏ ଏକ ଅଦ୍ଭୁତ ନିୟମ ଯେ ଯାହା ପାଖରେ ବହିଥାଏ ସେଇମାନେ ହିଁ ଆହୁରି ବହି କିଣନ୍ତି। ଭଦ୍ରବ୍ୟକ୍ତି ନିଜର ପଢୁ ଥିବା ବହିଟି ରଖିଦେଇ ବିଭୁ ଧରିଥିବା ସବୁଯାକ ବହିକୁ ଗୋଟିଏ ଗୋଟିଏ କରି ଦେଖିଲେ, ଗୋଟାଏ ଦୁଇଟା ବହି ତା ପାଖରେ ଅଛି କି ନାହିଁ ପଚାରିଲେ ଏବଂ ଶେଷକୁ ଗୋଟିଏ ଅଳ୍ପଦାମର ବହି କିଣିଲେ, ହୁଏତ ବିଭୁ ନିରାଶ ହୋଇଯିବ ସେଥିପାଇଁ। ଏଇ ସମୟରେ ପାଖ ଧାଡ଼ିରେ ବସିଥିବା ସ୍ତ୍ରୀଲୋକ ଜଣକ ପଚାରିଲା, ଆପଣଙ୍କ ପାଖରେ ପିଲାଙ୍କ ବହି ଅଛି? ତା ଆଡ଼କୁ ଅନାଇ ବିଭୁ ଛୋଟ ଝିଅଟିର ବୟସ ଅନ୍ଦାଜ କରିନେଲା, ପଚାରିଲା, ଆପଣ କୋଉ ପର୍ଯ୍ୟନ୍ତ ଯାଉଛନ୍ତି? ମୁଁ ଏଇ ପନ୍ଦର ମିନିଟ ଭିତରେ ପିଲାଙ୍କ ବହି ଆଣି ଦେଖାଇବି। ବିଭୁ ମନେ ମନେ ସ୍ତ୍ରୀ ଲୋକଟି ବସିଥିବା ଜାଗାକୁ ଚିହ୍ନଟ କରି ଆଗକୁ ବଢ଼ିଲା। ପାଖ ଡବାରେ ପଶି ଦେଖିଲା ଯେ ଦୁଇଧାଡ଼ି ମଝିରେ ଟ୍ରଙ୍କଟିଏ ପକାଇ ଚାରିଜଣ ବସି ତାସ ଖେଳୁଛନ୍ତି। ସେ ତାଙ୍କ ପାଖରେ ଛିଡ଼ା ହୋଇ ଖେଳ ଦେଖିଲା। ଏଇ ସମୟରେ ଖେଳାଳି ଭିତରୁ ଜଣେ ଉଠି ବିଭୁକୁ କହିଲା, ତମେ ଟିକିଏ ମୋ ହାତଟା ଧରିଥାଅ, ମୁଁ ଏଇ ଆସୁଛି।

ବିଭୁ ସେ ଲୋକଟି ଜାଗାରେ ବସିଯାଇ ତାସ ଖେଳରେ ମଜ୍ଜିଗଲା । ଲୋକଟି ଆସିଯିବାରୁ ବିଭୁ ଉଠି ଠିଆ ହେବାରେ ସେ କହିଲା, ନା ନା ତମେ ବସ; ଏଇ ବାଜିଟା ଖେଳିଦେଇ ଯାଅ । ବିଭୁ ପୁଣି ବସିଯାଇ ଖେଳରେ ମନ ଦେଲା ।

ଟ୍ରେନର ଶେଷମୁଣ୍ଡ ପର୍ଯ୍ୟନ୍ତ ଯାଇ ଫେରି ସେ ଯେତେବେଳେ ପିଲାଙ୍କ ବହି ନେଇ ଆସିଲା, ଝିଅଟି କାନ୍ଦୁଥିଲା । ମା ହାତକୁ ବହି ବଢ଼ାଇ ଦେଇ ବିଭୁ ଝିଅଟିକୁ ବୁଝାଇବାରେ ଲାଗିଲା, କିନ୍ତୁ ଝିଅଟି କାନ୍ଦ ବନ୍ଦ କଲାନାହିଁ । ବିଭୁ ତାକୁ ଝରକା ବାହାରେ ଦୌଡ଼ୁଥିବା ଜିନିଷମାନ ଦେଖାଇଲା, ବହିରୁ ଚିତ୍ର ଦେଖାଇଲା, କିନ୍ତୁ କିଛି କାମ ନ ଦେବାରୁ ଶେଷରେ ପକେଟରୁ ରୁମାଲ ବାହାର କରି ତାକୁ ଗୁଡ଼ାଇ ଗୋଟିଏ ମୂଷା ତିଆରି କରି ତାକୁ ପାପୁଲି ଉପରେ ଚଲାଇଲା । ଝିଅଟି କାନ୍ଦ ବନ୍ଦ କରି ତାର ଖେଳ ଦେଖିଲା, କିନ୍ତୁ ପାଖକୁ ନ ଆସି ମା ପଛରେ ମୁହଁ ଲୁଚାଇଲା । ମା ବହିରୁ ଗୋଟିଏ ବାଛି ଝିଅକୁ ଦେବାରୁ ସେ ତାକୁ ତଳେ ଫିଙ୍ଗିଦେଲା । ବିଭୁ ବହିଟିକୁ ତଳୁ ଉଠାଇ ଦେବାରେ ସେ ନେଲାନାହିଁ । ମା ବିଭୁକୁ ପଇସା ଦେଲା, କହିଲା, ଆପଣ କାହିଁକି ତାକୁ ଏତେ ମୁହଁ ଦଉଛନ୍ତି ? ମାଡ଼ ଖାଇଲେ ବଳେ ଠିକ୍ ହୋଇଯିବ ।

ସେଦିନ ସନ୍ଧ୍ୟାବେଳେ ଷ୍ଟେସନରେ ଓହ୍ଲାଇ ବିଭୁ ଚା ପିଉଛି, ମା ଝିଅ ଟ୍ରେନରୁ ଓହ୍ଲାଇଲେ । ଝିଅ ଏତେବେଳକୁ ହସୁଥିଲା । ବିଭୁକୁ ଦେଖି ମା ଝିଅକୁ କହିଲା, ଦେଖ ବହିବାଲା ବାବୁଙ୍କୁ । ତୁ କାନ୍ଦୁଥିବାରୁ କେତେ ବୁଝାଇଲେ । ଏବେ ତାଙ୍କୁ ନମସ୍କାର କରି ଯା । ଝିଅ ମା କାନି ଭିତରୁ ହାତ ଉଠାଇ ନମସ୍କାର କଲା, କିନ୍ତୁ ବିଭୁ ଯେତେବେଳେ ତା ଆଡ଼କୁ ଅନାଇଲା ଲାଜରେ ଆଖି ବୁଜିଦେଲା । ଚା କପ୍‌କୁ ରଖିଦେଇ ବିଭୁ ଭାବିଲା, ଟ୍ରେନ ତ ଆହୁରି କିଛି ସମୟ ରହିବ, ସେ ସେମାନଙ୍କୁ ଷ୍ଟେସନ ବାହାର ପର୍ଯ୍ୟନ୍ତ ବଳେଇଦେଇ ଆସିବ । କିନ୍ତୁ ତାର ପାଦ ଆଗକୁ ଚାଲିଲା ନାହିଁ । କଣ ଲାଭ ଏଭଳି ସମ୍ପର୍କକୁ ବଢ଼ାଇ ? କେତେ ଯେ ଛୋଟ ଛୋଟ ପ୍ରୀତିକର ମଧୁର ସମ୍ପର୍କ ଆସିଛି ତା ଜୀବନରେ ସୀମା ନାହିଁ; କିନ୍ତୁ ସେ କୌଣସିଟିକୁ ଆଗେଇ ଯିବାକୁ ଦେଇନାହିଁ । କିଏ ତାକୁ ଚାକିରି ଯାଚିଛି ତ କିଏ କୋଉ କମ୍ପାନୀର ଏଜେନ୍‌ସି । ଥରେ ଜଣେ ଭଦ୍ରଲୋକ ତାକୁ ଦେଖାକଲେ ତାର ଭିଣୋଇଙ୍କ ପାଖରୁ ଚିଠି ନେଇ; ତାଙ୍କର ପ୍ରସ୍ତାବ ଥିଲା ଯେ ବିଭୁ ଯଦି ତାଙ୍କ ବିଧବା ଭଉଣୀକୁ ବିବାହ କରେ, ତେବେ ସେ ତାର ଘରଦ୍ୱାର ସମ୍ପତ୍ତି ସବୁ ପାଇବ । ଏମିତି ସବୁ ପ୍ରସ୍ତାବ ଆସେ । ବିଭୁ କିନ୍ତୁ ହସିଦିଏ । କଣ କରିବ ସେ ଘରଦ୍ୱାର ନେଇ ? ବେଶ୍ ତ ଚାଲିଛି ତାର ଜୀବନ ଏଇଭଳି । କଣ ତାକୁ ଆଉ ଅଧିକା ମିଳିବ ବାନ୍ଧି ହୋଇ, ସେ ଘରଦ୍ୱାର ସମ୍ପତ୍ତିରେ ହେଉ ବା ସ୍ନେହ ମାୟା ମମତାରେ ହେଉ ।

ଯଦି ସପ୍ତାହକ ଭିତରେ ପୁଣି ଦେଖାହୋଇ ନ ଥାନ୍ତା, ସେ ଚେହେରାଟିକୁ ମନେ ପକାଇ ପାରି ନ ଥାନ୍ତା। କେତେ ଲୋକଙ୍କ ସାଙ୍ଗରେ ହସଖୁସି କଥାବାର୍ତ୍ତା ହୁଏ ଟ୍ରେନ୍‌ରେ, ପୁଣି ଓହ୍ଲାଇଗଲେ ସବୁ ଭୁଲି ହୋଇଯାଏ। କେବେ କେବେ କେହି ତାକୁ କହନ୍ତି, ପାଞ୍ଚବର୍ଷ ତଳେ ଏଇ ଲାଇନରେ ତମ ସାଙ୍ଗେ ଦେଖା ହୋଇଥିଲା, ତମେ ଅଧା ଦାମରେ ବହିଟା ଦେଇଥିଲ। କିଏ କହେ, ତମକୁ ଏତେବର୍ଷ ହେଲା ଦେଖୁଚି, ଯେମିତି ସେମିତି ଅଛ। କି ଔଷଧ ଖାଇ ଚେହେରାକୁ ଏମିତି ରଖିଛ, ସେଇ ଔଷଧ ବରଂ ବିକ୍ରିକର। ଏମିତି ସବୁ ସ୍ନେହପୂର୍ଣ୍ଣ ଔପଚାରିକ କଥା। ସେଦିନ ସେ ଷ୍ଟେସନରେ ବୁଲୁଛି, ଝିଅଟିକୁ ଧରି ପୁଣି ସେଇ ସ୍ତ୍ରୀ ଲୋକଟି ଟ୍ରେନରେ ଚଢ଼ିଲା। ଏଥରକୁ ତା ସାଙ୍ଗରେ ଯୁବତୀଟିଏ ଥିଲା। ଟିକିଏ ସମୟ ପରେ ସ୍ତ୍ରୀଟି ଓହ୍ଲାଇ ଆସି ତଳେ ଛିଡ଼ା ହୋଇ ଝରକା ଦେଇ ଯୁବତୀଟି ସହିତ କଥାବାର୍ତ୍ତା କଲା। ବିଭୁ ସେମାନଙ୍କ ପାଖକୁ ଯିବ କି ନାହିଁ ଭାବୁଛି, ଛୋଟ ଝିଅଟି ତା ଆଡ଼କୁ ଅନାଇ ହସିଲା। ଯିବାକୁ ହିଁ ପଡ଼ିଲା ବିଭୁକୁ। ତାକୁ ଦେଖି ସ୍ତ୍ରୀ ଲୋକଟି କହିଲା, ମୋର ଭାଗ୍ୟ ଭଲ ଆପଣଙ୍କ ସାଙ୍ଗରେ ଦେଖା ହୋଇଗଲା। ମୋ ଭଉଣୀ ଯାଉଚି ଏଇ ଟ୍ରେନରେ। ଆଗରୁ ସେ କେବେ ଏକା ଯାଇ ନାହିଁ ବୋଲି ମୁଁ ବ୍ୟସ୍ତ ଥିଲି। ଭାଇଙ୍କୁ ଲେଖା ହୋଇଛି ତାକୁ ଆସି ଷ୍ଟେସନରୁ ନେଇଯିବେ। ଭଲ ହେଲା ଆପଣ ଏଇ ଟ୍ରେନରେ ଅଛନ୍ତି। ରାସ୍ତାରେ ଟିକିଏ ତାର ଦେଖା ରଖା କରିବେ। ବିଭୁ ଟ୍ରେନ ଭିତରକୁ ଅନାଇଲା। କୋଡ଼ିଏ ବାଇଶ ବର୍ଷର ଝିଅଟିଏ ଜଳଜଳ ଆଖିରେ ଅନାଇଛି। ଟିକିଏ ପରେ ସ୍ତ୍ରୀ ଲୋକ କହିଲା, ଆପଣ ଟିକିଏ ଝରକା ପାଖକୁ ଆସନ୍ତୁ, ରୁମି କୁଆଡ଼େ ଆପଣଙ୍କୁ ଠିକ୍ ଦେଖିପାରୁନାହିଁ। ଏତେ ବଡ଼ ଝିଅ ହେଲାଣି, ସବୁ କଥାରେ ଡର। ବିଭୁ ଝରକା ପାଖକୁ ଆସିବାରୁ ରୁମି କହିଲା, ତମେ କୋଉ ଡବାରେ ବସିଛ ? ବିଭୁ କହିଲା, ଚିନ୍ତା ନାହିଁ, ମୁଁ ତମରି ଡବାରେ ଅଛି।

ଟ୍ରେନ ଚାଲିବାରୁ ରୁମି ପାଖକୁ ଯାଇ ବିଭୁ କହିଲା, ତମେ ବସିଥାଅ, ମୁଁ ପୁଣି ଆସିବି। ରୁମି କହିଲା, ମୁଁ ଏକା କେମିତି ରହିବି ? ନିଜେ ଟିକିଏ ଘୁଞ୍ଚିଯାଇ ବିଭୁ ପାଇଁ ଜାଗା କରିଦେଇ କହିଲା, ଏଇଠି ବସ। ବିଭୁ ବସିଲା; ଟିକିଏ ପରେ ସେ ଉଠିଯାଇ ତାର ବହିଝୋଲା ଆଣିବାକୁ ଯିବ। ରୁମି ଆଉ ତା ସହିତ କଥାବାର୍ତ୍ତା ନକରି ଝରକା ବାହାରର ଦୃଶ୍ୟ ଦେଖିବାରେ ମନ ଦେଲା। ଦଶ ମିନିଟ ପରେ ସେ ଉଠିବ ବୋଲି ହଉଛି, ରୁମି କହିଲା, ମତେ ଶୋଷ ଲାଗୁଛି। ଭଲ ହେଲା, ବିଭୁ ଛିଡ଼ା ହୋଇ କହିଲା, ମୁଁ ପାଣି ଆଣି ଦଉଛି। ସେ କଣ୍ଡକ୍ଟରର ଡବା ପାଖକୁ ଯାଇ ତାର ବହିପତ୍ରକୁ ଠିକଠାକ କଲା, ଝୋଲାରେ କିଛି ବହି ରଖିଲା। ହାତରେ ଥାକେ ବହି ଧରି ସେ

ଉଠିଲା ବେଳକୁ ତାର ମନେପଡ଼ିଲା ପାଣି ନବା କଥା। ହାତରେ ଧରିଥିବା ବହିକୁ ରଖିଦେଇ ସେ ପାଣି ନେଇ ରୁମି ପାଖକୁ ଆସିଲା। ରୁମି କହିଲା, ଗିଲାସେ ପାଣି ଆଣିବାକୁ ତମକୁ ଏତେ ସମୟ ଲାଗିଲା ? ଢୋକେ ପିଇ କହିଲା, ଏ ପାଣିଟା ବହୁତ ବାଜେ। ଏ ଟ୍ରେନରେ କଣ ଅରେଞ୍ଜ ଫରେଞ୍ଜ ମିଳେନି ? ମୋ ପାଖରେ କିଣିବାକୁ ପଇସା ଅଛି। ବିଭୁ ହସିଲା, କହିଲା, ଏବେ ଏଇ ପାଣି ପିଇଦିଅ; ଷ୍ଟେସନ ଆସିଲେ ଅରେଞ୍ଜ ପିଇବ। ଏଥର ଝୋଲା ଧରି ବିଭୁ ଉଠିବାରୁ ରୁମି କହିଲା, କୁଆଡ଼େ ଚାଲିଲ ? ବିଭୁ କହିଲା, ମୋର ଧନ୍ଦା ହେଲା ବହି ବିକିବା। ମୁଁ ଯାଇ ଦି ଚାରିଟା ବହି ବିକ୍ରି କରିଦେଇ ଆସେ। ରୁମି କହିଲା, ମତେ ବହି ଦେଖାଅ; ମୁଁ କିଣିବି। ଝୋଲା ଭିତରୁ ବହି ସବୁ ବାହାର କରି ଗୋଟିଏ ଗୋଟିଏ କରି ଦେଖିଲା ରୁମି। ତା ଦେହରୁ ଗୋଟିଏ ବହି ହାତରେ ଧରି ରୁମି କହିଲା, ମୁଁ ଏ ବହିଟା କିଣିବି; କେତେ ଦାମ ?

ତେତିଶ ଟଙ୍କା; କିନ୍ତୁ ତମପାଇଁ ମୁଁ ତିନିଟଙ୍କା କମ କରିଦେବି।

ତା ମାନେ ତିରିଶ ଟଙ୍କା ? ବାପରେ ! ଏତେ ଟଙ୍କା ଦେଇ କିଏ ବହି କିଣିବ ? ତମେ ସିନେମା ମେଗାଜିନ ବିକ୍ରି କରୁନା କାହିଁକି ? ମୁଁ ସେଥିରୁ ଗୋଟିଏ କିଣିଥାନ୍ତି।

ଟିକିଏ ପରେ ବିଭୁ କହିଲା, ତମେ ବସିଥାଅ, ମୁଁ ଯାଇ ଆସୁଛି। ଯଦି କିଛି ବହି ବିକ୍ରି ନକରେ ଆଜି ଖାଇବି କଣ ? ରୁମି କହିଲା, ମୁଁ ତମକୁ ଭାଇଙ୍କ ଘରକୁ ନେଇଯିବି। ତମେ ସେଇଠି ଖାଇବ। ତମେ ଥରେ ଭାଉଜଙ୍କ ହାତ ରନ୍ଧା ଖାଇବ ନା, ଜୀବନ ସାରା ଭୁଲିପାରିବ ନାହିଁ। ତମେ ବହି ବିକି ମାସକୁ କେତେ ରୋଜଗାର କର ?

ତାର କଣ କିଛି ଠିକ ଅଛି ? କୋଉ ମାସରେ ବେଶି ହେଲା ତ କୋଉ ମାସରେ କମ। ଯଦି ଭଲ ବିକ୍ରି ନହେଲା ତେବେ ଉପାସ।

ତମେ ତା ହେଲେ ଏମିତି କର, ଯୋଉ ମାସରେ ବେଶି ରୋଜଗାର ହେଲା, ସେ ମାସରେ ଟଙ୍କାକୁ ବ୍ୟାଙ୍କରେ ରଖିଦିଅ। ଯଦି ତା ଆରମାସକୁ ଭଲ ରୋଜଗାର ନ ହେଲା, ସେ ଟଙ୍କାକୁ ବାହାର କରି ଚଳିଲ। ତମର ଏତିକି ବି ବୁଦ୍ଧି ନାହିଁ ?

ହଉ ତା ହେଲେ ମୁଁ ଏଥରକ ବ୍ୟାଙ୍କରେ ଟଙ୍କା ରଖିବି। ତମକୁ ଜଣା ଅଛି କୋଉ ବ୍ୟାଙ୍କରେ ରଖିଲେ ସୁବିଧା ହବ ?

ମତେ ବ୍ୟାଙ୍କ କଥା ଜଣା ? ତମେ ଏଡ଼େ ବଡ଼ ହେଲଣି, ଜାଣି ନା କୋଉଠି କୋଉ ବ୍ୟାଙ୍କ ଅଛି ? ତମେ ଯଦି ଆମ ଘର ପାଖରେ ରହୁଥାନ୍ତ, ସେଇଠି ଯୋଉ ବ୍ୟାଙ୍କ ଅଛି, ଦେଖାଇ ଦେଇଥାନ୍ତି। ତମର ଘର କୋଉଠି ?

ମୋ ଘର ? ମୋ ଘର ତ ଏଇ ଟ୍ରେନରେ।

ବାଃ, କି ମଜା ତମର ! ଯେତେବେଳେ ଇଚ୍ଛା ଯୁଆଡ଼େ ଗଲ। ଇଚ୍ଛା ହେଲେ ଷ୍ଟେସନରେ ଓହ୍ଲାଇ ବରା ପିଆଜି ଖାଇଲ, ଅରେଞ୍ଜ ପିଇଲ !

ଏଇ ସମୟରେ ଟି.ଟି.ଆଇ. ଡବା ଭିତରକୁ ଆସିଲା। ବିଭୁର ଚିହ୍ନା। ତାକୁ ଦେଖି କହିଲା, ସେଥର ଯୋଉ ବହିଟା ଦେଇଥିଲ, ନିହାତି ବାଜେ; କାଲି ଫେରାଇ ଦେବି। ବିଭୁକୁ ଆଉ କାହା ସାଙ୍ଗରେ କଥା କହୁଥିବାର ଦେଖି ରୁମି ଝରକା ବାହାରକୁ ଅନାଇଥିଲା, ତାକୁ ଦି ଥର ଟିକେଟ ମାଗିବାରେ ବି ଶୁଣିପାରିଲା ନାହିଁ। ବିଭୁ ତାକୁ ଠେଲି ଦେଇ କହିଲା, ଟିକେଟ ଦେଖାଅ। ରୁମି ଝରକାରୁ ମୁହଁ ନ ଆଣି ବିଭୁ ହାତକୁ ପର୍ସଟି ବଢ଼ାଇଦେଲା, କହିଲା, ତାରି ଭିତରେ ଅଛି। ଟଙ୍କା ପଇସା ଚାବି ରୁମାଲ କାଗଜ ଚିରକୁଟ ଭିତରୁ ଟିକେଟଟି ବାହାର କଲା ବିଭୁ। ଚେକ ହୋଇ ସାରିବା ପରେ ଟିକେଟକୁ ରଖିଦେଇ ବିଭୁ ଯେତେବେଳେ ପର୍ସଟି ଫେରାଇଲା, ରୁମି କହିଲା, ତମ ପାଖରେ ଥାଉ। ମୋ ପାଖରେ ଥିଲେ ହଜିଯିବ। ଏମିତି କଥା ହଉ ହଉ ଗାଡ଼ି ଆସି ଷ୍ଟେନରେ ରହିଲା। ବିଭୁ ତାକୁ କଣ କଥା କହୁଥିଲା ଲକ୍ଷ୍ୟ କଲା ଯେ ରୁମି ଆଉ କଥା ଶୁଣୁନାହିଁ। ଟିକିଏ ପରେ ରୁମିର ମୁହଁ ରାଗ କରିବା ଭଳି ଜଣାଗଲା। ବିଭୁ ଯେତେବେଳେ କଣ ହେଲା ବୋଲି ପଚାରିଲା, ରୁମି ମୁହଁ ବୁଲାଇ ବସିଲା। ବିଭୁ ଚୁପ ରହିଲା; ଟିକିଏ ପରେ ରୁମିର ରାଗ ଠିକ ହୋଇଯିବ। ସତକୁସତ ଯେତେବେଳେ ବିଭୁ କିଛି ନ କହି ବସି ରହିଲା, ତାକୁ କହୁଣିରେ ଜୋରରେ ଠେଲିଦେଇ ରୁମି କହିଲା, ତମେ ପରା କହୁଥିଲ ଷ୍ଟେସନରେ ଅରେଞ୍ଜ କିଣିଦବ ବୋଲି ? ହସି ହସି ବିଭୁ ଯେତେବେଳେ ଉଠିଗଲା, ରୁମି କହିଲା, ତମକୁ ପର୍ସଟା ଦେଇଥିଲି ହୁସିଆରିରେ ରଖିବ ବୋଲି। ଏମିତି ପକେଇଦେଇ ଯାଉଚ, ଯଦି ଚୋର ନେଇଯିବ ? ଏଇଟାକୁ ହାତରେ ଧରିଥାଅ।

ରାସ୍ତାସାରା ରୁମି ଆଉ ତାକୁ ଉଠିବାକୁ ଦେଲା ନାହିଁ। ଗପ କଲା ତା ସାଙ୍ଗରେ। ବିଭୁକୁ ଯେ ନିଜ ଜୀବନର ସବୁ କଥା ବିସ୍ତାର ଭାବରେ କହିବାକୁ ହେଲା କେବଳ ସେତିକି ନୁହେଁ, ତାକୁ ମଧ୍ୟ ଶୁଣିବାକୁ ହେଲା ରୁମି ଜୀବନର ଯେତେ ଛୋଟ ଛୋଟ ଅସଙ୍ଗତ କଥା ସବୁ। ଉଦାହରଣ ସ୍ୱରୂପ ବିଭୁ ଏ ଭିତରେ ଜାଣିପାରିଥିଲା ରୁମିର ପ୍ରଧାନ ପ୍ରଧାନ ଶତ୍ରୁ କେଉଁମାନେ, ତାଙ୍କ କଲେଜର କେଉଁ ଲେକଚରର ସବୁଠାରୁ ବାଜେ ପଢ଼ାନ୍ତି, ସେ କିଭଳି ପିଲାକୁ ବାହାହେବ, କୋଉ ଅଭିନେତା ତାର ଖୁବ ପସନ୍ଦ, ଇତ୍ୟାଦି। ଏଇଭଳି କଥା ହଉ ହଉ ରୁମିର ଷ୍ଟେସନ ଆସିଗଲା। ରୁମି ଜିଦ କଲା ଯେ ତାର ଭାଇ ଆସିଥାନ୍ତୁ ନ ଆସିଥାନ୍ତୁ, ବିଭୁକୁ ଯିବାକୁ ହେବ ତାଙ୍କ ଘରକୁ ଏବଂ ରାତିରେ ସେଠାରେ ଖାଇବାକୁ ହେବ।

ସଞ୍ଜବେଳେ ପ୍ଲାଟଫର୍ମରେ ଓହ୍ଲାଇ ସେମାନେ ଚାରିଆଡ଼କୁ ଅନାଇଲେ। ରୁମି କିନ୍ତୁ ଭାଇଙ୍କୁ ଦେଖିପାରିଲା ନାହିଁ। ଟ୍ରେନ ଠିକ୍ ସମୟରେ ପହଞ୍ଚିଥିଲା ବୋଲି ବୋଧହୁଏ ସେ ଏପର୍ଯ୍ୟନ୍ତ ଆସିନଥିଲେ। ବିଭୁ ରୁମିକୁ ଗୋଟିଏ ବେଞ୍ଚ ଉପରେ ବସାଇଲା, ତା ପାଖରେ ତାର ଜିନିଷପତ୍ର ରଖିଦେଲା ଏବଂ ବାଧ୍ୟକରି ତା ହାତକୁ ପର୍ସଟି ଫେରାଇ ଦେଲା। ତା ଭାଇଙ୍କୁ ଖୋଜିବାକୁ ଯାଉଛି ବୋଲି ସେ ଓଭରବ୍ରିଜ ଉପରକୁ ଯାଇ ଠିଆହେଲା ଯେଉଁଠାରୁ ତଳେ ବସିଥିବା ଜାଗାଟି ଦେଖାଯାଉଥିଲା। ରୁମି ବେଞ୍ଚ ଉପରେ ନିଶ୍ଚିନ୍ତ ହୋଇ ବସି ସେ କିଣିଦେଇଥିବା ସିନେମା ପତ୍ରିକାଟି ପଢୁଥିଲା।

ନା, ତାର ରୁମିର ଭାଇର ଘରକୁ ଯିବା ପ୍ରଶ୍ନ ଉଠୁନାହିଁ। କିନ୍ତୁ ତାର ଭାଇ ଯଦି ନ ଆସନ୍ତି ରୁମିକୁ ନେବାପାଇଁ? ବଡ଼ ଅସୁବିଧାରେ ପଡ଼ିଗଲା ସେ ଅଯଥାରେ। ଜଣେ କିଏ ଭଦ୍ରବ୍ୟକ୍ତି ରୁମିର ବେଞ୍ଚ ଆଡ଼କୁ ଯିବାର ଦେଖାଗଲେ। ଓଃ, ବଞ୍ଚିଗଲା ସେ। ରୁମି କିନ୍ତୁ ବେଞ୍ଚରୁ ଉଠିଲା ନାହିଁ। ଭଦ୍ରବ୍ୟକ୍ତି ଜଣକ ତା ସହିତ କଥା କହି ପୁଣି ପ୍ଲାଟଫର୍ମ ଉପରେ ବୁଲିଲେ, ଯେମିତି କାହାକୁ ଖୋଜିବା ପାଇଁ।

ସନ୍ତର୍ପଣରେ ବିଭୁ ତଳକୁ ଓହ୍ଲାଇଲା। ରୁମି ବସିଥିବା ଜାଗା ଆଡ଼କୁ ନ ଯାଇ ସେ ସତର୍କତାର ସହିତ ଗଲା ପ୍ଲାଟଫର୍ମର ଆର ପାଖକୁ, ଯେଉଁଠି ଅନ୍ୟ ଦିଗରେ ଯିବାର ଗୋଟିଏ ପାସେଞ୍ଜର ଗାଡ଼ି ଠିଆ ହୋଇଥିଲା। ସେ ପଛକୁ ଅନାଇ ଦେଖିଲା ରୁମି ଏ ପର୍ଯ୍ୟନ୍ତ ଏକା ବସି ରହିଥିଲା। ତା ଆଡୁ ମୁହଁ ଫେରାଇ ସେ ସାମନା ଝରକା ଦେଇ ଡବା ଭିତରକୁ ଅନାଇଲା। ଛୋଟ ପିଲାଟିଏ ଲୁଡ଼ୋ ପାଲି ସାମନାରେ ଧରି ବସି ତାର ବାପାକୁ ଖେଳିବାକୁ କହୁଥିଲା, କିନ୍ତୁ ବାପା ଆଉ କାହା ସଙ୍ଗେ କଥାବାର୍ତ୍ତା କରୁଥିଲା ଏବଂ ତାକୁ ଟାଳି ଦେଉଥିଲା। ଗାଡ଼ି ଛାଡ଼ିବାର ହୁଇସିଲ ହେଲା। ବିଭୁ ଆଖି କଣରୁ ଦେଖିଲା ଯେ ରୁମିର ଭାଇ ତା ପାଖକୁ ଗଲେ ଏବଂ ଏଥରକ ରୁମି ଉଠି ଠିଆହେଲା। ପାସେଞ୍ଜର ଚାଲିବାରୁ ବିଭୁ ସେଥିରେ ଚଢ଼ିଲା ଏବଂ ପିଲାଟି ପାଖକୁ ଯାଇ କହିଲା, ଆସ ମୁଁ ତମ ସାଙ୍ଗରେ ଖେଳିବି। ଏଥରକ ସେ ବସିଯାଇ ବାହାରକୁ ଅନାଇଲା। ରୁମି ଓ ତାର ଭାଇ ଆଉ ଦେଖାଯାଉନଥିଲେ ସେଠାରୁ।

■

ରାଧା

କିଛି ସମୟ ଚୁପଚାପ କଟିବା ପରେ ତାର କାନ୍ଧକୁ ଥାପୁଡ଼ାଇ ଥାପୁଡ଼ାଇ ସୁମିତ କହିଲା, ତମର ବାପା ମା କିନ୍ତୁ ତମର ଗୋଟିଏ ଉପଯୁକ୍ତ ନାଁ ଦେଇଥିଲେ। ରାଧା କହିଲା, ତା ମାନେ ମୁଁ ଦୁଷ୍ଟରିତ୍ରା ? ଏଇଟା ପ୍ରଶ୍ନସୂଚକ ନଥିଲା କିମ୍ବା ଏ କଥା ରାଧା ରାଗରେ କହୁ ନଥିଲା। ପ୍ରକୃତ ପକ୍ଷରେ ସୁମିତ କେବେହେଲେ ରାଧାକୁ ରାଗିବାର ଦେଖି ନ ଥିଲା। କେବେ ହୁଏତ ରାଧା ମନ ଦୁଃଖ କରିଥିବ କୋଉ କଥାରେ, କିନ୍ତୁ ସୁମିତର ମନେପଡ଼ିଲା ନାହିଁ ରାଧା କେବେ ତା ଉପରେ ରାଗିଥିବାର। ଏମିତି କଥା କଥାକେ 'ତା ମାନେ' ଉପସର୍ଗ ଦେଇ କଥା କହିବା ରାଧାର ଅଭ୍ୟାସ। ପ୍ରଥମେ ପ୍ରଥମେ ସେମାନଙ୍କ ପରିଚୟ ହେବାବେଳେ ସୁମିତ ଥରେ ତାକୁ କହିଲା, ମୁଁ ଯଦି ଭାବିଥାନ୍ତି ଯେ ମୁଁ ଆମର ସମ୍ପର୍କକୁ ନିୟନ୍ତ୍ରଣରେ ରଖିପାରିବି ନାହିଁ, ତେବେ ମୁଁ ଏ ଘନିଷ୍ଠତାକୁ ବଢ଼ିବାକୁ ଦେଇ ନ ଥାନ୍ତି। ରାଧା କହିଲା, ତା ମାନେ ମୁଁ ବୋକା। ଏଇ କଥାକୁ ନେଇ ସୁମିତ ସବୁବେଳେ ତାକୁ ଥଟ୍ଟା କରେ, କିଛି କଥା ହେଲେ ତାକୁ କହେ, ତା ମାନେ ସତରେ ତମେ ବୋକା ! ବର୍ତ୍ତମାନ ରାଧାର ପ୍ରଶ୍ନ ଶୁଣି କହିଲା, ଦୁଷ୍ଟରିତ୍ରା କାହିଁକି ହେବ ? ରାଧା କଣ ଦୁଷ୍ଟରିତ୍ରା ? ରାଧା ତ ଦେବୀ !

ରାଧା ଖାଲି ଦେହରେ ସୁମିତ ଉପରେ ଶୋଇଥିଲା; ଏ କଥା ଶୁଣି ଖୁସି ହେଲା। ତା ଛାତି ଉପରେ ଭରା ଦେଇ ମୁହଁ ଉଠାଇ କହିଲା, ଠିକ କହିଛ; ଯାହାହଉ ତମେ ମତେ ଏତେ ଦିନକେ ଭଲ ଭାବେ ଚିହ୍ନିଲ। ସୁମିତ କହିଲା, ମୋ ଛାତି ଉପରୁ ହାତ ଉଠାଅ ତ, ମୋର ନିଶ୍ୱାସ ବନ୍ଦ ହୋଇଯାଉଛି ତମର ଓଜନରେ। ରାଧା କହିଲା, ଯେତେବେଳେ ଦେବୀ ବୋଲି ମାନୁଛ, କିଛି ତ ପୂଜା ଅର୍ଚ୍ଚନା କରିବାକୁ ପଡ଼ିବ। ତମର ଭାଗ୍ୟ ମୋର ଦଶ ଦଶଟା ହାତ ନାହିଁ।

ସବୁବେଳେ ଏଇଭଳି ହାଲୁକା ହାଲୁକା କଥା କହିଥାଏ ରାଧା। କେବେ କୌଣସି ଦାବି ନାହିଁ, ଅନୁରୋଧ ଉପରୋଧ ନାହିଁ। ସମ୍ପୂର୍ଣ୍ଣ ସମ୍ପର୍କକୁ ହିଁ ସେ ଏମିତି ରଖିଥାଏ ହାଲୁକା କରି। ରାଧା କଥା ଭାବିଲେ ସୁମିତକୁ ତାର ପୁରୁଣା ସମ୍ପର୍କମାନଙ୍କ କଥା ମନେପଡ଼େ। ତାର କୌଣସି ବି ସମ୍ପର୍କ ନଥିଲା ଏପରି ସହଜ ସ୍ୱଚ୍ଛନ୍ଦ। ବିଶେଷରେ ତାର ମନେପଡ଼େ ଶାରଦା କଥା, ଯେ ସବୁବେଳେ ସମ୍ପର୍କର ଏକ ମାଡ଼ିବସୁଥିବା ଭାରରେ ତାକୁ ଅଣନିଶ୍ୱାସୀ କରି ଦେଉଥିଲା। ଶାରଦା ତାକୁ ଖୁବ ଭଲପାଉଥିଲା ନିଶ୍ଚୟ, କିନ୍ତୁ ସେ ଭଲ ପାଇବାରେ ଥିଲା ଏକ ଆଧିପତ୍ୟ ଓ ଅଧିକାରର ଭାବ ଯାହା ସୁମିତ ପାଇଁ ଅସହ୍ୟ ହୋଇଯାଉଥିଲା ମଝିରେ ମଝିରେ ଥରେ ଶାରଦା ତା ପାଇଁ ଗୋଟିଏ ସ୍ୱେଟର ବୁଣୁଥିଲା। ଏଥିପାଇଁ ବାରମ୍ବାର ତା ସାମନାରେ ଛିଡ଼ା ହୋଇ ସୁମିତକୁ ଆଗପଛ ବୁଲି ମାପ ଦେବାକୁ ହେଉଥିଲା। ଅତି ଯତ୍ନ, ଆଗ୍ରହ ଓ ସମୟ ଦେଇ ଶାରଦା କାମଟିରେ ଲାଗିଥିଲା ଏବଂ ସୁମିତକୁ ମନେହେଉଥିଲା ଯେପରି ଶାରଦା ତା ପାଇଁ ସ୍ୱେଟର ବୁଣୁନାହିଁ ଗୋଟିଏ ଜେଲଖାନା ତିଆରି କରୁଛି।

ସବୁ କଥାରେ ହିଁ ଆତିଶଯ୍ୟ ଥିଲା ଶାରଦାର। ସେ ଥରେ ଥରେ ଏତେ ଭଲପାଇବା ଦେଉଥିଲା ଯେ ସୁମିତ ଭାବୁଥିଲା ଅଜସ୍ର ଭଲପାଇବାର ଚାପାରେ ସେ ଶ୍ୱାସରୁଦ୍ଧ ହୋଇ ମରିଯିବ। ଯେଉଁଦିନ ସ୍ୱେଟର ବୁଣା ଶେଷ ହେଲା, ଶାରଦା ଆଗରେ ତାକୁ ସେଇଟି ପିନ୍ଧିବାକୁ ପଡ଼ିଲା। ଯେମିତି ସେ ଭାବିଥିଲା, ତାକୁ ମନେହେଲା ସେ ଯେପରି କେଉଁ ଅମୁହାଁ ଘରଭିତରେ ଅଣନିଶ୍ୱାସୀ ବନ୍ଦ ହୋଇଯାଉଛି। ସେ ଅସ୍ତବ୍ୟସ୍ତ ହୋଇ ସ୍ୱେଟରଟି ଦେହରୁ ବାହାର କରିଦେବାରୁ ଶାରଦା କହିଲା, ମୁଁ ଏତେ କଷ୍ଟରେ ତମପାଇଁ ଏଇଟି ବୁଣିଲି, ତମେ ଦେହରୁ ବାହାର କରିଦେଲ ସାଙ୍ଗେ ସାଙ୍ଗେ ? ସୁମିତ କହିଲା, ଆଜି ଏତେ ଥଣ୍ଡା ନାହିଁ। ଶାରଦା କହିଲା, ତମର ଭାଗ୍ୟ ଭଲ ଏଇଟା ଖରାଦିନ ନୁହେଁ। ଯଦି ଖରାଦିନେ ସ୍ୱେଟର ବୁଣା ସରିଥାନ୍ତା, ତମକୁ ସେଇ ଗରମରେ ବି ଏଇଟିକୁ ପିନ୍ଧିବାକୁ ପଡ଼ିଥାନ୍ତା। ଏ କଥା ଶାରଦା କେବଳ କଥା ଛଳରେ କହୁ ନଥିଲା, ସୁମିତ ଜାଣିଥିଲା ଯେ ବାସ୍ତବରେ ଏଇପରି ହୋଇଥାନ୍ତା।

ଶାରଦା ଚାହୁଁଥିଲା ତାର ଜୀବନକୁ ସବୁମତେ ଘେରି ରହିବ ବୋଲି। ଏ ବିଷୟରେ କଥା ଉଠିଲେ କହୁଥିଲା, ତମ ମୋ ଭିତରେ ପ୍ରଭେଦ କଣ ? ତମର ଆଦୌ ଭାବିବା ଉଚିତ ନୁହେଁ ଯେ ମୁଁ ଅନ୍ୟ ଜଣେ ଲୋକ। ମୁଁ ତ ତମର ଗୋଟିଏ ଅଂଶ। କିନ୍ତୁ ସବୁ ବିଷୟରେ ଶାରଦାର କଥା ହିଁ ରହୁଥବଲା। ସୁମିତ କଣ ପୋଷାକ ପିନ୍ଧିବ, କଣ ଖାଇବ, କେଉଁଠାକୁ ଯିବ ସବୁ ନିର୍ଦ୍ଧାରିତ କରି ଦେଉଥିଲା ଶାରଦା। ଏପରିକି ସେ ଯେତେବେଳେ ବାଳ କଟାଇବାକୁ ଯାଉଥିଲା, ଶାରଦା ଯାଇ ସେଲୁନରେ

ବସି ନିର୍ଦ୍ଦେଶ ଦେଉଥିଲା ତାର ମୁଣ୍ଡରୁ କେଉଁ ପାଖରୁ କେତେ ବାଳ କଟାଯିବ ! ଥରେ ସୁମିତ ତାର ଜଣେ ମହକିଲ ସାଙ୍ଗରେ କୋଉ ରେଷ୍ଟୋରାଁକୁ ଯାଇଥିଲା। ଫେରିଆସି ଶାରଦାକୁ କହିବାରୁ ଶାରଦା କହିଲା, ତମେ ବୋଧହୁଏ ଭୁଲିଯାଉଛ ଯେ ଆମେ ଦୁହେଁ ପ୍ରଥମ ଥର ଏକାଠି ବାହାରକୁ ଯିବାବେଳେ ସେହିଠାକୁ ଯାଇଥିଲେ। ତମେ ମୋ ଛଡ଼ା ଆଉ କାହାରି ସାଙ୍ଗରେ ସେଠାକୁ ଯାଇପାରିବ ନାହିଁ।

ତାର ଅବିବାହିତ ଜୀବନର ଯେତେସବୁ ସ୍ୱାଧୀନତା, ସମ୍ଭାବନା ଥିଲା ସବୁରି ଉପରେ ପୂର୍ଣ୍ଣଚ୍ଛେଦ ଟାରିଦେଲା ଶାରଦା। ସୁମିତ ଯାହା ପ୍ରଥମେ ଭାବିଥିଲା ଯେ ଶାରଦା ହିଁ ତାର ରାସ୍ତାର ଶେଷ ଏବଂ ଶାରଦା ପାଖରେ ଅଳ୍ପ କେତେ ମିନିଟ ରହିବା ଅସମ୍ଭବ। ଯେତେ ସମୟ ସେ ଶାରଦା ପାଖରୁ ଦୂରରେ ରହୁଥିଲା, ଦେଖା ହେବା ମାତ୍ରେ ତାକୁ ପ୍ରତିଟି ମୁହୂର୍ତ୍ତର ଟିକିନିଖି ଜବାନବନ୍ଦି ଦବାକୁ ହେଉଥିଲା। ତାର ପ୍ରତିଟି କାର୍ଯ୍ୟକଳାପ ଉପରେ ଶାରଦା ଟିପ୍ପଣୀ କରୁଥିଲା ଏବଂ ଯାହା ତାର ପସନ୍ଦ ନଥିଲା ସେ ବିଷୟରେ ସୁମିତକୁ କଠୋର ସମାଲୋଚନା କରୁଥିଲା। ପ୍ରଥମେ ପ୍ରଥମେ ସୁମିତ ନିଜ ଜୀବନର ଛୋଟ ବଡ଼ ସବୁ ଘଟଣା କିଛି ବି ଗୋପନୀୟ ନରଖି ଶାରଦାକୁ କହୁଥିଲା। କିନ୍ତୁ ପରେ ଶାରଦାର ମନୋଭାବ ଦେଖି ଯେଉଁ ବିଷୟ ଶାରଦାକୁ ଭଲ ଲାଗି ନପାରେ, ସେ ସବୁ ବିଷୟ ସୁମିତ ତାକୁ କହୁନଥିଲା କିମ୍ବା ମିଛର ଆଶ୍ରୟ ନେଉଥିଲା।

ତାର ଉପରେ ଉପରେ ଭାସୁଥିବା ଉଡ଼ା ଉଡ଼ା ଜୀବନରେ ଶାରଦା ଥିଲା ପ୍ରଥମ ଗଭୀର ସମ୍ପର୍କ। ଶାରଦା ତା ପାଖକୁ ଆସିଥିଲା ବ୍ୟବସାୟିକ ପରାମର୍ଶ ନେବାପାଇଁ। ସେ ସ୍ୱାମୀଠାରୁ ଅଲଗା ରହୁଥିଲା ଏବଂ ତାର ସ୍ୱାମୀ ତା ନାଁରେ ଯେଉଁ ବିବାହ ବିଚ୍ଛେଦର ମକଦ୍ଦମା କରିଥିଲେ ସେଥିପାଇଁ ଶାରଦା ତାକୁ ଓକିଲ କରିଥିଲା। ଶାରଦାଠାରୁ ତାର ସ୍ୱାମୀଙ୍କ ବିଷୟରେ ଶୁଣି ସୁମିତର ଧାରଣା ହୋଇଯାଇଥିଲା ଯେ ତାର ସ୍ୱାମୀ ଅତିଶୟ ନୀଚ ପ୍ରକୃତିର ଲୋକ। ସୁମିତ କହିଲା, ତମର ସ୍ୱାମୀ ଯଦି ଏମିତି ଖରାପ ଲୋକ, ତମେ ତାଙ୍କୁ ଛାଡ଼ପତ୍ର ଦେବାପାଇଁ ରାଜି ହୋଇଯାଉନାହିଁ କାହିଁକି ? ଶାରଦା କହିଲା, ମୁଁ ସେ ଲୋକକୁ ଏମିତି ଶିକ୍ଷା ଦେବି ସେ ଜୀବନସାରା ମନେ ରଖିଥିବ। ଅଦାଲତରେ ଲୋକଟିକୁ ଅତି ନୀଚ ଦୁଷ୍ଟ ଖଳ ପ୍ରକୃତିର ବୋଲି ପ୍ରମାଣ କରାଗଲା ସତ ମିଛ ପ୍ରମାଣ ଦେଇ। ସେ ଶାରଦା ବିରୁଦ୍ଧରେ ଗୃହତ୍ୟାଗ ଓ ମାନସିକ କ୍ରୂରତାର ଯେଉଁସବୁ ଅଭିଯୋଗ କରିଥିଲା, କୌଣସିଟି ପ୍ରମାଣିତ ହୋଇପାରିଲା ନାହିଁ। ଏହିପରି ମକଦ୍ଦମାରେ ଜିତିବାର ସବୁ ଆଶା ଦେଖାଯାଉଥିବା ବେଳେ ଶାରଦା ସୁମିତକୁ କହିଲା ଯେ ସେ ବର୍ତ୍ତମାନ ତାର ସ୍ୱାମୀକୁ ଛାଡ଼ପତ୍ର ଦେବାକୁ

ପ୍ରସ୍ତୁତ ଅଛି । ଏ ଏକ ଅଦ୍ଭୁତ ପରିସ୍ଥିତି ଥିଲା, କିନ୍ତୁ ତାକୁ ମଧ୍ୟ ସମ୍ଭାଳିନେଲା ସୁମିତ ଏବଂ ଶାରଦା ସ୍ୱାମୀ ପାଖରୁ ବେଶ ଭଲ କ୍ଷତିପୂରଣ ପାଇ ସେମାନଙ୍କର ବିବାହ ବିଚ୍ଛେଦ ହୋଇଗଲା ।

ଏଇ ସୂତ୍ରରେ ଆରମ୍ଭ ହୋଇଥିବା ପରିଚୟକୁ ବଢ଼ାଇ ଶାରଦା ସୁମିତର ସାରା ବ୍ୟକ୍ତିତ୍ୱକୁ ଘେରିନେଲା କ୍ରମେ କ୍ରମେ । ପ୍ରଥମ ପ୍ରଥମ ପ୍ରୀତିକର ଅନୁଭୂତିମାନଙ୍କ ପରେ ଯେତେବେଳେ ଶାରଦା ତାର ଜୀବନକୁ ପୂରା ନିୟନ୍ତ୍ରଣରେ ନେବାରେ ଲାଗିଲା, ସୁମିତ ଅତିଷ୍ଠ ହୋଇଉଠିଲା । ଶେଷରେ ପରିସ୍ଥିତି ଏପରି ହେଲା ଯେ ଶାରଦା ଚାହିଁଲା ସୁମିତ ନିଜର ଆପଣା ନୁହେଁ, ସେମାନଙ୍କର ଯୁଗ୍ମ ଜୀବନଟିକୁ ଜୀଉଁ । ସେଇ ଦିନଠାରୁ ସେମାନଙ୍କର ସାକ୍ଷାତର ସବୁ ସମୟଯାକ କଟିଲା ଶାରଦାର ମାନ ଅଭିମାନ କାନ୍ଦ କଟା ଆପତ୍ତି ଅଭିଯୋଗରେ । ଦିନେ ସେ ଶାରଦାର ଘରେ ପହଞ୍ଚିଲା ବେଳକୁ ଗୋଟିଏ ବ୍ୟାଗ ସାମନାରେ ରଖି ଶାରଦା ବସିଥିଲା । ଏଥିରେ ଥିଲା ସେ ଗୋଟିଏ ବର୍ଷ ଧରି ଶାରଦାକୁ ଯେତେବେଳେ ଯାହା ଛୋଟ ଉପହାର ଦେଇଥିଲା ସବୁ । ତା ଘରକୁ ପଶୁ ପଶୁ ଶାରଦା ତାକୁ କହିଲା, ମୁଁ ଜାଣେ ତମେ ମୋ ପାଖରୁ ଅଲଗା ହୋଇଯିବାକୁ ଚାହଁ, ସେଥିପାଇଁ ମୁଁ ତମକୁ ତମର ସବୁ ଜିନିଷ ଫେରାଇ ଦେଉଛି । ଦୁଃଖ ଅପେକ୍ଷା ଅଧିକ ବିରକ୍ତିରେ ସୁମିତ ଉଠି ବ୍ୟାଗଟିକୁ ହାତରେ ଧରିଲା, କହିଲା, ଠିକ ଅଛି । ଏତିକି କହି ସେ ବାହାରିଯିବାକୁ ଯାଉଛି, ଶାରଦା ତା ଆଗରେ ଠିଆ ହୋଇ କହିଲା, ତମେ ଭାବୁଛ ଏମିତି ଏତେ ସହଜରେ ମୋ ଜୀବନରୁ ବାହାରିଯିବ ? ମୋ ଜୀବନକୁ ଯାହା ନଷ୍ଟ କଲ, ତାର କଣ ହେବ ? ମୁଁ ଆତ୍ମହତ୍ୟା କରିବି ଆଉ ଚିଠିରେ ତମ ନାଁ ଲେଖିଦେଇ ଯିବି । ସେ ସୁମିତ ହାତରୁ ବ୍ୟାଗଟି ଟାଣିନେଇ କହିଲା, ଏଇ ସବୁ ଜିନିଷ ମୋ ଚିତାରେ ଜଳାହେବ । ଏ କଥା କହିବାକୁ ଚାହୁଁ ନ ଥିଲେ ମଧ୍ୟ ସୁମିତ କହିଲା, ଯାଅ, ଆତ୍ମହତ୍ୟା କର; ମତେ ଆଉ ଜଳାଇ ପୋଡ଼ାଇ ମାର ନାହିଁ । ଏତିକି କହି ସେ ଘର ଭିତରୁ ବାହାରି ଆସିଲା, କିନ୍ତୁ ଶାରଦା ମଧ୍ୟ ଖାଲି ପାଦରେ ତା ପଛେ ପଛେ ଆସି ରାସ୍ତା ଉପରେ ପହଞ୍ଚିଲା । ସେ ନିଜ ଗାଡ଼ି ଭିତରକୁ ପଶୁଛି, ଶାରଦା ସେଇ ମଝି ରାସ୍ତାରେ ତା ଗୋଡ଼ ପାଖରେ ବସି ତାର ପାଦକୁ ଧରିଲା, କହିଲା, ମୋର ଭୁଲ ହୋଇଗଲା; ତମେ ଘରକୁ ଆସ । ସୁମିତ ତା ସହିତ ଫେରିଲା, କିନ୍ତୁ ସେଦିନ ପରଠାରୁ ଆଉ ଶାରଦା ସହିତ କୌଣସି ସମ୍ପର୍କ ରଖିଲା ନାହିଁ ।

ଶାରଦା କିନ୍ତୁ ତାର ଜୀବନକୁ ଦୁର୍ବିସହ କରିଦେଲା କିଛିଦିନ ତାକୁ ବାରମ୍ବାର ଟେଲିଫୋନ କରି, ନିଜେ ତା ଘରେ ପହଞ୍ଚି, ତାକୁ ଚିଠି ଲେଖି, ଉଭୟଙ୍କର ଜଣା ବନ୍ଧୁମାନଙ୍କ ଜରିଆରେ ଖବର ପଠାଇ । ଯେତେବେଳେ ତାର ଟେଲିଫୋନକୁ

କାଟିଦେବା, ଚିଠିକୁ ନ ଖୋଲି ଚିରିଦେବା, ଆସିଲେ କବାଟ ନ ଖୋଲିବା ଇତ୍ୟାଦି କାମ ନ କଲା, ସୁମିତ ଶେଷକୁ ମାସେ ପାଇଁ ସହର ଛାଡ଼ି ପଳାଇଗଲା । ଏଇପରି ଭାବରେ ଶେଷରେ ସେ ସମର୍ଥ ହେଲା ଶାରଦା ପାଖରୁ ସମ୍ପର୍କ କାଟିବାରେ, ଅଥବା ତା ପାଖରୁ ମୁକ୍ତି ପାଇବାରେ । ଏଇ ଦେଢ଼ ବର୍ଷ ଭିତରେ ଯେମିତି ତାର ଅଧା ଜୀବନ ଚାଲିଯାଇଥିଲା ।

କିନ୍ତୁ ଏତେ ସହଜରେ କଣ ଶାରଦା ଭଳି ସ୍ତ୍ରୀ ଲୋକ ପାଖରୁ ମୁକ୍ତି ମିଳେ ? ତାର ସବୁବେଳେ ଭୟ ରହିଗଲା ଯେ ତାର କେଉଁ ଅସତର୍କ ମୁହୂର୍ତ୍ତରେ ଶାରଦା ଆହୁରି ଥରେ ତା ଜୀବନ ଭିତରକୁ ଫେରିଆସି ତାକୁ ପୁଣି ନିଜର ଆୟତ୍ତକୁ ନେଇଯିବ । ତାର ମନେହେଲା ଯେପରି ଅଦୃଶ୍ୟରେ ରହି ଶାରଦା ତାର ଜୀବନର ପ୍ରତିଟି କାର୍ଯ୍ୟକଳାପ ଉପରେ ଲକ୍ଷ୍ୟ ରଖୁଛି । ସେ ଆଉ କୌଣସି ଝିଅ ସହିତ ସମ୍ପର୍କ ବଢ଼ାଇବାକୁ ଚେଷ୍ଟାକଲା ନାହିଁ; ସମସ୍ତେ ତାକୁ ଜଣାଗଲେ ଶାରଦା ଭଳି ଭୟପ୍ରଦ । ତାର କେହି ସଂଗୀନୀ କିଛି ସାଧାରଣ କଥା ପଚାରିଲେ ବି ସେ ଆଜିକାଲି ହଠାତ ଆଶଙ୍କିତ ହୋଇଯାଉଥିଲା । କାଲି କୁଆଡ଼େ ଯାଇଥିଲ ଭଳି ପ୍ରଶ୍ନର ଉତ୍ତର ଦେବାକୁ ଯାଇ ଶାରଦା କଥା ମନେପଡୁଥିଲା ଏବଂ ତାକୁ ଭାବିବାକୁ ପଡୁଥିଲା କିଭଳି ଉତ୍ତର ଦେଲେ ତାକୁ ଆଉ ସଙ୍ଗିନୀ ପାଖରୁ ଗାଳି ମନ୍ଦ ମିଳିବ ନାହିଁ ! ନିଜର ପ୍ରତିଟି ସମ୍ପର୍କକୁ ସେ ଶାରଦାର ପରିପ୍ରେକ୍ଷୀରେ ତଉଲୁଥିଲା ଏବଂ କୌଣସିଟିକୁ ସେ ଅଗ୍ରସର ହେବାକୁ ଦେଉ ନଥିଲା । ଏଭଳି ସମୟରେ ତାର ପରିଚୟ ହେଲା ରାଧା ସହିତ ।

ରାଧା କଥା ଭାବିଲେ ତାର ମନେପଡ଼େ ସେଇ ପ୍ରସିଦ୍ଧ ବହିଟିର ଶୀର୍ଷକର ଅଂଶ, ଲାଇଟନେସ୍ ଅଫ ବିଇଙ୍ଗ, ଅସ୍ତିତ୍ୱର ଭାରହୀନତା ! କୌଣସି ବି ବୋଝ ନ ଥିଲା ରାଧା ସହିତ ତାର ସମ୍ପର୍କରେ; ଏଇଟି ଥିଲା ସମ୍ପୂର୍ଣ୍ଣ ଭାରହୀନ । ଭାରହୀନତା ବି କଣ କେବେ ଅସହନୀୟତା ହୋଇଯାଇପାରେ ? ଏ କଥା ଭାବିଲେ ତାକୁ ଭୟ ଲାଗୁଥିଲା ଏବଂ ଜାଣିଶୁଣି ସେ ମନରୁ ସେକଥାକୁ ବାହାର କରି ଦେଉଥିଲା । ଅବଶ୍ୟ ସେ ନିଜେ ରାଧାକୁ ସହଜ ଭାବେ ଗ୍ରହଣ କରିପାରି ନଥିଲା ପ୍ରଥମେ । ତାକୁ ମଧ୍ୟ ସେ ଭାବିଥିଲା ଆଉ ଜଣେ ଶାରଦା ଏବଂ ଅତି ସତର୍କ ସଂକୁଚିତ ବ୍ୟବହାର କରିଥିଲା ତା ସହିତ । କିନ୍ତୁ ତାର ସଂଭ୍ରମକୁ ଅତି ଶୀଘ୍ର ଅତି ସହଜରେ ଭାଙ୍ଗିଦେଲା ରାଧା ନିଜେ । ପରିଚୟର କିଛିଦିନ ପରେ ରାଧା ଦିନେ କହିଲା ତା ଘରେ ଆସି ତା ପାଇଁ ଖାଇବାକୁ ତିଆରି କରିଦେବ । ସକାଳୁ ଆସି ଅତି ଯତ୍ନରେ ରାଧା ରାନ୍ଧିବାରେ ମନଦେଲା ଏବଂ ଖାଇବେଳେ ଯେତେବେଳେ ସେମାନେ ଖାଇବାକୁ ବସିଲେ, ସୁମିତ ପାଟିକୁ ଚାମଚେ ନେଇ ଅଟକିଗଲା । ରନ୍ଧା ଭଲ ନଥିଲା, କିନ୍ତୁ ଶାରଦା କଥା ମନେପଡ଼ି ସୁମିତ ଭାବିଲା

ଖାଇବାକୁ ତ ପଡ଼ିବ, ତା ସହିତ ଭଲ ଲାଗୁଥିବାର ଛଳନା କରି ଭଲ ରନ୍ଧା ହୋଇଛି ବୋଲି ବି କହିବାକୁ ହେବ। ଶାରଦା ଥରେ ତାକୁ କଣ ଔଷଧ ଦେଇଥିଲା ଖାଇବାପାଇଁ। ଡାକ୍ତରକୁ ପଚାରିବାରୁ ସେ ସୁମିତକୁ ଅନ୍ୟ ଗୋଟିଏ ଔଷଧ ଖାଇବାକୁ କହିଲେ। ସେତେବେଳେ ସେ ଶାରଦାକୁ ମିଛ କହୁ ନଥିଲା, ପଚାରିବାରୁ କହିଦେଲା ଯେ ସେ ତାର ଔଷଧ ନ ଖାଇ ଡାକ୍ତର କହିଥିବା ଔଷଧ ଖାଇଛି। ଏ କଥା ଶୁଣି ଶାରଦା ରାଗିଯାଇ କହିଲା, ମୁଁ ତୁମକୁ ଔଷଧ ଦେଲି, ତମେ ତାକୁ ଫିଙ୍ଗିଦେଲ ? ତମର କଣ ଏତିକି ବିଶ୍ୱାସ ହେଲା ନାହିଁ ଯେ ମୁଁ ଯୋଉ ଔଷଧ ମୋ ହାତରେ ତମକୁ ଦେବି ସେଥିରେ ତମର ଦେହ ଭଲ ହୋଇଯିବ? ଏଇ କଥାକୁ ନେଇ ଅଧଘଣ୍ଟାଏ ତାକୁ ଶୁଣିବାକୁ ପଡ଼ିଥିଲା ଶାରଦା ପାଖରୁ। ସୁମିତ କିଛି ନ କହି ଖାଇବାରେ ଲାଗିଛି, ରାଧା ତା ମୁହଁକୁ ଦେଖିଲା, ନିଜେ ଟିକିଏ ପାଟିକୁ ନେଇ ଚାଖିଲା, କହିଲା, ପାଟିରୁ ବାହାର କର, ପାଟିରୁ ବାହାର କର। ତମେ କେମିତି ଏ ଅଖାଦ୍ୟକୁ ଖାଉଛ ? ତମ ପାଟିରେ କଣ ସ୍ୱାଦ ବୋଲି କିଛି ନାହିଁ ? ମରିଷ ଯାକୁ କେମିତି ଖାଇବ ! ଚାଲ ଆମ ବାହାରେ ଯାଇ ଖାଇବା କୋଉଠି। ଶାରଦା କହିଥାନ୍ତା, ମୁଁ ରାନ୍ଧିଛି। ତମକୁ ଖାଇବାକୁ ହେବ ହିଁ ହେବ; ସେ ଅଖାଦ୍ୟ ହେଉ ପଛେ।

ଏମିତି କଥା କଥାକେ ତାର ଉଚିତ ନଥିଲା ରାଧାକୁ ଶାରଦା ସହିତ ତୁଳନା କରିବା, କିନ୍ତୁ ଯେତେ ଚେଷ୍ଟା କଲେ ମଧ୍ୟ ଏଥିରୁ ନିଜକୁ ମୁକ୍ତ କରିପାରୁ ନଥିଲା ସୁମିତ। ଏତେ ବର୍ଷ ପରେ ବି ଶାରଦା ତାର ଅସ୍ଥିମଜ୍ଜାରେ ମିଶି ରହିଥିଲା। ସେ ଯେତେବେଳେ ରାଧାକୁ ଶାରଦା କଥା କହୁଥିଲା, ରାଧା କହୁଥିଲା, ଆହା, ଭଦ୍ରମହିଳାଙ୍କର ନିଶ୍ଚୟ କିଛି ଅତି ଜଟିଳ ମାନସିକ ସମସ୍ୟା ଥିଲା, ତମେ ଯାହା ବୁଝି ପାରୁ ନଥିଲ। ସେ କଣ ତମ ଉପରେ ରାଗୁଥିଲେ। ସେ ରାଗୁଥିଲେ ତାଙ୍କ ନିଜ ଉପରେ। ତମେ କେବଳ ତାଙ୍କ ରାଗର ଉପଲକ୍ଷ୍ୟ ମାତ୍ର ଥିଲ। ଆଉ ଥରେ ସେ ତାକୁ ଶାରଦା ବିଷୟରେ କ'ଣ କହୁଛି, ରାଧା ତାକୁ ଓଲଟା ପଚାରିଲା, ପିଲାଦିନେ ତମେ କଣ ତମ ମାଙ୍କୁ ଡରୁଥିଲ ? ଏ କଥାର କୌଣସି ସମ୍ପର୍କ ନଥିଲା ଶାରଦା ସହିତ, କିନ୍ତୁ ସୁମିତର ମନେ ପଡ଼ିଲା ଯେ ଥରେ ତାକୁ ଶାରଦା ଗାଳି ଦେବା ବେଳେ ତାର ହଠାତ କାହିଁକି ମନେ ହୋଇଥିଲା ଯେ, ସେ ପୁଣି ଛୋଟ ପିଲାଟିଏ ହୋଇଯାଇଛି ଏବଂ ତାର ମା ତା ପାଖରେ ଛିଡ଼ା ହୋଇ ତାକୁ ଗାଳି ଦେଉଛନ୍ତି।

ରାଧା ସହିତ ତାର ପରିଚୟ ହୋଇଥିଲା ଅତି ଅନାୟାସ। ତାର ଅନ୍ୟାନ୍ୟ ସମ୍ପର୍କମାନ ସେ ତିଆରି କରିଥିଲା ଶ୍ରମସାଧ ଯୋଜନାମାନ ଦେଇ, ଅନେକ ସମୟ ଓ ପ୍ରଚେଷ୍ଟା ଲଗାଇ। ସାକ୍ଷାତକାରରୁ ଘନିଷ୍ଠତା ପର୍ଯ୍ୟନ୍ତ କେବଳ ଯେ ଦୀର୍ଘ ସମୟର

ବ୍ୟବଧାନ ରହୁଥିଲା ତାହା ହିଁ ନୁହେଁ, ଏ ସମୟଟି ତା ପାଇଁ ହେଉଥିଲା ଅତି ଚିନ୍ତା, ସଂଶୟ ଓ ଯାତନାର ସମୟ। ରାଧା କିନ୍ତୁ ପ୍ରଥମ ଦର୍ଶନରେ ହିଁ ତାର ଆପଣାର ହୋଇଗଲା। ଏ ସମ୍ପର୍କ ଗଢ଼ିଥିଲା ରାଧା ନିଜେ; ସୁମିତକୁ କୌଣସି ସାଧ୍ୟ ସାଧନା କରିବାକୁ ପଡ଼ିନଥିଲା ଏଥିପାଇଁ। ସେମାନେ ଏକା ସହରରେ ରହୁଥିଲେ ବି ସୁମିତ ବ୍ୟକ୍ତିଗତ ଭାବରେ ରାଧା ବା ତାର ସ୍ୱାମୀକୁ ଜାଣି ନଥିଲା, ଯଦିଓ ଜଣେ ସମାଜସେବୀ ଭାବରେ ରାଧାର କିଛି ନାଁ ଥିଲା। ଥରେ ସେ କଲିକତା ଯାଇଥିଲା କଚେରି କାମରେ। କାମ ଶୀଘ୍ର ସରିଯିବାରୁ ସେ ହୋଟେଲକୁ ଫେରିଯିବା ପୂର୍ବରୁ ଯାଇ ସମୟ କଟାଉଥିଲା ପାଖ ଗ୍ୟାଲେରିରେ ଚାଲିଥିବା ଚିତ୍ର ପ୍ରଦର୍ଶନୀ ଦେଖି। ସେ ଅଧା ମନରେ ବୁଲି ବୁଲି ଚିତ୍ରମାନଙ୍କୁ ଦେଖୁଥିବା ବେଳେ ରାଧାକୁ ଦେଖିଲା ଚିତ୍ର ଆଗରେ ତନ୍ମୟ ହୋଇ ଛିଡ଼ା ହୋଇଥିବାର। ସେ ଥରେ ଚିତ୍ରମାନଙ୍କୁ ଶୀଘ୍ର ଶୀଘ୍ର ଦେଖିସାରି ଆଉ ଥରେ ସେମାନଙ୍କୁ ଦେଖିବା ବେଳକୁ ରାଧା ତା ହାତକୁ ପ୍ରଦର୍ଶନୀର ଗୋଟିଏ କ୍ୟାଟଲଗ ଧରାଇ ଦେଇ କହିଲା, ଆପଣ ଏଇଟି ସାଙ୍ଗରେ ମିଳାଇ ଚିତ୍ରଗୁଡ଼ିକୁ ଦେଖନ୍ତୁ, ଚିତ୍ରକୁ ଆପଣ ଆହୁରି ଉପଭୋଗ କରିବେ। ସତେ ତ! ଏଥରକ ଚିତ୍ରମାନଙ୍କରୁ ସୁମିତ ଏଭଳି ଅର୍ଥ ଓ ଆବେଦନ ପାଇଲା, ଯାହା ପୂର୍ବଥର ପାଇ ନଥିଲା। ଚିତ୍ରମାନଙ୍କୁ ଦେଖିବା ଭିତରେ ସେ ଆଡ଼ ଆଖିରେ ରାଧାକୁ ମଧ୍ୟ ଦେଖିଥିଲା ବାହାରେ ଯାଇ ଲନ୍‌ରେ ବେଞ୍ଚ ଉପରେ ବସିଥିବାର। ସେ ପ୍ରଦର୍ଶନୀଟିକୁ ଭଲଭାବେ ଦେଖି ସାରି ବାହାରକୁ ଆସି ରାଧା ପାଖକୁ ଗଲା ଏବଂ ତାକୁ ଧନ୍ୟବାଦ ଦେବା ସହିତ ନିଜର ପରିଚୟ ମଧ୍ୟ ଦେଲା। ରାଧା ଏ ସହରରେ ତାର ଭଉଣୀ ଘରକୁ କିଛିଦିନ ତଳେ ଆସିଥିଲା ଏବଂ ଖୁସି ହେଲା ଯେ ସେମାନେ ଏକା ସହରର ବାସିନ୍ଦା। ଏହାପରେ ସେମାନେ ଯାଇ ଚା ପିଇଲେ ଏବଂ ବିଦାୟ ନେବା ବେଳକୁ ଠିକ କଲେ ଯେ ପରଦିନ ଏକା ସଙ୍ଗରେ ଯାଇ ଆଉ ଗୋଟିଏ ଚିତ୍ର ପ୍ରଦର୍ଶନୀ ଦେଖିବେ।

ସୁମିତର କାମ ସରିଯାଇଥିଲା ଏବଂ ସେ ପରଦିନ ଫେରି ଯାଇଥାନ୍ତା, କିନ୍ତୁ ରାଧାପାଇଁ ରହିଗଲା। ଅବଶ୍ୟ ରାତିରେ ଥରେ ତାର ଶାରଦା କଥା ମନେପଡ଼ି ମନେ ହୋଇଥିଲା ଯେ ରାଧା ଦେଇଥିବା ଟେଲିଫୋନ ନମ୍ବରରେ ଫୋନ କରି ତାକୁ କହିଦେବ ଯେ ସେ ଆସି ପାରିବ ନାହିଁ ଏବଂ ପଳାଇଯିବ। କିନ୍ତୁ ତାକୁ ରାଧାର ମୁହଁ ମନେ ପଡ଼ିଲା ଏବଂ ସେଦିନ ସନ୍ଧ୍ୟାବେଳେ ଏକା ସାଙ୍ଗେ କଟାଇଥିବା ସମୟତକ। ରାଧାର ବ୍ୟବହାର ଅତି ଭଦ୍ର ଏବଂ କଥାବାର୍ତ୍ତା ମଧୁର ଓ ବୁଦ୍ଧି ସଙ୍ଗତ ଥିଲା। ପ୍ରଥମ ପରିଚୟରେ ସେ ସ୍ତ୍ରୀମାନଙ୍କ ପାଖରେ ସାଧାରଣତଃ ଯେଉଁ ପ୍ରଚ୍ଛନ୍ନ ଔଦ୍ଧତ୍ୟ ଲକ୍ଷ୍ୟ କରିଥାଏ ତାର ତିଳମାତ୍ର ନଥିଲା ରାଧାର ବ୍ୟବହାରରେ। ତା ବ୍ୟତୀତ ନିଜର ନିଃସଙ୍ଗ

ଜୀବନରେ ସୁମିତ ସେତେବେଳେ ଖୋଜୁଥିଲା ଏକ ଭାବାବିଷ୍ଟ ଅବଲମ୍ବନ। ରାଧା ପାଇଁ ସେ ସେଠାରେ ତିନିଦିନ ରହିଗଲା। ଏଇ ତିନୋଟି ଦିନ ଥିଲା ତା ପାଇଁ ଏକ ନୂତନ ଜୀବନର ସୂତ୍ରପାତ। ଦ୍ୱିତୀୟ ଥର ସାକ୍ଷାତ ସମୟରେ ରାଧା ସୁମିତକୁ ତାର ଜୀବନ ବିଷୟରେ କିଛି ବି ନ ପଚାରି ତା ଆଗରେ ଖୋଲି ରଖିଦେଲା ନିଜର ଜୀବନର ସମ୍ପୂର୍ଣ୍ଣ ଇତିବୃତ୍ତ। ତାର ସ୍ୱାମୀ କିପରି ଲୋକ, ତାର ପିଲାଦୁହେଁ କଣ ପଢ଼ନ୍ତି, ସେ କିପରି ସମୟ କଟାଏ ସବୁ କହିଗଲା ରାଧା ତା ଆଗରେ ପ୍ରଗଳ୍‌ଭ ହୋଇ। ସୁମିତ କିନ୍ତୁ ସେଦିନ ଦ୍ୱିଧାରେ ରହିଲା ନିଜ ବିଷୟରେ ରାଧାକୁ କେତେ କହିବ ବୋଲି। ନିଜର ଅତୀତ ବିଷୟରେ ବିଶେଷ ବିବରଣୀମାନ ଦେଇ ସେ ରାଧାକୁ ହରାଇବାକୁ ଚାହୁଁ ନଥିଲା। ତେଣୁ ସେ କେବଳ ନିଜର ବ୍ୟବସାୟିକ ସଫଳତା ଏବଂ ଅବିବାହିତ ଜୀବନ ଯାପନ ବିଷୟରେ କହି ଚୁପ ରହିଲା। ରାଧା ମଧ୍ୟ ତାକୁ ଆଉ ବାଧ୍ୟ କଲା ନାହିଁ ଟିକିନିଖି ନିଜ ବିଷୟରେ କହିବା ପାଇଁ। ସୁମିତ ଭାବିଲା, ତା ବିଷୟରେ ଏତିକି ଜାଣୁ, ଆଉ ଅଧିକ ଜାଣି ରାଧାର କି ଲାଭ ହେବ ?

କିନ୍ତୁ ସୁମିତ ନିଜେ ହିଁ ଶେଷ ଦିନ ବିଛଣାରେ ଶୋଇରହି ରାଧାକୁ ତାର ଅତୀତ ବିଷୟରେ ଶୁଣାଇଲା। ପରଦିନ ରାତିରେ ତାର ଫେରିଯିବାର ଥିଲା। ରାତିରେ ବିଦାୟ ନେଲାବେଳେ ରାଧା କହିଲା ଯେ କାଲି ଆଉ ଖରାରେ ପ୍ରଦର୍ଶନୀରୁ ପ୍ରଦର୍ଶନୀକୁ ନ ବୁଲି ସେମାନେ ସୁମିତର ହୋଟେଲରେ ବସି ସମୟ କଟାଇବେ। ସୁମିତ ଆଶ୍ଚର୍ଯ୍ୟ ହୋଇଥିଲା, କାରଣ ସେ ଜାଣିଥିଲା ହେଟେଲ ପ୍ରକୋଷ୍ଠକୁ କାହାରିକୁ ଡାକିବା ପାଇଁ କେତେ ସମୟ ଲାଗିଥାଏ ଏବଂ କେତେ କାକୁତି ମିନତି ସ୍ତାବକତା କରିବାକୁ ପଡ଼ିଥାଏ। ସେଦିନ ରାତିସାରା ସେ ରାଧା କଥା ଭାବି ଭାବି ମୋହାବିଷ୍ଟ ହୋଇ ରହିଲା ଏବଂ ଶୋଇ ପାରିଲା ନାହିଁ; ସକାଳୁ ସକାଳୁ ପ୍ରସ୍ତୁତ ହୋଇ ରହିଲା ରାଧାର ଅପେକ୍ଷାରେ। ତାର ମନେହେଲା ରାଧା ବୋଧହୁଏ ଆସିବ ନାହିଁ। ଏପରି ନିରାଶ ଅପେକ୍ଷା ତା ପାଇଁ ନୂଆ ନଥିଲା। ଯଦିଓ ରାଧାର ଆସିବାର ସମୟ ହୋଇ ନଥିଲା, ସେ କେଜାଣି କାହିଁକି ଆଶା ଛାଡ଼ିଦେଲା। ଏଇ ସମୟରେ ଦରଜାର ବେଲ ବାଜିଲା।

କବାଟ ଖୋଲି ରାଧାକୁ ପ୍ରଥମ ଥର ପାଇଁ ଆଶ୍ଲେଷରେ ନେଲା ବେଳକୁ କେଜାଣି କାହିଁକି ସୁମିତର ଆଖିରେ ଲୁହ ଆସିଗଲା। ରାଧା ସେ କଥା ଲକ୍ଷ୍ୟ କଲା ନିଶ୍ଚୟ, କିନ୍ତୁ ସେ ବିଷୟରେ କିଛି ନ କହି ଯାଇ ସୋଫା ଉପରେ ବସିଲା। ପାଦରୁ ଚଟି ଖୋଲି ନିଃସଙ୍କୋଚରେ ଗୋଡ଼କୁ ଉପରକୁ ଉଠାଇ ଆରାମରେ ବସି କହିଲା, ଭଲ କଲେ ଆମେ ଆଜି ବାହାରକୁ ନ ଯାଇ; ବାହାରେ ଭୟଙ୍କର ଗରମ। ଏଇ କଥାରେ ସହଜ ହୋଇଗଲା ସୁମିତ। ପୁଣି ସେମାନେ କଥାବାର୍ତ୍ତା କଲେ ଆଗଭଳି।

ରାଧା ସୁମିତକୁ କହୁଥିଲା ଘରେ ପିଲାମାନଙ୍କୁ ସମ୍ଭାଳିବା କେଡ଼େ କଷ୍ଟ ଏବଂ କି ଦାୟିତ୍ୱର କାମ। ସୁମିତ ସେ ବିଷୟରେ ଆଗ୍ରହୀ ନ ଥିବାର ଦେଖି ରାଧା କହିଲା, ଅବଶ୍ୟ ଯାହାର ପିଲାଝିଲା ନାହାନ୍ତି ସେ ଏକଥା ବୁଝିପାରିବ ନାହିଁ। ସୁମିତ କହିଲା, ନା ନା ମୁଁ ଭଲ ଭାବେ ବୁଝିପାରୁଛି। ତମେ ତାଙ୍କ ବିଷୟରେ କୁହ। ରାଧା କହିଲା, ନା ମୁଁ ବରଂ ଆପଣଙ୍କୁ ମୋ ନିଜର ପିଲାଦିନ ବିଷୟରେ କହିବି।

ସେମାନେ ଖାଇବାର ଅର୍ଡ଼ର ଦେଲେ ଏବଂ ଖାଇ ସାରିବା ପରେ ରାଧା କହିଲା, ମୁଁ ଖଟ ଉପରେ ଯାଇ ଶୋଇଲେ ଆପଣଙ୍କର କୌଣସି ଆପତ୍ତି ନାହିଁ ତ ? ସୁମିତର ଉତ୍ତରକୁ ଅପେକ୍ଷା ନ କରି ସେ ଯାଇ ଖଟ ଉପରେ ଶୋଇଗଲା ଏବଂ ସୁମିତ ଚଉକି ଟାଣି ନେଇ ତା ପାଖରେ ବସିଲା। ସେ ଜାଣିଥିଲା ଏ ସମୟରେ ତାର କଣ କରିବା ଉଚିତ, କିନ୍ତୁ ସୁମିତ କୌଣସି କଥା ତ୍ୱରନ୍ୱିତ କରିବାକୁ ଚାହୁଁ ନଥିଲା। ସେ କହିଲା, ଆଜି ପରେ ଆମର ପୁଣି ଏମିତି ନିୟମିତ ଦେଖା ହେବ ତ ? ରାଧା କହିଲା, ନିଶ୍ଚୟ; ସେଥିରେ କଣ ସନ୍ଦେହ ଅଛି। ସୁମିତ କହିଲା, କିନ୍ତୁ କେମିତି ? ରାଧା କହିଲା, ମୁଁ ଦେଖୁଛି ମତେ ହିଁ ସବୁ କଥାର ସମାଧାନ କରିବାକୁ ପଡ଼ିବ। ତମେ ମୋ ପାଖକୁ ବିଛଣା ଉପରକୁ ଆସ, ମୁଁ ତମକୁ କହିବି କେମିତି।

ରାଧାର ବାହୁପାଶରେ ଶୋଇ ରହି ନିଜ ବିଷୟରେ କହିବାକୁ ଆରମ୍ଭ କଲା ସୁମିତ। ଏଭଳି ସବୁକଥା ଯାହା ସେ କେବେ କାହାରିକି କହି ନ ଥିଲା। ନିଜର ହାରି ଯାଇଥିବାର, ଲଜ୍ଜିତ ହୋଇଥିବାର, ବ୍ୟର୍ଥତାର, ହତାଶାର କଥା ସବୁ। ନିଜର ବିଭିନ୍ନ ପ୍ରେମର ଦୁଃଖାନ୍ତକ ଉପସଂହାରମାନ। ଶେଷରେ ଶାରଦା କଥା କହିବା ବେଳେ ସେ ପୁଣି ଫେରିଗଲା ତାର ମୌଳିକ ଭୟକୁ। ଏଇ ଭଳି ମନସ୍ଥିତିରେ ସେ ରାଧା ସହିତ ଅନ୍ତରଙ୍ଗ ହେବାକୁ ଚେଷ୍ଟାକରି ସମ୍ପୂର୍ଣ୍ଣ ଅସଫଳ ହୋଇ ତା ଆଡ଼କୁ କ୍ଷମାଭିକ୍ଷା ଦୃଷ୍ଟିରେ ଅନାଇଲା। ରାଧା ତାକୁ ଅନେକ ଆଦର କଲା, କହିଲା, ଏଇଟା ତ ଆମର ଶେଷ ଦେଖା ନୁହେଁ; ପୁଣି ଯେତେବେଳେ ଭେଟିବା ସବୁ ଠିକ ହୋଇଯିବ। ମୁଁ ଭାବୁଚି ମୋର ବି କୋଉଠି କିଛି ଭୁଲ ରହିଗଲା। ତାର କୋଳରେ ଶୋଇରହି ସୁମିତକୁ କାନ୍ଦୁଥିବାର ଦେଖି ରାଧା କହିଲା, ଏଥରକ ଉଠିବସ। ଆମକୁ ଠିକ କରିବାକୁ ହେବ ଫେରିଗଲେ ପୁଣି କୋଉଠି କେମିତି ଦେଖା କରିବାକୁ ସୁବିଧା ହେବ।

ସୁମିତ ଜାଣିଥିଲା ଯେ ନିଜର ସହରରେ ଏଇ ବିବାହିତା ସ୍ତ୍ରୀ ଲୋକଟିକୁ ଭେଟିବାରେ ନାନା ସମସ୍ୟା ଉପୁଜିବ ନିଶ୍ଚୟ, କିନ୍ତୁ କଥାଟିକୁ ଯେତେଦୂର ସମ୍ଭବ ସହଜ କରିଦେଲା ରାଧା। ସେ ବୁଝାଇ ଦେଲା ସୁମିତ ତା ପାଖକୁ ଫୋନ କରିବାର ପ୍ରକୃଷ୍ଟ ସମୟ କେତେବେଳେ ଏବଂ ଫୋନ ଯଦି ଆଉ କିଏ ଉଠାଏ, ତା ହେଲେ

କାହାକୁ କଣ କହି ରାଧାକୁ ଡାକିଦେବାକୁ କହିବ। ସେ ସୁମିତ ପାଖରୁ ମଧ୍ୟ ଠିକ ଠିକ ବୁଝିନେଲା ତା ଘରକୁ କେତେବେଳେ ଯିବା ସବୁଠାରୁ ନିରାପଦ ଓ ସୁବିଧାଜନକ। ସେଦିନ ଯେତେବେଳେ ସୁମିତକୁ ପୁଣି ଶୀଘ୍ର ଭେଟିବାର ଆଶ୍ୱାସନା ଦେଇ ରାଧା ଚାଲିଗଲା, ସୁମିତ ନିଜର ଭାଗ୍ୟକୁ ବିଶ୍ୱାସ କରି ପାରିଲା ନାହିଁ। ଯଦି ଆଉ କିଏ ତାକୁ ଏଭଳି ଏକ ସମ୍ପର୍କ କଥା ବର୍ଣ୍ଣନା କରି ଶୁଣାଇଥାନ୍ତା, ସେ ଆଦୌ ବିଶ୍ୱାସ କରି ନ ଥାନ୍ତା। ଏଇ ତିନୋଟି ଦିନ ତାକୁ ମନେହେଲା ତା ଜୀବନର ସବୁଠାରୁ ମହତ୍ତ୍ୱପୂର୍ଣ୍ଣ ସମୟ।

ନିଜ ସହରକୁ ଫେରିବା ପରେ ପୂର୍ବ ଦିନମାନଙ୍କରେ ଘଟିଯାଇଥିବା ଘଟଣା ସବୁ ସୁମିତକୁ ସ୍ୱପ୍ନ ଭଳି ଲାଗିଲା। ଏକଥା କିପରି ସମ୍ଭବ ହୋଇପାରେ ? ସେ ଦିନଟି ସାରା ରାଧାକୁ ଫୋନ ମଧ୍ୟ କଲାନାହିଁ ଦ୍ୱିଧା ଓ ସଂକୋଚରେ ରହି। ଶେଷ ପର୍ଯ୍ୟନ୍ତ ରାଧାର ହିଁ ଫୋନ ଆସିଲା। ସୁମିତ ତାକୁ ଫୋନ ନ କରିଥିବାର କୌଣସି ବି କୈଫିୟତ ନ ମାଗି ସେ ଠିକ କରିଦେଲା ପୁଣି ସେମାନଙ୍କର କେଉଁଠାରେ କିପରି ଦେଖା ହେବ। ସେଦିନ ସନ୍ଧ୍ୟାବେଳେ ରାସ୍ତାକଡ଼ରୁ ରାଧାକୁ ନେଇ ନିର୍ଜନ ଜାଗାରେ ଅନ୍ଧାରରେ ଗାଡ଼ି ଭିତରେ ବସି ସୁମିତ ଭାବିଲା ଯେ ଏଭଳି ସମ୍ପର୍କ ରଖିବା କଷ୍ଟକର। ସେ ଯେତେବେଳେ ରାଧାକୁ ଏ କଥା କହିଲା, ରାଧା କହିଲା, ତମେ ଠିକ କହୁଛ। ଏମିତି ଲୁଚି ଲୁଚି ଗାଡ଼ି ଭିତରେ ଅଧଘଣ୍ଟା ସାକ୍ଷାତର କୌଣସି ମାନେ ହୁଏ ନାହିଁ। ଶେଷକୁ ଏ ସମସ୍ୟାର ବି ସମାଧାନ କରିଦେଲା ରାଧା ନିଜେ। ରାଧା ନିଜେ ଯେଉଁ ସମାଜସେବା ସଂସ୍ଥାର କର୍ମକର୍ତ୍ତ୍ରୀ ଥିଲା, ସେଥିରେ ସେ ସୁମିତକୁ ପୃଷ୍ଠପୋଷକ କରିଦେଲା, ଯେପରିକି ଏକ ଆଳରେ ସେ ସୁମିତ ପାଖକୁ ଯିବାଆସିବା କରିପାରିବ।

ଏଥରକ ରାଧା ସୁମିତର ଜୀବନର ଅବିଚ୍ଛେଦ୍ୟ ଅଙ୍ଗ ହୋଇଗଲା। ସୁମିତ ଏକା ରହୁଥିବାରୁ ତା ଘରେ ଭେଟିବାର କୌଣସି ଅସୁବିଧା ହେଉ ନଥିଲା। ତେବେ ସବୁବେଳେ ଭୟ ଥିଲା ଯେ ଲୋକେ ଏକଥା ଜାଣିପାରନ୍ତି। ସେ ଏକଥା ରାଧାକୁ କହିବାରୁ ରାଧା କହିଲା, ସେ ଭୟ ତ ନିଶ୍ଚୟ ରହିବ; ତେବେ ସେଥିପାଇଁ କଣ ଆମେ ଦେଖାସାକ୍ଷାତ ବନ୍ଦ କରିଦେବା ? ସୁମିତ କହିଲା, ତମର ସ୍ୱାମୀ ଯଦି ଜାଣନ୍ତି ? ରାଧା କହିଲା, ସେଥିପାଇଁ ତ ମୁଁ ଯେତେ ସାବଧାନ ରହିବା କଥା ରହୁଛି; ତେବେ ଏତିକି ଦାୟିତ୍ୱ ତ ନେବାକୁ ପଡ଼ିବ ! ସୁମିତ କିନ୍ତୁ ସବୁବେଳେ ରାଧାର ସ୍ୱାମୀ ବିଷୟରେ ସଚେତନ ଥିଲା। ରାଧାକୁ କହୁଥିଲା, ଭାରତୀୟ ଦଣ୍ଡବିଧି ଆଇନରେ କ'ଣ ଅଛି ଜାଣ ? ତମର ସ୍ୱାମୀ ଯଦି ଅଭିଯୋଗ କରନ୍ତି, ତେବେ ତମର କି ହେବ ନାହିଁ, କିନ୍ତୁ ମୁଁ ଜେଲ ଯିବି। ରାଧା କହିଲା, ଏ ଆଇନ ତ ଅତି ଅନ୍ୟାୟ। ଏକ ଦୋଷ ପାଇଁ ଦିଜଣଙ୍କ ଭିତରୁ କେବଳ ଜଣେ କାହିଁକି ଦଣ୍ଡ ପାଇବ ?

ଏ କଥା ନଥିଲା ଯେ ରାଧା ନିଜର ସ୍ୱାମୀ ଅଭୟକୁ ଭଲପାଉ ନଥିଲା। ସୁମିତର ମନେ ହେଉଥିଲା ଯେ ରାଧା ଅଭୟକୁ ସେତିକି ଭଲପାଉଥିଲା ଯେତିକି ତାକୁ। ଅନେକ ଥର ରାଧା ତାକୁ ଥଟ୍ଟାକରି ଅଭୟ ସହିତ ତୁଳନା କରୁଥିଲା ଏବଂ ସୁମିତ ଏ କଥାରେ ରାଗିଯାଉଥିଲା। ଥରେ କୋଉ ପ୍ରସଙ୍ଗରେ ରାଧା ତାକୁ କହିଲା, ଅଭୟ ଦି ମିନିଟରେ ଏ କାମଟି କରିଦେଇଥାନ୍ତେ। ବିରକ୍ତ ହୋଇ ସୁମିତ କହିଲା, ଆଛା ବାବା, ମୁଁ ମାନୁଛି ଯେ ଅଭୟ ମୋଠାରୁ ଭଲ। ରାଧା କହିଲା, ମୁଁ ଜାଣେ ତମେ ମତେ କଣ ପଚାରିବାକୁ ଚାହୁଁଥିଲ। ତମେ ମତେ ପଚାରି ନଥିବା ପ୍ରଶ୍ନର ଉତ୍ତର ହେଲା, ମୋର ଖୁସି। କେମିତି ? ଏକଥା ପରେ ଆଉ କିପରି ତା ଉପରେ ରାଗି ପାରିଥାନ୍ତା ସୁମିତ ? ରାଧାର ହସ ସହିତ ହସ ମିଳାଇ ସେ କହିଲା, ତା ମାନେ ତମେ ସତରେ ବୋକା।

ସୁମିତ ଯେତେ ଏକଥା ଟାଳିବାକୁ ଚେଷ୍ଟା କଲେ ବି ରାଧା ତାକୁ ବାଧ୍ୟ କରୁଥିଲା ଅଭୟ ସାଙ୍ଗରେ ଦେଖା କରାଇ ଦେବି ବୋଲି। ଶେଷରେ ଦିନେ ରାଧା ସାଙ୍ଗରେ ସେ ତାଙ୍କ ଘରକୁ ଗଲା। ରାଧା ଆଗରେ ଅଭୟ ବିଷୟରେ ହସ ମଜାରେ କଥା କହୁଥିଲେ ବି ତାର ମନ ଭିତରେ ଅଭୟ ପାଇଁ ଏକ ପ୍ରଚ୍ଛନ୍ନ ବିଦ୍ୱେଷ ରହିଥିଲା। କିନ୍ତୁ ଅଭୟ ପ୍ରକୃତରେ ଏତେ ଭଲ ଲୋକ ଥିଲା ଯେ ସୁମିତ ଚେଷ୍ଟା କରି ମଧ୍ୟ ତା ପ୍ରତି ନିଜର ଅସଦ୍‌ଭାବକୁ ରଖିପାରିଲା ନାହିଁ। ପ୍ରଥମ ଦର୍ଶନରେ ହିଁ ଅଭୟ ସୁମିତର ଆଦର ଆପ୍ୟାୟନ କଲା ଘନିଷ୍ଠ ବନ୍ଧୁ ଭଳି। ସୁମିତ ଓ ରାଧା ଏକା ସାଙ୍ଗରେ ମିଶାଇ କଣ ସବୁ ସାମାଜିକ କାମ କରୁଛନ୍ତି ବୋଲି ଅଭୟ ଜାଣିଥିଲା। ସ୍ତ୍ରୀକୁ ଏ ବିଷୟରେ ପୁରା ସ୍ୱାଧୀନତା ଦେଇଥିବାରୁ ସେ କେବେହେଲେ ମୁଣ୍ଡ ଖେଳାଇ ନଥିଲା ରାଧା କଣ କରୁଛି ଜାଣିବା ପାଇଁ। ରାଧାକୁ ତାର ପରିବାରର ପରିସ୍ଥିତିରେ ପ୍ରଥମ ଥର ପାଇଁ ଦେଖୁଥିଲା ସୁମିତ। ସେ ଲକ୍ଷ୍ୟ କଲା ଯେ ରାଧାର ଘର ଥିଲା ଏକ ସୁଖୀ ଘନିଷ୍ଠ ପରିବାର। ରାଧାର ନିଜ ସ୍ୱାମୀ ସହିତ, ପିଲାମାନଙ୍କ ସହିତ, ସେମାନଙ୍କର ତା ସହିତ ଏବଂ ସମସ୍ତଙ୍କର ସମସ୍ତଙ୍କ ସହିତ ଏକ ଅନ୍ତରଙ୍ଗ ଏକାତ୍ମତା ସବୁ ସମୟରେ ଯେପରି ଘରଟିକୁ ପରିପୂର୍ଣ୍ଣ କରି ରଖିଥିଲା ଅଲକ୍ଷ୍ୟରେ। ସୁମିତର ଈର୍ଷା ହେଲା ଏଇ ପରିବାରଟିର ଆଦର ଆହ୍ଲାଦ ଦେଖି। ନିଜକୁ ମନେ ହେଲା ସେ ଯେପରି ରାଧାର ଜୀବନରେ ଏକ ଅଯାଚିତ ଅନୁପ୍ରବେଶ।

ପରେ ଯେତେବେଳେ ରାଧା ସହିତ ପୁଣି ଦେଖା ହେଲା, ସୁମିତ ତାକୁ ସେକଥା କହିଲା। ରାଧା କହିଲା, କାହିଁକି ତମର ମନେ ହେଲା ଏଭଳି ? ମୁଁ କଣ କେବେ ତମ ସହିତ ମୋର ବ୍ୟବହାରରେ କୌଣସି ତ୍ରୁଟି ରଖିଛି ? ସୁମିତ କହିଲା, ନା, କିନ୍ତୁ ମୁଁ

ବୁଝୁଛି ଯେ ମୋର କୌଣସି ଅଧିକାର ନଥିଲା ତମ ଜୀବନ ଭିତରେ ପଶିବା। ରାଧା କହିଲା, ତମେ କୋଉଠି ମୋ ଜୀବନ ଭିତରେ ପଶିଲ ? ମୁଁ ବରଂ ନିଜ ଆଡୁ ତମ ଜୀବନ ଭିତରେ ପଶିଲି। ରାଧା ଠିକ କହିଥିଲା। ସୁମିତ ତଥାପି ବୁଝିପାରୁ ନଥିଲା ରାଧା କାହିଁକି ଆସିଲା ତା ପାଖକୁ। ପଚାରିଲେ ସେ ସହଜ ଉତ୍ତର ଦେଇଥାନ୍ତା, ମୋର ଖୁସି। କିନ୍ତୁ ଏ କଥାର ନିଶ୍ଚୟ ଆହୁରି କୌଣସି ଗୂଢ଼ ବ୍ୟାଖ୍ୟା ଥିଲା। ରାଧା ବୋଧହୁଏ ତାର ଜୀବନକୁ ଆସିଥିଲା, ତାର ଭାଙ୍ଗିପଡୁଥିବା ଅସ୍ତିତ୍ୱକୁ ପୁଣି ଯୋଡ଼ି ଦେବା ପାଇଁ। ଦେବତାମାନଙ୍କର ଆଶୀର୍ବାଦ ଯେପରି ଆସିଥାଏ ମଣିଷର ଭାଗ୍ୟକୁ।

କୌଣସି ପୂର୍ବ କଳ୍ପନା ବିନା ସେ କହିଲା, ତମେ ମୋତେ ବାହା ହୋଇଯାଅ। ଏକଥା ସେ ଆଜିଯାଏ କାହାକୁ କହି ନଥିଲା। ରାଧା କହିଲା, ତମର ମୁଣ୍ଡ ଖରାପ ହୋଇଗଲାଣି। ଏମିତି କଥା କହିଲେ ମୁଁ ଆଉ ତମ ପାଖକୁ ଆସିବି ନାହିଁ। ସୁମିତ ତାକୁ ଆଉ କଣ କହିବାକୁ ଯାଉଛି, ରାଧା କହିଲା, ଆମ ଭିତରେ କେବେହେଲେ ଏଭଳି ସର୍ତ୍ତ ନଥିଲା। ତମେ ଆଉ କେବେହେଲେ ଏକଥା ଉଠାଇବ ନାହିଁ। ସୁମିତକୁ ତଥାପି ଗମ୍ଭୀର ଭାବରେ ବସି ରହିଥିବାର ଦେଖି ରାଧା କହିଲା, ଏଥରକ ଉଠ; ଅନେକ ଦିନ ହେଲା ଆମର ପ୍ରୋଜେକ୍ଟ କାମ ସବୁ ବାକି ଅଛି, ତାକୁ ଶେଷ କରିବାକୁ ପଡ଼ିବ। ଏଇଟି ସେମାନଙ୍କର ଏକ ସାଙ୍କେତିକ ବାକ୍ୟାଂଶ ଥିଲା ଏବଂ ସୁମିତ ନହସି ରହିପାରିଲା ନାହିଁ।

କୌଣସି ବି ସମସ୍ୟା ନଥିଲା ସେମାନଙ୍କର ସମ୍ପର୍କରେ, ତଥାପି ବି କାହିଁକି ସମ୍ପୂର୍ଣ୍ଣ ସନ୍ତୁଷ୍ଟ ନଥିଲା ସୁମିତ। ତାର ହୁଏତ ବୟସ ବଢୁଥିଲା ଏବଂ ଏଥରକ ସେ ନିଜେ ଚାହୁଁଥିଲା ଘର ବାନ୍ଧିବ ବୋଲି। ଅଥବା ତାର ଭୟଥିଲା ଯେ ସେ କେବେ ରାଧାକୁ ହରାଇ ବସିବ। ସେ ଏସବୁ କଥା ରାଧାକୁ କହିବା ବେଳେ ରାଧା ହସି ଦେଉଥିଲା ଏବଂ କିଛି ଅତି ସାଧାରଣ କଥା କହି ତାର ମନକୁ ଭୁଲାଇ ଦେଉଥିଲା।

ଏଇପରି ସମୟରେ ବେମାର ପଡ଼ିଲା ସୁମିତ। ଯଦିଓ ରାଧା ମଝିରେ ମଝିରେ ତା ପାଖକୁ ଆସୁଥିଲା, ନିଜର ଅସୁସ୍ଥ ଅବସ୍ଥାରେ ସୁମିତ ଚାହୁଁଥିଲା ରାଧା ସବୁବେଳେ ତା ପାଖରେ ରହୁଥାଉ। ରାଧା କହିଲା, ମୁଁ କଣ ଚାହେଁନା ପୂରା ସମୟ ତମ ପାଖରେ ରହିବି ବୋଲି ? କିନ୍ତୁ ତା କିପରି ସମ୍ଭବ ହେବ ? ରାଧା ତା ପାଖକୁ ଆସିଲେ ସୁମିତ ତାକୁ ଆହୁରି ବେଶି ସମୟ ବସି ରହିବାକୁ ବାଧ କରୁଥିଲା। ରାଧା କହୁଥିଲା, ଠିକ ଅଛି, ମୁଁ ତମ କଥା ମାନି ଆଉ ପାଞ୍ଚ ମିନିଟ ବସିଯାଉଛି। ତମେ ଶୀଘ୍ର ଠିକ ହୋଇଯାଅ। ଆମର ଅନେକ ପ୍ରୋଜେକ୍ଟ କାମ ବାକି ରହିଗଲାଣି। ତମ ଦେହ ଭଲ ହୋଇଗଲେ ଲାଗିପଡ଼ି ସେସବୁ କାମ ତୁଲାଇବାକୁ ପଡ଼ିବ, ବୁଝିଲ ?

ସୁମିତର ଅସୁସ୍ଥତା ଲାଗି ରହିଲା ଏବଂ ତାର ମନ ମଧ୍ୟ ଆଉ ଠିକ ରହିଲା ନାହିଁ। ଦିନେ ରାଧା ଆସି ବସିଥିବା ବେଳେ ସେ ଜିଦ ଧରି ବସିଲା ରାଧା ତାକୁ ବାହା ହେଉ; ଏମିତି ଦିନକେ ପାଞ୍ଚ ମିନିଟ ଦେଖା ହୋଇ କୌଣସି ଲାଭ ନାହିଁ। ରାଧା ଗମ୍ଭୀର ହୋଇଗଲା। କହିଲା, ତମେ ତ ମୋର ପରିବାରକୁ ଜାଣ ଭଲ ଭାବେ। ମୁଁ ତାକୁ ଛାଡ଼ି କେମିତି ରହିବି ? ତମେ ଯଦି ମୋ ଜାଗାରେ ଥାନ୍ତ, କଣ କରିଥାନ୍ତ ? ସୁମିତ କହିଲା, ମୁଁ କରିଥାନ୍ତି ଜାଣେନା; ତବେ ମତେ ଏମିତି ଭାବେ ରଖି ଛଟପଟ କରିବା ପାଇଁ କୌଣସି ଅଧିକାର ନାହିଁ।

ତେବେ ତମେ କଣ କହୁଚ ମୁଁ ଆଉ ନ ଆସିଲେ ତମେ ଖୁସି ହେବ ? ସୁମିତ ଚୁପ ହୋଇଗଲା। ମୁହଁରୁ ସବୁ ଗମ୍ଭୀରତା ଲିଭାଇ ଦେଇ ରାଧା କହିଲା, ମୁଁ ଆସିବା ନ ଆସିବା କଥା ତମେ କହିବାକୁ କିଏ ? ତମେ କଣ ମତେ ଆସିବାକୁ କହିଥିଲ ? ମୋର ଖୁସି ହେଲା ମୁଁ ଆସୁଛି। ଠିକ ?

ସୁମିତ କହିଲା, ଏଇଟା କଣ ତେବେ ତମର ଶେଷ କଥା ? ମତେ ଶେଷଥର ପାଇଁ କହିଦିଅ। ରାଧା କହିଲା, ପ୍ରଶ୍ନର ପ୍ରଥମ ଓ ଶେଷ ଉତ୍ତର ନଥାଏ, ବୁଝିଲ ? ଘଣ୍ଟା ଆଡ଼କୁ ଅନାଇ କହିଲା, ମୁଁ ଏଥର ଉଠୁଛି। ସୁମିତ ତଥାପି ଗମ୍ଭୀର ହୋଇ କହିଲା, ପ୍ରଥମେ ମୋ ପ୍ରଶ୍ନର ଉତ୍ତର ଦିଅ।

ରାଧା ଉଠି ଠିଆହେଲା, ତା ଆଡ଼କୁ ଅନାଇ କହିଲା, ଠିକ୍ ଅଛି, ମୁଁ କାଲି ଆସି ତମ ପ୍ରଶ୍ନର ଉତ୍ତର ଦେଇଦେବି। ଏଥରକ ହସି ଦିଅ। ସୁମିତ ହସିଲା। ଏଥରକ ତା ମନରେ କୌଣସି କ୍ଷୋଭ ନଥିଲା। ସେ ଜାଣିଥିଲା ରାଧାର ଉତ୍ତର କଣ ହେବ। ରାଧା ତ ଦେବୀ। ଦେବୀ କଣ କେବେ କାହାରି ଜଣକର ହୋଇ ରହିପାରେ ? ଦେବୀ ତ ସମସ୍ତଙ୍କର !

■

ଘରବାହୁଡ଼ା

ପ୍ରତିଦିନ ସକାଳେ ଖବରକାଗଜ ପଢ଼ିବା ବେଳେ ତ୍ରିବିକ୍ରମ ଭାବୁଥିଲା, ନା ଆଉ ଦିଲ୍ଲୀରେ ରହି ହେବ ନାହିଁ। ଚୋରି ଡକାୟତି ଖୁନ, ରାସ୍ତାଘାଟରେ ଯିବାଆସିବା କଷ୍ଟ, ଦୋକାନ ବଜାରରେ ଜିନିଷର ଦାମ, ଲୋଡ ସେଡିଂ, ପାଣିର ସମସ୍ୟା। କିଏ ରହିବ ଏମିତି ସହରରେ? ପୁଣି ଦିଲ୍ଲୀର ଜଳବାୟୁ! ଖରାଦିନେ ଅସହ୍ୟ ଗରମ ତ ଶୀତଦିନେ ପ୍ରଚଣ୍ଡ ଶୀତ। ସେ ମନେ ମନେ ତାଲିକା କରିନେଲା ଦିଲ୍ଲୀର ଆହୁରି ଅନେକ ଅଭାବ ଅସୁବିଧାର। ନା, ଦିଲ୍ଲୀ ଜମାରୁ ରହିବାର ଜାଗା ନୁହେଁ; ସେ ନିଶ୍ଚୟ ଘରକୁ ଫେରିଯିବ।

ଘର କଥା ଉଠିଲେ ପୁଣି ପ୍ରଶ୍ନ ଉଠୁଥିଲା କୋଉଠିକି ଫେରିବ ସେ। କଳାହାଣ୍ଡି ଜିଲ୍ଲାରେ ତା ନିଜ ଗାଁକୁ ନା କଟକକୁ, ଯାହାକୁ ତାର ସ୍ତ୍ରୀ ନିଜର ଘର ବୋଲି ଭାବୁଥିଲା? କଳାହାଣ୍ଡିରେ ଘର ବୋଲି ସେ କହୁଥିଲା ସିନା, କଳାହାଣ୍ଡି କେବେ ଅତୀତରେ ଥିଲା ତାର ବାପାଙ୍କର ଜନ୍ମସ୍ଥାନ। ବାପା ସରକାରୀ ଚାକିରିରେ ଓଡ଼ିଶା ସାରା ବୁଲୁଥିଲେ। ତ୍ରିବିକ୍ରମ ଜନ୍ମ ହୋଇଥିଲା ବାରିପଦାରେ, ପାଠ ପଢ଼ିଥିଲା ବିଭିନ୍ନ ଜାଗାରେ ଏବଂ ଶେଷରେ ଲେଖା ନିରୀକ୍ଷଣ ବିଭାଗରେ ଯୋଗ ଦେଇ ଚାକିରି କରିଥିଲା ଭାରତ ସାରା। ଏଇ ସୂତ୍ରରେ ସେ ଦିଲ୍ଲୀରେ ଅନେକ ଦିନ ରହି ଯାଇଥିଲା। ତାର ପିଲାମାନେ ଦିଲ୍ଲୀରେ ପାଠ ପଢ଼ି, ଚାକିରି କରି ନିଜେ ଠିକ କରିଥିବା ପୁଅ ଝିଅଙ୍କୁ ବାହା ହୋଇ ବିଭିନ୍ନ ଜାଗାରେ ରହୁଥିଲେ। ଚାକିରିରୁ ଅବସର ଗ୍ରହଣ କରି, ଅନେକ ଦିନ ତଳେ କରିଥିବା ଘରଟିରେ ରହି, ଏମିତି କେବେ ଦିନେ ପୁଣି ଘରକୁ ଫେରିଯିବା କଥା ଭାବୁଥିଲା ତ୍ରିବିକ୍ରମ।

ଦିଲ୍ଲୀରେ ଘର ତିଆରି କରିବା ଆଗରୁ ସେ ଯେତେ ଯେଉଁଠି ରହିଥିଲା,

ସବୁଠାରେ ଘରଟିଏ ତିଆରି କରିବା କଥା ଭାବିଥିଲା। ସହରଟି କଲିକତା ହେଉ ବା ଡେରାଡୁନ, ବାଙ୍ଗାଲୋର, ସେଠାରେ ରହିବା ଦିନ ତକ ତାକୁ କିଛି ନା କିଛି ଅସୁବିଧା ଜଣାପଡୁଥିଲା ସହରଟି ବିଷୟରେ। କିନ୍ତୁ ସେଠାରୁ ପୁଣି ଗୋଟିଏ ନୂଆ ଜାଗାକୁ ବଦଳିରେ ଗଲେ ନୂଆ ସହରର ଅସୁବିଧା କଥା ଆଖି ଆଗରୁ ଆସୁଥିଲା, ପୁରୁଣା ସହରଟି ଜଣା ପଡୁଥିଲା ତା ତୁଳନାରେ ସ୍ୱର୍ଗ ଭଳି। ଥରେ ଥରେ ଏ ବିଷୟରେ ତାର ବନ୍ଧୁମାନଙ୍କ ସାଙ୍ଗରେ କଥା ହେଲାବେଳେ ବହୁଦିନ ଧରି ଜାଣିଥିବା ବନ୍ଧୁମାନେ କହୁଥିଲେ, ତମେ ଯଦି ତମ ନିଜ ଦେଶକୁ ଫେରିଯାଅ, ତେବେ ସେ ଜାଗା ବି ତମକୁ ଅଡୁଆ ଲାଗିବ ଏବଂ ତମେ କହିବ ଯେ ଦିଲ୍ଲୀ ହିଁ ଭଲ ଜାଗା ଥିଲା।

ଚାକିରିରେ ଥାଇ ଅନେକ ଦିନ ପର୍ଯ୍ୟନ୍ତ ଘର ତିଆରି ନ କରି ଥିବାରୁ ତାର ସହକର୍ମୀମାନେ ସବୁବେଳେ ତାକୁ ଉପଦେଶ ଦେଉଥିଲେ ଘର କରିବା ପାଇଁ। ସେ ଯେଉଁ ଯେଉଁ ଜାଗାରେ ଥିଲା ସେଠାରେ ତାର କେହି ନା କେହି ବନ୍ଧୁ ଘରତିଆରି କରୁଥିଲେ ଏବଂ ତାକୁ ପ୍ରବର୍ତ୍ତାଉଥିଲେ ତାଙ୍କ ସାଙ୍ଗରେ ମିଶି ଘର ତିଆରି କରିବା ପାଇଁ। ଅନେକେ ତାକୁ ତାଙ୍କ ଜାଗା ପାଖରେ ଜାଗା ନେଇ ଘର କରି ଚାକିରିରୁ ଅବସର ନେବା ପରେ ସେମାନଙ୍କର ଦୁଇଟି ପରିବାର କିପରି ଆଦର୍ଶ ପଡ଼ୋଶୀ ଭାବରେ ରହି ଅବଶିଷ୍ଟ ଜୀବନ କଟାଇ ପାରିବେ, ସେ କଥା କହୁଥିଲେ। ତ୍ରିବିକ୍ରମ ସବୁବେଳେ ଏ ଯୁକ୍ତିରେ ପ୍ରଭାବିତ ହେଉନଥିଲା, କାରଣ କେବେ କେବେ ଅନ୍ୟ ସବୁ ବିଷୟ ଠିକ ଥିବା ବେଳେ ସେ ଶଙ୍କିତ ହୋଇଯାଉଥିଲା ଯେ ବନ୍ଧୁଙ୍କର କଳହପରାୟଣା ସ୍ତ୍ରୀଙ୍କର ପଡ଼ୋଶୀ ହୋଇ ତାକୁ ଶେଷ ଜୀବନ କଟାଇବାକୁ ହେବ। ଥରେ ଏଇପରି ଜଣେ ବନ୍ଧୁଙ୍କ ପ୍ରରୋଚନାରେ ସେ ଡେରାଡୁନରେ ଘର କରିବ ବୋଲି ସବୁ ଠିକଠାକ କରି ସାରିଥିଲା, କିନ୍ତୁ ସୌଭାଗ୍ୟକୁ ତାର ହଠାତ ବଦଳି ହୋଇଗଲା ଏବଂ ସେଠାରେ ଘର କରିବା ଦାୟିତ୍ୱରୁ ସେ ମୁକୁଳିଗଲା। ତେବେ ଦିଲ୍ଲୀରେ ଅନେକ ବର୍ଷ ଧରି ରହିବା ଭିତରେ ଅଧିକ ଚିନ୍ତା ଓ ପରିଶ୍ରମ ବିନା ତାର ଘରଟି ତିଆରି ହୋଇଯାଇଥିଲା।

ଏଇ ଘରଟି ହିଁ ଥିଲା ଅବସର ଗ୍ରହଣ ପରେ ଦିଲ୍ଲୀ ସହିତ ତାର ବାନ୍ଧି ହୋଇ ରହିବାର କାରଣ। ଯଦି ତାର ଆଉ କେଉଁଠାରେ ଘର ଥାନ୍ତା, ସେ କାହିଁକି ରହିଥାନ୍ତା ଏଠାରେ ? ତାର ବନ୍ଧୁମାନେ ଅବଶ୍ୟ ଏ କଥା ଶୁଣିଲେ ହସୁଥିଲେ। କହୁଥିଲେ, ଆପଣ ପ୍ରଥମେ ମନ ସ୍ଥିରକରି ନିଅନ୍ତୁ କୋଉଠି ରହିବେ। ଦିଲ୍ଲୀରେ ଘର ଦାମ ଯେମିତି ହେଲାଣି, ଯେତେବେଳେ ଚାହିଁବେ ଏଇଟିକୁ ବିକ୍ରିକରି ଯୋଉଠି ଚାହିଁବେ ସେଠି ଘର କିଣିପାରିବେ। ମୂଳ କଥା ହେଲା ଆପଣ ଯେତେ ଯାହା କହିଲେ ବି ଦିଲ୍ଲୀ

ଛାଡ଼ିବାକୁ ଚାହୁଁ ନାହାନ୍ତି। ଦିଲ୍ଲୀର ସୁବିଧା କୁଆଡୁ ମିଳିବ? ଯେତେଦିନ ପର୍ଯ୍ୟନ୍ତ ଦିଲ୍ଲୀରେ ରାଜଧାନୀ ଅଛି, ମନ୍ତ୍ରୀ ଏମ୍.ପି. ଅଫିସର ଅଛନ୍ତି, ଦେଶରେ ଆଉ ଯୁଆଡ଼େ ଯାହା ହଉ ନା କାହିଁକି, ଦିଲ୍ଲୀରେ ସବୁ ସୁବିଧା ମିଳିବ। ଦିଲ୍ଲୀରେ କେବେ ଚାଉଳ କିରୋସିନ ଚିନି ନ ମିଳିବା କଥା ଶୁଣିଛନ୍ତି?

ଏମିତି କଥାବାର୍ତ୍ତା ବେଳେ ଥରେ ତ୍ରିବିକ୍ରମ କହିଲା, ଘର ବିକିବା କଥା କହିବା ଅତି ସହଜ, କିନ୍ତୁ ବିକିବା ଅତି କଷ୍ଟକଥା। ଏ କଥା ଶୁଣି ରାମସ୍ୱାମୀ କହିଲା, ଆପଣ ଯଦି ଘର ବିକିବାକୁ ରାଜି ହୁଅନ୍ତି, ମୁଁ ଏଇ ମୁହୂର୍ତ୍ତରେ ଘରଟି କିଣିବା ପାଇଁ ଆପଣଙ୍କୁ ଆଡଭାନସ ଟଙ୍କା ଦେଇଦେବି। ପ୍ରକୃତରେ ରାମସ୍ୱାମୀ ଦିଲ୍ଲୀରେ କିଣିବା ପାଇଁ ଘର ଖୋଜୁଥିଲା। ସେ ତ୍ରିବିକ୍ରମର ଡିପାର୍ଟମେଣ୍ଟରେ କାମ କରୁଥିଲା ଏବଂ ଦୁହେଁ ପ୍ରାୟ ଏକା ସମୟରେ ଚାକିରିରୁ ଅବସର ନେଇଥିଲେ। ତ୍ରିବିକ୍ରମ ନିଜ ଘରେ ରହୁଥିଲା, କିନ୍ତୁ ରାମସ୍ୱାମୀ ରହୁଥିଲା ସେଇ ପଡ଼ାରେ ଭଡ଼ାଘର ନେଇ। ଏଇ ପଡ଼ାରେ ଅନେକ ଅବସର ପ୍ରାପ୍ତ ଚାକିରିଆ ରହୁଥିଲେ ଏବଂ ସେମାନେ ଥିଲେ ତ୍ରିବିକ୍ରମର ସାଙ୍ଗ। ଆଜିକାଲି ଆଉ ଅଫିସ ନ ଥିବାରୁ ସକାଳେ ଖବରକାଗଜ ପଢ଼ିସାରି ଜଳଖିଆ ଖାଇ ବାହାରି ସେମାନେ ଭେଟୁଥିଲେ ତାଙ୍କ ପଡ଼ାର ଯେଉଁ କୋଅପରେଟିଭ ଅଫିସ ଥିଲା ସେଠାରେ। ରାମସ୍ୱାମୀ ସେଠାରେ ଯାଇ କେଉଁଠି କିପରି ଘରଟିଏ କିଣିପାରିବ ତାର ସନ୍ଧାନ ନେଉଥିଲା।

ତ୍ରିବିକ୍ରମ ରାମସ୍ୱାମୀକୁ ଅଦ୍ଭୁତ ଲୋକଟିଏ ବୋଲି ଭାବୁଥିଲା କାରଣ ସେ ବର୍ତ୍ତମାନ ନିଜ ଦେଶକୁ ଫେରିଯିବାକୁ ବ୍ୟାକୁଳ ହେଉଥିବା ବେଳେ ରାମସ୍ୱାମୀ ଚାହୁଁଥିଲା ଦିଲ୍ଲୀରେ ବସବାସ କରି ରହିଯିବା ପାଇଁ। ସେ ଉତ୍ତର ଭାରତରେ ଏତେବର୍ଷ କାମ କରି କରି ବର୍ତ୍ତମାନ ଭଲ ହିନ୍ଦୀ କହୁଥିଲା, ମାଛ ମାଂସ ଖାଉଥିଲା ଏବଂ ନିଜ ଦେଶ ସହିତ ତାର କୌଣସି ସମ୍ପର୍କ ନଥିଲା। ତାମିଲନାଡୁକୁ ଫେରି ସେଠାରେ ରହିବା କଥା ଉଠିଲେ କହୁଥିଲା, ସେଇ ସଂକୀର୍ଣ୍ଣମନା ମଦ୍ରାସୀଙ୍କ ସାଙ୍ଗରେ ସମ୍ବର ରସମ ଖାଇ କିଏ ରହିବ? ଦିଲ୍ଲୀ ଭଲ ତ ମୁଁ ଭଲ। ପ୍ରକୃତରେ ସେ ପୂରାପୂରି ଦିଲ୍ଲୀବାଲା ହୋଇଯାଇଥିଲା ଏବଂ ଏଇ ପଡ଼ାରେ ଅରୋରା ଭାଟିଆ ପୁରୀ ମାଥୁର ଇତ୍ୟାଦିଙ୍କ ଗହଣରେ ରାମସ୍ୱାମୀ ଜଣାଶୁଣା ଓ ଲୋକପ୍ରିୟ ଥିଲା।

ଦିଲ୍ଲୀରେ ସେ ରହୁଥିଲା ସିନା, କିନ୍ତୁ ରାମସ୍ୱାମୀର ମନ ଯାଇ ଥିଲା ଆମେରିକାରେ। ସେଠାରେ ତାର ପୁଅ ଝିଅ ଦୁହେଁ ରହୁଥିଲେ ଏବଂ ତାର ସ୍ତ୍ରୀ ମଧ୍ୟ ଅନେକ ସମୟରେ ଯାଇ ସେଠାରେ ରହୁଥିଲା। ରାମସ୍ୱାମୀକୁ ସେମାନେ ଯେତେ ଡାକିଲେ ମଧ୍ୟ ସେ ସେଠାକୁ ଯାଉ ନ ଥିଲା, ଯଦିଓ ସେ ଆମେରିକା ବିଷୟରେ

ଟିକିନିଖି ଖବର ରଖୁଥିଲା। ତା ଘର ଭର୍ତ୍ତି ହୋଇଥିଲା ଆମେରିକାରୁ ତାର ସ୍ତ୍ରୀ ଓ ପିଲାମାନେ ଆଣିଥିବା, ପଠାଇଥିବା ଜିନିଷମାନଙ୍କରେ; ତାର ପୋଷାକପତ୍ର ଜୋତା ସବୁ ଥିଲା ଆମେରିକା ତିଆରି। ଆମେରିକାର ମାନଚିତ୍ରକୁ ଅଧ୍ୟୟନ କରି, ସେ ଦେଶ ବିଷୟରେ ସେଠାରୁ ଆସୁଥିବା ବହି ଓ ପତ୍ରପତ୍ରିକା ପଢ଼ି ରାମସ୍ୱାମୀ ଆମେରିକା ଉପରେ ଏକ ବିଶେଷଜ୍ଞ ଥିଲା କହିଲେ ଚଳେ। ଭାରତର ରାଜନୀତି ଅପେକ୍ଷା ସେ ବେଶୀ ଆଗ୍ରହର ସହିତ ଖବର ରଖୁଥିଲା ଆମେରିକାର ନିର୍ବାଚନ ବିଷୟରେ। ତାମିଲନାଡୁର ବାତ୍ୟା ଦୁର୍ବିପାକରୁ ବେଶି ସେ ଜାଣୁଥିଲା ସାଉଥ କୋରୋଲାଇନାର ହରିକେନ ବିଷୟରେ। ତାର ପୁଅ ଆମେରିକାର ଯେଉଁ ସହରରେ ରହୁଥିଲା, ସେ ସହରର ଗଳିକନ୍ଦି ବିଷୟରେ ସମ୍ପୂର୍ଣ୍ଣ ଖବର ଥିଲା ତା ପାଖରେ। କଥାବାର୍ତ୍ତାରେ ସେ ନିଜର ଏହି ଜ୍ଞାନକୁ ବ୍ୟବହାର କରି ସମସ୍ତଙ୍କୁ ଚମତ୍କୃତ କରୁଥିଲା। ଯଥା, ଆମେରିକାରେ ହିନ୍ଦୁ ମନ୍ଦିର ଇତ୍ୟାଦି କଥା ଉଠିଲେ ସେ କହୁଥିଲା, ସେଠାରେ କୋଉଠି କୋଉଠି ମନ୍ଦିର ଅଛି ସିନା, କିନ୍ତୁ ଯିବାକୁ କେତେ କଷ୍ଟ ! ଉଇକଏଣ୍ଡ ଛଡ଼ା ତ ଯିବାର ପ୍ରଶ୍ନ ନାହିଁ, ତେବେ ହିନ୍ଦୁ ପର୍ବପର୍ବାଣି ଯେ ସେଇ ଦିନମାନଙ୍କରେ ପଡ଼ିବା ତାର ଗ୍ୟାରେଣ୍ଟି ବା କଣ ? ଧରନ୍ତୁ ପିଟସବର୍ଗର ମନ୍ଦିର। ଆପଣ ଡାଉନଟାଉନରୁ ବାହାରିଲେ, ଅତି କମରେ ପଇଁଚାଳିଶ ମିନିଟର ରାସ୍ତା। ଛୁଟି ଦିନରେ ଆପଣଙ୍କର ମନ୍ଦିର ଯିବା ବ୍ୟତୀତ ସୁପରମାର୍କେଟରୁ ଗ୍ରସେରି ଇତ୍ୟାଦି ଆଣିବାର କାମ ବି ତ ଅଛି ! ଇତ୍ୟାଦି।

ରାମସ୍ୱାମୀକୁ ସମସ୍ତେ ପଚାରନ୍ତି ସେ ନିଜେ କାହିଁକି ଯାଇ ସେଠାରେ କିଛି ଦିନ ରହିଆସୁନାହିଁ। ଏ କଥା ପାଇଁ ବିଭିନ୍ନ ପ୍ରକାରର ଉତ୍ତର ଥିଲା ରାମସ୍ୱାମୀ ପାଖରେ। କେତେବେଳେ ସେ କହୁଥିଲା ସେଠାରେ ଯୋଉ ଥଣ୍ଡା, କିଏ ଯାଇ ରହିବ ସେଠାରେ। ଆଉ କେବେ କେବେ ସେ ଏକଥାଟି ଭୁଲିଯାଇ ଅନ୍ୟ ପ୍ରସଙ୍ଗରେ କହୁଥିଲା, ଆମେରିକାରେ ଥଣ୍ଡା ପଡ଼େ ସିନା, କିନ୍ତୁ ସେଥିରେ କାହାର କଣ ଯାଏଅସେ ? ଘର ଭିତର ଗରମ, ଗାଡ଼ି ଭିତର ଗରମ, ଦୋକାନ ବଜାର ଭିତର ଗରମ। ବାହାରେ ଥଣ୍ଡା ପଡୁ, ବରଫ ପଡୁ, ତମର କଣ ଅଛି ? ଏମିତି କଥା ପରେ ଯଦି କିଏ ପୁଣି ପଚାରିଲା, ତା ହେଲେ ଆପଣ କିଛି ଦିନ କାହିଁକି ଆମେରିକା ଚାଲିଯାଉ ନାହାନ୍ତି, ସେ ଭିନ୍ନ ଜବାବ ଦେଉଥିଲା। କହୁଥିଲା, ଚାଲିଯାନ୍ତି ଯେ, ଏ ଘରକୁ କିଏ ଦେଖିବ ? ଆପଣ ଜାଣିଥିବେ ଯେଉଁମାନେ କୁକୁର ପାଳିଥାନ୍ତି ଘରଛାଡ଼ି କୁଆଡ଼େ ଯାଇପାରନ୍ତି ନାହିଁ ତାକୁ କିଏ ଦେଖିବ ବୋଲି। ଏ ଘରଟି ବି ସେଇଭଳି ଜିନିଷ। ମୁଁ ମାସେ ଦିମାସ ପାଇଁ ଅମେରିକା ଚାଲିଗଲି, ଏଣେ ବିଲ ଆସି ଟଙ୍କା ଦିଆ ନହୋଇ ଟେଲିଫୋନ ବିଜୁଳି ପାଣି ସବୁ କଟିଗଲାଣି।

ତ୍ରିବିକ୍ରମ କିନ୍ତୁ ଜାଣିଥିଲା ଯେ ଆମେରିକା ନ ଯିବାର ଯେତେ ସବୁ ସ୍ପଷ୍ଟୀକରଣ ଦେଉଥିଲା ରାମସ୍ୱାମୀ, କୌଣସିଟି ସତ ନଥିଲା। ରାମସ୍ୱାମୀ ଘରଛାଡ଼ି କେଉଁଠିକି ଯାଉ ନ ଥିଲା ତାର କାରଣ ସେ ଏକା ରହିବାକୁ ଭଲପାଉଥିଲା। ସବୁ ଦୃଷ୍ଟିରୁ ସେ ଗୋଟିଏ ସ୍ୱୟଂସମ୍ପୂର୍ଣ୍ଣ ମଣିଷ ଥିଲା। ସେ ନିଜର ଖାଇବା ତିଆରି କରୁଥିଲା ଏବଂ ପାଣି ପାଇପ, ବିଜୁଳି ଲାଇନ, ଭଙ୍ଗା ଟେବୁଲ ଚଉକିର ଛୋଟ ଛୋଟ ମରାମତି କାମ ବି ନିଜେ ତୁଲାଇ ନେଉଥିଲା। ତା ଘରେ ସବୁ ଜିନିଷ ସୁଶୃଙ୍ଖଳ ଥିଲା; ତା ପାଖରେ ଚିଠି ଲେଖା କାଗଜ, ଲଫାପା, ଡାକ ଟିକଟ ଇତ୍ୟାଦିରୁ ଆରମ୍ଭ କରି ହାତୁଡ଼ି, ଚିମୁଟା, ପେଚକଶ ସବୁ ଛୋଟକାଟ ହାତହତିଆର ମହଜୁଦ ଥିଲା। ତାର ଅବସରପ୍ରାପ୍ତ ଜୀବନକୁ ସେ ଘରକାମରେ ଲାଗି କିମ୍ବା ପଡ଼ାରେ ସକାଳ ସନ୍ଧ୍ୟାରେ ବୁଲି କଟାଇ ଦେଉଥିଲା। ରାସ୍ତାରେ ଯାହା ସାଙ୍ଗରେ ଭେଟ ହେଉଥିଲା, ଛିଡ଼ାହୋଇ ତା ସହିତ ଗପସପ କରୁଥିଲା, କିନ୍ତୁ ସମ୍ପର୍କ ଥିଲା ଏତିକି। ସେ ଯେ କହୁଥିଲା ସେ ମଦ୍ରାସୀମାନଙ୍କ ସାଙ୍ଗରେ ରହିପାରିବ ନାହିଁ ତାର ଅର୍ଥ ଥିଲା ଯେ ସେ କାହାରି ସହିତ ରହିପାରିବ ନାହିଁ, ଦିଲ୍ଲୀର ପଞ୍ଜାବୀମାନଙ୍କ ସହିତ ବି ନୁହେଁ। ସେ ରହିପାରିବ କେବଳ ଏକା, ନିଜ ସହିତ।

ରାମସ୍ୱାମୀ ବ୍ୟବସ୍ଥିତ ଚିତ୍ତ, ବୁଦ୍ଧି-ବିବେକସମ୍ପନ୍ନ ଲୋକ ଥିଲା ଏବଂ ସବୁବେଳେ ତର୍କସଂଗତ କଥା କହୁଥିଲା। ତ୍ରିବିକ୍ରମ ତା ପାଖକୁ ମଝିରେ ମଝିରେ ଯାଉଥିଲା ବିଭିନ୍ନ ବିଷୟରେ ପରାମର୍ଶ ନେବାକୁ। ସେ ଯେତେବେଳେ ଦିଲ୍ଲୀ ଛାଡ଼ି ଘରକୁ ଫେରିଯିବା କଥା ଉଠାଉଥିଲା, ରାମସ୍ୱାମୀ ତାକୁ ବସାଇ ଚା, କଫି ପିଇବାକୁ ଦେଇ କହୁଥିଲା, ହେଲା ଆପଣ ଠିକ କଲେ ଘରକୁ ଫେରିଯିବେ। କିନ୍ତୁ ଆପଣଙ୍କର ସ୍ତ୍ରୀଙ୍କର ମତ କଣ ଏ ବିଷୟରେ? ତାର ସ୍ତ୍ରୀର ଯେ କୌଣସି ବିଷୟରେ କିଛି ମତ ଥାଇପାରେ ଏ ଧାରଣା କେବେ ନ ଥିଲା ତ୍ରିବିକ୍ରମର। ସେ ଯେତେବେଳେ ଯେଉଁଠାକୁ ବଦଳି ହେଉଥିଲା, ତା ସ୍ତ୍ରୀ ତା ସାଙ୍ଗେ ସାଙ୍ଗେ ଯାଉଥିଲା। ଏଥିରେ ଅବଶ୍ୟ କାହାରି ମତର କୌଣସି ପ୍ରଶ୍ନ ନଥିଲା, କାରଣ ସରକାର ଚାକିରିଆମାନଙ୍କୁ ପଚାରି ବଦଳି ଆଦେଶ ଦେଉ ନଥିଲେ। ତେବେ ବର୍ତ୍ତମାନ ଯେତେବେଳେ ସ୍ୱଇଚ୍ଛାରେ ଜାଗା ବଦଳ କରିବାକୁ ହେବ ତାର ସ୍ତ୍ରୀ ମଧ୍ୟ ଏ ବିଷୟରେ ମତ ବ୍ୟକ୍ତ କରିବାର ସମ୍ଭାବନା ଥିଲା। ତାର ଭୟ ଥିଲା ଯେ ସ୍ତ୍ରୀ କହିବ କଟକକୁ ଫେରିଯିବା ପାଇଁ କାରଣ ସେଠାରେ ତାର ବନ୍ଧୁବାନ୍ଧବ ଥିଲେ। କିନ୍ତୁ ତା ହେଲେ ସେ ଯାହା ଭାବିଥିଲା ଯେ ତାର ମୂଳ ଜାଗା କଳାହାଣ୍ଡିକୁ ଫେରିଯିବ, ସେ କଥା ଆଉ ସମ୍ଭବ ହେବ ନାହିଁ। ସେ ରାମସ୍ୱାମୀକୁ କହିଲା, ମୋ ସ୍ତ୍ରୀ ରାଜି ହୋଇଯିବେ କଳାହାଣ୍ଡି ଯିବାପାଇଁ।

ରାମସ୍ୱାମୀ କହିଲା, ବେଶ କଥା, ଆପଣ କଳାହାଣ୍ଡି ଫେରିଯିବେ। ନା ଆପଣ ମତେ କଳାହାଣ୍ଡି ବିଷୟରେ ବୁଝାଇବା ଦରକାର ନାହିଁ; ଏଇ ଦୁର୍ଭିକ୍ଷ ଇତ୍ୟାଦି ଯୋଗୁ ଆପଣଙ୍କ କଳାହାଣ୍ଡି ମଧ୍ୟ ଆଫ୍ରିକାର ବାଏଫ୍ରା, ଇତ୍ୟାଦି ଭଳି ପ୍ରସିଦ୍ଧ ହୋଇଗଲାଣି। ତେବେ ପରବର୍ତ୍ତୀ ପ୍ରଶ୍ନ ହେଲା, କଳାହାଣ୍ଡି ଜିଲ୍ଲାରେ ଯାଇ କୋଉ ସହରରେ ରହିବେ ସେକଥା ବି ତ ଭାବିବାକୁ ହେବ। ପ୍ରକୃତ ପକ୍ଷେ ଏ କଥା ଭାବି ନଥିଲା ତ୍ରିବିକ୍ରମ। ତାର ବାପାଙ୍କର ଘର ଥିଲା କୋକସରାରେ। ପିଲାଦିନେ ହୁଏତ ତ୍ରିବିକ୍ରମ କେବେ ଯାଇଥିବ ସେଠିକି, କିନ୍ତୁ ପରେ ତାର ବାପା ଉଠି ଆସି ରହିଯାଇଥିଲେ ଜିଲ୍ଲା ମହକୁମା ଭବାନୀପାଟଣା ସହରରେ। କଳାହାଣ୍ଡି କହିଲେ ତ୍ରିବିକ୍ରମ ବୁଝୁଥିଲା ଭବାନୀପାଣାକୁ। କିନ୍ତୁ ଦିଲ୍ଲୀରେ ବସି ସହର କହିଲେ ଯାହା ବୁଝାଯାଉଥିଲା, ସେ ଜାଣିଥିଲା ଯେ ଏଇ ଜାଗାଟିର ତା ସହିତ କୌଣସି ସମ୍ପର୍କ ନଥିଲା। ତାର ଭବାନୀପାଟଣା ସହିତ ସମ୍ପର୍କ ଥିଲା ପାଠପଢ଼ିବା ସମୟରେ କେବେ କେମିତି ଛୁଟିରେ ଯାଇ ବାପାମାଙ୍କ ସହିତ କିଛି ଦିନ କଟାଇବା। ତେଣୁ ସେ ଆଉ କୋକସରା ଇତ୍ୟାଦି ଏତେ କଥା ନ କହି ରାମସ୍ୱାମୀକୁ କହିଲା, ମୁଁ ଗଲେ ଯାଇ ରହିବି ଭବାନୀପାଟଣାରେ। ସେଠାରେ ଆମର ଘର ଥିଲା।

ରାମସ୍ୱାମୀ ତା ପାଇଁ ଆଉ କପେ ଚା ତିଆରି କରିବାକୁ ଭିତରକୁ ଯିବାରୁ ତ୍ରିବିକ୍ରମ ଭବାନୀପାଟଣାରେ ତାଙ୍କର ଘର କଥା ମନେ ପକାଇଲା, କିନ୍ତୁ ଠିକ୍‌ରେ କିଛି ମନେ ପଡ଼ିଲା ନାହିଁ। ସେ କୋଡ଼ିଏ ପଚିଶ ବର୍ଷ ହେଲା ସେଠାକୁ ଯାଇ ନଥିଲା। ସେ ଶେଷଥର ସେଠାକୁ ଯାଇଥିଲା ତାର ମା ମଲାବେଳେ। ତା ପରେ ତାର ବାପା ମଲାବେଳକୁ ସେ କେଉଁଠି କଣ ଅସୁବିଧାରେ ଥିଲା ଯାଇପାରି ନଥିଲା। ଏ ଭିତରେ ତାଙ୍କର ବାପା ତିଆରି କରିଥିବା ଘରଟି ଭାଇମାନଙ୍କ ଭିତରେ ବଣ୍ଟାବଣ୍ଟି ହୋଇଯିବଣି ନିଶ୍ଚୟ। ସେ ଏ ବିଷୟରେ କେବେ କଣ କାଗଜ ସବୁ ଦସ୍ତଖତ କରି ଦେଇ ଦେଇଥିଲା। ତେବେ ତାର ଭାଇମାନେ ବି କୋଉଠି ରହୁଥିଲେ ଭବାନୀପାଟଣାରେ? ଚାକିରି ଯୋଗୁ ସେମାନେ ସମସ୍ତେ ଏପାଖ ସେପାଖ ହୋଇଯାଇଥିଲା; ଏଇ କିଛି ବର୍ଷ ହେଲା ଯାହା ତାର ବଡ଼ଭାଇ ରିଟାୟାର କରି ଯାଇ ସେଠାରେ ରହୁଛନ୍ତି। ଏଇ ସମୟରେ ରାମସ୍ୱାମୀ ତା ସାମନାରେ ଚା କପ ରଖିଦେଇ କହିଲା, ତା ହେଲେ ଆପଣ ଯାଇ ରହିବେ ଭବାନୀପାଟଣାରେ। କେମିତି ଜାଗା ସେଇଟି? ତ୍ରିବିକ୍ରମ କହିଲା, ମୁଁ ତ ଯାଇନାହିଁ ଅନେକ ବର୍ଷ ହେଲା, ତେବେ ଅନ୍ୟ ଅଞ୍ଚଳରେ ଯେଉଁଭଳି ଉନ୍ନତି ହେଉଛି, ଭବାନୀପାଟଣା ନିଶ୍ଚୟ ବଡ଼ ସହର ହୋଇଯାଇଥିବ ଏ ଭିତରେ। ରାମସ୍ୱାମୀ କହିଲା, ସେଠାରେ ପିଇବା ପାଣି ମିଳିବ ତ? ଆଉ ଦୁର୍ଭିକ୍ଷ ପଡ଼ିଲେ ଖାଇବା ଜିନିଷ? ତାର ଜନ୍ମସ୍ଥାନ ଅଥବା ମନୋନୀତ ଜନ୍ମସ୍ଥାନକୁ ରାମସ୍ୱାମୀ ଏପରି

ତୁଚ୍ଛଜ୍ଞାନ କରୁଥିବା ଦେଖି ତ୍ରିବିକ୍ରମ କହିଲା, ଆପଣ କଣ ଭାବୁଛନ୍ତି ଆମ ଓଡ଼ିଶାକୁ? ରାମସ୍ୱାମୀ କହିଲା, ମୁଁ ଓଡ଼ିଶା କଥା କହୁନାହିଁ, କହୁଛି କଳାହାଣ୍ଡି କଥା। ଏବେ ସେ ଅଞ୍ଚଳ ବିଷୟରେ ଯେଉଁ ରିପୋର୍ଟ ପ୍ରକାଶ ପାଇଛି, ସେଥିରୁ ପ୍ରମାଣିତ ହେଉଛି ଯେ ସ୍ୱାଧୀନତା ପରେ କୌଣସି ବି ଉନ୍ନତି ହୋଇନାହିଁ ସେଠାକାର ଲୋକମାନଙ୍କର। ତ୍ରିବିକ୍ରମ ଆଉ ସେ ଯୁକ୍ତିତର୍କରେ ନ ପଶି କହିଲା, ସେ ଯାହାହେଉ, ଲୋକ ତ ରହୁଛନ୍ତି ସେଠାରେ। ରାମସ୍ୱାମୀ କହିଲା, ଲୋକ ତ ଚେରମୂଳ ଖାଇ ବଣ ଜଙ୍ଗଲରେ ବି ରହୁଛନ୍ତି। କଥା ପଡ଼ିଛି ଏତେଦିନ ବଡ଼ ବଡ଼ ସହରରେ ରହି ଚଳିଥିବା ଆପଣ ଯାଇ ସେ ଛୋଟ ଜାଗାରେ ରହିବା କଥା।

ଏଇଭଳି ସବୁବେଳେ ତାକୁ ନିରୁତ୍ସାହିତ କରୁଥିଲା ରାମସ୍ୱାମୀ। କେତେବେଳେ ସେ ତାକୁ ଭବାନୀପାଟଣାରେ ଡ୍ରାଇକ୍ଲିନର୍ସ ଅଛନ୍ତି କି ନାହିଁ ପଚାରୁଥିଲା ତ କେତେବେଳେ ଭୟ ଦେଖାଉଥିଲା ସେଠାରେ ଭଲ ଡାକ୍ତର ମିଳିବେ ନାହିଁ ବୋଲି କହି। କେବେ କେବେ ତାଠାରୁ ଉତ୍ସାହଜନକ କଥା ଶୁଣିବ ବୋଲି ତ୍ରିବିକ୍ରମ ରାମସ୍ୱାମୀକୁ ପ୍ରଲୋଭନ ଦେଖାଉଥିଲା ଯେ ସେ ଯଦି କଳାହାଣ୍ଡିକୁ ଫେରିଯାଏ, ତେବେ ସେ ଦିଲ୍ଲୀର ଘରଟିକୁ ରାମସ୍ୱାମୀକୁ ହିଁ ବିକ୍ରି କରିଦେବ, ଆଉ କାହାକୁ ନୁହେଁ। ରାମସ୍ୱାମୀ କିନ୍ତୁ ଏ ଥୋପ ଗିଳୁ ନଥିଲା। ଓଲଟା କହୁଥିଲା, ଘର ବିକ୍ରି କରିବା କଥା ଏବେ ଭାବି ଲାଭ ନାହିଁ; ଆଗେ ଓଡ଼ିଶା ଫେରିବେ କି ନାହିଁ ସେ କଥା ଠିକ୍ ହେଉ।

ଲାଗି ଲାଗି କିଛି ଦିନ ସେ କଥା ଭାବୁଥିଲା ତ୍ରିବିକ୍ରମ, ପୁଣି ଅନେକ ଦିନ ଧରି ସେ କଥାଟିକୁ ମନରୁ ପୂରାପୂରି ଭୁଲିଯାଉଥିଲା। ତାର ପିଲାମାନେ ଆସି ପହଞ୍ଚି ଯାଉଥିଲେ, ନ ହେଲେ କାହାର ଦେହ ଖରାପ ହୋଇ ଡାକ୍ତର ପାଖକୁ ଦଉଡ଼ିବାକୁ ହେଉଥିଲା, ଇତ୍ୟାଦି। ଏପରି ସମୟରେ କିଏ ଘରବାହୁଡ଼ା କଥା ଭାବିବ? ରାମସ୍ୱାମୀ ଥଟ୍ଟାରେ କହୁଥିଲା, ଏମିତି ମଝିରେ ମଝିରେ କେବେ ପୁଣି ଘରକୁ ଫେରିବା କଥା ଭାବିବା ଏକ ରୋମାଣ୍ଟିକ କଥା; ପ୍ରତି ମଣିଷର ଏଭଳି ନସଟାଲଜିଆ ଥାଏ ପୁରୁଣା କଥା ବିଷୟରେ। ଆପଣ ଯେତେବେଳେ ତିରିଶ ବର୍ଷ ତଳେ ରହିଥିବା ସହରଟି କଥା ଭାବୁଛନ୍ତି, ଆପଣଙ୍କର ମନେପଡ଼ିଯାଉଛି ସୁସ୍ଥ ସବଳ ଖୁସିବାସି ଆପଣଙ୍କର ସେତେବେଳର ଯୁବକ ବନ୍ଧୁମାନଙ୍କ କଥା। ଆପଣଙ୍କର ମନେପଡୁଛି ସେତେବେଳେ ଦେଖିଥିବା ଫିଲ୍ମ କଥା, ତାର ଗୀତ କଥା, ସେଠାରେ ସେତେବେଳେ ହେଉଥିବା ମେଳା ଯାନିଯାତ୍ରା କଥା। ସେ ସବୁ କଣ ଆଉ ଅଛି? ତ୍ରିବିକ୍ରମ ଅନେକ ସମୟରେ ବୁଝୁଥିଲା ଯେ ଏ କଥା ଠିକ। କେତେ ବର୍ଷ ତଳେ ସେ ଭାବୁଥିଲା ଯେ ସେ ଶେଷ

ଜୀବନ କଟାଇ ଦେବ କଲିକତାରେ। ସେତେବେଳେ ତାକୁ ଗୋଟାଏ ବଡ଼ ବଙ୍ଗଳା ଘର ମିଳିଥିଲା, ସେଠାରେ ଦୁଇଟା ଆଉଟହାଉସରେ ଦୁଇଟି ଚାକର ପରିବାର ରହୁଥିଲେ। ସବୁଠାରୁ ବଡ଼ ମହତ୍ତ୍ୱପୂର୍ଣ୍ଣ ଜିନିଷ ହେଲା ଯେ ତାଙ୍କ ପାଖରେ ଯେଉଁ ବିଧବା ସ୍ତ୍ରୀ ଲୋକ ଓ ତାର ପୁଅ ରହି କାମ କରୁଥିଲେ, ସେମାନେ ତାଙ୍କ ପୂରା ଘରକୁ ଚଳାଉଥିଲେ। ତ୍ରିବିକ୍ରମର ପିଲାମାନେ ସେତେବେଳେ ଛୋଟ ଛୋଟ ଥିଲେ, ତାକୁ ଦରମା ବେଶି ମିଳୁ ନ ଥିଲା, ତଥାପି ଜୀବନ ଥିଲା ବେଶ ସ୍ୱଚ୍ଛନ୍ଦ ଓ ସ୍ୱଚ୍ଛଳ। ରୂପା ଆଉ କମଳ ଯୋଗୁ ସେମାନଙ୍କର କୌଣସି ଚିନ୍ତା ନଥବଲା। ତ୍ରିବିକ୍ରମ ସବୁବେଳେ ଭାବୁଥିଲା ଯେ ସେ କଲିକତା ଫେରିଯାଇ ରୂପା ଓ କମଳଙ୍କୁ ପାଖକୁ ନେଇ ଆସିବ, ତା ପରେ ଆଉ ଚିନ୍ତା କଣ ? ଏଭଳି ଚିନ୍ତା ତାର ଅନେକ ଦିନ ପର୍ଯ୍ୟନ୍ତ ରହିଥିଲା, ତେବେ ସେ ଯେଉଁଦିନ ହିସାବ କରି ଦେଖିଲା ଯେ ରୂପା ନିଶ୍ଚୟ ଅନେକ ଦିନ ହେଲା ମରିଯିବଣି ଏବଂ କମଳ ମଧ୍ୟ ପ୍ରୌଢ଼ ହୋଇ ମହାନଗରୀରେ କେଉଁଠି ହଜିଯିବଣି, ସେ କଲିକତାକୁ ଫେରିବାର ଚିନ୍ତା ଛାଡ଼ିଦେଲା।

ଦିନେ ତାକୁ ଗୋଟିଏ ମୋଟା ବହି ଦେଇ ରାମସ୍ୱାମୀ କହିଲା, ଆପଣ ଯେ ସବୁବେଳେ ଘରକୁ ଫେରିଯିବେ, ଘରକୁ ଫେରିଯିବେ କହୁଛନ୍ତି, ଏଇ ବହିଟି ପଢ଼ନ୍ତୁ। ଆମେରିକାର ଜଣେ ନିଗ୍ରୋ ଲେଖକ କେମିତି ତାଙ୍କର ମୂଳ ଖୋଜି ଖୋଜି ଆଫ୍ରିକାରେ ପହଞ୍ଚିଥିଲେ। ତ୍ରିବିକ୍ରମ ବହିଟିକୁ ନେଇ ଏପଟ ସେପଟ ଓଲଟାଇ ଦେଖିଲା। ଏତେ ମୋଟା ବହି ସେ ଜୀବନରେ କେବେହେଲେ ପଢ଼ି ନଥିଲା ଏବଂ ଏଇଟିକୁ କେବେହେଲେ ପଢ଼ିବାର ସମ୍ଭାବନା ନଥିଲା। ସେ କହିଲା, କିଏ ଏ ମୋଟା ବହିଟାକୁ ପଢ଼ିବ ? ମତେ ସୂକ୍ଷ୍ମରେ କହିଦିଅନ୍ତୁ ଲେଖକ କଣ କହିବାକୁ ଚାହାନ୍ତି। ରାମସ୍ୱାମୀ କହିଲା, ବହିଟିକୁ ବୁଝିବାକୁ ହେଲେ ପଢ଼ିବାକୁ ପଡ଼ିବ। ତେବେ ଆପଣ ଯଦି ବହିର ଆକାର ଦେଖି ଭୟ କରୁଛନ୍ତି, ମୁଁ ତାର ଗୋଟିଏ ସଂକ୍ଷିପ୍ତ ସଂସ୍କରଣ ଦେବି ଆପଣଙ୍କୁ। ଏତିକି କହି ରାମସ୍ୱାମୀ ଉଠି ଯାଇ ଅବିଳମ୍ବେ ନେଇ ଆସିଲା ଗୋଟିଏ ପୁରୁଣା ରିଡ଼ର୍ସ ଡାଇଜେଷ୍ଟ। ଏମିତି ହଠାତ ଜିନିଷ ଖୋଜି ବାହାର କରିବା ବୋଧହୁଏ କେବଳ ରାମସ୍ୱାମୀ ପକ୍ଷରେ ହିଁ ସମ୍ଭବ। ତାଠାରୁ ବହିଟି ବିଷୟରେ ଶୁଣି ତ୍ରିବିକ୍ରମ କହିଲା, ଆମେରିକାର କଳା ଲୋକଙ୍କ ଭଳି ମୋର ତ ଏତେ ସମସ୍ୟା ନାହିଁ। ମୋର ଘର ଓଡ଼ିଶାର କଳାହାଣ୍ଡିରେ, ବାସ। ରାମସ୍ୱାମୀ କହିଲା, ଏମିତି ସହଜ କଥା ନୁହେଁ ଏସବୁ। କଳାହାଣ୍ଡି ହେଲା ଆଦିବାସୀ ଦେଶ। ଆପଣଙ୍କ ଭଳି ବ୍ରାହ୍ମଣ କେମିତି ଆସିଲେ ସେଠିକି ? ନିଶ୍ଚୟ କୌଣସି ରାଜା ମହାରାଜା ଆପଣଙ୍କର କୋଉ ପୂର୍ବପୁରୁଷଙ୍କୁ ବିହାର ନ ହେଲେ ଉତ୍ତର ପ୍ରଦେଶରୁ ଆଣିଥିବେ ସେଠାକୁ।

ବହିଟିର ସଂକ୍ଷିପ୍ତ ସଂସ୍କରଣରେ ବି ମନ ଲାଗିଲା ନାହିଁ ତ୍ରିବିକ୍ରମର। ସେ ତାର ଭିଟାମାଟିକୁ ଫେରିଯିବାକୁ ଚାହୁଁଛି, ଏଥିପାଇଁ ଆମେରିକାରେ କିଏ କଣ କରିଥିଲା ସେ କଥା ତାର ଜାଣିବାର କି ଦରକାର ? ହଠାତ ମନ ଭିତରକୁ ଆସିଥିବା ଭିଟାମାଟି ଶବ୍ଦକୁ ତାକୁ ଭଲ ଲାଗିଲା। ଏ ଭିଟାମାଟି ଜିନିଷଟି କଣ ସଠିକ ବୁଝିବା ପାଇଁ ସେ ଅନେକ କଷ୍ଟରେ ଗୋଟିଏ ଅଭିଧାନ ଖୋଜି ବାହାର କରି ଜାଣିଲା ଯେ, ଏଇଟି ବୁଝାଏ ଘରଢ଼ିହ ବାଡ଼ି ଓ ନିଅଁ ସହିତେ ସମସ୍ତ ଜମିକୁ। କଥାଟି ବେଶ ମନକୁ ପାଇଲା ତ୍ରିବିକ୍ରମର। ବାପାଙ୍କର ଭବାନୀପାଟଣା ଘର ହିଁ ହେଉଛି ତାର ଭିଟାମାଟି ଏବଂ ସେ ସେଇ ଘରକୁ ଫେରିଯିବ ହିଁ ଯିବ। ରାମସ୍ୱାମୀ ଏ ବିଷୟରେ ଯାହା ଭାବୁଥାଉ ପଛକେ।

ରାମସ୍ୱାମୀ ମଧ୍ୟ ଚୁପ ରହି ନଥିଲା ଏ ଭିତରେ। କଳାହାଣ୍ଡି ବିଷୟରେ ଯେତେ ଖରାପ ଖବର ସେ ତାକୁ ସଂଗ୍ରହ କରିବାରେ ଲାଗିଥିଲା। ତ୍ରିବିକ୍ରମ ସାଙ୍ଗରେ ଦେଖା ହେଲେ ସେ ତାକୁ ଖବରକାଗଜରୁ କାଟି ରଖିଥିବା କଳାହାଣ୍ଡିର ବିଭିନ୍ନ ଦୁର୍ଦ୍ଦଶା ଓ ଅକଲ୍ୟାଣର ସମ୍ବାଦମାନ ଦେଖାଉଲା। ଯଥା, ଖଡ଼ିଆଳରେ ପାଞ୍ଚ ଟଙ୍କାରେ ପିଲା ବିକ୍ରି, ସେନାପାଲିରେ ଅନାହାର ମୃତ୍ୟୁ, ଜୟପାଟଣାରେ ଗୋମଡ଼କ, ଜିଲ୍ଲାରେ ଅଠଷଠି ପ୍ରତିଶତ ଶସ୍ୟହାନି ଇତ୍ୟାଦି। ତ୍ରିବିକ୍ରମର ଦୁର୍ଭାଗ୍ୟକୁ ସେତିକିବେଳକୁ କଳାହାଣ୍ଡିର ଦାରିଦ୍ର୍ୟ ଏକ ସର୍ବଭାରତୀୟ ସ୍ତରର ଖବର ହୋଇ ଯାଇଥିଲା। ପ୍ରଧାନମନ୍ତ୍ରୀ ସେଠାକୁ ଗସ୍ତରେ ଯାଇଥିଲେ ଏବଂ ଏ ବିଷୟରେ ଭଲ କିଛି କଥା କହିବା ପାଇଁ ତ୍ରିବିକ୍ରମ ହାତରେ କୌଣସି ସାଧନ ନଥିବାରୁ ସେ ଅନ୍ୟ ଏକ ଯୁକ୍ତିର ଆଶ୍ରୟ ନେଲା। ସେ ରାମସ୍ୱାମୀକୁ କହିଲା, ହୋଇପାରେ ଖବରକାଗଜରେ ଯାହା ସବୁ ବାହାରିଛି ସତ ଏବଂ କଳାହାଣ୍ଡିର ଅବସ୍ଥା ପ୍ରକୃତରେ ଖରାପ। ତା ବୋଲି କଣ ନିଜର ଭିଟାମାଟିକୁ ଛାଡ଼ି ଦେବି। ସେ ଭିଟାମାଟି ଶବ୍ଦଟିକୁ ଓଡ଼ିଆରେ କହି ତାର ତାତ୍ପର୍ଯ୍ୟ ବୁଝାଇଲା ରାମସ୍ୱାମୀକୁ।

ରାମସ୍ୱାମୀ ହାରିବାର ଲୋକ ନୁହେଁ। କହିଲା, ଠିକ୍ ଅଛି; ଆପଣ ଏମିତି କରନ୍ତୁ, କିଛି ଦିନ ଯାଇ କଳାହାଣ୍ଡିର ବର୍ତ୍ତମାନ ଅବସ୍ଥା ଦେଖିଆସନ୍ତୁ। ସେ ଅବସ୍ଥା ଭଲ ହେଉ କି ଖରାପ ହେଉ, ସେଠାରେ ଆପଣ ପିଲାଦିନେ ଦେଖିଥିବା କଳାହାଣ୍ଡି ଆଉ ନାହିଁ। ମୁଁ ସେଦିନ ଆପଣଙ୍କୁ ନସଟାଲଜିଆ କଥା କହୁଥିଲି। ଆପଣ ଭାବୁଛନ୍ତି ଭବାନୀପାଟଣାରେ ଆପଣ ପିଲାଦିନେ ଚଢ଼ିଥିବା ବରଗଛଟି ଅଛି, ପାଖରେ ବଣ ଅଛି, ଯୋଉଠି ଆପଣ ଦୋଳି ଖେଳୁଥିଲେ, ପୋଖରୀ ଅଛି ଯେଉଁଥିରେ ଆପଣ ପହଁରା ଶିଖିଥିଲେ। କିନ୍ତୁ ଆଉ କଣ ସେସବୁ ଅଛି ? ସେ ଜାଗାରେ ଆପଣ ଦେଖିବେ ଗଛ କଟା ହୋଇ କଲୋନୀ ତିଆରି ହେଲାଣି, ପୋଖରୀ ପୋତା ହୋଇ ପାର୍କ

ହେଲାଣି, ଯୋଉଟା ଖେଳ ପଡ଼ିଆ ଥିଲା ଆପଣଙ୍କ ପିଲାବେଳେ ସେଠାରେ ବର୍ତ୍ତମାନ ସିନେମା ହଲ। ଆପଣ କଣ ସେଇ ପୁରୁଣା ଜାଗା ଆଉ ଫେରି ପାଇବେ? ଯାହା ହେଉ, ନିଜେ ଯାଇ ମନକୁ ସନ୍ତୁଷ୍ଟ କରି ଆସନ୍ତୁ।

ରାମସ୍ୱାମୀ ଯେତିକି ଯେତିକି ତାକୁ ନିରସ୍ତ କରୁଥିଲା, ତ୍ରିବିକ୍ରମ ମନରେ ଜିଦ ବଢୁଥିଲା ସେତିକି। ସେ ଠିକ କଲା ଯାହା ହଉ ପଛେ ଭବାନୀପାଟଣା ଯିବ, ବରଂ ତାକୁ ଏ ବିଷୟରେ ମିଛ କହିବାକୁ ପଡୁ ପଛେ, ଆସି ରାମସ୍ୱାମୀକୁ କହିବ ଯେ କଳାହାଣ୍ଡି ତାର ଏବେ ବି ପ୍ରିୟ। ତେବେ ତାର କଳାହାଣ୍ଡି ଯିବା ନୋହିଲା, କାରଣ ବାହାଘର, ଦେହ ଖରାପ ଭଳି କିଛି ଗୋଟାଏ ଉପଲକ୍ଷ୍ୟ ନଥାଇ ଏତେ କଷ୍ଟରେ, ଏତେ ପଇସା ଖର୍ଚ୍ଚ କରି, ଏତେ ବାଟ ଯିବା ପାଇଁ ଶେଷ ପର୍ଯ୍ୟନ୍ତ ସେ ନିଜକୁ ପ୍ରରୋଚିତ କରିପାରିଲା ନାହିଁ।

ଏଇ ସମୟରେ ଦିନେ ସକାଳେ ଖବରକାଗଜରେ ଗୋଟିଏ ଛୋଟ ସମ୍ବାଦ ପଢ଼ି ତ୍ରିବିକ୍ରମ ଭାବିଲା ଯେ ରାମସ୍ୱାମୀକୁ ଠିକଣା ଜବାବ ମିଳିଛି ଏଥର। ଆମେରିକାରୁ ଗୋଟିଏ ଝିଅ ଭାରତକୁ ଆସୁଥିଲା ନିଜର ରୁଟ୍‌ସ୍ ଖୋଜି ଖୋଜି। ତାର କୋଉ ପୂର୍ବପୁରୁଷ କେବେ କୁଆଡ଼େ ବିହାରର ଲୋକ ଥିଲା। ଖବରକାଗଜଟିକୁ ନେଇ ସେ ସାଙ୍ଗେ ସାଙ୍ଗେ ରାମସ୍ୱାମୀ ଘରେ ପହଞ୍ଚିଲା ତାକୁ ଏ ସମ୍ବଦଟି ଦେଖାଇବା ପାଇଁ। ରାମସ୍ୱାମୀ କାଗଜ ଉପରେ ଆଖି ବୁଲାଇ ନେଇ କହିଲା, ଓଃ କାଲିଫର୍ଣ୍ଣିଆର ଝିଅ! ୱେଷ୍ଟକୋଷ୍ଟ ଲୋକଙ୍କ ପାଗଳାମି ବିଷୟରେ କିଏ ନ ଜାଣେ? ଆପଣ କଣ ଭାବୁଛନ୍ତି ସେ ଦରଭଙ୍ଗା କି ଭାଗଲପୁରରେ ରହିବାକୁ ଆସୁଛି? ସେ ଏଠି ମାସେ ବୁଲାବୁଲି କରି ଯାଇ ବହି ଲେଖିବ। ଏଥିପାଇଁ ସେ କୋଉ ପତ୍ରିକା କି ପ୍ରକାଶକ ପାଖରୁ ମୋଟା ଆଡ୍‌ଭାନ୍‌ସ ବି ନେଇସାରିଥିବ।

ରାମସ୍ୱାମୀ କୌଣସି ପ୍ରକାରେ ସନ୍ତୁଷ୍ଟ ହେବାର ଲୋକ ନୁହେଁ। ତ୍ରିବିକ୍ରମ ଭାବିଲା, ସେ ତ ଭବାନୀପାଟଣାରେ ରହିବାକୁ ଯିବ, ଏ କଥାର ସାଙ୍ଗରେ କି ସମ୍ପର୍କ? ସେ ଦିଲ୍ଲୀରେ ରହି ଆତଙ୍କବାଦୀଙ୍କ ହାତରେ ଗୁଳି ଖାଇ ନହେଲେ ବସ ତଳେ ଚାପା ପଡ଼ି ମରୁ। ସେ ଠିକ୍ କଲା ଯେ, ଆଉ ରାମସ୍ୱାମୀ ସହିତ ଏ ବିଷୟରେ କେବେ ହେଲେ ଆଲୋଚନା କରିବ ନାହିଁ। ଏଥରକୁ ରାମସ୍ୱାମୀ ଏ ବିଷୟ ଉଠାଇଲେ ତ୍ରିବିକ୍ରମ କଥାକୁ ଆଡ଼େଇ ଦେବାର ଚେଷ୍ଟା କଲା। ଏଇପରି ଭାବରେ କିଛି ଦିନ ଯିବାପରେ ଦିନେ ରାମସ୍ୱାମୀ ତ୍ରିବିକ୍ରମକୁ କୁଆଡୁ କିଛି କଥା ନଥାଇ କହିଲା, ଯାହା ହଉ ଆପଣ ଏ ବିଷୟରେ ନିଷ୍ପତ୍ତି ନେଇଗଲେ, ଭଲ ହେଲା। ହଠାତ କିଛି ବୁଝି ନପାରି ତ୍ରିବିକ୍ରମ କହିଲା, କୋଉ ବିଷୟରେ? ରାମସ୍ୱାମୀ କହିଲା, ଏଇ ଯେ ଆପଣ

ଠିକ କଲେ ଯେ ଆଉ ଦିଲ୍ଲୀରେ ରହିବେ ନାହିଁ, ଘରକୁ ଫେରିଯିବେ ହିଁ ଯିବେ। ଏଥରକ ତା ହେଲେ ଆପଣ ଲାଗିଯାନ୍ତୁ ଘରଟି କେମିତି ବିକ୍ରି ହେବ ସେଥିପାଇଁ। ଏଭଳି ଅପ୍ରତ୍ୟାଶିତ କଥାରେ ତ୍ରିବିକ୍ରମକୁ ଆଶ୍ଚର୍ଯ୍ୟ ହେବାର ଦେଖି ରାମସ୍ୱାମୀ କହିଲା, ଆପଣଙ୍କ ଭଳି ମୋର ପୁଅର ମନକୁ ବି ଘର ଧରିଲାଣି। ଲେଖିଚି, ସେ ଏଥର ଆମେରିକାରୁ ଫେରି ଆସି ଦିଲ୍ଲୀରେ ରହିବ। ମତେ କହିଚି ଘର ଖୋଜି ଦେବାପାଇଁ। ଆପଣ ଭାବନ୍ତୁ ନାହିଁ ଯେ ମୁଁ ଶସ୍ତାରେ ଆପଣଙ୍କ ଘରଟି କିଣି ନେବା ମତଲବରେ ଅଛି। ଆପଣ ଖୋଜ ଖବର ନିଅନ୍ତୁ, ଆପଣଙ୍କୁ ସବୁଠାରୁ ଯେତେ ବେଶି ଦାମ ମିଳୁଛି, ମତେ ଜଣାଇଲେ ମୁଁ ପୁଅକୁ ଲେଖିବି। ଯଦି ସେ ଦର ଠିକ ହୁଏ, ଆମେ ଘର କିଣିନେବୁ।

ରାମସ୍ୱାମୀ ହଠାତ ଏପରି ରଙ୍ଗ ବଦଳାଇବା ଦେଖି ତ୍ରିବିକ୍ରମ କହିଲା, ଆପଣ ପୁଅକୁ ବୁଝାଇ ଦେଇ ପାରିଲେ ନାହିଁ? ରାମସ୍ୱାମୀ କହିଲା, ଆପଣଙ୍କ ଭଳି ବନ୍ଧୁଙ୍କୁ ସିନା ମୁଁ ବୁଝାଇବାକୁ ଚେଷ୍ଟା କରିବି, ପୁଅକୁ ବୁଝାଇବାରେ ଧୃଷ୍ଟତା କାହିଁକି କରିବି? ଏହାପରେ ସେ ତ୍ରିବିକ୍ରମକୁ ଘର ବିକ୍ରି ବିଷୟରେ ବାରମ୍ବାର ପଚାରିଲା ଏବଂ ଘରବାଡ଼ିର ଦଲାଲଙ୍କୁ ନେଇ ତ୍ରିବିକ୍ରମ ପାଖରେ ଜୁଟାଇଲା। ରାମସ୍ୱାମୀ ସାଙ୍ଗରେ ଯୁକ୍ତି କରିବା ବେଳେ ତାର କଳାହାଣ୍ଡିକୁ ଫେରିଯିବାର ଇଚ୍ଛା ଯେତେ ପ୍ରବଳ ଥିଲା, ବର୍ତ୍ତମାନ ତା ଥଣ୍ଡା ପଡ଼ି ଆସୁଥିଲା। ଆଜିକାଲି ରାମସ୍ୱାମୀ ତାକୁ ଓଲଟା ଥଟ୍ଟା କରି କହୁଥିଲା, ଘରକୁ ଫେରିଯିବା ପ୍ରୋଗ୍ରାମ ଆପଣ କଣ ପଞ୍ଚବାର୍ଷିକ ଯୋଜନାକୁ ଘୁଞ୍ଚାଇ ଦେଲେଣି?

ଏଇଭଳି ଚାଲିଥିଲାବେଳେ ଦିନେ ଖବରକାଗଜରେ ଅଖିକୁ ଦେଖାଯିବା ଭଳି ଜାଗାରେ ଗୋଟିଏ ସମ୍ବାଦ ପ୍ରକାଶ ପାଇଲା : ଆମେରିକାର ବିହାରୀ ଝିଅ। ସାନଫ୍ରାନସିସକୋରୁ ଆସିଥିବା ଝଅଟି ଅନେକ କଷ୍ଟରେ ଆରା ଜିଲ୍ଲାର ଗୋଟିଏ ଗାଁରେ ତାର ପୂର୍ବପୁରୁଷଙ୍କର ଘର ଠାବ କରି ପାରିଥିଲା। ତେବେ ତାର କୌଣସି ପୂର୍ବପୁରୁଷଙ୍କ ବଂଶଧରଙ୍କୁ ସେ ଭେଟି ପାରି ନଥିଲା, କାରଣ ସେ ଦୁସ୍ଥ ଚାଷିମାନେ କାମ ଖୋଜି ଗାଁ ଛାଡ଼ି ପଳାଇ ଯାଇଥିଲେ। ଖବରକାଗଜର ଆଉ ଗୋଟିଏ ଜାଗାରେ ବାହାରିଥିଲା ଯେ ସେଇଦିନ ସନ୍ଧ୍ୟାବେଳେ ଲରା ମାର୍ଟିନ ଗୋଟିଏ ସଭାରେ ନିଜର ଘରବାହୁଡ଼ା ଅଭିଜ୍ଞତା ବର୍ଣ୍ଣନା କରିବ।

ତ୍ରିବିକ୍ରମ ଓ ରାମସ୍ୱାମୀ ସାଙ୍ଗ ହୋଇ ସଭାକୁ ଗଲେ। ଅତି ରୁଗ୍ଣ ଓ ଅସୁସ୍ଥ ଦେଖାଯାଉଥିବା ଝିଅଟି କହିବାକୁ ଆରମ୍ଭ କଲା ସେ କିପରି ଏ ଘରବାହୁଡ଼ା ଯାତ୍ରାଟି ଆରମ୍ଭ କରିଥିଲା ଦୁଇବର୍ଷ ତଳେ। ବିହାରର ମଫସଲର ପିଲାଟିଏ ଭଲ ପାଠ ପଢ଼ି ବୃତ୍ତି ପାଇ ଲଣ୍ଡନ ଯାଇଥିଲା; ପାଠପଢ଼ା ସାରି ସେହିଠାରେ ରହିଗଲା। ସେ ସେଠାରେ

ଜଣେ ଜର୍ମାନ ଝିଅକୁ ବାହା ହେଲା ଏବଂ ତାଙ୍କର ପୁଅ ଆମେରିକା ଚାଲିଗଲା ଚାକିରି କରିବାକୁ। ସେ ସେଠାରେ ବାହା ହେଲା ଜଣେ ଇଟାଲିଆନ ଇମିଗ୍ରାଣ୍ଟର ଝିଅକୁ। ଏହିପରି କ୍ରମରେ ଲରା ଥିଲା ସେଇ ବିହାରୀ ଲୋକଟିର ଉତ୍ତରପୁରୁଷ। ଏ କଥାଟିକୁ ପାଞ୍ଚ ମିନିଟ୍‌ରେ କହିସାରି ସେ ଅଧଘଣ୍ଟାଏ କାଳ ବର୍ଣ୍ଣନା କଲା ତାର ଭାରତବର୍ଷରେ କି କି ଅସୁବିଧା ହେଲା। କିପରି ଆସିବା ପୂର୍ବରୁ ଭିସା ପାଇଁ ସାନଫ୍ରାନସିସକୋରେ ଭାରତୀୟ କନସଲ ଅଫିସ ତାକୁ କେତେ ଥର ଦଉଡ଼ାଇଲେ, ବମ୍ବେରେ ପହଞ୍ଚି କିପରି ତାର ଟ୍ରାଭଲର୍ସ ଚେକ ଚୋରି ଗଲା ଏବଂ ତାକୁ ପୋଲିସ କୌଣସି ସାହାଯ୍ୟ କଲେ ନାହିଁ, ଟ୍ୟାକସିବାଲା ତା ସହିତ କିପରି ଅସଦବ୍ୟବହାର କଲା, ବିହାରର ଗାଁରେ ପିଇବାକୁ ପାଣି ମିଳିଲା ନାହିଁ, ଖରାପ ଖାଦ୍ୟ ଖାଇ ତାକୁ ହେପାଟାଇଟିସ ହେଲା ଇତ୍ୟାଦି। ଏହାପରେ ସେ ଭାରତର ଶାସନ ପଦ୍ଧତି ଓ ଆର୍ଥନୀତିକ ସ୍ଥିତି ବିଷୟରେ କହିଲା ଯେ ଏ ଦେଶର ସରକାର ନିତାନ୍ତ ଅପାରଗ, କାରଣ ଏ ପର୍ଯ୍ୟନ୍ତ ଏତେ ଲୋକ ଦାରିଦ୍ର୍ୟ ସୀମାରେଖା ତଳେ ରହିଛନ୍ତି ଏବଂ ତାର ପୂର୍ବପୁରୁଷମାନଙ୍କ ବଂଶଧରଙ୍କୁ ଗାଁ ଛାଡ଼ି ପଳାଇବାକୁ ହୋଇଛି। ସବୁ କଥା ସତ ହୋଇଥିଲେ ମଧ୍ୟ ଭାରତର ସ୍ଥିତି ଏବଂ ଲୋକମାନଙ୍କ ବିଷୟରେ ଖୋଲାଖୋଲି ଏପରି ଅପ୍ରୀତିକର କଥାମାନ କହୁଥିବାରୁ ଶ୍ରୋତାମାନେ ବିରକ୍ତ ହୋଇ ଉଠିଲେ। ଝିଅଟିର ବକ୍ତବ୍ୟ ପରେ ଯେତେବେଳେ ପ୍ରଶ୍ନ ପଚାରିବାକୁ ଡକାଗଲା ଦେଖାଗଲା ଯେ ଶ୍ରୋତାମାନେ ତାକୁ ଅପଦସ୍ଥ କରିବା ପାଇଁ ବ୍ୟଗ୍ର। ତାକୁ ଜଣେ ପଚାରିଲା, ଭାରତୀୟମାନେ ଆମେରିକାରେ କିପରି ଖରାପ ବ୍ୟବହାର ପାନ୍ତି ତାକୁ ସେ ବିଷୟରେ ଜଣା ଅଛି କି ? ଆଉ ଜଣେ କହିଲା ବିଦେଶୀ ପର୍ଯ୍ୟଟକ ଆସି ଭାରତର ଗାଁ ଗହଳକୁ କିପରି ଦୂଷିତ କରି ଦେଉଛନ୍ତି ସେ ବିଷୟରେ। ଏ ପ୍ରଶ୍ନଗୁଡ଼ିକର ଉଦ୍ଦେଶ୍ୟ ଯଦି ଥିଲା ଝିଅଟିକୁ କ୍ରୋଧାନ୍ୱିତ କରିବା, ତେବେ ପ୍ରଶ୍ନକର୍ତ୍ତାମାନେ ନିଶ୍ଚୟ ସଫଳ ହୋଇଥିଲେ, କାରଣ ଝିଅଟିର ଲାଲ ମୁହଁ ବର୍ତ୍ତମାନ ଆହୁରି ଲାଲ ପଡ଼ି ଯାଇଥିଲା ଏବଂ ନିଜର କାଶିବା ଭିତରେ ସେ ଆହୁରି ରୁକ୍ଷ ସ୍ୱରରେ ପ୍ରଶ୍ନର ଜବାବ ଦେଉଥିଲା। ଜଣେ ଯେତେବେଳେ ତାକୁ ପଚାରିଲା, ସେ କଣ ପୁଣି ଥରେ ଭାରତକୁ ଫେରିବ, ଚଢ଼ା ଗଳାରେ ଲରା ଚିତ୍କାର କରି କହିଲା, ନୋ ୱେ, ନେଭର। ପୁଣି ପ୍ରଶ୍ନ ହେଲା, ତେବେ କଣ ସେ ଆଉ ନିଜର ପୂର୍ବପୁରୁଷଙ୍କ ବିଷୟରେ ଆଗ୍ରହୀ ନୁହେଁ? ଲରା କହିଲା, ମୋର ବାନ୍ଧବମାନେ କେହି ଆଉ ନାହାନ୍ତି। ସମସ୍ତେ ମରି ହଜି ଗଲେଣି ଆପଣଙ୍କ ଦେଶର ସହାନୁଭୂତିହୀନ ସରକାରଙ୍କ ଦୟାରୁ !

ଏକଥା ପରେ ଶ୍ରୋତାମାନଙ୍କ ଭିତରୁ ଚାରି ପାଞ୍ଚ ଜଣ ଛିଡ଼ା ହୋଇଗଲେ

ତାକୁ ପୁଣି ପ୍ରଶ୍ନ କରିବାକୁ। ଏଭଳି ଏକ ଅସ୍ୱିସ୍ତିକର ଅବସ୍ଥା ଦେଖି ସଭାପତି ଏଥରକ ପରିସ୍ଥିତିକୁ ହାତକୁ ନେଇ ନେଲେ। ସେ ଜଣେ ପୁରୁଣା ରାଷ୍ଟ୍ରଦୂତ ଥିଲେ ଏବଂ ସଭା ଚଳାଇବା ବିଷୟରେ ବିଶେଷ କୁଶଳୀ ଥିଲେ। ନିଜେ ଏକ ଦୀର୍ଘ ଭାଷଣ ଦେଇ ସେ ଭାରତ ଆମେରିକାର ସମ୍ପର୍କ ଇତ୍ୟାଦି ବିଷୟରେ କହିଲେ। କ୍ରମେ ଶ୍ରୋତାମାନଙ୍କର ରାଗ ଉଣା ପଡ଼ିଗଲା ଏବଂ ସଭାପତି କହିଥିବା ବହୁଚର୍ବିତ ହସ କଥା ଶୁଣି ଲରା ମଧ୍ୟ ସାମାନ୍ୟ ହସିଲା। ଏଥରକ ସଭାପତି ଅନେକ ଡେରି ହୋଇଯାଇଥିବା ଆଳରେ କହିଲେ ଯେ ସେ ଆଉ ଗୋଟିଏ ମାତ୍ର ପ୍ରଶ୍ନ ପଚାରିବାର ଅନୁମତି ଦେବେ।

ପ୍ରଶ୍ନଟି କଲା ରାମସ୍ୱାମୀ। ସେ ପଚାରିଲା, ଏତେ ଶ୍ରମ ବ୍ୟୟ ସମୟ ସ୍ୱୀକାର କରି ଆପଣ ଯେଉଁ ଅଭିଜ୍ଞତା ପାଇଲେ, ତାର ନୀତି ଶିକ୍ଷାଟି କଣ? ଲରା ବର୍ତ୍ତମାନ ଆଉ ବିରକ୍ତ ବା ରୁଷ୍ଟ ନଥିଲା, ଜଣାପଡୁଥିଲା କ୍ଳାନ୍ତ ଓ ହତାଶ। ସେ କିଛି ସମୟ ଚୁପ ରହି ଭାବିଲା। ଏଥରକ ତାର ଉତ୍ତର ଶାନ୍ତ ଓ ସୁଚିନ୍ତିତ ଥିଲା। ସେ କହିଲା, ଘର ଖୋଜିବା ପାଇଁ ଜୀବନରେ ପଛକୁ ଫେରିଯାଇ ହୁଏ ନାହିଁ; ଯେ ଯେତେବେଳେ ଯେଉଁଠାରେ ଅଛି, ସେଇଟି ହିଁ ତାର ଘର।

■

ଚରମ ପତ୍ର

ବୀରେଶ୍ୱର ଓ ଶ୍ରୀହରି ସ୍ୱପ୍ନରେ ମଧ୍ୟ କଳ୍ପନା କରି ନଥିଲେ ଯେ ସେମାନେ ପୁଣି ଏକାଠି ହେବେ, ତା ପୁଣି ଏଭଳି ଜାଗାରେ। କେବେ ଅବଶ୍ୟ ଦୁହେଁ ଗୋଟିଏ ରାଜନୀତିକ ଦଳରେ ଥିଲେ; କିନ୍ତୁ ବାରମ୍ବାର ଦଳ ବଦଳ, ଗୋଷ୍ଠୀ କନ୍ଦଳ ଓ ନେତୃତ୍ୱ ପରିବର୍ତ୍ତନ ଭିତର ଦେଇ ସେମାନେ ଅନେକ ଦିନ ହେଲା ପରସ୍ପରର ଶତ୍ରୁପକ୍ଷ ହୋଇଯାଇଥିଲେ। ବର୍ତ୍ତମାନ ସେମାନଙ୍କୁ ଯେଉଁ ଗୋଟିଏ ଜିନିଷ ଏକାଠି କରୁଥିଲା ସେଇଟି ହେଲା ବର୍ତ୍ତମାନ କ୍ଷମତାରେ ଥିବା ସରକାରର ବିରୋଧ ଏବଂ ସେଇ ସୂତ୍ରରେ ଅନିଚ୍ଛା ସତ୍ତ୍ୱେ ସେମାନଙ୍କର ଏଇପରି ହୋଇଥିଲା ଗୋଟିଏ ଜାଗାରେ ଏକାଠି ହେବାର ସୁଯୋଗ ବା ଦୁର୍ଯୋଗ।

ଦୈବକ୍ରମେ ଦୁହେଁଯାକ ପ୍ରଦେଶର ପୂର୍ବତନ ମୁଖ୍ୟମନ୍ତ୍ରୀ ମଧ୍ୟ ଥିଲେ। ଦୁଇଜଣ ମୁଖ୍ୟଙ୍କର ଏଭଳି ଭେଟାଭେଟି ହେବା ସାଧାରଣତଃ ଗୋଟିଏ ଅଭାବିତ ଘଟଣା ହୋଇଥାନ୍ତା, କିନ୍ତୁ ଏ କଥା ଏଇଥିପାଇଁ ଆଶ୍ଚର୍ଯ୍ୟଜନକ ନଥିଲା ଯେ ବର୍ତ୍ତମାନ ପ୍ରଦେଶରେ ତେଇଶ ଜଣ ଭୂତପୂର୍ବ ମୁଖ୍ୟ ଜୀବିତ ଓ ସକ୍ରିୟ ଥିଲେ। ଘନଘନ ନିର୍ବାଚନ, ନୂଆ ନୂଆ ମେଣ୍ଟ ଓ ବାରମ୍ବାର ନେତୃତ୍ୱ ପରିବର୍ତ୍ତନ ହେତୁ ଅଳ୍ପ ସମୟରେ ମୁଖ୍ୟମନ୍ତ୍ରୀ ବଦଳୁଥିଲେ; ଏପରିକି ଜଣେ ମୁଖ୍ୟଙ୍କର ରାଜତ୍ୱକାଳ ଥିଲା ମାତ୍ର ବାସ୍ତରି ଘଣ୍ଟା। ଏଥିଯୋଗୁ ଅକାଳେ ସକାଳେ ରାସ୍ତାଘାଟରେ କୌଣସି ଭୂତ ମୁଖ୍ୟଙ୍କୁ ଭେଟିବା ଅସମ୍ଭବ ନଥିଲା। ତେବେ ପ୍ରଥମେ ଯେଉଁଦିନ ସକାଳେ ବୀରେଶ୍ୱର ଶ୍ରୀହରିକୁ ତାର ପାଖ କୋଠରିରୁ ବାହାରିବାର ଦେଖିଲା, ଆଶ୍ଚର୍ଯ୍ୟ ଓ ସତର୍କ ହୋଇଗଲା। ପୂର୍ବଦିନ ରାତିରେ କେତେବେଳେ ଶ୍ରୀହରିକୁ ଅନ୍ୟ ଜେଲରୁ ଏ ଜେଲକୁ ଅଣା ହୋଇଥିଲା। ସକାଳେ ସାମନାସାମନି ହେବାରେ ବୀରେଶ୍ୱର ଶ୍ରୀହରିକୁ ଭେଦ କରି ଆଗକୁ ଅନେଇଲା। ଶ୍ରୀହରି ମଧ୍ୟ ଊଣା ନଥିଲା; ସେ ବୀରେଶ୍ୱରକୁ ଚିହ୍ନି ନଥିବାର ଛଳନା କଲା।

ବୀରେଶ୍ୱର ସବୁବେଳେ ଶ୍ରୀହରିକୁ ନିଜ ଅପେକ୍ଷା ନ୍ୟୂନ ବୋଲି ଗଣନା କରୁଥିଲା, କାରଣ ବେଶି ପଇସାବାଲା ହୋଇଥିବା ବ୍ୟତୀତ ରାଜନୀତିରେ ସେ ଅଧିକ ଅଭିଜ୍ଞ ଓ କ୍ଷମତାଶୀଳ ଥିଲା। ସେ ଚାରିମାସ ମୁଖ୍ୟମନ୍ତ୍ରୀ ରହିବା ସ୍ଥଳେ ଶ୍ରୀହରି ରହିଥିଲା ମାତ୍ର ଦେଢ଼ ମାସ; ତେଣୁ ସେ ତାଭଳି ପଇସାପତ୍ର କରି ପାରି ନଥିଲା। ସବୁଠାରୁ ମୂଳ କଥା ହେଲା ଯେ ବୀରେଶ୍ୱର ବ୍ରାହ୍ମଣ ଥିଲା ଏବଂ ଶ୍ରୀହରି ଥିଲା ନୀଚ ଜାତିର। ଏଭଳି ଗୋଟିଏ ଲୋକକୁ ତାର ସମକକ୍ଷ କରି ତାର ପାଖ କୋଠରିରେ ରଖାଇବା ବୀରେଶ୍ୱରକୁ ସମ୍ମାନହାନିକର ମନେହେଲା ଏବଂ ଏଥିରେ ବର୍ତ୍ତମାନ ସରକାରଙ୍କର କିଛି ଦୁରଭିସନ୍ଧି ଅଛି ବୋଲି ନିଶ୍ଚୟ କଲା ସେ।

ଉଭୟ ଜେଲକୁ ଆସିଥିଲେ ସରକାର ପ୍ରେସ ସ୍ୱାଧୀନତାକୁ କ୍ଷୁଣ୍ଣ କରିବା ପାଇଁ ଯେଉଁ ଆଇନ ଲାଗୁ କରିବାକୁ ଯାଉଥିଲେ ତାର ପ୍ରତିବାଦ କରି। ନିର୍ବାଚନରେ ଚିତ୍‌ପଟାଙ୍ଗ ହେବା ପରେ ଅନେକ ଦିନ ଧରି ବିରୋଧୀ ଦଳମାନେ କୌଣସି କାର୍ଯ୍ୟକ୍ରମ ବିନା ଚୁପ ରହିଥିଲେ ତାର ପ୍ରତିବାଦ କରି। ନିର୍ବାଚନରେ ଚିତ୍‌ପଟାଙ୍ଗ ହେବା ପରେ ଅନେକ ଦିନ ଧରି ବିରୋଧୀ ଦଳମାନେ କୌଣସି କାର୍ଯ୍ୟକ୍ରମ ବିନା ଚୁପ ରହିଥିଲେ ଏବଂ ଅପେକ୍ଷାରେ ଥିଲେ ଯେ କିଛି ସୁଯୋଗ ପାଇଲେ ପୁଣି ଜନସାଧାରଣଙ୍କର ନେତ୍ରଗୋଚର ହେବାକୁ ଚେଷ୍ଟା କରିବେ। ଏଇ ସମୟରେ ପ୍ରେସ ବିଲଟି ଆସିବାର ସେମାନେ ନିଦରୁ ଉଠି ବାକ-ସ୍ୱାଧୀନତାର ପ୍ରବକ୍ତା ହୋଇଗଲେ ଏବଂ ବିଭିନ୍ନ ପ୍ରକାରର ପ୍ରତିବାଦ ଆରମ୍ଭ କରିଦେଲେ। ପ୍ରଦେଶର ବିଭିନ୍ନ ଅଞ୍ଚଳରେ ଏ ବିଷୟରେ ଆନ୍ଦୋଳନ ହେଲା ଏବଂ ଏହାର ନେତୃତ୍ୱ ନେଲେ ବୀରେଶ୍ୱର ଓ ଶ୍ରୀହରି, ଅବଶ୍ୟ ନିଜ ନିଜ ଦଳ ପକ୍ଷରୁ। ଯଦିଓ ଦୁହେଁ ନିଜେ କ୍ଷମତାରେ ଥିବାବେଳେ ଖବରକାଗଜମାନଙ୍କୁ ଖର୍ବ କରିବାରେ କୌଣସି ତ୍ରୁଟି କରି ନଥିଲେ, ଲୋକମାନେ ନିଜର ଅମାୟିକ ବିସ୍ମରଣ ଶକ୍ତି ଓ କ୍ଷମାଶୀଳତା ଗୁଣରେ ସେକଥା ସବୁ ଭୁଲିଯାଇ ଦୁହିଁଙ୍କୁ ସମର୍ଥନ କଲେ ଏବଂ ଆନ୍ଦୋଳନ କ୍ରମେ ତେଜିଲା।

ମୁଖ୍ୟମନ୍ତ୍ରୀ ପ୍ରଥମେ ଭାବିଥିଲେ ଯେ ଏ ଆନ୍ଦୋଳନଟି ମନକୁ ମନ ବନ୍ଦ ହୋଇଯିବ ଏବଂ ଏ ବିଷୟରେ କିଛି କାର୍ଯ୍ୟକ୍ରମ ନେଲେ ବିରୋଧୀ ନେତାମାନେ ଅଯଥା ପ୍ରାଧାନ୍ୟ ପାଇବେ। କିନ୍ତୁ ଗୋଳମାନ ନ କମିବାରୁ ବାଧ୍ୟ ହୋଇ ମୁଖ୍ୟମନ୍ତ୍ରୀଙ୍କୁ ଏ ସମ୍ପର୍କରେ ଭାବିବାକୁ ପଡ଼ିଲା ଏବଂ ସେ ପୁଲିସ ଡି.ଜି.ଙ୍କୁ ଡକାଇ ପଠାଇଲେ ପରାମର୍ଶ ପାଇଁ। ମୁଖ୍ୟମନ୍ତ୍ରୀ ଅନିଦ୍ରା ରୋଗରେ ଭୋଗୁଥିଲେ ଏବଂ ଅଫିସରମାନେ ଜାଣିଥିଲେ ଯେ ତାଙ୍କ ସହିତ ଗୁପ୍ତ ଓ ମହତ୍ତ୍ୱପୂର୍ଣ୍ଣ ବିଷୟରେ ଅଲୋଚନା କରିବାର ପ୍ରକୃଷ୍ଟ ସମୟ ହେଉଛି ରାତି ଗୋଟାଏ ପରେ। ସେଥିପାଇଁ ତାଙ୍କୁ ଭେଟିବାର ଥିଲେ ଅଫିସରମାନେ ଗୋଟିଏ ସହଜ ଉପାୟ ବାହାର

କରିଥିଲେ। ସେମାନେ ଡେରି ରାତି ପର୍ଯ୍ୟନ୍ତ କ୍ଲବରେ ବସି ମଦ୍ୟପାନ କରୁଥିଲେ ଏବଂ ସେଠାରୁ ସିଧା ମୁଖ୍ୟଙ୍କ ନିବାସକୁ ଯାଉଥିଲେ।

ସେଦିନ ରାତିରେ କ୍ଲବରେ ଡି.ଜି.ଙ୍କର ମାତ୍ରାଧିକ୍ୟ ହୋଇଯାଇଥିଲା ଏବଂ ସେ ମୁଫତିରେ ଥିଲା, କିନ୍ତୁ ଏ ଅବସ୍ଥାରେ ମୁଖ୍ୟମନ୍ତ୍ରୀଙ୍କ ପାଖକୁ ଯିବାରେ ତାର କୌଣସି ସଂକୋଚ ନଥିଲା, କାରଣ ସେ ଥିଲା ତାଙ୍କର ଖାସ ଲୋକ। ତାର ଅନେକ ଉପରିସ୍ଥ ଅଫିସରଙ୍କୁ ସୁପରସିଡ କରି ସେ ଏ ଜାଗାକୁ ଆସିଥିଲା ମୁଖ୍ୟଙ୍କ କୃପାରୁ ଏବଂ ସେ ଏହି ଅନୁଗ୍ରହର ଋଣକୁ ପରିଶୋଧ କରୁଥିଲା ବିଭିନ୍ନ ବେଆଇନ କାମ କରି। ସେ ମୁଖ୍ୟମନ୍ତ୍ରୀଙ୍କର ଆପଣାର ବୋଲି ଜଣାଥିଲା ଏବଂ ଏକଥା ତାର କାମରେ ବିଶେଷ ସହାୟକ ହେଉଥିଲା। ଏଇ ଗୁଣ୍ଡାଭଳି ଦେଖାଯାଉଥିବା ପୁଲି କର୍ତ୍ତାଙ୍କ ଚେହେରା ସହିତ ଲୋକମାନେ ପରିଚିତ ଥିଲେ ଏବଂ ସେମାନେ ଏ କଥା ମଧ୍ୟ ଜାଣିଥିଲେ ଯେ ଏ ସାମଞ୍ଜସ୍ୟ କେବଳ ଚେହେରା ପର୍ଯ୍ୟନ୍ତ ସୀମିତ ନୁହେଁ। ମୁଖ୍ୟମନ୍ତ୍ରୀଙ୍କ ଘରର ପୁଲିସ ବ୍ୟୁହକୁ ଭେଦକରି ସେ ସିଧା ତାଙ୍କ ଶୋଇବା କୋଠରୀକୁ ଚାଲିଗଲା। ମୁଖ୍ୟ ସେତେବେଳକୁ ଗୋଟିଏ ଲୁଙ୍ଗି ପିନ୍ଧି ଖାଲି ଦେହରେ ଖଟ ଉପରେ ପଡ଼ିଥିଲେ ଏବଂ ଜଣେ ଚାକର ତାଙ୍କର ଗୋଡ଼ ଘଷୁଥିଲା। ପାଖରେ ପାହାଡ଼ ଭଳି ଥୁଆ ହୋଇଥିବା ଫାଇଲରେ ତାଙ୍କ ବ୍ୟକ୍ତିଗତ ସଚିବ ତାଙ୍କର ଦସ୍ତଖତ ନେଉଥିଲା। ଡି.ଜି. ଆସିବାରୁ ସେ ମୁଖ୍ୟ ସଚିବକୁ ବିଦାୟ ଦେଇଦେଲେ। ଡି.ଜି. ଯାଇ ତାଙ୍କ ପାଦକୁ ଛୁଇଁ ନିଜ ଗୋଡ଼ରୁ ଜୋତା ଖୋଲି ପାଖରେ ପଡ଼ିଥିବା ଚଉକି ଉପରେ ଚକା ପକାଇ ବସିଲା ଏବଂ ମୁଖ୍ୟମନ୍ତ୍ରୀ ତାକୁ ଆଗରୁ ଯେଉଁ କେତୋଟି କାମ ଦେଇଥିଲେ ତାକୁ ସେ କିପରି ସୁଚାରୁରୂପେ ସମ୍ପନ୍ନ କରିଛି ତାର ବିବରଣୀ ଦେଲା। ମୁଖ୍ୟମନ୍ତ୍ରୀ ସ୍ୱଳ୍ପଭାଷୀ ଥିଲେ ଏବଂ ଡି.ଜି. ସହିତ ନିତିଦିନିଆ ଦେହଘଷା ସମ୍ପର୍କ ଯୋଗୁ ଦୁହେଁ ଦୁହିଁଙ୍କୁ ଭଲ ଭାବେ ବୁଝୁଥିଲେ। ମୁଖ୍ୟମନ୍ତ୍ରୀ ତାର ମୌଖିକ ରିପୋର୍ଟ ଶୁଣିବା ପରେ ଭଗବାନଙ୍କ ନାଁ ନେବାଭଳି କେବଳ କହିଲେ, ବୀରେଶ୍ୱର ଶ୍ରୀହରି। ଡି.ଜି. ସବୁ କଥା ଠିକ୍ ବୁଝିଗଲା ଏବଂ ଉଠି ଠିଆହେଲା। ମୁଖ୍ୟମନ୍ତ୍ରୀଙ୍କ ପାଦ ଛୁଇଁ ଯାଉ ଯାଉ କହିଲା, ଦିନକରେ ଠିକ୍ ହୋଇଯିବ। ମୁଖ୍ୟମନ୍ତ୍ରୀ କହିଲେ, ଭାଙ୍ଗିବା ଦରକାର ନାହିଁ। ଏ କଥାର ତାତ୍ପର୍ଯ୍ୟ ଥିଲା ଯେ ଆଉଥରେ ଡି.ଜି. ବିରୋଧୀ ଦଳର ଜଣକର ଗୋଡ଼ ଭାଙ୍ଗି ଦେଇଥିଲା ଏବଂ ଏହା ସରକାରଙ୍କୁ ସାମାନ୍ୟ ଅସୁବିଧାରେ ପକାଇ ଦେଇଥିଲା। ଡି.ଜି. କଥାଟି ସାଙ୍ଗେ ସାଙ୍ଗେ ବୁଝିଲା; କହିଲା, ନାଇଁ ସାର; ଭାଙ୍ଗିବା ଦରକାର ହେବ ନାହିଁ।

ମୁଖ୍ୟମନ୍ତ୍ରୀଙ୍କ ନିବାସରୁ ଫେରି ଡି.ଜି. କ୍ଲବକୁ ଗଲା, କିନ୍ତୁ କ୍ଲବର ବାର ବନ୍ଦ ହୋଇ ସାରିଥିଲା। ତେଣୁ ସେ ସେଠାରୁ ଗଲା ସଦର ଥାନାର ସରପ୍ରାଇଜ ଇନ୍ସପେକ୍ସନ

କରିବା ପାଇଁ। ତାର ଡ୍ରାଇଭର ଯାଇ ଥାନା ଦାରୋଗାକୁ ନିଦରୁ ଉଠାଇଲା। ଦାରୋଗା ଏଭଳି ପରିଦର୍ଶନ ସହିତ ପରିଚିତ ଥିଲା। ଡି.ଜି.ଙ୍କୁ ଥାନାର ଗୋଟିଏ ଭିତର କୋଠରିରେ ବସାଇ ସେ ପାନୀୟର ବ୍ୟବସ୍ଥା କରିଦେଲା ଏବଂ ଅଳ୍ପ ସମୟରେ ଢାବାରୁ ଆଣି ଖାଇବାର ବନ୍ଦୋବସ୍ତ ବି କରିଦେଲା। ରାତି ଅଢ଼େଇଟାରେ ଦିଜଣ ସିପାହି ଡି.ଜି.ଙ୍କୁ ଧରାଧରି କରି ଗାଡ଼ିରେ ତା ଘରେ ପହଞ୍ଚାଇ ଦେଇ ଆସିଲେ।

ସକାଳ ଏଗାରଟାରେ ନିଦରୁ ଉଠି ଡି.ଜି. ପ୍ରଥମ କାମ କଲା ବୀରେଶ୍ୱରଙ୍କୁ ଫୋନ କରିବା। ଗଳାକୁ ନରମ କର ସେ କହିଲା, ସାର ଯଦି ଆପଣଙ୍କର ସମୟ ଥିବ ମୁଁ ଆପଣଙ୍କର ଦର୍ଶନ କରିବାକୁ ଆସିବି। ବୀରେଶ୍ୱର କିନ୍ତୁ ଏ ଧୁରନ୍ଧର ଲୋକଟିକୁ ହାଡ଼େ ହାଡ଼େ ଚିହ୍ନିଥିଲା, କାରଣ ନିଜେ କ୍ଷମତାରେ ଥିଲାବେଳେ ତାକୁ ବିଭିନ୍ନ ପ୍ରକାର କୁତ୍ସିତ ଓ ଜଘନ୍ୟ କାମରେ ବ୍ୟବହାର କରିଥିଲା ସେ। ସେ ମଧ୍ୟ ସ୍ୱରକୁ ମୁଲାୟମ କରି କହିଲା, ସେଥିପାଇଁ କଣ ପଚାରିବାର ଥିଲା ? ମୋର ଘର ତ ସବୁବେଳେ ତମ ପାଇଁ ଖୋଲା। ତେବେ ତମେ ଡି.ଜି. ହେବା ଖୁସିରେ ମିଠେଇ ନେଇ ଆସୁଛ ନା ୱାରେଣ୍ଟ ନେଇ ଆସୁଛ ? ଡି.ଜି. କହିଲା, ସାର, ଆପଣଙ୍କର ସବୁବେଳେ ଥଟ୍ଟା କଥା।

ସେ ପହଞ୍ଚିଲା ବେଳକୁ ବୀରେଶ୍ୱର ତା ଅପେକ୍ଷାରେ ବସିଥିଲା। ଡି.ଜି.ଙ୍କୁ ଦେଖି କହିଲା, ବସ ବସ। କଣ ସକାଳୁ ସକାଳୁ କିଛି ଚଳିବ ନାହିଁ ଖାଲି ଚା ପିଇବ ? ଡି.ଜି. କହିଲା, ନାଇଁ ସାର, ଡି.ଜି. ହେବା ପରେ ପୂରାପୂରି ଛାଡ଼ିଦେଲି। ଏତେ କାମ କରିବାକୁ ସ୍ୱାସ୍ଥ୍ୟ ତ ଭଲ ରଖିବାକୁ ହବ। ଆଉ କୌଣସି ଗୌରଚନ୍ଦ୍ରିକା ନ କରି ବୀରେଶ୍ୱର କହିଲା, ବେଶ ଏଥରକ କହିଦିଅ ମୁଖ୍ୟଙ୍କ ପାଖରୁ କି ସନ୍ଦେଶ ଆଣି ଆସିଛ। ଡି.ଜି. ମଧ୍ୟ ସିଧା ବିଷୟବସ୍ତୁ ଉପରକୁ ଆସି କହିଲା, ଆମେ ସାର ଏଇ ଗଣ୍ଡଗୋଳ ଯୋଗୁ ବ୍ୟସ୍ତ ହୋଇଗଲୁଣି। ଆପଣ କିଛି ଦିନ ପାଇଁ ବାହାରକୁ ଚାଲିଯାନ୍ତୁ। ଏ କଥାରେ ମଧ୍ୟ ରାଗି ନଯାଇ ବୀରେଶ୍ୱର କହିଲା, ମତେ ବି କଣ ଭଲ ଲାଗୁଛି ଏ ସବୁ ଗୋଳମାଳ ? ତେବେ ଲୋକେ କଣ ମତେ ଯିବାକୁ ଦେବେ ? ମୁଁ ଭାବୁଛି ତମର ଏଇ ସରକାର ଭାଙ୍ଗିଗଲେ କିଛି ଦିନ ଗାଁରେ ଯାଇ ବିଶ୍ରାମ ନେବି। ଡି.ଜି. ଜାଣିଲା ଯେ କଥାବାର୍ତ୍ତାର ସ୍ୱର ଓ ଭାଷା ନରମ ଥିଲେ ବି ଯୁଦ୍ଧ ଆରମ୍ଭ ହୋଇଯାଇଛି। ସେ କହିଲା, ନା ସାର, ଆପଣ ଗାଁକୁ କାହିଁକି ଯିବେ, ଦିଲ୍ଲୀରେ ବଡ଼ ଘର, ସେଇଠି ଯାଇ ଆରମରେ ରହିବେ।

ଓଃ, ଦିଲ୍ଲୀରେ ଭାଇନାଙ୍କ ଘର ? ତମକୁ କୋଉ ଖବର ଅଜଣା ?

କିଏ ଆଜ୍ଞା ନଜାଣେ ଆପଣଙ୍କର ଏତେ ବଡ଼ ସର୍ବଭାରତୀୟ ପରିବାର ବୋଲି ? ଖାଲି କଣ ଦିଲ୍ଲୀରେ ? ବାଙ୍ଗାଲୋରରେ ଆପଣଙ୍କ ନନାଙ୍କ ଘର, ବମ୍ବେରେ କକେଇଙ୍କ ଘର, କଲିକତାରେ ଦଦେଇଙ୍କ ଘର।

କଥାକୁ ଏଇଠାରେ ଛିଣ୍ଡାଇ ଦେବା ପାଇଁ ବୀରେଶ୍ୱର କହିଲା, ତମେ ଯାଇ ତମ ମୁଖ୍ୟଙ୍କୁ କହିଦିଅ, ମୋର ବର୍ତ୍ତମାନ ସହର ଛାଡ଼ି ଯିବାର କୌଣସି ପ୍ରୋଗ୍ରାମ ନାହିଁ।

ପୁଣି ନରମ ହୋଇ ଡି.ଜି. କହିଲା, ଆପଣ ତ ଜାଣନ୍ତି ମୁଖ୍ୟ କେମିତି ତରବରିଆ ଲୋକ। ତା ପରେ ଆଜିକାଲି ଦେଶ ସୁରକ୍ଷା ଆଇନ ଇତ୍ୟାଦିରେ ହାତକୁ କେତେ କ୍ଷମତା ଆସିଗଲାଣି। ଆପଣ କାହିଁକି ହଇରାଣ ହେବେ ବୋଲି ମୁଁ ଯାହା କହୁଥିଲି।

ବୀରେଶ୍ୱର କହିଲା, ଠିକ ଅଛି; ବୁଝିଗଲି। ତମେ ଲୋକ ପଠାଇଲା ବେଳକୁ ମୁଁ ପ୍ରସ୍ତୁତ ହୋଇଥିବି। ଡି.ଜି. ଉଠିଲା। ଗଲାବେଳକୁ ବୀରେଶ୍ୱର ଆଡ଼କୁ ମୁରୁକି ହସ ଦେଇ କହିଲା, ଏଥରକ କିନ୍ତୁ ଆମେ ନଟକୁ ଆରେଷ୍ଟ କରିବୁ ନାହିଁ।

ଏଇଟି ସବୁଠାରୁ ବେଶି ଦୁଃଖଦାୟକ ସମ୍ବାଦ ଥିଲା ବୀରେଶ୍ୱର ପାଇଁ। ରାଜନୈତିକ ଜୀବନରେ ଅନେକଥର ତାକୁ ଜେଲ ଯିବାକୁ ହୋଇଥିଲା, କିନ୍ତୁ ଏକ ଅଲିଖିତ ବୁଝାମଣା ବଳରେ ସବୁଥର ତା ସହିତ ଜେଲକୁ ଯାଉଥିଲା ତାର ଚାକର ନଟ। ଲୋକମାନେ ଏ ବିଷୟରେ ଖରାପ କଥାମାନ କହୁଥିଲେ, କିନ୍ତୁ ଜେଲରେ ପ୍ରଥମ ଶ୍ରେଣୀର କଇଦୀ ହୋଇ ନଟ ପାଖରେ ଥାଇ ବୋଲହାକ କରୁଥିବାରୁ ଜେଲର କୌଣସି କଷ୍ଟ ବାଧୁ ନଥିଲା। ଏଥରକ ନଟ ଯଦି ଆରେଷ୍ଟ ନହେବ, ତାହା ହିଁ ହେବ ବୀରେଶ୍ୱରର ପ୍ରକୃତ ଶାସ୍ତି।

ଘରକୁ ଫେରି ଶ୍ରୀହରି ପାଇଁ ଭିନ୍ନ ପନ୍ଥା ଉପଯୋଗ କଲା ଡି.ଜି.। ଟେଲିଫୋନ ଉଠାଇ ସିଧାସଳଖ କହିଲା, କଣ ବେ ଶଳା ଶିଅଳ, ମତେ ଚିହ୍ନିଲୁ? ଦେଢ଼ମାସ ଭିତରେ ସେ ମୁଖ୍ୟମନ୍ତ୍ରୀ ଶ୍ରୀହରି ପାଖରୁ କୌଣସି ଫାଇଦା ଉଠାଇବାରେ ସଫଳ ହୋଇ ନଥିଲା ଏବଂ ସେତେବେଳେ ସେମାନଙ୍କର କୌଣସି ବିଶେଷ ସମ୍ପର୍କ ନଥିଲା। ତଥାପି ଶ୍ରୀହରି ତାର ସ୍ୱର ଜାଣିପାରିଲା, ମନେ ମନେ ରାଗିଲା, କିନ୍ତୁ ଶାନ୍ତ ସ୍ୱରରେ କହିଲା, ଆପଣ କିଏ କହୁଛନ୍ତି? ଆଗେ ତାର ଜାତି ନେଇ କିଏ କଣ କହିଲେ ଶ୍ରୀହରିର ମୁଣ୍ଡକୁ ପିତ୍ତ ଚଢୁଥିଲା, କିନ୍ତୁ ଆଜିକାଲି ଏ କଥା ଦେହସୁହା ହୋଇଯାଇଥିଲା ଏବଂ ସେ ଏ ପରିସ୍ଥିତିରେ ନିଜକୁ ଥଣ୍ଡା ରଖୁଥିଲା। ତାକୁ ରଗାଇବାରେ ବିଫଳ ହୋଇ ଡି.ଜି. ଠିକ କଲା ଯେ ଆଉ ଏ ଲୋକ ପଛରେ ସମୟ ନଷ୍ଟ କରି ଲାଭ ନାହିଁ। ସେ ଟେଲିଫୋନ ରଖିଦେଲା।

ସେଇଦିନ ସଞ୍ଜବେଳେ ବୀରେଶ୍ୱର ଓ ଶ୍ରୀହରି ଦୁହେଁ ଆରେଷ୍ଟ ହେଲେ। ବୀରେଶ୍ୱରର ଘର ଆଗରେ ସେ ସମୟରେ ଭଡ଼ାରେ ଅଣାଯାଇଥିବା ଲୋକ,

ଖବରକାଗଜବାଲା, ଫଟୋଗ୍ରାଫର ହୋଇଥିଲେ। ଶ୍ରୀହରି ବିଚରା ଧରା ହେଲା ତାଙ୍କର ଭଙ୍ଗାରୁଜା ପାର୍ଟି ଅଫିସରୁ। ଶ୍ରୀହରିକୁ ସେଇ ସହରର ଜେଲରେ ରଖା ହେଲା, କିନ୍ତୁ ବୀରେଶ୍ୱରକୁ ପଠାଇ ଦିଆହେଲା ଦୂର ଜେଲକୁ, କାରଣ ବୀରେଶ୍ୱର ରାଜଧାନୀରେ ରହିଲେ ଆହୁରି ଗଣ୍ଡଗୋଳର ଆଶଙ୍କା ଥିଲା। ଯଦି ମୁଖ୍ୟମନ୍ତ୍ରୀ ଭାବିଥିଲେ ଯେ ଏ ଦୁହିଁଙ୍କୁ ବାନ୍ଧି ନେଲେ ସମସ୍ୟାର ସମାଧାନ ହୋଇଯିବ, ସେ ଧାରଣାଟି ଭୁଲ ଥିଲା। ବୀରେଶ୍ୱର ଓ ଶ୍ରୀହରିଙ୍କ ଅବର୍ତ୍ତମାନରେ ମଧ୍ୟ ଗଣ୍ଡଗୋଳ ଧିମା ପଡ଼ିଲା ନାହିଁ। ଅନେକ ଦିନ ଧରି ଯେତେବେଳେ ଆନ୍ଦୋଳନ ଲାଗି ରହିଲା ଏବଂ ଦୁଇ ନେତାଙ୍କୁ ଛାଡ଼ିଦେବା ପାଇଁ ବିରୋଧୀ ଦଳମାନେ ଦାବି କରିବାରେ ଲାଗିଲେ, ଶ୍ରୀହରିକୁ ମଧ୍ୟ ସେହି ଜେଲକୁ ପଠାଇ ଦିଆଗଲା ଯେଉଁଠାରେ ବୀରେଶ୍ୱର ଆଗରୁ ଥିଲା।

ରାଜଧାନୀ ଠାରୁ ଏତେ ଦୂରର ଜେଲକୁ ଯେ ପଠାଗଲା ତାର ଗୋଟିଏ କାରଣ ଥିଲା ସେମାନଙ୍କୁ ରାଜଧାନୀରୁ ଯେତେ ସମ୍ଭବ ଦୂରରେ ରଖିବା ଏହା ଅପେକ୍ଷା ଆହୁରି ଗୋଟିଏ ମହତ୍ତ୍ୱପୂର୍ଣ୍ଣ କାରଣ ଥିଲା ଯେ ସେ ଜେଲ ଦାୟିତ୍ୱରେ ଯେଉଁ ଅଫିସରଟି ଥିଲା ସେ ଥିଲା ଗୋଟିଏ ପାଜି। କଇଦୀମାନଙ୍କୁ କିପରି ହଇରାଣ କରି ନୟାନ୍ତ କରାଯାଇପାରେ, ସେ ବିଷୟରେ ତାଠାରୁ କାହାରିକୁ ବେଶି ଜଣା ନଥିଲା। ବୀରେଶ୍ୱର ଯେତେବେଳେ ତାଙ୍କ ଜେଲରେ ପହଞ୍ଚିଲା ଜେଲର ଜାଣିଗଲା କାହିଁକି ତାକୁ ସେଠାକୁ ପଠାଯାଇଛି; ଏ ବିଷୟରେ ତାକୁ ଆଉ କୌଣସି ନିର୍ଦ୍ଦେଶ ଦେବାର ପ୍ରୟୋଜନ ନଥିଲା। ସେ ଚଉକିରୁ ଉଠି ବୀରେଶ୍ୱରକୁ ପାଛୋଟି ନେଲା, ନିଜ ଅଫିସ ଘରୁ ସମସ୍ତଙ୍କୁ ବାହାର କରିଦେଇ ସମ୍ମାନର ସହିତ ତାକୁ ବସାଇ କହିଲା, ମୋର ଭାଗ୍ୟ ଏ ଜେଲରେ ଆପଣଙ୍କର ପାଦଧୂଳି ପଡ଼ିଲା। ଆପଣ ଯେତେଦିନ ଏଠାରେ ରହିବେ, ସେ ମାସେ ହଉ କି ପାଞ୍ଚବର୍ଷ ହଉ, ଆପଣଙ୍କର କିଛି ଅସୁବିଧା ହେବନାହିଁ। କିଛି କ'ଣ ହେଲେ ମତେ ଖବର ପଠାଇ ଦେଲେ ମୁଁ ଆସି ହାଜର ହୋଇଯିବି। ଏଇ ବକ୍ତବ୍ୟଟି ପରେ ସେ ବୀରେଶ୍ୱରକୁ ନେଇଗଲା ପ୍ରଥମ ଶ୍ରେଣୀର କଇଦୀମାନଙ୍କ ପାଇଁ ଯେଉଁ ଅଲଗା ଦୁଇଟି କୋଠରି ଥିଲା ସେଠାକୁ। ବୀରେଶ୍ୱର ସେଠାରେ ଛାଡ଼ିଦେଇ ଆସିବା ପରେ ଜେଲରର ଆଉ ଦେଖା ମିଳିଲା ନାହିଁ।

ଏ ଜେଲରେ ପ୍ରଥମ ଶ୍ରେଣୀ କଇଦୀଙ୍କ ମହଲାଟି ମୁଖ୍ୟ କଇଦୀଖାନାରୁ ଦୂରରେ ଗୋଟିଏ ତାରଘେରା ଜାଗାରେ ଥିଲା। ତା ଭିତରେ ଦୁଇଟି କୋଠରି ଥିଲା, ରନ୍ଧାଘର ଥିଲା, ପାଇଖାନା ଥିଲା। ନିଜର କୋଠରି ଭିତରେ ପଶି ବୀରେଶ୍ୱର ପ୍ରଥମେ ଖଟ କମ୍ବଳ ଚାଦରକୁ ପରଖି ନେଲା, ପାଇଖାନା ଘର କଳରେ ପାଣି ଆସୁଛି କି ନାହିଁ ଦେଖିଲା, ଖଟ ଉପରେ ତକିଆ କୋଉ ଦିଗକୁ ଅଛି ଅନ୍ଦା କଲା। ଏଠାରେ କେତେଦିନ

ରହିବାକୁ ପଡ଼ିବ କିଏ ଜାଣେ ? ଜେଲର ତାକୁ ଯେଉଁ ୱାର୍ଡ଼ର ଜମାରେ ଛାଡ଼ିଦେଇ ଯାଇଥିଲା, ସେ ବୀରେଶ୍ୱରକୁ ପଚାରିଲା, କଣ ସାର୍, ସବୁ ଠିକ ଅଛି ତ ? ବୀରେଶ୍ୱର ଆଉ ଥରେ କୋଠରିର ସବୁ ଜିନିଷକୁ ଆଖି ବୁଲାଇ ନେଇ କହିଲା, ଏବେ ତ ଠିକ ଜଣାପଡୁଛି, ଯଦି ଆଉ କଣ ଦରକାର ହବ କହିବି। ୱାର୍ଡ଼ର କହିଲା, ଆଜି ଆପଣଙ୍କୁ ସାଧାରଣ କଇଦୀଙ୍କ ଖାନା ଦିଆଯିବ; କାଲିଠାରୁ ଆପଣଙ୍କ ପାଖରେ ଜଣେ ରୋଷେଇଆ ଲାଗିବ।' ଏତିକି କହି ୱାର୍ଡ଼ର ବୀରେଶ୍ୱରକୁ ଏକୁଟିଆ ଛାଡ଼ି ଦେଇ ତାରଘେରା ଫାଟକରେ ତାଲା ପକାଇ ଚାଲିଗଲା।

ଦିନ ଏଗାରଟାରେ ଜେଲରେ ପହଞ୍ଚିଥିଲା ବୀରେଶ୍ୱର। ବର୍ତ୍ତମାନ ବାରଟା ବେଳେ ଜେଲ ଖଟ ଉପରେ ଏକୁଟିଆ ବସି କଣ କରିବ ବୁଝିପାରିଲା ନାହିଁ ସେ। ଏ ଅଂଶଟି ଜେଲର ଗୋଟିଏ ଅବ୍ୟବହୃତ କଣରେ ଥିଲା; ଏଠାରୁ ଖାଲି କାନ୍ଥ ଛଡ଼ା ଆଉ କିଛି ଦେଖାଯାଉ ନଥିଲା। କୋଠରି ବାହାରେ ଯେଉଁ ଖୋଲା ଜାଗା ଥିଲା ସେଇଟି ବଗିଚା ପାଇଁ ଉଦ୍ଦିଷ୍ଟ ଥିଲା, କିନ୍ତୁ ବର୍ତ୍ତମାନ ସେ ଜାଗାଟି ଖୋଲା ହୋଇ ଶୁଖିଲା ପଡ଼ିଆ ପଡ଼ିଥିଲା। ଚାରିଆଡ଼ ଶୂନଶାନ ଥିଲା। ବୀରେଶ୍ୱର ତାର ଜିନିଷପତ୍ର ଖୋଲି ରଖିଲା। ସାଙ୍ଗରେ କିଛି ବହି ଆଣିଥିଲେ ହୋଇଥାନ୍ତା। ସେ ଚିଠି ଲେଖି କିଛି ବହି ମଗାଇବ। ବର୍ତ୍ତମାନ ଆଉ କିଛି କାମ ନଥିବାରୁ ତାକୁ ଭୋକ ଲାଗିଲା। ସେ ସୁରେଇରୁ ପାଣି ନେଇ ପିଇଲା। ପାଣି ବୋଧହୁଏ ହପ୍ତାଏ ତଳୁ ବଦଳା ହୋଇ ନଥିଲା, ପେଟରେ ପଡ଼ିବାରୁ ବାନ୍ତି ଲାଗିଲା। ଲୋକଟି ସେଠାରେ ଥିବାବେଳେ ତାର ଉଚିତ ଥିଲା ପାଣିକୁ ଦେଖି ନେବା। ସେ ଖଟ ଉପରେ ଶୋଇ କେତେବେଳେ ଖାଇବାକୁ ଆସିବ ଅପେକ୍ଷା କଲା।

ଏମିତିରେ ତାକୁ କେତେବେଳେ ନିଦ ବି ଆସିଗଲା। ନିଦ ଭାଙ୍ଗିବାରୁ ଦେଖିଲା ଦିନ ଦିଟା, କିନ୍ତୁ କେହି ଲୋକବାକ, ଖାଇବାର ଦେଖା ନାହିଁ। ଶୋଷ ଲାଗିବାରୁ ମନେପଡ଼ିଲା ଯେ ସୁରେଇରେ ବାସି ପାଣି ଅଛି। ସେ ସୁରେଇ ପାଣିରେ ମୁହଁ ହାତ ଧୋଇ ବାକି ପାଣିକୁ ଢାଳିଦେଲା ଏବଂ କେତେବେଳେ ଖାଇବାର ଆସିବ ଅପେକ୍ଷ କଲା। ଏଇପରି ଭୋକରେ ପେଟ ଆଉଟୁ ପାଉଟୁ ହେଉଥିବାବେଳେ ୱାର୍ଡ଼ର ଆସି ପ୍ରଥମ ଶ୍ରେଣୀ ଖୁଆଡ଼ରୁ ଫାଟକ ଖୋଲିଲା ଚାରିଟା ବେଳେ। ତାକୁ ଦେଖି ବୀରେଶ୍ୱର ରାଗିଯାଇ ଯାହା ଇଚ୍ଛା ତାହା ଗାଳିଦେଲା। ୱାର୍ଡ଼ର ସାଙ୍ଗରେ ଖାଇବାକୁ ନେଇ ଆସିଥିବା ପୁରୁଣା ଦାଗୀ ଭଳି ଦେଖାଯାଉଥିବା ଲୋକଟି ଘର ଭିତରେ ଥାଳି ରଖିଦେଇ ଚାଲିଯିବା ପରେ ୱାର୍ଡ଼ର ବୀରେଶ୍ୱରକୁ କହିଲା, ସେ ଲୋକଟା ଆଗରେ ମୁଁ ଆପଣଙ୍କୁ କିଛି କହିଲି ନାହିଁ। ଆପଣ ନୂଆ ଲୋକ ତ ଏଠାରେ, ଏଠାକାର ରୀତି ରିବାଜ ଜାଣିନାହାନ୍ତି। ଆଗକୁ ଆପଣ ଏତେ ବଡ଼ ପାଟିରେ କଥାବାର୍ତ୍ତା କରିବେ ନାହିଁ। ଏଇ ଯୋଉ ଲୋକଟି

ଆସିଥିଲା, ଜଣେ ପୁରୁଣା ଦାଗୀ। ସେ କଣ ଜାଣିଲା ଆପଣ ମୋ ଉପରେ ପାଟି କରୁଛନ୍ତି ନା ତା ଉପରେ? ପାଞ୍ଚଟି ଖୁନ କରି ସେ ଜେଲରେ ଅଛି। ଆଉ ଗୋଟାଏ ଖୁନକୁ ତାର ଡର କଣ?

ଏଇଭଳି କଥା ସବୁ କହି ୱାର୍ଡ଼ର ବୀରେଶ୍ୱରକୁ ବେଶ ଭୟ ଦେଖାଇ ଫାଟକରେ ତାଲା ପକାଇ ଚାଲିଗଲା। ବୀରେଶ୍ୱର ଶୁଖିଲା ରୁଟିକୁ ପାଟିକୁ ନେଇ ଦେଖିଲା ଯେ ସେଇଟି ଅଖାଦ୍ୟ ଥିଲା। ତଥାପି ସେ ଭୋକରେ ଦିଖଣ୍ଡ ରୁଟି ଖାଇଦେଲା। ତା ପରେ ପାଣି ପିଇବାକୁ ଯାଇ ତାର ମନେ ପଡ଼ିଲା ଯେ, ରାଗ ଭିତରେ ସେ ପାଣି ବଦଳାଇବା କଥା କହିବାକୁ ଭୁଲିଯାଇଛି। ପ୍ରକୃତରେ ତାର ରାଗିବା ଉଚିତ ନଥିଲା। ଶାନ୍ତ ଚିତ୍ତରେ ଥିଲେ ସେ ପାଣି କଥା ଭୁଲି ନଥାନ୍ତା। ବର୍ତ୍ତମାନ ଆଉ ୱାର୍ଡ଼ରର ଦେଖା ମିଳିବାର ସମ୍ଭାବନା ନଥିଲା। ସେ ପାଇଖାନା ଘର ବାଲଟିରୁ ଯାଇ ଗିଲାସେ ପାଣି ଆଣିଲା। ଏ ପାଣି ବି ଭଲ ନଥିଲା, ତେବେ ତାକୁ ଏତେ ଶୋଷ ଲାଗୁଥିଲା ଯେ ସେ ତାକୁ ଢକଢକ କରି ପିଇ ଦେଲା। ଅଖାଦ୍ୟ ଖାଇ, ଦୁର୍ଗନ୍ଧ ପାଣି ପିଇ ବୀରେଶ୍ୱର ମନେ ମନେ ଭାବିଲା, ନା, ଏ ଶଳା ଛୋଟଲୋକଙ୍କ ଉପରେ ରାଗି ଲାଭ ନାହିଁ। ସେଦିନ ସନ୍ଧ୍ୟାବେଳେ ୱାର୍ଡ଼ର ରାତି ଖାଇବା ନେଇ ଆସିବାରେ ସେ ତା ସହିତ କେବଳ ଭଲରେ ନୁହେଁ, ଖୋସାମତି କଲା ଭଳି କଥାବାର୍ତ୍ତା କଲା, ପିଇବା ପାଣି ମଗାଇ ରଖିଲା ଏବଂ ବିଛଣାରେ ପଡ଼ିଥିବା ଛିଣ୍ଡା କମ୍ବଳଟି ବଦଳରେ ଗୋଟିଏ ଭଲ କମ୍ବଳ ଦେବାକୁ କହିଲା। ରାତିରେ ଶୋଇବାକୁ ଯିବାବେଳେ ତାର ମନେପଡ଼ିଲା ଯେ ସେ ଏଥରକ ତାର ଔଷଧ ସବୁ ଆଣିବାକୁ ଭୁଲିଯାଇଛି; ଏ ବିଷୟରେ ଘରକୁ ଲେଖିବାକୁ ପଡ଼ିବ। ନଟ କଥା ମଧ୍ୟ ତାକୁ ବିଶେଷରେ ମନେପଡ଼ିଲା, କାରଣ ପ୍ରତିଦିନ ଏଇ ସମୟରେ ନଟ ତାର ଗୋଡ଼ ମୋଡ଼ି ଦେଉଥିଲା।

ପରଦିନ ତା ପାଇଁ ରାନ୍ଧୁଣିଆ ଯୋଗାଡ଼ ହୋଇଗଲା। ଯେଉଁ କଇଦୀକୁ ଏ ଦାୟିତ୍ୱରେ ରଖାଗଲା ସେ ଗୋଟିଏ ନିର୍ବୋଧ ଥିଲା। ତେବେ ପ୍ରଥମ ଥର ତା ହାତରୁ ରନ୍ଧା ଖାଇ ବୀରେଶ୍ୱର ଜାଣିଲା ଯେ ସେ ରାନ୍ଧୁଥିଲା ଭଲ। ସେ ଖୁସି ହୋଇଗଲା ଯେ ଯାହା ହେଉ ଖାଇବାରେ ବିଶେଷ କଷ୍ଟ ହେବ ନାହିଁ ତାର। କିନ୍ତୁ ସେଦିନ ରାତିରେ ଲୋକଟି ତାକୁ ଯାହା ଖାଇବାକୁ ଦେଲା ତାହା ପୂରାପୂରି ଅଖାଦ୍ୟ ଥିଲା ଏବଂ ବୀରେଶ୍ୱର ତାକୁ ଖାଇ ପାରିଲା ନାହିଁ। ଲୋକଟି ସହିତ କଥାବାର୍ତ୍ତା କରି ବୀରେଶ୍ୱର ବୁଝିଲା ଯେ ସେ ସମ୍ପୂର୍ଣ୍ଣ ପାଗଳ ଥିଲା, କିଛି କଥା ବୁଝୁ ନଥିଲା ଏବଂ ଯାହା ମନ ହେଉଥିଲା ତା କରୁଥିଲା। ବୀରେଶ୍ୱର ଠିକ୍ କଲା ଯେ, ସେ ଜେଲରଙ୍କୁ ଦେଖା କରି ଏ କଥାର କିଛି ମୀମାଂସା କରିବ।

କିନ୍ତୁ ଜେଲରଙ୍କୁ ଦେଖା କରିବା ସହଜ କଥା ନଥିଲା। ୱାର୍ଡ଼ରକୁ ଏକଥା କହିବାରୁ ସେ କହିଲା, ଆଜିକାଲି ସାହେବ ଇନ୍ସପେକ୍ସନରେ ବ୍ୟସ୍ତ ଅଛନ୍ତି। ଦି ଦିନ ଗଲେ ଦେଖା ଦେବେ। ଏକଥା ଶୁଣି ବୀରେଶ୍ୱର ମୁଣ୍ଡକୁ ରାଗ ଚଢ଼ିଗଲା। ଛାର ଜେଲର, କି ଏମିତି ଲାଟସାହେବ ଯେ ଦେଖା କରିବାକୁ ସମୟ ନାହିଁ! ତେବେ ଏମାନଙ୍କ ଉପରେ ରାଗି ଲାଭ ନାହିଁ। ସେ କହିଲା, ମତେ କାଗଜ କଲମ ଆଣି ଦିଅ, ମୁଁ ଦରଖାସ୍ତ ଲେଖିଦେବି। ସେଦିନ ରାତିରେ ବୀରେଶ୍ୱର ଗୋଟିଏ ଦରଖାସ୍ତ ଲେଖିଲା ଯେଉଁଥିରେ ତାର ଅସୁବିଧାମାନଙ୍କର ଦୀର୍ଘ ତାଲିକା ଥିଲା। ଏଇଟି ଦେବାର ପରଦିନ ଯେତେବେଳେ ସେ ଦରଖାସ୍ତଟି ବିଷୟରେ ପଚାରିଲା, ୱାର୍ଡ଼ର କହିଲା, ସାହେବଙ୍କ ଟେବୁଲ ଉପରେ କାଗଜଟି ଅଛି। ତେବେ ତାଙ୍କର ଆଜିକାଲି ନିଶ୍ୱାସ ନେବାକୁ ସମୟ ନାହିଁ। ଫୁରୁସତ ପାଇଲେ ନିଶ୍ଚେ ଆପଣଙ୍କ ଅର୍ଜି ପଢ଼ି ତା ଉପରେ ଅର୍ଡ଼ର କରିଦେବେ। ବୀରେଶ୍ୱର ମନେ ମନେ କହିଲା, ଶଳା ଜେଲର।

ଆଉ ଦି ଦିନରେ ବୀରେଶ୍ୱରର ମୁଣ୍ଡ ଖରାପ ହୋଇଗଲା। କଥାବାର୍ତ୍ତା କରିବାକୁ ପାଖରେ ନାହିଁ ଏଇ ନିର୍ବୋଧ ପାଗଳ ଲୋକଟି ଛଡ଼ା। ତା ବ୍ୟତୀତ ସେ ଯାହା ଖାଇବାକୁ ଦେଉଛି ଅଧିକାଂଶ ସମୟରେ ଅଖାଦ୍ୟ। ଜେଲ କର୍ମଚାରୀମାନେ ପାଖଛଡ଼ା ରହୁଛନ୍ତି। ଆଗରୁ ସେ ଯେତେଥର ଜେଲ ଯାଇଥିଲା କେବେହେଲେ ଏଭଳି ଅବସ୍ଥା ହୋଇ ନଥିଲା ତାର। ସେମାନେ ଦଳେ ଲୋକ ଧରା ହୋଇ ଆସି ଏକାଠି ରହୁଥିଲେ, ନଟ ପାଖରେ ଥିଲା ସେବା କରିବା ପାଇଁ, ହସଖୁସିରେ ଦିନ କଟିଯାଉଥିଲା। ଏଥରକ ତାର ହୋଇଗଲା ସଲିଟାରି ସେଲରେ ରହିବା ଅବସ୍ଥା। ତାକୁ ଯଦିଓ ମୁଖ୍ୟ ଜେଲ ଭିତରେ କଣ ହେଉଛି ଦେଖାଯାଉ ନ ଥିଲା, ସେଠାରୁ ଯେଉଁ ହୋ-ହଲ୍ଲା ଶୁଭୁଥିଲା, ବୀରେଶ୍ୱର ଭାବୁଥିଲା ବରଂ ସାଧାରଣ କଇଦୀ ହୋଇ ରହିଥିଲେ ଭଲ ହୋଇଥାନ୍ତା। ଏପରି ଅବସ୍ଥାରେ ଶ୍ରୀହରିର ସେଠାକୁ ଆସିବା ତା ପାଇଁ ସୁସମ୍ବାଦ ହେବା ଉଚିତ ଥିଲା, କିନ୍ତୁ ବୀରେଶ୍ୱର ଠିକ୍ କରି ନେଇଥିଲା ଯେ ପାଖ କୋଠରିରେ ରହୁଥିବା ଲୋକଟିକୁ ସେ ନିଜ ପାଖରୁ ଦୂରରେ ରଖିବ।

ଯଦିଓ ସେମାନେ ପାଖ ପାଖ କୋଠରିରେ ରହୁଥିଲେ, ଗୋଟିଏ ପାଇଖାନା ବ୍ୟବହାର କରୁଥିଲେ ଏବଂ ଗୋଟିଏ ରାନ୍ଧୁଣିଆ ହାତରୁ ଖୁଆଉଥିଲେ, ପରସ୍ପର ଆଡ଼କୁ ଅନାଉ ନ ଥିଲେ ଅଥବା ନିଜ ନିଜ ଭିତରେ କଥାବାର୍ତ୍ତା କରୁ ନ ଥିଲେ। କେବେ କେବେ ଶ୍ରୀହରି ବେଶି ସମୟ ପାଇଖାନା ଭିତରେ ରହିଗଲେ ବୀରେଶ୍ୱର ବିରକ୍ତ ହୋଇ କବାଟକୁ ପିଟୁଥିଲା କିନ୍ତୁ ତାକୁ କିଛି କହୁ ନଥିଲା। ମଝିରେ ମଝିରେ ସେ ବାରଣ୍ଡାରେ ପାଇଚାରି କରି ଲୁଚି ଲୁଚି ଝରକା ଦେଇ ଦେଖୁଥିଲା ଶ୍ରୀହରି ଭିତରେ

କଣ କରୁଛି । ଅଧିକାଂଶ ସମୟରେ ଶ୍ରୀହରି ତାର ଖଟ ଉପରେ ଆରାମରେ ଶୋଇରହିଥିବାର ଦେଖାଯାଉଥିଲା । ବୀରେଶ୍ୱର ଏ କଥା ମଧ୍ୟ ଲକ୍ଷ୍ୟ କଲା ଯେ ସେ ଖାଇବା ବିଷୟରେ ଏତେ ବିବ୍ରତ ଥିବାବେଳେ ଶ୍ରୀହରି ଯାହା ମିଳିଲା ନିର୍ବିକାର ସନ୍ତୋଷରେ ଖାଉଥିଲା । ବୀରେଶ୍ୱର ମନେ ମନେ କହୁଥିଲା, ଶଳା ନଅଙ୍କିଆ କାଙ୍ଗାଳ । ଜୀବନସାରା ତ ଘରେ ଖାଇବାକୁ ନଥିଲା, ଯାହା ମିଳିଲା ଭଲ ନ ଲାଗିବ କେମିତି ?

ଦିନେ ସକାଳେ ବୀରେଶ୍ୱରକୁ ଡାକ ଆସିଲା ଜେଲରଙ୍କ ପାଖକୁ ଯିବାପାଇଁ । ବୀରେଶ୍ୱର ଭାବିଲା ବୋଧହୁଏ ତାକୁ ଛାଡ଼ିଦିଆ ହୋଇଛି, ଏପରି କିଛି ଭଲ ଖବର ମିଳିବ ତାକୁ । ତା ମନ ଭିତରେ ଏକଥା ମଧ୍ୟ ଉଠିଲା ଯେ ତାକୁ ଛାଡ଼ି ଦେଇ ଶ୍ରୀହରିକୁ ଯଦି ଆଉ କିଛି ଦିନ ବନ୍ଦକରି ରଖାଯାନ୍ତା ଭଲ ହୁଅନ୍ତା । ବୀରେଶ୍ୱର ଆସି ଜେଲ ଅଫିସରେ ବସିବାର ଅଧଘଣ୍ଟାଏ ପରେ ଜେଲର ଆସିଲା, କହିଲା, ଆଜ୍ଞା ବହୁତ କାମ ଆଜି । ଆପଣଙ୍କ ସାଙ୍ଗରେ କଥା କହିବାକୁ ବି ସମୟ ନାହିଁ । ଆପଣଙ୍କ ଘରୁ କଣ ସବୁ ଜିନିଷ ଆସିଥିଲା ସେଥିପାଇଁ ଆପଣଙ୍କୁ କଷ୍ଟଦେଲି । ଜଣେ ସିପାହୀ ଗୋଟିଏ ଖୋଲା ହୋଇଥିବା ପ୍ୟାକେଟର ଜିନିଷସବୁ ବୀରେଶ୍ୱର ଆଗରେ ରଖିଦେଲା । ବୀରେଶ୍ୱର ତାକୁ ଠିକରେ ଦେଖିବା ଆଗରୁ ଜେଲର ସେଥିରେ ଥରେ ହାତବୁଲାଇ ନେଲା । ବିଭିନ୍ନ ପ୍ରକାର ଔଷଧ ଇତ୍ୟାଦି ସହିତ ଅନେକ ଛୋଟବଡ଼ ଜିନିଷ ବି ଥିଲା, ଯଥା ଗୋଟିଏ ରୁପାର ଦାନ୍ତଖୁଣ୍ଟା, ଅଣ୍ଟାରେ ବାନ୍ଧିବାର ମ୍ୟାଗ୍‌ନେଟିକ ବେଲ୍‌ଟ, ପ୍ଲାଷ୍ଟିକରେ ଗୁଡ଼ା ହୋଇଥିବା ଛୋଟ ଭଗବଦ୍‌ଗୀତା ଇତ୍ୟାଦି । ଗୋଟିଏ ଆୟୁର୍ବେଦ ଔଷଧ ବୋତଲ ଖୋଲି ସେଥିରୁ କିଛି ଧଳାଗୁଣ୍ଡ ନିଜ ପାପୁଲିରେ ଢାଳି ଜେଲର ତାକୁ ନାକ ପାଖକୁ ନେଲା, କହିଲା, ଏ ସବୁ ଜିନିଷ କଇଦୀମାନଙ୍କୁ ଦେବାକଥା ନୁହେଁ; ଏଇଟା ବିଷ କି ନୁହଁ କିଏ ଜାଣେ ? ଆପଣଙ୍କ ପାଇଁ ଏଥର ଛାଡ଼ିଦଉଛି । ଆପଣ ଘରକୁ ଲେଖିଦେବେ ଭବିଷ୍ୟତରେ ସେମାନେ ଯେମିତି ଆଉ ଏଭଳି ଆଲୁକୁଚି ମାଲୁକୁଚି ନ ପଠାନ୍ତି । ଏତିକି କହି ଜେଲର ଉଠି ଠିଆହେଲା ଏବଂ ଯେମିତି ତାର ଆଉ କେଉଁଠି ବହୁତ ଜରୁରୀ କାମଅଛି, ଶୀଘ୍ର ବାହାରି ଚାଲିଗଲା । ବୀରେଶ୍ୱର ଯେ ତା ପାଖକୁ ଏତେ ଆପତ୍ତି ଅଭିଯୋଗ ମନରେ ନେଇ ଆସିଥିଲା, କହିବାକୁ ସମୟ ପାଇଲା ନାହିଁ । ବିଶେଷରେ ଜେଲର ଶେଷରେ ଯାହା କହିଗଲା, ସେ କଥା ତା ମୁଣ୍ଡରେ ପଶି ତାକୁ ଆଉ କିଛି କହିବାକୁ ସୁଯୋଗ ଦେଲା ନାହିଁ ।

ନିଜର ଖୁଆଡ଼କୁ ଆସି ବୀରେଶ୍ୱର ଭାବିଲା, ଜେଲର ଯାହା କହିଲା ଆଲୁକୁଚି ମାଲୁକୁଚି ବୋଲି ତାର ମତଲବ କଣ ? ଘରୁ ଆସିଥିବା ଜିନିଷ ସବୁକୁ ପୁଣି ଥରେ ତନ୍ନତନ୍ନ କରି ଦେଖିଲା ବୀରେଶ୍ୱର, କିନ୍ତୁ ସେଥିରେ ଆଲୁକୁଚି ମାଲୁକୁଚି ଭଳି କୌଣସି

ଜିନିଷ ତା ଆଖିରେ ପଡ଼ିଲା ନାହିଁ। କଣ ହୋଇପାରେ ଏ ଶବ୍ଦଟିର ଅର୍ଥ ? ଛୋଟ ଲୋକମାନେ ବ୍ୟବହାର କରୁଥିବା କିଛି ଜିନିଷ ? ତା ହେଲେ ଶ୍ରୀହରିକୁ ଜଣା ଥାଇପାରେ। ଦିନସାରା କିଛି ଭଲ ଲାଗିଲା ନାହିଁ ବୀରେଶ୍ୱରକୁ। ଏଇ ଅଦ୍ଭୁତ ଶବ୍ଦଟି ତା ମନକୁ ବାରମ୍ବାର ବ୍ୟତିବ୍ୟସ୍ତ କଲା। ଶେଷରେ ସେ ଠିକ୍ କଲା ଯେ ନିଜର ମାନସମ୍ମାନକୁ ବଳି ଦେଇ ସେ ଶ୍ରୀହରିର ଆଶ୍ରୟ ନେବ ଏବଂ ଜିନିଷଟି କଣ ଜାଣିବ ହିଁ ଜାଣିବ।

ଶ୍ରୀହରିର କୋଠରି ସାମନା ବାରଣ୍ଡାରେ ଏପାଖ ସେପାଖ ହୋଇ ସେ ଭାବିଲା କଥାଟା କେମିତି ଆରମ୍ଭ କରିବ। ଶ୍ରୀହରି ନିଶ୍ଚେ ଗୋଡ଼ ଲମ୍ବାଇବ ସେ ତା ପାଖକୁ ଗଲେ, ତେବେ ଏ ପରିସ୍ଥିତିରେ ଆଉ ବା କଣ କରାଯାଏ। ବୀରେଶ୍ୱର ଶ୍ରୀହରିର କବାଟ ପାଖରେ ଟିକିଏ କାଶି କହିଲା, ଆପଣଙ୍କ ପାଖରେ ମୁଣ୍ଡବଥା ଔଷଧ ଅଛି କି ? ଭାଗ୍ୟକୁ ଶ୍ରୀହରି ମଧ୍ୟ କାହା ସାଙ୍ଗରେ କଥାବାର୍ତ୍ତା କରିବାକୁ ଛଟପଟ ହେଉଥିଲା। ସେ ଆଉ କୌଣସି ଢମ ନ ଦେଖାଇ କହିଲା, ଆସନ୍ତୁ ଆସନ୍ତୁ, ବାହାରେ କାହିଁକି ଛିଡ଼ା ହୋଇଛନ୍ତି ? ବୀରେଶ୍ୱର ଭିତରକୁ ଯାଇ ବସିବା ପରେ ସେମାନଙ୍କ ଭିତରେ କଥାବାର୍ତ୍ତା ଆରମ୍ଭ ହୋଇଗଲା ଯେପରିକି ସେମାନଙ୍କର ପ୍ରତିଦିନ ଭେଟ ହେଉଥିଲା ଏବଂ ଏଇ ପୂର୍ବରୁ ପାଞ୍ଚ ଛ ଦିନ ସେମାନଙ୍କ ଜୀବନରେ ଘଟି ନଥିଲା। ଏଇ କଥାବାର୍ତ୍ତା ଭିତରେ ଆଉ ମୁଣ୍ଡବଥା ଔଷଧ କଥା ବି ଉଠିଲା ନାହିଁ, କାରଣ ଉଭୟ ପକ୍ଷ ଜାଣିଥିଲେ ଯେ ଏଇଟି ଥିଲା ମୌନ ଭାଙ୍ଗିବାର ବାହାନା ମାତ୍ର। ବର୍ତ୍ତମାନ ଯୋଉ କାମ ପାଇଁ ବୀରେଶ୍ୱର ଆସିଥିଲା ସେ କଥା ଉଠାଇବାକୁ ଉପକ୍ରମଣିକା କରି କହିଲା, ଏ ଜେଲରଟା ଗୋଟାଏ ବଦମାସ ଲୋକ। ଶ୍ରୀହରି କହିଲା, ମୁଁ ଆର ଜେଲରୁ ଆସିବାବେଳେ ସେଠା କଇଦୀଙ୍କ ପାଖରୁ ଏ ଲୋକ ବିଷୟରେ ଶୁଣିଛି। ପକ୍‌କା ପାଜି। ତାର କୁଆଡ଼େ ପୁରୁଣା ଦାଗୀଙ୍କ ସାଙ୍ଗରେ ସଲାସୂତ୍ର ଅଛି। ରାତିରେ ସେ ଦାଗୀଙ୍କୁ ଚୋରି କରିବାକୁ ଛାଡ଼ିଦିଏ। ରାତିରେ ସେମାନେ ଯେତେ ମାଲ ଆଣିଲେ ଅଧା ତାଙ୍କର, ଅଧା ଜେଲରର। ବୀରେଶ୍ୱର କହିଲା, ଦେଖୁନାହାନ୍ତି କିପରି ବ୍ୟବହାର କରାଯାଉଛି ଏଠାରେ ଆମ ସାଙ୍ଗରେ। ଯେତେହେଲେ ଆମେ ତ କେବେ ମୁଖ୍ୟମନ୍ତ୍ରୀ ଥିଲେ ! ଶ୍ରୀହରି କହିଲା ସେକଥା ଭୁଲିଯାନ୍ତୁ ବର୍ତ୍ତମାନ। ଯେତେଦିନ ଏ ଶଳା ସରକାର ଆମକୁ ବନ୍ଦ କରି ରଖିଚି, ମୁହଁ ମାଡ଼ି ପଡ଼ି ରହିବା କଥା। ଖଲାସ ହେଲେ ଦେଖାଯିବ ଏ ସରକାରର ତାକତ କେତେ। ବୀରେଶ୍ୱର କହିଲା, ସେକଥା ସତ ଯେ, ଯେତେଦିନ ଏଠାରେ ଅଛେ, ଟିକିଏ ଶାନ୍ତିରେ ତ ରହିବା। ଘରୁ କିଏ କଣ ଜିନିଷ ପଠାଇବ, ତାକୁ ତ ଆଣିବା। ଶ୍ରୀହରି କହିଲା, ଜେଲ ଭିତରେ ପୁଣି କି ଶାନ୍ତି ? ଏଇ କେତେ ଦିନକୁ ଦୁର୍ଭାଗ୍ୟ ବୋଲି ଭାବି ସହିଯିବା କଥା।

କଥାଟା ବାଗ ଧରୁ ନାହିଁ ଦେଖି ବୀରେଶ୍ୱର କହିଲା, ପ୍ରଥମ ଶ୍ରେଣୀର କଇଦୀ ଭାବରେ ଆମର ତ କିଛି ଅଧିକାର ଅଛି। ଖବରକାଗଜ, ବହି, ଘରୁ କିଛି ଜିନିଷ ଆସିବା ଯାକୁ ତ କୋଉ ଜେଲରର ବାପା ଅଟକାଇ ପାରିବ ନାହିଁ। ଆମ ଘରୁ ଯାହା ଆସିଲା ସବୁ ଆମର। ଶ୍ରୀହରି କହିଲା, ଆପଣଙ୍କର କଣ କିଛି ଜିନିଷ ବାଟମାରଣା ହୋଇଗଲା ? ବୀରେଶ୍ୱର କହିଲା, ନାଇଁ ଯେ, ତେବେ ଜେଲର ମୋ ଜିନିଷକୁ ଆଲୁକୁଚି ମାଲୁକୁଚି ବୋଲି କହିଲା। ଶ୍ରୀହରି କହିଲା, କିଛି ହଜି ନାହିଁ ତ ! ଆପଣ ଏଥରକ ଘରକୁ ଲେଖି ଦିଅନ୍ତୁ ଦାମିକା ଜନିଷ କିଛି ପଠାଇବେ ନାହିଁ। ତା ପରେ କଥା ବୁଲିଗଲା ରାଜନୀତି ଆଡ଼କୁ। ଏବର ମୁଖ୍ୟମନ୍ତ୍ରୀଙ୍କ ବିରୁଦ୍ଧରେ ଉଭୟେ ନାନା ପ୍ରକାର କୁତ୍ସା ବିନିମୟ କଲେ। ପ୍ରେସ ବିଲ ବିରୋଧୀ ଆନ୍ଦୋଳନ ବିଷୟରେ ମଧ୍ୟ ଆଲୋଚନା ହେଲା। ଶ୍ରୀହରି ପାଖରୁ ବାହାରିବା ବେଳକୁ ମଧ୍ୟ ବୀରେଶ୍ୱର ମନରୁ କଥାଟି ଯାଇ ନଥିଲା। ସେ କବାଟ ପାଖରୁ ପଚାରିଲା, ଆଲୁକୁଚି ମାଲୁକୁଚି ମାନେ କଣ ? କିଛି ନଭାବି ନଚିନ୍ତି ଶ୍ରୀହରି ଉତ୍ତର ଦେଲା, କଣ ଖାଇବା ଜିନିଷ ହୋଇଥିବ ପରା !

ଏଭଳି ବୀରେଶ୍ୱରର ସଂଶୟର କୌଣସି ସମାଧାନ ହେଲା ନାହିଁ, କିନ୍ତୁ ଏହି ଆଳରେ ଶ୍ରୀହରି ସହିତ ତାର ସମ୍ପର୍କ ସ୍ଥାପନ ହୋଇଗଲା। ଏଥରକ ସେମାନେ ନିଜ ନିଜ ଭିତରେ କଥାବାର୍ତ୍ତା କରୁଥିଲେ, ଯଦିଓ ଏପର୍ଯ୍ୟନ୍ତ ଆଳାପ ଆଲୋଚନା ବ୍ୟକ୍ତିଗତ ସ୍ତରକୁ ଆସି ନଥିଲା। ପ୍ରଥମେ ପ୍ରଥମେ ଆଲୋଚନା ହେଉଥିଲା ରାଜନୀତି ଓ ଦେଶର ପରିସ୍ଥିତି ବିଷୟରେ। କ୍ରମେ କ୍ରମେ ଏସବୁ ବିଷୟ ଭୁଲିଯାଇ ସେମାନେ କଥାବାର୍ତ୍ତା କଲେ ଜେଲର ସୁବିଧା ଅସୁବିଧା ବିଷୟରେ, ଯଥା ପାଇଖାନା ସଫା ନଥିବା, ସେମାନଙ୍କୁ ଠିକ୍ ସମୟରେ ଖାଇବାକୁ ଯୋଗାଇ ଦିଆଯାଉ ନଥିବା, ଖାଦ୍ୟରେ ଭିଟାମିନ ଓ କ୍ୟାଲୋରି ପରିମାଣ କମ ଥିବା ଇତ୍ୟାଦି। ଏ ବିଷୟରେ ୱାର୍ଡ଼ରକୁ ବାରମ୍ବାର କହିବା ପରେ ମଧ୍ୟ ବ୍ୟବସ୍ଥାର କୌଣସି ଉନ୍ନତି ନ ହେବାରୁ ସେମାନେ ଠିକ କଲେ ଯେ, ସିଧାସଳଖ ଏ ବିଷୟ ସରକାରରେ ଅଭିଯୋଗ କରିବେ। ବୀରେଶ୍ୱରରେ ଜେଲ ମାନୁଆଲ ବିଷୟରେ ଭଲ ଜ୍ଞାନ ଥିଲା ଏବଂ ଏଠାରେ ଜେଲ ନିୟମାବଳୀର କେଉଁ କେଉଁ ଧାରାର କିଭଳି ଲଙ୍ଘନ ହେଉଛି, ସେ ତାର ତାଲିକା କରିଦେଲା। ଏଥରକ ଏ ବିଷୟରେ ସରକାରଙ୍କ ପାଖକୁ ଦରଖାସ୍ତ ଲେଖି ସେଥିରେ ଦୁଇଜଣଯାକ ଦସ୍ତଖତ କରି ଜେଲର ପାଖକୁ ପଠାଇଦେଲେ।

ଦରଖାସ୍ତଟି ଉପରେ ଆଖି ବୁଲାଇ ଜେଲର ମନରେ ହଠାତ ଭୟ ପଶିଲା। କାରଣ ଏଇଟି ତା ଜେଲର ଗୋଟିଏ ପରିଦର୍ଶନ ନୋଟ ଭଳି ଥିଲା। ସେଇଟିକୁ ଆଉ

ଦିଥର ପଢ଼ିବା ପରେ ତାର ଭୀଷଣ ରାଗ ଉପୁଜିଲା ଏ ଦୁଇଟି କଇଦୀଙ୍କ ଉପରେ। ସେ କାଗଜଟିକୁ ଟିକି ଟିକି କରି ଚିରିଦେଲା। ଟେବୁଲ ଉପରର କଲିଂ ବେଲକୁ ଜୋରରେ ପିଟି ଅର୍ଦ୍ଦଳୀକୁ ଡାକିଲା ଏବଂ ପ୍ରଥମ ଶ୍ରେଣୀ ଦାୟିତ୍ୱରେ ଥିବା ୱାର୍ଡ଼ରକୁ ଆସିବାକୁ ଖବର ପଠାଇଲା। ୱାର୍ଡ଼ର ଆସିବାକୁ ସେ ତାକୁ ଯାହା ଇଚ୍ଛା ତାହା ଗାଳି ଦେଲା, କହିଲା, ଶଳା ଦିଟା ବୋଲି ଖଦଡ଼ିଆଙ୍କୁ ସମ୍ଭାଳି ପାରିଲ ନାହିଁ ? ଏଥରକ ମୁଁ ନିଜେ ତାଙ୍କ କଥା ବୁଝିବି।

ଜେଲ ଭିତରେ ଜେଲରର ନିଜର ଗୋଟିଏ କିଚେନ କ୍ୟାବିନେଟ ଥିଲା। ଏଥିରେ ତାର ହାତଗଣତି ଜେଲ କର୍ମଚାରୀ ଥିଲେ, ଯାହାଙ୍କୁ ସେ ଧର କହିଲେ ବାନ୍ଧି ଆଣୁଥିଲେ ଏଥିରେ ଜେଲ ଡାକ୍ତରଙ୍କୁ ବି ଅନ୍ତର୍ଭୁକ୍ତ କରାହୋଇଥିଲା ନିୟମିତ ଜେଲ ବଗିଚାରୁ ପରିବା ଇତ୍ୟାଦି ଯୋଗାଇ। କେହି କଇଦୀ ଅସମ୍ଭାଳ ହେଲେ ତାକୁ ଡାକ୍ତରୀ ଉପାୟରେ କିପରି କଣ କରିବାକୁ ହେବ, ସେକଥା ଡାକ୍ତରଙ୍କୁ ଜଣାଥିଲା। ନାକ ବାଟେ ଖାଦ୍ୟ ଖୁଆଇବା, ବିନା କାରଣରେ ଗୋଡ଼ରେ ପ୍ରଚୁର ସାଲାଇନ ଇଞ୍ଜେକସନ ଦେଇ କଇଦୀକୁ ଦିନି ଦିନ ଧରି କଷ୍ଟରେ ରଖିବା ଉପାୟମାନରେ ଡାକ୍ତର ଥିଲା ଓସ୍ତାଦ। ଏହା ବ୍ୟତୀତ ଜେଲର ହାତରେ ଥିଲେ କେତେ ଜଣ ବଛା ବଛା ଦାଗୀ, ଯେଉଁମାନେ ତା ପାଇଁ ଥିଲେ ପ୍ରଭୁଭକ୍ତ କୁକୁର ଭଳି। ସେମାନଙ୍କୁ ଜେଲ ଭିତରେ ସାତଖୁଣ ମାଫ ଥିଲା ଏବଂ କଇଦୀମାନଙ୍କ ଉପରେ ରାଜୁତି ଥିଲା ସେମାନଙ୍କର। ଜେଲରଙ୍କ ଦୟାରୁ ଜେଲ ଭିତରେ ସେମାନଙ୍କ ପାଖରେ ମଦ, ନିଶାଦ୍ରବ୍ୟ ଇତ୍ୟାଦି ପହଞ୍ଚା ଯାଉଥିଲା, ତାଙ୍କୁ ଭଲ ଖାଇବାକୁ ମିଳୁଥିଲା, ମଫସଲିଆ ଅଳ୍ପ ବୟସର ପିଲା କଇଦୀ ତାଙ୍କର ସେବା ପାଇଁ ରହୁଥିଲେ। ଏସବୁ ସୁଯୋଗ ବଦଳରେ ସେମାନଙ୍କର କାମ ଥିଲା, ଜେଲର ପାଇଁ କଇଦୀମାନଙ୍କୁ ସମ୍ଭାଳିବା ଏବଂ ଜେଲର ବିରୁଦ୍ଧରେ କିଛି ହେଲେ ତାକୁ ଦମନ କରିବା। ଜେଲର ଇଚ୍ଛା କରିଥିଲେ ତାର ଦୁଇ ଭି.ଆଇ.ପି. କଇଦୀଙ୍କ ପାଇଁ ଏମାନଙ୍କୁ ଲଗାଇ ଦେଇ ପାରିଥାନ୍ତା, କିନ୍ତୁ ଏ ଗୁଣ୍ଡାମାନଙ୍କର ଦେହ ଜୋର ଯେତିକି ଥିଲା ସେତିକି କମ ଥିଲା ମୁଣ୍ଡ ବୁଦ୍ଧି ବୃତ୍ତି। ଏମାନେ ପୁଣି କିଛି ସମସ୍ୟା ଉପୁଜାଇବାର ସମ୍ଭାବନା ଥିଲା। ଏଣୁ ଅନେକ ଭାବିଚିନ୍ତି ଜେଲର ପ୍ରଥମ ଶ୍ରେଣୀ ଖୁଆଡ଼ରୁ ରାନ୍ଧୁଣିଆକୁ ବଦଳାଇ ସେଠାରେ ଭିକାରୀକୁ ଲଗାଇ ଦେଲା ଏବଂ ଜଣେ ଟାଣୁଆ ୱାର୍ଡ଼ରକୁ ସେଠାରେ ଡିଉଟି ଦେଲା।

ଭିକାରୀ ଚତୁର୍ଥ ଶ୍ରେଣୀ କର୍ମଚାରୀ ଥିଲା ଏବଂ ଜଣାଥିଲା ଜେଲରଙ୍କର ଖାସ କାମ ପାଇଁ ଦୂତ ବୋଲି। ଜେଲ ସାରା ତାର ଅବାଧ ଯିବାଆସିବା ଥିଲା ଏବଂ କଇଦୀମାନଙ୍କ ସମେତ ସବୁ ଜେଲ କର୍ମଚାରୀ ତାକୁ ଡରୁଥିଲେ। ଚୋରା

ଜିନିଷ ଜେଲରୁ ଭିତର ବାହାର କରିବାରେ ସେ ଧୁରନ୍ଧର ଥିଲା। ଏଇ ଲୋକଟିକୁ ପ୍ରଥମ ଶ୍ରେଣୀ ଖୁଆଡ଼କୁ ନେଇ ୱାର୍ଡ଼ର ଚିହ୍ନା କରାଇଦେଲା, କହିଲା, ଆପଣମାନେ କହୁଥିଲେ ରାନ୍ଧୁଣିଆ ଭଲ କାମ କରୁ ନଥିଲା ବୋଲି, ଏଥରକ ଜେଲର ଜଣେ ପୁରୁଖା ଲୋକ ଦିଆ ହଉଛି। ଆପଣଙ୍କର ଆଉ କିଛି ଅସୁବିଧା ହେବ ନାହିଁ। ଯଦିଓ ଲୋକଟି ସୁବିଧାର ଦେଖାଯାଉ ନଥିଲା, ବୀରେଶ୍ୱର ଓ ଶ୍ରୀହରି ଚୁପ ରହିଲେ, କାରଣ ସେମାନେ ଆଗ ଲୋକଟି ବିରୁଦ୍ଧରେ ନାନା ଅଭିଯୋଗ କରିଥିଲେ। ବର୍ତ୍ତମାନ ଚବିଶ ଘଣ୍ଟା ଏଇ ଲୋକଟିର ଦାୟିତ୍ୱରେ ରହିବାକୁ ହେବ ତାଙ୍କୁ; ସେଥିପାଇଁ ତାକୁ ହାତରେ ରଖିବା ଉଚିତ।

ସେତେବେଳକୁ ସେମାନଙ୍କର ଜେଲରେ ରହିବାର ମାସେ ହୋଇଯାଇଥିଲା। ଯଦିଓ ଆନ୍ଦୋଳନ ବନ୍ଦ ହୋଇ ନଥିଲା, ଆସେମ୍ବ୍ଲି ଛୁଟି ହୋଇଯାଇଥିବାରୁ ବିଲଟି ପାସ କରିବା କାମ ସ୍ଥଗିତ ହୋଇଯାଇଥିଲା ଏବଂ ସେଥିପାଇଁ ଉତ୍ତେଜନା ଶିଥିଳ ପଡ଼ିଆସିଥିଲା। ତଥାପି ସେମାନଙ୍କୁ ଜେଲରୁ ମୁକୁଳାଇବା ପାଇଁ କୌଣସି ବ୍ୟବସ୍ଥା ହେବା ଭଳି ଜଣାଯାଉ ନଥିଲା। ସରକାର ଯେମିତି ଜେଲକୁ ପଠାଇ ଦେଇ ପୂରାପୂରି ଭୁଲିଯାଇଥିଲେ ଦିଜଣଙ୍କୁ। ଆନ୍ଦୋଳନ ମାନ୍ଦା ପଡ଼ିବାରୁ ସେମାନଙ୍କର ଦଳର ଲୋକ ଓ ଜନସାଧାରଣ ମଧ୍ୟ କୌଣସି ଖବର ନେଉ ନଥିଲେ ଏ ଦୁହିଁଙ୍କ ବିଷୟରେ। ଏପରି ପରିସ୍ଥିତିରେ ବୀରେଶ୍ୱର ଓ ଶ୍ରୀହରି ସ୍ଥିରକରି ନେଇଥିଲେ ଯେ ଆଉ ଯେତେଦିନ ଏଠାରେ ରହିବାକୁ ପଡ଼ିବ କିପରି ଶାନ୍ତିରେ ରହିଯିବେ।

ବୀରେଶ୍ୱର ଆଜିକାଲି ଶ୍ରୀହରି ସହିତ ମିଶୁଥିଲା ସିନା, ଏ ପର୍ଯ୍ୟନ୍ତ ମନ ଭିତରୁ ଏ କଥାଟି ଦୂର କରିପାରୁ ନଥିଲା ଯେ ଶ୍ରୀହରି ଗୋଟିଏ ଛୋଟଲୋକ। ପୂର୍ବରୁ ଅବଶ୍ୟ ଅନେକ ଥର ଜେଲରେ ତାକୁ ରହିବାକୁ ହୋଇଛି ଅସବର୍ଣ୍ଣ ଅଛବ ଲୋକଙ୍କ ସହିତ। ଅନେକ ଲୋକଙ୍କ ମେଳ ଭିତରେ ସେମାନଙ୍କ ସହିତ ମିଶିଯିବାରେ କିଛି ଜଣାଯାଏ ନାହିଁ, କିନ୍ତୁ ଗୋଟିଏ ଖୁଆଡ଼ରେ ମାତ୍ର ଦିଜଣ ଲୋକ ରହୁଥିବା ବେଳେ ତା ପାଖ ଜଣେ ଅଛବ ଲୋକକୁ ରଖିଥିବା ନିଶ୍ଚୟ ମୁଖ୍ୟମନ୍ତ୍ରୀର କୁବୁଦ୍ଧି। ଶ୍ରୀହରିକୁ ସେ ପ୍ରଥମେ ଜାଣିବା ବେଳେ ଶ୍ରୀହରି ଜଣେ ସାଧାରଣ କର୍ମୀ ଓ ପରେ ଗୌଣ ନେତାଟିଏ ଥିଲା। ଅବସ୍ଥା ଚକ୍ରରେ କିଛି ଦିନ ପାଇଁ ମୁଖ୍ୟମନ୍ତ୍ରୀ ହୋଇ ଶ୍ରୀହରି ନିଜକୁ କଣ ନା କଣ ବୋଲି ଭାବୁଥିଲା ଏବଂ ବୀରେଶ୍ୱରକୁ ମନେକରୁଥିଲା ସମସ୍କନ୍ଧ। ବୀରେଶ୍ୱରକୁ ଏକଥା ଭଲ ଲାଗୁ ନଥିଲା ଏବଂ ସେ ଠିକ୍ କରିଥିଲା ଯେ ଜେଲରେ ଥିବା ସମୟତକ ସେ ଏଇ ଛୋଟଲୋକର ଦୌରାତ୍ମ୍ୟ ସହିଯିବ କିନ୍ତୁ ଥରେ ବାହାରକୁ ଗଲେ ତାକୁ ଦେଖାଇ ଦେବ କାହା ସ୍ଥାନ କେଉଁଠି।

ବର୍ତ୍ତମାନ ଶ୍ରୀହରିର ଚିନ୍ତା ଛାଡ଼ି ଭିକାରୀ ଉପରେ ଧ୍ୟାନ ଦେଲା ବୀରେଶ୍ୱର। ପ୍ରଥମ ଦିନରୁ ହିଁ ଜଣାପଡ଼ିଗଲା ଯେ ଭିକାରୀ ତାଙ୍କର ସେବା ପାଇଁ ଆସି ନଥିଲା, ଆସିଥିଲା ଜେଲରର ଚର ହୋଇ ସେମାନଙ୍କୁ ହାଇରାଣ କରିବା ପାଇଁ। ତାଙ୍କ ଖୁଆଡ଼କୁ ଆସିବା ପରେ ସେଠାରେ ଗୋଟିଏ ବନ୍ଦ ଘରକୁ ଖୋଲି ଭିକାରୀ ନିଜର ଆସ୍ଥାନ ଜମାଇ ଦେଲା। ସେ କୋଠରି ଭିତରକୁ ନ ପଶିଲେ ବି ବାହାରୁ ନଜର ପକାଇ ବୀରେଶ୍ୱର ଦେଖିଲା ଯେ ଭିକାରୀର ଜିନିଷପତ୍ର ତାଙ୍କଠାରୁ ଭଲ ଥିଲା। ତା ଭିତରେ ଗୋଟିଏ ଛୋଟ ଟେଲିଭିଜନ ବି ରଖିଥିଲା ଭିକାରୀ। ଯଦିଓ ସେମାନେ ଭାବିଥିଲେ ଭିକାରୀ ସେମାନଙ୍କର ରୋଷେଇ କାମ କରିବ, ପ୍ରକୃତରେ ଦେଖାଗଲା ଯେ ଭିକାରୀ ଆଉ ଜଣେ କଇଦୀକୁ ରାନ୍ଧୁଣିଆ ଲଗାଇ ନିଜେ ତାର ତଦାରଖ ମାତ୍ର କରୁଥିଲା। ପ୍ରଥମ ଦିନ ଯେତେବେଳେ ନୂଆ ଲୋକଟି ରୋଷାଇ କରିବାକୁ ଆସିଲା, କିଛି ଜାଣିବା ଉଦ୍ଦେଶ୍ୟରେ ଏବଂ କିଛି ତାକୁ ଖୁସି କରିବା ଉଦ୍ଦେଶ୍ୟରେ ବୀରେଶ୍ୱର କହିଲା, କଣ ଭିକାରୀବାବୁ, ତମେ କଣ ରୋଷେଇ କରିବ ନାହିଁ କି ? ଆମେ ଭାବିଥିଲୁ ତମ ହାତରୁ ଭଲ ଖାଇବାକୁ ମିଳିବ। ଯଦିଓ ବୀରେଶ୍ୱର ହସି ହସି ଏକଥା କହିଥିଲା, ରୁକ୍ଷ ଗଳାରେ ଜବାବ ଦେଇ ଭିକାରୀ ଜଣାଇ ଦେଲା ଯେ ସେ ଏମାନଙ୍କର ବନ୍ଧୁତା ଚାହେଁ ନାହିଁ। ସେ କହିଲା, ଆଜ୍ଞା ମୁଁ ଜାତିରେ କରଣ ବୈଷ୍ଣବ। ସରକାରୀ ଚାକିରି କରି ମୁଣ୍ଡ ବିକି ଦେଇଛି ସିନା, ମୋର ତ ପୁଣି ଜାତି ଧର୍ମ ଅଛି। ହାଡ଼ି ବାଉରିଙ୍କ ସେବା କରିବା ମୋ ହାତରେ ହୋଇପାରିବ ନାହିଁ। ଏତକ କଥା ସେ ବେଶ୍ ଜୋରରେ ଶ୍ରୀହରିକୁ ଶୁଣାଇ ଶୁଣାଇ କହିଲା। ଶ୍ରୀହରି କିନ୍ତୁ ଏଭଳି ଉସୁକାଇବା ସହିତ ପରିଚିତ ଥିଲା ଏବଂ ନିଜକୁ ସମ୍ବରଣ କରି ନେଲା। ସେ ଜାଣିଥିଲା ଯେ ଏଭଳି କଥାରେ କଥା ଯୋଡ଼ିଲେ ପରିଣାମ ଖରାପ ହିଁ ହେବ। ଶ୍ରୀହରିକୁ ତା କଥା ଭିତରକୁ ଟାଣିବାରେ ବିଫଳ ହୋଇ ଭିକାରୀ ବୀରେଶ୍ୱରକୁ କହିଲା, ଆପଣଙ୍କ ପାଇଁ ମୁଁ ଯୋଉ ରାନ୍ଧୁଣିଆ ଯୋଗାଡ଼ କରିଦେଇଛି, ସେ ଜାତିରେ ସିନା କଣ୍ଡରା, କିନ୍ତୁ ତାର ହାତ ଭଲ। ଏ କଥା ଶୁଣି ବୀରେଶ୍ୱରର ମୁହଁ ଶୁଖିଗଲା। ଅଛବ, ଅସବର୍ଣ୍ଣ, ହରିଜନ ଇତ୍ୟାଦି କହିଲେ ଠିକ୍ ଅଛି; କିନ୍ତୁ ସିଧାସଳଖ ଜାତି ନାଁଟା କହିବାରୁ ତା ହାତରୁ ଖାଇବାକୁ ହେବ ଶୁଣି ବୀରେଶ୍ୱରର ମନ ଖରାପ ହୋଇଗଲା ଏବଂ ଦୂରରୁ ଏକଥା ଦେଖି ଶ୍ରୀହରି ସାମାନ୍ୟ ଖୁସି ହେଲା। ଭିକାରୀ ନିଜ ସ୍ୱରକୁ ଟିକିଏ ନୀଚ କରି କହିଲା, ଆପଣ ବ୍ରାହ୍ମଣ ବୋଲି ମୁଁ ଜାଣିଚି ଯେ ଆଜ୍ଞା, ତେବେ ଆଇନ କାନୁନ କଥାରେ ଆମେ କଣ କରିବା ? ଏ କଥା ତୁଣ୍ଡରେ ଧରିଲେ ତ ଜେଲ ହୋଇଯିବ। ବୀରେଶ୍ୱର ସାମାନ୍ୟ ମୁଣ୍ଡ ଝୁଙ୍କାଇ ହଁ ଭରିଲା ଯଦିଓ ତାର ମନେଥିଲା ଯେ ସେ ଜେଲ ଭିତରେ ହିଁ ଅଛି।

ଏଥରକ ଭିକାରୀ ବିଧିବଦ୍ଧ ଭାବରେ ଲାଗିଗଲା ଦୁହିଙ୍କୁ ହଇରାଣ କରିବାର ନାନା ଉପାୟ ବାହାର କରିବାରେ। ଦୁଇବେଳାର ରନ୍ଧା ଏ ବିଷୟରେ ତାର ଗୋଟିଏ ପ୍ରଧାନ ମାଧ୍ୟମ ହେଲା। କେତେବେଳେ ଖାଇବାଟି ସମ୍ପୂର୍ଣ୍ଣ ଅଲଣା ହେଉଥିଲା ତ ଏ ବିଷୟରେ ଆପତ୍ତି କଲେ ଅତ୍ୟଧିକ ଲୁଣ ପକାଇ ସେ ତାକୁ କରି ଦେଉଥିଲା ପୂରାପୂରି ଅଖାଦ୍ୟ। କେବେ କେବେ ତରକାରିରେ ବେଶି ଲଙ୍କା ପକାଇ ସେ ସେମାନଙ୍କ ଆଖିରୁ ଲୁହ ବାହାର କରିଦେଉଥିଲା। ଏ ବିଷୟରେ ଶ୍ରୀହରିର ସହନ ଶକ୍ତି ବେଶି ଥିଲା। ତାକୁ ଯାହା ଦେଲେ ସେ ଖାଇ ଦେଉଥିଲା। ବୀରେଶ୍ୱର ସବୁବେଳେ ରନ୍ଧା ବିଷୟରେ ପାଟିତୁଣ୍ଡ କରୁଥିବାରୁ ତାରି ଖାଦ୍ୟରେ ଲୁଣ ଲଙ୍କାର ପରିମାଣ ଅଧିକ ମାତ୍ରାରେ କମ୍ ବେଶି ହେଉଥିଲା। ସେମାନେ ଖାଇଲା ବେଳେ ଭିକାରୀ ଠିଆ ହୋଇ ସେମାନଙ୍କର ଅସ୍ୱସ୍ତିକୁ ଉପଭୋଗ କରୁଥିଲା ଏବଂ କହୁଥିଲା, ରୋଷେଇ ହେଲା ନିଆଁ ପାଣିର କାମ; ରନ୍ଧା ହୋଇସାରିଲେ କେମିତି ଲାଗିବ, ସେ କଥା କାହା ହାତରେ ନାହିଁ।

ଏସବୁ ବିଷୟରେ ୱାର୍ଡ଼ରକୁ କହି ଲାଭ ନଥିଲା କାରଣ ସେ ମଧ୍ୟ ଭିକାରୀକୁ ଡରୁଥିଲା। ଥରେ ଭିକାରୀ ସେଠାରେ ନଥିବା ବେଳେ ୱାର୍ଡ଼ର ସେମାନଙ୍କୁ ଚୁପ୍‌ଚୁପ୍ କହିଲା, ଆଉ ଯାହା ହଉ ପଛେ, ଭିକାରୀକୁ ହାତରେ ରଖିଥାନ୍ତୁ। ଲୋକଟା ଏମିତି ବଦମାସ ଯେ ତା ଯୋଗୁ ଥରେ ଜଣେ କଇଦୀ ଆତ୍ମହତ୍ୟା କରିଥିଲା। ଜେଲଖାନାରେ ସମସ୍ତେ ତାକୁ ଡରନ୍ତି।

ଉଭୟ ବୀରେଶ୍ୱର ଓ ଶ୍ରୀହରିଙ୍କର ଆଗରୁ ଜେଲରେ ରହିବାର ଅଭିଜ୍ଞତା ଥିଲା ଏବଂ ଉଭୟେ ଜାଣିଥିଲେ ଯେ ଜେଲରେ ଅନେକ ପ୍ରକାରର ଅସୁବିଧା ଓ କଷ୍ଟ ସହିବାକୁ ହୁଏ। ତେବେ ଜଣେ ଲୋକ ସୁପରିକଳ୍ପିତ ଭାବେ ହଇରାଣ କରିବାରେ ଲାଗିଥିବା ସେମାନଙ୍କ ପାଇଁ ଏକ ନୂଆ ଅଭିଜ୍ଞତା ଥିଲା। ଭିକାରୀ ଆଜିକାଲି ଅନେକ ନୂଆ ପ୍ରଣାଳୀ ବାହାର କରିଥିଲା ସେମାନଙ୍କୁ ହିନସ୍ତା କରିବାର। ରାତି ଅଧରେ ଖୁବ୍ ଜୋରରେ ରେଡ଼ିଓ ବଜାଇ ସେ ଆଉ ସେମାନଙ୍କୁ ଶୋଇବାକୁ ଦେଲାନାହିଁ। ଚାରିଦିନକାଳ ତାଙ୍କର କୋଠରିକୁ ସଫା ଓ ମରାମତି କରିବା ଆଳରେ ସେ ତାଙ୍କର ଜିନିଷପତ୍ର ବାହାରେ ପକାଇ ଦେଇ ଦଳେ ଲୋକ ଆଣି ସେଠାରେ କାମ କରାଇଲା। ସେମାନେ ବଗିଚାରେ ପାଇଚାରି କରୁଥିବା ଦେଖି ସେ ସେଠାରେ ଗଛ ଲଗାଇବା ବାହାନାରେ ଖାତ ଖୋଳାଇ ଦେଲା, ଯାହା ଫଳରେ ସେମାନେ ଆଉ ଖୋଲା ଜାଗାରେ ଚଲାବୁଲା କରିପାରିବେ ନାହିଁ। ଏସବୁ ବ୍ୟତୀତ ଭିକାରୀର ଗୋଟିଏ ପ୍ରଧାନ ଅସ୍ତ୍ର ଥିଲା ସେମାନଙ୍କୁ ଶୁଣାଇ ଶୁଣାଇ ଗାଳିଗୁଲଜ କରିବା। ସେ ରାନ୍ଧୁଣିଆ ପାଖକୁ

ଯାଇ ବଡ଼ ପାଟିରେ କହୁଥିଲା 'ଏ ଶଳେ ନେତାମାନେ ଦେଶଟାକୁ ଖାଇଯିବେ' ଭଳି ସୁପ୍ରତୀତ କିନ୍ତୁ କଇଦୀ ଦୁହିଁଙ୍କ ପାଇଁ ଅପ୍ରୀତିକର କଥାମାନ।

ଦିନେ ବୀରେଶ୍ୱର ଭିକାରୀର ଶୁଣିବାରେ କହିଦେଲା ଯେ ତାର ଦେହ ଭଲ ଲାଗୁନାହିଁ। ଭିକାରୀ ସେଇଦିନ ଡାକ୍ତରଙ୍କ ଡାକି ଆଣିଲା ଏବଂ ସେ ତାର ହାତରେ ଯେଉଁ ଇଞ୍ଜେକସନଟି ଫୋଡ଼ିଲେ ତାର ଦରଜ ରହିଲା ପାଞ୍ଚ ଦିନ। ଏଇ ଘଟଣାଟି ପରେ ବୀରେଶ୍ୱର ଠିକ କଲା ଯେ ନିଜର ମାନ ସମ୍ମାନକୁ ଭୁଲି ସେ ଯାଇ ଶ୍ରୀହରି ସହିତ ଆତ୍ମୀୟତା କରିବ। ଶ୍ରୀହରି ମଧ୍ୟ ଏହି କଥାଟିର ଅପେକ୍ଷାରେ ଥିଲା ଏବଂ ଅଳ୍ପ ସମୟ ଭିତରେ ଉଭୟ ମିଳିମିଶି ଗଲେ ଭିକାରୀକୁ କିପରି ଜବତ କରିବାକୁ ହେବ, ତାର ଯୋଜନା କରିବାରେ। ଶ୍ରୀହରି ଉପରକୁ ଏପରି ବୋକା ଲୋକଟିଏ ଭଳି ଦେଖାଯାଉଥିଲେ କ'ଣ ହେବ, ଥିଲା ନିତାନ୍ତ ଧୂର୍ତ୍ତ। ଭିକାରୀର ଅଜ୍ଞାତରେ ସେ ରାନ୍ଧୁଣିଆକୁ ହାତ କରିବାକୁ ଚେଷ୍ଟାକଲା ନିଜେ ମଧ୍ୟ ଛୋଟ ଜାତିର ହୋଇଥିବାର ଦ୍ୱାହି ଦେଇ। ସେ ଏଥିରେ ସଫଳ ହେଲା ଏବଂ ଭିକାରୀର ପ୍ରରୋଚନା ଓ ନିର୍ଦ୍ଦେଶ ସତ୍ତ୍ୱେ ସେମାନଙ୍କର ଖାଇବା ପିଇବାରେ ଆଉ କୌଣସି କଷ୍ଟ ରହିଲା ନାହିଁ। ଦୁର୍ଭାଗ୍ୟକୁ ଭିକାରୀ ପାଖରେ ଏକଥା ବେଶିଦିନ ଛପି ରହି ପାରିଲା ନାହିଁ ଏବଂ ସେ ରାନ୍ଧୁଣିଆକୁ ବଦଳି କରିଦେଇ ଆଉ ଜଣେ ନୂଆ ବଦମାସ ଲୋକ ଆଣି ଲଗାଇ ଦେଲା। ସେମାନଙ୍କୁ ଶୁଣାଇ ଶୁଣାଇ କହିଲା, ତମେ ଡାଳେ ଡାଳେ ଗଲେ ମୁଁ ପତ୍ରେ ପତ୍ରେ ଯିବି।

ଏଥରକ ଭିକାରୀ ଏକ ନୂଆ ଦୌରାତ୍ମ୍ୟ ଆରମ୍ଭ କଲା ପାଣିକଳକୁ ସମୟ ଅସମୟ ଇଚ୍ଛାମତେ ବନ୍ଦ କରିଦେବା। ପାଣି କଳର ଚାବି ସବୁ କେଉଁଠି ଅଛି ଭିକାରୀକୁ ଜଣା ଥିଲା ଏବଂ କେବେକେବେ ବୀରେଶ୍ୱର ବା ଶ୍ରୀହରି ପାଇଖାନା ଭିତରେ ଥିବାବେଳେ ଭିକାରୀ କଳ ମୋଡ଼ି ପାଣି ବନ୍ଦକରି ଦେଉଥିଲା। ଏହାପରେ ସେ ବିଜୁଳିର ଯୋଗାଯୋଗକୁ ବି ନିୟନ୍ତ୍ରଣ କରିବାରେ ଲାଗିଲା ଏବଂ ଖରାଦିନ ଦିପହରେ ପଂଖା ବନ୍ଦ କରିଦେଇ ସେମାନଙ୍କୁ ଯଥାସମ୍ଭବ କଷ୍ଟ ଦେଲା। ବୀରେଶ୍ୱର ଓ ଶ୍ରୀହରି ବୁଝିଗଲେ ଯେ ଜେଲରୁ ନ ମୁକୁଳିବା ପର୍ଯ୍ୟନ୍ତ ସେମାନଙ୍କର ମୁକ୍ତି ନାହିଁ ଏ ପାଜି ଲୋକଟିର ହାବୁଡ଼ରୁ।

ଏଇ ସମୟରେ ପୁଣି ଆସେମ୍ବ୍ଲି ବସିବାରୁ ପ୍ରେସ ବିଲଟିର ଆଲୋଚନା ହେଲା ଏବଂ ବିରୋଧୀ ଆନ୍ଦୋଳନ ନବଜନ୍ମ ନେଲା। ଲୋକମାନଙ୍କର ଏତେବେଳକୁ ମନେପଡ଼ିଲା ଯେ ଦୁଇଜଣ ଭୂତପୂର୍ବ ମୁଖ୍ୟମନ୍ତ୍ରୀ ଏହି କାରଣରୁ ଏ ପର୍ଯ୍ୟନ୍ତ ଜେଲରେ ଅଛନ୍ତି। ମୁଖ୍ୟମନ୍ତ୍ରୀଙ୍କ ଉପରେ ଏଥିପାଇଁ ଚାପ ପଡ଼ିଲା ଏବଂ ସେ ଏ ବିଷୟରେ କାର୍ଯ୍ୟାନୁଷ୍ଠାନ କରିବାକୁ ବାଧ୍ୟ ହେଲେ। ସେଠାରେ ଜିଲ୍ଲା କଲେକ୍ଟର ପାଖକୁ ଖବର ଆସିଲା ଯେ ସେ ଯାଇ କଇଦୀ ଦୁଇଜଣଙ୍କୁ ମନାଉ ଏବଂ ତାଙ୍କୁ କହୁ ଯେ ସେମାନେ

ଅନ୍ଦୋଳନ ପ୍ରତ୍ୟାହାର କରିଦେବାର ଆଶ୍ୱାସନା ଦେଲେ ତାଙ୍କୁ ଜେଲରୁ ମୁକୁଳାଇ ଦିଆଯିବ। ସେମାନଙ୍କ ପାଖକୁ ଯେତେବେଳେ ଖବର ଆସିଲା ଯେ କଲେକ୍ଟର ତାଙ୍କ ପାଖକୁ ଆସିବାକୁ ଖବର ପଠାଇଛନ୍ତି, ବୀରେଶ୍ୱର ଅତି ଖୁସି ହୋଇଗଲା। କିନ୍ତୁ ଶ୍ରୀହରି କହିଲା, ଆପଣ ବୁଝିଲେ ନାହିଁ, ତାଙ୍କର ଗରଜ ଥିବାରୁ ଆମ ପାଖକୁ ଆସୁଛନ୍ତି। ଏତେବେଳେ ଆମର ଅଡ଼ି ବସିବା କଥା। ବୀରେଶ୍ୱର କହିଲା, ଏଠା ଜେଲର ଯେମିତି, ଆଉ କେବେ ଉପର ହାକିମଙ୍କୁ ଦେଖା କରିବାକୁ ମିଳିବ କି ନାହିଁ, ଏ ସୁବିଧା ଛାଡ଼ି ଦେବା ? ଶ୍ରୀହରି କହିଲା, ଆମେ ସିଧା କହିଦବା ଯେ ଆମର ଦାବି ପୂରଣ ନହେଲେ ଆମେ କୌଣସି ଆଲୋଚନା ପାଇଁ ରାଜି ନୁହଁ।

ଯଦିଓ ରାଜନୀତିକ ଚାଲବାଜିରେ ଭାଗ ନେବା ତାର କାର୍ଯ୍ୟଭୁକ୍ତ ନଥିଲା, ମୁଖ୍ୟମନ୍ତ୍ରୀଙ୍କ ଆଦେଶରେ କଲେକ୍ଟର ନିଜକୁ ପ୍ରସ୍ତୁତ କଲା ବୀରେଶ୍ୱର ଓ ଶ୍ରୀହରି ସହିତ କଥାବାର୍ତ୍ତା ପାଇଁ। ତାକୁ ଏଥିପାଇଁ ପ୍ରେସ ଆଇନ ଓ ପ୍ରସ୍ତାବିତ ବିଲଟିକୁ ମୂଳରୁ ଶେଷ ପର୍ଯ୍ୟନ୍ତ ପଢ଼ିବାକୁ ପଡ଼ିଲା। ଆଇନଟି ପ୍ରକୃତରେ ଅତି କଠୋର ଓ ନିର୍ମମ ଥିଲା ଏବଂ ଥିଲା ମଧ୍ୟ ସମ୍ପୂର୍ଣ୍ଣ ଗଣତନ୍ତ୍ର ବିରୋଧୀ। ସେ ଜାଣିଥିଲା ଯେ ଯଦି ବୀରେଶ୍ୱର ଓ ଶ୍ରୀହରି ତା ସହିତ ଏ ଆଇନର ବିଭିନ୍ନ ଧାରା ବିଷୟରେ ଆଲୋଚନା କରନ୍ତି, ତେବେ ତାକୁ ଯୁକ୍ତି ଦେଇ ସମର୍ଥନ କରିବା ତା ପକ୍ଷରେ କାଠିକର ପାଠ ହେବ। ତାକୁ ଜେଲର ଖବର ଦେଇଥିଲା ଯେ ବୀରେଶ୍ୱର ଓ ଶ୍ରୀହରି କହୁଛନ୍ତି ସେମାନେ ଗୋଟିଏ ଦାବିପତ୍ର ଲେଖି ପଠାଇବେ; ଯଦି ସରକାର ସେ ଦାବି ମାନି ନିଅନ୍ତି ତେବେ ଯାଇ ସେମାନେ କଲେକ୍ଟର ସହିତ ଆଲୋଚନା କରିବେ। କଲେକ୍ଟର ଆଶଙ୍କା କରୁଥିଲା ଯେ ଏହି ପତ୍ରରେ ସେମାନେ ନିଶ୍ଚୟ ପ୍ରସ୍ତାବିତ ଆଇନର ବିଭିନ୍ନ ଦଫା ବିଷୟରେ ଆପତ୍ତି ଉଠାଇବେ ଏବଂ ଏହି ଆଳରେ ତା ସହିତ ଆଲୋଚନା କରିବାକୁ ମନା କରିଦେବେ।

ବୀରେଶ୍ୱର ଓ ଶ୍ରୀହରିଙ୍କ ପାଖରୁ ଆସିଥିବା ଦାବିପତ୍ରଟିକୁ ଅତି ସନ୍ତର୍ପଣରେ ସହିତ ଖୋଲିଲା କଲେକ୍ଟର। ଛୋଟ ପତ୍ରଟି ତଳେ ଦୁଇଜଣଙ୍କର ଦସ୍ତଖତ ଥିଲା। ଚିଠିଟିରେ ପ୍ରେସ ଆଇନ ବିଷୟରେ କୌଣସି ଉଲ୍ଲେଖ ନଥିଲା। ଏଥିରେ ଏକମାତ୍ର ଦାବି ଥିଲା ଯେ ଭିକାରୀ ନାୟକକୁ ଏ ଜେଲରୁ ଅନ୍ୟତ୍ର ବଦଳି କରି ଦିଆଯାଉ।

■

ଦେଖଣାହାରି

ବସ୍‌ର ସବା ପଛ ସିଟ୍‌ରେ ଆଉ ଟିକିଏ ଆରାମ କରି ବସି ପୁଣି ବହିଟି ପଢ଼ିବାରେ ମନ ଦେଲା ସଂବିତ। ରାସ୍ତା ବିଶେଷ ଭଲ ନଥିଲା ଏବଂ ଗାଡ଼ିର ଝାଙ୍କରେ ପଢ଼ିବା କଷ୍ଟସାଧ୍ୟ ଥିଲା, ତେବେ ଅନ୍ୟମାନଙ୍କର ନିରର୍ଥକ କଥାବାର୍ତ୍ତାରେ ଭାଗ ନ ନେଇ ଅଲଗା ହୋଇ ରହିବା ପାଇଁ ବହିଟି ଥିଲା ଗୋଟିଏ ସହଜ ଉପଲକ୍ଷ। ତାର ବନ୍ଧୁମାନେ ବର୍ତ୍ତମାନ କୌଣସି ଜଣେ ନେତାଙ୍କର ଦଳୀୟ ରାଜନୀତିର ସୂକ୍ଷ୍ମାତିସୂକ୍ଷ୍ମ ହସ୍ତକୌଶଳ ବିଷୟରେ ଆଲୋଚନାରତ ଥିଲେ ଏବଂ ଏ ବିଷୟରେ ସାମାନ୍ୟ ବି ଅଭିରୁଚି ନଥିଲା ସଂବିତର। ସେ ସବୁବେଳେ ଏପରି ଅଲଗା ହୋଇ ରହିଯାଉଥିଲା ତାର ସହଧର୍ମୀ ସାମ୍ବାଦିକମାନଙ୍କଠାରୁ ଏବଂ ସେମାନଙ୍କ ପାଖରୁ ଅପବାଦ ପାଉଥିଲା ଉନ୍ନାସିକ ହୋଇଥିବାର। କିନ୍ତୁ ତାର ସ୍ୱଭାବ ଓ ମନୋବୃତ୍ତି ହିଁ ଥିଲା ଏଇଭଳି ଏବଂ ତାକୁ ନେଇ ସେ ସନ୍ତୁଷ୍ଟ ଥିଲା। ତାର ଅଭିମାନ ଥିଲା ଯେ ଅନ୍ୟ ସାମ୍ବାଦିକମାନେ ଛୋଟ ଛୋଟ କଥାକୁ ନେଇ ବ୍ୟସ୍ତ ଥିବାବେଳେ ସେ ବିଭିନ୍ନ ରାଜନୀତିକ ସାମାଜିକ ସମସ୍ୟାମାନଙ୍କ ଉପରେ ଗଭୀର ଅଧ୍ୟୟନମୂଳକ ଶାଣିତ ପ୍ରବନ୍ଧମାନ ଲେଖୁଥିଲା ଏବଂ ସଭାରୂଢ଼ମାନଙ୍କୁ କଠୋର ସମାଲୋଚନା କରିବାରେ ପଶ୍ଚାତପଦ ହେଉ ନଥିଲା। ଏଥିପାଇଁ ସେ ବେଶ ଅପ୍ରିୟ ଥିଲା, କିନ୍ତୁ ତାର ଲେଖାକୁ କେହି ଉପେକ୍ଷା କରିପାରୁ ନଥିଲେ।

ବାହାରେ ଦିପହରର ଟାଣ ଖରା ଥିଲା, କିନ୍ତୁ ବାତାନୁକୂଳିତ ମିନିବସ ଭିତରଟି ଥିଲା ଆରାମଦାୟକ। ସେମାନଙ୍କର ଯାତ୍ରାର ସବୁପ୍ରକାର ସ୍ୱାଚ୍ଛନ୍ଦ୍ୟ କରି ଦେଇଥିଲେ ସରକାର। ବସ ଭିତରେ ଥଣ୍ଡାପାଣି ଓ ଫ୍ଲାସ୍କଭର୍ତ୍ତି ଚା ଥିଲା। ତାଙ୍କର ସୁବିଧା ଅସୁବିଧା କଥା ବୁଝିବା ପାଇଁ ସାଙ୍ଗରେ ଯାଉଥିଲା ଜଣେ ଲୋକସମ୍ପର୍କ ଅଫିସର। ଭେଟା ଭଳି

ଦେଖାଯାଉଥିବା ଏଇ କରିତକର୍ମା ଅଫିସରଟି ଏ କାମ ପାଇଁ ସମ୍ପୂର୍ଣ୍ଣ ରୂପେ ଉପଯୁକ୍ତ ଥିଲା। ଜଣେ କର୍ତ୍ତବ୍ୟନିଷ୍ଠ ଏୟାରହଷ୍ଟେସ ପରି ସେ ସମୟମତେ ସେମାନଙ୍କୁ ପିଇବା ପାଣି ଓ ଚା ଯୋଗାଉଥିଲା ଏବଂ ସେମାନଙ୍କର ବରାଦୀ ଗୀତର ଟେପ ବଜାଇ ଶୁଣାଉଥିଲା। ତଥାପି ସନ୍ତୁଷ୍ଟ ନଥିଲେ ସାମ୍ବାଦିକମାନେ। ଚା ସାଙ୍ଗରେ ଖାଲି ବିସ୍କୁଟ ଦେଖି ଜଣେ କହିଲା, କଣ ବାବୁ, ଆଜିକାଲି କଣ ବଜାରରେ କାଜୁବାଦାମ ମିଳୁ ନାହିଁ? ଯଦିଓ ସେ ଭଲ ଭାବେ ଜାଣିଥିଲା ଯେ କାଜୁବାଦାମ ଭଳି କୌଣସି ଜିନିଷ ସାଙ୍ଗରେ ଆସି ନଥିଲା, ଭେଟା ତା ଗୋଡ଼ପାଖରେ ଥିବା ବାକ୍ସଟିକୁ ତନ୍ନତନ୍ନ କରି ଖୋଜିଲା, କହିଲା, ସାର, ଏଇ ସରକାରୀ ଗେଷ୍ଟହାଉସ କାମ ଏମିତି; କହିଲେ କାଜୁ ପ୍ୟାକେଟ ଦିଆହୋଇଛି ବୋଲି, କିନ୍ତୁ କାହିଁ? ଏଥରକ କୋଉ ଭଲ ହୋଟେଲରୁ ଚା ସରଞ୍ଜାମ ଆଣିବାକୁ ପଡ଼ିବ। ସରକାରୀ କାମକୁ ବିଶ୍ୱାସ ନାହିଁ। ଭେଟା ଜାଣୁଥିଲା ଯେ ସାମ୍ବାଦିକମାନେ ଯେତେବେଳେ ଛୋଟ ଛୋଟ କଥାରେ ସରକାରଙ୍କୁ ସମାଲୋଚନା କରିବେ, ସେତେବେଳେ ସେମାନଙ୍କ ସାଙ୍ଗରେ ମିଶିଯାଇ କଥାଟିର ସମର୍ଥନ କରିବା ଚାଲାକିର କାମ। ଏଇଭଳି କାଜୁବାଦାମ ଅଭାବଜନିତ ସମସ୍ୟାକୁ ସରକାରୀ ଅପାରଗତା ଉପରେ ଲଦି ଦେଇ ଭେଟା କହିଲା, ଥଣ୍ଡା ବିଅର କିନ୍ତୁ ମୁଁ ନିଜେ ଦେଖି ରଖାଇଛି; ସେଥିରେ କୌଣସି ଗଣ୍ଡଗୋଳ ହେବ ନାହିଁ। ଏଥର ପକେଟରୁ ଗୋଟିଏ ବଟଲ ଓପନର ବାହାର କରି ସେ କହିଲା, ଆପଣ ଯେତେବେଳେ କହିବେ ବାହାର କରିଦେବି।

ଜାଗରଣର ବିଶେଷ ସମ୍ବାଦଦାତା, ଯେ କି ଅସମୟରେ ଚା ପିଇବାରେ ବିଶ୍ୱାସ କରୁନଥିଲା, କହିଲା, ତା ହେଲେ ଆଉ ଡେରି କାହିଁକି? ବସ୍ ଭିତରେ ସିନା ଖରାନାହିଁ, କିନ୍ତୁ ବାହାରେ ତ ତଣ୍ଟି ଶୁଖିଯିବା ଅବସ୍ଥା। ସେମାନେ ଏଇମାତ୍ର ଚା ପିଇଥିଲେ ଏବଂ ଦୈନିକ ସକାଳ କହିଲା, ଏବେ ତ ଜମା ସାଢ଼େ ଦଶଟା ବାଜିଛି। ଭେଟା କିନ୍ତୁ ଯେତେବେଳେ ଆଇସବକ୍ସ ଭିତରୁ ଗୋଟିଏ ଥଣ୍ଡା ବିଅର ବୋତଲ ବାହାର କରି ହାତରେ ଧରି ସମସ୍ତଙ୍କୁ ଦେଖାଇଲା, ଆଉ କାହାରି ଆପତ୍ତି ରହିଲା ନାହିଁ। ଅତି କୁଶଳତାର ସହିତ ଗ୍ଲାସରେ ବିଅର ଢାଳି ସେ ଜଣ ଜଣ କରି ସମସ୍ତଙ୍କ ହାତରେ ଦେଲା, କହିଲା, ଭଲହେଲା ଆପଣମାନେ ଆରମ୍ଭ କରିଦେଲେ, ନହେଲେ ମାଛଭଜା ଥଣ୍ଡା ହୋଇଯାଇଥାନ୍ତା। ବାର୍ତ୍ତା ସମ୍ପାଦକ ପ୍ରଥମ ଢୋକ ବିଅର ପିଇ କହିଲା, ଏଇଠି ତ ଆମକୁ ଏତେ ଖୁଆଇଲଣି, ଖରାବେଳେ ପୁଣି ଲଞ୍ଚ ମିଳିବ କି ନାହିଁ? ଭେଟା କହିଲା, ସାର ଆଜ୍ଞା, ଫରେଷ୍ଟ ବଙ୍ଗଳାରେ ତାର ବନ୍ଦୋବସ୍ତ ହୋଇଛି। ସେଥିପାଇଁ ବ୍ୟସ୍ତ ହେବାର ନାହିଁ। ଜନମତ କହିଲା, ସେଠି ଜଙ୍ଗଲରେ ଭଲ ଖାଇବାକୁ

ମିଳିବ ନା ସେଇ ଗେଷ୍ଟହାଉସ ଭଳି ଅବସ୍ଥା ? ସାପ୍ତାହିକ କ୍ରାନ୍ତି କହିଲା, ଯଦି ଫରେଷ୍ଟ ବଙ୍ଗଳାରେ ହରିଣ ମାଉଁସ ନ ମିଳିଲା, ତେବେ ସେ ପୁଣି କି ବନ୍ଦୋବସ୍ତ ? ଭେଟ କହିଲା, ସବୁ ମିଳିବ ଆଜ୍ଞା । ମୁଖ୍ୟମନ୍ତ୍ରୀ ନିଜେ ଚିଫ କଞ୍ଜରଭେଟରଙ୍କୁ କହିଛନ୍ତି । ଖାଲି ଆମେ ଯାଇ ଠିକ ସମୟରେ ପହଞ୍ଚିଲେ ହେଲା ।

ସକାଳେ ସାତଟା ବେଳେ ବାହାରିବାର ଥିଲା, କିନ୍ତୁ ସମସ୍ତେ ନିଜ ନିଜ ଖୁସିରେ ଆସି ପହଞ୍ଚିଲେ ଏବଂ ବାର୍ତ୍ତା ସମ୍ପାଦକ ନ ଆସିବାରୁ ଶେଷରେ ବସ୍ ନେଇ ଘରକୁ ଯିବାକୁ ହୋଇଥିଲା । ଏମିତି ହୋଇ ସେମାନେ ରାଜଧାନୀ ଛାଡ଼ିଲେ ନଅଟା ବେଳେ । ଭେଟା ହିସାବକରି ଦେଖିଲା ଯେ ଯାହା ଉପରବେଳା ପହଞ୍ଚିବାର ଥିଲା ହୋଇପାରିବ ନାହିଁ । ଫରେଷ୍ଟ ବଙ୍ଗଳାରେ ଲଞ୍ଚ ପାଇଁ ଅଟକି ପୁଣି ଚାରି ଘଣ୍ଟାର ଯାତ୍ରା କରୁ କରୁ ରାତି ହୋଇଯିବ ନିଶ୍ଚୟ । ଭଲ ହେଲା, ତାଙ୍କୁ ରାତିରେ ଖାଇବା ପିଇବାକୁ ଦେଇ ଶୁଆଇଦେବ; ଆଜି ଆଉ ତାଙ୍କ ସାଙ୍ଗରେ ସହର ଭିତରେ ବୁଲିବାକୁ ପଡ଼ିବ ନାହିଁ ।

ରାଜଧାନୀଠାରୁ ଚାରିଶହ କିଲୋମିଟର ଦୂରର ଏଇ ଅନାମଧେୟ ଛୋଟ ସହରଟିରେ ସାମ୍ପ୍ରଦାୟିକ ଦଙ୍ଗା ହୋଇଯାଇଥିଲା ପନ୍ଦରଦିନ ତଳେ । ଏ ଗଣ୍ଡଗୋଳରେ ତେର ଜଣ ମରିଥିଲେ, ଅନେକ ଲୋକ ଆହତ ହୋଇଥିଲେ, ଦୋକାନ ବଜାର ବସ୍ତିରେ ନିଆଁ ଲାଗି ଅନେକ କ୍ଷୟକ୍ଷତି ହୋଇଥିଲା । ସେଠାରୁ ଯାହାସବୁ ରିପୋର୍ଟ ଆସିଥିଲା, ସେଥିରୁ ଜଣାଯାଇଥିଲା ଯେ ପୋଲିସର ଅବହେଳାରୁ ହିଁ ଏଭଳି ପରିସ୍ଥିତିର ସୃଷ୍ଟି ହୋଇଥିଲା । ଦଙ୍ଗାର କିଛି ଦିନ ଏ ପ୍ରକାର ଅବସ୍ଥା ଥିଲା ବାହାର ଲୋକ, ଏପରିକି ରାଜଧାନୀର ଖବରକାଗଜବାଲା ମଧ୍ୟ ସେଠାକୁ ଯିବାକୁ ଭୟ କରୁଥିଲେ । ସ୍ଥାନୀୟ କର୍ତ୍ତୃପକ୍ଷଙ୍କ ବିରୁଦ୍ଧରେ ନାନା ଅଭିଯୋଗ ସତ୍ତ୍ୱେ ସରକାର କୌଣସି କାର୍ଯ୍ୟାନୁଷ୍ଠାନ କରି ନ ଥିଲେ ଏବଂ ଏକ ଯାଞ୍ଚ କମିସନ ବସାଇବାର ଦାବିକୁ ପ୍ରତ୍ୟାଖ୍ୟାନ କରି ଦେଇଥିଲେ । ଏଥିଯୋଗୁ ସେଠାର ପ୍ରଶାସନ ବର୍ତ୍ତମାନ ନିର୍ଭୟ ହୋଇ ଶାନ୍ତିରକ୍ଷା ଆଳରେ ସହରର ଲୋକଙ୍କ ଉପରେ ଦମନଲୀଳା ଆରମ୍ଭ କରି ଦେଇଥିଲେ ଏବଂ ଦଙ୍ଗାର ଆତଙ୍କରୁ ଯାଇ ଲୋକମାନେ ବର୍ତ୍ତମାନ ପଡ଼ିଥିଲେ ପୋଲିସର ଦୌରାତ୍ମ୍ୟରେ । ଏ ବିଷୟରେ ଖବରକାଗଜରେ ସମ୍ବାଦମାନ ପ୍ରକାଶ ପାଇବାରୁ ମୁଖ୍ୟମନ୍ତ୍ରୀ ଠିକ୍ କଲେ ଯେ ସେ ରାଜଧାନୀରୁ କିଛି ସାମ୍ବାଦିକଙ୍କୁ ସେଠାକୁ ପଠାଇବେ; ସେମାନେ ନିଜେ ଯାଇ ଦେଖି ଆସନ୍ତୁ କିପରି ଦଙ୍ଗା ଶେଷ ହୋଇ ସହରରେ ଶାନ୍ତିଶୃଙ୍ଖଳା ଫେରି ଆସିଛି । ରାଜଧାନୀରୁ ଦଶଜଣ ସାମ୍ବାଦିକ ସରକାରଙ୍କ ବନ୍ଦୋବସ୍ତରେ ଯାଉଥିଲେ ଦଙ୍ଗା ଅଞ୍ଚଳ ଚାକ୍ଷୁଷ ଦେଖି ସେ ବିଷୟରେ ଲେଖିବା

ପାଇଁ। ସଂବିତ ଭାବିପାରି ନଥିଲା ଯେ ଜାଗରଣ ଜନମତ ସକାଳ ସହିତ ସେ ମଧ୍ୟ ଏଇ ଗସ୍ତପାଇଁ ନିମନ୍ତ୍ରଣ ପାଇବ। କିନ୍ତୁ ମୁଖ୍ୟମନ୍ତ୍ରୀ ଜଣେ ଚତୁର ରାଜନୀତିଜ୍ଞ ଥିଲେ। ସେ ଜାଣିଥିଲେ ଯେ ଏଭଳି ସରକାରୀ ଗସ୍ତରେ ସାମ୍ବାଦିକମାନେ ଏପରି କିଛି ଦେଖିବାକୁ ପାଇବେ ନାହିଁ ଯାହା ତାଙ୍କ ବିପକ୍ଷରେ ଯିବ। ତା ବ୍ୟତୀତ ନିରପେକ୍ଷ ଓ ସ୍ୱାଧୀନଚେତା ସାମ୍ବାଦିକ ବୋଲି ଜଣାଥିବା ସଂବିତ ଭଳି ଲୋକ ଯଦି ଫେରିଆସି ଚାକ୍ଷୁଷ ବିବରଣୀ ପ୍ରକାଶ କରନ୍ତି, ତାହା ସରକାରଙ୍କୁ ସହାୟକ ହିଁ ହେବ।

ବିଅର ପିଉ ପିଉ ସଂବିତ ଅନ୍ୟମାନଙ୍କ ଆଡ଼କୁ ଅନାଇଲା। ସମସ୍ତେ ଅତି ସନ୍ତୋଷର ସହିତ ପିଇବାରେ ମଗ୍ନଥିଲେ। ଭେଟା ଗୋଟିଏ ହାତରେ ନିଜର ଗ୍ଲାସ ସମ୍ଭାଳି ଚଳନ୍ତା ବସ୍‌ରେ ସମସ୍ତଙ୍କୁ ମାଛଭଜାର ପ୍ଲେଟ ଦେଖାଉଥିଲା। ପୂରା ଜିନିଷଟି ସଂବିତ ପାଇଁ ଦୃଷ୍ଟିକଟୁ ଥିଲା, କିନ୍ତୁ ସେ ସେମାନଙ୍କ ସହିତ ଯୋଗ ନ ଦେଇ ଉପାୟ ନଥିଲା। ନ ହେଲେ ସମସ୍ତେ ତାକୁ ଗର୍ବୀ ବୋଲି କହିଥାନ୍ତେ। ଅବଶ୍ୟ ତାର ଲେଖା ନେଇ ତାକୁ ସବୁବେଳେ ଅନ୍ୟ ସାମ୍ବାଦିକମାନଙ୍କର ଶରବ୍ୟ ହେବାକୁ ପଡୁଥିଲା। ଅନ୍ୟମାନେ ସରକାରଙ୍କ ଦୋଷତ୍ରୁଟିକୁ ଆଖିବୁଜା କରିଦେବା କିମ୍ବା ଅତି ହାଲୁକା ଭାବରେ ସମାଲୋଚନା କରିବା ବେଳେ ସଂବିତ ଏଥିପାଇଁ ବ୍ୟବହାର କରୁଥିଲା କଠୋରରୁ କଠୋରତମ ଭାଷା। ସାମ୍ବାଦିକମାନଙ୍କ ମେଳରେ ଏଥିଯୋଗୁ ତାକୁ ଅନେକ ପ୍ରକାର କଥା ଶୁଣିବାକୁ ହେଉଥିଲା। ଥରେ କିଏ ଜଣେ ତାକୁ କହିଥିଲା, କଲେଜ ବେଳେ ଆମେ ଯେତେବେଳେ ହରତାଳ କରି ଜେଲ ଯାଉଥିଲୁ, ତୁ କଣ କରୁଥିଲୁ ମନେ ଅଛି ? ତୁ ଯାଇ ଲାଇବ୍ରେରୀରେ ବସି ପାଠ ପଢୁଥିଲୁ। ଏମିତି କାଗଜ କଲମ ଧରି ସମାଲୋଚନା ଲେଖିଦବା ସହଜ। ଯଦି ସାହସ ଅଛି ନିଜେ କାହିଁକି ଯାଇ ପ୍ରତିବାଦରେ ଯୋଗ ଦେଉ ନାହୁଁ ?

ଅନେକ ସମୟରେ ଏ କଥା ନେଇ ବାଦବିସମ୍ବାଦ ହୁଏ। ସାମ୍ବାଦିକର କର୍ତ୍ତବ୍ୟ କଣ ? ତାର ସାମାଜିକ ଦାୟିତ୍ୱ କେତେ ? ଖବରକାଗଜର ଫଟୋଗ୍ରାଫର କଣ କରିବ : ନିଜକୁ ନିଆଁ ଲଗାଇ ଆତ୍ମାହୁତି ଦେଉଥିବା ଲୋକର ଫଟୋ ଉଠାଇବ, ନା ଯାଇ ତାକୁ ରକ୍ଷା କରିବ ? ବୁଦ୍ଧିଜୀବୀକୁ କେତେଦୂର ସକ୍ରିୟତାବାଦୀ ହେବାକୁ ହେବ, ସେ କଥା ଏ ପର୍ଯ୍ୟନ୍ତ ସ୍ଥିର ହୋଇପାରିନାହିଁ। ବୁଦ୍ଧିଜୀବୀମାନେ ସବୁବେଳେ ଚାହାନ୍ତି ଘଟଣାସ୍ଥଳରେ ପର୍ଯ୍ୟଟକ ଭଳି ପହଞ୍ଚି ଆନ୍ଦୋଳନରେ ଯୋଗ ଦେବେ, ସେଠାରେ ଖୁବ୍ ଅଳ୍ପ ସମୟ ରହି ଆନ୍ଦୋଳନର ପ୍ରସ୍ତୁତି ଓ ପରିଣାମର କୌଣସି ବି କଷ୍ଟ ନ ସହି ତାର ରୋମାଞ୍ଚକୁ ଉପଭୋଗ କରିବେ ଏବଂ ନିରାପଦରେ ସେଠାରୁ ପୁଣି ଚାଲିଯିବେ। ସଂବିତ ଅନେକ ସମୟରେ ଏ ବିଷୟରେ ଭାବେ କିନ୍ତୁ କେବେ କୌଣସି ସମାଧାନ

ପାଏ ନାହିଁ ଏ ପ୍ରଶ୍ନର। ବର୍ତ୍ତମାନ ସରକାରୀ ମାଛଭଜା ଖାଇ ବିଅର ପିଉ ପିଉ ତା ମୁଣ୍ଡକୁ ପୁଣି ଏ ପ୍ରଶ୍ନ ଆସିଲା, କିନ୍ତୁ ସେ ଜୋର କରି ଏ କଥାଟିକୁ ମନରୁ ଦୂର କରିଦେଲା।

ଫରେଷ୍ଟ ବଙ୍ଗଳାରେ ବସ୍ ଯାଇ ପହଞ୍ଚିଲା ଦିନ ଅଢ଼େଇଟା ବେଳେ। ଜଙ୍ଗଲ ବିଭାଗ ପ୍ରକୃତରେ ଭଲ ବନ୍ଦୋବସ୍ତ କରିଥିଲେ ଖାଇବା ପିଇବାର। ଦିନେ ଆଗରୁ ସେଠାକୁ ଆସି ବିଭାଗର ଜଣେ ବରିଷ୍ଠ ଅଫିସର ନିଜେ ଏ ସବୁର ତଦାରଖ କରିଥିଲେ। ପୂର୍ବଦିନ ରାତିରେ ବଣରୁ ଚଢ଼େଇ ଶିକାର ହୋଇ ଆସିଥିଲା ଏବଂ ଗୋଟିଏ କୁଟୁରା ମରାଯାଇଥିଲା। ଆହୁରି ବିଅର ବୋତଲ ଥଣ୍ଡା କରି ରଖାଯାଇଥିଲା ବରଫ ଭିତରେ। ଖାଇବା ଘରର ଟେ୍ବଲ ଉପରେ ଧଳା ଚଦର ପଡ଼ିଥିଲା ଏବଂ ଡାକବଙ୍ଗଳା ବାରଣ୍ଡାରେ ଖାକି ପୋଷାକ ପିନ୍ଧି ଜଙ୍ଗଲ ଗାର୍ଡ଼ କେତେଜଣ ଆଦେଶ ଅପେକ୍ଷାରେ ଥିଲେ। ସାମ୍ବାଦିକ ଦଳ ଯାଇ ଆରାମ କରି ବସିବାରୁ ଭେଟା କହିଲା, ଯାହା କହନ୍ତୁ ସାର ଆଜ୍ଞା, ଆପଣ ଜଙ୍ଗଲ ବିଭାଗର ବନ୍ଦୋବସ୍ତକୁ ଖୁଣି ପାରିବେ ନାହିଁ। ଏଥର ଜଙ୍ଗଲ ବାବୁମାନଙ୍କ ଉପରେ ସମସ୍ତ ଦାୟିତ୍ୱ ସମର୍ପି ଦେଇ ଭେଟା ମଧ୍ୟ ଆରାମ କରି ବସିଗଲା। ମୁହୂର୍ତ୍ତକ ଭିତରେ ଗିଲାସରେ ଥଣ୍ଡା ବିଅର ଓ ପ୍ଲେଟରେ ମାଂସ ଆସି ପହଞ୍ଚିଗଲା ସମସ୍ତଙ୍କ ପାଖରେ। ଖରାଦିନର ଗରମ ଓ ଯାତ୍ରାର କ୍ଳାନ୍ତିକୁ ଭୁଲିବା ପାଇଁ ସମସ୍ତେ ସେଥିରେ ମନୋନିବେଶ କରିଦେଲେ ଏବଂ କଥାବାର୍ତ୍ତା ବର୍ତ୍ତମାନ ସୀମିତ ହୋଇଗଲା ପାନୀୟର ଶୀତଳତା ଓ ମାଂସର ସ୍ୱାଦ ବିଷୟରେ। ଦେଢ଼ ଘଣ୍ଟା ପର୍ଯ୍ୟନ୍ତ ଏ ପର୍ବ ଚାଲିଲା ଏବଂ ଯେତେବେଳେ ଦେଖାଗଲା ଯେ ଏମାନଙ୍କ ଭିତରୁ କେହି ଉଠିବାର ମନଦଶାରେ ନାହାନ୍ତି, ଜଙ୍ଗଲ ଅଫିସର ଆସି ଭେଟାକୁ ଚୁପ ଚୁପ କହିଲା, ଆଉ ବିଅର ନାହିଁ। ସାଙ୍ଗେ ସାଙ୍ଗେ ଭେଟାର ନିଶା ଛାଡ଼ିଗଲା; ସେ ଉଠି ଠିଆହେଲା ଏବଂ ଜଣେ ଦାୟିତ୍ୱସମ୍ପନ୍ନ ଲୋକର ମୁଦ୍ରାରେ କହିଲା, ଆଜ୍ଞା ଖାଇବା ଥଣ୍ଡା ହୋଇଯାଉଛି; ଏଥରକ ଚାଲନ୍ତୁ ଖାଇବା ଘରକୁ। ଜନମତ ତାର ଗ୍ଲାସର ବାକି ପାନୀୟକୁ ଏକା ଶ୍ୱାସରେ ପିଇ ଦେଇ କହିଲା, କାହିଁକି ଶଳା ଖାଇବା ଖାଇବା ହଉଛ ? କିଏ ଏଠିକି ଆସିଛି ଖାଇବାକୁ? ତମେ ଭାବୁଛ ଶଳା ଆମକୁ ଏମିତି ଖୁଆଇ ପିଆଇ ସରକାରଙ୍କୁ ସୁହାଇବା ଭଳି କଥା ଲେଖାଇ ନେବ, ନା? ସେ ଆହୁରି କଣ କହିବାକୁ ଯାଉଥିଲା, ଭେଟା କହିଲା, କି କଥା କହୁଛନ୍ତି ସାର? ମୁଁ ଖାଲି ଡେରି ହୋଇଯାଉଛି ବୋଲି କହୁଥିଲି। ସେ ଜଙ୍ଗଲ ବାବୁଙ୍କୁ ଧମକାଇବା ସ୍ୱରରେ କହିଲା, ଆମେ ଆଉ ଖାଇବା ଘରକୁ ଯାଇପାରିବୁ ନାହିଁ। ଏଇଠି ପ୍ଲେଟରେ ଆଣି ଖାଇବାକୁ ଦିଅ।

ନିଜେ ଗ୍ଲାସକୁ ତଳେ ରଖୁ ରଖୁ ସଂବିତ ମନେ ମନେ ଭାବିଲା ସେ କଣ ସତରେ ଏଇ ଅନ୍ୟମାନଙ୍କଠାରୁ ଭିନ୍ନ? ବସ୍‌ରେ ଗୋଟାଏ କଣରେ ବସି ବହି ପଢ଼ିଲେ କଣ ସେ ନିଜକୁ ସ୍ୱତନ୍ତ୍ର କରିନେଇ ପାରିବ ଅନ୍ୟମାନଙ୍କଠାରୁ? ତାର କଣ ଅଧିକାର ଅଛି ସେ ନିଜକୁ ମନେ କରିବ ସେମାନଙ୍କଠାରୁ ଭିନ୍ନ ବୋଲି। ସେ କଣ ଘରେ ବସି ପ୍ରତିବାଦର ଲେଖାମାନ ଲେଖୁଥିବ ନା ଓହ୍ଲାଇ ଆସିବ ରାସ୍ତା ଉପରକୁ ମୁହଁରେ ସ୍ଲୋଗାନ ହାତରେ ଝଣ୍ଡା ଧରି? ସେ ସାହସ ତାର ନାହିଁ। ତାର ଯଦି ସେ ସାହାସ ଥାନ୍ତା, ସେ କଣ କଲେଜ ଧର୍ମଘଟ ବେଳେ ଲାଇବ୍ରେରୀରେ ବସି ବହି ପଢୁଥାନ୍ତା? ବିଅର ନିଶାରେ ଏଭଳି କଥାମାନ ଭାବୁ ଭାବୁ ସଂବିତ ତା ହାତରେ ଧରାଇ ଦିଆଯାଇଥିବା ପ୍ଲେଟରୁ ଖାଇବାକୁ ଆରମ୍ଭ କଲା। ଜନମତ ସେତେବେଳକୁ ଖାଇବା ସହିତ ପାଳିଧରି ସରକାରଙ୍କୁ ଆହୁରି ଗାଳିଦେବାକୁ ଆରମ୍ଭ କରିଥିଲା। ଏଇପରି ଭାବରେ ଖାଇବା ପିଇବା ଅନେକ ଡେରିରେ ସରିଲା ଏବଂ ସେମାନେ ବସ୍ ଭିତରେ ବସିଲା ବେଳକୁ ସାଢ଼େ ପାଞ୍ଚଟା ବାଜି ସାରିଥିଲା। ଏତେବେଳେ ଜଣାଗଲା ଯେ ଜାଗରଣ ବସ୍ ଭିତରେ ନାହିଁ। ଭେଟା ଯାଇ ବାଥରୁମରେ ବାନ୍ତିକରି ଶୋଇପଡ଼ିଥିବା ଲୋକଟିକୁ ଉଠାଇଲା ଏବଂ ସମସ୍ତେ ଧରାଧରି କରି ତାକୁ ନେଇ ବସ୍‌ରେ ବସାଇଲେ।

ବସ୍ ଯାଇ ଲକ୍ଷ୍ୟସ୍ଥଳରେ ପହଞ୍ଚିଲା ରାତି ଆଠଟା ପରେ। ସଂବିତ ଟିକିଏ ଶୋଇ ପଡ଼ିଥିଲା, ବର୍ତ୍ତମାନ ଆଖି ଖୋଲି ଅନାଇ ଦେଖିଲା ଯେ ବସ ସହର ଭିତରେ ପଶୁଥିଲା। ଛୋଟ ସହରର ଗୋଟିଏ ଲକ୍ଷଣ ହେଉଛି ଯେ ସେଠାରେ ଆଲୁଅ ସବୁ ରାତିରେ ମିଞ୍ଜି ମିଞ୍ଜି ହୋଇ ଜଳେ, ରାତି ହେଲେ ରାସ୍ତାଘାଟରେ ଲୋକବାକ କମିଯାନ୍ତି ଏବଂ କେମିତି ଏକ ଉଦାସ ଉଦାସ ଭାବ ସହରର ରାସ୍ତାଘାଟକୁ ଘେରିଯାଏ। ବସ୍ ଅଟକିଲା ଏମିତି ଏକ ସହରର କେନ୍ଦ୍ର ଗାନ୍ଧୀ ଛକରେ, ଯେଉଁଠାରେ ଗାନ୍ଧୀ ମୂର୍ତ୍ତିଟି ଠିକ୍ ଦେଖାଯାଉ ନଥିଲା, କିନ୍ତୁ ସାମନା ହୋଟେଲର ନିଅନ ନାମଫଳକଟି ସ୍ପଷ୍ଟ ଦିଶୁଥିଲା। ଏଇ ଛକର ଛୋଟ ଛୋଟ ଦୋକାନ ବଜାର ଉପରେ ଯେଉଁ ଘରଟି ପ୍ରାଧାନ୍ୟ ବିସ୍ତାର କରୁଥିଲା ସେଇଟି ଥିଲା ତିନିମହଲାର ଅର୍ଦ୍ଧବୃତ୍ତାକାର ପାର୍କ ହୋଟେଲ। ନାଁଟିର ସମ୍ପର୍କ ଥିଲ ବୋଧହୁଏ ଛକ ଉପରର ଗାନ୍ଧୀମୂର୍ତ୍ତି ଚାରିପାଖେ ଲୁହାବାଡ଼ ହୋଇଥିବା ଛୋଟ ଫୁଲ ବଗିଚାର ତଥାକଥିତ ପାର୍କ ସହିତ। ହୋଟେଲର ଝରକାସବୁ ଛକ ଆଡ଼କୁ ଖୋଲୁଥିଲା ଏବଂ କୋଠରିମାନଙ୍କରେ ଆଲୁଅ ଜଳି ବସ୍ ଭିତରୁ ହୋଟେଲଟି ଜଣାଯାଉଥିଲା ଯେପରି ଏକ ପ୍ରସିଦ୍ଧ ଐତିହାସିକ ସୌଧ। ଅନେକ ଭାବି ସଂବିତର ମନେପଡ଼ିଲା ଯେ ଏଇଟି ଦେଖାଯାଉଥିଲା ରୋମର ଭଙ୍ଗା କଲିସିଅମ

ଭଳି, ଯାହା ଉପରେ ବସି ପ୍ରାଚୀନ ରୋମର ଦର୍ଶକମାନେ ରଙ୍ଗଭୂମି ଉପରେ ସିଂହ ମଣିଷଙ୍କୁ ଖାଇଯାଉଥିବାର ଦୃଶ୍ୟ ଉପଭୋଗ କରୁଥିଲେ।

ବସ୍ ଅଟକିବାରୁ ଭେଟା ସମସ୍ତଙ୍କୁ ଅଧା ନିଦରୁ ଉଠାଇଲା ଏବଂ ହୋଟେଲ ଭିତରକୁ ନେଇଗଲା। ଏଇଟି ଥିଲା ସହରର ଏକମାତ୍ର ହୋଟେଲ ଯେଉଁଠାରେ ଏଇ ଭଳି ଗୋଟିଏ ଦଳକୁ ଏକା ଜାଗାରେ ରଖି ହେବ। ସମସ୍ତଙ୍କ ପାଇଁ ରହିବା ବ୍ୟବସ୍ଥା ହୋଇଥିଲା ମଝି ମହଲାର ଦଶଟିଯାକ କୋଠରିରେ। ତଳମହଲାର ଗୋଟିଏ କୋଠରିକୁ ଖାଲି କରାହୋଇ ସେଠାରେ ପାନୀୟର ବ୍ୟବସ୍ଥା କରାହୋଇଥିଲା। ସମସ୍ତଙ୍କୁ ଯେତେ ଶୀଘ୍ର ସମ୍ଭବ ହାତ ମୁହଁ ଧୋଇ ତଳକୁ ଆସିବାକୁ କହି ଭେଟା ହୋଟେଲ ମ୍ୟାନେଜର ସାଙ୍ଗରେ ମିଶି ବନ୍ଦୋବସ୍ତରେ ଲାଗିଗଲା। ମାତ୍ର ଚାଳିଶ ହଜାର ଲୋକଙ୍କର ଏଇ ଛୋଟ ସହରଟିରେ କେବେ କୌଣସି ଉତ୍ତେଜନାକାରୀ ଜିନିଷ ଘଟି ନଥିଲା ଏଇ ସାମ୍ପ୍ରଦାୟିକ ଦଙ୍ଗା ପର୍ଯ୍ୟନ୍ତ। ଶହ ଶହ ବର୍ଷଧରି ହିନ୍ଦୁ ଓ ମୁସଲମାନମାନେ ଶାନ୍ତିରେ ବସବାସ କରୁଥିଲେ ଏବଂ କେହି ସ୍ୱପ୍ନରେ ବି ଭାବି ନଥିଲା ସେମାନେ ପରସ୍ପରର ଜୀବନ ଓ ଘରଦ୍ୱାର ଉପରେ ଆକ୍ରମଣ କରିବେ। ଏକଥା ସମ୍ଭବ ହୋଇଥିଲା ବାହାରୁ ଆସିଥିବା ଦୁଇ ପକ୍ଷର ନେତା ଓ ଗୁଣ୍ଡାମାନଙ୍କର ପ୍ରରୋଚନାରେ ଏବଂ ସେତେବେଳେ ଏଇ ହୋଟେଲର ଭିନ୍ନ ଭିନ୍ନ କୋଠରି ହୋଇଯାଇଥିଲା ସେମାନଙ୍କର ମନ୍ତ୍ରଣା କକ୍ଷ।

ତଳମହଲାର ଏଇଭଳି ଗୋଟିଏ କୋଠରିରେ ବସି ସେମାନେ ବର୍ତ୍ତମାନ ରାତ୍ରି ଭୋଜନ ପୂର୍ବର ପାନୀୟର ସଦବ୍ୟବହାର କରୁଥିଲେ। ଯଦି ସେମାନେ ଉପରବେଳା ସୁଦ୍ଧା ଆସି ପହଞ୍ଚି ପାରିଥାନ୍ତେ, ତାହେଲେ ସେଇଦିନ ଉପଦ୍ରୁତ ସ୍ଥାନମାନଙ୍କୁ ଯାଇ ଅନ୍ତତଃ କିଛି ଦେଖି ପାରିଥାନ୍ତେ। ଏ କାମ ସକାଳକୁ କରିବାକୁ ହେବ। ସଂବିତ ତଳକୁ ନଯାଇ ନିଜ କୋଠରିରେ ବସି ଏଇ ଯାତ୍ରାଟି କଥା ଭାବୁଥିଲା। ତାର ଉଚିତ ଥିଲା ଅଲଗା ଆସି ନିଜ ସୁବିଧାରେ ସ୍ୱାଧୀନ ଭାବରେ ପରିସ୍ଥିତିକୁ ଅନୁଧ୍ୟାନ କରିବା। ସରକାରୀ ବ୍ୟବସ୍ଥାରେ ଦଳେ ମଦ୍ୟପଙ୍କ ସାଙ୍ଗରେ ଆସି ଏଭଳି ଏକ ଗୁରୁତର ବିଷୟରେ କଣ ପର୍ଯ୍ୟବେକ୍ଷଣ କରାଯାଇ ପାରେ ସ୍ୱଳ୍ପ ସମୟରେ? ପ୍ରକୃତ ପକ୍ଷରେ ସବୁଠାରୁ ଭଲ ହୋଇଥାନ୍ତା, ଯଦି ସେ ଆସି ପାରିଥାନ୍ତା ଏଠାର ଦଙ୍ଗା ସମ୍ବାଦ ପାଇବା ସଙ୍ଗେ ସଙ୍ଗେ। କାହିଁକି ସେ ଏକଥା କଲା ନାହିଁ? ହଠାତ ସେ ଜବାବ ଦେଇପାରେ ଯେ ତାର ଅନ୍ୟ ଏକ ଜରୁରୀ କାମ ଥିଲା ସେତେବେଳେ। କିନ୍ତୁ ସେ ଜାଣିଥିଲା ଯେ ତା ମନରେ ଥିଲା ଗଣ୍ଡଗୋଳ ଜାଗାକୁ ଯିବାର ଭୟ। ସେ ଝରକା ପାଖରେ ଠିଆହୋଇ ଛକ ଉପରର ଗାନ୍ଧୀ ମୂର୍ତ୍ତି ଆଡ଼କୁ ଅନାଇଲା। ନିଷ୍ପ୍ରଭ ଆଲୁଅରେ ଗାନ୍ଧୀଙ୍କ ମୁହଁ ସ୍ପଷ୍ଟ ଦେଖାଯାଉ ନଥିଲା। କିନ୍ତୁ କୌଣସି ଅସ୍ପଷ୍ଟତା ନଥିଲା ହାତରେ ଲାଠି ଧରି ନୂଆଖାଲି

ଆଡ଼କୁ ମାଡ଼ିଯାଉଥିବା ମୂର୍ତ୍ତିଟିର ଦୃପ୍ତ ପଦକ୍ଷେପରେ। ଶାସ୍ତି ପାଇଥିବା ଭଳି ମନସ୍ଥିତି ନେଇ ସେ ଝରକା ପାଖରୁ ଚାଲି ଆସିଲା ଏବଂ ତଳେ ଯାଇ ନିଜର ବନ୍ଧୁମାନଙ୍କ ସହିତ ଯୋଗ ଦେଲା।

ପୁଣି ସେଇ ଦିନବେଳର ଅବସ୍ଥାର ପୁନରାବୃତ୍ତି ହେଉଥିଲା ସେଠାରେ। ଜନମତ ଆହୁରି କଟୁ ଓ ଅଶ୍ଳୀଳ ଭାଷାରେ ସରକାରଙ୍କୁ ଗାଳି ଦେଉଥିଲା, ଯଦିଓ ସମସ୍ତେ ଜାଣିଥିଲେ ଯେ ଲେଖିଲାବେଳେ ସେ ଶାସନକୁ ସମର୍ଥନ ହିଁ କରିବ। ହାତରେ ଗ୍ଲାସ୍ ଧରି ଜାଗରଣ ନିଜ ଚଉକି ଉପରେ ଶୋଇଯାଇଥିଲା। ଅନ୍ୟମାନେ ସ୍କଚ ହ୍ୱିସ୍କି ଓ ସୂଚନା ବିଭାଗର ପ୍ରଶଂସା କରୁଥିଲେ। ସେମାନଙ୍କ ଭିତରୁ କେହି କିନ୍ତୁ ସେଇ ଦଙ୍ଗା ବିଷୟରେ କିଛି କହୁ ନଥିଲେ, ଯେଉଁଥିପାଇଁ ସେମାନେ ଏତେଦୂର ଆସିଥିଲେ।

ଦୈନିକ ସକାଳ ଝରକା ଦେଇ ଦେଖାଯାଉଥିବା ଗାନ୍ଧୀ ମୂର୍ତ୍ତି ଆଡ଼କୁ ସମସ୍ତଙ୍କ ଦୃଷ୍ଟି ଆକର୍ଷଣ କରି କହିଲା, ଏତେ ବର୍ଷ ଛିଡ଼ା ହୋଇ ଥକିଯିବା ପରେ ଗାନ୍ଧୀ କଣ କଲେ ଜାଣ? ତାର ଏଇ ଆଖ୍ୟାୟିକାଟି ସମସ୍ତଙ୍କୁ ଜଣାଥିଲା ଏବଂ ସମସ୍ତେ ପାଟି କରି କହିଲେ, ଆମେ ଜାଣିଛୁ; ତମେ ଚୁପ୍ କର। ସକାଳ କିନ୍ତୁ ବନ୍ଦ ହେଲା ନାହିଁ। ସମସ୍ତଙ୍କୁ ଚୁପ କରାଇ କହିଲା, ତାଙ୍କ ପାଦ ପାଖରେ ସବୁଦିନ ରାତିରେ ଯେଉଁ ଲୋକଟି ଶୋଇବାକୁ ଆସୁଥିଲା, ତାକୁ ଗାନ୍ଧୀ କହିଲେ, ପୁଅ ମୁଁ ଛିଡ଼ା ହୋଇ ହୋଇ ଥକିଗଲିଣି, ମୋ ପାଇଁ ଗୋଟିଏ ଘୋଡ଼ାର ବ୍ୟବସ୍ଥା କର। ଲୋକଟି ତାଙ୍କ କଥା ଶୁଣି ସକାଳୁ ଯାଇ ମନ୍ତ୍ରୀଙ୍କୁ ଏକଥା କହିଲା। ମନ୍ତ୍ରୀ ରାତିରେ ତା ସାଙ୍ଗରେ ଯାଇ ଗାନ୍ଧୀଙ୍କ ପାଖରେ ପହଞ୍ଚିଲେ। ମନ୍ତ୍ରୀଙ୍କୁ ଦେଖି ଗାନ୍ଧୀ ଲୋକଟିକୁ କହିଲେ, ପୁଅ, ମୁଁ ତତେ ଘୋଡ଼ା ପାଇଁ କହିଥିଲି; ତୁ ଗଧଟିଏ ଧରି ଆଣିଲୁ? ଏହି ପୁରୁଣା ଚୁଟୁକି ଶୁଣି କେହି ଆମୋଦିତ ହେଲେ ନାହିଁ, କିନ୍ତୁ ସକାଳ ନିଜେ ହସି ହସି ଗଡ଼ିଗଲା।

ଅବଶେଷରେ ଯେତେବେଳେ ଖାଇବା ପିଇବାର ପର୍ବ ସରିଲା, ଭେଟା ଖବର ଦେଲା ଯେ ମିନିବସ ଖରାପ ହୋଇଯାଇଛି ଏବଂ ସେମାନଙ୍କୁ କାଲି ପୁଲିସ ଜିପରେ ବୁଲି ଯିବାକୁ ହେବ। ସଂବିତ ଜାଣିଲା ଯେ ଏଇଟି ପୂର୍ବ ପରିକଳ୍ପିତ। ଜନମତ କହିଲା, ଶଳା ଖବରଦାର, ପୁଲିସ ଜିପରେ ବୁଲି ଯିବାକୁ ହେବ। ସଂବିତ ଜାଲିଲା ଯେ ଏଇଟି ପୂର୍ବ ପରିକଳ୍ପିତ। ଜନମତ କହିଲା, ଶଳା ଖବରଦାର, ପୁଲିସ ଜିପରେ ଯିବୁ ପଛେ, ଆମ ସାଙ୍ଗରେ ଯେମିତି ପୁଲିସବାଲା ନ ରହନ୍ତି! ଭେଟା କହିଲା, ସାର, ପୁଲିସ ଯାଇଥାନ୍ତେ ଆପଣଙ୍କ ସୁରକ୍ଷା ପାଇଁ। ତେବେ ଆପଣ ଯଦି ମନା କରିବେ, ପୁଲିସ ଡ୍ରାଇଭର ଛଡ଼ା କେହି ରହିବେ ନାହିଁ ଜିପରେ। ଯଦି କିଛି ହୁଏ, ଦେଖାଯିବ। ଯେତେହେଲେ ମୁଁ ତ ଥିବି ଆପଣଙ୍କ ସାଙ୍ଗରେ।

ନିଜ କୋଠରିକୁ ଆସି ପୋଷାକ ବଦଳାଇ ଶୋଇବାକୁ ଚେଷ୍ଟା କଲା ସଂବିତ। କିନ୍ତୁ ଦିନ ସାରାର କ୍ଲାନ୍ତି ଓ ପାନୀୟ ସତ୍ତ୍ୱେ ନିଦ ଆସିଲା ନାହିଁ। ଘଡ଼ି ଦେଖିଲା ରାତି ବାରଟା। ନ ଶୋଇଲେ କାଲି ପୁଣି କାମ କରି ହେବ ନାହିଁ। ଏମିତି ବିଛଣାରେ ପଡ଼ି ଛଟପଟ ହେଉ ହେଉ ତାର ଆଖି ଲାଗି ଆସିଥିଲା, ହଠାତ କାହାର ଚିତ୍କାରରେ ନିଦ ଭାଙ୍ଗିଗଲା। ସେ ଧଡ଼ପଡ଼ ହୋଇ ଉଠି ଆଲୁଅ ଜଳାଇଲା ଓ ଝରକା ପାଖକୁ ଯାଇ ବାହାରକୁ ଅନାଇଲା। ବାହାରେ ବର୍ତ୍ତମାନ ଉଜ୍ଜ୍ୱଳ ଜହ୍ନ ଆଲୁଅ ପଡ଼ିଥିଲା ଓ ସବୁ କିଛି ସ୍ପଷ୍ଟ ଦେଖାଯାଉଥିଲା। ଗାନ୍ଧୀ ମୂର୍ତ୍ତି ପାଖରେ ଦୁଇଜଣ ପୁଲିସବାଲା ଜଣେ ଲୋକକୁ ଧରିଥିଲେ, ସେ କଣ କହୁଥିଲା ଶୁଣାଯାଉ ନଥିଲା, କିନ୍ତୁ ତା ଭାବଭଙ୍ଗୀରେ ଆତଙ୍କ ପ୍ରକଟ ଥିଲା। ବିକଳ ହୋଇ ଲୋକଟି ତାର ଝରକା ଆଡ଼କୁ ଅନାଇଲା। ପୁଲିସବାଲା ଲାଠି ଉଠାଇ ତାକୁ ପିଟିବାକୁ ଆରମ୍ଭ କଲେ ଏବଂ ଲୋକଟି ମରିଗଲି ମରିଗଲି ଚିତ୍କାର କରି ତଳେ ପଡ଼ିଗଲା। ଏଥରକ ପୁଲିସ ଦୁହେଁ ତାକୁ ତଳୁ ଉଠାଇ ତାର ହାତ ଧରି ଟାଣି ଟାଣି ତାକୁ ଗୋଟିଏ ଗଳି ଭିତରକୁ ନେଇଗଲେ।

ଭାବାବିଷ୍ଟ ହୋଇ ଠିଆହୋଇ ରହିଲା ସଂବିତ। କଣ କରିବା ଉଚିତ ଥିଲା ତାର? ସେ ତଳକୁ ଦଉଡ଼ି ଯାଇ ପୁଲିସବାଲାଙ୍କୁ ରୋକି ପାରିଥାନ୍ତା। ପାଟିକରି ହୋଟେଲର ଲୋକଙ୍କୁ ଉଠାଇ ଧରିପାରିଥାନ୍ତା ପୁଲିସ ଦୁଇଜଣଙ୍କୁ। ସେ ଝରକା ବାହାରକୁ ଝୁଙ୍କି ଦି ପାଖକୁ ଅନାଇଲା। ହୋଟେଲର ସବୁଗୁଡ଼ିକ ଝରକା ଖୋଲାଥିଲା। ଯଦିଓ ଆଉ କାହାରି ଆଲୁଅ ଜଳୁ ନଥିଲା, ତା ଭଳି ହୁଏତ ସମସ୍ତେ ଲୋକଟିର ଚିତ୍କାର ଶୁଣି ଆସି ଝରକା ପାଖରେ ଠିଆ ହୋଇଥିଲେ, କିନ୍ତୁ କେହି କୌଣସି ପଦକ୍ଷେପ ନେଇ ନଥିଲେ ତାରି ଭଳି। ସଂବିତ ବାହାରକୁ ଅନାଇଲା। ଆଉ କୌଣସି ଚିହ୍ନବର୍ଣ୍ଣ ନଥିଲା ମୁହୂର୍ତ୍ତକ ତଳେ ହୋଇଯାଇଥିବା ଘଟଣାଟିର। ଜହ୍ନ ଆଲୁଅରେ ପାର୍କ ଛମଛମ କରୁଥିଲା। ହାତରେ ମୋଟା ଲାଠିଟି ଧରି ଗାନ୍ଧୀ ଛିଡ଼ା ହୋଇଥିଲେ। ସବୁ କିଛି ଚୁପଚାପ ଠିକଠାକ ଥିଲା। ସେ ପୁଣି ବିଛଣାକୁ ଆସି ଶୋଇବାକୁ ଚେଷ୍ଟାକଲା। ତାକୁ ଏ ବିଷୟରେ କିଛି ନା କିଛି କରିବାକୁ ପଡ଼ିବ। ସକାଳେ ନିଶ୍ଚୟ ଅନ୍ୟମାନେ ଏ କଥା ଉଠାଇବେ ଏବଂ ସେ ଅନ୍ୟ ବିଷୟରେ ଅନୁସନ୍ଧାନ ସହିତ ଏ ଘଟଣାଟିର ମଧ୍ୟ ଖୋଳତାଡ଼ କରିବ। ନିଜର ଲେଖାରେ ସେ ଏହାର ସବିଶେଷ ଉଲ୍ଲେଖ କରିବ ଏବଂ ତାର ବର୍ଣ୍ଣନାଟି ଆରମ୍ଭ କରିବ ଏଇ ଅଧରାତିର ସଂତ୍ରାସରୁ। ମନେମନେ ସେ ଲେଖାଟିର କେତୋଟି ବାକ୍ୟ ତିଆରି କରିନେଲା। କିନ୍ତୁ ଭାଷାର କୌଣସି ବି ପ୍ରୟୋଗ ସମର୍ଥ ନଥିଲା ଲୋକଟିର ଆତଙ୍କକୁ ସାକାର କରିବା ପାଇଁ। ସଂବିତ ଶୋଇବାକୁ ଚେଷ୍ଟାକଲା,

କିନ୍ତୁ ଲୋକଟିର ଚିତ୍କାର ପୁଣି ତାର ଅନ୍ତଃସ୍ଥଳକୁ ବିଦ୍ଧ କରିଗଲା । ନିଜର ନିଷ୍କ୍ରିୟତାକୁ ଘୃଣା କରି ବିଛଣାରେ ପଡ଼ିରହିଲା ସେ ।

ସକାଳେ ସମସ୍ତେ ଭେଟିଲେ ଯେପରି ପୂର୍ବରାତିରେ କିଛି ବି ହୋଇନାହିଁ । ସଂବିତ ଭାବିଲା ସେ ନିଜେ ଏଇ କଥାଟି ଉତଥାପନ କରିବ, କିନ୍ତୁ ତାର ସଂକୋଚ ହେଲା ଯେ ତାକୁ ପ୍ରଶ୍ନ ହେବ ସେ ସାଙ୍ଗେ ସାଙ୍ଗେ କାହିଁକି ସମସ୍ତଙ୍କୁ ଉଠାଇ ଏ କଥା କହିଲା ନାହିଁ । ଲୋକଟିର ଚିତ୍କାର ଯେ ନିଜ ନିଜର ଖୋଲା ଝରକା ଦେଇ ଆଉ କେହି ଶୁଣି ନଥିବେ, ଏ କଥା ସମ୍ଭବ ନୁହେଁ । ହୁଏତ ତାରି ଭଳି ସମସ୍ତେ ଭାବୁଥିଲେ, ମୁଁ କାହିଁକି ଅନ୍ୟମାନଙ୍କ ଆଗରେ ଦୋଷୀ ହେବି କିଛି ନକରି ଚୁପ ରହିଥିବାର । ତା ହେଲେ ସଂବିତ କୋଉ ଗୁଣରେ ଭଲ ଅନ୍ୟମାନଙ୍କଠାରୁ ? ବର୍ତ୍ତମାନ ଆଉ କେହି ଏକଥା ଉଠାଉ ନଥିବାରୁ ସଂବିତ ପକ୍ଷରେ ଏ ବିଷୟରେ ଲେଖିବା ବି ସମ୍ଭବ ହେବ ନାହିଁ । ସେ କିପରି ଏ ଘଟଣାଟି ବିଷୟରେ ଲେଖି ସାରା ପୃଥିବୀକୁ ଜଣାଇ ଦେବ ନିଜର ନପୁଂସକତା ? ଏଇ ସବୁ କଥା ଭାବିବା ବେଳେ ହଠାତ ତାର ମସ୍ତିଷ୍କ ଭିତର ଦେଇ ଲୋକଟିର ଚିତ୍କାର ବାହାରି ଚାଲିଗଲା ଏବଂ ସଂବିତ କିଛିସମୟ କିଂକର୍ତ୍ତବ୍ୟବିମୂଢ଼ ହୋଇ ବସିରହିଲା ।

ଯେପରି ଆଶା କରାଯାଉଥିଲା, ସେମାନଙ୍କର ଅନୁସନ୍ଧାନ ସୁରୁଖୁରୁରେ ହୋଇଗଲା । ପୁଲିସ ଜିପ ଗଳି ଭିତରକୁ ପଶିଲାବେଳେ ଦେଖାଗଲା ଯେ ଘରେ ସ୍ତ୍ରୀ ଓ ପିଲାମାନଙ୍କ ଛଡ଼ା କେହି ନାହାନ୍ତି; ପୁରୁଷମାନେ କାମକୁ ବାହାରି ଯାଇଛନ୍ତି । ସ୍ତ୍ରୀ ଲୋକମାନେ ଦଙ୍ଗା ବିଷୟରେ କିଛି ଜାଣି ନଥିବାର କହିଲେ । ଯେଉଁ ଘର ସବୁ ଜଳିପୋଡ଼ି ଯାଇଥିଲା, ସେଠାରେ କେହି ଦେଖିବାକୁ ମିଳିଲେ ନାହିଁ । ଦୋକାନ ବଜାରରେ ଲୋକମାନେ ସବୁ ଠିକଠାକ ଅଛି ବୋଲି କହିଲେ । ଜଣେ ଲୋକ କଣ କହିବାକୁ ଯାଉଥିଲା, ତାକୁ ତାର ନାଁ ପଚାରିବାରୁ ସେ ସେଠାରୁ ଦଉଡ଼ି ପଳାଇଗଲା । ସାମ୍ବାଦିକମାନେ ନୋଟଖାତାରେ ସବୁ ଟିପି ନେଲେ, ଫଟୋ ଉଠାଇଲେ, ଜାଣିଲେ ଯେ ଅବସ୍ଥା ନିୟନ୍ତ୍ରଣାଧୀନ ହୋଇଯାଇଛି । ଆଉ କିଛି ଗଣ୍ଡଗୋଳ ନାହିଁ ଏଠାରେ । ଥାନାକୁ ଯାଇ ସେମାନେ କ୍ଷୟକ୍ଷତିର ବିବରଣୀ ଲେଖିନେଲେ, ଥାନାବାବୁଙ୍କ ପାଖରୁ ଆଶ୍ୱାସନା ପାଇଲେ ଯେ ସହରକୁ ଶାନ୍ତି ଫେରି ଆସିଲାଣି । ହୋଟେଲ ଥାନା ପାଖରୁ ବେଶି ଦୂର ନଥିଲା । ଥାନା ପାଖରେ ଜିପ ଛାଡ଼ିଦେଇ ସେମାନେ ହୋଟେଲକୁ ଫେରି ଆସିଲେ । ବସ୍ ସେତେବେଳକୁ ମରାମତି ହୋଇ ଠିକ୍ ହୋଇସାରିଥିଲା । ନିଜ ନିଜ ଦାୟିତ୍ୱକୁ କର୍ତ୍ତବ୍ୟନିଷ୍ଠ ଭାବରେ ସମାପନ କରିଥିବାର ସନ୍ତୋଷ ନେଇ ସମସ୍ତେ ଫେରିବାର ରାସ୍ତା ଧରିଲେ ।

ଘରକୁ ଫେରିଆସି ମାନସିକ ସଂକଟରେ ପଡ଼ିଗଲା ସଂବିତ। ଯେତେ ଚେଷ୍ଟା କଲେ ବି ସେ ମନଭିତରୁ ସେଇ ରାତିର ଘଟଣାଟିକୁ ଦୂରକରି ପାରିଲା ନାହିଁ। ମଝିରେ ମଝିରେ ସେଇ ଅସହାୟ ଲୋକଟିର ଆର୍ତ୍ତଚିତ୍କାର ତାକୁ ଆସି ବ୍ୟତିବ୍ୟସ୍ତ କରିବାରେ ଲାଗିଲା। ସେ ଖବରକାଗଜ ପାଇଁ ତାର ରିପୋର୍ଟ ଲେଖିବା ପାଇଁ ବସିଲା, କିନ୍ତୁ ଗୋଟିଏ ଧାଡ଼ି ବି ଲେଖି ପାରିଲା ନାହିଁ। ତାକୁ ନିଜର ବୋଧଶକ୍ତି ଉପରେ ସନ୍ଦେହ ହେଲା। ସେ ଶୋଇବାକୁ ଗଲା କିନ୍ତୁ ମରିଗଲି ମରିଗଲିର ଆର୍ତ୍ତନାଦରେ ତାର ନିଦ ଭାଙ୍ଗିଗଲା।

ସେ ମନଦେଇ ତାର ଅନ୍ୟ ବନ୍ଧୁମାନେ ଲେଖିଥିବା ବିବରଣୀମାନ ପଢ଼ିଲା। ସମସ୍ତେ ପୁଣି ଦଙ୍ଗାର ସେଇ ପୁରୁଣା ଖବରମାନଙ୍କର ପୁନରାବୃତ୍ତି କରିଥିଲେ ଏବଂ ଲେଖିଥିଲେ ଯେ ପରିସ୍ଥିତି ସ୍ୱାଭାବିକ ଅବସ୍ଥାକୁ ଫେରି ଆସିଲାଣି। ପୁଲିସର ଦମନଲୀଳା ବିଷୟରେ ଯେଉଁ ଅଭିଯୋଗମାନ ହୋଇଥିଲା, ସେ ସମ୍ପର୍କରେ କେହି କିଛି ହେଲେ ଲେଖି ନଥିଲେ। ପ୍ରକୃତରେ ସେଇ ଦିନକର ସରକାରୀ ଯାତ୍ରାରେ କଣ ବି ଜଣା ପଡ଼ିଥାନ୍ତା ଏ ବିଷୟରେ? କେବଳ ଜଣକର ଲେଖାରେ ସରକାରଙ୍କର ସାମାନ୍ୟ ସମାଲୋଚନା ଥିଲା; ସେଇଟି ଥିଲା ଜାଗରଣର ସମ୍ବାଦଦାତାର।

ଏଇ କେତେଦିନ ସଂବିତର ମନର ଭାରସାମ୍ୟ ରହିଲା ନାହିଁ। ପୁଲିସଠାରୁ ମାଡ଼ ଖାଉଥିବା ଲୋକଟିର ଚିତ୍କାର ସମୟ ଅସମୟ ତାକୁ ଆସି ବିବ୍ରତ କରିବାରେ ଲାଗିଲା। କାହା ସାଙ୍ଗରେ ଏ ବିଷୟରେ ଆଲୋଚନା କରିଥିଲେ ହୁଏତ ସେ ଶାନ୍ତି ପାଇଥାନ୍ତା, କିନ୍ତୁ ନିଜର ଦୁର୍ବଳତାକୁ ସେ କିପରି କାହା ଆଗରେ କହିବ। ଶେଷରେ ଯେତେବେଳେ ତାର ମନସ୍ଥିତି ଦୁର୍ବିସହ ହୋଇପଡ଼ିଲା, ସେ ଦିନେ ସକାଳେ ଗଲା ଜାଗରଣ ଅଫିସରକୁ। ସେଠାରେ ସମ୍ବାଦଦାତା ଜଣକ ସହିତ ଅନେକ ବିଷୟରେ କଥାବାର୍ତ୍ତା ହେଲା, କିନ୍ତୁ ସଂବିତ ଯେତେ ସଂକେତ ଦେଲେ ମଧ୍ୟ ସେ ତାକୁ ସେଦିନର ରାତି ବିଷୟରେ କିଛି କହିଲା ନାହିଁ। ଶେଷରେ ସଂବିତ ଠିକକଲା ସେ ତାକୁ ସିଧାସଳଖ ପଚାରିବ। ସେ କହିଲା, ସେଦିନ ରାତି ଅଧରେ ଗାନ୍ଧୀ ଛକରେ ମୁଁ ଦିଜଣ ପୁଲିସଙ୍କୁ ଗୋଟିଏ ଲୋକକୁ ମାଡ଼ ଦେବାର ଦେଖିଥିଲି। ସଂବିତ ତାକୁ ଏ କଥା କହୁଥିବା ବେଳେ ଲୋକଟି ପୁଣି ଚିତ୍କାର କଲା। ସଂବିତ କହିଲା, ଆପଣ କଣ ଏ ବିଷୟରେ କିଛି ଜାଣନ୍ତି ?

ଅନେକ ସମୟ ପର୍ଯ୍ୟନ୍ତ ସେ କୌଣସି ଜବାବ ଦେଲେ ନାହିଁ। ଶେଷରେ ଧୈର୍ଯ୍ୟ ଶେଷ ହୋଇ ସଂବିତ ପୁଣି ପ୍ରଶ୍ନଟି ପଚାରିବାକୁ ଯାଉଥିଲା, ସେ ଉତ୍ତର ଦେଲା, ନା; ମୁଁ ଏଭଳି କିଛି ଦେଖି ନାହିଁ। ତାର ଉତ୍ତର ଆହୁରି ଚିନ୍ତାରେ ପକାଇ

ଦେଲା ସଂବିତକୁ। ସେ ନିଜେ କଣ ସତରେ ଏପରି କିଛି ଦେଖି ନଥିଲା ଏବଂ ସମ୍ପୂର୍ଣ୍ଣ ଅନୁଭୂତିଟି ଥିଲା ତାର ନିଶାଗ୍ରସ୍ତ ମନର ବିଳାସ ମାତ୍ର? ଏ କଥା ଭାବିବାରେ ତାର ମନ ସାମାନ୍ୟ ଆଶ୍ୱସ୍ତ ହୋଇଗଲା, କିନ୍ତୁ ଏଇ ମୁହୂର୍ତ୍ତରେ ପୁଣି ସେ ଚିତ୍କାରଟି ଶୁଣିବାକୁ ପାଇଲା। ସଂବିତ କହିଲା, ଆପଣ ସତ କହୁଛନ୍ତି? ସଂବିତକୁ ବାହାରକୁ ବଳାଇ ଦେବାକୁ ଆସି ସେ କହିଲା, ସତ ହେଉଛି ସେତିକି, ଆମେ ଯେତିକି ସହି ପାରିବା।

ଘରକୁ ଫେରିବା ବେଳେ ଖୁବ୍ କ୍ଲାନ୍ତ ଓ ଅବସନ୍ନ ବୋଧ କରୁଥିଲା ସଂବିତ। ଖାଇପିଇ ସାରି ସେ ବିଛଣାରେ ପଡ଼ିଗଲା। ଯେତେବେଳେ ଆର୍ତ୍ତନାଦଟି ଆସି ପୁଣି ତାକୁ ଉତ୍ପୀଡ଼ିତ କଲା, ନିଦ ଲାଗି ଆସୁଥିବାବେଳେ ସେ ଠିକ୍ କଲା ଯେ ପୁଣିଥରେ ସେଠାକୁ ଯାଇ ସେ ଏଇ ସମସ୍ୟାର ସମାଧାନ କରିବ। ତାକୁ ଜାଣିବାକୁ ହେବ ସେଦିନ ରାତିରେ ଲୋକଟିର କଣ ହେଲା। ତାକୁ ଏ କଠୋର ସତ୍ୟଟିକୁ ସହିବାକୁ ହିଁ ହେବ।

ସେ ଗାଡ଼ି ନେଇ ବାହାରିଲା। ସହର ଛାଡ଼ିବା ପରେ ଖରାପ ରାସ୍ତ ପଡ଼ିଲା ଓ ଅସମୟ ମେଘ ଘୋଟିଗଲା। ତଥାପି ସଂବିତ ଠିକ୍ କଲା ଯେ ସେ କେଉଁଠି ହେଲେ ଅଟକିବ ନାହିଁ। ମଝିରେ ଥରେ ରାସ୍ତା ଭୁଲ କରି ତାକୁ ଅନେକ ବାଟ ଫେରିବାକୁ ପଡ଼ିଲା। ତା ସତ୍ତ୍ୱେ ଧୈର୍ଯ୍ୟ ନହରାଇ ସଂବିତ ଆଗକୁ ଚାଲିଲା ସତକଥାର ମୁହାଁମୁହିଁ ହେବାପାଇଁ।

ଯେତେବେଳେ ସେ ସହର ଭିତରକୁ ପଶିଲା ଅଧାରାତି ହୋଇଯାଇଥିଲା ଏବଂ ଚାରିଆଡ଼ ଶୂନଶାନ ଥିଲା। ଛକ ପାଖରୁ ହୋଟେଲ ଆଡ଼କୁ ଅନାଇ ସେ ଭାବିଲା ପ୍ରଥମେ ବିଶ୍ରାମ ନେଇ ପରଦିନ ସକାଳେ ଯାହା କିଛି କରିବ। କିନ୍ତୁ ସେ ପରମୁହୂର୍ତ୍ତରେ ଠିକ୍ କଲା ଯେ ସେ ବର୍ତ୍ତମାନହିଁ ଥାନାକୁ ଯାଇ ପୁଲିସ ପାଖରୁ ଏ ବିଷୟରେ ପଚାରି ବୁଝିବ।

ଥାନା ସାମ୍ନାରେ ଗାଡ଼ି ରଖି ସେ ଓହ୍ଲାଇଲା ଏବଂ ଅଫିସ ଭିତରକୁ ପଶିଲା। ଟେବୁଲ ପାଖରେ ଦିଜଣ ପୁଲିସ ବସିଥିଲେ। ସଂବିତ ଚିହ୍ନିଲା ଯେ ସେଦିନ ରାତିରେ ସେ ଏଇ ଦୁଇଜଣ ପୁଲିସଙ୍କୁ ଦେଖିଥିଲା ଛକ ଉପରେ। ପୁଲିସବାଲା ସଂବିତକୁ ପଚାରିଲା, କଣ ଦରକାର? ସଂବିତ କହିଲା, ସାତ ଦିନ ତଳେ ଗାନ୍ଧୀ ଛକରେ ମୁଁ ଜଣେ ଲୋକକୁ ପୁଲିସ ମାଡ଼ ମାରି ନେଇଯିବାର ଦେଖିଥିଲି। ମୁଁ ଜାଣିବାକୁ ଚାହେଁ କଣ ହେଲା ସେ ଲୋକଟିର। ଅନ୍ୟ ପୁଲିସବାଲା ହସିଲା; ଗୋଟାଏ ଖାତାକୁ ଓଲଟାଇ ଦେଖି କହିଲା, ଏଠାରେ ଏପରି କୌଣସି ଘଟଣା ଘଟିନାହିଁ। ସଂବିତ କହିଲା, ମୁଁ ନିଜ ଆଖିରେ ଦେଖିଛି ଏ କଥା। ପୁଲିସ ଦିଜଣ ଉଠି ଠିଆ ହେଲେ, ମୁଣ୍ଡରେ ଟୋପି

ପିନ୍ଧିଥିଲେ, ହାତରେ ଲାଠି ଧରିଲେ, ସଂବିତକୁ କହିଲେ, ଚାଲ ଆମକୁ ଦେଖାଇ ଦେବ କେଉଁ ଜାଗାରେ।

ଥାନା ପାଖରୁ ଚାଲିଗଲି ସେମାନେ ଗାନ୍ଧୀ ମୂର୍ତ୍ତି ତଳକୁ ଆସିଲେ। ପୁଲିସବାଲା କହିଲା, ଏଥର କହ କଣ ଦେଖିଥିଲ। ସଂବିତ କହିଲା, ମୁଁ ତମ ଦିଜଣଙ୍କୁ ଦେଖିଥିଲି ଜଣେ ଲୋକକୁ ମାଡ଼ ଦେଇ ଧରି ନେଇଯିବାର। ପୁଲିସ ଦିଜଣ ତା ପାଖକୁ ଲାଗି ଆସିଲେ ଏବଂ ତାଙ୍କ ଭିତରୁ ଜଣେ ତାର ଲାଠି ଉଠାଇଲା। ସଂବିତକୁ ଏଥରକ ଯେଉଁ ଚିତ୍କାରଟି ଶୁଣାଗଲା ସେଇଟି ତାର ନିଜର ଥିଲା। ସେ ଚାରିଆଡ଼କୁ ଅନାଇଲା; କେହି କୁଆଡ଼େ ନ ଥିଲେ। ସେ ଦେଖିଲା ହୋଟେଲର ଗୋଟିଏ କୋଠରିରେ ଆଲୁଅ ଜଳିଲା। ତାକୁ ଦିଜଣ ପୁଲିସ ମିଶି ଲାଠିରେ ପିଟିବାରେ ଲାଗିଲେ ଏବଂ ସେ ମରିଗଲି ମରିଗଲି ଚିତ୍କାର କରି ତଳେ ପଡ଼ିଗଲା। ପୁଲିସ ଦୁହେଁ ତାକୁ ତଳୁ ଉଠାଇଲେ। ସେ ପୁଣି ଥରେ ହୋଟେଲର ଝରକାମାନଙ୍କ ଆଡ଼କୁ ଅନାଇଲା, କିନ୍ତୁ ସେଠାରୁ କୌଣସି ଆଶ୍ୱାସନା ମିଳିଲା ନାହିଁ। ଏଥରକ ପୁଲିସ ତାକୁ ଟାଣି ଟାଣି ଗୋଟିଏ ଛୋଟ ଗଳି ଭିତରକୁ ନେଇଗଲେ ଯେଉଁଠାରୁ ଆଉ ହୋଟେଲର ଝରକା ଦିଶୁ ନଥିଲା।

■

ପ୍ରିୟ ବିଦୂଷକ

ପ୍ରିୟ ବିଦୂଷକ, ସକାଳେ ଉଠି ଟେବୁଲ ପାଖେ ବସି ସେ ତାର ଦିନଲିପିରେ ଲେଖିଲା, ଆଜି ଆମେ କଣ କରିବା ବୋଲି ଭାବୁଛ ? ପୁଣି ସେଇ କାଳ୍ପନିକ ଚରିତ୍ରମାନଙ୍କର ଦେଶକୁ ଯାଇ ସେମାନଙ୍କର ଗତିବିଧିକୁ ନିରୀକ୍ଷଣ କରିବା, ନା ଆମର ଏଇ ବାସ୍ତବ ପୃଥିବୀରେ ବିଚରଣ କରିବା ? କଳ୍ପନାର ରାଜ୍ୟଟି ଯେତେ ସୁନ୍ଦର ଓ ସୁଖଦ ହୋଇଥାଉ ନା କାହିଁକି, ସେଠାରେ ତ ବସବାସ କରି ରହି ହେବ ନାହିଁ। ଫେରିବାକୁ ହିଁ ପଡ଼ିବ ନିଜ ଘରକୁ। ନହେଲେ ଏଠାରେ ଘରସଂସାର ଚଳାଇବ କିଏ ? କିଏ ଆଣିଦେବ ସକାଳେ ଟେବୁଲ ଉପରକୁ କପେ ଚା ?

ଏତିକି ଲେଖିବା ପରେ ତାର ଚା କଥା ମନେପଡ଼ିଲା ଏବଂ ସେ ଚା ତିଆରି କରିବାକୁ ଗଲା। ସତରେ ଲେଖକ ହେବା ବଡ଼ କଷ୍ଟ। ଦି'ଦିଟା ପୃଥିବୀକୁ ସମ୍ଭାଳିବାକୁ ହେବ ଏକା ସାଙ୍ଗେ। ତମର ନିଜର ସମସ୍ୟାମାନଙ୍କ ସହିତ ଦେଖିବାକୁ ହେବ ତମର ଚରିତ୍ରମାନଙ୍କର ଭଲମନ୍ଦ। ସେମାନଙ୍କର ଗିତିବିଧି ଉପରେ ପୁଣି ତମର କୌଣସି ନିୟନ୍ତ୍ରଣ ନାହିଁ। ନିଜ ଇଚ୍ଛା ଅନୁସାରେ ସେମାନେ ଚଳପ୍ରଚଳ ହେଉଥିବେ; ତମେ ଯାହା ଖାଲି ତାଙ୍କ ଉପରେ ତୀକ୍ଷ୍ଣ ଦୃଷ୍ଟି ରଖି ତାଙ୍କ କାର୍ଯ୍ୟକଳାପ ଲିପିବଦ୍ଧ କରିବା କଥା। କାମଟି ଯେତେ ସହଜ ଜଣାପଡୁଛି, ପ୍ରକୃତରେ ତା ନୁହେଁ। ସେମାନେ ତ ଜୀବନ କାଟୁଥିବେ ସାଧାରଣ ରକ୍ତମାଂସର ମଣିଷ ଭଳି, କିନ୍ତୁ ତମେ ଯେତେବେଳେ ତାଙ୍କ କଥା ଲେଖିବ, ସାହିତ୍ୟିକ କରିବାକୁ ହେବ ସେମାନଙ୍କୁ। ତାଙ୍କ କଥାବାର୍ତ୍ତାର ଭାଷାକୁ ବଦଳାଇ ତାକୁ ପରିଣତ କରିବ ଭଦ୍ର ସଂଯତ ସଂଳାପରେ। ତାଙ୍କ ଜୀବନରୁ କେଉଁ ଅଂଶକୁ ବାଦ୍ ଦେଇ କେଉଁ ଅଂଶକୁ ରଖିବ, ତାର ନିର୍ଣ୍ଣୟ କରିବ। କଣ କମ ଦାୟିତ୍ୱ ଓ ପରିଶ୍ରମର କଥା ଏ ସବୁ ?

ଖାଲି ଏଇ ଭାଷା କଥାଟାକୁ ନିଆଯାଉ। କଥାବାର୍ତ୍ତାରେ ତ ଅଶ୍ଳୀଳ ଶବ୍ଦମାନ ବିଞ୍ଚି ହୋଇ ପଡ଼ିଥାଏ। ଦିଜଣଙ୍କର କଥୋପକଥନ ଶୁଣିବା ବେଳେ ଏ ଶବ୍ଦଗୁଡ଼ିକ ଧରା ପଡ଼ନ୍ତି ନାହିଁ, କାନକୁ କିଛି ଖଟକା ଲାଗେ ନାହିଁ। ଖଟକା ? ବେଜାର ? ହେଲା ବାବା, ଅପ୍ରୀତିକର। କିନ୍ତୁ ସେଇ ସଂଳାପସବୁ କାଗଜ ଉପରେ ଠିକ ଠିକ ଲେଖିଦେଲେ ପୃଷ୍ଠା ଉପରୁ ଗ୍ରାମ୍ୟ ଅଶ୍ଳୀଳ ଶବ୍ଦମାନ ଛିଟିକି ଆସି ଆଖିକୁ ଛୁଇଁବେ ଖଣ୍ଡିଆ ଆଙ୍ଗୁଠି ଭଳି। ଖଣ୍ଡିଆ ଆଙ୍ଗୁଠି ? ସେଇଟା ତ ଇଂରେଜୀ ପ୍ରୟୋଗ। କଥାଟାର କୌଣସି ଓଡ଼ିଆ ଇକୁଭାଲେଣ୍ଟ-ପୁଣି ଇଂରେଜୀ ! ଓଡ଼ିଆରେ ହେବ ସମତୁଲ୍ୟ-ନିଶ୍ଚୟ ଥିବ। ତେବେ ମୁଣ୍ଡ ଭିତରକୁ ଇଂରେଜୀ କଥାଟି, ଶବ୍ଦଟି ପ୍ରଥମେ ଆସିଯାଏ। ତା ବ୍ୟତୀତ, ଶିକ୍ଷିତ ଲୋକମାନେ କଥାବାର୍ତ୍ତା କଲାବେଳେ କୋଉ ଭାଷାରେ କଥାବାର୍ତ୍ତା କରନ୍ତି ? ହୁଏତ ପୂରାପୂରି ଇଂରେଜୀରେ, ନହେଲେ ଏପରି ଓଡ଼ିଆ ଯେଉଥିରେ ପ୍ରତି ବାକ୍ୟରେ ଅନ୍ତତଃ ଫିଫ୍‌ଟି ପରସେଣ୍ଟ, ନା ନା, ପଚାଶ ପ୍ରତିଶତ ଶବ୍ଦ ଇଂରେଜୀ। ଆଉ କିଛି ଲୋକ କଥାବାର୍ତ୍ତା କରନ୍ତି ସମ୍ବଲପୁରୀ ନହେଲେ ଗଞ୍ଜାମୀ ଆଞ୍ଚଳିକ ଓଡ଼ିଆରେ। କଣ କରିବ ବିଚରା ଲେଖକ ଏଭଳି ପରିସ୍ଥିତିରେ ? ସାହିତ୍ୟବେତ୍ତା କହିବେ ଚରିତ୍ରମାନେ ଯେଉଁଭଳି ଭାଷା ବ୍ୟବହାର କରୁଛନ୍ତି, ସେଇଭଳି ଭାଷାରେ ସେମାନଙ୍କର ସଂଳାପ ଉଦ୍ଧୃତ ହେବା ଉଚିତ ସାହିତ୍ୟରେ। ଅତି ସହଜ କଥା, କିନ୍ତୁ ଏଥିରେ ସମସ୍ୟା ହେବ ଯେ ବିଚରା ଲେଖକକୁ ଅଶ୍ଳୀଳତା ଅପରାଧରେ ଜେଲ ଯିବାକୁ ହେବ, ନହେଲେ ତାର ଲେଖାଟିର ଅଧାଅଧି ହୋଇଯିବ ଇଂରେଜୀ ବାକ୍ୟମାନଙ୍କର ଲିପ୍ୟନ୍ତରଣ ଅଥବା ଏପରି ଏକ ଓଡ଼ିଆ ଭାଷା ଯାହାକୁ ଅଧିକାଂଶ ପାଠକ ବୁଝିପାରିବେ ନାହିଁ।

କେହି କିନ୍ତୁ ବୁଝନ୍ତି ନାହିଁ ଲେଖକର ଏ ଦୁଃଖ। ସମସ୍ତେ ଭାବନ୍ତି, କି ସହଜ ଲେଖକ ହେବା ! ବଜାରରୁ ଦିସ୍ତାଏ କାଗଜ କିଣି ଆଣିଲ, କାଲି କଲମ ନେଇ ରାମ୍ପି ଗଲେ ଲେଖା ହୋଇଗଲା। ପୁଣି କହିବେ କ'ଣ ନା, ଆପଣଙ୍କର ତ ଆଉ ଆମଭଳି ଦଶଟାରୁ ପାଞ୍ଚଟା ଅଫିସ ନାହିଁ, ଆପଣଙ୍କର ଆଉ ଚିନ୍ତା କଣ ? ଆରାମରେ ଏକା ଅଛନ୍ତି ଆପଣ। କିନ୍ତୁ ସପ୍ତାହକେ ପାଞ୍ଚଦିନ ଅଫିସ କରୁଥିବା ଏ ଲୋକମାନେ ବୁଝନ୍ତି ନାହିଁ ଯେ ଲେଖକ ବିଚାରର କାମ ଦିନକୁ ଚବିଶ ଘଣ୍ଟା, ସପ୍ତାହରେ ସାତଦିନ। ତାର ପୁଣି ଛୁଟି ନାହିଁ ? ଏମିତି ବି କଣ ତା ମୁଣ୍ଡକୁ କେତେବେଳେ ମିନିଟିଏ ବି ଛୁଟି ଅଛି ଯେ ଅନ୍ୟକଥା ଭାବିବ ? ଏକଥା ଅବଶ୍ୟ ସତ ଯେ ଆଉ ସବୁ ଲୋକଙ୍କ ଭଳି ତାକୁ ବି ଘରସଂସାର ଚଳାଇବାକୁ ହୁଏ, ଦୋକାନ ବଜାର କରିବାକୁ ହୁଏ, ବିଲ ଟିକସ ଦେବାକୁ ହୁଏ। କିନ୍ତୁ ଏସବୁ କାମ ଭିତରେ ବି ତାକୁ କଣ ତାର ଲେଖାରୁ ଫୁରୁସତ ଥାଏ ? ଏଣେ ବଜାର ସଉଦା କରୁଛି, ତେଣେ ତା ପାଖରେ ସେଇ ଅଧାଲେଖା

ଗପର ମାଙ୍କଡ଼ମୁହାଁ ଚରିତ୍ରଟି ଆସି ତା ପାଖରେ ଛିଡ଼ା ହୋଇ ତାକୁ ଖେଞ୍ଚା ଦଉଛି। କିମ୍ବା ରାତି ଅଧରେ ହଠାତ ନିଦ ଭାଙ୍ଗିଗଲା, ଆଉ ନିଦର ନାଁ ନାହିଁ କାହିଁକି ନା ଠିକକରି ହେଉ ନାହିଁ ସେଦିନ ସଂଧ୍ୟାରେ ଲେଖିଥିବା କବିତାର ଶେଷ ପଂକ୍ତିରେ ବିରକ୍ତି ଶବ୍ଦଟି ବେଶି ଖାପ ଖାଉଛି ନା ଅନାସକ୍ତି।

ଏମିତି ଅନେକ ସମସ୍ୟା ଲେଖକର। ଥରେ ସେ ଏମିତି କୋଉ କଥା ବନ୍ଧୁ ଗହଣରେ କହିବା ବେଳେ ତା ପ୍ରତି ସହାନୁଭୂତି ଦେଖାଇବେ କଣ ସମସ୍ତେ ହୋ ହୋ କରି ହସିଲେ। ଜଣେ କହିଲା, ଛପା ଅକ୍ଷରରେ ନାଁ ବାହାରୁଛି ବୋଲି ଶଳା ଦେଖେଇ ହଉଛି। କଥାଟା ତାକୁ ଖୁବ୍ ବାଧିଲା। ସେମାନେ ପ୍ରେସ୍ କ୍ଲବର ଗୋଟାଏ ଅନ୍ଧାରୁଆ କଣରେ ବସି ମଦ ପିଉଥିଲେ। ପୁଣି ଯେତେବେଳେ ଗ୍ଲାସରେ ମଦ ଢଳାଗଲା, ରାଗିଯାଇ ସେ କହିଲା, ମୁଁ ଯାଉଛି। ସାଙ୍ଗେ ସାଙ୍ଗେ ସମସ୍ତେ କ୍ଷମା ପ୍ରାର୍ଥନା ମାଗିଲେ ତା ପାଖରୁ। ଜଣେ ଆସି ତାର ଓଠ ଧରି କହିଲା, ଭାଇଟା ପରା! ସେ ରାଗ ଭୁଲିଯାଇ ଗ୍ଲାସରେ ମଦ ନେଇ ସମସ୍ତଙ୍କ ସାଙ୍ଗରେ ଢୋକେ ପିଇଲା। ପୁଣି ହସରୋଳ ହେଲା। କିଏ କହିଲା, ସେକସପିଅର ସାହେବଙ୍କ ମୁଡ ତ ଦେଖ! ତାର ଏ କଥାରେ ରାଗିବା ଉଚିତ ଥିଲା। କିନ୍ତୁ ରାଗ ବଦଳରେ ତା ମୁଣ୍ଡରେ ଯେଉଁ ଚିନ୍ତାଟି ପଶିଲା ସେଇଟି ହେଲା ତାର ବନ୍ଧୁମାନଙ୍କର ଉକ୍ତିଟିକୁ ନେଇ। ସେ ସବୁବେଳେ ଇଂରେଜୀ ଭାଷାର ବ୍ୟବହାର ବିଷୟରେ ଯେଉଁ ମନ୍ତବ୍ୟଟି ଦେଉଥିଲା, ଏ କଥାଟି ତାର ସମର୍ଥନ ଥିଲା। କାହିଁ ସେମାନେ ତ କହିଲେ ନାହିଁ କାଳିଦାସଙ୍କର ମିଜାଜ ତ ଦେଖ! ତାର ବନ୍ଧୁମାନେ ଯେଉଁ ଭାଷାରେ କଥାବାର୍ତ୍ତା କରୁଛନ୍ତି, ତାକୁ କେମିତି ସେ ବ୍ୟବହାର କରିବ ତାର ଲେଖାରେ? ସେମାନଙ୍କ କଥାବାର୍ତ୍ତାକୁ ଯଥାଶ୍ରୁତ ଶବ୍ଦକୁ ଶବ୍ଦ ଆକ୍ଷରିକ ଲେଖିଲେ ତା ଆଉ ସାହିତ୍ୟ ହୋଇ ରହିବ ନାହିଁ। ସମାଲୋଚକମାନେ ଯାହା କହନ୍ତୁ ନା କାହିଁକି, ସେ ଯେମିତି ଭାଷାରେ ଲେଖୁଥିଲା ସେମିତି ଲେଖିବ। ତାର ମନେପଡ଼ିଲା ଆଲବର୍ଟୋ ମୋରାଭିଆ ବି ଏଭଳି ଏକ ସଂଶୟରେ ପଡ଼ି ଶେଷକୁ ରୋମର ଗଳିକନ୍ଦିର ଲୋକଙ୍କ ମୁହଁରେ ସାହିତ୍ୟିକ ଭାଷା ଦେଇ ତାର ସମର୍ଥନରେ କହିଥିଲେ, ସାହିତ୍ୟିକ ଭାଷା କଥିତ ଭାଷା ଅପେକ୍ଷା ଅଧିକ ସତ୍ୟ ଏବଂ ଅଧିକ କାବ୍ୟିକ ଭାବେ ଭାବବ୍ୟଞ୍ଜକ। ଏତେ କଥା ଭାବିସାରିବା ପରେ ତାର ମନେପଡ଼ିଲା ଯେ କିଏ ଜଣେ ସାଙ୍ଗ ତାକୁ ଥଟ୍ଟା କରିଥିଲା। ସେ ପଚାରିଲା, କଣ କହୁଥିଲ ସେକସପିଅର କଥା? ମୁଁ ଏଥରକ ସତକୁ ସତ ଉଠି ଚାଲିଯିବି। ଏକଥା କହିଲା ସିନା, ପୁଣି ଯେତେବେଳେ ଗ୍ଲାସରେ ମଦ ଢଳା ହେଲା ସେ ମନାକଲା ନାହିଁ। ସେ ଗ୍ଲାସ ଉଠାଇ ପିଇବାରୁ ପୁଣି ସମସ୍ତେ ହସିଲେ; ଜଣେ କିଏ କହିଲା, ଶଳା ଜୋକର!

ସେଇଦିନ ରାତିରେ ଘରକୁ ଫେରି ଅଧା ମଦ ନିଶା ଏବଂ ଅଧା ଗମ୍ଭୀରତାର ସହିତ ସେ ନିର୍ଣ୍ଣୟ ନେଲା ଯେ ଆଉ ଏଭଳି ସହାନୁଭୂତିହୀନ ଲୋକଙ୍କ ଆଗରେ ସେ କେବେହେଲେ ନିଜର ସାହିତ୍ୟିକ ହୋଇଥବାର ଦୁଃଖ କହିବ ନାହିଁ। ସେ ବରଂ ନିଜର ଖୁସି ପାଇଁ ସେ କଥା ସବୁ ଲେଖି ରଖିବ। ଏଥିରେ ଯଦିବା ତାର କଷ୍ଟ କିଛି ଲାଘବ ହୁଏ! ନିଜ ସହିତ ନିଜର କଥାବାର୍ତ୍ତା ତ ସବୁବେଳେ ଚାଲିଥାଏ, କିନ୍ତୁ ତାକୁ ଲେଖିବାକୁ ହେଲେ କାହାକୁ ତ ସମ୍ବୋଧନ କରିବାକୁ ହେବ। ଯଦି ସେ ବନ୍ଧୁମାନଙ୍କ କଥା ଅନୁସାରେ ଯାଏ, ତେବେ ଲେଖିବ ଶଳା ଜୋକର। କିନ୍ତୁ ସାହିତ୍ୟରେ ତ ଏକଥା ସମ୍ଭବ ନୁହେଁ, ତେଣୁ ସେ ଗୋଟିଏ ନୂଆ ଖାତା ବାହାରକରି ତାର ପ୍ରଥମ ପୃଷ୍ଠାରେ ନିଜକୁ ନିଜେ ଅଭିବାଦନ କରି ଲେଖିଲା : ପ୍ରିୟ ବିଦୂଷକ।

ସେ ଠିକ୍ କଲା ସେଦିନ ସନ୍ଧ୍ୟାବେଳେ ତାର ବନ୍ଧୁମାନେ ତାକୁ ଦେଇଥିବା ଅପମାନକୁ ଦିନିଲିପିର ପୃଷ୍ଠାରେ ବିଦୂଷକକୁ ଜଣାଇ ସେ ନିଜ ମନକୁ ତଜ୍ଜନିତ ଗ୍ଲାନିରୁ ମୁକ୍ତ କରିଦେବ। ପ୍ରଥମ ଧାଡ଼ିଟି ଲେଖିବାକୁ ଯାଇ ନିଜର ହାତକୁ ଅଟକାଇ ନେଲା ସେ। ଏ ଦିନପଂଜିକାଟି ବି ତ ଜଣେ ସାହିତ୍ୟିକର କୃତି। ହୁଏତ କେଉଁ ସୁଦୂର ଭବିଷ୍ୟତରେ ଏଇଟିର ମଧ୍ୟ ସାହିତ୍ୟିକ ମୂଲ୍ୟାୟନ ହେବ। ସେଥିପାଇଁ ବେପରୁଆ ଅସାବଧାନ ହୋଇ ଲେଖାଯାଇ ନପାରେ ଏଇ ପାଣ୍ଡୁଲିପିଟି। ସେ ମୁହୂର୍ତ୍ତେ ପାଇଁ ଭାବିଲା ସେ ଲେଖିବା ଆଗରୁ କୌଣସି ପ୍ରସିଦ୍ଧ ଲେଖକଙ୍କର ଆତ୍ମଲିପିକୁ ଆଦର୍ଶ ଭାବରେ ନେବ, ଯଥା ଷ୍ଟ୍ରିଣ୍ଡବର୍ଗଙ୍କ ଅକ୍‌କଲ୍‌ଟ୍ ଡାଏରି। କିନ୍ତୁ ତା ପାଖରେ ବର୍ତ୍ତମାନ ସେଭଳି କୌଣସି ବହି ନଥିଲା। ସେ ଠିକ କଲା ଯେ ସେ ତାର ଦିନଲିପି ଲେଖିବ ନିଜର ସ୍ୱକୀୟ ସାହିତ୍ୟିକ ଶୈଳୀରେ।

ଲେଖକ ପାଇଁ କିଛି ବି ଲେଖିବା ଏକ ସମସ୍ୟା। କାଗଜ ଉପରେ କଲମ ଛୁଆଁଇଲେ ହିଁ, ସେ ଯେତେ ନିମ୍ନସ୍ତରର ସାହିତ୍ୟକାର ହୋଇଥାଉ ପଛେ, ଲେଖକ ଭାବେ ଯେ ସେଏଇ କେତୋଟି କଳାଧଳା ପଂକ୍ତି ଦେଇ ଅମରତ୍ୱକୁ ଛୁଇଁବାକୁ ଯାଉଛି। ଏଣୁ ସେ ଏପରି କିଛି ଲେଖା ଛାଡ଼ିଯିବାକୁ ଚାହେଁ ନାହିଁ ଯାହା ଭବିଷ୍ୟତର ବଂଶଧରଙ୍କ ପାଇଁ ତାର ଲେଖକୀୟ ପ୍ରତିଷ୍ଠାରେ କୌଣସି ଆଞ୍ଚ ଆଣିବ। ନିତାନ୍ତ ସାଂସାରିକ, ବ୍ୟାବହାରିକ କାମରେ ଲେଖୁଥିବା ଚିଠି ଓ ଦରଖାସ୍ତରେ ସେଥିପାଇଁ ସେ ଭର୍ତ୍ତି କରିଦିଏ କାବ୍ୟିକ ଭାଷା ଓ ଆବେଗମାନ। କହିବା ବାହୁଲ୍ୟ, ଭାବୀକାଳ ପାଇଁ ଉଦ୍ଦିଷ୍ଟ ଏହି ସାହିତ୍ୟିକ ରତ୍ନମାନ ହୋଇଯାନ୍ତି ବର୍ତ୍ତମାନର ପ୍ରାପକ ପାଇଁ ବ୍ୟଙ୍ଗ ଓ ଉପହାସର ସାମଗ୍ରୀ।

ପ୍ରିୟ ବିଦୂଷକ ଲେଖାଥିବା ସାଦା କାଗଜକୁ ଆଗରେ ଧରି ସେ ବସିରହିଲା

ଅନେକ କ୍ଷଣ। ପ୍ରଥମ ଧାଡ଼ିଟି ଲେଖିବା ବି ଏକ ସଙ୍କଟ, ଶୀର୍ଷକ ଭଳି। ଭାଗ୍ୟକୁ ଏ ଲେଖାଟି ପାଇଁ ତାକୁ ଶୀର୍ଷକ ଖୋଜିବାକୁ ପଡ଼ି ନଥିଲା। ଲେଖାଟିଏ ଲେଖିବା ଯେତିକି କଷ୍ଟ, ତା ପାଇଁ ଗୋଟିଏ ଉପଯୁକ୍ତ ଶିରୋନାମା ଠିକ୍ କରିବା ବି ସେତିକି ଶ୍ରମସାପେକ୍ଷ। କୁକୁଡ଼ା ପ୍ରଥମେ ନା ଅଣ୍ଡା ପ୍ରଥମେ ପ୍ରହେଳିକା ଭଳି ଆଗେ ଶିରୋନାମା ଲେଖି ତା ପରେ ଲେଖା ଆରମ୍ଭ କରିବ ନା ଲେଖିସାରିବା ପରେ ପଛକୁ ଫେରିଯାଇ ଗୋଟିଏ ନାଁ ଠିକ କରିବ। ପୁଣି ଏପରି ନାଁ ଦେବାକୁ ହେବ ଯାହା ପାଠକକୁ ଉତ୍ସାହିତ କରିବ ଲେଖାଟି ପଢ଼ିବା ପାଇଁ। ଲେଖାଟିକୁ ନାଁ ସହିତ ଖାପ ଖାଇ ହୃଦୟଗ୍ରାହୀ ମଧ୍ୟ ହେବାକୁ ହେବ। କୁହାଯାଇଥାଏ ଗଳ୍ପକୁ ଚିତ୍ତାକର୍ଷକ କରିବାକୁ ହେଲେ ସେଥିରେ ରଖିବାକୁ ହେବ ଆଭିଜାତ୍ୟ, ଧାର୍ମିକତା, କାମଭାବନା ଓ ଉତ୍କଣ୍ଠା। ଏଥିପାଇଁ ଜଣେ କୁଆଡ଼େ ଏଭଳି ମିନିଗଳ୍ପଟିଏ ଲେଖିଥିଲା : ରାଜକୁମାରୀ କହିଲା, ହେ ଭଗବାନ, ମୁଁ ଗର୍ଭବତୀ, କିନ୍ତୁ ସନ୍ତାନଟି କାହାର ମୁଁ କହିବି ନାହିଁ!

କଥା ପଡ଼ିଥିଲା ଲେଖାର ଆରମ୍ଭ ବିଷୟରେ। ପ୍ରଥମ ଧାଡ଼ିରୁ ହିଁ ପାଠକ ଯେପରି ବାନ୍ଧି ହୋଇଯିବ ସେକସପିଅରଙ୍କ ଗୋଟିଏ ନାଟକର ଆରମ୍ଭ, ଦୁଇଟି କଟାମୁଣ୍ଡ ଓ ଗୋଟିଏ ହାତ ନେଇ ଦୂତର ପ୍ରବେଶ! ଏଭଳି ଉପକ୍ରମ ପରେ ଆଗକୁ ନପଢ଼ି ପାଠକର ଚାରା କାହିଁ? ତେବେ ସବୁ ବିଷୟରେ ତ ଏପରି ନାଟକୀୟ ସୁଯୋଗ ଆସିବ ନାହିଁ। ସାଧାରଣ ଦୈନନ୍ଦିନ କଥାକୁ ଯେତିକି ନାଟକୀୟତା ଦିଆଯାଇପାରେ ସେତିକି। ନାଟକୀୟ କଥାକୁ କିନ୍ତୁ ପାଠକର ସବୁବେଳେ ସନ୍ଦେହ। ଖବରକାଗଜରେ ଏମିତି ଅନେକ ଖବର ବାହାରିଥାଏ ଯେ ଦୀର୍ଘ ତିରିଶ ବର୍ଷ ତଳେ ଅଲଗା ହୋଇଯାଇଥିବା ଦୁଇ ଭାଇ ଅକସ୍ମାତ ପରସ୍ପରକୁ ଭେଟିଲେ। କଥାଟି ସତ୍ୟ, କିନ୍ତୁ କେହି କଥାକାର ଯଦି ଏଭଳି ଗୋଟିଏ ଘଟଣାକୁ ନେଇ ଗପ ଲେଖେ, ପାଠକମାନେ ତାକୁ ହିନ୍ଦୀ ଫିଲ୍ମ ଭଳି ଅବାସ୍ତବ କହି ଉଡ଼ାଇ ଦେବେ।

ପାଠକମାନଙ୍କର ସବୁବେଳେ ଘୋର ସନ୍ଦେହ ଲେଖକ ଉପରେ। ପୂରା ସତକଥା ଲେଖିଲେ ବି ଅସୁବିଧା, ପୂରା କାଳ୍ପନିକ କଥାରେ ହିଁ ସେଇଆ। ମନେକର ପ୍ରେସ କ୍ଲବର ସେଇ ସନ୍ଧ୍ୟାଟିର କଥା। ଠିକ ଠିକ ବି ଲେଖିବାକୁ ହବ, କଥାଟିକୁ ସାହିତ୍ୟିକ ବି କରିବାକୁ ହେବ। ସେ ଆରମ୍ଭ କଲା, ଆଜିର ବର୍ଷରମୁଖର ସନ୍ଧ୍ୟାରେ। ଏଭଳି ସେ ଲେଖିଥିଲା ଶବ୍ଦସଂଯୋଜନାଟି ତାକୁ ଭଲ ଲାଗିଥିଲା ବୋଲି। ସେ କଣ ଆଉ ସତରେ ଝରକା ବାହାରକୁ ଅନାଇ ଆକାଶରେ ମେଘକୁ ନଜର କରିଥିଲା ସେତେବେଳେ? ନା ଜାଣିଥିଲା ବର୍ଷା ହେବ କି ନାହିଁ ବୋଲି? ତେବେ ସେ ଏଇ ଅର୍ଦ୍ଧ ସତ୍ୟଟିକୁ ରହିବାକୁ ଦେଇଥିଲା। ମୂଳକଥା ତ ପାଣିପାଗ ବିଷୟରେ ନ ଥିଲା,

ଥିଲା ତାର ସାଙ୍ଗମାନଙ୍କ ବିଷୟରେ। ସେ ସନ୍ଧ୍ୟାଟି ବର୍ଷଣମୁଖର ହେଉ ବା ଶୀତାର୍ତ୍ତ, କଣ ଯାଏ ଆସେ ?

ପରବର୍ତ୍ତୀ ସମସ୍ୟା ଉପୁଜିଲା ବନ୍ଧୁମାନଙ୍କର ନାଁକୁ ନେଇ। କେହି କହିବେ ନାଁରେ କଣ ଅଛି, ଯୋଉ ନାଁ ଦିଅ, ଗୋଲାପ ତ ଗୋଲାପ ହିଁ। ଥରେ କୁଆଡ଼େ ଜଣେ କେହି କହିଲା ଏ ଉଦ୍ଧୃତିଟି ବର୍ଣ୍ଣାର୍ଡ଼ ଶ'ଙ୍କର; ତାକୁ ଯେତେବେଳେ ବକ୍ତବ୍ୟଟିର ପ୍ରକୃତ ଲେଖକର ନାଁ ସୂଚାଇ ଦିଆଗଲା, ସେ କହିଲା, ନାଁରେ କଣ ଅଛି! ଚରିତ୍ରମାନଙ୍କର ନାଁ ଦେବା ଏତେ ସହଜ ନୁହେଁ। ତମେ ଗୋଟିଏ ଗପ ଲେଖା ଆରମ୍ଭ କଲ ସୁମତି ବୋଲି ଚରିତ୍ରକୁ ନେଇ। ଗପ ଆଗେଇ ଚାଲିଲା, ଅନ୍ୟ ଚରିତ୍ର ଆସିଲେ, ଘଟଣାମାନ ଘଟିଲା। ତମର ହଠାତ ଉପଲବଧି ହେଲା ଯେ ଏଭଳି ଚରିତ୍ରର ନାଁ କଦାପି ସୁମିତ ହୋଇ ନପାରେ। ତମେ ସେ ଚରିତ୍ରର ନାଁ ବଦଳାଇ କରିଦେଲ ବିଭୂତି ଏବଂ ସବୁ ସୁମତିକୁ କାଟି ବିଭୂତି କରି ଦେଲ। କିନ୍ତୁ ତଥାପି କିଛି ଛାଡ଼ିଗଲ। ପାଠକ ବିଚରା ପଢ଼ିଲା ବେଳକୁ ମଝିରେ ମଝିରେ ସୁମିତ ବୋଲି କିଏ ଜଣେ ଗପ ଭିତରକୁ ପଶି ଆସି ଗୋଳମାଳ ପରିସ୍ଥିତି ସୃଷ୍ଟି କଲା। ଏସବୁର ସମାଧାନ ହୋଇଯାନ୍ତା ଯଦି ଚରିତ୍ରକୁ ତାର ନାଁ ଧରି ନ ଡାକି ତାର ଚାରିତ୍ରିକ ବର୍ଣ୍ଣନାରେ ହିଁ ଡକାଯାନ୍ତା, ଯଥା ଚନ୍ଦା ମୁଣ୍ଡ, ଓଟ ମୁହାଁ ଅଥବା ଆଖିମିଟିକା, କବି ବା ଇନସ୍ୟୁରାନସ ଏଜେଣ୍ଟ ବୋଲି। ସାହିତ୍ୟରେ କିନ୍ତୁ ଏଭଳି ନିୟମ ପ୍ରଚଳିତ ନାହିଁ। ଚରିତ୍ରକୁ ନାଁଟିଏ ଦେବାକୁ ହିଁ ହୁଏ।

ହଠାତ ପ୍ରତିକ୍ରିୟା ହେବ, କଣ ଆଉ ଏମିତି ବଡ଼ କଥା ନାଁ ଦେବା ? ଏ କଥା ଯାଇ ପଚାର ଯାହାର ଘରେ ପିଲା ଜନ୍ମ ହୋଇଛନ୍ତି ତାକୁ। ପୃଥିବୀରେ ଲକ୍ଷ ଲକ୍ଷ ନାଁ ପଡ଼ିଥିବା ସ୍ଥଳେ ବାପ ମା' ଗୋଟିଏ ବି ନାଁ ପାଆନ୍ତି ନାହିଁ ପଲାଟି ପାଇଁ। ନାମକରଣ ଦିନ ବି କାମଟି ପୂରା ହୋଇପାରେ ନାହିଁ, ସେଇ ବାବଲା ନାଁଟି ରହିଯାଏ ପରେ ଭଲ ନାଁ ଦିଆଯିବ ବୋଲି। ଭବିଷ୍ୟତରେ ବି ଆଉ ଭଲ ନାଁ ମିଳେ ନାହିଁ ଏବଂ ସେଇ ଡାକ ନାଁଟି ସ୍କୁଲ ଖାତାରେ ଚଢ଼ି ବାବଲା ମିଶ୍ର ଏମ୍.ଏ. ବି ପାସ କରିଯାନ୍ତି ଶେଷରେ। ନହେଲେ କହିବ ଯାଇ ଟେଲିଫୋନ ବହିରୁ ବାଛିନିଅ ଦଶ ପଚାଶଟି ନାଁ, ତାକୁ ବସି ତମ ଗପରେ ବ୍ୟବହାର କରୁଥାଅ। ଏଗୁଡ଼ିକ ଟେଲିଫୋନ ବହି ପୃଷ୍ଠାକୁ ଅଳଂକୃତ କରିବା ପାଇଁ ପ୍ରକୃଷ୍ଟ ହୋଇପାରନ୍ତି, କିନ୍ତୁ ଗପର ଚରିତ୍ର ହିସାବରେ ଆଦୌ ଉପଯୁକ୍ତ ନୁହନ୍ତି ଏ ସବୁ ନାଁ। ଏମାନେ କୌଣସି ଚରିତ୍ରକୁ ଖାପ ଖାଇବେ ନାହିଁ।

ତା ହେଲେ ଚିହ୍ନା ପରିଚୟ ଲୋକଙ୍କ ନାଁକୁ ନେଇ ଚରିତ୍ରଙ୍କ ସାଙ୍ଗରେ

ଯୋଡ଼ିବାକୁ ଉପଦେଶ ମିଳିବ। ମନେକର ତମେ ତିନିଜଣ କଲେଜ ଅଧ୍ୟାପକଙ୍କ କଥା ଲେଖୁଚ। ସେ ପାଠ ପଢୁଥିଲା ବେଳେ ତାଙ୍କ କଲେଜର ତିନିଜଣ ଅଧ୍ୟାପକଙ୍କ ନାଁ ଥିଲା ଭିକାରୀ ବାବୁ, କାଙ୍ଗାଳୀ ବାବୁ, ଫକୀର ବାବୁ। ନିରାଟ ସତ କଥା ଏବଂ ଏହି ଅଦ୍ଭୁତ ସଂଯୋଗଟି ହସର ଖୋରାକ ଯୋଗାଉଥିଲା ସେତେବେଳେ। କିନ୍ତୁ ସେ ଜାଣେ ଯେ ଯଦି ସେ ତାର ଗପରେ ଏଭଳି ତିନୋଟି ନାଁ ଦିଏ କଥାଟି ବିଶ୍ୱାସଯୋଗ୍ୟ ହେବ ନାହିଁ। ଯେମିତି ପ୍ରେସ କ୍ଲବର ବନ୍ଧୁମାନଙ୍କର ନାଁ। ତାଙ୍କ ଭିତରୁ ଜଣକର ନାଁ ଥିଲା ଶୁଭ୍ରାଂଶୁ ଶେଖର। ଏ ନାଁଟି ସ୍କୁଲ ସାର୍ଟିଫିକେଟରେ, ପାସପୋର୍ଟରେ, ରାଶନ କାର୍ଡ଼ରେ ଚଳିବ, କିନ୍ତୁ ଗପରେ ଚଳିବ ନାହିଁ। ଏଭଳି ନାଁଟିଏ ଦେଖିଲେ ପାଠକ କହିବ, ଏ ଲେଖକମାନେ ନାଁଟାକୁ ବି ଅଡୁଆ ତଡୁଆ କରି ଲେଖିବେ, ସାଦାସିଧା ନାଁ ଚଳିବ ନାହିଁ। ଏମାନଙ୍କର ଦରକାର ଗୋଟାଏ ଦାନ୍ତ ଭଙ୍ଗା ନାଁ। କିନ୍ତୁ ଲେଖକ ଜାଣେ ତାର ସମସ୍ୟା କଣ। ଯଦି ଚରିତ୍ରମାନଙ୍କୁ ସାଦାସିଧା ନାଁ ଦିଆଯାଏ, ତାର ସବୁ ଗପର ପୁରୁଷ ଚରିତ୍ର ହେବେ ତାଭଳି ଦେବାଶିଷ, ପ୍ରତିଟି ଝିଅ ହୋଇଯିବେ ରୀନା।

ହେଲା, ପ୍ରେସ କ୍ଲବର ସେଇ ବନ୍ଧୁଙ୍କ ନାଁ ଶେଖର କରି ଦିଆଯାଉ। କିନ୍ତୁ ସନ୍ଧ୍ୟାର ଘଟଣାଟିକୁ ଯଦି ସଠିକ୍ ବର୍ଣ୍ଣନା କରାଯାଏ, ସେଇଟି ତା ପାଇଁ ଅପମାନଜନକ ହେବ ନିଶ୍ଚୟ। କେହି କଣ କେବେ ନିଜର ଦୁଃଖଦୁର୍ଦ୍ଦଶା ଅପମାନର କାହାଣୀକୁ ସର୍ବସାଧାରଣଙ୍କ ଗୋଚରକୁ ଆଣିବାକୁ ଚାହିଁବ? ପୃଥିବୀରେ ଯେତେ ଆତ୍ମଜୀବନୀ ଲେଖା ହୋଇଛି, ସେଥିରୁ କେତୋଟି ଶତ ପ୍ରତିଶତ ସତ୍ୟ ଉପରେ ଆଧାରିତ? ଅଥବା, ଘଟଣାମାନଙ୍କୁ ସମ୍ପାଦନ କରିବା ପ୍ରକ୍ରିୟାରେ କେତେ ଅପ୍ରୀତିକର ପରିସ୍ଥିତିକୁ କାଟି ଦିଆଯାଇଛି ଜୀବନଲିପିରୁ? ଆତ୍ମଚରିତ ଲେଖିବାବେଳେ ବି ଅନେକ ଦାୟିତ୍ୱ ଲେଖକ ଉପରେ। ସେ ନିଜର ଦୋଷ ଦୁର୍ବଳତାକୁ ହୁଏତ ସାହସ କରି ପ୍ରକାଶ କରି ଦେବ; କିନ୍ତୁ ତାର କି ଅଧିକାର ଅଛି ସେଇ ସୂତ୍ରରେ ଅନ୍ୟମାନଙ୍କ ବିଷୟରେ ଲେଖି ସେମାନଙ୍କୁ ଅପଦସ୍ଥ କରିବାର? ଏଥିପାଇଁ ବୋଧହୁଏ କୁହାଯାଇଥାଏ ଯେ ଯଦି ସତ କହିବାକୁ ଚାହଁ, ଉପନ୍ୟାସ ଲେଖ, ଯଦି ସତ୍ୟକୁ ଲୁଚାଇବାକୁ ଚାହଁ, ଲେଖ ଆତ୍ମଜୀବନୀ।

ଲେଖକକୁ ସେଥିପାଇଁ ଆଶ୍ରୟ ନେବାକୁ ହୁଏ କଳ୍ପନା ଉପରେ। ଭାବନାର ରଙ୍ଗ ଦେଇ ସେ ଚିତ୍ରିତ ଓ ଧୂମାଭ କରିଦିଏ ଜୀବନର ସାଧାରଣ ଘଟଣାବଳୀକୁ। ସେ ନିଶ୍ଚୟ କ୍ଲବରେ ସେଦିନର ଘଟଣାକୁ ଛୋଟ ଛୋଟ କରି ଯୋଡ଼ି କାଟି ସମ୍ପାଦିତ ଅତିରଞ୍ଜିତ କରି ନିଜକୁ ସମର୍ଥନ କଲା ଭଳି ସାହିତ୍ୟିକ ରୂପ ଦେଇ ପାରିବ। ଶବ୍ଦରେ ସେ ପରାସ୍ତ କରିଦେଇ ପାରିବ ତାର ବନ୍ଧୁମାନଙ୍କର ଉଦ୍ଧତ ପରାକ୍ରମକୁ, ଅଶ୍ଳୀଳ

ବ୍ୟଙ୍ଗକୁ। ହାତରେ ଅସରନ୍ତି କଳ୍ପନାର ଏପରି ଏକ ବ୍ରହ୍ମାସ୍ତ୍ର ଥିବାବେଳେ ସେ କାହିଁକି କାହାକୁ ଭୟ କରିବ?

କିନ୍ତୁ କଳ୍ପନା କଣ ଅସୀମ ଏବଂ ସର୍ବଶକ୍ତିଶାଳୀ ସବୁବେଳେ? ତାର ମନେ ପଡ଼ିଲା ସେ ଦୁର୍ଭିକ୍ଷ ବିଷୟରେ ଗପ ଲେଖୁଥିଲା। ଅକାଳଗ୍ରସ୍ତ ଅଞ୍ଚଳର ଅପହଞ୍ଚ ଗାଁମାନଙ୍କରେ ଚାଉଳ ନାହିଁ। ବର୍ଷା ଆସିଗଲେ ରାସ୍ତା ସବୁ ବନ୍ଦ ହୋଇଯିବ ଏବଂ ଚାଉଳ ପହଞ୍ଚି ପାରିବ ନାହିଁ ଭୋକିଲା ଲୋକଙ୍କ ପାଖରେ। ତାର ଗପ ଅଧା ରହିଛି, ଲୋକମାନେ ଭୋକ ଉପାସରେ ଅଛନ୍ତି, ଜିଲ୍ଲା ମହକୁମାରେ ବ୍ୟବସ୍ଥା ଚାଲିଛି ଗାଁ ଗହଳକୁ ଚାଉଳ ପଠାଇବାର। ସକାଳୁ ଉଠି ଅଧା ଲେଖା ଗପକୁ ଆଗରେ ରଖି ସେ ନିଶ୍ଚୟ କଲା ଯେପରି ହେଉ ଆଜି ସେ ଗପଟିକୁ ଆଗେଇ ନେବ ଭୋକିଲା ଲୋକଙ୍କ ପାଖରେ ଚାଉଳ ପହଞ୍ଚିବା ପର୍ଯ୍ୟନ୍ତ। ତା ହାତରେ ଯେପର୍ଯ୍ୟନ୍ତ କଲମ ଅଛି, କାହିଁକି ଭୋକ ଉପାସରେ ରହିବେ ଏଇ ନିରୀହ ଲୋକମାନେ?

କିନ୍ତୁ ଶେଷ ପର୍ଯ୍ୟନ୍ତ ହେଲା ନାହିଁ। ବର୍ଷା ଆସିଗଲା, କିନ୍ତୁ ଚାଉଳ ପହଞ୍ଚି ପାରିଲା ନାହିଁ ଲୋକଙ୍କ ପାଖରେ। ସେ ତ କେବଳ ଭୋକିଲା ଲୋକଙ୍କ କଥା ଲେଖୁ ନ ଥିଲା, ତା ଗପରେ ଥିଲେ ଅପାରଗ ଅଫିସର ଏବଂ ମୁନାଫାଖୋର ଚାଉଳ ବୋପାରୀ ମଧ୍ୟ। ତାର ଶତ ସଦୁଦ୍ଦେଶ୍ୟ ସତ୍ତ୍ୱେ ସେମାନେ ଶେଷ ମୁହୂର୍ତ୍ତ ପର୍ଯ୍ୟନ୍ତ ଚାଉଳର ଦର, ତାକୁ ପହଞ୍ଚାଇବାର ଖର୍ଚ୍ଚ ଓ ଲାଞ୍ଚର ପରିମାଣ ସ୍ଥିର କରି ପାରିଲେ ନାହିଁ। ତାର କଲମ ବଞ୍ଚାଇ ପାରିଲାନାହିଁ ସେଇ ଲୋକମାନଙ୍କୁ।

ଘଟଣାଟି ମନେପଡ଼ି ତାର ମନ ଖରାପ ହୋଇଗଲା। ନା, ଲେଖକକୁ ନିଜର ଲେଖା ସହିତ ଏତେ ଜଡ଼ିତ ହୋଇଯିବା ଆଦୌ ଉଚିତ ନୁହେଁ। ସେ କିଏ ସମାଜକୁ ବଦଳାଇବାକୁ? ସତରେ କଣ କଲମ ମୁହଁରୁ ନିଆଁ ବାହାରିବ ନା ସାହିତ୍ୟ ବିପ୍ଳବ ଆଣିଦେବ? ଲେଖକର କାମ ହେଲା ବର୍ଣ୍ଣନା କରିବା। ଯଦି ନ୍ୟାୟ ଓ ନିଷ୍ଠାର ସହିତ ସେ ଦେଖୁଥିବା ଘଟଣାମାନଙ୍କୁ ଲିପିବଦ୍ଧ କରିପାରିଲା ସେଇ ଯଥେଷ୍ଟ। ତା ପରେ ବିପ୍ଳବ ହେଉ ନହେଉ, ତା ଅନ୍ୟମାନଙ୍କର ଦାୟିତ୍ୱ। ଯଦି ତାର ବିପ୍ଳବ କରିବାର କଥା ସେ କାହିଁକି କାଗଜ କଲମ ଧରି ଟେବୁଲ ପାଖରେ ବସି ରହନ୍ତା? ସେ ତ ଓହ୍ଲାଇଯାନ୍ତା ରାସ୍ତା ଉପରକୁ ହାତମୁଠାକୁ ଉପରକୁ ଉଠାଇ।

ବର୍ତ୍ତମାନ ଲେଖିବା ପାଇଁ ଆଉ କିଛି ମୁଣ୍ଡ ଭିତରକୁ ଆସୁନାହିଁ। କାଗଜ କଲମ ବନ୍ଦ କରି ରଖିଦେଲା ସେ। କୌଣସି ଲାଭ ନାହିଁ ଖାଲି କାଗଜ ଆଡ଼କୁ ବୋକା ଭଳି ଅନାଇ ବସିବାରେ। ବରଂ ସେ ରୀନା ଘରକୁ ଯିବ। ରୀନା ବର୍ତ୍ତମାନ ଘରେ ଏକା ଥିବ। ତାକୁ ଦେଖିଲେ ରୀନା ଖୁସି ହେବ କି ନାହିଁ ଜଣାନାହିଁ, ତେବେ

ଏ ବିଷୟରେ ଚେଷ୍ଟା କରାଯାଇପାରେ। ସାକ୍ଷାତକାରଟି ପ୍ରୀତିକର ହେଉ ବା ନହେଉ ଦିନଲିପି ଲେଖିବାର ସାମଗ୍ରୀ ତ ମିଳିବ ସେଥିରୁ। ଏ କଥା ଭାବିବା ମାତ୍ରେ ହିଁ ମନ ଭିତରେ ଅନୁତାପ ଆସିଲା। ସମ୍ବନ୍ଧ କଣ କେବଳ ରଚନାତ୍ମକତା ପାଇଁ ସାମଗ୍ରୀ ଯୋଗାଇଦେବାର ସାଧନ ମାତ୍ର? ତାର ମନେ ପଡ଼ିଲା ରୀନା ସହିତ ତାର ପ୍ରଥମ ଦିନର ସମ୍ପର୍କ କଥା। ସେତେବେଳେ ସେ ବଞ୍ଚି ରହିଥିଲା ସତରେ ଯେପରି କେବଳ ରୀନା ପାଇଁ। ଦିନ ସାରା ସେ ଯେତେବେଳେ ଯାହା କରୁଥିଲା ତାର ସମ୍ପୂର୍ଣ୍ଣ ବିବରଣୀ ଦେଉଥିଲା ରୀନାକୁ ଦେଖା ହେବା ମାତ୍ରକେ। ଅତି ଆଗ୍ରହରେ ରୀନା ଶୁଣୁଥିଲା ତାର ସାରା ଦିନର ଛୋଟ ଛୋଟ ଘଟଣାମାନଙ୍କର ଆଖି ଦେଖା ଅଙ୍ଗେ ନିଭାଇବା ବିବରଣୀ। ତାର ମନେ ହେଉଥିଲା ଯେପରିକି ସେ ଯାହା କିଛି କରୁଛି, ଯାହାକୁ ଭେଟୁଛି ସବୁକିଛିର ଏକମାତ୍ର ଉଦ୍ଦେଶ୍ୟ ଥିଲା ସେ ସବୁର ବିବରଣୀ ଦେବା ରୀନା ପାଖରେ। ଏଥିପାଇଁ ସେ ଏପରି କିଛି କାମ କରୁନଥିଲା ଯାହା ସେ କହିପାରିବ ନାହିଁ ରୀନାକୁ। ଏସବୁ ଥିଲା ଅନେକ ଦିନ ତଳର କଥା। ରୀନା ସହିତ ସ୍ପର୍କ ବଦଳିଗଲା ଆସ୍ତେ ଆସ୍ତେ।

ଘର ବାହାରେ ପାଦ ରଖିବା ବେଳେ ତାକୁ କେବଳ ଦେଖାଯାଉଥିଲା ଛାଡ଼ି ଆସିଥିବା ଦିନଲିପି ଖାତାର ଖାଲି ପୃଷ୍ଠାଟି। କିପରି ସେ ତାକୁ ପୂରଣ କରିବ ଏଇ ଚିନ୍ତା ତାର ମନକୁ ଘାରି ରଖିଥିଲା। ବର୍ତ୍ତମାନ ସତେ ଯେମିତି ସେ ଜୀବନ ଜୀଉଁଥିଲା ଦିନଲିପି ଲେଖିବା ପାଇଁ। ସେ ନିଜକୁ ସମ୍ପୂର୍ଣ୍ଣ ଭାବେ ନେଇଗଲା ଲେଖକର ଭୂମିକାକୁ, ଯେଉଁଠାରେ ରହି ସେ ଅଧ୍ୟୟନ କଲା ଦେବାଶିଷର ରୀନା ପାଖକୁ ଯିବା ଘଟଣାଟିକୁ। ଯଦିଓ ନିଜେ କର୍ତ୍ତା ଥିଲା, ତାଠାରୁ ବେଶି ଗୁରୁତ୍ୱ ଥିଲା ତାର ଦ୍ରଷ୍ଟା ହୋଇଥିବାର। ସେ ଦିଓଟି ମଣିଷ ହୋଇଯାଇଥିଲା। ଜଣେ ପ୍ରେମିକ ହୋଇ ତାର ପ୍ରେମିକା ପାଖକୁ ଯାଉଥିଲା; ଅନ୍ୟଜଣକ ଅଦୃଶ୍ୟ ଭାବେ ତା ପାଖେ ରହିଥିଲା ଏବଂ ତାର ପ୍ରତିଟି ଗତିବିଧି କାର୍ଯ୍ୟକଳାପକୁ ଗଭୀର ଭାବରେ ଲକ୍ଷ୍ୟ କରୁଥିଲା।

ଦେବାଶିଷ ଯାଇ ରୀନା ଘରର ବେଲ ଦେଲା। ଅନେକ ସମୟ ପର୍ଯ୍ୟନ୍ତ କବାଟ ଖୋଲିଲା ନାହିଁ। ଦେବାଶିଷ ଅଧୈର୍ଯ୍ୟ ହେବାକୁ ଲାଗିଲା। ଶେଷରେ ଭିତରୁ ରୀନାର ସ୍ୱର ଶୁଭିଲା, କିଏ? ଦେବାଶିଷ ବିରକ୍ତ ହୋଇ କହିଲା, ମୁଁ। ଏଥରକ ରୀନା କବାଟ ଖୋଲିଲା ଓ ସେ ଭିତରକୁ ଗଲା। ରୀନା ଅଧା ଗାଧୋଇ ଓଦା ଲୁଗାରେ ଥିଲା। ତାକୁ ବାହୁରେ ନେବ କି ନାହିଁ ମୁହୂର୍ତ୍ତକ ପାଇଁ ଭାବିଲା ଦେବାଶିଷ। ସେଇଦିନ ସକାଳେ ସଫା ଜାମାପଟା ପିନ୍ଧିଥିଲା, ତାକୁ ଓଦାକରି ଲାଭ ନାହିଁ। ରୀନାକୁ କହିଲା, ମୁଁ ଘଣ୍ଟାଏ ହେଲା ଆସି ବାହାରେ ଅପେକ୍ଷା କରୁଛି। ରୀନା ବିରକ୍ତ ହୋଇ କହି ପାରିଥାନ୍ତା, ମୁଁ କେମିତି ଜାଣିବି ଏତେ ସକାଳୁ ସକାଳୁ କିଏ ଆସି ବେଲ ଦଉଚି

ବୋଲି ! କିନ୍ତୁ ସେ କହିଲା, ତମେ ବସ, ମୁଁ ଲୁଗା ବଦଳାଇ ଆସୁଛି। ଦେବାଶିଷ ବସି ପତ୍ରିକାର ପୃଷ୍ଠା ଓଲଟାଇଲା।

ସେ ଭବିଲା ଯଦି ଦେବାଶିଷ ସେଇ ଓଦା ଶାଢ଼ିର ରୀନାକୁ ଧରିଥାନ୍ତା, କଥାଟା ବୋଧହୁଏ ବେଶି ନାଟକୀୟ ଓ ଘଟଣାବହୁଳ ହୋଇଥାନ୍ତା। ରୀନା ତ ଯେମିତି ହେଲେ ଶାଢ଼ି ବଦଳାଇବାକୁ ଯାଉଥିଲା। ତା ପରେ ଆଉ କଣ ଘଟିଥାନ୍ତା ତାର ଏକ ସଂକ୍ଷିପ୍ତ ବିବରଣୀ ମନ ଭିତରେ ଆବୃତ୍ତି କରିନେଲା ସେ। ଏଇ ସମୟରେ ରୀନା ଭଲ ଶାଢ଼ି ପିନ୍ଧି ଭିତରୁ ବାହାରିଲା। ଏଥରକ ଆଉ ରୀନା ତାକୁ ଛୁଇଁବାକୁ ଦେବ ନାହିଁ, କହିବ ଶାଢ଼ି ଖରାପ ହୋଇଯିବ।

ଦେବାଶିଷ ସାହିତ୍ୟିକ ଦୃଷ୍ଟିରେ ଅନାଇଲା ରୀନା ଆଡ଼କୁ। ରୀନା ଦେବାଶିଷ ସାମ୍‌ନାରେ ବସିଥିଲା ସଂଯତ ଓ ସହଜ ହୋଇ। ଦେବାଶିଷ ପତ୍ରିକାଟିକୁ ଓଲଟାଇ ତାକୁ ପଢ଼ିବାର ଛଳନା କରୁଥିଲା। ରୀନା କହିଲା, ସମୟ କେତେ ହେଲା ? ଓଃ, ଦଶଟା ବାଜିଗଲାଣି। ଚାକରଣୀ ସାଢ଼େ ଦଶଟାରେ ଆସିବ। ତା ଆଗରୁ ତମେ ବାହାରିଯିବ, ହେଲା। ଏଇ ସମୟ ଭିତରେ ମୁଁ ତମକୁ ଚା କପେ ଦେଇପାରେ। ଏତିକି କହି ରୀନା ପଛେ ପଛେ ରୋଷେଇ ଘରକୁ ଯାଇ ଦେବାଶିଷ ରୀନାର ଚା ତିଆରି କରିବା ଦେଖିଥାନ୍ତା। ରୀନାର ନା ନା କରିବା ସତ୍ତ୍ୱେ ତାକୁ ସାହାଯ୍ୟ କରିବାର ଅପଚେଷ୍ଟା କରିଥାନ୍ତା। ବର୍ତ୍ତମାନ ଦେବାଶିଷର ଆଦୌ ଇଚ୍ଛା ନାହିଁ ସେଭଳି କିଛି କରିବାର। ସେ ଜାଣେ ପ୍ରତିଟି କ୍ରିୟାର ପ୍ରତିକ୍ରିୟା କଣ, କାହା ପରେ କଣ ହେବାକୁ ଯାଉଛି। କୌଣସି କୌତୂହଳ ନାହିଁ ଯେପରି ତାର।

ରୀନା ଆସି ତା ଆଗରେ ଚା କପ ରଖିଦେଇ କହିଲା, ଦେଖ ତ ଚିନି ଠିକ ଅଛି କି ନାହିଁ। ସେ ଭାବିଲା, ନା ରୀନା, ଚାରେ ଚିନିର ପରିଣାମ ଭଳି ଶୁଷ୍କ କଥା କହୁ ନାହିଁ। କିଛି ପୁରୁଣା କଥା, ରୋମାଣ୍ଟିକ କଥା କୁହ ଯାହାକୁ ଦିନଲିପିରେ ଲେଖି ହେବ। ଦେବାଶିଷ ପ୍ରତିକାଟିକୁ ତଳେ ରଖିଦେଲା ନାହିଁ, ଅନ୍ୟ ହାତରେ ଚା କପ ଉଠାଇ ଢୋକେ ପିଇଲା, କହିଲା, ଠିକ ଅଛି। ରୀନା କହିଲା, ତମକୁ କହିଥିଲି କି ନାଇଁ ମୋର ସେଇ ଚାରିକିରିଟା ହେଲା ନାହିଁ ବୋଲି ? ମତେ ପୁଣି କୋଉଠିକି ଦଉଡ଼ିବାକୁ ପଡ଼ିବ।

ରୀନା ସେଇପରି ହାତରେ ଶାଢ଼ିକୁ ଠିକକରି ସଂଯତ ସହଜ ହୋଇ ବସି ଚା ପିଉଛି। ରୀନା କହୁଚି ତାର ଚାକିରି କଥା, ଇଣ୍ଟରଭିଉରେ ତାକୁ କିଏ କଣ ପଚାରିଲା ଇତ୍ୟାଦି ଇତ୍ୟାଦି। ଦେବାଶିଷ ପତ୍ରିକାର ଚିତ୍ରଟି ଦେଖୁଚି, ତା ତଳେ ଯେଉଁ ବର୍ଣ୍ଣନାଟି ଲେଖା ଅଛି ମନେ ମନେ ତାର ଭାଷାକୁ ସଂଶୋଧନ ପରିମାର୍ଜିତ କରୁଛି। ରୀନାର

ସ୍ୱରରେ କୌଣସି ଆବେଗ ଉତ୍ତେଜନା ନାହିଁ। ସେ ଦେଖାଯାଉଛି ରକ୍ତମାଂସର ମଣିଷ ଭଳି ନୁହେଁ, କୌଣସି ଗଳ୍ପର ଚରିତ୍ର ଭଳି।

ଚା ପିଇସାରି ରୀନା ତଳେ କପ ରଖିଲା। ଦେବାଶିଷ ତା ଆଡ଼କୁ ଅନାଇ ନିଜର ଚା ଶେଷ କରି ତା ଆଡ଼କୁ କପଟି ବଢ଼ାଇଦେଲା। ରୀନା କହିଲା, ମୁଁ ତମକୁ ଲାଇବ୍ରେରୀରୁ ଯେଉଁ ବହିଟି ଆଣିବାକୁ କହିଲି ମନେ ରହିଲା ତ? ଦେବାଶିଷ ଶୁଣି ନଥିଲା ରୀନା କଣ କହିଥିଲା। କହିଲା, ମୁଁ ଭୁଲିଯିବି; ତମେ ଗୋଟିଏ କାଗଜରେ ଲେଖିଦିଅ, ତାକୁ ପକେଟରେ ରଖିଥିବି। ଲାଇବ୍ରେରୀରେ ମନେ ପଡ଼ିଯିବ। ରୀନା ଉଠିଗଲା କାଗଜ ଆଣିବାକୁ। ପଛରୁ ରୀନା ସୁନ୍ଦର ଦେଖାଯାଉଛି। ତାର ଚାଲିକୁ ଗୋଟିଏ ଛୋଟ ପାରାଗ୍ରାଫରେ ବର୍ଣ୍ଣନା କରାଯାଇପାରେ।

ତା ହାତକୁ କାଗଜ ଟୁକୁଡ଼ାଟି ବଢ଼ାଇଦେଲା ରୀନା। ଦେବାଶିଷର କୌଣସି ଆଗ୍ରହ ନଥିଲା ବହିଟି କଣ ସେ ବିଷୟରେ ଜାଣିବା ପାଇଁ। ସେ ଘଡ଼ି ଦେଖି ଉଠି ଠିଆ ହେଲା, କହିଲା, ମୁଁ ଏଥର ଯାଏ। ଆଗ ଦିନମାନଙ୍କରେ ସେମାନେ ଯୋଜନା କରିଥାନ୍ତେ କିପରି ଚାକରାଣୀର ଦୃଷ୍ଟିକୁ ଏଡ଼ାଇ କଣ କରାଯାଇ ପାରିବ। କିନ୍ତୁ ଏକଥା ଭାବି ଏବେ କୌଣସି ଲାଭ ନାହିଁ ତାକୁ ସ୍ମୃତିଚାରଣରେ ବ୍ୟବହାର କରିବା ବ୍ୟତୀତ। ରୀନା କହିଲା, ଏଥରକ ଆସିଲେ ଆଗରୁ ଖବର ଦେଇ ଆସିବ। ଏଭଳି କଥାରେ ଆଗେ ରାଗୁଥିଲା ଦେବାଶିଷ। କହୁଥିଲା, ତା ମାନେ ତମେ ଚାହଁନାହିଁ ମୁଁ ଆସେ ବୋଲି। ଏକଥାରୁ କଳି ଉପୁଜୁଥିଲା ଏବଂ ମାନଭଂଜନ ହେଉଥିଲା ଅନେକ ତିକ୍ତ ମଧୁର ପର୍ବ ଦେଇ। ବର୍ତ୍ତମାନ ଯେପରି ରୀନାର କଥାରେ କୌଣସି ଅନ୍ତର୍ନିହିତ ଭାବାନୁବେଗ ନାହିଁ, ରୋକଠୋକ ବକ୍ତବ୍ୟଟିଏ। ଦେବାଶିଷ କହିଲା, ହଉ।

ଏଥରକ ସେ ଦେବାଶିଷକୁ ଦେଖିଲା ହତାଶ ଭାବବିସର୍ଜିତ ହୋଇ ଘରକୁ ଫେରୁଥିବାର। ହତାଶ ପ୍ରେମିକ ନୁହେଁ, ହତାଶ ଲେଖକଟିଏ। ଖାଲି କାଗଜ ପାଖକୁ ଫେରିଯିବାର ଭୟ ଓ ଉଦ୍‌ବେଗ ନେଇ। ଏଇ କେତୋଟି ମିନିଟ ଭିତରେ ସେ ରୀନା କଥା ସମ୍ପୂର୍ଣ୍ଣ ଭୁଲିଗଲାଣି। ତାର ଏକାମାତ୍ର ଚିନ୍ତା କିପରି ସେ ପୃଷ୍ଠାଟିକୁ ପୂରଣ କରିବ। ନିଜର ଅସହାୟତା କଥା ଭାବି ସେ ଶୁଖିଲା ହସ ହସିଲା। ନିଜକୁ ନିଜର ଦୟା ଆସିଲା ତାର। ପ୍ରିୟ ବିଦୂଷକ ! ଲେଖକ ହେବା ସତରେ ବଡ଼ କଷ୍ଟ।

■

www.ingramcontent.com/pod-product-compliance
Lightning Source LLC
Chambersburg PA
CBHW050143110726
47898CB00008B/2644
9781645600480